Politik & Co. 7/8

Wirtschaft-Politik

Herausgegeben von
Alexandra Labusch

Bearbeitet von
Eva Dieckmann
Alexandra Labusch
Nora Lindner
Florian Offermann
Nicole Pies

Gymnasium
Nordrhein-Westfalen

C.C.BUCHNER

Politik & Co. – Nordrhein-Westfalen

Herausgegeben von Alexandra Labusch

Wirtschaft-Politik
Band 7/8

Bearbeitet von Eva Dieckmann, Alexandra Labusch, Nora Lindner, Florian Offermann, Nicole Pies

Zu diesem Lehrwerk sind erhältlich:
- Digitales Lehrermaterial **click & teach** Einzellizenz, Bestell-Nr. 710781
- Digitales Lehrermaterial **click & teach Box** (Karte mit Freischaltcode), ISBN 978-3-661-71078-5
- Differenzierungsheft als Kopiervorlage: Materialien für einen differenzierenden und sprachsensiblen „Wirtschaft-Politik"-Unterricht, ISBN 978-3-661-71087-7

Weitere Materialien finden Sie unter www.ccbuchner.de.

Dieser Titel ist auch als digitale Ausgabe **click & study** unter www.ccbuchner.de erhältlich.

1. Auflage, 1. Druck 2020
Alle Drucke dieser Auflage sind, weil untereinander unverändert, nebeneinander benutzbar.

Dieses Werk folgt der reformierten Rechtschreibung und Zeichensetzung. Ausnahmen bilden Texte, bei denen künstlerische, philologische oder lizenzrechtliche Gründe einer Änderung entgegenstehen.

Die Mediencodes enthalten ausschließlich optionale Unterrichtsmaterialien. Auf verschiedenen Seiten dieses Buches finden sich Verweise (Links) auf Internetadressen. Haftungshinweis: Trotz sorgfältiger inhaltlicher Kontrolle wird die Haftung für die Inhalte externer Seiten ausgeschlossen.

Redaktion: Markus Willers
Layout und Satz: Wildner + Designer GmbH, Fürth
Druck und Bindung: mgo360 GmbH & Co. KG, Bamberg

www.ccbuchner.de

ISBN 978-3-661-**71077**-8

Inhaltsverzeichnis

Anhang

Methoden, Operatoren-Training und Aktiv-Seiten →

METHODEN für das Fach „Wirtschaft-Politik“

METHODEN für die Bearbeitung der Aufgaben

OPERATOREN-TRAINING

POLITIK AKTIV

WIRTSCHAFT AKTIV

DIGITAL AKTIV

Zur Arbeit mit dem Buch

Politik & Co. 7/8 wurde nach den Vorgaben des neuen Kernlehrplans für die Sekundarstufe I des Gymnasiums in Nordrhein-Westfalen für den Unterricht im Fach „Wirtschaft-Politik" der Jahrgangsstufen 7/8 neu konzipiert. Es ermöglicht euch, liebe Schülerinnen und Schüler, die zentralen Inhalte und Kompetenzen des Faches anhand vieler Beispiele aus eurem Leben und eurer Umgebung zu erwerben. Für eure Lehrerinnen und Lehrer ist das Buch eine Hilfe, einen modernen und binnendifferenzierten Unterricht zu verwirklichen.

1 Kapitelauftaktseiten

Jedes Kapitel beginnt mit einer Auftaktdoppelseite. Eine Materialseite und offene Aufgaben ermöglichen euch eine erste Annäherung an die Inhalte des neuen Kapitels. Dabei könnt ihr auch zeigen, was ihr schon über das Thema wisst. Außerdem hilft euch ein kleiner Einführungstext, einen Überblick zu erhalten. Schließlich erfahrt ihr hier, über welches Können ihr am Ende des Kapitels verfügen solltet.

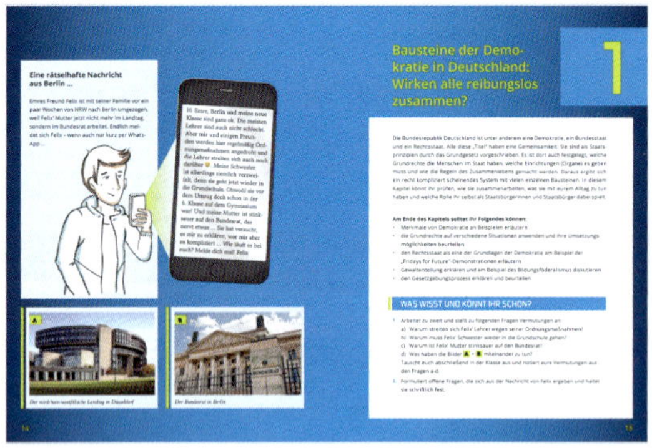
Eine rätselhafte Nachricht aus Berlin ...

Bausteine der Demokratie in Deutschland: Wirken alle reibungslos zusammen?

1

WAS WISST UND KÖNNT IHR SCHON?

2 Einführung in die Unterkapitel

Jedes Unterkapitel beginnt mit einer knappen Einführung. In der Rubrik „Zum Thema" werdet ihr an das jeweilige Thema herangeführt. Hier erfahrt ihr bereits, was das zu behandelnde Problem auf den nachfolgenden Seiten ist und mit welchen Themen es bearbeitet werden kann. Im Anschluss an die thematische Hinführung beginnt jedes Unterkapitel mit einem Einstiegsmaterial und entsprechenden Einstiegsaufgaben. Hier wird in der Regel ein Problem aus eurem Alltag anhand unterschiedlicher Fallbeispiele dargestellt.

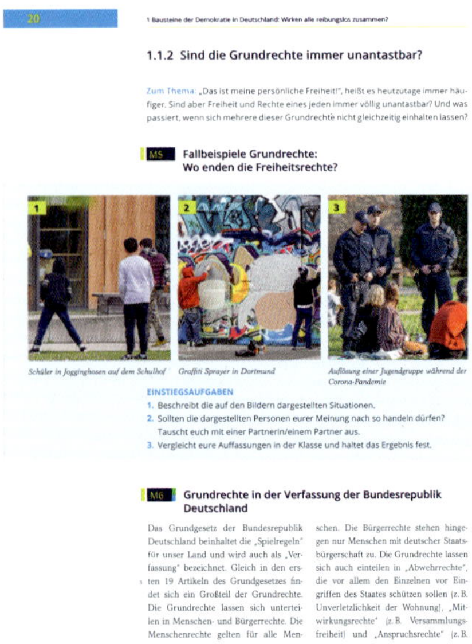
20 1 Bausteine der Demokratie in Deutschland: Wirken alle reibungslos zusammen?

1.1.2 Sind die Grundrechte immer unantastbar?

Zum Thema: „Das ist meine persönliche Freiheit!", heißt es heutzutage immer häufiger. Sind aber Freiheit und Rechte eines jeden immer völlig unantastbar? Und was passiert, wenn sich mehrere dieser Grundrechte nicht gleichzeitig einhalten lassen?

M5 Fallbeispiele Grundrechte: Wo enden die Freiheitsrechte?

1 Schüler in Jogginghosen auf dem Schulhof

2 Graffiti Sprayer in Dortmund

3 Auflösung einer Jugendgruppe während der Corona-Pandemie

EINSTIEGSAUFGABEN

1. Beschreibt die auf den Bildern dargestellten Situationen.
2. Sollten die dargestellten Personen eurer Meinung nach so handeln dürfen? Tauscht euch mit einer Partnerin/einem Partner aus.
3. Vergleicht eure Auffassungen in der Klasse und haltet das Ergebnis fest.

M6 Grundrechte in der Verfassung der Bundesrepublik Deutschland

Das Grundgesetz der Bundesrepublik Deutschland beinhaltet die „Spielregeln" für unser Land und wird auch als „Verfassung" bezeichnet. Gleich in den ersten 19 Artikeln des Grundgesetzes findet sich ein Großteil der Grundrechte. Die Grundrechte lassen sich unterteilen in Menschen- und Bürgerrechte. Die Menschenrechte gelten für alle Menschen. Die Bürgerrechte stehen hingegen nur Menschen mit deutscher Staatsbürgerschaft zu. Die Grundrechte lassen sich auch einteilen in „Abwehrrechte", die vor allem den Einzelnen vor Eingriffen des Staates schützen sollen (z. B. Unverletzlichkeit der Wohnung), „Mitwirkungsrechte" (z. B. Versammlungsfreiheit) und „Anspruchsrechte" (z. B.

3 Aufbau der Unterkapitel

Durch die Arbeit mit dem Materialienteil und den speziell ausgewiesenen Methodenkarten schult ihr eure Sach-, Methoden-, Handlungs- und Urteilskompetenzen. Die sorgfältig ausgewählten Quellen (Zeitungsartikel, Bilder, Karikaturen, Grafiken etc.) zeigen unterschiedlichste Perspektiven und vertiefen die zentralen Themenaspekte. Am Ende jedes Unterkapitels findet ihr den **Aufgabenblock**. Die Aufgaben zeigen euch, wie ihr das Thema mittels der Materialien erarbeiten könnt, wobei jede Aufgabe eine konkrete Handlungsanweisung (Operator) enthält.

4 Kapitelabschluss

Die Kapitel schließen jeweils mit der Rubrik „WAS WIR KÖNNEN“ ab. Hier findet ihr Angebote, um die zu Kapitelbeginn formulierten Kompetenzen zu überprüfen. Dies geschieht durch handlungsorientierte Aufgaben, die das gesamte Wissen und Können des Kapitels einfordern.

5 Selbstgesteuertes Lernen

Mit den Rubriken „POLITIK AKTIV“, „WIRTSCHAFT AKTIV“ und „DIGITAL AKTIV“ könnt ihr jeweils zu Beginn der Großkapitel aktiv politische, wirtschaftliche und digitale „Produkte“ wie z. B. Finanzblogs, Quizlets, Podcasts, usw. allein (zu Hause) oder in Kleingruppen erstellen. So erarbeitet ihr euch selbstgesteuert über einen gewissen Zeitraum (4-6 Unterrichtsstunden) große Teile eines nachfolgenden Kapitels.

6 Begleitfiguren

Erstmals in einer Politikbuchreihe führen Begleitfiguren durch alle Kapitel. In der Reihe **Politik & Co.** ist es die Familie Deniz-Hansen. Die Figuren erscheinen nicht permanent, sondern treten immer mal wieder in Erscheinung. Im Vergleich zum **Band 5/6** treten sie im vorliegenden **Band 7/8** weniger auf und haben nicht mehr die Familie im Fokus, sondern den Freundeskreis. Die Begleitfiguren entwickeln sich langsam weiter, trotzdem lassen sich alle Unterkapitel ohne Kenntnis der einzelnen Charaktere bearbeiten und unterrichten.

Emre

Hi! Mein Name ist Emre. Ich gehe in die 9c und meine Lieblingsfächer sind Latein und Englisch. In meiner Freizeit spiele ich Fußball. Außerdem bin ich politisch ziemlich aktiv! Besonders wichtig ist mir die SV an unserer Schule. Auch bei der Grünen Jugend bin ich dabei und bei Fridays for Future habe ich viele neue Freunde gefunden – und Marie kennengelernt. Meine besten Freunde sind Benedikt und Aaron.

Jakob

Ich bin Jakob und gehe in die 10a. Naja, so richtig gerne mache ich das eigentlich nicht. Lieber würde ich mehr Freizeit haben und mich auf das Entwickeln von Online-Spielen und Apps konzentrieren können. Besonders wichtig ist mir für die Zukunft, dass mir mein Beruf Spaß macht und ich noch genug Zeit für meine Freunde habe. Mein bester Freund ist Luka, der schon eine Ausbildung macht. Und mit Matteo habe ich mich auch richtig angefreundet. Er ist gerade von einem Schüleraustausch zurückgekommen und neu in unserer Klasse.

Hallo, ich heiße Mia Sophie und gehe in die 7b. Ich spiele am liebsten Badminton und Tischtennis und treffe mich mit meinen Freundinnen: Anna, Emma und Selin. Außerdem engagiere ich mich für Klimaschutz und Nachhaltigkeit. An der Schule gefallen mir vor allem das große AG-Angebot und die SV, in der ich jetzt auch mitmache. Außerdem mag ich Mathe und Informatik.

Mia

7 Unterschiedliche Niveaustufen wichtiger Materialien

In **Politik & Co.** verfügen alle Materialien über einen Farbcode.
Jede Farbe symbolisiert eine bestimmte Niveaustufe:

- Gelb steht für das mittlere Niveau.
- Rot steht für das gehobene Niveau.
- Grün steht für das leichtere Niveau.
- Blau steht für „Einfache Sprache".

Alle Niveaustufen führen zum gleichen Ziel. Während die Materialien der gelben Niveaustufe allesamt im Buch abgedruckt sind, werden die anderen Niveaustufen als Download zur Verfügung gestellt.

- Die farbige Säule **VOR** der Materialnummerierung zeigt an, für welche Niveaustufe das nachfolgende Material verfasst wurde.
- Die farbigen Säulen **NACH** den Materialnummerierungen zeigen an, für welche Niveaustufen das nachfolgende Material zusätzlich angeboten wird.

Mit Hilfe des nebenstehenden QR- bzw. Mediencodes könnt ihr die jeweiligen Materialien online einsehen, runterladen und ausdrucken.

Mediencode: 71077-01

8 Hilfestellungen und Forderaufgaben

H Hilfen zu den Aufgaben: Solltet ihr Unterstützung bei der Bearbeitung der Aufgaben benötigen, findet ihr regelmäßig neben den Aufgabenblöcken Verlinkungen zu der Rubrik „Hilfen zu den Aufgaben" am Ende des Schulbuches auf den Seiten 300-305.

F Forderaufgaben: Solltet ihr manchmal schneller arbeiten oder zusätzliche Herausforderungen suchen, findet ihr regelmäßig neben den Aufgabenblöcken sogenannte Forderaufgaben.

9 Medienkompetenzrahmen in Politik & Co.

Nordrhein-Westfalen hat einen sogenannten **Medienkompetenzrahmen (MKR)** erstellt. Die hier aufgeführten Medienkompetenzen werden in jedem Unterrichtsfach bis zur 10. Jahrgangsstufe Schritt für Schritt fachspezifisch eingeführt. Das vorliegende Schulbuch **Politik & Co.** wird dies für euer Fach Wirtschaft-Politik umsetzen. Das eigens entwickelte „Icon" **MK** zeigt euch an einigen Stellen im Schulbuch an, wo ihr Medienkompetenzen des Medienkompetenzrahmens trainieren könnt.

Der nebenstehende QR- bzw. Mediencode listet euch auf, an welchen Stellen im Schulbuch welche Medienkompetenzen trainiert werden können.

Mediencode: 71077-02

10 OPERATOREN-TRAINING

Politik & Co. 7/8 trainiert mit Hilfe eines eigens für NRW entwickelten Trainings den fachlich richtigen Umgang mit Operatoren.

Hierbei kommen vor allem drei Lernaspekte zum Tragen:

1. Einfache verbale und passende grafische Erklärungen des jeweiligen Operators,
2. Hilfen zur Strukturierung und Formulierung bei der Bearbeitung des Operators,
3. Konkrete Formulierungsbeispiele als Starthilfe zur Aufgabenlösung, vermittelt via QR- und Mediencode.

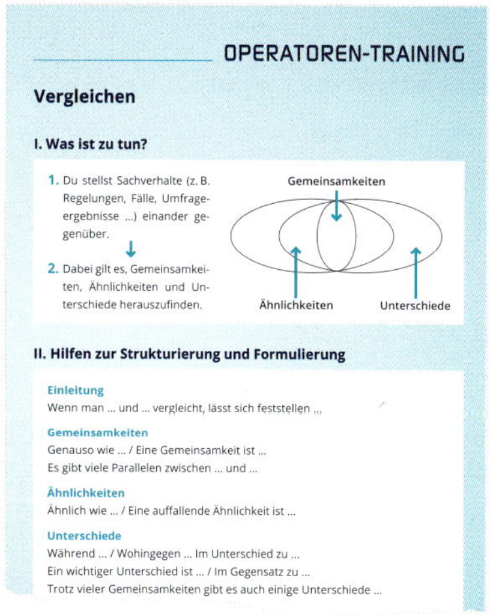
OPERATOREN-TRAINING

Vergleichen

I. Was ist zu tun?

1. Du stellst Sachverhalte (z. B. Regelungen, Fälle, Umfrageergebnisse ...) einander gegenüber.
2. Dabei gilt es, Gemeinsamkeiten, Ähnlichkeiten und Unterschiede herauszufinden.

II. Hilfen zur Strukturierung und Formulierung

Einleitung
Wenn man ... und ... vergleicht, lässt sich feststellen ...

Gemeinsamkeiten
Genauso wie ... / Eine Gemeinsamkeit ist ...
Es gibt viele Parallelen zwischen ... und ...

Ähnlichkeiten
Ähnlich wie ... / Eine auffallende Ähnlichkeit ist ...

Unterschiede
Während ... / Wohingegen ... Im Unterschied zu ...
Ein wichtiger Unterschied ist ... / Im Gegensatz zu ...
Trotz vieler Gemeinsamkeiten gibt es auch einige Unterschiede ...

11 Allgemeine Hinweise

- Das **Methodenglossar** am Ende des Buches bietet euch wichtige Methoden, um die Aufgaben besser bearbeiten zu können.

- Ein **Lexikon für Wirtschaft-Politik** zum Nachschlagen wichtiger Grundbegriffe aus den jeweiligen Kapiteln und ein **Register** zum Auffinden von Querverweisen können euch wichtige Hilfsmittel sein und das selbstständige Arbeiten mit dem Buch erleichtern.

- Eigens für das Lehrbuch erstellte **Zusatzmaterialien oder Erklärfilme** (drei bis fünf Minuten) könnt ihr auf der Verlagshomepage (www.ccbuchner.de) kosten- und werbefrei jederzeit abrufen. Mithilfe von Mediencodes könnt ihr sie entweder direkt (Quick-Response-Code ↔ Smartphone/Tablet) oder über die Eingabe des jeweiligen Mediencodes in das Suchfeld der Verlagshomepage beziehen.

- **Geschlechtergerechte Sprache:** Die Reihe **Politik & Co. – NRW** lebt Vielfalt und Gleichheit unabhängig von Alter, Herkunft, Handicap, sexueller Orientierung, Geschlecht und individueller Identität. Wenn in Texten entweder lediglich die weibliche oder männliche Form verwendet wird, dient dies in der Regel ausschließlich der besseren Lesbarkeit. Sie bezieht aber selbstverständlich stets alle Menschen mit ein.

- Materialien ohne Quellenangaben sind von den Bearbeiterinnen und Bearbeitern verfasst.

- Sofern bei Materialien aus dem Internet kein Verfasserdatum ermittelt werden konnte, wird das „Abrufdatum" genannt.

- Die URL/vollständigen Internetadressen aller verwendeten Materialien aus dem Internet könnt ihr über den nebenstehenden QR- und Mediencode einsehen.

QR- und Mediencodes in Politik & Co. 7/8 – NRW

Mediencode: 71075-03

URL aller verwendeten Materialien aus dem Internet

Mediencode: 71077-04

Eine rätselhafte Nachricht aus Berlin ...

Emres Freund Felix ist mit seiner Familie vor ein paar Wochen von NRW nach Berlin umgezogen, weil Felix' Mutter jetzt nicht mehr im Landtag, sondern im Bundesrat arbeitet. Endlich meldet sich Felix – wenn auch nur kurz per WhatsApp ...

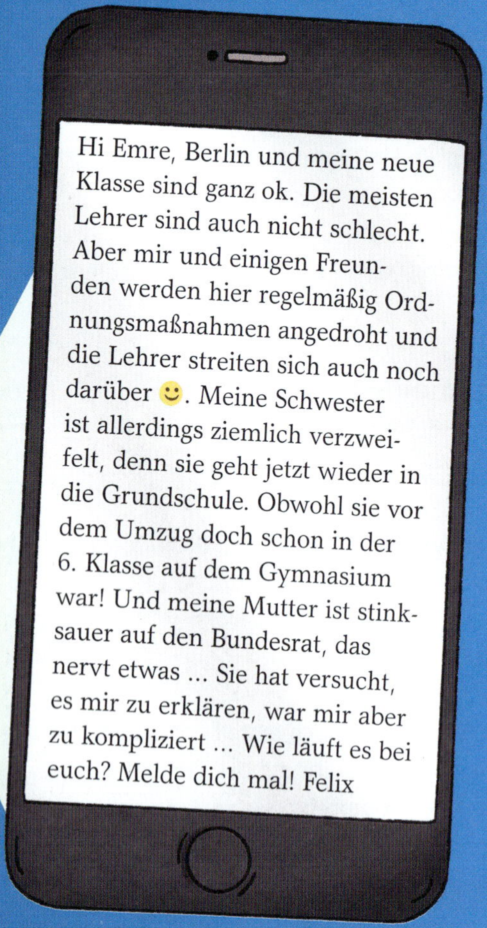

Der nordrhein-westfälische Landtag in Düsseldorf

Der Bundesrat in Berlin

Bausteine der Demokratie in Deutschland: Wirken alle reibungslos zusammen?

1

Die Bundesrepublik Deutschland ist unter anderem eine Demokratie, ein Bundesstaat und ein Rechtsstaat. Alle diese „Titel“ haben eine Gemeinsamkeit: Sie sind als Staatsprinzipien durch das Grundgesetz vorgeschrieben. Es ist dort auch festgelegt, welche Grundrechte die Menschen im Staat haben, welche Einrichtungen (Organe) es geben muss und wie die Regeln des Zusammenlebens gemacht werden. Daraus ergibt sich ein recht kompliziert scheinendes System mit vielen einzelnen Bausteinen. In diesem Kapitel könnt ihr prüfen, wie sie zusammenarbeiten, was sie mit eurem Alltag zu tun haben und welche Rolle ihr selbst als Staatsbürgerinnen und Staatsbürger dabei spielt.

Am Ende des Kapitels solltet ihr Folgendes können:

- Merkmale von Demokratie an Beispielen erläutern
- die Grundrechte auf verschiedene Situationen anwenden und ihre Umsetzungsmöglichkeiten beurteilen
- den Rechtsstaat als eine der Grundlagen der Demokratie am Beispiel der „Fridays for Future“-Demonstrationen erläutern
- Gewaltenteilung erklären und am Beispiel des Bildungsföderalismus diskutieren
- den Gesetzgebungsprozess erklären und beurteilen

WAS WISST UND KÖNNT IHR SCHON?

1. Arbeitet zu zweit und stellt zu folgenden Fragen Vermutungen an:
   a) Warum streiten sich Felix’ Lehrer wegen seiner Ordnungsmaßnahmen?
   b) Warum muss Felix’ Schwester wieder in die Grundschule gehen?
   c) Warum ist Felix’ Mutter stinksauer auf den Bundesrat?
   d) Was haben die Bilder **A** + **B** miteinander zu tun?
   Tauscht euch abschließend in der Klasse aus und notiert eure Vermutungen aus den Fragen a-d.
2. Formuliert offene Fragen, die sich aus der Nachricht von Felix ergeben und haltet sie schriftlich fest.

Ein „Mystery“ über Deutschlands Staatsstrukturen lösen

I. Worum geht es?

Im Alltag begegnet uns meistens eine ungeordnete Informationsflut. Wir müssen selbst versuchen, uns darin zurecht zu finden, Antworten auf Fragen zu finden und die Zusammenhänge herzustellen. Bei politischen und wirtschaftlichen Fragen sind die Antworten und Zusammenhänge häufig komplex und es ist nützlich, möglichst viele Informationen einzubeziehen. Es ist auch nicht immer möglich, nur eine richtige Antwort zu finden. Mit einem Mystery lässt sich gemeinsam üben, passende Informationen auszuwählen, zusammenzufügen und Antworten tiefergehend zu begründen.

II. Geht dabei so vor:

Arbeitet in Kleingruppen (3-4 Personen).

1. Schritt: Vorbereitung

Verteilt die Fragen aus den Aufgaben 1a-c auf S. 15 auf die Gruppen.

2. Schritt: Mystery-Karten lesen

1. Lest mit Hilfe des nebenstehenden QR- oder Mediencodes die Mystery-Karten.
2. Wählt diejenigen Karten aus, die euch dabei helfen können, eure Frage aus Schritt 1 zu beantworten.
3. Notiert die Kartennummern oder druckt die Karten aus, so dass ihr sie ausschneiden könnt.

Mystery-Karten

Mediencode: 71077-06

3. Schritt: Zusammenhänge für eine Antwort herstellen

1. Ordnet die Karten (oder die Nummern als Skizze) so auf einem Poster an, dass sich eine logisch zusammenhängende Antwort ergibt.
2. Verwendet dabei auch solche Karten, die als Erklärung für andere Karten dienen.
3. Holt euch zusätzliche Informationen aus folgenden Materialien:
   - Aufgabe 1a: → **M5**, **M7**, **M10**
   - Aufgabe 1b: → **M1**, **M17**
   - Aufgabe 1c: → **M20**, **M25**
4. Fügt Linien, Kreise, Pfeile etc. hinzu, so dass sich die Zusammenhänge besser erkennen lassen.

4. Schritt: Abschluss und Reflexion

1. Stellt einige Lösungen in der Klasse vor. Verdeutlicht dabei jeweils, welche Karten für eure Antwort besonders wichtig waren.
2. Prüft die Lösungen daraufhin, wie gut begründet sie sind.

Bearbeiterin

1.1 Grundlagen der Demokratie in Deutschland

1.1.1 Sollte in einer Demokratie immer die Mehrheit entscheiden?

Zum Thema: „Lasst uns das demokratisch entscheiden!" Damit ist häufig gemeint, dass die Mehrheit in der Klasse, im Verein oder in der Familie entscheidet. Ist das schon „Demokratie"? Im Folgenden geht es um die Merkmale von Demokratie und die Rolle, die die Mehrheit dabei spielt.

M1 Uneinigkeit in Mias Clique: Welches Konzert soll besucht werden?

Mia und ihre Freundinnen Emma, Selin und Anna planen seit langem, zusammen ein Konzert einer Band zu besuchen. Drei Bands kommen in Frage. Emma schlägt vor, einfach abzustimmen. Zweimal steht es 2:2 und einmal 3:1. Mia hat „verloren" – ausgerechnet die gewählte Band interessiert sie kaum. Sie ist sehr enttäuscht und hat kaum noch Lust auf das Konzert. Eine Woche später sehen sie einen Hinweis: „Konzert fällt aus". In der Zeitung steht, dass Anwohner wegen der zu erwartenden Lärmbelästigung geklagt haben und ein Gericht ihnen Recht gegeben hat.

Bearbeiterin

EINSTIEGSAUFGABEN

1. Tauscht euch darüber aus, ob das Fallbeispiel in **M1** etwas mit Demokratie zu tun hat. Begründet euren Standpunkt.
2. Beurteilt die gewählte Lösung und entwickelt mögliche Alternativen.

M2 Welche Merkmale hat eine Demokratie?

„Die Bundesrepublik Deutschland ist ein demokratischer und sozialer Bundesstaat". So steht es im Grundgesetz Artikel 20. Das Wort „Demokratie" kommt aus dem Griechischen und bedeutet „Herrschaft des Volkes". Die Bezeichnung alleine ist jedoch noch nicht aussagekräftig genug, denn ein „demokratischer Staat" hat bestimmte Merkmale, die erfüllt sein müssen. So werden in Demokratien zum Beispiel Konflikte friedlich geregelt, die Interessen und Meinungen der Einzelnen berücksichtigt und Entscheidungen nach festgelegten Regeln herbeigeführt. Die umseitigen Merkmale kennzeichnen eine Demokratie. Je nachdem, wie diese Merkmale in einem Staat ausgeprägt sind, gilt er als demokratisch oder nicht. Ungefähr 20% aller Staaten weltweit gelten als „vollständige Demokratien".

Erklärvideos über Demokratie

Mediencode: 71077-07

1 Rechtsstaatlichkeit: Alles was der Staat tut, muss nach den Regeln der Verfassung und der geltenden Gesetze geschehen. Es gibt unabhängige Gerichte, die die Rechte der Bürgerinnen und Bürger schützen. Dazu gehören insbesondere auch die Grund- und Menschenrechte (z. B. Achtung der Menschenwürde, Gleichheit vor dem Gesetz, Recht auf Leben, Meinungsfreiheit...).

2 Mehrheitsprinzip: Die Mehrheit einer Gruppe oder Gemeinschaft entscheidet, wie was geregelt wird. Die unterlegene Minderheit erkennt den Willen der Mehrheit an. Dies muss aber in einem Rahmen erfolgen, der z. B. bestehende Gesetze befolgt und Rechte aller Menschen, auch der Minderheiten, berücksichtigt. Die unterlegene Minderheit hat dabei prinzipiell die Chance, sich bei den nächsten Wahlen/der nächsten Abstimmung durchzusetzen.

3 Wahlen nach festgelegten Prinzipien: frei (niemand darf zu einer Wahl gedrängt werden), geheim, gleich (jeder hat gleich viele Stimmen), allgemein (alle wahlberechtigten Bürgerinnen und Bürger dürfen wählen) und unmittelbar (Stimmen werden sofort gezählt). Es gibt eine Auswahl zwischen verschiedenen Kandidaten, Parteien, Programmen.

4 Verantwortlichkeit der Regierung: Die Regierung wird in regelmäßigen Abständen durch verbindlich festgelegte Verfahren (Wahlen) neu gebildet. Zur Regierungsmehrheit gibt es eine Opposition.

5 Gewaltenteilung: Die Macht im Staate wird geteilt zwischen denen, die Gesetze machen, denen die sie ausführen und denen, die die Einhaltung des Rechts kontrollieren.

6 Gesellschaftliche Vielfalt: Alle dürfen sich im Rahmen der geltenden Gesetze so verhalten und entwickeln, wie sie es möchten. Unterschiedliche Interessen und Meinungen sind erwünscht.

Bearbeiterin

M3 Mehrheit gleich Mehrheit?

In einer Demokratie gibt es unterschiedliche Verfahren eine Mehrheit zu ermitteln. Abhängig davon, worüber abgestimmt werden soll, gilt eines der folgenden Entscheidungsverfahren:

1. Relative Mehrheit	2. Absolute Mehrheit	3. Zweidrittel-Mehrheit	4. Konsens
Die Mehrheit der Entscheidungsträger* muss zustimmen.	Mehr als die Hälfte der Entscheidungsträger müssen zustimmen.	Mindestens zwei Drittel der Entscheidungsträger müssen zustimmen.	Alle Entscheidungsträger müssen zustimmen.
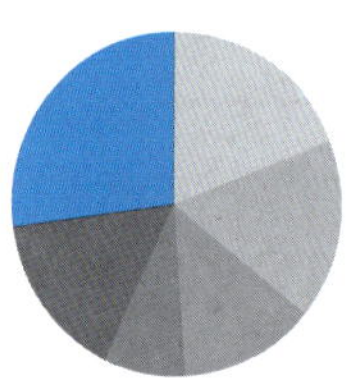	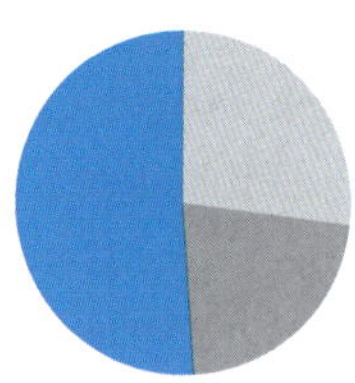	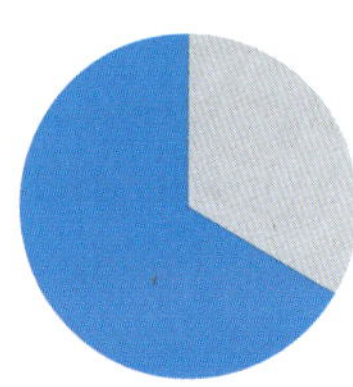	

**Entscheidungsträger: Stimmberechtigte (z. B. Abgeordnete, Wähler)*

Bearbeiterin

M4 Fallbeispiele: Werden wichtige Demokratiemerkmale verletzt?

Ein Umfrageteam stellte Bürgerinnen und Bürgern zwei Fragen: „Wie und wo hast du/ haben Sie in letzter Zeit „Demokratie" selbst erlebt oder beobachtet?" und „Hast du/ haben Sie auch Gegenbeispiele erlebt oder beobachtet"?

A **Lyn (15):** „Wir haben in der Schule jede Woche eine Stunde „Gruppenrat". Da kann jeder zu Wort kommen. Wichtig ist, dass nicht sofort entschieden wird und die Mehrheit die anderen überstimmt. Wir diskutieren möglichst so lange, bis wir eine Lösung gefunden haben, mit der auch die Minderheit leben kann."

B **Emine (13):** „Bei uns im Jugendzentrum haben wir über das Essen am Spieleabend abgestimmt. Mehr als die Hälfte hat für Pizza gestimmt. Da ich eine Weizenallergie habe, kann ich jetzt nichts davon essen."

C **Konrad (21):** „In unserem Sportverein wurde letzte Woche der Vorstand neu gewählt. Es gab zwar pro Posten nur einen Kandidaten, aber die wurden immerhin gewählt!"

D **Suza (42):** „Meine Freunde in Ungarn haben erzählt, dass der mehrheitlich gewählte Regierungschef dort alle wichtigen Funktionen in den Gerichten mit seinen eigenen Parteimitgliedern besetzt hat!"

Bearbeiterin

AUFGABEN

1. Lest **M2** und entscheidet, welche der Merkmale sich ausschließlich auf Demokratie als Herrschaftsform in einem Staat beziehen lassen und welche auch für das Zusammenleben in der Familie, dem Freundeskreis und der Schule gelten können.
2. Informiert euch in **M3** über die Entscheidungsverfahren.
   a) Begründet, welches Entscheidungsverfahren ihr in den folgenden Situationen für geeignet haltet: „Wahl des Bürgermeisters in der Stadt/Gemeinde", „Änderung eines Grundgesetzparagraphen zum Tierschutz", „Aufnahme eines Landes in die Europäische Union", „Klassensprecherwahl", „Familienumzug in eine andere Stadt", „Auswahl eines Vereinslogos".
   b) Formuliert (ggf. arbeitsteilig) Vor- und Nachteile der einzelnen Entscheidungsverfahren.
3. Prüft für die Beispiele in **M4** und den Fall aus der Einstiegsaufgabe, ob es sich jeweils um ein Beispiel oder ein Gegenbeispiel für Demokratie handelt. Begründet eure Entscheidung, indem ihr mindestens ein für den Fall wesentliches Merkmal von Demokratie (**M2**) nennt.
4. „Sollte in einer Demokratie immer die Mehrheit entscheiden?" Diskutiert in der Klasse und verweist dabei auf geeignete Beispiele. Berücksichtigt dabei die Prüf-Kriterien „Zumutbarkeit" und „Umsetzbarkeit".

H Aufgaben 2a-b
→ S. 300

F Aufgabe 3
Führt eine eigene Befragung durch, dokumentiert die Antworten und analysiert sie im Hinblick auf die Demokratiemerkmale.

1.1.2 Sind die Grundrechte immer unantastbar?

Zum Thema: „Das ist meine persönliche Freiheit!“, heißt es heutzutage immer häufiger. Sind aber Freiheit und Rechte eines jeden immer völlig unantastbar? Und was passiert, wenn sich mehrere dieser Grundrechte nicht gleichzeitig einhalten lassen?

M5 Fallbeispiele Grundrechte: Wo enden die Freiheitsrechte?

1

Schüler in Jogginghosen auf dem Schulhof

2

Graffiti Sprayer in Dortmund

3

Auflösung einer Jugendgruppe während der Corona-Pandemie

EINSTIEGSAUFGABEN

1. Beschreibt die auf den Bildern dargestellten Situationen.
2. Sollten die dargestellten Personen eurer Meinung nach so handeln dürfen? Tauscht euch mit einer Partnerin/einem Partner aus.
3. Vergleicht eure Auffassungen in der Klasse und haltet das Ergebnis fest.

M6 Grundrechte in der Verfassung der Bundesrepublik Deutschland

Das Grundgesetz der Bundesrepublik Deutschland beinhaltet die „Spielregeln“ für unser Land und wird auch als „Verfassung“ bezeichnet. Gleich in den ersten 19 Artikeln des Grundgesetzes findet sich ein Großteil der Grundrechte. Die Grundrechte lassen sich unterteilen in Menschen- und Bürgerrechte. Die Menschenrechte gelten für alle Menschen. Die Bürgerrechte stehen hingegen nur Menschen mit deutscher Staatsbürgerschaft zu. Die Grundrechte lassen sich auch einteilen in „Abwehrrechte“, die vor allem den Einzelnen vor Eingriffen des Staates schützen sollen (z. B. Unverletzlichkeit der Wohnung), „Mitwirkungsrechte“ (z. B. Versammlungsfreiheit) und „Anspruchsrechte“ (z. B.

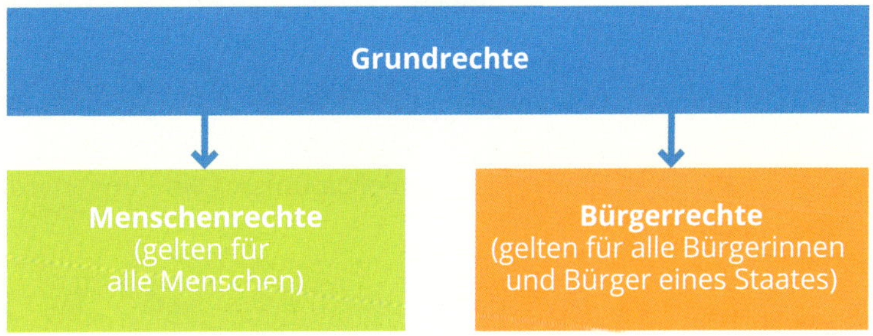

Gleichberechtigung). Der Staat ist zur Sicherung der Grundrechte verpflichtet. Es gibt aber auch Einschränkungen der Grundrechte: Beispielsweise verliert jemand, der in einem Strafprozess zu einer Gefängnisstrafe verurteilt wird, sein Recht auf „Freizügigkeit". Einige Grundrechte haben zusätzliche Artikel, die eine Einschränkung durch ein anderes Gesetz ermöglichen (z. B. Versammlungsfreiheit bei drohender Gefahrenlage). Darüber hinaus kann auch ein Grundrecht im Widerspruch zu einem anderen Grundrecht stehen. In dem Fall müssen die Gerichte entscheiden, welches Recht höherrangig ist. Das höchste Gericht, das über die Einhaltung der Grundrechte wacht, ist das Bundesverfassungsgericht mit Sitz in Karlsruhe (BVerfG). Jeder, der sich durch den Staat in seinen Grundrechten verletzt sieht, hat die Möglichkeit zu einer Verfassungsbeschwerde.

Bearbeiterin

M7 Die Grundrechte im Überblick

Grundrechte im Grundgesetz

1 Schutz der Menschenwürde

Freiheit der Person	2	3	Gleichheit vor dem Gesetz
Glaubens- und Gewissensfreiheit	4	5	Freie Meinungsäußerung
Schutz von Ehe und Familie	6	7	Elternrechte, staatliche Schulaufsicht
Versammlungsfreiheit	8	9	Vereinigungsfreiheit
Brief- und Telefongeheimnis	10	11	Recht der Freizügigkeit
Freie Berufswahl	12	14a	Wehrdienst / Zivildienst
Unverletzlichkeit der Wohnung	13	14	Eigentumsgarantie
Überführung in Gemeineigentum	15	16	Staatsangehörigkeit, Auslieferung
Asylrecht	16a	17	Petitionsrecht
Aberkennung von Grundrechten	18	19	Rechtsweggarantie
Volkssouveränität, Widerstandsrecht	20	101	Anspruch auf den gesetzlichen Richter
Gleicher Zugang zu öffentlichen Ämtern	33	103	Anspruch auf rechtliches Gehör vor Gericht
Wahlrecht	38	104	Schutz vor willkürlicher Verhaftung

Bearbeiterin

M8 Sind alle Grundrechte gleich wichtig?

A Die Freiheit des Glaubens, des Gewissens und die Freiheit des religiösen und weltanschaulichen Bekenntnisses sind unverletzlich. [...]

B Das gesamte Schulwesen steht unter Aufsicht des Staates. [...]

C Männer und Frauen sind gleichberechtigt. Der Staat fördert die tatsächliche Durchsetzung der Gleichberechtigung [...]

D Jeder hat das Recht auf freie Entfaltung seiner Persönlichkeit, soweit er nicht die Rechte anderer verletzt und nicht gegen die verfassungsgemäße Ordnung oder das Sittengesetz verstößt. [...]

E Das Briefgeheimnis sowie das Post- und Fernmeldegeheimnis sind unverletzlich. [...]

G Die Würde des Menschen ist unantastbar. [...]

F Die Wohnung ist unverletzlich. [...]

H Jeder hat das Recht, seine Meinung in Wort, Schrift und Bild frei zu äußern und zu verbreiten. [...]

I Alle Menschen sind vor dem Gesetz gleich. [...]

J Alle Deutschen haben das Recht, Beruf, Arbeitsplatz und Ausbildungsstätte frei zu wählen. [...]

K Jedermann hat das Recht, sich einzeln oder in Gemeinschaft mit anderen schriftlich mit Bitten und Beschwerden an die zuständigen Stellen und an die Volksvertretung zu wenden. [...]

L Alle Deutschen haben das Recht, sich ohne Anmeldung oder Erlaubnis friedlich und ohne Waffen zu versammeln. [...]

M Alle Deutschen genießen Freizügigkeit im ganzen Bundesgebiet [...]

N Die ungestörte Religionsausübung wird gewährleistet. [...]

O Jeder hat das Recht auf Leben und körperliche Unversehrtheit. Die Freiheit der Person ist unverletzlich. [...]

Bearbeiterin

M9 Fallbeispiele: Welche Grundrechte sind in diesen Situationen betroffen?

1 In einem Innenstadtgymnasium gilt seit wenigen Monaten eine „Deutsch-Pflicht“ auf dem gesamten Schulgelände. Wer dabei erwischt wird, in einer anderen Sprache zu kommunizieren, muss mit einer Maßnahme rechnen.

2 Selin hat sich um einen Schülerjob in einer Druckerei beworben. Im Bewerbungsgespräch teilt ihr der Chef mit, dass seine Druckerei auf dem absolut neuesten technischen Stand sei. Für diese Aushilfstätigkeit müsse man viel technisches Verständnis mitbringen und er habe daher an eine männliche Aushilfe gedacht.

3 In einer nordrheinwestfälischen Großstadt ist ein innerstädtischer Platz mit einer Fußgängerunterführung seit Jahren ein Ort für Drogenhandel und Konflikte zwischen Menschengruppen. Junge Menschen und vor allem Frauen meiden den Platz ab dem Einbruch der Dunkelheit. Seit einigen Wochen gibt es Überwachungskameras, die alle Aktivitäten aufzeichnen.

4 Die Eltern von Joshua gehören einer Religionsgemeinschaft mit strengen Vorschriften an. Als Joshua einen schweren Verkehrsunfall hatte und eine Bluttransfusion brauchte, verweigerten seine Eltern aufgrund religiöser Überzeugungen die Transfusion. Die Ärzte in der Notaufnahme haben den Eingriff dennoch vorgenommen.

5 Die Eltern von Josefine lehnen das deutsche Schulsystem ab: Sie meinen, dass es Kinder zu sehr einenge und die wahren Bedürfnisse und Talente durch die Lehrpläne ersticke. Daher wollen sie ihre Tochter privat zu Hause unterrichten lassen.

6 Die Bundesregierung erwägt, eine vorübergehende Ausgangssperre zu verhängen. Damit soll eine weitere Ausbreitung des Corona-Virus verhindert werden. Soziale Kontakte sollen auf Personen, die in einem Haushalt zusammen leben, begrenzt werden.

Bearbeiterin

AUFGABEN

1. Lest **M6** und erstellt ein Schaubild zu den Grundrechten.
2. Ordnet den Grundrechten in **M7** die zugehörigen Artikel aus **M8** zu.
3. Ordnet die Grundrechte in **M7** und **M8** jeweils den „Abwehrrechten", „Mitwirkungsrechten" und „Anspruchsrechten" aus **M6** zu.
4. Erstellt für die Grundrechte in **M7** eine Rangliste. Begründet eure Entscheidungen.
5. Teilt die Fälle in **M9** unter euch auf. Prüft für euren Fall
   a) welche Grundrechte betroffen sind,
   b) ob Grundrechte eingeschränkt werden oder miteinander im Konflikt stehen,
   c) ob bzw. wie sich der Fall (besser) lösen ließe.
6. Sind die Grundrechte unantastbar? Diskutiert die Frage in der Klasse und nehmt dabei Bezug auf die dargestellten Situationen in **M5**.

H Aufgabe 2
Besorgt euch gegebenenfalls ein Grundgesetz.

F Aufgabe 3
Entscheidet, welche der Grundrechte in M8 Menschen- und welche Bürgerrechte sind.

1.1.3 Sollten die rechtsstaatlichen Regeln immer durchgesetzt werden?

Zum Thema: Demokratie und Rechtsstaat gehören untrennbar zusammen. Was würde passieren, wenn Gesetze nur manchmal gelten würden und manchmal auch nicht? Das Vertrauen in den Staat würde schwinden und Willkür könnte regieren. Was genau Rechtsstaatlichkeit bedeutet und ob bzw. wie sie einzuhalten ist, wird im Folgenden am Beispiel der „Fridays for Future"-Demonstrationen thematisiert.

M10 Ist Schule schwänzen für „Fridays for Future" erlaubt?

Greta Thunberg beim Klimastreik im Jahre 2019 in Schweden

Schülerinnen und Schüler aus Düsseldorf bei einer „Fridays for Future"-Demonstration im Herbst 2019

Streik
Streik ist eine durch das Grundgesetz (Artikel 9) zugelassene Maßnahme für Arbeitnehmer. Schülerinnen und Schüler können in dem Sinne nicht „streiken".

Die Schwedin Greta Thunberg bringt mit einem „Schulstreik" vor dem Parlament in Stockholm im Sommer 2018 eine internationale Bewegung ins Rollen. Mit ihrem zunächst täglichen und später freitäglichen „Streik" will sie auf die Folgen des Klimawandels für die folgenden Generationen aufmerksam machen. Die von ihr „Fridays for Future" genannte Bewegung fordert u.a., dass ab dem Jahr 2020 fossile Energien (z.B. Braunkohle, Erdöl) nicht mehr staatlich gefördert werden sollen. Greta Thunberg hat bereits an mehreren internationalen Klimakonferenzen teilgenommen. Die Bewegung hat aber nicht nur Unterstützer. Dabei wird hauptsächlich der sogenannte „Schulstreik" kritisiert.

Bearbeiterin

EINSTIEGSAUFGABEN

1. Prüft, ob und wenn ja welche Grundrechte durch die „Fridays for Future"-Demonstrationen betroffen sind.
2. Urteilt spontan, ob Schule schwänzen für „Fridays for Future" erlaubt sein sollte oder nicht. Stimmt zunächst ab und begründet dann kurz eure Position.

M11 Was kennzeichnet den „Rechtsstaat"?

Die Bundesrepublik ist ein demokratischer, sozialer Rechtsstaat. So steht es sinngemäß im Grundgesetz (Art. 28 Abs.1 GG). Zu allererst bedeutet dies: Alles, was staatliche Behörden in Deutschland tun, muss sich an Recht und Gesetz halten. Für die staatliche Verwaltung, also z. B. für eine staatliche Schule oder das Finanzamt, sowie für die Polizei, gilt: Sie darf nicht ohne gesetzliche Grundlage handeln oder gar gegen Gesetze verstoßen (Grundsatz der Gesetzmäßigkeit). Insbesondere muss sie auch die Grundrechte achten, die den Bürgerinnen und Bürgern in der Verfassung garantiert sind. Alles staatliche Handeln muss der Situation angemessen sein. Wenn der Staat eingreift, darf er nicht überreagieren. Ein Falschparker darf von der Polizei nicht gleich eingesperrt werden (Grundsatz der Verhältnismäßigkeit). Bürgerinnen und Bürger, die sich von staatlichem Handeln verletzt fühlen, können unabhängige Gerichte zu ihrem Schutz anrufen. Das „Gewaltmonopol" liegt bei der Polizei, das heißt, nur sie darf bei Rechtsbruch eingreifen. Wer sich in seinen Grundrechten verletzt sieht, kann eine Beschwerde an das Bundesverfassungsgericht richten. Zum Rechtstaat gehört auch die Rechtssicherheit.

Der Einzelne muss sich auf die bestehenden Gesetze verlassen können, er muss vorhersehen können, welche rechtlichen Folgen sein Handeln hat.

Bearbeiterin, basierend auf: Eckart Thurich: pocket politik. Demokratie in Deutschland, Bonn 2011, S. 104

Rechtsstaat: Einschränkungen persönlicher Freiheitsrechte und Rechtsgarantien

Der Rechtsstaat schränkt zum Zwecke der inneren Sicherheit mitunter auch persönliche Freiheitsrechte ein: In einigen Fällen ist das unstrittig (z. B. Verkehrsregeln), in anderen Fällen sehr umstritten (z. B. Kameraüberwachung von öffentlichen Plätzen, Nacktscanner ...). Im Rechtsstaat gibt es auch umfangreiche Garantien bei einem Freiheitsentzug: Wer von der Polizei vorläufig festgenommen wird, muss unverzüglich, spätestens am folgenden Tage einem Richter vorgeführt werden, und nur der darf eine weitere Haft anordnen.

M12 Beteiligung von Schülerinnen und Schülern an Demonstrationen: Wie ist die Rechtslage in NRW?

Das Recht, an öffentlichen Versammlungen, Protestzügen oder Mahnwachen teilzunehmen, wird durch Artikel 8 Abs. 1 Grundgesetz geschützt. Die Ausübung dieses Grundrechts findet ihre Schranken im staatlichen Bildungs- und Erziehungsauftrag (Artikel 7 Grundgesetz) sowie für Schülerinnen und Schüler in den gesetzlichen Bestimmungen zur Schulpflichterfüllung. Schülerinnen und Schüler sind gemäß § 43 Abs. 1 Schulgesetz verpflichtet, regelmäßig am Unterricht und an den sonstigen verbindlichen Schulveranstaltungen teilzunehmen. Ihre Teilnahme an einem Schülerstreik während der Unterrichtszeit ist daher unzulässig.

Je nach Grund des Streiks kann die Dokumentation eines unentschuldigten Fehlens auf dem Zeugnis im Rahmen der Anwendung des Grundsatzes der Verhältnismäßigkeit als abschließende schulische Reaktion ausreichend sein.

© Ministerium für Schule und Bildung des Landes Nordrhein-Westfalen, Teilnahme an Schülerstreiks und Demonstrationen, www.schulministerium.nrw.de, Abruf am 19.02.2020

Demonstration oder Klassenarbeit?

Schülerinnen und Schüler, die wegen einer Demonstrationsteilnahme eine Klassenarbeit oder eine Prüfungsklausur nicht mitschreiben, erbringen die Leistung aus einem von ihnen zu vertretenen Grund nicht. Die nicht erbrachte Leistung wird wie eine ungenügende Leistung bewertet (§ 48 Abs. 5 SchulG).

Ebd.

OPERATOREN-TRAINING

Ermitteln

I. Was ist zu tun?

1. Du erschließt aus Materialien bestimmte Sachverhalte, auch wenn sie nicht direkt genannt werden.

↓

2. Zwischen diesen Sachverhalten stellst du dann Zusammenhänge her.

II. Hilfen zur Strukturierung und Formulierung

Fragestellung

Der Text/Fall/das Material..... beinhaltet/sagt etwas aus über ...
Mit Hilfe des Materials lässt sich die Frage klären/ermitteln ...

Was gehört dazu?

Aus ... geht hervor, dass...
Wenn man ... genau betrachtet, lässt sich feststellen, dass ...
Für ... gilt .../Aus ... lässt sich ableiten/ergibt sich ...
Im Fall/Material ... kann man erkennen, dass ...
Wenn man ... anwendet, dann .../Das Material/der Fall ist ein Beispiel für ...
Die Aspekte / Sachverhalte gehören zu ...

Wie passt es zusammen?

Zwischen ... und ... ergibt sich ein Zusammenhang/ein Widerspruch durch ...
Die Aspekte/Sachverhalte ... und ... decken sich/ergänzen sich/widersprechen sich ...

III. Formulierungsbeispiele

Für die Aufgabe 1 auf S. 28 findet ihr im nebenstehenden QR- bzw. Mediencode Formulierungsbeispiele. Ihr könnt sie als „Starthilfe“ nutzen, weiter ausbauen, verändern oder eure eigene Lösung mit den Beispielen vergleichen und prüfen.

Formulierungs-beispiele

Mediencode: 71077-08

Bearbeiterin

M13 Umfrageergebnisse zu den „Fridays for Future"-Demonstrationen

Wahlberechtigten in Deutschland wurde folgende Frage gestellt:
„Finden Sie es in Ordnung, wenn die Schülerinnen und Schüler für die Teilnahme an den Demonstrationen die Schule schwänzen oder finden Sie es nicht in Ordnung?

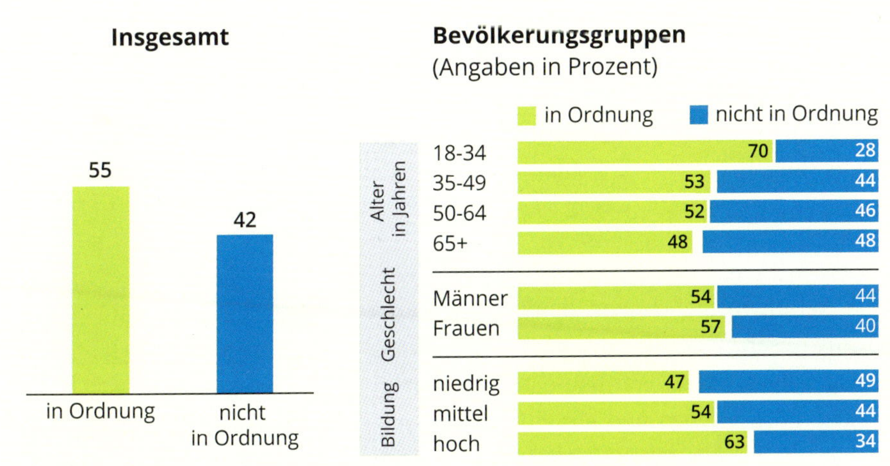

Quelle: Infratest dimap, März 2019; 1.041 Befragte

M14 Sollten die „Fridays for Future"-Demos während der Schulzeit verboten werden?

Die Form der Proteste während der Schulzeit hat eine Auseinandersetzung in Gesellschaft und Politik über ihre Rechtmäßigkeit ausgelöst. Auch im Bundestag wurde darüber diskutiert. Die folgenden Aussagen sind Beispiele für die vielfältigen Positionen:

1 „Als Schülerin habe ich gegen Atomkraft demonstriert. Deshalb finde ich es gut, wenn heute wieder angeblich so unpolitische junge Leute auf die Straße gehen. Wir erleben eine Jugendbewegung, die sich mobilisiert, die international vernetzt ist. Das ist gut für unsere Demokratie."
(Svenja Schulze, Bundesministerin für Umwelt, Naturschutz und nukleare Sicherheit, SPD)

Svenja Schulze (SPD), Bundesministerin für Umwelt, auf der UN-Klimakonferenz in Madrid (Spanien) am 02.12.2019

2 „Es gibt in Deutschland eine Schulpflicht. Wer ihr nicht nachkommt, muss mit Strafe rechnen. Die Schulen sollten hier konsequent sein und das Schwänzen nicht zulassen. Der Rechtsstaat muss seine Regeln einhalten und durchsetzen. Ohne Rechtsstaat gibt es keine Demokratie"
(Sandrine Karic, Lehrerin)

Aktuelle Stunde im Bundestag zum Thema „Streik während der Schulzeit

Mediencode: 71077-09

3

Karsten Hansen, (Stief)Vater von Mia, Jakob und Emre

„Wenn die ‚Fridays for Future'-Demos toleriert werden, dann müssten auch andere Schülerdemonstrationen während der Schulzeit erlaubt sein. Was wäre aber, wenn die Schüler beim nächsten Mal für die Legalisierung von Haschisch oder gegen Flüchtlinge auf die Straße gehen? Schulen können nicht das eine erlauben und das andere verbieten."

(Karsten Hansen, Rechtsanwalt)

4

Anja Karliczek (CDU), Bundesbildungsministerin im Jahre 2019

„Sich für etwas engagieren, davon lebt unsere Demokratie. Trotzdem gilt die Schulpflicht; denn in der Schule wird die Grundlage für ein selbstbestimmtes und verantwortungsbewusstes Leben gelegt. Die Schule trägt im Übrigen auch dazu bei, etwas zu erwerben, das für den Schutz unseres Klimas wichtig ist: Wissen um Zusammenhänge, Erkenntnisse und Handlungsmöglichkeiten."

(Anja Karliczek, Bundesministerin für Bildung und Forschung, CDU)

5

Luisa Neubauer und Greta Thunberg am 01.03.2019 in Hamburg

„Wenn die Verantwortlichen von heute nicht handeln, wird es unsere Generation sein, die mit ihren Versäumnissen leben muss. Wer heute unter zwanzig ist, kann 2080 noch erleben und mit einer Welt konfrontiert sein, die um bis zu 4 Grad wärmer ist. Die Auswirkungen einer solchen Erwärmung wären absolut verheerend. Einige Erwachsene sagen, dass wir den Unterricht nicht verpassen sollten. Wir denken, dass uns organisierter Protest gegen eine existenzielle Bedrohung [...] einige wichtige Lektionen lehrt."

(Greta Thunberg, Luisa Neubauer u. a.)

6 „Wenn die Schüler außerhalb der Schulzeit demonstrieren, dann würden sie viel weniger Aufmerksamkeit bekommen. Arbeitnehmer streiken ja auch nicht außerhalb der Arbeitszeiten."

(Niklas Pönsgen, Radiomoderator)

Bearbeiterin

AUFGABEN

1. Lest **M11** und ermittelt mit Hilfe der Operatoren-Karte auf S. 26, welche Merkmale des Rechtsstaates sich mit den „Fridays for Future"-Demos in Verbindung bringen lassen.
2. Prüft mit **M12**, ob und wie NRW die rechtsstaatlichen Regeln einhält.
3. Analysiert die Grafik in **M13**. Vergleicht die Daten im Anschluss mit eurem Klassenergebnis aus der zweiten Einstiegsaufgabe auf S. 24.
4. Lest die Aussagen in **M14** und
   a) diskutiert zu zweit, welchen Aussagen ihr zustimmen würdet.
   b) erstellt ein Positionsquadrat mit Hilfe der nachfolgenden Methodenkarte.
   c) Prüft, ob sich in **M14** noch andere Wertmaßstäbe finden lassen.
5. Nehmt Stellung, ob die rechtsstaatlichen Regeln im Fall der „Fridays for Future"-Demonstrationen durchgesetzt werden sollten. Berücksichtigt dabei auch die Fragen: Ist das mit den Grundrechten vereinbar? Ist das verhältnismäßig? Ist das gut für die Demokratie?

F Aufgabe 4
Formuliert eigene Positionen und lasst sie von der Klasse in das Positionsquadrat einordnen.

Ein Positionsquadrat erstellen

I. Worum geht es?

Wenn wir eine Entscheidung treffen oder die Positionen anderer bewerten wollen, müssen wir die Begründungen genauer betrachten. Häufig sind es bestimmte Wertmaßstäbe, die einer Entscheidung oder einer Position zugrunde liegen. Manchmal ist zum Beispiel der Umweltschutz der wesentliche Maßstab, manchmal ist es die „Gerechtigkeit zwischen den Generationen" usw. Mit einem Positionsquadrat geht ihr diesen Wertmaßstäben genauer auf den Grund.

II. Geht dabei so vor:

1. Schritt: Positionsquadrat zeichnen und die Achsen beschriften

Zeichnet das Positionsquadrat in euer Heft oder auf ein leeres Blatt und beschriftet die Enden der x-Achse, indem ihr „ja" oder „nein" zur gestellten Frage eintragt. Beschriftet die Enden der y-Achse, indem ihr zwei für das Thema wichtige Wertmaßstäbe an den Enden eintragt.

2. Schritt: Positionen einordnen

Ordnet die Aussagen (Positionen) in das Positionsquadrat ein. Entscheidet zunächst, wo auf der x-Achse ihr die Position ansiedeln würdet und macht dort ein Kreuz. Entscheidet dann, wie die Position im Wesentlichen begründet wird, indem ihr sie auf der y-Achse einordnet. Macht auch dort ein Kreuz. Legt dann einen gemeinsamen Punkt für die Position fest (vgl. Grafik).

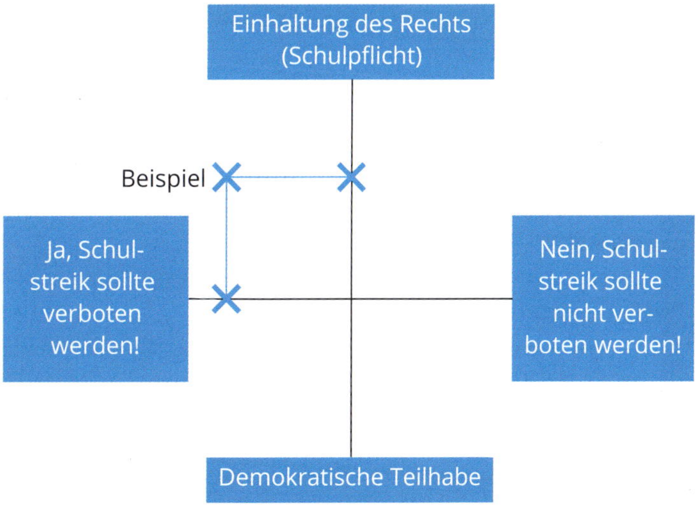

3. Schritt: Einordnungen in der Klasse vergleichen

Vergleicht und begründet eure Einordnungen, indem ihr z. B. mit verschiedenen Farben eure Kreuze in ein gemeinsames Positionsquadrat an der Tafel zeichnet.

Bearbeiterin

1.2 Machtverteilung und Entscheidungsfindung in Deutschland

1.2.1 Die Macht im Staat: gut verteilen oder besser in einer Hand lassen?

Zum Thema: „Viele Köche verderben den Brei" heißt es. Gilt das auch für den politischen Aufbau eines Staates? Nicht nur in Deutschland, sondern in allen Demokratien gibt es viele staatliche Organe, die von den Verfassungen vorgeschrieben sind. Was es mit dieser manchmal verwirrenden Vielfalt auf sich hat und welche Vor- und Nachteile ein aus mehreren Ländern zusammengesetzter Bundesstaat hat, ist Gegenstand dieses Kapitels.

M15 Chaos in der WhatsApp-Gruppe

Felix versucht nach dem Umzug seiner Familie nach Berlin mit seinen alten Klassenkameraden aus NRW über eine WhatsApp-Gruppe „8 Freunde" in Kontakt zu bleiben. Dabei kommt es häufiger zu Missverständnissen:

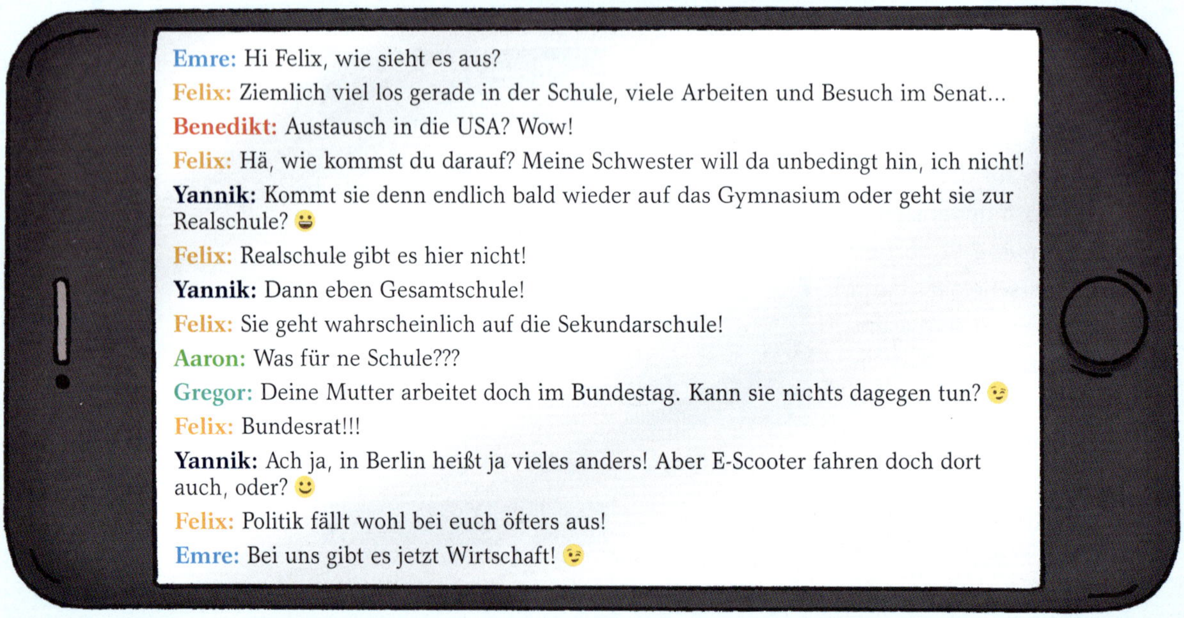

Emre: Hi Felix, wie sieht es aus?
Felix: Ziemlich viel los gerade in der Schule, viele Arbeiten und Besuch im Senat…
Benedikt: Austausch in die USA? Wow!
Felix: Hä, wie kommst du darauf? Meine Schwester will da unbedingt hin, ich nicht!
Yannik: Kommt sie denn endlich bald wieder auf das Gymnasium oder geht sie zur Realschule? 😀
Felix: Realschule gibt es hier nicht!
Yannik: Dann eben Gesamtschule!
Felix: Sie geht wahrscheinlich auf die Sekundarschule!
Aaron: Was für ne Schule???
Gregor: Deine Mutter arbeitet doch im Bundestag. Kann sie nichts dagegen tun? 😉
Felix: Bundesrat!!!
Yannik: Ach ja, in Berlin heißt ja vieles anders! Aber E-Scooter fahren doch dort auch, oder? 🙂
Felix: Politik fällt wohl bei euch öfters aus!
Emre: Bei uns gibt es jetzt Wirtschaft! 😉

Bearbeiterin

EINSTIEGSAUFGABEN

H Aufgabe 1
→ S. 300

1. Lest die Unterhaltung in der WhatsApp-Gruppe und klärt in Partnerarbeit möglichst viele Missverständnisse auf. Schreibt im Anschluss eine WhatsApp-Nachricht an die „8 Freunde", in der ihr die Missverständnisse aufklärt.
2. Tauscht eure Lösungen in der Klasse aus und formuliert gemeinsam offene Fragen.

M16 Zur Demokratie gehört Gewaltenteilung

Es ist ein Erkennungszeichen von Demokratien, dass nicht ein Einzelner die alleinige Macht im Staat hat. Stattdessen wird die Macht aufgeteilt, so dass sie sich nirgendwo konzentrieren kann und sich alle Teile gegenseitig kontrollieren. Es gibt daher immer ein gewähltes Parlament, das die Gesetze beschließt (Legislative), eine Regierung, die die Gesetze ausführt und den Staat regiert (Exekutive) und eine Rechtsprechung, die die Einhaltung der Gesetze prüft (Judikative). In modernen parlamentarischen Demokratien, wie in der Bundesrepublik Deutschland, besteht diese Gewaltenteilung in etwas abgewandelter Form. Es gilt auch hier, dass der Bundestag für die Gesetzgebung zuständig ist, die Bundesregierung mit der Bundeskanzlerin für die Ausführung der Gesetze und das Bundesverfassungsgericht für die Einhaltung des Grundgesetzes. So kann das Bundesverfassungsgericht den Bundeskanzler oder den Bundestag stoppen, wenn sie etwas tun oder beschließen, was gegen die Verfassung verstößt. Allerdings sind Bundestag (Legislative) und Bundesregierung (Exekutive) nicht vollständig getrennt. Der Bundestag wählt mit einer absoluten Mehrheit nämlich den Bundeskanzler und der wiederum bestimmt die weiteren Mitglieder der Regierung (Bundesminister). Regierungsmitglieder können, müssen aber nicht, Mitglieder des Parlaments sein. Die Kontrolle der Regierung übernimmt daher nicht das gesamte Parlament, sondern die „Opposition“. Das sind die Mitglieder des Parlaments, die keiner Regierungspartei angehören.

Bearbeiterin

Gewaltenteilung im Erklärfilm

Mediencode: 71077-10

M17 Föderalismus: geteilte Macht zwischen Bund und Ländern

Mit dem Begriff „Föderalismus“ wird der Zusammenschluss von einzelnen Ländern zu einem Bundesstaat bezeichnet. Auch Deutschland ist ein Bundesstaat. Jedes der 16 Bundesländer hat ein eigenes Parlament (Landtag) und eine eigene Landesregierung. Der Regierungschef eines Bundeslandes heißt Ministerpräsident. Nur in den so genannten Stadtstaaten haben sie eine andere Bezeichnung; in Hamburg und Bremen heißen sie „Erster Bürgermeister“ und in Berlin „Regierender Bürgermeister“. Außerdem heißt der Landtag dort Senat. Die politische Macht wird in Deutschland zwischen dem Bund und den einzelnen Bundesländern aufgeteilt. Die Bundesregierung kümmert sich vor allem um Fragen, die ganz Deutschland betreffen, wie zum Beispiel die Außenpolitik und die Sozialpolitik. In den Ländern werden Gesetze erlassen, die nur das entsprechende Bundesland betreffen, vor allem Entscheidungen in den Bereichen der Bildung und Kultur oder die Organisation der Polizei. Wenn der

Länder	Bund
• Schulen • Universitäten • Polizei • Rechtspflege • Gesundheitswesen • Kultur • Wohnungsbauförderung • Steuerverwaltung	• Soziale Sicherheit (Schwerpunkt Renten- und Arbeitslosenversicherung) • Verteidigung • Auswärtige Angelegenheiten • Verkehrswesen • Geldwesen • Wirtschaftsförderung • Forschung

Bund Gesetze verabschieden möchte, reden die Regierungen der Länder immer mit. Im Bundesrat kommen dafür regelmäßig die Vertreter der Länderregierungen zusammen. Zu den Ländern gehören auch die Gemeinden. Als Bestandteile der Bundesländer sind die Städte und Gemeinden aber nicht richtig selbstständig. Sie bleiben im Wesentlichen der Gesetzgebung der Bundesländer unterworfen. Sie haben aber einige Mitbestimmungsrechte (z. B. die Entscheidung über die Einrichtung einer Fahrradstraße) und wichtige Aufgaben.

Bearbeiterin

M18 Gewaltenteilung in Deutschland

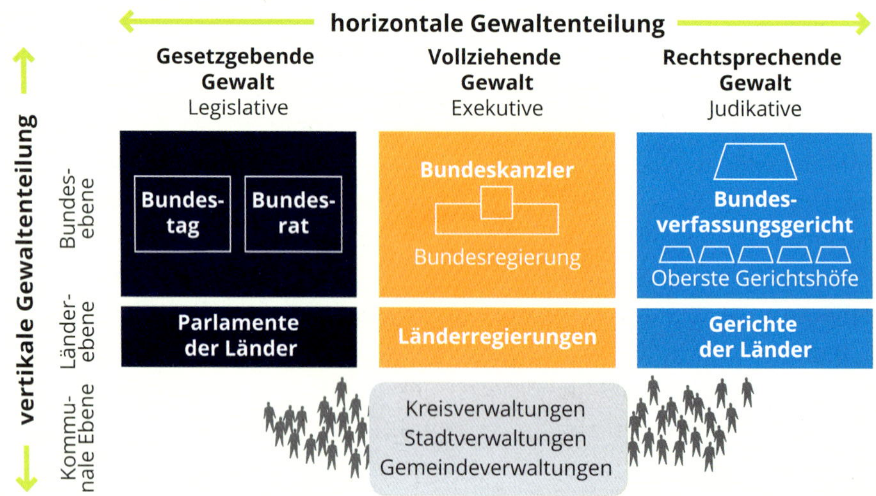

Bergmoser + Höller Verlag AG, Zahlenbilder 61 110

M19 16 verschiedene Bildungssysteme – bereichernd oder einfach nur unübersichtlich?

Felix' Mutter hat vor dem Umzug im Landtag von NRW gearbeitet und dort Besuchergruppen begleitet. Dabei kam es häufig zu heftigen Diskussionen um die Zuständigkeit der Länder für die Bildung, den sogenannten „Bildungsföderalismus". Die Besucher konnten ihre Auffassungen dazu an eine Pinnwand heften:

1 Ich halte es für sinnvoll, dass die Länder das Schulsystem an ihre speziellen Bedingungen anpassen können. Die Bevölkerung in Bayern hat andere Bedürfnisse als die in Berlin, wo es zum Beispiel viel mehr Migrantinnen und Migranten gibt.
Esther Jansen

2 Vielfalt erzeugt Wettbewerb um gute Ideen. Wenn die Bundesländer in Testergebnissen bei Ländervergleichsstudien unterschiedlich abschneiden, dann ist das doch ein Anreiz für die schwächeren Länder etwas zu verbessern und neue Ideen zu entwickeln.
Andrea Hilger

3 Die Menschen sind heutzutage sehr mobil! Eltern wechseln den Job und damit häufig auch das Bundesland. Für viele Jugendliche bedeutet dies, dass sie sich auf eine andere Schulform, andere Lehrpläne und andere Arbeitsweisen einstellen müssen. Einige sind damit überfordert und haben dann schlechtere Chancen.
Kadri Jelic

4 Wenn es in Bremen einfacher ist einen guten Notendurchschnitt im Abitur zu bekommen als in NRW, dann finde ich das ungerecht. Schließlich können alle um die gleichen Studienplätze konkurrieren. Artikel 3 des Grundgesetzes fordert, dass niemand wegen seiner Herkunft benachteiligt werden darf! Man könnte ja ein bundesweites Zentralabitur in einigen Fächern einführen. Andere bewährte Unterschiede im Bildungssystem könnten bleiben.
Berit Neugebauer

5 Dem Bildungssystem in Deutschland täte mehr zentrale Steuerung gut! Ein Beispiel: Da es keine bundesweite Abstimmungsstelle für die Vergabe von Studienplätzen mehr gibt, bewerben sich Abiturienten gleichzeitig bei vielen Unis. Dadurch bleiben immer viele Studienplätze unbesetzt und die Universitäten können schlecht planen.
Anna Busse

6 Der Föderalismus hat in Deutschland eine lange Tradition. Nach der NS-Diktatur wurde bei der Gründung der Bundesrepublik großer Wert darauf gelegt, dass nicht alle Macht an den Bund geht. Da Bildungspolitik die Kernaufgabe der Länder ist, ist es wichtig sie dort zu lassen und damit die Demokratie zu stärken!
Christian Grau

Bearbeiterin

AUFGABEN

1. Bildet Zweierteams und teilt die Texte **M16** und **M17** unter euch auf.
   a) Lest jeweils euren Text und macht euch Notizen.
   b) Stellt euch eure Texte gegenseitig vor.
   c) Erklärt, warum in Deutschland von einer „Gewaltenverschränkung" und einer „doppelten Gewaltenteilung" gesprochen wird.
2. Beschreibt die Abbildung in **M18**. Sammelt im Anschluss Ideen, wie sich die Grafik mit den Informationen aus **M16** und **M17** ergänzen ließe.
3. Lest die Aussagen an der Pinnwand (**M19**).
   a) Zeichnet eine Positionslinie zur Frage „Sollte der Bildungsföderalismus abgeschafft werden?" und ordnet die Aussagen Punkten auf der Linie zu.
   b) Analysiert die Aussagen daraufhin, welche Prüf-Kriterien zu ihnen passen (z. B. Chancengerechtigkeit, Kosten-Nutzen-Verhältnis, Bürgernähe, Mitwirkungsmöglichkeit, Leistungsfähigkeit des Schulsystems ...).
   c) Nehmt persönlich Stellung, indem ihr einen eigenen Zettel für die Pinnwand anfertigt und auf der Linie platziert.
4. Überprüft und - falls nötig - überarbeitet nochmals eure WhatsApp-Nachrichten an die „8 Freunde" aus der ersten Einstiegsaufgabe auf S. 30.

F Aufgabe 3
Weitere Aussagen zum Bildungsföderalismus

Mediencode: 71077-11

1.2.2 Vom Problem zum Gesetzesvorschlag: Sollte es neue Regeln für E-Scooter geben?

Zum Thema: Wenn politisch entschieden wird, dann geht es dabei meistens um Gesetze, denn mit Gesetzen sollen Probleme gelöst und das Zusammenleben in einem Staat geregelt werden. Häufig werden auch bestehende Gesetze verändert, ergänzt und manchmal auch wieder gestrichen, weil sie an neue Entwicklungen angepasst werden müssen oder umstritten sind. Damit zum Beispiel Elektro-Tretroller auch in Deutschland fahren konnten, musste die Straßenverkehrsordnung verändert werden, denn sie kamen darin bisher nicht vor. Aber ist damit das Problem gelöst?

M20 Beinahe eine Prügelei ...

Jakob ist sehr stolz darauf, dass er sich durch seine eigenen Einnahmen beim Programmieren von Online-Games einen E-Scooter kaufen konnte. Jetzt schafft er es immer pünktlich zur Schule, weil der Weg von zu Hause zur Bushaltestelle kein Zeitfaktor mehr ist. Leider kam es schon zweimal beinahe zu einem Unfall mit abbiegenden Autos, kürzlich hat ihm sogar ein Radfahrer Prügel angedroht:

Bearbeiterin

EINSTIEGSAUFGABEN

1. Beurteilt den Konflikt zwischen Jakob und dem Radfahrer, indem ihr euch darüber austauscht, wer sich eurer Meinung nach (nicht) korrekt verhalten hat.
2. Formuliert, worin nach eurer Auffassung die Ursache für den Konflikt liegt.
3. Sammelt spontan mögliche Lösungen zur zukünftigen Konfliktvermeidung.

M21 Wie ist die Nutzung der E-Scooter geregelt?

a) Gesetzliche Regeln – am Beispiel der E-Scooter

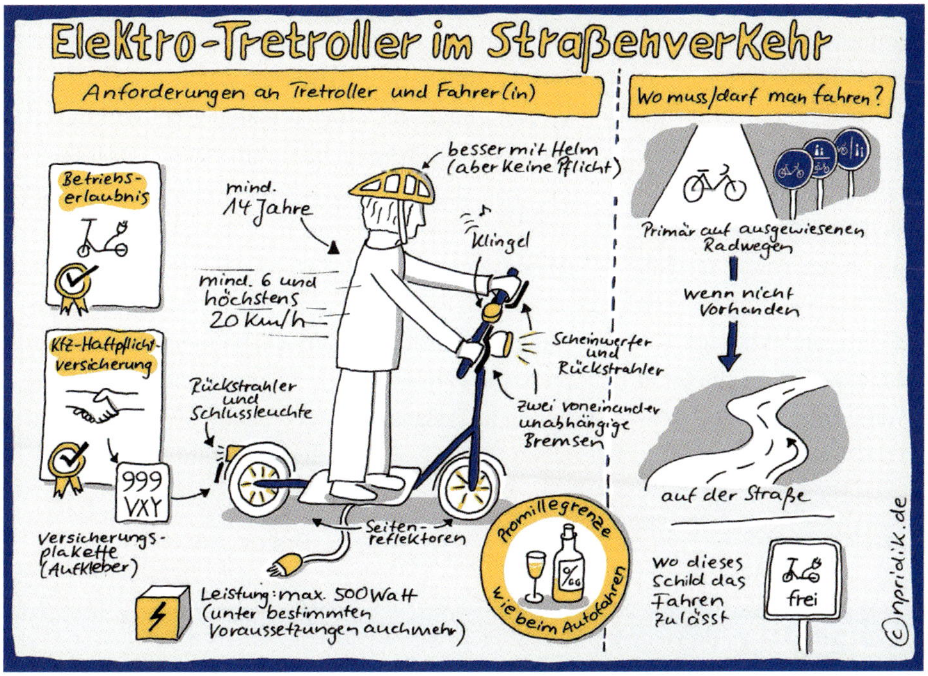

Die gesetzliche Grundlage für E-Scooter, ist die „Verordnung für Elektrokleinstfahrzeuge". Sie gilt seit dem 15.06.2019 für Fahrzeuge mit Lenk- oder Haltestange, mit einer Höchstgeschwindigkeit von bis zu 20 km/h.

E-Scooter werden verkehrsrechtlich wie Fahrräder behandelt. Sie müssen auf Radwegen fahren. Nur wenn diese nicht vorhanden sind, muss auf die Straße ausgewichen werden. Fußwege und Fußgängerzonen sind für E-Scooter verboten. Es gilt ein „Rechtsfahrgebot" und schnellerem Radverkehr muss das Überholen ermöglicht werden. Der Fahrer benötigt überdies keine Fahrerlaubnis, eine gültige Versicherungsplakette muss aber am Gefährt aufgeklebt sein. Während für die Kontrolle der Regeleinhaltung die Polizei des Bundeslandes zuständig ist, regeln die Gemeinden/Städte z. B. das Parken oder mögliche Bußgelder.

b) Auch Gesetze brauchen Regeln

Wer einen Gesetzesvorschlag einbringen will, der muss ihn klar formulieren und begründen. Es muss aufgezeigt werden, welche Kosten für den Staat, die Wirtschaft und die Verbraucher entstehen. Zudem wird jeder Gesetzesentwurf daraufhin geprüft, ob er mit dem geltenden Recht und dem Grundgesetz zu vereinbaren ist. Sollte erst später durch das Bundesverfassungsgericht festgestellt werden, dass ein Gesetz gegen das Grundgesetz verstößt, muss es geändert oder zurückgezogen werden. Darüber hinaus gilt das „Rückwirkungsgebot", nämlich der Grundsatz, dass Gesetze nur für die Zukunft – frühestens ab dem Tag ihrer Bekanntmachung – gelten dürfen.

Bearbeiterin, basierend auf: © Deutscher Bundestag: So entsteht ein Gesetzentwurf, www.bundestag.de, Abruf am 20.02.2020

E-Scooter-Verordnung im Wortlaut

Mediencode: 71077-12

M22 Wie regeln es andere Länder?

Niederlande

Der Fahrer muss mindestens 16 Jahre alt sein. Personen mit einer Behinderung dürfen die Fahrzeuge bereits in einem Alter unter 16 Jahren und auch auf Gehwegen fahren. Bei schlechten Lichtverhältnissen und in der Nacht ist eine Beleuchtung erforderlich. Das Fahrzeug muss mit roten sowie weißen oder gelben Reflektoren ausgestattet sein. Es besteht keine Helmpflicht. Die zulässige Geschwindigkeit des Fahrzeugs ist auf maximal 25 km/h begrenzt. Wenn Fahrradwege existieren, sind vorrangig diese zu befahren.

Finnland

Die Benutzung von Elektrokleinstfahrzeugen erfordert keine Fahrerlaubnis. Auf leichtgewichtige Fahrzeuge mit einer Maximalgeschwindigkeit von 15 km/h (vergleichbar mit sogenannten Kickboards) sind die Vorschriften über Fußgänger anzuwenden. Auf größere Fahrzeuge mit einer Maximalgeschwindigkeit von 25 km/h, beispielsweise E-Tretroller, sind die Vorschriften für Fahrräder anwendbar. Dennoch können selbstbalancierende Fahrzeuge wie Segways und E-Tretroller auch auf Fußgängerwegen benutzt werden, wenn sie in Schrittgeschwindigkeit gefahren werden.

© 2018 Deutscher Bundestag, Straßenverkehrsrechtliche Regelungen für Elektrokleinstfahrzeuge – Rechtslage in ausgewählten europäischen Ländern sowie den USA, www.bundestag.de, Abruf am 19.02.2020

AUFGABEN

1. Informiert euch in **M21a** über die Rechtslage.
   a) Ermittelt die im Text fehlenden Regelungsdetails aus der Grafik.
   b) Prüft, wie der Konflikt zwischen Jakob und dem Fahrradfahrer aufgrund der geltenden Rechtslage zu beurteilen ist.
2. Vergleicht mit Hilfe der nebenstehenden Operatoren-Karte die deutsche Verordnung (**M21a**) mit den Regelungen anderer Länder (**M22**).

F Aufgabe 2
Tauscht euch darüber aus, ob ihr Regelungen anderer Länder auch in Deutschland für zweckmäßig halten würdet.

3. Bildet Kleingruppen (ca. 4 Personen) und
   a) informiert euch über die Regeln für Gesetze in **M21b**;
   b) entwickelt einen Vorschlag für eine Gesetzesänderung und begründet ihn;
   c) präsentiert eure Entwürfe in Form eines Kurzreferates (→ Methodenglossar).
4. Beurteilt die Vorschläge aus **M21a** und **M22** mit Hilfe der nachfolgenden Matrix und wählt im Anschluss einen Vorschlag mehrheitlich aus.

Vorschlag	Entspricht den Vorgaben (Klarheit, Begründung, Vereinbarkeit mit geltenden Gesetzen ...)	Wie gut ist er umsetzbar?	Wie gerecht ist er gegenüber allen Verkehrsteilnehmern?	Wie geeignet ist er um bestehende Probleme zu lösen?	Hat er unerwünschte Nebenfolgen?

5. Nehmt mit Hilfe einer Positionslinie Stellung zur Frage, ob es in Deutschland neue Regelungen für E-Scooter geben sollte.

Vergleichen

I. Was ist zu tun?

1. Du stellst Sachverhalte (z. B. Regelungen, Fälle, Umfrageergebnisse ...) einander gegenüber.

↓

2. Dabei gilt es, Gemeinsamkeiten, Ähnlichkeiten und Unterschiede herauszufinden.

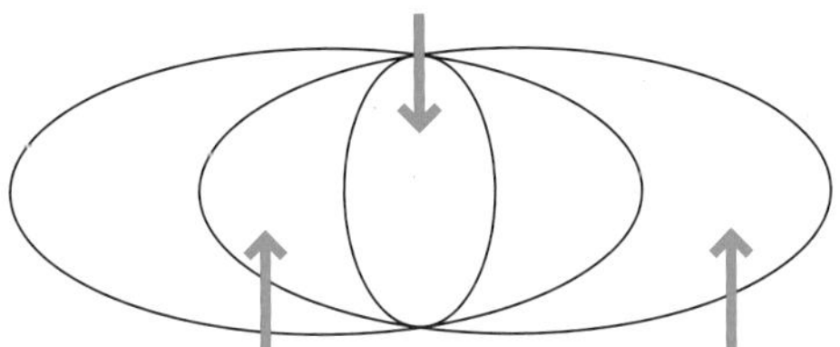

II. Hilfen zur Strukturierung und Formulierung

Einleitung
Wenn man ... und ... vergleicht, lässt sich feststellen ...

Gemeinsamkeiten
Genauso wie ... / Eine Gemeinsamkeit ist ...
Es gibt viele Parallelen zwischen ... und ...

Ähnlichkeiten
Ähnlich wie ... / Eine auffallende Ähnlichkeit ist ...

Unterschiede
Während ... / Wohingegen ... Im Unterschied zu ...
Ein wichtiger Unterschied ist ... / Im Gegensatz zu ...
Trotz vieler Gemeinsamkeiten gibt es auch einige Unterschiede ...

Zusammenfassung
Insgesamt überwiegen ...
Wenn man Unterschiede und Gemeinsamkeiten gewichtet, lässt sich feststellen ...

III. Formulierungsbeispiele

Für die Aufgabe 2 auf S. 36 findet ihr im nebenstehenden QR- bzw. Mediencode Formulierungsbeispiele. Ihr könnt sie als „Starthilfe" nutzen, weiter ausbauen, verändern oder eure eigene Lösung mit den Beispielen vergleichen und prüfen.

Formulierungsbeispiele

Mediencode: 71077-13

1.2.3 Sollte der Prozess der Gesetzgebung vereinfacht werden?

Zum Thema: Die „gesetzgebende Gewalt“ macht die Gesetze! Doch, warum muss ein Gesetz dann bis zu seiner Verabschiedung immer mehrere Stationen durchlaufen? Das wirkt auf den ersten Blick sehr kompliziert und langwierig. Wer dabei welche Rolle spielt und wie Entscheidungen getroffen werden, wird im Folgenden thematisiert.

M23 Gesetzgebungsverfahren: Meldungen von unterschiedlichen Stationen

1 Wer darf Medizin studieren?
28.08.2019: Die Vergabe von Studienplätzen für Medizin verstößt gegen das Grundgesetz. Das hat das Bundesverfassungsgericht geurteilt. Nun muss der Bundestag das Hochschulrahmengesetz ändern.

2 Der Führerschein ab 17 kommt!
26.11.2010: Der Bundesrat stimmt dem Gesetzesbeschluss des Bundestages zu. Das Verkehrsministerium reagierte mit der Gesetzesinitiative auf gehäufte Unfallzahlen junger Autofahrer.

3 Schluss mit Plastik!
06.09.2019: Die EU verpflichtet die Mitgliedstaaten dazu den Verbrauch von Plastiktüten zum Schutz der Meere und Tiere massiv zu drosseln. Nun hat das Bundesumweltministerium ein Gesetz für das Verbot von Plastiktüten an der Ladenkasse auf den Weg gebracht.

4 Neues Steuergesetz gescheitert!
08.01.2018: Der Kompromiss des Vermittlungsausschusses zur Vereinfachung des Einkommensteuergesetzes wurde vom Bundestag abgelehnt.

5 E-Tretroller nun doch nicht auf Gehwegen!
17.05.2019: Bundesrat verlangt Änderungen – E-Scooter dürfen nicht auf Gehwegen und nicht in Fußgängerzonen fahren. Das Mindestalter soll 14 Jahre betragen.

6 Doch keine Umsatzsteuer auf Musik-, Tanz-, und Ballettschulen!
23.10.2012: Bürgerinnen und Bürger haben über eine Petition verhindert, dass die Preise für privaten Musikunterricht stark ansteigen. Die Bundesregierung hat die Umsatzsteuer zurückgezogen und den Gesetzentwurf geändert.

Bearbeiterin

EINSTIEGSAUFGABE

Lest die Meldungen und ermittelt, was sich daraus über den Entstehungsprozess von Gesetzen und seine Mitspieler aussagen lässt. Haltet eure Ergebnisse in Form einer Mindmap fest.

M24 Der Weg der Gesetzgebung im Überblick

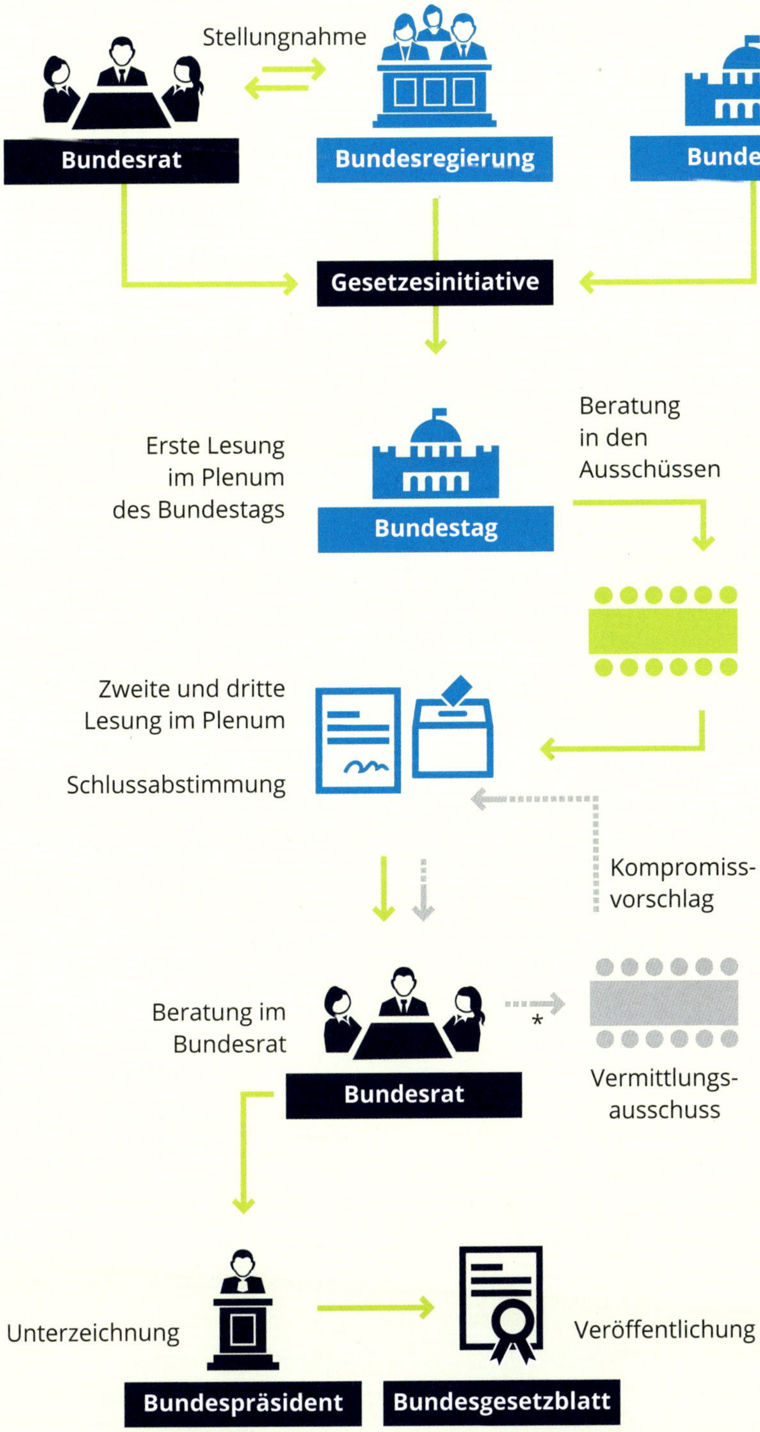

** bei Ablehnung durch Bundesrat*

Kleines Gesetzeslexikon

Zustimmungsgesetze sind Gesetze, denen der Bundesrat zustimmen muss. Ohne seine Zustimmung kann das Gesetz nicht in Kraft treten. Ob ein Gesetz ein Zustimmungsgesetz ist, steht im Grundgesetz. Die Zustimmung des Bundesrates ist zum Beispiel immer dann erforderlich, wenn das Grundgesetz geändert werden soll, ein Gesetz die Finanzen der Länder betrifft oder in deren Verwaltungshoheit eingreift.

Einspruchsgesetze sind Gesetze, zu denen der Bundesrat sich äußern kann (auch seinen Unmut), die aber auch ohne seine Zustimmung in Kraft treten können.

Rechtsverordnungen, wie zum Beispiel die Straßenverkehrs-Ordnung, sind allgemein verbindliche Vorschriften zur Durchführung von Gesetzen (z. B. Straßenverkehrsgesetz). Sie werden von der Bundesregierung oder einzelnen Bundesministern erlassen. Meistens ist hierzu die Zustimmung des Bundesrates erforderlich (Artikel 80 Abs. 2 GG). Das bedeutet, dass der Bundesrat den Inhalt der Verordnung gleichberechtigt mitbestimmen kann. Die Verordnung kann dann nur in Kraft treten, wenn die vom Bundesrat geforderten Änderungen umgesetzt werden. Eine Anrufung des Vermittlungsausschusses ist nicht möglich.

Bearbeiterin

M25 Die Verfassungsorgane bei der Gesetzgebung – sind alle gleich mächtig?

Nichts läuft in einem Staat ohne die Verfassung. Im zweiten Teil des Grundgesetzes steht daher genau, wer welche Aufgabe im Staat hat. An der Gesetzgebung sind diese vier „Verfassungsorgane" direkt beteiligt:

1 Der Deutsche Bundestag

Der Deutsche Bundestag wird auf vier Jahre direkt vom Volk gewählt. Er besteht aus 709 Abgeordneten, die (fast) allen Parteien angehören und sogenannte Parteifraktionen bilden.

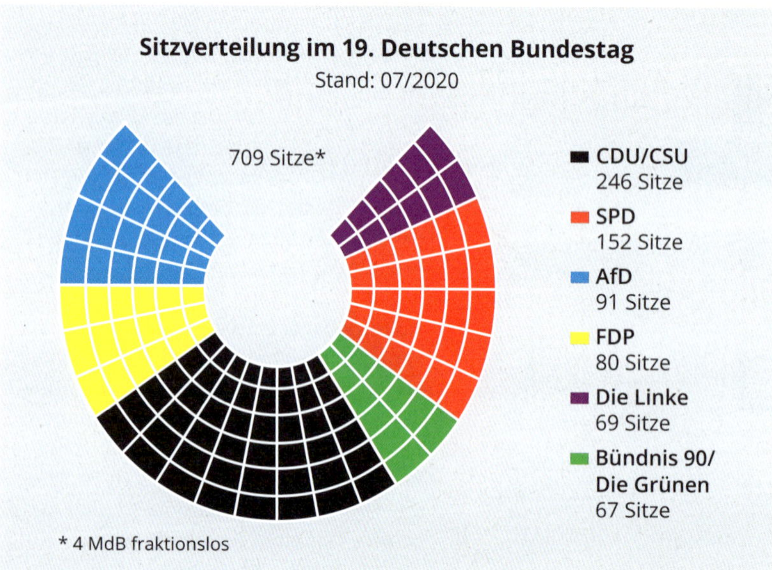

Der Bundestag kann aus „seiner Mitte" (zum Beispiel durch die Opposition) Gesetzentwürfe einbringen. Ein einzelner Bürger, der ein neues Gesetz für notwendig hält, kann selbst keinen Gesetzentwurf in den Bundestag einbringen. Er kann aber einen Bundestagsabgeordneten davon überzeugen, dass dieses Gesetz notwendig ist. Dieser Bundestagsabgeordnete muss dann noch weitere Mitglieder des Bundestages (mindestens 5% aller Abgeordneten) finden, die mit ihm zusammen diesen Gesetzentwurf dem Bundestag zur weiteren Beratung vorlegen. Liegt dem Bundestag ein Gesetzentwurf vor, dann finden drei Beratungen darüber statt. Diese Beratungen nennt man auch "Lesungen". In der 1. Lesung wird der Gesetzentwurf vorgestellt und die Abgeordneten sagen dazu allgemein ihre Meinung. Dann wird der Gesetzentwurf zur genaueren Überprüfung an einen speziellen Ausschuss des Bundestages geleitet. Dort werden Einzelheiten beraten und Sachverständige befragt. In der 2. Lesung im Bundestag berichten die Mitglieder des Ausschusses über die Ergebnisse ihrer Sitzung und was die Experten zu dem neuen Gesetz gesagt haben. Meistens werden Änderungsvorschläge vorgetragen. In der 3. und letzten Lesung kommt es noch einmal zur Aussprache über das Gesetz. Das Für und Wider wird erörtert, vielleicht gibt es weitere Änderungen. Dann kommt es zur Schlussabstimmung. Wenn die Mehrheit der anwesenden Abgeordneten dem Gesetz zugestimmt hat, ist das Gesetz "verabschiedet". In besonderen Fällen (z. B. bei einer Grundgesetzänderung) braucht ein Gesetz aber die Zustimmung von 2/3 der Abgeordneten. Hat der Bundestag das Gesetz verabschiedet, geht es in den Bundesrat.

Bearbeiterin

2 Der Bundesrat

Über den Bundesrat sind die 16 Bundesländer an der Gesetzgebung beteiligt. Er wird nicht direkt vom Volk gewählt, sondern besteht aus Mitgliedern der jeweiligen Landesregierungen. Nach jeder Landtagswahl werden die Mitglieder entsprechend der neuen Regierungsmehrheit neu entsandt. Der Bundesrat hat auch das Recht Gesetze vorzuschlagen. In dem Fall gibt er einen Gesetzentwurf zuerst an die Bundesregierung. Es kommen jedoch nur sehr wenige Gesetze auf Initiative des Bunderates zustande. Allerdings legt die Bundesregierung ihre eigenen Gesetzesentwürfe immer zuerst dem Bundesrat zur Stellungnehme vor. Erst danach geht der Entwurf in den Bundestag zur weiteren Beratung und Verabschiedung. Nachdem der Bundestag ein Gesetz verabschiedet hat geht es immer in den Bundesrat. Während der Bundesrat bei sogenannten Einspruchsgesetzen nur seinen Unmut äußern, aber das Gesetz letztlich nicht verhindern kann, hängt bei Zustimmungsgesetzen das Zustandekommen des Gesetzes von der Zustimmung des Bundesrates ab. Es wird also im Bundesrat über das Gesetz abgestimmt. Er hat aktuell 69 Mitglieder (Stimmen). Jedes Bundesland hat mindestens drei, höchstens sechs Stimmen. Je mehr Einwohner ein Bundesland hat, desto mehr Stimmen hat es im Bundesrat. Erhält ein Gesetzentwurf keine Mehrheit, dann kommt ein Vermittlungsausschuss ins Spiel. Dieser ist zu gleichen Teilen aus Abgeordneten des Bundestages und Abgeordneten des Bundesrates zusammengesetzt und er hat die Funktion einen Kompromiss zu finden. Wird für ein Zustimmungsgesetz kein Kompromiss gefunden, scheitert das Gesetz. Wird ein Kompromiss erzielt, dann muss nochmals der Bundestag über das geänderte Gesetz abstimmen. Nur wenn dieser dann zustimmt, geht das Gesetz weiter an den Bundespräsidenten.

Bearbeiterin

Die Zusammensetzung des Bundesrates
Stand: 03/2020

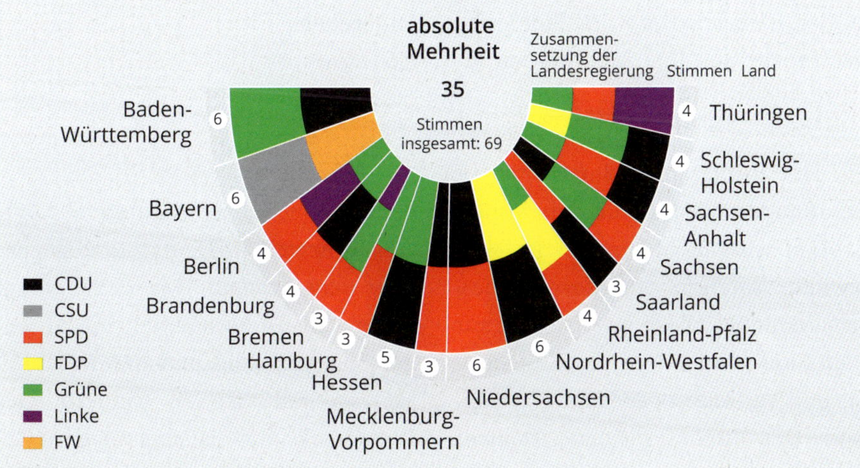

3 Die Bundesregierung

Der Bundeskanzler/die Bundeskanzlerin und die Bundesminister bilden die Bundesregierung. Sie wird nicht direkt vom Volk gewählt, sondern geht aus dem Bundestag hervor. Nach einer Bundestagswahl wählt der Bundestag mit der absoluten Mehrheit seiner Stimmen (genannt „Kanzlermehrheit") den Bundeskanzler. Dieser ernennt daraufhin die Bundesminister. In Deutschland gehört der Bundeskanzler oder die Bundeskanzlerin in der Regel der stärksten Partei im Bundestag an. Um die absolute Mehrheit zu erreichen sind aber meistens mehr Stimmen als die einer Partei nötig, so dass es zu Regierungskoalitionen kommt. Die Regierung trifft sich regelmäßig in Sitzungen. Dort wird über die Innen- und Außenpolitik Deutschlands beraten. Die Regierung hat in ihrem Regierungsprogramm viele Vorhaben, die sie durch Gesetze umsetzen möchte. Sie kann dann eine "Gesetzesinitiative" starten, also den ersten Schritt tun, damit ein Gesetz entsteht. Wünscht sich die Regierung beispielsweise ein neues Gesetz zum Kindergeld oder zu E-Scootern, dann macht sie dafür einen Gesetzentwurf. Die Bundesregierung kann bei der Entwicklung von Gesetzesentwürfen auf das Fachpersonal und Fachwissen der entsprechenden Ministerien und deren Experten zurückgreifen. Gesetzentwürfe gibt sie zunächst an den Bundesrat weiter, der sich dazu äußern kann. Dann wird der Gesetzentwurf dem Bundestag zur Beratung vorgelegt. Am Ende des Prozesses wird das Gesetz von der Bundeskanzlerin oder vom zuständigen Minister unterzeichnet und abschließend an den Bundespräsidenten weitergegeben.

Bearbeiterin

4 Der Bundespräsident

Der Bundespräsident/die Bundespräsidentin wird nicht direkt vom Volk gewählt, sondern von der Bundesversammlung. Diese setzt sich je zur Hälfte aus Mitgliedern des Bundestages und Vertretern der Länder zusammen. Der Bundespräsident ist zwar das „Staatsoberhaupt", er hat aber hauptsächlich „repräsentative" Aufgaben. Er vertritt Deutschland gegenüber dem Ausland, d.h. er empfängt andere Staatsoberhäupter, macht selber Staatsbesuche und unterzeichnet Verträge mit anderen Ländern. Der Bundespräsident hat aber auch im Gesetzgebungsverfahren eine wichtige

Aufgabe. Ist ein Gesetz von Bundestag und Bundesrat beschlossen worden, muss abschließend noch der Bundespräsident den Gesetzestext unterschreiben (in der Fachsprache spricht man von "ausfertigen"). An der Entstehung des Gesetzes ist er zwar nicht beteiligt, aber ohne seine Unterschrift gelten Gesetze nicht. Der Bundespräsident darf die Ausfertigung eines Gesetzes verweigern, wenn er das Gesetz für verfassungswidrig hält, also, wenn er glaubt, dass das Gesetz nicht mit dem Grundgesetz vereinbar ist. Das ist in der Geschichte der Bundesrepublik seit 1949 bereits sieben Mal passiert. Veröffentlicht, also verkündet, wird das Gesetz anschließend im Bundesgesetzblatt. Erst danach tritt es in Kraft und zwar an dem Tag, der im Gesetz festgeschrieben wurde.

Bearbeiterin

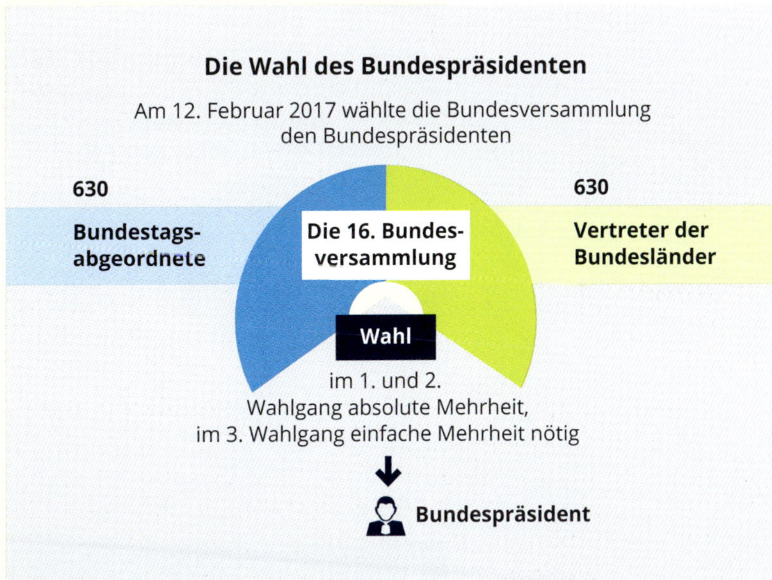

dpa-Grafik 15949; Quelle: Bundestag, Bundespräsidialamt

M26 Gesetzgebungsprozess am Beispiel des Klimapakets – karikiert

Karikatur: Rabe, 2019

Klimapaket
Ende 2019 hat der Deutsche Bundestag das sogenannte „Klimapaket 2030" auf den Weg gebracht. Mit Hilfe dieses Klimapaketes werden Maßnahmen und Gesetze gebündelt, die den Klimaschutz voranbringen sollen. Über die Inhalte dieses Paketes wurde zwischen den Bundesländern im Bundesrat und dem Bundestag zum Teil heftig diskutiert.

M27 Statistik der Gesetzgebung

In der Zeit 2017-2019 wurden 354 Gesetzesvorhaben beim Bundestag eingebracht.

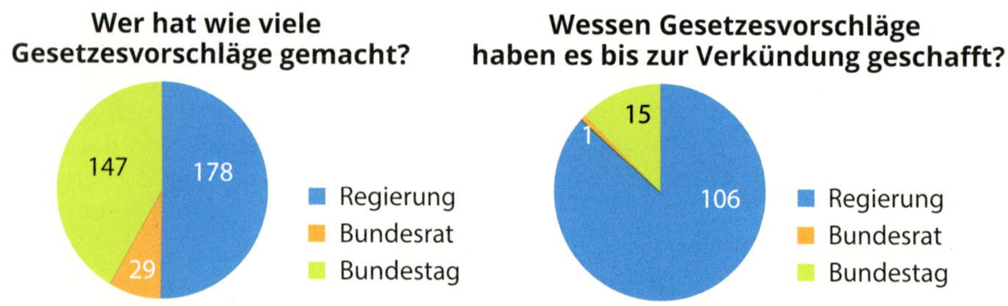

Bearbeiterin, eigene Berechnungen, nach: Deutscher Bundestag, Parlamentsdokumentation – Statistik der Gesetzgebung, www.bundestag.de, Stand: 03.02.2020, Abruf am 20.02.2020

AUFGABEN

H Aufgabe 1
„Wie ein Gesetz entsteht": Hier findet ihr einen Infofilm

Mediencode: 71077-14

1. Führt ein Gruppen-Puzzle zum Gesetzgebungsprozess (**M24**, **M25**) durch.
   a) Übernehmt zunächst in der Stammgruppe jeweils einen Infotext zu einem Verfassungsorgan aus **M25** und lest ihn alleine.
   b) Bildet Expertengruppen zu jedem Verfassungsorgan und klärt mit Hilfe der Grafik (**M24**), wann und wie es an der Entstehung eines Gesetzes beteiligt ist. Formuliert Fragen zu den anderen Verfassungsorganen.
   c) Erläutert euch gegenseitig in der Stammgruppe „euer" Verfassungsorgan. Stellt und beantwortet euch hierzu eure Fragen. Überarbeitet im Anschluss daran eure Mindmap aus der Einstiegsaufgabe auf S. 38 und beurteilt abschließend, ob alle Verfassungsorgane gleich „mächtig" sind.
2. Skizziert für euren Neuregelungsvorschlag für E-Scooter (aus Aufgabe 3, S. 36), welchen Weg er bis zu seiner Inkraftsetzung gehen könnte. Begründet, ob, und wenn ja, warum der Bundesrat beteiligt werden muss.
3. Simuliert zu eurem gewählten Gesetzesvorschlag eine Sitzung im Bundesrat:
   a) Bildet 16 Teams und übernehmt jeweils ein Bundesland (**M25**, **2**).
   b) Sammelt mögliche Änderungsvorschläge an der Tafel.
   c) Stimmt zunächst über jeden einzelnen Änderungsvorschlag ab. Stimmt zum Schluss über den gesamten Gesetzesvorschlag (mit oder ohne Änderungen) ab. Beachtet dabei, dass die Stimmen pro Bundesland nur geschlossen mit „ja" oder „nein" abgegeben werden können.
4. Analysiert die Grafiken (→ Methodenkarte auf S. 264) in **M27**. Wertet sie auch im Hinblick auf die „Machtverhältnisse" zwischen den Organen aus.
5. Sollte der Gesetzgebungsprozess in Deutschland verändert werden?
   a) Analysiert die Karikatur in **M26** und nehmt zu ihrer möglichen Aussage-Absicht Stellung.
   b) Diskutiert die Frage auch im Zusammenhang mit **M27** in der Klasse.

F Aufgabe 5
Analysiert, welche Merkmale von Demokratie sich im Gesetzgebungsprozess widerspiegeln.

Ein Erklärvideo über die Rolle des Bundesrates produzieren MK

I. Worum geht es?

Der Besucherdienst des Bundesrates, für den Felix' Mutter arbeitet, möchte ein Erklärvideo in Legetechnik über den Bundesrat drehen. Dabei soll die Rolle des Bundesrates bei der Gesetzgebung am Beispiel der Elektro-Tretroller dargestellt werden. Felix' Mutter hat vorgeschlagen, das Video in einem Schülerwettbewerb erstellen zu lassen. Produziert mit Hilfe eures im Kapitel erworbenen Wissens in Gruppen Erklärvideos und simuliert den Wettbewerb.

II. Geht dabei so vor:

1. Schritt: Teams bilden

Bildet in der Klasse gleichgroße Teams aus 3-5 Schülerinnen und Schülern.

2. Schritt: Informationen zusammenstellen

Klärt in der Gruppe nochmals die Rolle des Bunderates bei der Gesetzgebung. Vergegenwärtigt euch auch, wie diese im Falle der Regelung zu den Elektro-Tretrollern genau aussieht. Macht euch Notizen.

3. Schritt: Skript entwerfen

a) Wählt aus den angebotenen Grafiken und Fachbegriffen für euch passende aus und erstellt bei Bedarf auch noch eigene.
b) Legt eine Tabelle an und schreibt euren Text in die linke Spalte.
c) Notiert in der rechten Spalte, welches Bild (Begriff etc.) zu welcher Textstelle gelegt wird, welche Bilder wann hinzukommen und welche wann weggewischt werden.

4. Schritt: Rollen verteilen und Aufnahme proben

a) Legt fest, wer Regisseur, wer Sprecher des Textes, wer Bildaufleger und wer Bediener des Aufnahmegerätes ist.
b) Übt wie ihr langsam und deutlich vortragen könnt und dabei Vortragstext und Bilder zeitlich in Übereinstimmung bringt.

5. Schritt: Video produzieren

Achtet darauf, dass das Aufnahmegerät nicht wackelt und die Tonwiedergabe deutlich ist.

Bearbeiterin

H zu Schritt 2
Lest nach in **M24** und **M25**.

Beispiel für ein Erklärvideo in Legetechnik ansehen

Mediencode: 71077-15

Kopiervorlage mit Grafiken zum Ausschneiden

Mediencode: 71077-16

1

Wie zufrieden oder unzufrieden bist du – alles in allem – mit der Demokratie, so wie sie in Deutschland besteht?

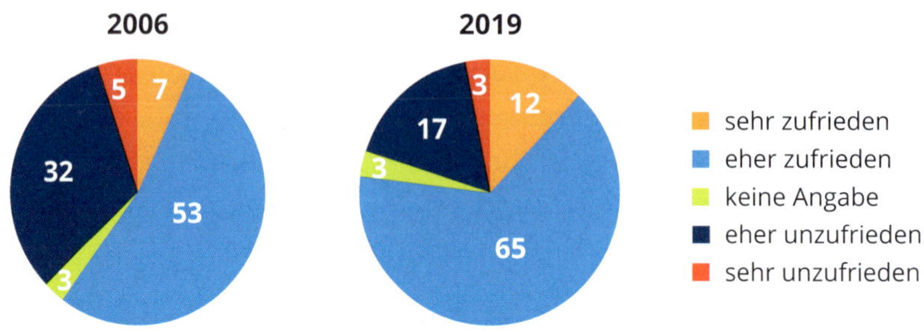

Jugendliche im Alter von 15 bis 25 Jahren, Angaben in %
Quelle: 18. Shell Jugendstudie 2019 (Grafik: Bearbeiterin)

2

Sich in die Politik einzumischen, ist bei Jugendlichen ...

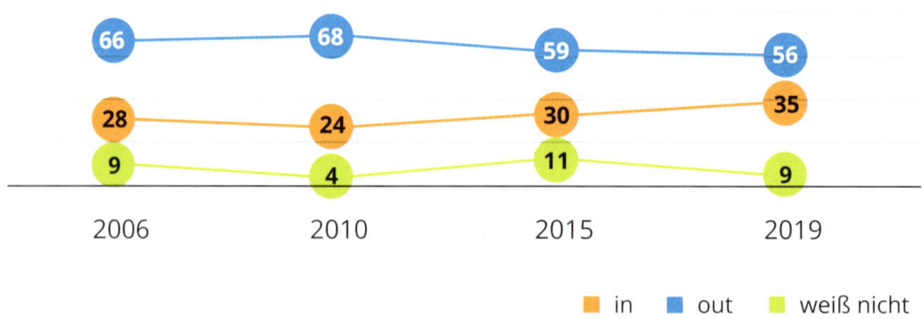

Befragt wurden 2.572 Personen von 12-25 Jahren
Ebd.

3

Wo informieren sich Jugendliche aktiv über Politik? (Stand: 2019)
(Mehrfachnennungen, Angaben in %)

Befragt wurden 2.572 Personen von 12-25 Jahren
Ebd.

Beteiligungsformen in der repräsentativen Demokratie: Brauchen sie ein Update?

2

Ist es noch zeitgemäß, in ein Wahllokal zum Wählen zu gehen und sich in der Zeitung oder im Fernsehen über Politik zu informieren? Fördern Internet und soziale Medien wie Facebook und Instagram die politische Beteiligung oder stellen sie eher eine Gefahr dar? Wenn Wahlen in einer repräsentativen Demokratie, wie in Deutschland, eine besondere Bedeutung haben, sollten dann nicht auch bereits Jugendliche wählen dürfen? In diesem Kapitel geht es sowohl um die Beantwortung dieser Fragen als auch um die grundlegenden Aufgaben, die Wahlen und Medien in der Demokratie haben.

Am Ende des Kapitels solltet ihr Folgendes können:

- das Wahlverfahren und die Bedeutung von Landtagswahlen erläutern
- die Vor- und Nachteile elektronischer Wahlen gegeneinander abwägen
- eine Anhörung zur Absenkung des Wahlalters bei Landtagswahlen simulieren
- ein begründetes politisches Urteil zum Vorschlag „Wählen ab 16" formulieren und den Prozess reflektieren
- die Aufgaben und Einflussmöglichkeiten von (Massen-)Medien in der Demokratie erklären
- die Gefahren und Chancen von sozialen Medien für politische Beteiligung und Demokratie beurteilen

WAS WISST UND KÖNNT IHR SCHON?

1. Führt eine eigene Umfrage zu den Fragen und Themen auf der linken Seite in der Klasse durch.
2. Arbeitet in Kleingruppen zu jeweils einem Diagramm.
   a) Vergleicht euer Ergebnis mit dem aus der Shell-Jugendstudie.
   b) Sammelt mögliche Gründe für das Ergebnis der Shell-Studie und für mögliche Abweichungen eurer eigenen Ergebnisse.
   c) Sollte sich eurer Ansicht nach etwas verändern? Notiert Antworten und Vorschläge auf einem Plakat, einer Folie o. ä.
3. Präsentiert und ergänzt eure Ergebnisse in der Klasse.
4. Positioniert euch zu der oben stehenden Kapitelfrage auf einer Positionslinie zwischen „ja" und „nein". Begründet eure Positionierung kurz.

Einen Info-Kanal für Messenger herausgeben

I. Worum geht es?

Viele Menschen informieren sich gerne mit dem Smartphone über Politik und Wirtschaft. Mit Hilfe eines Info-Kanals, der über einen Messenger wie WhatsApp, Telegram oder Instagram abonniert wird, kann man regelmäßig politische Informationen und Nachrichten in überschaubarem Umfang erhalten. Dahinter steht eine Redaktion, die die Themen auswählt, die Nachrichtenhintergründe recherchiert und die Inhalte für den Info-Kanal formuliert.

II. Geht dabei so vor:

1. Schritt: Vorbereitung

a) Bildet Gruppen von ca. 4 Personen.
b) Seht euch den Info-Kanal der Bundeszentrale für politische Bildung mit Hilfe des links stehenden QR- bzw. Mediencodes an und informiert euch darüber, wie so ein Info-Kanal funktioniert.

Wie funktioniert ein Info-Kanal?

Mediencode: 71077-17

2. Schritt: Thema wählen und Wissen aneignen

a) Einigt euch in der Gruppe auf ein Unterthema des Kapitels. Möglich wären z. B. folgende Themen:
   - Landtagswahlen: → **M1, M2, M3, M8**
   - Arbeit und Aufgaben des Landtags: → **M4, M5, M6**
   - E-Voting: → **M8, M9, M10**
   - Wählen ab 16: → **M8, M12, M13, M14**
   - Politische Beteiligungsmöglichkeiten für Jugendliche: → **M1, M15, M22A**
   - Aufgaben von Medien in der Demokratie: → **M17, M18, M19**
   - Soziale Medien und Politik: → **M20, M21, M22, M23**
b) Informiert euch, indem ihr die in a) angegebenen Materialien auswertet.
c) Ergänzt die Informationen durch eigene Recherchen und stellt einen aktuellen Bezug her.

3. Schritt: Inhalt zum Thema für den Info-Kanal erstellen

a) Entwerft den Inhalt eures Beitrags in Stichworten auf einem Poster, Tablet o. ä.
b) Formuliert euren Beitrag aus.
c) Richtet eine Messenger-Gruppe für eure Klasse ein und verschickt eure Beiträge in einer festgelegten Reihenfolge nach und nach (z. B. im Tages-, Wochen- oder Monatsrhythmus).

Bearbeiterin

2.1 Durch Wahlen in der repräsentativen Demokratie mitwirken

2.1.1 Sind Landtagswahlen weniger wichtig als Bundestagswahlen?

Zum Thema: Werden wir gefragt, welche Wahlen in Deutschland die wichtigsten sind, ist häufig die Bundestagswahl die erste Antwort. Doch stimmt das wirklich? Sind zum Beispiel Landtagswahlen weniger wichtig? Lohnt es sich da überhaupt, wählen zu gehen? Im Folgenden erfahrt ihr, welche Funktion Wahlen im Allgemeinen für Demokratien haben und was sich durch Landtagswahlen beeinflussen lässt.

M1 Die SV fordert die Teilnahme am Projekt „Juniorwahl" für die kommende Landtagswahl

Die SV-Mitglieder beanstanden, dass es keine Möglichkeit zur Teilnahme an den Juniorwahlen für die bevorstehende Landtagswahl geben soll. Einige Lehrerinnen und Lehrer argumentieren, dass eine Teilnahme an der Juniorwahl zur Bundestagswahl ausreiche, da das Wahlverfahren gleich und die Bundestagswahl ohnehin wichtiger sei. Zu dritt planen sie nun einen Antrag an die Schulleitung, allen Klassen und Jahrgangsstufen die Teilnahme am Projekt zu ermöglichen. Dem Antrag liegen folgende Informationen bei, die die SV-Mitglieder in der Zeitung gefunden haben:

Juniorwahl 2017: Immer mehr Jugendliche nehmen teil!

Auch dieses Mal haben viele weiterführende Schulen in NRW an der „Juniorwahl" zur Landtagswahl mitgemacht. Das gleichnamige Projekt „Juniorwahl", das seit 1999 in vielen deutschen Schulen durchgeführt wird, wird immer beliebter. Nach einer Vorbereitung im Unterricht wird parallel zu den jeweils aktuellen Landtagswahlen, Bundestagswahlen und Europawahlen eine Wahl simuliert. Die Ergebnisse werden um 18:00 am „echten" Wahltag veröffentlicht. Organisiert wird die Juniorwahl von dem überparteilichen Verein Kumulus e.V. Das Projekt umfasst alle Schulformen – ausgenommen Grundschulen – ab Klassenstufe 7.

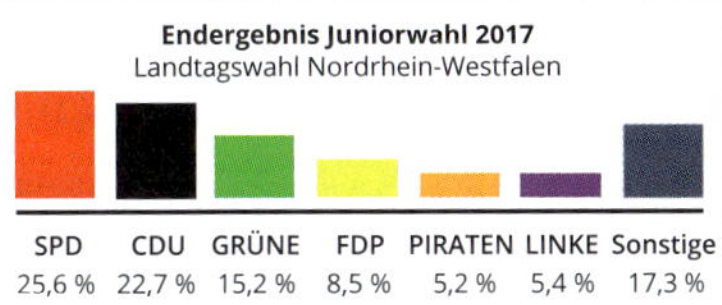

Anzahl der Wahlberechtigten	59.796
Anzahl abgegebene Stimmen	50.026
Davon ungültig	1.700
Gültige Stimmen	48.326

© Kumulus e.V., Endergebnis Juniorwahl 2017 Landtagswahl NRW, www.juniorwahl.de, Abruf am 02.04.2020

Bearbeiterin

EINSTIEGSAUFGABEN

1. Tauscht euch darüber aus, ob ihr die Teilnahme an der Juniorwahl für lohnenswert haltet. Was spricht dafür, was dagegen? Haltet euer Ergebnis fest.
2. Würdet ihr eher an den „echten" Landtagswahlen oder Bundestagswahlen teilnehmen? Sammelt und notiert auch hier eure Gründe dafür und dagegen.

M2 Welche Funktionen haben Wahlen in der Demokratie?

Wahlen sind das Kernstück einer Demokratie. Die Bürgerinnen und Bürger nehmen indirekt durch Repräsentanten, die sie selbst wählen, an der Ausübung von Macht im Staat teil. Die gewählten Abgeordneten sind dann Vertreter des gesamten Volkes. In dieser „repräsentativen" Demokratie regiert also nicht das ganze Volk, sondern gewählte Vertreter regieren mit Zustimmung des Volkes. Diese erhalten ihre Macht jedoch nur auf Zeit, nämlich bis zu den nächsten Wahlen (in der Regel alle 4, 5 oder 6 Jahre). Die Politiker müssen also, wenn sie wiedergewählt werden wollen, die Meinungen und Wünsche der Wählerschaft berücksichtigen. So erhält die Wahl die Funktion der Machtkontrolle. Dies funktioniert aber nur, wenn sich prinzipiell jede soziale Gruppe an dem Wettbewerb um die Macht beteiligen kann und die Opposition immer die Chance hat, an die Macht zu kommen. Um die Interessen der verschiedenen sozialen Gruppen zu bündeln und zu organisieren, gibt es Parteien, die Kandidaten aufstellen, Wahlprogramme erstellen und miteinander in einen Wettbewerb um die Wählerstimmen treten. Da es in Deutschland mehrere politische „Ebenen" gibt (Kommunen, Länder und Bund), von denen jede ihre eigene Volksvertretung (Gemeinde-/Stadträte bzw. Parlamente) hat, gibt es Kommunal-, Landtags- und Bundestagswahlen. Darüber hinaus wird das Parlament der Europäischen Union regelmäßig direkt vom Volk gewählt.

Bearbeiterin

Grundgesetz Artikel 20
(2) Alle Staatsgewalt geht vom Volke aus. Sie wird vom Volke in Wahlen und Abstimmungen und durch besondere Organe der Gesetzgebung, der vollziehenden Gewalt und der Rechtsprechung ausgeübt.

M3 Wie viele Wahlberechtigte gehen zur Wahl?

a) Wahlbeteiligungen bei den letzten Wahlen

Bundestagswahl	Landtagswahl NRW	Kommunalwahl NRW	Europawahl
76,2% (2017)	65,2% (2017)	49,97% (2014)	50,62% (2019)
71,5% (2013)	59,6% (2012)	52,3% (2009)	42,61% (2014)

b) Welche Altersgruppen beteiligen sich am meisten bei Wahlen?

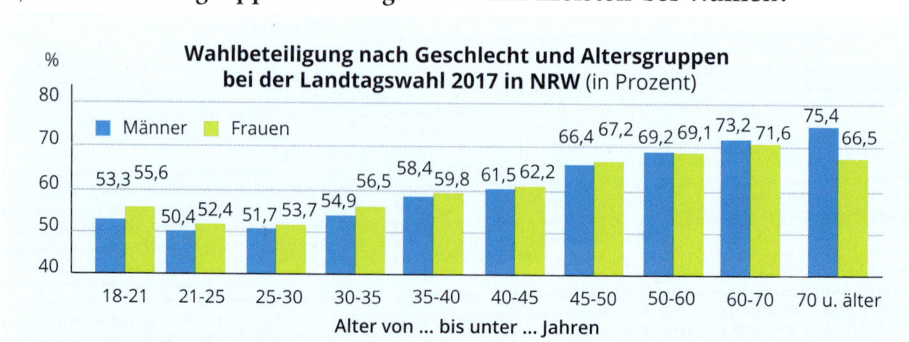

© Information und Technik NRW, Düsseldorf, 2018, Landtagswahl 2017 (Heft 5) – Ergebnisse nach Alter und Geschlecht in NRW, www.webshop.it.nrw.de, 03/2018, Abruf am 01.04.2020, S. 11

Wahlbeteiligung in Prozent
Verhältnis der Wähler zu den Wahlberechtigten:

$$\frac{\text{Wähler}}{\text{Wahlberechtigte}} \cdot 100\,\%$$

M4 Welche Aufgaben hat der Landtag?

Das Parlament Nordrhein-Westfalens, der Landtag, hat seinen Sitz in Düsseldorf. Seine Zusammensetzung, Aufgaben und das Wahlverfahren sind in der Landesverfassung geregelt. Der Landtag wird direkt von den Bürgerinnen und Bürgern in NRW gewählt. Zu seinen wesentlichen Aufgaben gehören:

1 **Wählen:** Die Abgeordneten im Landtag wählen mit absoluter Mehrheit (über die Hälfte der Abgeordneten muss zustimmen) den/die Ministerpräsidentin. Diese/r ist immer Mitglied der stärksten Fraktion und bildet als Chef/in daraufhin die Landesregierung. Da es sehr selten vorkommt, dass eine Partei mehr als 50% der Sitze erhält, ist dies meistens eine Koalitionsregierung aus 2-3 Parteien. Um diese Koalition zu bilden, führt die stärkste Fraktion „Sondierungsgespräche" mit anderen Parteien, um Gemeinsamkeiten zu prüfen. Am Ende steht ein Koalitionsvertrag.

2 **Gesetzgebung:** Entscheidungen und Gesetze, die die Bürger speziell in NRW betreffen, werden hier getroffen. Der Landtag kümmert sich besonders um die Bereiche Polizei, Schulen, Universitäten, Verkehr und Hörfunk/Fernsehen. Vorschläge für Gesetze (und häufig Gesetzesänderungen) können vom Landtag, von der Landesregierung und von den Bürgerinnen und Bürgern in NRW gemacht werden. Bevor ein Gesetz verabschiedet wird, dauert es in der Regel mehrere Monate. Zunächst wird darüber in den Fachausschüssen (z.B. Recht, Familie, Kinder und Jugend), den Fraktionen und deren Arbeitskreisen gründlich beraten. Das Parlament ist dann der Ort, an dem die Standpunkte zusammengefügt werden und an dem letztendlich entschieden wird. In den meisten Fällen ist eine einfache Mehrheit des Parlaments nötig, um ein Gesetz zu verabschieden. Wenn die Landesverfassung geändert werden soll, dann ist eine 2/3 Mehrheit erforderlich.

3 **Landeshaushalt verabschieden:** Das Haushaltsgesetz wird jedes Jahr neu verabschiedet. Darin ist festgelegt, wofür im folgenden Jahr Geld ausgegeben und wo eingespart werden soll. Im Jahr 2017 betrug der Landeshaushalt rund 72 Milliarden Euro.

4 **Regierung und Verwaltung kontrollieren:** Die Abgeordneten kontrollieren die Landesregierung und die Landesverwaltung, zum Beispiel durch Anfragen oder Untersuchungsausschüsse. Da die Landesregierung gleichzeitig auch die Mehrheit der Abgeordneten im Landtag stellt (vgl. 1), übernimmt die Kontrollfunktion vor allem die Opposition.

Bearbeiterin

M5 Worüber entscheidet das Bundesland?

Landesweites Azubi-Ticket kommt

Immer weniger Windräder in NRW genehmigt

Das Fach Informatik wird für die Erprobungsstufe in der G9 verpflichtend eingeführt

Studiengebühren in NRW wieder abgeschafft

Radschnellwege in NRW müssen schneller ausgebaut werden!

Klimapaket der Bundesregierung im Bundesrat ausgebremst!

Bearbeiterin

M6 Neue Landesregierung in NRW, neuer Bundesrat!

Die Länder entscheiden über den Bundesrat auch bei „zustimmungspflichtigen“ (die Bundesländer betreffenden) Gesetzen des Bundes mit. Jedes der 16 Bundesländer hat gemäß seiner Einwohnerzahl eine bestimmte Anzahl an Stimmen im Bundesrat. NRW ist mit ca. 18 Millionen Einwohnern das bevölkerungsreichste Land und hat 6 Stimmen.

1

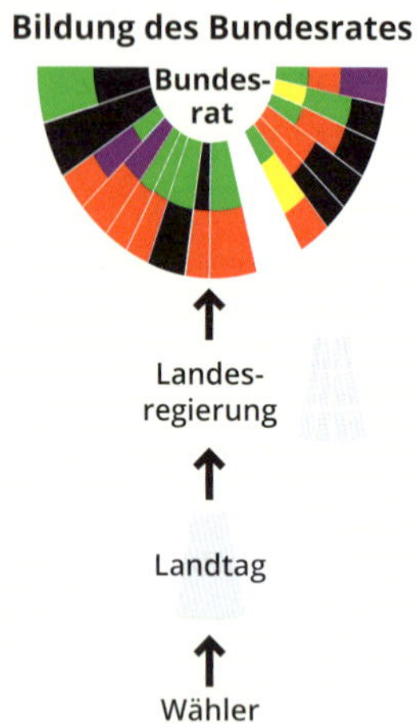

2

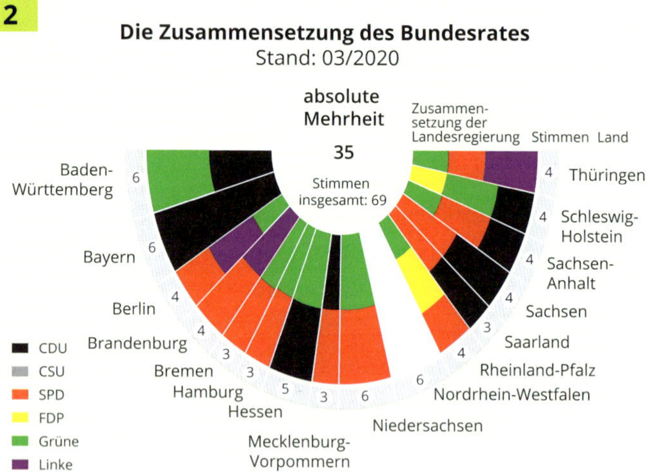

Bearbeiterin

AUFGABEN

1. Lest **M2** und ordnet den folgenden Begriffen jeweils Sätze daraus zu:
   a) Legitimation (Anerkennung/Berechtigung) der Regierenden, b) Kontrolle, c) Konkurrenz, d) Repräsentation.
2. Analysiert die Daten zur Wahlbeteiligung in **M3**.
   a) Berechnet die Wahlbeteiligung der Juniorwahl (**M1**) mit Hilfe der Formel in der Randspalte auf S. 50.
   b) Formuliert Vermutungen darüber, wie die Unterschiede bei der Wahlbeteiligung zwischen den Altersgruppen (**M3b**) und bei der Juniorwahl zu erklären sind.
3. Erstellt ein Schaubild zu den Aufgaben des Landtages mit Hilfe der Informationen aus **M4** und **M5**.
4. Bildet auf der Grundlage des Wahlergebnisses der Juniorwahl (**M1**) zwei mögliche Regierungskoalitionen für NRW. Erklärt die jeweiligen Auswirkungen auf den Bundesrat (**M6**).
5. Formuliert (z. B. in Dreiergruppen) eine Stellungnahme der SV an die Schulleitung zur Durchführung der Juniorwahl auf Landesebene (**M1**). Bezieht dabei auch die Bedeutung der Landtagswahlen im Vergleich zu Bundestagswahlen mit ein.

F Aufgabe 3
Recherchiert nach aktuellen Entscheidungen der NRW-Landesregierung.

H Aufgabe 4
Weitere Informationen zum Bundesrat findet ihr in Kapitel 1 auf S. 41 in M25 2.

2.1.2 Am Sonntag ins Wahllokal: Ist das analoge Wahlverfahren überholt? MK

Zum Thema: „Du hast die Wahl!“ Das klingt einfach, aber dennoch erscheint vielen das Wahlsystem in Deutschland kompliziert. Es funktioniert auch nicht genauso wie eine Wahl zwischen verschiedenen Smartphone-Modellen einfach per Mausklick im Internet oder an der Ladentheke. Das folgende Kapitel soll euch dabei helfen, das Verfahren einer Landtagswahl in NRW zu durchschauen und zu beurteilen, ob es in Zukunft „digitalisiert“ werden sollte.

M7 Vorbereitung auf die Wahlsimulation

Die Schulleiterin hat sich von der SV überzeugen lassen und für die Teilnahme an der Juniorwahl zur Landtagswahl „grünes Licht“ gegeben. Aufgrund der Raumnot an der Schule sieht sie das Problem, für ein paar Tage einen Raum als „Wahllokal“ belegen zu müssen. An einer Lösung werde aber gearbeitet. Mias Freundin Anna, Mia und Emre fangen darüber zu diskutieren an …

Ein Wahllokal? Ist das nicht völlig veraltet? Sicherlich lässt sich der Wahlvorgang auch über das Internet simulieren! Ich verstehe gar nicht, warum es das noch nicht überall gibt. Papier, Bleistift und Wahlkabine, das ist doch Steinzeit…

Ja, genau! Anna, du hast Recht! Wie wäre es mit einer Wahl-App! In der Schule fällt das WLAN-Netzwerk dauernd aus und Smartphones dürfen nicht benutzt werden. Aber mit der App könnten alle wählen, wann sie wollen.

Soweit ich weiß, stellt der Veranstalter zwar keine App, aber auf Wunsch einen Wahlcomputer zur Verfügung. Dann könnten wir die Wahl papierfrei durchführen. Was spricht eigentlich dagegen?

EINSTIEGSAUFGABE

Sollten politische Wahlen auch über einen Wahlcomputer oder das Internet durchgeführt werden? Stimmt darüber ab und formuliert ein Spontanurteil.

M8 Wie wird der Landtag gewählt?

A Voraussetzungen und Durchführung der Wahl

Wählen darf, wer mindestens 18 Jahre alt ist, die deutsche Staatsangehörigkeit hat und mindestens seit dem 16. Tag vor der Wahl in NRW wohnt. Wählbar ist, wer darüber hinaus seit mindestens 3 Monaten in NRW wohnt. Am Wahltag dürfen die Bürgerinnen und Bürger in 128 Wahlkreisen in NRW zwischen 8 und 18 Uhr ihre Stimmen abgeben.

Wahltag ist in Deutschland immer ein Sonntag und damit ein für die meisten Bürger arbeitsfreier Tag. Unter Vorlage der Wahlbenachrichtigung oder des Personalausweises erhalten die Bürgerinnen und Bürger im Wahllokal einen Stimmzettel, den sie in einer Kabine ausfüllen, danach falten und anschließend in eine Wahlurne werfen.

Wer schon vor dem Wahltag wählen möchte, kann Briefwahlunterlagen anfordern. Ehrenamtliche Wahlhelferinnen und Wahlhelfer überwachen die Stimmabgabe, zählen am Abend die Stimmen aus und übermitteln das Ergebnis des Stimmbezirks an die Wahlkreisleitungen. Die Stimmzettel werden aufbewahrt und können bei Bedarf neu ausgezählt werden.

B Vom Stimmzettel zur Sitzverteilung

Jeder Wahlberechtigte hat zwei Stimmen. Mit der Erststimme wird ein Wahlkreiskandidat einer Partei gewählt. In den 128 Wahlkreisen in NRW wird je eine Person direkt gewählt. Gewählt ist, wer die meisten Stimmen erhält (einfache Mehrheit). Alle direkt gewählten Kandidaten ziehen in jedem Fall in den Landtag ein. Mit der Zweitstimme wählt man eine Parteiliste. Maßgeblich für das Gesamtverhältnis der Parteien im Landtag ist die Zweitstimme. Nach der Wahl wird zuerst ermittelt, wie hoch der verhältnismäßige Anteil der Parteien an den abgegebenen gültigen Zweitstimmen ist. Nur Parteien, die mindestens 5% der Stimmen erhalten, kommen in den Landtag. Insgesamt sind 181 Sitze zu vergeben.

Um die Stimmenanteile der Parteien in Sitze umzuwandeln, wird ein mathematisches Verfahren angewendet. Wenn für eine Partei mehr Kandidaten in den Wahlkreisen direkt gewählt wurden als sie Sitze über die Zweitstimme erhalten hat, wird die Zahl der Abgeordneten erhöht. Diese zusätzlichen Sitze heißen „Überhangmandate". Damit das über die Zweitstimme ermittelte Verhältnis der Parteien im Landtag dadurch nicht verändert wird, erhalten die anderen Parteien entsprechende „Ausgleichsmandate". Dieses Wahlsystem wird auch bei Bundestagswahlen benutzt und „personalisiertes Verhältniswahlsystem" genannt.

Grundgesetz Artikel 28
(1) In den Ländern, Kreisen und Gemeinden muss das Volk eine Vertretung haben, die aus allgemeinen, unmittelbaren, freien, gleichen und geheimen Wahlen hervorgegangen ist.

Sainte Laguë/Schepers-Verfahren
Das bei der Landtagswahl derzeit angewandte mathematische Verfahren, wie die Stimmenanteile der Parteien in Sitze umgewandelt werden können, wurde von André Sainte-Laguë und Hans Schepers entwickelt.

C Grafik zum Wahlsystem

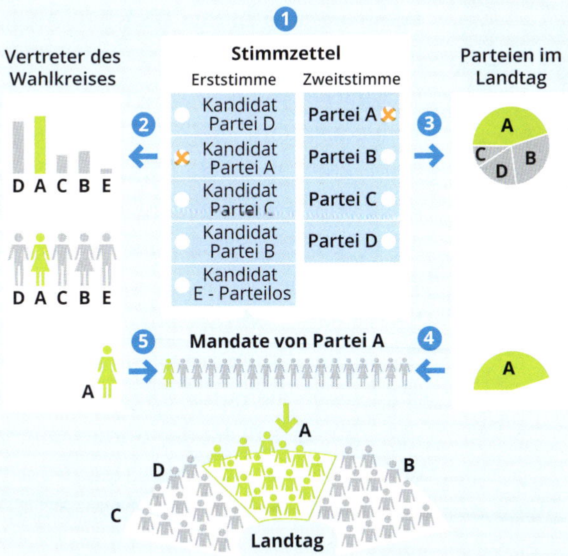

D Beispiel: Ergebnis der Landtagswahl 2017

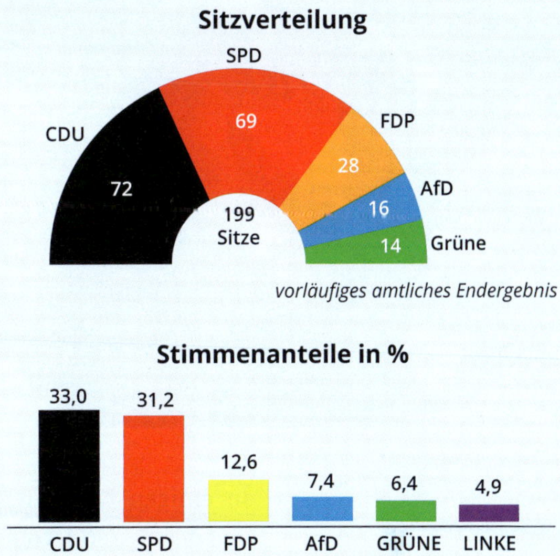

E Wahlrechtsgrundsätze (nicht nur) für die Landtagswahl

Allgemein	Unmittelbar	Frei	Gleich	Geheim
Alle Bürger sind wahlberechtigt, soweit sie die allgemeinen Voraussetzungen dafür erfüllen. Keine Gruppe ist aus sozialen, politischen oder wirtschaftlichen Gründen von der Wahl ausgeschlossen.	Die Wählerstimmen werden direkt für die Zuteilung der Abgeordnetensitze verwendet. Es gibt keine Zwischeninstanz, wie z. B. Wahlfrauen oder -männer.	Die Stimme kann frei von staatlichem Zwang oder sonstiger unzulässiger Beeinflussung abgegeben werden.	Alle Wahlberechtigten haben gleich viele Stimmen zu vergeben. Alle Stimmen haben gleiches Gewicht.	Es darf nicht feststellbar sein, wie die einzelne Bürgerin bzw. der einzelne Bürger gewählt hat.

Bearbeiterin

M9 Elektronisches Wählen: Welche Möglichkeiten gibt es schon?

Unter E-Voting wird allgemein die Möglichkeit verstanden, mit Hilfe von Informations- und Kommunikationstechnologie zumindest einen Teil des Wahlprozesses (z. B. Stimmabgabe und Stimmenauszählung) durchzuführen. Dabei kann zum Beispiel ein eigens konstruierter Wahlcomputer genutzt werden. I-Voting bezieht sich dagegen nur auf die Möglichkeit, über das Internet zu wählen.

Die USA sind weltweit Vorreiter beim E-Voting. Hier sind Menschen an Wahlcomputern bei einer Präsidentschaftswahl in den USA zu sehen.

In einigen Ländern wird die Möglichkeit des E- und I-Votings bereits genutzt. In Europa ist Estland bisher das einzige Land mit einem festen I-Voting-Angebot. In Frankreich, Norwegen und der Schweiz wurden Verfahren getestet. Fest verankert sind Online-Wahl und Wahlcomputer in den USA und Australien.

In Deutschland wurde der Einsatz von Wahlcomputern bei der Bundestagswahl 2005 getestet. Danach hat das Bundesverfassungsgericht sie für verfassungswidrig erklärt und ihren Einsatz gestoppt.

Beanstandet wurde vor allem, dass durch die Wahlcomputer der Wahlvorgang nicht mehr für alle Bürgerinnen und Bürger vollständig durchschaubar und nachvollziehbar war. Damit sei die Einhaltung der Wahlrechtsgrundsätze nicht gesichert.

Bearbeiterin, auf Basis von: © 2015 Deutscher Bundestag, Online-Wahlen, www.bundestag.de, Abruf am 03.04.2020. Bearbeiterin,

M10 Bequem zu Hause vom Sofa: Ist I-Voting die Zukunft des Wählens?

Emre recherchiert im Internet, um Argumente für und gegen das I-Voting zu sammeln. Die Wichtigsten hat er zusammengefasst ...

1 Es gibt Sicherheitsrisiken wie Hackerangriffe, Stimmenkäufe und andere Manipulationen. Durch Einschleusen von Viren auf Computern von Stimmbürgerinnen und Stimmbürgern könnten zum Beispiel deren Stimmen geändert werden. So wäre es möglich, Wahlen im großen Stil zu manipulieren – von Kriminellen, ausländischen Geheimdiensten oder auch Firmen.

2 Umfragen haben ergeben, dass besonders junge Wählerinnen und Wähler gerne online ihre Stimme abgeben würden. Dadurch ließe sich ihre Wahlbeteiligung erhöhen und diese Altersgruppen wären besser repräsentiert.

3 In Estland hat sich herausgestellt, dass eine Partei durch das Angebot des I-Voting im Verhältnis mehr Wählerinnen und Wähler mobilisieren konnte als die anderen Parteien. Dadurch konnte die Partei eine Regierungsmehrheit erlangen.

4 Beim I-Voting kann die Privatsphäre der Wählerinnen und Wähler im Umfeld des Computers nicht garantiert werden, ebenso wenig ist ausgeschlossen, dass ein anderer im Namen des Wahlberechtigten wählt oder dieser zu einer bestimmten Wahl gedrängt wird.

5 Kein System ist absolut sicher. Insbesondere bei der Briefwahl (und die wird immer häufiger) gab es schon mehrere Fälle von Wahlfälschung. Das geschieht beispielsweise durch Entwenden der per Post verschickten Couverts mit den Wahl- und Abstimmungszetteln und anschließendem Abstimmen mit gefälschter Unterschrift im Namen der bestohlenen Person.

Bearbeiterin

AUFGABEN

1. Informiert euch in **M8** (**A** + **B**) über das Wahlsystem für den Landtag in NRW.
   a) Erläutert die Grafik zum Wahlsystem in **M8** **C**.
   b) Erklärt, warum im Beispiel-Wahlergebnis **M8** **D** 199 Sitze vergeben wurden.
2. Vergleicht das offizielle Wahlergebnis von 2017 (**M8** **D**) mit dem der Juniorwahl (**M1**, S. 49).
3. Die sogenannte 5%-Hürde (**M8** **B**) wird manchmal kritisiert, weil sie gegen einen Wahlrechtsgrundsatz verstoßen würde. Ermittelt mit Hilfe von **M8** **E**, um welchen es sich dabei handelt.
4. Arbeitet in Kleingruppen und erstellt einen Beitrag für den Infokanal „Deine tägliche Dosis Politik“ der Bundeszentrale für politische Bildung, in dem ihr das Wichtigste zur Landtagswahl zusammenfasst. Informiert euch zunächst über die Form der Beiträge und formuliert dann euren Beitrag entsprechend.
5. Lest **M9** und prüft (mit Hilfe von **M8** **E**), welche Wahlrechtsgrundsätze durch E-Voting verletzt werden können. Folgende Tabelle kann eure Prüfung strukturieren:

Aussage in M9	Bezug zu Wahlrechtsgrundsatz? Falls ja, welche/r?	Verletzt? Ja/nein, weil ...

6. Diskutiert, ob politische Wahlen auch über das Internet durchgeführt werden sollten, indem ihr
   a) einzeln die Argumente in **M10** lest und um weitere ergänzt,
   b) mit Hilfe der Operatorenkarte (→ S. 238) die Diskussion vorbereitet und durchführt.

H **Aufgabe 4**
Infokanal der Bundeszentrale für politische Bildung

Mediencode: 71077-18

2.1.3 Demonstrieren: ja, wählen: nein! Sollten auch 16-Jährige an Landtagswahlen teilnehmen dürfen?

Zum Thema: Die Fridays for Future-Bewegung hat nicht nur den Klimawandel als Problem in das Bewusstsein vieler gebracht, sondern auch eine langjährige Debatte um das Wahlalter wieder neu entfacht. Einige Parteien und Interessengruppen sind der Meinung, dass die unter 18-Jährigen deutlich zeigen, dass sie politisch interessiert und kompetent genug sind, um an allen Wahlen teilzunehmen. Andere halten am Wahlalter mit 18 fest. Im Folgenden geht es um das Für und Wider eines Gesetzesvorschlags, das Wahlalter in NRW zu senken.

M11 Die Wählerinnen und Wähler von morgen?

Schülerinnen und Schüler bei einer „Fridays for Future"-Demonstration in Köln im Herbst 2019

EINSTIEGSAUFGABEN

1. Beschreibt die auf dem Bild dargestellte Situation.
2. Formuliert Vermutungen, welche Forderung sich mit der Plakataufschrift „Wir sind die Wähler von morgen und ihr die Verantwortlichen von heute!" verbinden könnte.
3. Sollten auch Jugendliche unter 18 an allen Wahlen teilnehmen dürfen? Führt ein Blitzlicht dazu durch. Notiert dabei die Anzahl der Befürworter, der Gegner und der Unentschiedenen.

M12 Voraussetzungen für die Ausübung des Wahlrechts

Wahlberechtigte müssen in der Lage sein, selbstständig eine überlegte Entscheidung zu treffen. Deshalb wird ein bestimmtes Wahlalter festgelegt. Das allgemeine Wahlalter ist in Deutschland im Grundgesetz (Artikel 38) auf 18 Jahre (Alter der Volljährigkeit) festgelegt. Diese Altersgrenze gilt sowohl für das aktive Wahlrecht (selbst wählen zu dürfen), als auch für das passive Wahlrecht (kandidieren und gewählt werden zu können). Neben dem Wahlrecht gilt die Volljährigkeitsgrenze in Deutschland auch für die Geschäftsfähigkeit, die Fahrerlaubnis für Pkw sowie die volle Strafmündigkeit. In besonderen Fällen wie Entmündigung oder gerichtlicher Aberkennung nach schweren Straftaten kann einer Bürgerin oder einem Bürger das aktive und passive Wahlrecht entzogen werden. Analphabeten oder Personen, die wegen einer körperlichen Behinderung den Stimmzettel nicht selbst ausfüllen können, dürfen sich von einer anderen Person helfen lassen. Eine weitere Voraussetzung für die Ausübung des Wahlrechts ist die deutsche Staatsbürgerschaft. In einigen Bundesländern gibt es in den Landesverfassungen besondere Regelungen. In NRW (genauso wie in neun weiteren Bundesländern) dürfen Jugendliche bereits ab 16 an Kommunalwahlen teilnehmen, in Brandenburg, Schleswig-Holstein und Bremen auch an Landtagswahlen. In allen Bundesländern dürfen EU-Bürgerinnen und Bürger, die in Deutschland leben, an Kommunalwahlen und Europawahlen teilnehmen.

Bearbeiterin

M13 Umfrageergebnisse zur Absenkung des Wahlalters

Die Forderung nach einem Wahlalter ab 16 gibt es auch auf der Bundesebene schon lange. Das Meinungsforschungsinstitut Allensbach hat 716 Personen die folgende Frage gestellt: Fänden Sie es besser, wenn junge Menschen schon ab 16 Jahren an Bundestagswahlen teilnehmen dürften, oder sollte es bei 18 Jahren bleiben?

Bundestagswahlen: Teilnahme schon ab 16?
Angaben in Prozent

	Gesamt	Männer	Frauen	16-17 Jahre	16-29 Jahre	30-44 Jahre	45-59 Jahre	60 Jahre und älter
Fände 16 Jahre besser	13,4	12,9	13,8	52,4	23,0	14,2	13,1	7,9
Sollte bei 18 bleiben	79,1	80,6	77,6	33,1	65,6	77,8	79,3	87,0
Unentschieden, keine Angabe	7,5	6,4	8,5	14,5	11,4	8,0	7,6	5,1

Bearbeiterin, auf Basis von: Robert Vehrkamp, Niklas Im Winkel und Laura Konzelmann, Wählen ab 16. Ein Beitrag zur nachhaltigen Steigerung der Wahlbeteiligung, www.bertelsmann-stiftung.de, Abruf am 03.04.2020

M14 Welche politischen Beteiligungsmöglichkeiten gibt es für Jugendliche (nicht nur) im Bundesland?

→ parlamentarische Formen

1 Wahlen: In NRW dürfen Jugendliche ab 16 an Kommunalwahlen teilnehmen.

2 Landesverband der Jugendorganisation einer Partei: Jeder kann sich anschließen und sich organisiert für die Interessen junger Menschen einsetzen.

3 Kontakt zu einem Landtagsabgeordneten aufnehmen: z. B. in einer Bürgersprechstunde oder per Email.

4 Jugendlandtag: Einmal im Jahr „vertreten" Jugendliche die Landtagsabgeordneten für drei Tage. Ihre Beschlüsse bekommen die realen Abgeordneten zur Kenntnis.

5 (Online) Petition: Alle Bürger (auch Kinder) haben das Recht, sich mit einer Petition (Bitte oder Beschwerde) an den Landtag NRW zu wenden. Der Petitionsausschuss muss über die Angelegenheit beraten.

6 Volksbegehren und Volksentscheide: Bürger können in bestimmten Sachfragen direkt an der Gesetzgebung teilnehmen. Für ein Volksbegehren braucht man die Unterschriften von 8% der Wahlberechtigten (ca. 1 Million Bürgerinnen und Bürger). Zu einem Volksentscheid kommt es, wenn der Landtag dem Volksbegehren nicht entsprochen hat.

7 ?

→ offene Formen

8 Demonstrationen und Kundgebungen: Jeder hat das Recht an einer Demonstration teilzunehmen und seine politischen Forderungen öffentlich zu machen.

9 Flashmobs: Eine Gruppe von (fremden) Menschen verabredet sich meistens über soziale Medien zu einer kurzzeitigen Aktion. Häufig wird diese gefilmt und ins Internet gestellt

10 Flugblätter/Flyer: Jede/r hat das Recht seine Meinung und/oder Forderung auf selbstgedruckten Papieren zu verbreiten.

11 Im Web 2.0 veröffentlichen (Blogs, Twitter, Facebook, YouTube, ...)

12 Jugendvereine und -verbände: Mitgestalten lässt sich auch in Umweltverbänden, Sportvereinen etc.

13 Gespräche u. Diskussionen: Einmischen kann man sich sowohl in privaten als auch in öffentlichen Gesprächsrunden (z. B. Podiumsdiskussionen).

14 Leserbriefe, Hörerbeiträge, Zuschauerbeiträge: Alle Massenmedien bieten die Möglichkeit, sich an eine größere Öffentlichkeit zu wenden.

15 ?

Bearbeiterin

M15 Wählen ab 16 – Fallstudien aus Hamburg und Österreich

Um die Folgen einer Wahlrechtsänderung besser abzuschätzen und ein Urteil oder eine Entscheidung besser abzusichern, ist es nützlich, Erfahrungen anderer Länder mit einzubeziehen. Die Bertelsmann Stiftung hat u. a. Hamburg und Österreich in einer Studie näher untersucht:

Fall Hamburg

- Drittes deutsches Bundesland, in dem Jugendliche ab 16 Jahren an den Landtagswahlen teilnehmen dürfen.
- Anteil der 16- und 17-Jährigen Wählerinnen und Wähler an den Wahlberechtigen: ca. 2,1 Prozent.
- Einführung der Wahlberechtigung für Wähler ab 16 Jahren: 2013

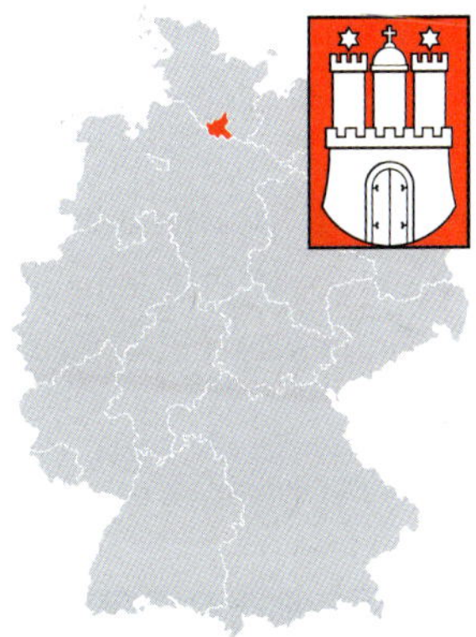

Wahlbeteiligung*

63,2 Prozent der 16- und 17-Jährigen haben an der Bürgerschaftswahl in Hamburg im Jahr 2020 teilgenommen. Ihre Quote lag damit leicht unterhalb des Durchschnitts von 63,3 Prozent.

Im Vergleich zu den nachfolgenden Altersgruppen beteiligten sie sich jedoch deutlich häufiger: Der Anteil der Wählerinnen und Wähler ist bei den 18- bis 24-Jährigen mit 53,2 Prozent um fast ein Sechstel geringer.

** von der Bearbeiterin aktualisiert*

Einflussfaktoren auf das Wählen

Gingen die Eltern zur Wahl, nahmen 80,6 Prozent der befragten 16- bis 21-Jährigen ebenfalls teil. Waren die Eltern Nichtwähler, beteiligten sich lediglich 16,1 Prozent. Gingen die Freunde wählen, beteiligten sich 76,3 Prozent der Befragten, nahmen sie nicht an der Bürgerschaftswahl teil, sank die Quote auf 26,8 Prozent.

Fall Österreich

- Einziges Land in der Europäischen Union, in dem Jugendliche Wählerinnen und Wähler ab 16 Jahren an allen Wahlen teilnehmen dürfen.
- Anteil der 16- und 17-Jährigen Wählerinnen und Wähler an den Wahlberechtigen: ca. 2,5 Prozent
- Einführung des Wahlrechts ab 16 Jahren: 2007

Wahlbeteiligung

Nach den Wahlen im Jahr 2013 gaben 63 Prozent der 16- und 17-Jährigen an, ihre Stimme abgegeben zu haben. Dieser Wert liegt einerseits unter der erhobenen Durchschnittsbeteiligung von 80 Prozent, andererseits aber über dem Wert für die 18- bis 20-Jährigen, von denen nur 59 Prozent angaben, zur Wahl gegangen zu sein.

Begleitende politische Bildung

„Wählen ab 16" ist kein Selbstläufer. Nur wenn es durch Aktivierungsmaßnahmen für die Jugendlichen begleitet wird, erhöht es die Erstwahlbeteiligung. Gelingt das, ist „Wählen ab 16" ein Beitrag zur langfristigen Steigerung der Gesamtwahlbeteiligung.
In Österreich fanden vor den Nationalratswahlen vorbereitende politische Aktionen, überwiegend in der Schule und integriert in den Unterricht statt.
Jugendliche, die dabei mitgemacht hatten, entwickelten ein höheres politisches Interesse und nahmen in höherem Maße an den Wahlen teil.

Bearbeiterin, auf Basis von: Robert Vehrkamp, Niklas Im Winkel und Laura Konzelmann, Wählen ab 16 Ein Beitrag zur nachhaltigen Steigerung der Wahlbeteiligung, www.bertelsmann-stiftung.de, Abruf am 03.04.2020

AUFGABEN

1. Lest **M12** und prüft die folgenden Aussagen auf ihre Richtigkeit. Korrigiert sie bei Bedarf:
   a) In Deutschland ist das Wahlalter einheitlich bei 18 Jahren festgelegt.
   b) Personen, die nicht lesen und schreiben können, haben ein Wahlrecht.
   c) An Landtagswahlen dürfen auch EU-Bürgerinnen und Bürger ohne deutsche Staatsbürgerschaft teilnehmen.
2. Wertet die Umfrageergebnisse in **M13** mit Hilfe der Methodenkarte (S. 264) aus. Vergleicht sie mit euren Ergebnissen aus der dritten Einstiegsaufgabe (S. 58).
3. Informiert euch in **M14** über weitere politische Beteiligungsmöglichkeiten.
   a) Recherchiert (arbeitsteilig) die genaue Bedeutung und Beispiele für euch unbekannte Beteiligungsformen.
   b) Erläutert den Unterschied zwischen parlamentarischen und offenen Formen.
   c) Wählt drei Beteiligungsmöglichkeiten aus, die ihr für besonders wirksam haltet, und begründet eure Wahl.
4. Arbeitet zu zweit und lest entweder den „Fall Hamburg" oder den „Fall Österreich" (**M15**).
   a) Vergleicht die Fälle mit Hilfe der Operatorenkarte auf Seite 37.
   b) Formuliert jeweils ein Argument für und gegen eine Absenkung des Wahlalters in NRW, das ihr mit den Ergebnissen der Studie untermauert.
5. Simuliert eine Anhörung im Landtagsausschuss zur Kapitelfrage mit Hilfe der nachfolgenden Methodenkarte.

H Aufgabe 3
Politische Beteiligung: Recherchetipps

Mediencode: 71077-19

H Aufgabe 4b
Verschiedene Positionen zum Wahlalter ab 16 im Video

Mediencode: 71077-20

H Aufgabe 5
Die Methodenkarte auf S. 75 ff. kann euch helfen, ein Urteil zu bilden.

Simulation einer Anhörung: Soll das Wahlalter für Landtagswahlen in NRW auf 16 Jahre gesenkt werden?

I. Worum geht es?

Ein Gesetzentwurf der SPD-Landtagsfraktion sieht vor, Art. 31 der Verfassung für das Land NRW zu ändern und das Wahlalter auf 16 Jahre abzusenken. Begründet wird der Entwurf unter anderem mit der politischen Beteiligung der jungen Generation an den Fridays for Future-Demonstrationen, dem gestiegenen politischen Interesse sowie einer früher eintretenden geistigen Reife. Bevor über den Gesetzentwurf abgestimmt wird, findet eine öffentliche Anhörung im Ausschuss für Familie, Kinder und Jugend statt, bei der sich Sachverständige zum Für und Wider des Vorschlags äußern sollen. Neben Experten aus der Wissenschaft sollen auch Vertreter der Jugendbewegung Fridays for Future und der Landesschülervertretung NRW gehört werden. Entscheiden müssen am Ende aber die Abgeordneten des Landtages: Welche Argumente überzeugen sie, welche nicht?

Art. 31 Landesverfassung NRW

Mediencode: 71077-21

II. Geht dabei so vor:

1. Schritt: Gruppen- und Rollenaufteilung

a) Teilt die Klasse in fünf gleich große Gruppen und ein Zweierteam auf.
b) Wählt pro Gruppe eine der untenstehenden Rollen aus. Das Zweierteam übernimmt die Rolle des Ausschussvorsitzenden.

2. Schritt: Vorbereitung mit Hilfe der Rollenkarten

a) Versetzt euch in die vorgegebene Rolle, indem ihr die nachfolgenden Rollenkarten genau lest und offene Fragen klärt. Überlegt, mit welchen weiteren Argumenten ihr die Rolle ausbauen könnt. Nutzt dabei auch euer bisher erworbenes Wissen.
b) Formuliert und übt eure Stellungnahme, so dass ihr sie in der Anhörung überzeugend vortragen könnt.
c) Wählt ein Gruppenmitglied aus, das die Rolle übernimmt.

1 **Leon(ie) Schwarz (Ausschussvorsitzende/r)**

Du hast als Vorsitzende/r die Aufgabe die Anhörung zu moderieren. Das bedeutet, dass du die Anwesenden begrüßt, kurz erläuterst, worum es geht und warum die Anhörung stattfindet. Danach rufst du die geladenen Sachverständigen nacheinander dazu auf, ihre Positionen vorzutragen. Am Ende jeder Stellungnahme können Fragen gestellt werden. Du schließt die Anhörung, indem du dich bei den Teilnehmern bedankst und auf die anstehende Entscheidung im Landtag hinweist. Zur Vorbereitung liest du alle Rollenkarten und legst die Reihenfolge der Sprecherinnen und Sprecher fest.

2 **Prof. Dr. Gabriel(a) Becker-Sassarini (Politikwissenschaftler/in)**

Du befürwortest eine Absenkung des Wahlalters, weil sie dafür sorgt, dass die Interessen der jüngeren Generation in der Politik mehr Gehör finden. In einer alternden Gesellschaft haben die älteren Bevölkerungsgruppen mehr Gewicht und die jüngeren sind stark unterrepräsentiert. Selbst bei einem Wahlalter ab 16 hätte die Gruppe der 16- bis 24-jährigen nur einen Wähleranteil von 11,1 Prozent. Die Gruppe der Wähler, die 65 Jahre oder älter sind, wäre mit 24,7 Prozent immer noch mehr als doppelt so groß. Das Thema „Klimaschutz" verdeutlicht, dass die Älteren die Interessen der Jüngeren längst nicht immer mitberücksichtigen. Da wäre ein früheres Wahlrecht ein Schritt zu mehr Generationengerechtigkeit. Hier könnten die Länder gut eine Vorreiterrolle übernehmen.

3 **Dr. Viktor(ia) Ullgau (Jurist/in)**

Du vertrittst die Position, dass das Wahlalter untrennbar mit der Volljährigkeit verknüpft bleiben sollte. Eine Festsetzung auf 16 Jahre wäre willkürlich und nicht sachlich begründbar, genauso könnte man auch 14, 15 oder 17 Jahre festlegen. Das „richtige" Wahlalter ist immer dann, wenn eine politische Urteilsfähigkeit vorhanden ist und das ist bei jedem Menschen verschieden. Mit 18 ist die Wahrscheinlichkeit höher, dass genug Urteilsfähigkeit vorhanden ist. Du siehst die Gefahr, dass Jugendliche radikale Parteien wählen und das würde unserer Demokratie schaden. Wenn argumentiert wird, dass Jugendliche heute mit 16 so reif wie früher mit 18 seien, dann müssten auch das passive Wahlalter und das Alter der vollen Geschäftsfähigkeit gesenkt werden. Das will man aber (mit Recht) nicht und daher sollte auch auf eine Änderung des Art. 31 der Landesverfassung verzichtet werden.

4 **Dario(a) Wirtz (Landesschülervertretung NRW)**

Du bist als Landesschülervertreter(in) der Auffassung, dass die deutlich sichtbare politische Position der Jugendlichen, die freitags für den Klimaschutz auf die Straße gehen, noch nicht genügend Einfluss hat. Erst durch eine Senkung des Wahlalters würde die Möglichkeit eröffnet, unmittelbar Einfluss auf die Politik zu nehmen. So würden auch die Jugendlichen insgesamt motiviert, sich in der Breite politisch zu engagieren. Wenn Schülerinnen und Schüler bei Wahlen selbst eine Stimme hätten, würde auch das Interesse am Politikunterricht steigen. Es lässt sich deiner Auffassung nach aber jetzt schon erkennen, dass bereits 14-jährige die nötige Urteilsfähigkeit besitzen, um an Wahlen teilzunehmen. Aus diesem Grund fordert die Landesschülervertretung NRW eine Absenkung des passiven und aktiven Wahlalters in NRW (sowie auf Bundes- und Europaebene) auf das vollendete 14. Lebensjahr.

5 **Dr. Philipp(a) Juhasz (Bildungsexpertin)**

Einem Wahlrecht ab 16 stehst du skeptisch gegenüber. Die Jugendlichen, die jetzt für den Klimaschutz aktiv sind, demonstrieren in den Augen der Antragsteller für „das Richtige". Aber würde man auch ihr Wahlrecht fordern, wenn sie mit Hassparolen gegen Geflüchtete auf die Straße gingen? Politische Mitwirkung ist zudem nicht an das Wahlrecht gebunden. Die Aktivistinnen und Aktivisten der Fridays for Future-Bewegung beweisen das. Sie haben es geschafft, auf diesem Weg das Thema Klimaschutz ganz nach vorne zu bringen. Es handelt sich aber um eine eher kleine Gruppe von meistens Gymnasiasten. Viele andere Jugendliche haben kaum Interesse an Politik und wissen nicht viel über ihre Beteiligungsmöglichkeiten. Du sprichst dich dafür aus, die Zeit bis zur Volljährigkeit für intensive politische Bildung zu nutzen und dabei möglichst viele politische Handlungsmöglichkeiten kennen zu lernen und auszuprobieren.

6 Kora(y) Yücel (Fridays for Future)

Du sprichst dich für eine Absenkung des allgemeinen Wahlalters auf mindestens 16 Jahre aus. Die Klimapolitik zeigt für dich, dass Politikerinnen und Politiker oft nicht im Interesse von Jugendlichen entscheiden. Außerdem ist es für dich auch nicht logisch, dass Jugendliche bei Kommunalwahlen bereits mit 16 Jahren wählen dürfen, jedoch bei Landtagswahlen nicht. Du bist darüber hinaus der Meinung, dass ein früheres Wahlrecht auch das Interesse Jugendlicher an Politik und politischer Bildung steigern würde. Denn wer wählen darf, den betrifft eine bevorstehende Wahl auch persönlich. Juniorwahlen zeigen, dass Jugendliche kein „radikales" Wahlverhalten haben. Durch ein Wahlalter 16 könnte auch die Wahlbeteiligung gesteigert und damit die Demokratie gestärkt werden.

3. Schritt: Durchführung der Anhörung

a) Die oder der Ausschussvorsitzende eröffnet, moderiert und beendet die Anhörung.
b) Verteilt die untenstehenden Fragen unter den Beobachterinnen und Beobachtern. Notiert Pro- und Kontra-Argumente aus den Stellungnahmen, die Antworten auf die folgenden Fragen geben:

1. Haben 16- und 17-jährige genug politische Urteilsfähigkeit?
2. Würde eine Absenkung des Wahlalters die Demokratie stärken oder gefährden?
3. Ist die Absenkung des Wahlalters mit geltendem Recht vereinbar?

4. Schritt: Auswertung der Anhörung mit Hilfe der Beobachtungsaufträge und Vorbereitung einer Entscheidung

a) Vergleicht und prüft die Ergebnisse der Beobachtungsaufträge.
b) Bildet euch ein Urteil zur Entscheidungsfrage mit Hilfe der Methodenkarte auf S. 75 ff.
c) Stimmt über die Entscheidungsfrage ab und formuliert eure Urteilsbegründungen.

Bearbeiterin

2.2 Mit (digitalen) Medien in der Demokratie mitwirken MK

2.2.1 Ermöglichen oder beherrschen die Medien die Meinungsbildung?

Zum Thema: „Ohne Medien ist Demokratie nicht machbar!", heißt es manchmal. Wie sollten die Bürgerinnen und Bürger auch sonst an vielfältige Informationen gelangen, um sich möglichst eigenständig Urteile zu bilden und Wahlentscheidungen zu treffen? Bekommen Medien dadurch zu viel Macht, die Meinungen zu beeinflussen? Im Folgenden geht es um die Aufgaben von Medien im demokratischen System und um die Bedingungen, unter denen sie ihre Aufgaben erfüllen können.

M16 Sollte die AG „Action for Future" den neuen Medienraum unterstützen?

Mias und Emres Schule hat sich entschieden, ihren Schülerinnen und Schülern die Teilnahme an den bald stattfindenden Wahlen im Rahmen des Projektes „Juniorwahl" zu ermöglichen.
Im Vorfeld der Juniorwahlen plant eine kleine Arbeitsgruppe von Lehrerinnen und Lehrern, einen „Medienraum" einzurichten, damit alle Schülerinnen und Schüler sich gut auf ihre Wahlentscheidung bei der Juniorwahl vorbereiten können. Die von der SV gegründete AG „Action for Future", der auch Mia angehört, ist gefragt worden, ob sie das Angebot eines „Medienraumes" unterstützen und bewerben wollen. Das Konzeptpapier der Lehrerinnen und Lehrer sieht wie folgt aus:

Konzeptpapier der Arbeitsgruppe „Medienraum"

Hintergrund: Schülerinnen und Schüler sind „Wahlanfänger", die es zu schützen gilt. Die tägliche Medienflut überfordert die Schülerinnen und Schüler ungemein. Die Schule soll mit Hilfe eines „Medienraumes" sicherstellen, dass das demokratische Bewusstsein der Schülerinnen und Schüler durch geprüfte Qualitätsmedien gestärkt und keine Zeit verschwendet wird.

Maßnahmen: Die Arbeitsgruppe der Lehrerinnen und Lehrer ...

- wählt Zeitungen, Zeitschriften und einige geprüfte Web-Seiten aus, die den Schülerinnen und Schülern im Medienraum zur Verfügung gestellt werden.
- sortiert positive Berichte von und über radikale und extreme Parteien aus. Diese sollen für die Schülerinnen und Schüler nicht zugänglich sein.
- zeigt dreimal am Tag eine extra ausgewählte Nachrichtensendung.

Bearbeiterin

EINSTIEGSAUFGABE

Versetzt euch in die Situation der Mitglieder der AG „Action for Future". Diskutiert, ob ihr den neuen Medienraum unterstützen wollt oder nicht. Tragt Argumente dafür und dagegen zusammen und stimmt zum Schluss darüber ab.

M17 Freie und vielfältige Medien – Grundlage der Demokratie

Medien sind ein zentraler Baustein einer Demokratie. Die Freiheit der Meinungsäußerung und die Möglichkeit an die Öffentlichkeit zu gehen, bilden eine zentrale Voraussetzung für politische Beteiligung. Sie ist als Grundrecht in der Verfassung (Artikel 5) verankert. Die Qualität einer Demokratie wird unter anderem daran gemessen, wie frei die Presse und die Medien in ihr handeln können. Ebenso wichtig ist ein vielfältiges Medienangebot, das viele unterschiedliche Interessen und Standpunkte widerspiegelt. Durch unabhängige Medien erfahren die Politiker, welche Probleme die Bürger beschäftigen. Durch sie erfährt die Bevölkerung wiederum, welche Entscheidungen von Parlament und Regierung getroffen werden. Die Medien erst machen diese Fragen und die Diskussion über sie öffentlich. Mit Öffentlichkeit ist gemeint, dass jeder Zutritt hat und sich jeder an der Diskussion beteiligen kann. In Deutschland wird immer wieder von den Medien als „vierte Gewalt" gesprochen, weil sie die Exekutive, Legislative und Judikative beobachten, Kritik üben und kontrollieren. Neben den Aufgaben der Unterhaltung und Bildung haben Medien insbesondere die folgenden vier Funktionen in demokratischen Systemen:

Medien
Das Wort Medien stammt vom lateinischen Wort „medium" und bedeutet „Vermittler". Mit Hilfe der Medien werden Nachrichten und Informationen übermittelt und verbreitet. Weil sich auf diese Weise sehr viele Menschen informieren können, werden Zeitungen, Zeitschriften, Bücher, Rundfunksender und Internet oft auch als Massenmedien bezeichnet.

1 Informationsfunktion

Die Massenmedien sollen so vollständig, sachlich und verständlich wie möglich informieren, damit ihre Nutzerinnen und Nutzer in der Lage sind, das öffentliche Geschehen zu verfolgen. [...] Wir als Einzelne und die vielfältigen Gruppen, die in dieser Gesellschaft bestehen, sind darauf angewiesen, miteinander ins Gespräch gebracht zu werden – dafür sollen die Massenmedien sorgen. [...]

2 Kritik- und Kontrollfunktion

Im parlamentarischen Regierungssystem obliegt in erster Linie der Opposition die Aufgabe der Kritik und Kontrolle. Diese wird unterstützt und ergänzt durch die Kritik- und Kontrollfunktion der Medien. Ohne Presse, Hörfunk und Fernsehen, die Missstände aufspüren und durch ihre Berichte unter anderem parlamentarische Anfragen und Untersuchungsausschüsse anregen, liefe die Demokratie Gefahr, der Korruption oder der bürokratischen Willkür zu erliegen. [...]

3 Meinungsbildungsfunktion

Bei der Meinungsbildung fällt den Massenmedien ebenfalls eine bedeutsame Rolle zu. Dies ergibt sich aus der Überzeugung, in der Demokratie sei allen am meisten damit gedient, wenn Fragen von öffentlichem Interesse in freier und offener Diskussion erörtert werden. Es besteht dann die Hoffnung, dass im Kampf der Meinungen das Vernünftige die Chance hat, sich durchzusetzen. [...]

4 Thematisierungsfunktion

Diese „agenda setting function", wie sie in den USA heißt, bedeutet, dass diejenigen, die die unterschiedlichen Medien lesen, hören und sehen, genau die Themen für wichtig halten, die darin behandelt werden. Die Medien sind jedoch nicht nur verantwortlich, welche Themen auf der Tagesordnung stehen, sondern auch, in welcher Rangfolge der Dringlichkeit sie behandelt werden.

Nach: Informationen zur politischen Bildung Nr. 260, Massenmedien, hg. von der Bundeszentrale für politische Bildung, Bonn, 3/1998

M18 Welche Medien für politische Information und Beteiligung lassen sich unterscheiden?

Massenmedien

Online-Medien | Print-Medien | Rundfunk | Fernsehen

Öffentlich-rechtliche Massenmedien
- verwalten sich selbst
- unterliegen keiner Kontrolle staatlicher Behörden
- finanzieren sich über Gebühren (GEZ), die jeder Haushalt zahlen muss

z.B. ARD, ZDF, WDR (nur Fernsehen, Hörfunk, Online)

Private Massenmedien
- von privaten Wirtschaftsunternehmen betrieben
- finanzieren sich durch Werbung und/oder Bezahlung bei Kauf

z.B. RTL, Sat 1, Spiegel (TV, Zeitschrift, Online), Bild, Süddeutsche, Netflix, Facebook, Twitter, ...)

Bearbeiterin

M19 Fallbeispiele: Erfüllen die Medien ihre Aufgaben?

1 Ein Verteidigungsminister erklärt seinen Rücktritt

Karl-Theodor zu Guttenberg (CSU) war Bundesminister der Verteidigung von 2009 bis 2011.

„Dr. Unglaubwürdig zu Guttenberg" war einer unter vielen Medientiteln für den ehemaligen Verteidigungsminister. Nachdem herausgekommen war, dass er große Teile seiner juristischen Doktorarbeit aus Zeitungen und Vorträgen abgeschrieben hatte, gab es ein großes Medienecho. Es wurde nicht nur über den Betrugsfall seiner Doktorarbeit berichtet, sondern seine Glaubwürdigkeit als Politiker in Frage gestellt. Er trat in der Folge als Verteidigungsminister zurück.

2 Python-Schlange statt Buschfeuer

Anfang 2020 wüteten in weiten Teilen Australiens unkontrollierbare Buschfeuer.

Nach einem Brandwochenende Anfang Januar 2020 in Australien druckte die „Courier-Mail" eine Geschichte rund um den Schulanfang im Februar auf die Titelseite. Einen Tag später wurde anschaulich über eine Python-Schlange berichtet, die ein Haustier verspeiste, obwohl es nach wie vor im Land brannte und Melbourne unter einer dicken Rauchwolke verschwand. Zudem gab es viele Proteste auf den Straßen gegen die Regierung, die keinen Zusammenhang zwischen den Buschfeuern und dem Menschen gemachten Klimawandel sieht. Auch darüber wurde nicht berichtet.

3 Hauptnachrichten aus Peking

Sendezentrale des staatlichen Fernsehens China Central Television in Peking

In China gibt es einen nationalen Staatsfernsehsender CCTV, der über rund 20 Kanäle verfügt. Er finanziert sich größtenteils durch Werbeeinnahmen. Im Frühjahr 2018 wurden CCTV, China National Radio (CNR) und China Radio International (CRI) zur China Media Group zusammengelegt. Die Rundfunkanstalt hat den Rang eines Ministeriums. Neben CCTV gibt es eine Vielzahl kleinerer Sender, die ebenfalls größtenteils staatlich sind und sich über Werbung finanzieren. Inhaltlich dominieren Unterhaltungssendungen und Shows. Bis heute müssen aber alle Sender die abendlichen Hauptnachrichten von CCTV übertragen.

Bearbeiterin

AUFGABEN

1. Lest **M17** und
   a) erstellt eine Übersicht (z. B. eine Mindmap) über „Aufgaben von Medien in der Demokratie",
   b) entwerft jeweils ein passendes Symbol für jede dargestellte Medienfunktion,
   c) formuliert Bedingungen, die erfüllt sein müssen, damit Medien ihre Aufgaben erfüllen können.
2. Informiert euch in **M18** über die verschiedenen Massen-Medienarten in Deutschland.
   a) Vergegenwärtigt euch, welche Medien ihr selbst nutzt (um euch über Politik zu informieren) und ordnet sie im Anschluss daran in der Grafik in **M18** ein.
   b) Nennt euch bekannte Vor- und Nachteile öffentlich-rechtlicher und privater Medien.
3. Bildet Kleingruppen, teilt die Fälle in **M19** unter euch auf und prüft für euren Fall, ob die Medienfunktionen (**M17**) erfüllt werden oder nicht. Tragt anschließend euer Ergebnis in eine Tabelle ein und/oder präsentiert euch gegenseitig eure Ergebnisse.
4. Formuliert eine Stellungnahme der AG „Action for Future" für die Lehrer-Arbeitsgruppe aus **M16** zum neuen Medienraum der Schule. Argumentiert mit eurem neu erworbenen Wissen.

F Aufgabe 1
Seht euch den Film „Medien – warum die 4. Gewalt für die Demokratie so wichtig ist" an und ergänzt eure Lösungen zur Aufgabe.

Mediencode: 71077-22

H Aufgabe 3
→ S. 300

F Aufgabe 3
Prüft einen weiteren Fall, ob Medien ihre Aufgaben erfüllen.

Mediencode: 71077-23

2.2.2 Politik in den sozialen Medien: eine Chance für mehr Beteiligung oder eine Gefahr für die Demokratie?

Zum Thema: Das Internet ermöglicht vernetzte und schnelle Kommunikation. Durch „soziale Medien" hat jeder die Möglichkeit, seine Meinung öffentlich zu machen. Andererseits gibt es eine Menge ungefilterter Nachrichten, sogenannte „Fake News" und Hass-Botschaften im Netz. Haben „soziale Medien" also mehr Vorteile oder bergen sie mehr Gefahren für die Demokratie?

M20 „Politisches" statt „Schminktipps"?

Seit einiger Zeit melden sich zunehmend junge Leute und sogar bekannte Influencer bei YouTube, Instagram und Co. zu politischen Themen zu Wort. Mia und ihre Freundin Anna haben dazu sehr unterschiedliche Auffassungen:

Anna: „Ich habe jetzt Diana zur Löwens YouTube-Channel abonniert – sie spricht neuerdings auch über Politik, Organspende und so etwas, gar nicht schlecht! Da habe ich gestern etwas über den hohen Stromverbrauch beim Streamen von Videos gelernt!"

Mia: „Dazu wäre mir die Zeit zu schade. Wenn ich mich über Politik informieren will, sehe ich mir lieber richtige Nachrichten an! Die Meinung von Diana zur Löwen interessiert mich nicht – und ob das alles so stimmt, was sie sagt …?"

Influencer
(Englisch: to influence – beeinflussen) Influencer sind Personen, die aufgrund ihrer starken Präsenz und ihres hohen Ansehens in sozialen Netzwerken als Träger für Werbung und Vermarktung in Frage kommen. Sie stellen Produkte vor und erhalten dafür von den Herstellern Geld.

Bearbeiterin

EINSTIEGSAUFGABE

Würdet ihr einer der beiden Auffassungen zustimmen oder habt ihr einen anderen Standpunkt? Tauscht euch zunächst mit einer Partnerin/ einem Partner und danach in der Klasse darüber aus.

M21 Funktionieren soziale Medien anders als andere Medien?

Soziale Medien sind ausschließlich im Internet zu finden. Traditionelle Medien wie Zeitungen, Fernsehen und Radio haben häufig digitale Internet-Zusatzangebote, die von einer Redaktion betreut werden. Eine Besonderheit der sozialen Medien besteht darin, dass sie es allen Nutzern ermöglichen, selbst Texte, Bilder und Videos mit anderen zu teilen.
Bei den traditionellen Medien gibt es immer eine Entscheidungsmacht (Journalisten, Programmleiter etc.), die bestimmt, welche Nachrichten und Themen es in die Medien schaffen.
Ob eine Botschaft viele Leute erreicht, hängt in den sozialen Medien nicht mehr davon ab, wer sie verbreitet, sondern wie viele Leute sie hören und weiterverbreiten wollen. Während die Produktion traditioneller Medien Geld kostet (Arbeitslöhne, Druckkosten, Drehkosten, Unterhaltung von Studios etc.), ist die Verbreitung von politischen Informationen durch soziale Medien wesentlich günstiger bzw. kostenfrei. Es ist auch ein Unterschied, ob sich in einer Talkshow beispielsweise die Diskutierenden persönlich gegenübersitzen oder eine Diskussion über Facebook oder Twitter eher anonym verläuft. Häufig kommt es daher in sozialen Medien zu emotionaleren und auch aggressiveren Äußerungen.

Bearbeiterin

M22 Chancen und Risiken sozialer Medien für Demokratie und politische Beteiligung

A Social Bots

Social Bots sind erst einmal nichts weiter als Profile in den sozialen Medien, hinter denen kein Mensch steht, sondern ein Computer. Die Inhalte werden also nicht von einer realen Person eingetippt, sondern teilweise oder vollständig automatisch erzeugt.
Es gibt viele Hinweise, warum einem ein bestimmtes Profil zum Beispiel bei Twitter verdächtig vorkommen kann. Wenn ein Account sehr viele Botschaften absetzt und rund um die Uhr aktiv ist, deutet das auf einen Bot hin. Ein echter Mensch wird ja zwischendurch einmal schlafen.

Es wird aber immer schwieriger, Bots zu erkennen. Zum Beispiel werden in Forschungen Accounts als Bots gewertet, die mehr als 50 Twitter-Botschaften am Tag absetzen. Als die ersten dieser Studien veröffentlicht wurden ist etwas Merkwürdiges passiert: Plötzlich gab es Bots, die ganz knapp unter der 50-Tweets-Marke blieben und „nur" 49 Botschaften am Tag absetzten.

Es gibt Bots, die auf bestimmte Stichworte reagieren und sich direkt in die Konversation zwischen verschiedenen Nutzern einschalten. Das führt manchmal zu der kuriosen Situation, dass Bots miteinander diskutieren.

Bearbeiterin, basierend auf: fluter – Magazin der Bundeszentrale für politische Bildung, Vom künstlichen Aufregen, Sommer 2017, Heft 63, S. 28

Crowdfunding
Crowdfunding ist eine Form der Finanzierung (engl. "funding") durch eine Menge (engl. "crowd") von Internetnutzern. Zur Spende oder Beteiligung wird über persönliche Homepages, professionelle Websites und spezielle Plattformen aufgerufen.

B Aus privater Kommunikation wird professionelle Öffentlichkeitsarbeit

[W]oher nimmt die „Fridays for Future"-Bewegung ihre Dynamik? Wer koordiniert das Erscheinungsbild? Angela Merkel vermutete in einer Rede, dass es „äußere Einflüsse" für so eine Bewegung geben müsse und meinte wohl Russland. „Das war ein Ablenkungsmanöver und der Versuch, uns klein zu machen", sagt Nisha Toussaint (19) aus Stuttgart. „Im Gegensatz zu vielen Politikern weiß heute jedes Kind, wie man mit moderner Kommunikations-Technik umgeht. Wir sind schließlich ‚Digital Natives'."

Pauline Brünger (l-r), Sebastian Grieme und Carla Reemtsma, Fridays for Future-Aktivisten, sprechen bei einer Pressekonferenz am 19.09.2019 in Berlin zu den Erwartungen an das Klimakabinett und zum bevorstehenden internationalen Streik am 20. September 2019.

Inspiriert von Greta Thunberg fingen im November Jugendliche in ganz Europa an, über die Messenger-Dienste WhatsApp oder Telegram ihre Freunde zu kontaktieren. „Das war noch ziemlich anarchisch und funktionierte wie im Schneeballsystem", sagt Nisha aus Stuttgart. „Die sozialen Netzwerke, die Medien, die über die Streiks berichteten, haben den Effekt dann weiter verstärkt." Weil schon nach wenigen Tagen die Chat-Gruppen überfüllt waren, gründeten die Schüler kleinere Diskussionskreise, ernannten Moderatoren, wählten Delegierte und bildeten Arbeitsgruppen, in denen sich jeder mit seinem individuellen Talent einbringen kann: Junge Computerexperten kümmern sich um den Ausbau der Technik, wer ein Schreibtalent hat, verfasst Pressemitteilungen, andere füttern die Onlinekanäle wie Facebook, Instagram und Twitter mit Content, oder betreuen die Crowdfunding-Aktion, bei der aktuell 75.000 Euro zusammengekommen sind.

Gaby Herzog, ‚Fridays for Future'-Protestbewegung statt Schule: Diese Future-Macher wollen das Klima retten, www.berliner-zeitung.de, 11.04.2019

Wie Filterblasen die Demokratie gefährden – im Video

Mediencode: 71077-24

C Filter- und Informationsblasen

Soziale Netzwerke wie Twitter oder Facebook personalisieren Inhalte. Wer auf Facebook einen fiktiven Account kreiert – z. B. männlich, 53 Jahre alt, Wohnort München – und die Seiten von ARD, Greenpeace und dem Allgemeinen Deutschen Fahrrad-Club „liked", sieht in seinem Newsfeed, Inhalte aus dem Bereich Umweltschutz. Interessant ist, dass der Newsfeed-Algorithmus Inhalte miteinander verknüpft – so wird zum Beispiel ein Beitrag der Tagesthemen über Greenpeace angezeigt. Der Nut-

zer sieht fortwährend Inhalte, die ihn interessieren, die er ohnehin schon irgendwie im Blick hat. Der Netzaktivist Eli Pariser hat dafür den Begriff der Filterblase geprägt. […] Eine kritische Öffentlichkeit jedoch setzt die Kritikfähigkeit der Menschen voraus, die Bereitschaft, den eigenen Standpunkt kritisch zu hinterfragen und sich mit anderen Argumenten und Positionen auseinanderzusetzen.
Wissenschaftler von der englischen Universität Oxford haben aber auch herausgefunden, dass Menschen, die sich vowiegend in sozialen Medien über Politik informieren, insgesamt recht vielen unterschiedlichen Informationsquellen begegnen. Mehr als Personen, die zum Beispiel nur eine Tageszeitung abonniert haben und sich dazu noch auf zwei Lieblingssendungen im Fernsehen oder Radio verlassen.

Nach: Adrian Lobe, Was passiert, wenn die Filterblase platzt, www.sueddeutsche.de, 10.12.2018

D Fake News

Fake News
Fake News sind in den Medien, besonders in sozialen Medien, verbreitete Falschmeldungen mit der Absicht, Meinungen zu manipulieren.

Beide Schlagzeilen sind „Fake News", die Kanzlerin hat beides nie gesagt. Aber zehntausende Nutzer sozialer Medien haben solche Falschmeldungen geteilt, gelikt oder selbst kommentiert. Die Website BuzzFeed hat ausgewertet, welche Artikel über Angela Merkel von 2012 bis 2017 bei Facebook die meisten Reaktionen von Nutzern bekommen haben. Das Ergebnis: In den Top 10 waren 7 vollkommen verzerrte oder komplett ausgedachte „Berichte". Man könnte auch sagen: Fake News.
Im Netz sind die erfundenen Meldungen häufig reißerisch formuliert und zielen auf die Gefühle der Menschen. Wenn dann falsche Tatsachenbehauptungen weiter geteilt werden, wertet der Algorithmus das als Signal für die Wichtigkeit des Posts. Die Folge: Der Post wird noch mehr Leuten angezeigt.
Dass Nutzer immer wieder auf Gerüchte oder Falschmeldungen reinfallen, hat mehrere Ursachen: Zum einen werden die Internetseiten so gestaltet, dass sie optisch wie eine seriöse Nachrichtenseite mit sachlichen Berichten und richtiger Recherche aussieht. Oder sie berufen sich auf eine bekannte Zeitung, verdrehen oder erfinden aber die Tatsachen. Nutzer verlassen sich auch oft darauf, dass alles schon stimmt, weil es Freunde geteilt haben.

Bearbeiterin, basierend auf: © klickwinkel, Algorithmen und ihre Nebenwirkungen, www.klickwinkel.de, Abruf am 07.04.2020

M23 „Posts" im Kanal von Diana zur Löwen

Z **zoeyy** · vor 1 Monat

Du machst das super! Du sagst was du persönlich denkst, informierst aber auch über andere Standpunkte! Nicht böse gemeint, aber du solltest dann auch Politiker aus verschiedenen Parteien begleiten und einladen! Ich habe dich im Interview gesehen und finde, dass du in die Politik gehen solltest. Da könntest du doch viel mehr bewegen als in den sozialen Medien! Ich weiß, dass du das anders siehst, aber überleg es dir noch mal!

6 6 2

S **Seyda Sedi** · vor 1 Tag (bearbeitet)

Hey, du bist nicht die Tagesschau! Soziale Medien eignen sich nicht für Politik. Die Plattform-Betreiber wollen vor allem eins: Geld verdienen! Ich will mich jedenfalls nicht durch Hass-Botschaften beeinflussen lassen und auch noch massenhaft Wahlwerbung von Parteien zu der ganzen anderen Werbung erhalten! Außerdem: Wie soll ich mit jemanden politisch diskutieren, wenn ich noch nicht einmal weiß, ob mein Gegenüber echt ist?

4 4 Antworten

Bearbeitern

AUFGABEN

1. Vergleicht mit Hilfe der Operatorenkarte auf S. 37 die Merkmale „sozialer" und „traditioneller" Medien.
2. Arbeitet zu viert und teilt die Informationen in **M22 A - D** unter euch auf.
   a) Lest jeweils alleine euer Material. Notiert mit Hilfe einer Tabelle, welche Gefahren und Chancen sozialer Medien für die Demokratie und politische Beteiligung sich daraus ableiten lassen.
   b) Vermittelt euch gegenseitig euren Info-Text und eure Tabelleneinträge.
   c) Ergänzt die Tabelle gemeinsam um weitere Chancen und Risiken.
3. Lest die Posts in **M23** und erstellt in der Klasse ein Meinungsbild, ob die Influencerin „in die Politik gehen" sollte, oder in den sozialen Medien mehr bewegen kann. Tauscht eure Begründungen aus.
4. Urteilt mit Hilfe der nachfolgenden Methodenkarte, ob Politik in den sozialen Medien eher eine Chance für mehr Beteiligung oder eine Gefahr für die Demokratie sein kann.

F Aufgaben 2a-c
Seht euch die Grafik zu den „sozialen Medien im Wahlkampf" hinter dem QR-Code an und ergänzt eure Tabelle.

Mediencode: 71077-25

Ein begründetes politisches Urteil bilden

I. Worum geht es?

Um sich ein begründetes und „kompetentes" politisches Urteil zu bilden, bedarf es eines bestimmten Vorgehens. Je mehr Wissen, Perspektiven und Prüf-Kriterien dazu ausgewertet werden, desto begründeter und überzeugender kann ein Urteil am Ende sein. Wie genau der Prozess der Urteilsbildung funktioniert, erfahrt ihr hier.

II. Geht dabei so vor:

1. Schritt: ein Spontanurteil formulieren

a) Formuliert euer erstes spontanes Urteil zum Thema oder zur Fragestellung. Begründet es vorläufig in einem oder wenigen Sätzen.
b) Haltet eure spontane Positionierung und ihre Begründung schriftlich fest.

Formulierungshilfen
- *Ich denke, dass der Vorschlag umgesetzt werden sollte, weil ...*
- *Meiner Meinung nach sollte/sollte nicht ..., weil/damit ...*
- *Ich finde die Forderung richtig, weil dadurch ...*

2. Schritt: Fragen an das Thema mit Hilfe von Prüf-Kriterien formulieren

Überlegt euch Fragen, die dabei helfen, das Thema oder den Vorschlag genauer zu prüfen. Beispielsweise könntet ihr fragen:
- Können soziale Medien oder die Absenkung des Wahlalters auf 16 helfen, das Desinteresse von Jugendlichen an Politik weiter abzubauen?
  Das Prüf-Kriterium hieße in diesem Fall dann „Wirksamkeit gegen politisches Desinteresse".

Weitere Beispiele:
- Trägt Politik in den sozialen Medien zur politischen Meinungsvielfalt bei? (Meinungsvielfalt/Pluralität)
- Wie gut ist der Vorschlag (Wahlalter 16) mit geltendem Recht vereinbar? (Gesetzmäßigkeit)

Prüf-Kriterien-Sammlung
Zum Thema passende Kriterien müssen jeweils ausgewählt und wie in den Beispielen in eine konkrete Frage umformuliert werden! Kriterien können sein:
Umsetzbarkeit ... Wirksamkeit (für/gegen...) ... (Generationen-) Gerechtigkeit ... Finanzierbarkeit ... Gesetzmäßigkeit ... Nachhaltigkeit ... Sicherheit ... Freiheit ... Zumutbarkeit ... Menschenwürde ... Vereinbarkeit mit demokratischen Prinzipien ... Umweltschutz ... Kosten-/Nutzen-Verhältnis ...

3. Schritt: verschiedene Perspektiven betrachten

Überlegt, wer oder welche Personengruppen mit der Frage etwas zu tun haben. Unterscheidet dabei zwischen den von der Frage direkt Betroffenen, z. B. Jugendliche, Politikerinnen und Politiker, ältere Menschen, etc.

4.Schritt: Prüf-Kriterien und Perspektiven mit Sachwissen verbinden und gewichten

Nutzt und erweitert euer Sachwissen zum Thema, um es mit den Prüf-Kriterien und Perspektiven zu verbinden:

- Formuliert Pro- und/oder Kontra-Argumente für jedes Prüf-Kriterium.
- Markiert, aus welcher Perspektive welche Argumente besonders wichtig sind.
- Gewichtet die Argumente, indem ihr ihnen Punkte zwischen 1 und 5 gebt.

Pro-Argumente	Kontra-Argumente
Prüf-Kriterium: z. B. Wirksamkeit gegen ...	
Prüf-Kriterium: z. B. Generationengerechtigkeit	

5. Schritt: ein begründetes Urteil formulieren

Nachdem ihr Prüf-Kriterien und Perspektiven mit möglichst vielen Informationen zum Thema verbunden habt, formuliert euer Urteil. Benennt dabei die Prüf-Kriterien und Perspektiven, die für euer Urteil entscheidend sind.

Formulierungshilfen

- *Aus meiner Sicht ist die Forderung ..., weil .*
- *Es gibt dafür starke Argumente, zum Beispiel ... Dieses Argument bezieht sich auf den Prüfstein ...*
- *Würde die Forderung umgesetzt, hieße dies ... Aus der Perspektive von ... hätte es die Folge ...*
- *Gegen die Umsetzung spricht/ die Forderung widerspricht ...*
- *Wenn ich die Pro-und Contra-Argumente gewichte, komme ich zu dem Schluss ...*
- *Dabei ist der Prüfstein/ die Perspektive ... entscheidend, weil ...*

6. Schritt: Rückblick auf das Spontanurteil

Blickt abschließend nochmals auf das Spontanurteil aus dem 1. Schritt zurück und beantwortet die folgenden Fragen:

a) Inwiefern hat sich euer Spontanurteil verändert?
b) Welche Argumente waren dabei von besonderer Bedeutung?
c) Welche Kriterien hatten besonderen Einfluss auf eure Urteilsbildung und warum?
d) Welche Perspektiven habt ihr erst im Prozess einbezogen oder besonders gewichtet?
e) Fehlen euch noch Informationen für ein abschließendes Urteil?

Bearbeiterin

Die AG „Action for Future" beraten

Die AG „Action for Future" an Mias und Emres Schule plant eine neue Strategie. Bisher haben sie vor allem die Freitagsdemonstrationen geplant und Schülerinnen und Schüler beraten, die dadurch Ärger mit Lehrerinnen, Lehrern und Eltern bekommen haben.
Jetzt wird freitags zwar weniger demonstriert, aber nicht geschwiegen. Beim nächsten Treffen soll es um eine neue Strategie und neue Aktionen gehen.
Eine Tagesordnung wurde bereits aufgestellt:

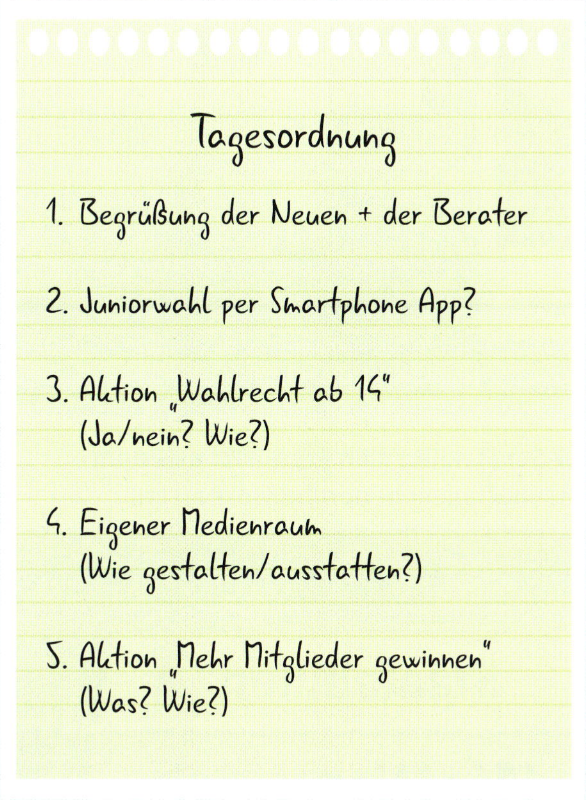

Bearbeiterin

Aufgaben

1. Ihr seid als Klasse gebeten worden, die AG bei ihrer nächsten Sitzung zu beraten. Vier Abgeordnete der Klasse sollen an der Sitzung teilnehmen. Bereitet euch auf die Sitzung vor, indem ihr:
   a) vier Gruppen zu jeweils einem Tagesordnungspunkt (2-5) bildet,
   b) gemeinsam überlegt, wie ihr die AG in eurem Punkt beraten würdet (nutzt dabei möglichst viele eurer Erkenntnisse aus dem Unterricht),
   c) euch Notizen (z. B. Flipchart, Tablet-Computer, Folien) macht,
   d) ein Gruppenmitglied auswählt, das die Klasse vertreten wird.

2. Die gewählten Gruppenmitglieder präsentieren ihre Beratungsstrategie zum jeweiligen Tagesordnungspunkt und holen sich im Anschluss ein Feedback aus der Klasse.

1 „Irgendwann wird es kein Bargeld mehr geben!"

Ein Zettel an der Tür des Burgerladens «Flippin' Burgers» weist am 20.12.2017 in Stockholm (Schweden) daraufhin, kein Bargeld zu akzeptieren.

2

„Preise werden vom Verkäufer gesetzt, da kann man als Käufer nichts machen!"

4

„Wenn Unternehmen auf der ganzen Welt tätig sind, hat das vor allem Vorteile!"

3 „Der Staat sollte sich komplett aus dem Wirtschaftsgeschehen heraushalten!"

Ein Ortsschild als Symbol für einen (vermeintlichen) Widerspruch zwischen Staatshilfen und Wettbewerb

5

„Märkte im Internet funktionieren fast genauso wie Märkte im analogen Leben!"

Markt und Geld als Vermittler: Erfüllen sie ihre Funktionen im (digitalisierten) Wirtschaftsgeschehen?

3

Wieso ist das so teuer? Wo kommt der Preis her? Das hat sich wohl jeder schon mal gefragt. In diesem Kapitel werden wichtige Grundkenntnisse zu Märkten, Preisen und Geld erarbeitet und in diesem Zusammenhang Entwicklungen wie die Internationalisierung oder Digitalisierung näher betrachtet. Zu welchen Problemen kann es kommen? Welche Rolle sollte der Staat bei der Lösung spielen? Eine eigene Antwort darauf zu finden ist wichtig, um in Zukunft verantwortungsbewusst am Wirtschaftsgeschehen teilnehmen zu können.

Am Ende des Kapitels solltet ihr Folgendes können:

- Marktformen unterscheiden und Preisbildungsmechanismen erläutern
- den Wirtschaftskreislauf als Modell zur Analyse von Marktprozessen diskutieren
- Strategien zur Marktmachtgewinnung von Unternehmen analysieren
- an einem Fallbeispiel beurteilen, inwiefern der Staat ins Wirtschaftsgeschehen eingreifen sollte
- den Einfluss von Internationalisierung und Digitalisierung im Wirtschaftsgeschehen an Beispielen bewerten
- Geld und Geldfunktionen unter dem Aspekt der Digitalisierung von Währung betrachten

WAS WISST UND KÖNNT IHR SCHON?

1. Notiere alleine ein oder zwei kurze Sätze, die dir spontan zu den Aussagen auf der linken Seite einfallen. Stimmst du eher zu oder nicht?
2. Bildet in der Klasse eine Positionslinie (→ Methodenglossar), auf der ihr euch nacheinander zu den Aussagen positioniert. Begründet und diskutiert eure Positionen.
3. Haltet fest, welche offenen Fragen sich euch stellen oder welche Informationen ihr noch benötigt, um euch besser entscheiden zu können.

Eigenständig verschiedene Märkte analysieren

I. Worum geht es?

Jeden Tag treffen wir als Verbraucherinnen und Verbraucher auf unterschiedlichste Märkte im Wirtschaftsgeschehen. Wer verstehen möchte, was ein Markt ist, wie er funktioniert und warum es Unterschiede zwischen verschiedenen Märkten gibt, sollte anfangen, Märkte im Speziellen zu analysieren, um auf allgemeine Märkte schließen zu können. Wenn ihr in der Klasse arbeitsteilig mehrere Märkte analysiert habt, wird schnell klar, dass die allermeisten Märkte zwar etwas unterschiedlich funktionieren, auf der anderen Seite aber auch viel gemeinsam haben.

II. Geht dabei so vor:

1. Schritt: Vorbereitung – welchen Markt untersuchen wir?

1. Bildet Gruppen von 5-6 Personen.
2. Einigt euch auf einen Markt, den ihr untersuchen wollt. Am besten ihr nehmt einen Markt, den ihr gut kennt: Turnschuhe, Handys, Erfrischungsgetränke, Autos, Apps, ...

2. Schritt: Analyse – wie funktioniert „euer" Markt?

Prüft für „euren" Markt ggf. arbeitsteilig folgende Fragen in der Gruppe:

1. Welche Marktform liegt hier vor (**M2**, **M13a-b**)?
2. Wie bildet sich ein Marktpreis (**M8-M10**, **Methodenkarte auf S. 89**)?
3. Besteht auf diesem Markt Marktversagen und wie könnte es ggf. gelöst werden (**M16-ab**, **M17** **1** – **2**)?
4. Ist oder könnte der Markt internationalisiert werden (**M23-M25**)?
5. Kann auf dem Markt eine digitale Währung genutzt werden (**M30a-b**, **M31**)?

3. Schritt: Herausarbeiten von Gemeinsamkeiten und Unterschieden

1. Haltet eure Arbeitsergebnisse auf einem Plakat fest.
2. Präsentiert euch gegenseitig eure Plakate.
3. Haltet Gemeinsamkeiten und Unterschiede der verschiedenen Märkte in einer Tabelle fest.
4. Diskutiert folgende Fragen in der Klasse:
   a) Wodurch entstehen diese Gemeinsamkeiten bzw. Unterschiede?
   b) Hat es Vor- oder Nachteile, dass verschiedene Märkte unterschiedlich funktionieren?

Bearbeiterin

3.1 Wirtschaft zwischen Wettbewerb und Marktversagen

3.1.1 Was ist ein (vollkommener) Markt?

Zum Thema: Fast jeder war schon mal im Supermarkt, vielleicht auch auf einem Flohmarkt oder Wochenmarkt. Doch was bedeutet der Begriff Markt für die Wirtschaft eigentlich? Was haben alle Märkte gemeinsam, was genau passiert auf einem Markt und wie sollten Märkte gestaltet sein? Mit diesen Fragen beschäftigt sich das folgende Kapitel.

M1 Ein Marktplatz kann viele Gesichter haben ...

Einkaufsstraße in Köln

Virtueller Marktplatz

Börse in Frankfurt

Wochenmarkt in Ibbenbüren

EINSTIEGSAUFGABE

Auf den Bildern sind verschiedene Marktplätze abgebildet. Beschreibt Gemeinsamkeiten und Unterschiede der abgebildeten Marktplätze.

M2 Der Markt als Treffpunkt von Angebot und Nachfrage

Ein Markt besteht aus Gruppen potenzieller Käufer und Verkäufer einer bestimmten Ware oder Dienstleistung. Die Gruppe der potenziellen Käufer bestimmt die Nachfrage nach dem Gut, die Gruppe der Verkäufer bestimmt

Ebd.

dessen Angebot. [...] Märkte nehmen verschiedene Formen an. Manchmal sind die Märkte hochgradig organisiert, wie etwa einzelne Märkte für landwirtschaftliche Produkte oder die Wertpapierbörsen. [...] Auf diesen Märkten treffen sich Anbieter und Nachfrager zu bestimmten Zeiten an bestimmten Orten [...]. Meistens aber sind die Märkte wenig oder gar nicht organisiert. Man sieht es beispielsweise am Markt für Kaffee in einer bestimmten Stadt. Die Käufer von Kaffee treffen sich nicht zu einem bestimmten Zeitpunkt. Die Kaffeeverkäufer findet man in verschiedenen Geschäften und zumeist mit unterschiedlichen Produkten (Filterkaffee, Espresso, Milchkaffee, Cappuccino usw.). [...] Jeder Anbieter stellt ein Preisschild auf und jeder Nachfrager entscheidet sich, ob und wie viel er in diesem Geschäft kauft. Obwohl es keine organisierte Form ist, bilden die Gruppen der Nachfrager und Anbieter von Kaffee einen Markt. Jeder Nachfrager weiß, dass es mehrere Anbieter gibt, von denen er kaufen könnte, und jeder Anbieter ist sich bewusst, dass sein Produkt dem Produkt anderer Anbieter ähnlich ist.

N. Gregory Mankiw / Mark P. Taylor, Grundzüge der Volkswirtschaftslehre, Schäffer Poeschel, Stuttgart, 6. überarbeitete Auflage, 2018, 57 f.

M3 Fallbeispiele: Handelt es sich um vollkommene Märkte?

1 „Bei uns im Dorf gibt es nur einen Drogeriemarkt. Schminke kann man also nur da kaufen – die ist dann oft auch ganz schön teuer."

2 „Sonntags holen wir Brötchen immer vom Schlemmerback, die Brötchen da sind einfach leckerer und frischer als die der anderen Bäcker."

3 „Bücher kaufe ich am liebsten beim Bücherwurm, die haben eine riesen Auswahl und eigentlich immer alles da. Alle anderen Buchhandlungen müssen die Bücher, die ich haben will, oft erst bestellen. Das dauert mir zu lange."

4 „Bei „La Italia" war die Bedienung letztens ganz schön unfreundlich. Pizza essen gehen wir jetzt nur noch bei „Beppo". "

Bearbeiterin

AUFGABEN

1. Erarbeitet zu zweit mit Hilfe von **M2** eine Definition für einen Markt.
2. Vergleicht das Geschehen auf den abgebildeten Marktplätzen (**M1**) mit dem Modell von einem Markt in **M2**.
3. Charakterisiert die Eigenschaften eines vollkommenen Marktes (**M2**), indem ihr sie an konkreten Beispielen aus eurem Alltag erläutert.
4. Entscheidet für die Beispiele in **M3**, ob die Märkte vollkommen sind.
5. Erläutert, welche Vor- und Nachteile ein vollkommener Markt für Anbieter und Nachfrager mit sich bringt.

F Aufgabe 4
Entwickelt eigene Beispiele von unvollkommenen Märkten und lasst eine Partnerin bzw. einen Partner herausfinden, wieso sie unvollkommen sind.

3.1.2 Der Wirtschaftskreislauf – ein geeignetes Modell zur Analyse von Marktprozessen?

Zum Thema: Um zu verstehen, wie Märkte funktionieren, ist es wichtig, zu wissen, wer alles am Marktgeschehen beteiligt ist. Dass dies sehr schnell chaotisch wird, ist jedem schnell klar. Wie es dennoch übersichtlich und vor allem nachvollziehbar werden kann, ist Thema dieses Kapitels.

M4 Wie hängen Haushalte und Unternehmen zusammen?

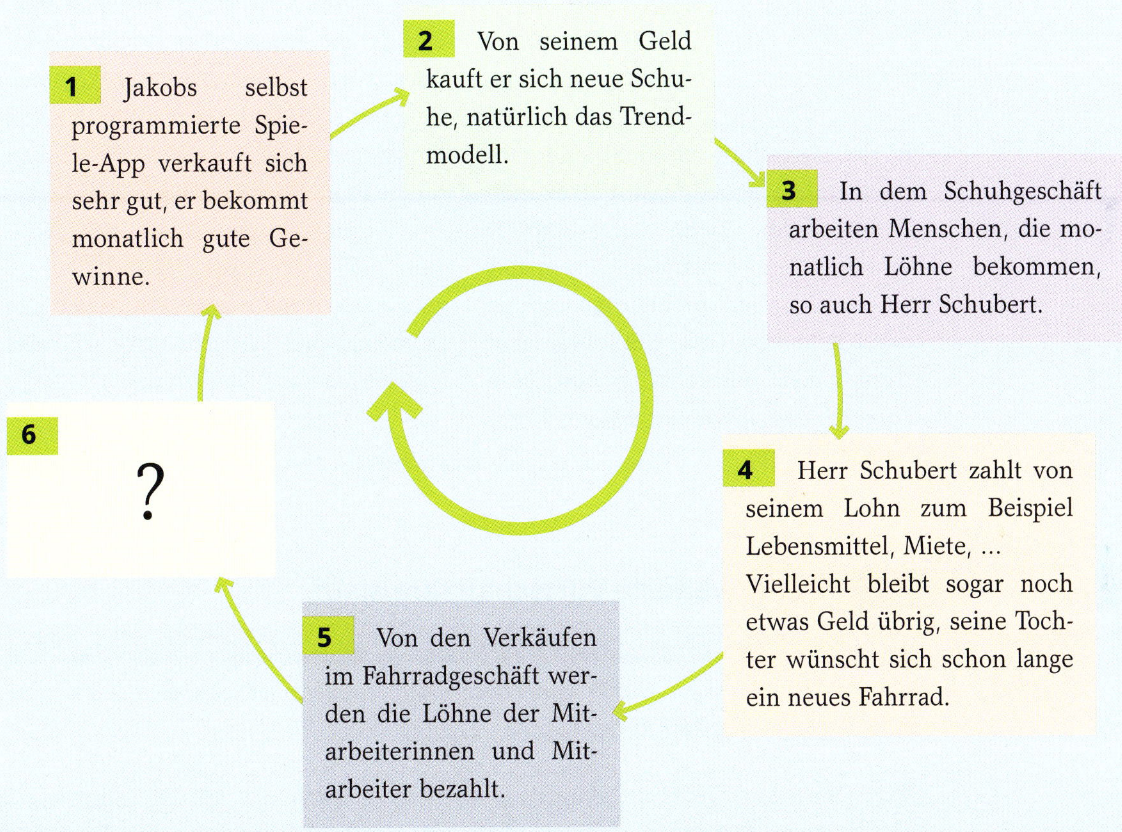

Bearbeiterin

EINSTIEGSAUFGABEN

1. Erstellt mit Hilfe der Beispiele ein Schaubild, in welchem die Wirtschaftsbeziehungen zwischen Unternehmen und Haushalten dargestellt werden.
2. Überlegt euch selbst Beispiele, wie es in diesem Wirtschaftskreislauf weitergehen kann.
3. Diskutiert, ob eure Darstellung auf das gesamte Wirtschaftsgeschehen in Deutschland übertragbar wäre.

M5 Der einfache Wirtschaftskreislauf

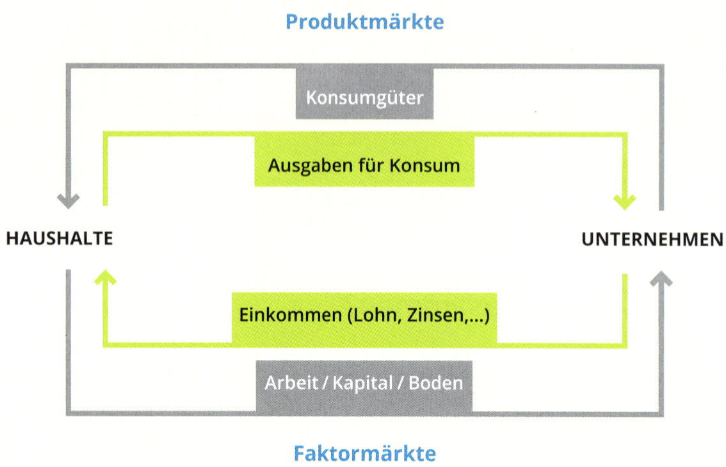

Für die Wirtschaft hat Geld eine ganz besonders wichtige Funktion: Es hält sie am Laufen. Denn nur wenn die Menschen eines Landes regelmäßig kaufen, verkaufen, arbeiten gehen und Lohn bekommen – also Geld „bewegen" – funktioniert unsere Wirtschaft. Man kann sich das wie einen ewigen Kreislauf vorstellen. Aber wie kann man den Überblick behalten über all die Käufe und Verkäufe, die Millionen von Menschen innerhalb eines Landes tätigen? Ganz einfach: Man erstellt ein Modell. Das bedeutet, dass man Geld- und Güterbewegungen schematisch darstellt. Nicht jede einzelne, sondern zusammengefasst alle Transaktionen zwischen Unternehmen und Haushalten. Da fließt Geld an die Unternehmen, weil die Haushalte Güter kaufen. Dies ist ein sogenannter Produktmarkt. Aber auch die Haushalte bekommen Geld von den Unternehmen in Form von Einkommen, weil sie den Unternehmen für die Produktion wichtige Faktoren wie Arbeit, Kapital oder Boden zur Verfügung stellen. Dies geschieht auf dem sogenannten Faktormarkt. Insgesamt gibt es im einfachen Wirtschaftskreislauf also Güterströme und Geldströme.

Bearbeiterin

M6 Der erweiterte Wirtschaftskreislauf

Der einfache Wirtschaftskreislauf vernachlässigt wichtige Sektoren wie den Staat, die Banken und das Ausland. Daher wurde das Modell erweitert und vereinfacht: Es werden nur noch Geldströme betrachtet.

1 **Der Staat:** Genau genommen ist der Staat an fast jedem wirtschaftlichen Vorgang beteiligt. Das fängt mit der Lohnsteuer beim Gehalt an, erstreckt sich über die Mehrwertsteuer, die wir beim Kauf im Supermarkt zahlen und hört auch bei der Umsatzsteuer von Unternehmen nicht auf. Steuern bilden daher eine der wichtigsten Einnahmequellen des Staates. Der Staat behält dieses Geld jedoch nicht einfach. Er verteilt Aufträge an Unternehmen, z. B. um Straßen zu bauen, und kauft Güter bei den Unternehmen. Außerdem arbeiten viele Privatpersonen für den Staat, die bekommen natürlich Gehalt. Neben diesen Ausgaben muss der Staat auch sogenannte Transferleistungen tätigen. Aber auch Subventionen für Unternehmen werden vom Staat finanziert.

Transferleistung
Eine Transferleistung ist eine Zahlung ohne direkte Gegenleistung des Empfängers, z. B. Wohngeld, Hartz IV, Kindergeld etc.

2 **Die Kapitalsammelstellen:** Mit „Kapitalsammelstellen" sind Banken und Versicherungen gemeint. Sie tauchen im erweiterten Wirtschaftskreislauf auf, weil wir nicht alles Geld direkt ausgeben. Private Haushalte sparen einen Teil ihres Einkommens. Dafür bekommen sie Zinsen. Auch Unternehmen legen nicht verwendetes Einkommen bei Banken gegen Zinszahlungen an. Auf der anderen Seite können sowohl private Haushalte als auch Unternehmen Kredite bei Kapitalsammelstellen bekommen, z. B. für einen Hauskauf oder eine Investition. Im Gegenzug sind hier neben der vereinbarten Tilgung - also der Rate, die monatlich zurückgezahlt wird - auch Zinsen zu bezahlen.

3 **Das Ausland:** Der Sektor „Ausland" fasst alle ausländischen Staaten, Unternehmen und Haushalte zusammen. Der Sektor wird immer wichtiger, da durch die zunehmende Globalisierung immer mehr Handelsbeziehungen mit dem Ausland eingegangen werden. So exportieren und importieren die Unternehmen Güter und Dienstleistungen. Ebenso die privaten Haushalte: Sie kaufen und konsumieren im Ausland, z. B. auf Urlaubsreisen. Aber auch der Staat pflegt Geldbeziehungen zum Ausland. So zahlt Deutschland z. B. Geld für Entwicklungshilfe. Außerdem leihen oder verleihen sich Staaten untereinander Geld. Darüber hinaus ist das Ausland mit unseren Kapitalsammelstellen verbunden. So wird hier aus dem Ausland Geld angelegt, dafür werden Zinsen gezahlt. Auch Kredite im Ausland und die entsprechenden Zinszahlungen müssen berücksichtigt werden.

Bearbeiterin

M7 Wie funktioniert der Wirtschaftskreislauf als Analyseinstrument?

Angenommen, der Staat erhöht das Kindergeld, welche gesamtwirtschaftlichen Folgen hätte dies? Wenn wir davon ausgehen, dass kinderreiche Familien einen Großteil ihres Einkommens für den Konsum verwenden, wird der Konsum der privaten Haushalte steigen. Ein erhöhter Konsum führt zu höheren Einkommen der Unternehmen, usw.

Bearbeiterin

AUFGABEN

1. a) Erläutert die Abbildung des einfachen Wirtschaftskreislaufes in **M5**.
   b) Erklärt dabei die Fachbegriffe „Produkt-" und „Faktormarkt".
2. Vergleicht das Modell des einfachen Wirtschaftskreislaufes (**M5**) mit euren Schaubildern aus der ersten Einstiegsaufgabe.
3. Erstellt zu zweit ein Schaubild des erweiterten Wirtschaftskreislaufes (**M6**).
4. Ordnet folgende Geschehnisse im Modell des erweiterten Wirtschaftskreislaufs (**M6**) ein: *a) Eine Familie erhält Kindergeld. b) Die Bank zahlt Zinsen für Guthaben. c) Eine Familie zahlt Steuern.*
5. Erläutert mit Hilfe von **M6** mögliche Auswirkungen folgender Ereignisse: *a) Der Staat erhöht das Kindergeld. b) Zinsen für Guthaben auf der Bank steigen. c) Der Staat senkt die Mehrwertsteuer um 3 Prozentpunkte.*
6. Erstellt ein Erklärvideo zum Kapitelthema. Erläutert darin auch, ob ihr findet, dass das Modell des erweiterten Wirtschaftskreislaufes geeignet ist, Marktprozesse zu analysieren (**M7**). **MK**

H **Aufgabe 2** → S. 301

H **Aufgabe 6** → S. 301

3.1.3 Das Zusammenspiel von Angebot und Nachfrage: Wie können Preise kalkuliert werden?

Zum Thema: „Das ist doch viel zu teuer, das kaufe ich nicht!“, „Oh, für den Preis nehme ich gleich zwei mit ...“ – solche Gedanken kennt wohl jeder beim Einkaufen. Aber wie werden Preise eigentlich festgelegt? Mit dieser Frage beschäftigt sich dieses Kapitel.

M8 Eisverkauf im Schulzentrum – wie kann die SV einen guten Preis festlegen?

Die SV der Schule möchte einen Eisverkauf starten. Dafür wurde eine neue AG gegründet, in der alle Schülerinnen und Schüler der Schule mitarbeiten können. Heute möchten sie Strategien zur Preisgestaltung besprechen. Dabei kommen einige Vorschläge auf den Tisch:

Mia: Wir könnten Umfragen machen, um festzustellen, wie viel Eis eigentlich gekauft wird.

Anna: Ja, und dann müssten wir überlegen, wie teuer das Eis dann sein muss, damit zumindest die Kosten gedeckt sind.

Lukas: Ich finde, dass das Eis nicht teuer sein darf, damit es sich jeder leisten kann! Alles andere wäre unfair.

Emre: Aber, wenn es zu günstig ist, können die Kühltruhe und der Strom dafür nicht bezahlt werden!

Benedikt: Ich finde 1€ als Preis ok. Da gibt es fast keine Wechselgeldprobleme.

Marie: Ja, und 1€ ist noch günstig genug, so dass viele Eis kaufen werden. Wir wollen ja schließlich auch was daran verdienen! Wir wollten doch den Wasserspender davon bezahlen!

Yannick: Dann können wir ja auch 4€ sagen, dann brauchen wir nicht so viel Eis zu verkaufen, bis wir den Wasserspender drin haben.

Bearbeiterin

EINSTIEGSAUFGABEN

1. Überlegt zu zweit, was ihr der AG raten würdet. Welche Vorschläge findet ihr gut, welche nicht?
2. Haltet in Stichpunkten fest, welche Gründe (Faktoren) in diesem Beispiel Einfluss auf den Preis haben. Findet ihr noch mehr Faktoren, die bei der Preisbildung eine Rolle spielen?

M9 Wie erklärt das Marktmodell das Verhalten von Anbietern und Nachfragern?

Der Preis einer Ware oder einer Dienstleistung bildet sich auf dem Markt durch das Zusammentreffen von Angebot und Nachfrage. Wie hoch der Preis ist, hängt dabei von verschiedenen Faktoren auf beiden Seiten ab. Anbieter müssen bedenken, dass durch den Verkauf alle zuvor entstandenen Kosten gedeckt sein müssen. Das beinhaltet alle Kosten, die für die Herstellung anfielen, aber ggf. auch Miete, Strom und Energie für ein Ladenlokal, die Einrichtung des Geschäfts, Löhne für Verkaufspersonal, ... Werden diese Kosten vom erzielten Umsatz abgezogen, bleibt der Gewinn übrig.

In der Regel bieten Unternehmen ihr Produkt zu einem Preis an, der zum einen die Herstellungskosten deckt und zum anderen einen Gewinn erzielen lässt. Sie hoffen, dass das Gut von den Nachfragern zu diesem Preis auch gekauft wird. Ist der Preis jedoch zu hoch und die Nachfrage entsprechend gering, entsteht ein „Angebotsüberhang". Die Unternehmen und Händler werden ihre Produkte nicht los. Sie senken also die Preise so lange, bis der sogenannte Gleichgewichtspreis erreicht ist. Hier entspricht das Angebot der Nachfrage, kurz gesprochen: Der Markt wird zu diesem Preis „geräumt".

Umgekehrt gilt aber auch: Setzen die Anbieter einen Preis unter dem Gleichgewichtspreis fest, entsteht ein sogenannter „Nachfrageüberhang". Dann ist die Nachfrage nach einem Produkt höher als das Angebot an diesem Produkt. In der Theorie kaufen die Nachfrager mehr von einem Produkt, wenn der Preis niedrig ist.

Bei hohen Preisen verhält es sich umgekehrt. Die Anbieter hingegen bieten mehr von einem Produkt an, wenn die Preise hoch sind und weniger, wenn sie niedrig sind. In der Situation des Nachfrageüberhangs werden die Unternehmen ihre Preise also so lange erhöhen, bis sie beim Gleichgewichtspreis angekommen sind.

Bearbeiterin

Faktoren für die Preisbildung auf dem Markt
In der Regel möchten Anbieter einen möglichst großen Gewinn erzielen. Auf der anderen Seite wägen die Nachfrager ab, ob sie eine Ware oder Dienstleistung kaufen möchten. Das Kaufverhalten ist dabei zum Beispiel abhängig vom Einkommen, vom Bedarf oder von Preisen vergleichbarer Güter.
Das Marktmodell geht davon aus, dass sich der Preis durch die Verbindung von Angebot und Nachfrage des Gutes entwickelt.

M10 Preisgestaltung – wohl kalkuliert

Georg Tacke, promovierter Betriebswirt, berichtet im Interview mit dem General Anzeiger in Bonn über sein Spezialgebiet der unternehmerischen Preisgestaltung.

General-Anzeiger: Warum kosten die gleichen Dinge oft so unterschiedlich viel?

Georg Tacke: Weil sie dem Kunden unterschiedlichen Nutzen stiften. [...] Die Markenjeans kostet in der Herstellung vielleicht nicht mehr als das namenlose Produkt. Sie verleiht dem Träger aber durch ihr besonderes Image einen zusätzlichen emotionalen Nutzen. [...]

Fast alles wird zu Schwellenpreisen wie 1,99 Euro angeboten.

Das gibt es seit Jahren, und es wird trotzdem gerne genutzt, da sich der

Kunde täuschen lässt. 1,99 Euro wirkt nun einmal deutlich billiger als 2,01 Euro. Das liegt daran, dass unser Lesefluss von links nach rechts geht und daher die erste Zahl als wichtigste wahrgenommen wird. [...]

Wie entscheiden sich Kunden, wenn mehrere ähnliche Produkte zur Auswahl stehen?

Manche Waren stehen nur im Regal, damit eine andere gekauft wird. Der Kunde tendiert in der Regel zum mittleren Preis. Dafür muss immer ein teureres Produkt und ein billigeres im Angebot sein. Das funktioniert allerdings nur bei nicht alltäglichen Einkäufen, wo der Verbraucher unsicher ist. [...]

Auf welche Preise achten Verbraucher besonders?

In fast jedem Produktbereich gibt es sogenannte Signalpreise. Einzelhändler versuchen in der Regel, diese Preise besonders niedrig zu halten. Mit Preisen, die weniger Aufmerksamkeit der Kunden auf sich ziehen, erzielen sie dann die Profite.

Georg Tacke im Interview mit dem Bonner Generalanzeiger, in: Birgit Weber, Ökonomisierung versus Regulierung? Haushalte zwischen Markt und Staat, www.bpb,.de, 19.11.2010

M11 Eisverkauf im Schulzentrum: Was wäre, wenn ... ?

1 ... es plötzlich eine Woche lang regnet?

2 ... der Förderverein 0,25€ pro Kugel Eis bezuschusst?

3 ... alle Schülerinnen und Schüler nach der 4. Stunde Hitzefrei bekommen?

4 ... die Eisdiele in der Nachbarschaft die Preise erhöht?

5 ... der Schulleiter zu seinem Geburtstag Süßigkeiten für alle Schülerinnen und Schüler mitbringt?

6 ... gegenüber der Schule ein „Frozen-Yoghurt-Geschäft" öffnet?

Bearbeiterin

AUFGABEN

1. a) Arbeitet Gründe für das Verhalten von Anbietern/Nachfragern heraus (**M9**).
   b) Nutzt dabei folgende Fachbegriffe: Gleichgewichtspreis, Angebotsüberhang, Nachfrageüberhang.
   c) Vergleicht die genannten Gründe mit denen, die ihr in der zweiten Einstiegsaufgabe zu **M8** genannt habt.
2. Arbeitet aus **M10** weitere Faktoren für die Preisbildung heraus.
3. Überlegt in Gruppenarbeit, welche Auswirkungen die Fälle in **M11** auf den Preis des Eises aus dem Einstiegsmaterial **M8** haben könnten.
4. a) Erstellt in Gruppenarbeit eine Empfehlung zur Preisgestaltung des Eisverkaufs der SV (**M8-M11**).
   b) Erläutert dabei, welche Faktoren sie berücksichtigen müssen und wie sie zu einer gelungenen Preiskalkulation kommen können. Berücksichtigt die Ergebnisse der bisherigen Aufgaben.
5. Lest **M9** und erklärt – mit Hilfe der Methodenkarte auf S. 89 – wie im Marktmodell Preise entstehen.

F Aufgabe 2c
Entwickelt weitere Situationen, die Einfluss auf den Eispreis haben können.

Denken in Modellen: Wie bildet sich ein Marktpreis?

I. Worum geht es?

Ähnlich wie der U-Bahn-Plan einer Stadt nur ein Modell ist, das die unübersichtliche Straßenführung stark vereinfacht, wird auch das Wirtschaftsgeschehen häufig in Modellen dargestellt. So lassen sich bestimmte Vorgänge und Zusammenhänge besser erkennen, wie zum Beispiel im Modell des Wirtschaftskreislaufs.
Auch die Entstehung von Preisen auf einem Gütermarkt wird vereinfacht dargestellt, indem das Zusammenspiel von Angebot und Nachfrage als Hauptfaktor hervorgehoben wird. Hierfür gibt es verschiedene Darstellungsformen, zum Beispiel ein Koordinatensystem oder ein Pfeildiagramm.

II. Geht dabei so vor:

1. Schritt: Vorbereitung

Arbeitet zu zweit und übertragt das Pfeildiagramm auf Papier, ein Tablet oder einen Computerbildschirm. Füllt die Leerstellen aus, indem ihr die Informationen aus **M9** (S. 87) anwendet.

Die Nachfrage ...	→	Der Preis steigt
		↓
Der Preis fällt	←	Das Angebot ...
↓		
Das Angebot ...	→	Der Preis ...
		↓
Der Preis ...	←	Die Nachfrage sinkt

2. Schritt: Marktauswahl

Wählt jeweils einen Gütermarkt aus (z. B. Bluetooth-Kopfhörer, Sonnenbrillen ...) und erklärt euch gegenseitig den Ablauf im Pfeildiagramm an eurem Beispiel.

3. Schritt: Vergleich der Modelle

Vergleicht das Modell mit euren eigenen Erfahrungen im Wirtschaftsgeschehen: Was stimmt überein? Wo seht ihr in der Realität Abweichungen? Gibt es Unterschiede bei den Gütern?

4. Schritt: Reflexion

1. Vergleicht eure Ergebnisse aus dem 3.Schritt in der Klasse.
2. Beurteilt abschließend gemeinsam den Nutzen des Modells in Form einer Pro-Kontra-Tabelle.

Bearbeiterin

3.1.4 Marktformen in der Realität: Wie viel Konkurrenz sollte es geben?

Zum Thema: In der Realität ist kaum ein Markt vollkommen, und es verhalten sich längst nicht alle Anbieter und Nachfrager, wie im Modell beschrieben. Warum dies so ist, welche Marktformen unterschieden werden und welche Auswirkungen sie auf die Verbraucherinnen und Verbraucher haben, erfahrt ihr in diesem Kapitel.

M12 Spielen die Preise verrückt?

1 Mia braucht neue Hosen. Sie sieht im Laden viele, die ihr gefallen, es gibt schon welche für 20 €. Am Ende kauft sie aber doch die Markenhosen, auch wenn die viel teurer sind.

2 Günther muss tanken und fragt seine App nach der günstigsten Tankstelle auf dem Weg nach Hause, hier kommt er nämlich an verschiedenen vorbei. Am Ende kommt aber heraus, dass alle fast gleich teuer sind.

3 Herr Müller ärgert sich. Der Schreibwarenladen um die Ecke hat zu gemacht, er wurde von seinem Konkurrenten „Büro-Discount" aufgekauft. Jetzt gibt es zwar immer noch zwei Schreibwarenläden im Ort, aber von wegen Discount! Die haben direkt die Preise erhöht ... Aber für jeden Bleistift und Kugelschreiber in den 15 km entfernten Nachbarort fahren?

Bearbeiterin

EINSTIEGSAUFGABE

Prüft, inwiefern die Beispiele den Regeln der Preisbildung aus **M9** des vorhergehenden Kapitels entsprechen. Wie lassen sich Abweichungen erklären?

M13 Welche verschiedenen Marktformen gibt es in der Realität?

a) Ein Lexikoneintrag über verschiedene Marktformen

Verschiedene Marktformen: In der Realität gibt es kaum einen Markt, auf dem die bisher beschriebenen Mechanismen der Preisbildung tatsächlich genau so funktionieren, wie die Theorie es beschreibt. Dies liegt daran, dass kaum ein Markt vollkommen ist. Den Konsumentinnen und Konsumenten fehlt häufig der Überblick über das gesamte Angebot. Zudem werden Kaufentscheidungen nicht nur nach dem Preis getroffen.
Die Wirtschaftswissenschaften unterscheiden zwischen folgenden Marktformen: Polypol, Oligopol und Monopol. Daneben hat sich eine weitere Form, die der monopolistischen Konkurrenz, herausgebildet.

Bearbeiterin

b) Tabellarische Übersicht über die bekanntesten Marktformen

Marktform	Anzahl Anbieter	Preisbildung	Wie viel Wettbewerb gibt es?	Beispiel
Polypol („vollkommene Konkurrenz")	viele	über Wechselwirkung von Angebot und Nachfrage	viel	Weizen
Oligopol	wenige	möglich: gegenseitige Beobachtung, Preiskampf, Preisabsprachen	viel oder kaum (je nach Preisbildung)	Mobilfunkanbieter
Monopol[1]	einer	Preissetzung durch den Anbieter	keiner	Kommunale Müllabfuhr
Monopolistische Konkurrenz	viele	Preissetzung durch den Anbieter	durch Differenzierung (Qualitätsmerkmale / Image) soll dem Wettbewerb entgangen werden.	Cornflakes

Bearbeiterin

[1] Früher hatte zum Beispiel die Deutsche Post ein Monopol für den Briefversand. Diese und ähnliche Monopole wurden aber aufgelöst. Heute finden sich Monopole eher als regionale Monopole. Die Monopolstellung bezieht sich hier auf ein begrenztes Gebiet, z. B. eine Stadt oder Kommune.

M14 Wie können Unternehmen für weniger Konkurrenz sorgen?

A **Preiskampf:** In Oligopolen kann es zu Preiskämpfen kommen. Ein Anbieter senkt seinen Preis, um mehr Kunden zu bekommen. Die anderen müssen mitmachen, so kann eine Spirale entstehen, bei der sich die Anbieter immer weiter unterbieten. Dabei können vielleicht nicht alle Anbieter mithalten und gehen pleite. Unter Lebensmittelhändlern oder Drogeriemärkten konnte man dieses Verhalten in der letzten Zeit wieder häufiger beobachten.

B **Unternehmenskäufe/-zusammenschlüsse:** Um weniger Konkurrenz zu haben, können sich Anbieter mit anderen zusammenschließen („fusionieren") oder sie gleich aufkaufen. Allerdings benötigt es dafür die Erlaubnis des Bundeskartellamts oder des Europäischen Kartellamts. Haben die Unternehmen nach der Fusion oder der Übernahme zu viel Marktmacht, wird ihnen die Erlaubnis nicht erteilt. Ein bekannter Fall ist die Übernahme der Supermarktkette Kaiser-Tengelmann durch EDEKA. Das Bundeskartellamt untersagte diese Übernahme zunächst, später wurde sie durch eine sogenannte „Ministererlaubnis" doch noch genehmigt.

C **Einzigartige Idee / Markenbildung:** Marktmacht kann man gewinnen, wenn man sich von anderen, ähnlichen Produkten absetzt und so eine „Marke" schafft. Zwar hat man dann noch Konkurrenz, aber durch das „Marken-Image" kann man oft höhere Preise verlangen.

D **Sondererlaubnis / Patent:** Durch eine staatliche Sondererlaubnis können sich Monopole bilden. So war es zum Beispiel lange Zeit nur der deutschen Post erlaubt, Briefe zu befördern. Die Preise dafür müssen dann allerdings auch vom Staat genehmigt werden. Solche Monopole sind größtenteils aufgelöst worden. Allerdings gibt es noch sogenannte Patente. Erfindet jemand etwas Neues, kann diese Erfindung durch ein Patent geschützt werden. Mit einem Patent darf (in der Regel 20 Jahre lang) niemand ohne Erlaubnis des Erfinders bzw. des Patenthalters diese Erfindung verkaufen.

E **Kartelle:** Gibt es nur wenige Anbieter auf einem Markt, können sich diese sehr einfach absprechen und höhere Preise durchsetzen. Man nennt diese Absprachen „Kartelle". Das ist allerdings in Deutschland verboten. Überwacht wird dieses Verbot vom Bundeskartellamt. Trotzdem kam es in der Vergangenheit zu Kartellen, (z. B. Bierbrauer, Süßwarenhersteller, Waschmittelhersteller, ...). Kartelle werden mit hohen Bußgeldern bestraft.

Bearbeiterin

AUFGABEN

1. Bearbeitet in Gruppen **M13a-b**, indem ihr
   a) euch gegenseitig anhand von Beispielen erklärt, warum es kaum vollkommene Märkte gibt (**M13a**),
   b) euch anhand der Tabelle einen Überblick über verschiedene Marktformen verschafft und weitere Beispiele für diese findet (**M13b**),
   c) gemeinsam über Vor- und Nachteile der verschiedenen Marktformen für Unternehmen und Verbraucherinnen und Verbraucher diskutiert.
2. Setzt den Lexikontext aus **M13a** fort. Er sollte die verschiedenen Marktformen beschreiben, Beispiele nennen und Vor- und Nachteile der Marktformen für Unternehmen und Verbraucherinnen und Verbraucher aufzeigen.
3. a) Bearbeitet in Gruppen jeweils eine Strategie aus **M14**. Gestaltet ein Wandplakat, mit dessen Hilfe ihr der Klasse die Strategie erklären könnt. Überlegt auch, welche Vor- und Nachteile die Strategien jeweils für Unternehmen und Verbraucherinnen und Verbraucher haben.
   b) Stellt euch gegenseitig in der Klasse die Plakate vor. Prüft anschließend gemeinsam, welche Strategien sich in den Einstiegsbeispielen in **M12** erkennen lassen.
   c) Erstellt eine Übersicht, in welchen Fällen der Staat beim Preiskampf (**M14**) eingreift und welches Ziel diese Eingriffe haben.
4. Führt eine Pro-Kontra-Diskussion (→ Methodenglossar) darüber, ob die Eingriffe des Staates in den Preiskampf (**M14**) gerechtfertigt sind. Beachtet dabei die Perspektive der Unternehmen und der Konsumenten (**M12-M14**).

F **Aufgabe 2**
Ergänzt euren Text um verschiedene Arten von Monopolen. Informationen dazu findet ihr mit Hilfe des QR- oder Mediencodes.

Mediencode: 71077-26

F **Aufgaben 3a-b**
Recherchiert im Internet nach konkreten Fallbeispielen von Patenten oder Kartellen. Stellt eure Ergebnisse vor.

3.1.5 Sollte der Staat eingreifen, wenn der Markt versagt?

Zum Thema: Manchmal treten im Marktgeschehen unerwünschte Nebeneffekte auf. Immer wieder entfacht in solchen Fällen die Diskussion, ob der Staat dann eingreifen soll oder nicht. Welche Fälle das sein können und was für oder gegen staatliches Eingreifen spricht, davon handelt dieses Kapitel.

M15 Die Schattenseiten des Marktes ...

In der Zeitung hat Emre gelesen, dass der Fußballplatz seines Vereines verlegt werden soll. Dies führt zu Diskussionen mit seinem Freund Benedikt und seiner Freundin Marie ...

„Dass unser Fußballplatz neben das Industriegebiet verlegt werden soll, find ich gar nicht cool. Da stinkt es und die Luft ist furchtbar schlecht.? Geht gar nicht ..."

„Ich find's viel zu weit draußen. Wenn ihr am Wochenende abends ein Spiel habt und ich euch anfeuern will, muss ich im Dunkeln Rad fahren. Nicht mal Beleuchtung gibt es da am Weg! Das ist nicht nur gefährlich, sondern auch ganz schön gruselig. Ich weiß nicht, ob ich dann noch so oft komme ..."

„Weiß jemand, was die da eigentlich produzieren? Wahrscheinlich sind die Abgase auch noch giftig ..."

EINSTIEGSAUFGABEN

1. Benennt die Probleme, die Emre mit der Verlegung des Fußballplatzes hat.
2. Überlegt gemeinsam: Wird Emres Problem bei der Preisbildung der Unternehmen im Industriegebiet berücksichtigt?
3. Arbeitet heraus, wer die Anbieter und Nachfrager auf dem Markt für Straßenbeleuchtung in Maries Beitrag sind. (Wie) kann sich hier ein Preis bilden?

M16 (K)ein Markt für alles – was, wenn der Markt versagt?

Unter bestimmten Bedingungen funktioniert der Markt nicht richtig und das Zusammenspiel von Angebot und Nachfrage führt zu unerwünschten Nebeneffekten. Wissenschaftlerinnen und Wissenschaftler sprechen dann von „Marktversagen". Zwei Beispiele von Marktversagen werden im Folgenden (auf der nächsten Seite) exemplarisch näher erläutert.

a) Wer bezahlt für „öffentliche Güter"?

Zwei wesentliche Aspekte kennzeichnen öffentliche Güter: Niemand kann von seiner Nutzung ausgeschlossen werden und der Nutzen des öffentlichen Gutes nimmt durch die Nutzung anderer nicht ab.

Ein Beispiel ist die Landesverteidigung. Auch wenn nicht alle Bürger bereit sind, für die äußere Sicherheit Geld auszugeben, können sie doch von der „Nutzung" der äußeren Sicherheit nicht ausgeschlossen werden. Außerdem nimmt auch der Nutzen nicht ab, egal, wie viele Menschen von der Verteidigung profitieren. Da bei öffentlichen Gütern das Ausschlussprinzip nicht funktioniert, entsteht ein Problem: Niemand ist bereit, dafür zu bezahlen, da man es ja auch kostenlos nutzen kann. Hier versagt also die Regelung über den Markt, denn eigentlich gibt es keinen Markt für diese Güter.

b) Negative externe Effekte – wenn andere den Preis bezahlen

Von negativen externen Effekten wird gesprochen, wenn nicht alle Kosten, die durch die Produktion oder den Konsum eines Gutes entstehen, durch den Preis gedeckt werden. Dies ist zum Beispiel der Fall, wenn bei der Produktion eines Gutes giftige Gase oder andere Umweltverschmutzungen entstehen. Die Kosten dafür werden bei der Preissetzung auf dem Markt nicht berücksichtigt. Auch durch den Konsum einiger Güter können negative externe Effekte entstehen, zum Beispiel beim Autofahren. Hier entsteht Feinstaub, Lärm und Gestank, der andere Menschen negativ beeinträchtigt. Das ist aber weder im Preis für das Auto einberechnet, noch entschädigen die Autofahrer ihre Mitmenschen für diese negativen Effekte. Der Marktpreis ist also nicht der „wahre" Preis, dieser ist in der Regel viel höher.

Bearbeiterin

M17 Lösungsansätze für Probleme durch Marktversagen

1 Wie lässt sich das Problem der öffentlichen Güter lösen?

In der Regel stellt der Staat öffentliche Güter zur Verfügung. Er kümmert sich also z. B. darum, dass unser Land verteidigt wird, finanziert beispielsweise das Verteidigungsministerium und auch die Bundeswehr. Das Geld dafür nimmt er durch Steuern oder andere Abgaben ein. So werden also doch die „Nutzer" zur Kasse gebeten.

2 Wie lässt sich das Problem negativer externer Effekte lösen?

Eine Möglichkeit besteht darin, Verbote auszusprechen, etwa für bestimmte giftige Stoffe, Nutzung umweltschädlicher Güter oder umweltschädliche Produktionsweisen. Nicht immer sind Verbote aber wirksam oder sinnvoll. Eine andere Lösung ist, die Kosten für die negativen Effekte zu „internalisieren". Hierbei werden Wege gesucht, wie negative Effekte eines Produktes Einfluss auf die Preisgestaltung haben können. Eine Steuer zu erheben wäre ein Beispiel für die Internalisierung externer Effekte. Ein Problem aber bleibt: Ob die eingenommenen Gelder reichen, um die negativen externen Effekte auszugleichen, bleibt fraglich.

Bearbeiterin

M18 Fallbeispiele zu Lösungsansätzen bei Marktversagen

1 Die Bundesregierung beschließt einen CO_2-Preis

Gestern hat das Bundeskabinett im Rahmen des Klimaschutzpgrogramms einen CO_2-Preis auf Sprit, Heizöl und Gas auf den Weg gebracht. Zudem stimmte das Kabinett einem Gesetzesentwurf zu, der erstmals in Deutschland eine Abgabe auf den CO_2-Ausstoß im Verkehrs- und Gebäudesektor vorsieht.

Bearbeiterin

2 STRASSBURG: Es ist eine drastische Maßnahme im Kampf gegen den Plastikmüll: In Deutschland und der gesamten EU sind eine Reihe von Einwegprodukten aus Plastik wie Teller oder Trinkhalme ab 2021 verboten. Das EU-Parlament beschloss am Mittwoch endgültig eine entsprechende Richtlinie. Das Gesetz nimmt auch den Kampf gegen Zigarettenkippen auf und sieht zahlreiche weitere Änderungen vor, die Verbraucher zu spüren bekommen.

Christian Kerl, EU verbannt Einweg-Plastik – das ändert sich für Verbraucher, www.morgenpost.de, 27.03.2019

3 *Staat beschließt Corona-Hilfen für Unternehmen und Selbstständige*

Die Bundesregierung [...] spannt [...] einen Schutzschirm für die Wirtschaft mit Zuschüssen, Bürgschaften, steuerlichen Erleichterungen sowie unbegrenzten Liquiditätshilfen. Damit hilft sie kleinen Betrieben, Selbstständigen, Start-ups, betroffenen Branchen sowie mittleren und große Unternehmen, die [im Zuge der Corona-Krise] in Schwierigkeiten geraten sind.

© 2020 Presse- und Informationsamt der Bundesregierung, Informationen für Unternehmen und Selbstständige, www.bundesregierung.de, Abruf am 25.04.2020

AUFGABEN

1. Bearbeitet im Partnerpuzzle die Materialien **M16a** und **M16b**, indem ihr jeweils erläutert, wie es zu „Marktversagen" kommt.
2. Ordnet die Probleme von Emre, Benedikt und Marie aus **M15** den Phänomenen aus **M16a-b** zu: Handelt es sich um Probleme, die durch öffentliche Güter oder externe Effekte entstehen?
3. Erklärt, wie öffentliche Güter finanziert werden und wie negative externe Effekte aufgelöst werden können (**M17** 1 – 2).
4. Ordnet die Beispiele in **M18** den möglichen Lösungswegen in **M17** 1 – 2 zu:
   a) Handelt es sich um Maßnahmen, die sich auf öffentliche Güter oder auf externe Effekte beziehen?
   b) Erklärt, welche Art von Marktversagen vorliegt.
   c) Listet Vor- und Nachteile der Lösungen tabellarisch auf.
5. Setzt euch mit Hilfe des neben stehenden QR- und Mediencodes in Gruppen mit Vor- und Nachteilen von Fahrverboten für Diesel-Fahrzeuge in Innenstädten auseinander.
6. Nehmt Stellung zu der Frage: Soll der Staat bei Marktversagen eingreifen?

F Aufgabe 2
Nennt weitere Beispiele von öffentlichen Gütern bzw. Gütern mit externen Effekten.

F Aufgabe 4a
Erklärt, gegen welches Problem sie vorgehen und wie genau sie wirken sollen.

Pro- und Kontra von Diesel-Fahrverboten

Mediencode: 71077-27

3.2 Digitale und internationale Märkte: Chancen und Risiken

3.2.1 Monopole im Internet – eine Hilfe oder gefährliche Abhängigkeit?

Zum Thema: „Das Internet hält sich an keine Regeln …" sagen nicht wenige Menschen. Stimmt das wirklich? Im Wettbewerbsgeschehen haben sie damit ein bisschen recht. Gerade der Kampf um Marktformen hat hier andere Dimensionen. Inwiefern im Internet andere „Marktgesetze" herrschen und ob diese für das Marktgeschehen insgesamt gefährlich werden können, sind die Fragen dieses Kapitels.

M19 Die „Big Five" des Internets

EINSTIEGSAUFGABEN

1. Stellt dar, auf welchem Markt die jeweiligen Unternehmen aus der Collage in **M19** ihr „Kerngeschäft" betreiben. Welche anderen Anbieter auf diesem Markt kennt ihr? Von welcher Marktform würde man sprechen?
2. Gehe in Gedanken einen ganz normalen Tag durch und überlege, an welchen Stellen du mit den „Big Five" in Verbindung kommst. Kannst du dir ein Leben ohne die „Big Five" des Internets vorstellen?
3. Diskutiert mögliche Ideen, an welchen Stellen die große Marktmacht der „Big Five" zum Problem werden könnte. Haltet eure Ideen an einer Wandzeitung fest.

M20 Wettbewerb im Internet: Wie unterscheidet sich der digitale vom herkömmlichen Markt?

Der Anteil von Google auf dem Suchmaschinenmarkt liegt weltweit bei rund 90 Prozent, Facebook beansprucht den größten Teil des mobilen Datenverkehrs in sozialen Netzen, und 90 Prozent der deutschen Online-Shopper kaufen bei

Amazon. [...] In der digitalen Wirtschaft herrschen andere Gesetze als in der alten analogen Welt. Dort gilt: Je mehr Leute zum Beispiel einen Bus benutzen oder ein Auto kaufen, desto geringer wird der Nutzen für die Konsumenten. Entweder sie bekommen keinen Sitzplatz mehr, oder die Straßen verstopfen, und die Autohersteller müssen weniger Nachfrage und sinkende Preise fürchten. Bei den sozialen Netzwerken und Suchmaschinen ist das umgekehrt. Je mehr Menschen oder Firmen bei Facebook und Google mitmachen, umso attraktiver wird es für alle Beteiligten: Der Nutzer findet mehr Informationen. Facebook oder Google wiederum können die Preise für ihr Angebot, nämlich Werbung zu schalten, erhöhen. Denn mit jedem zusätzlichen Nutzer wächst der Wert einer Anzeige für die Unternehmen. [...] Gleichwohl passt der Begriff des Monopols für die Marktmacht der Digitalgiganten nicht mehr wie früher für die Industriemonopole. Denn in der digitalen Welt sind die Investitionshürden für Wettbewerber niedriger und leichter zu überwinden als Kraftwerke, Schienen, Telefonmasten, Ölplattformen oder Stromleitungen. Google sagt zu Recht, der Wettbewerb sei nur einen Klick entfernt („Competition is just one click away").

Horst Wildemann, Nutzt sie, bändigt sie, aber zerschlagt sie nicht!, www.welt.de, 19.01.2018

Investitionshürden
Kosten (Investitionen), die ein Unternehmen tätigen muss, um an einem Markt teilnehmen zu können.

M21 Marktmacht großer Internetkonzerne: Pro und Kontra

a) Die Marktmacht einzelner Anbieter auf dem digitalen Markt ist ein Problem

AGB sind schnell bestätigt, und was in den Datenschutzbestimmungen steht – wen interessiert das schon? Fröhlich werden Fotos aus dem Urlaub, vom neuesten Food-Trend oder neuen Shopping-Errungenschaften geteilt. Doch Vorsicht! Klar, die Dienste sind kostenlos, aber wir bezahlen trotzdem: mit unseren Daten. Die zunehmende Marktmacht einzelner Unternehmen im Internet bedeutet auch, dass andere Unternehmen, etwa neue Start-Ups, immer schwieriger Marktzugang bekommen. Denn sie sind auf eine Finanzierung durch Werbung angewiesen, Werbetreibende nutzen aber lieber die große Reichweite bereits bestehender Anbieter wie Google oder Facebook. Außerdem haben bestehende Unternehmen natürlich schon jede Menge Daten über ihre Nutzer gesammelt, die sie nutzen können, um ein möglichst maßgeschneidertes Angebot bereit zu stellen. Diese Möglichkeit bleibt Neuzugängen auf dem Markt verwehrt, sie haben es ungleich schwerer. Wettbewerb kann man das eigentlich nicht mehr nennen, und damit verbunden sind natürlich Konsequenzen: Weniger Innovation, trägere Reaktionszeiten, Qualitätsverluste dürfen uns in Zukunft eigentlich nicht wundern.

Wie verdienen kostenlose Internetanbieter im Internet Geld?
Dienste wie Google und Facebook nutzen die Daten, um Persönlichkeitsprofile anzulegen. So können sie gezielte Werbung schalten, die sie natürlich auch teurer verkaufen können. Mit jedem Nutzer mehr wächst dabei auch der Wert einer Werbeanzeige.

Bearbeiterin

b) „Ein Leben ohne Google, Facebook & Co. kann ich mir nicht vorstellen. Und ich will es auch gar nicht!"

Ein Leben ohne Google, Instagram, Amazon? Kaum vorstellbar für die meisten von uns. Praktisch und kostenlos bieten sie uns allerlei Hilfe: Den schnellsten Weg finden per Google-Maps, Shoppen per Mausklick – das Schöne daran: Je häufiger wir diese Medien nutzen, desto besser passen ihre Vorschläge zu unseren Wünschen. Der digitale Markt funktioniert eben anders als der im „real life", hier steigt der Nutzen, je mehr Nutzer ein Angebot hat. Wenn alle Freunde auf Instagram unterwegs sind, ist es einfach, mit allen Kontakt zu halten.

Bearbeiterin

Konkurrenz im Internet
Konkurrenz gibt es unter den Anbietern im Internet genügend. Andauernd kommen neue Apps ins Spiel, die um Nutzer kämpfen. Da muss also auch ein Unternehmen mit aktuell großer Marktmacht immer am Ball bleiben und seine Dienste weiterentwickeln, um die Nutzer zu halten.

M22 Amazons Marktmacht karikiert ...

Karikatur: Schwarwel, 2016

AUFGABEN

1. Lest **M20** und vergleicht analoge und digitale Märkte.
2. Prüft eure Ideen aus der Einstiegsaufgabe 3 zu **M19** anhand der neu gewonnenen Erkenntnisse aus **M20**.
3. Teilt eure Klasse auf, die Hälfte bearbeitet **M21a**, die andere **M21b**. Arbeitet jeweils die zentrale Position sowie die Argumente für und gegen die Marktmacht großer Internetkonzerne heraus. Ergänzt sie um eigene Argumente.
4. Analysiert die Karikatur in **M22** im Hinblick auf die Kapitelfrage.
5. a) Führt eine Pro-Kontra-Debatte zum Kapitelthema durch.
   b) Wertet die Debatte aus, indem ihr Stellung zu der Frage nehmt, ob ihr auch in Zukunft Angebote der „Big Five" nutzen werdet und was ihr gegebenenfalls bei der Nutzung berücksichtigen solltet.

F Aufgaben 1-5
Recherchiert, wie groß die Marktmacht der „Big Five" Google, Facebook, Amazon, Microsoft und Apple ist. Stellt dabei auch dar, welche Apps und weiteren Dienste zu den Unternehmen gehören.

H Aufgabe 4
→ S. 301

3.2.2 Multinationale Unternehmen – führen größere Märkte zu mehr Wohlstand für alle?

Zum Thema: Viele Unternehmen streben danach, möglichst viel Gewinn zu machen. Dafür versuchen sie, ihre Marktmacht auszuweiten. Eine Strategie dazu kann die Internationalisierung von Unternehmen sein. Diese Unternehmen sind dann gegebenenfalls sogar auf der ganzen Welt vertreten. Das kann Vorteile haben, aber es gibt auch viel Kritik. Mit beidem setzt sich dieses Kapitel auseinander.

M23 Fallbeispiel Nike – ein multinationales Unternehmen

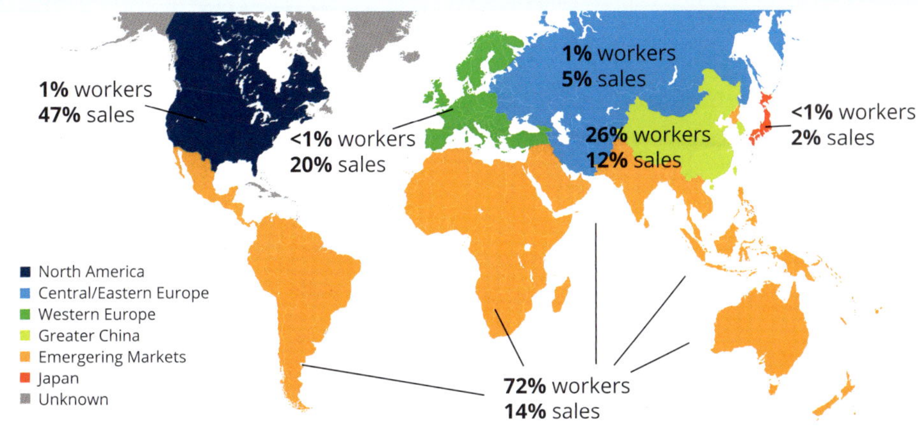

Bearbeiter, eigene Recherche

Sales
Hier: Umsatz

Workers
Arbeitnehmerinnen und Arbeitnehmer für Nike

EINSTIEGSAUFGABEN

1. Analysiert die Grafik und haltet zentrale Aussagen bezüglich der Verteilung der Arbeitnehmerinnen und Arbeitnehmer und des Umsatzes der Firma Nike fest.
2. Überlegt, wie es zu dieser regionalen Verteilung kommen kann. Welche Vorteile hat Nike, welche die Konsumenten? Haltet erste Ideen schriftlich fest.

F Aufgabe 2
Nennt mögliche Nachteile der regionalen Verteilung.

M24 Internationale, multinationale und transnationale Unternehmen – wie unterscheiden sie sich?

Es gibt viele Unternehmen, die ihren Handel nicht nur auf ein Land beschränken, sondern auch im Ausland verkaufen oder einkaufen. Diese Unternehmen werden „internationale Unternehmen" genannt. Der Verkauf eigener Produkte in anderen Ländern hat den Vorteil, dass mehr Konsumenten die Produkte kaufen können, der Markt wird also größer. Die Unternehmen erhoffen sich so höhere Einnahmen.

Auf der anderen Seite kann sich der Einkauf in anderen Ländern für Unternehmen lohnen, wenn er dort günstiger ist. Einige Unternehmen haben sogar eigene Standorte in anderen Ländern. Sie gründen beispielsweise Tochterfirmen, um in anderen Ländern zu produzieren. Dafür suchen sie sich Länder, in denen günstigere Produktionsbedingungen herrschen, etwa, weil hier die Rohstoffpreise und Löhne günstiger sind oder weil andere gesetzliche Regelungen für die Produktion herrschen. Solche Unternehmen heißen „transnationale" oder „multinationale" Unternehmen. Mittlerweile gibt es über 60.000 transnationale Unternehmen weltweit und die Tendenz ist eher steigend.

Bearbeiterin

M25 Wer profitiert von multinationalen Unternehmen und wer trägt die Kosten?

1 Produktion und Verkauf in verschiedenen Ländern – das bedeutet auch Transport von Waren, der zu Lasten unserer Umwelt geht.

2 Multinationale Unternehmen können durch geringere Produktionskosten bei gleichzeitig größerem Absatz höhere Gewinne erzielen.

3 Einige multinationale Unternehmen produzieren in Staaten, in denen keine gesicherten politischen Verhältnisse herrschen. Das kann zu Problemen für die Unternehmen führen.

4 Global handelnde Unternehmen haben sehr viel Macht und Einfluss. Diesen können sie auch missbräuchlich nutzen.

5 Man hört häufig von Ausbeutungen der Arbeitnehmer in Entwicklungsländern durch multinationale Unternehmen.

6 Durch die Produktion in Entwicklungsländern werden hier Arbeitsplätze geschaffen, das hat Vorteile für die Menschen, die dort leben und auch für das ganze Land.

7 Durch die Produktion in Ländern mit niedrigeren Löhnen und Preisen für die Rohstoffe werden auch unsere Produkte günstiger.

Bearbeiterin

AUFGABEN

1. Notiert eine knappe Definition für „internationale" und „transnationale / multinationale" Unternehmen. Haltet auch die Unterschiede zwischen beiden Unternehmensformen fest (**M24**).
2. Ordnet die Aussagen in **M25** nach Gewinnern und Verlierern der Zunahme multinationaler Unternehmen.
3. Prüft eure Ideen aus der zweiten Einstiegsaufgabe (**M23**) zu den Vor- und Nachteilen multinationaler Unternehmen.
4. Diskutiert, ob die Zunahme multinationaler Unternehmen eher Vor- oder Nachteile hat (**M23-M25**).

3.3 Geld im digitalisierten Wirtschaftsgeschehen

3.3.1 Bargeld oder Buchgeld: Brauchen Jugendliche schon ein Girokonto?

Zum Thema: Um am Wirtschaftsgeschehen teilnehmen zu können, brauchen Menschen Geld. Doch mit Geld allein können sie keine Internetkäufe tätigen und auch nicht bargeldlos zahlen. Inwiefern Kinder und Jugendliche bargeldlos zahlen können sollten, ist Thema dieses Kapitels.

M26 Bar oder bargeldlos – wie bezahlst du?

1

Eine Schülerin steht vor dem Iris-Scanner in der Mensa der Venerable Bede-Schule in Sunderland (Großbritannien). Sie kauft sich das Mittagessen ohne Bargeld mit ihrer Iris.

2

Eine junge Frau beim Kaufen eines Bahntickets in Hamburg. An diesem Fahrkartenautomaten kann sie mit Bargeld oder mit EC-Karte bezahlen.

EINSTIEGSAUFGABEN

1. Wie würdet ihr in den einzelnen Situationen bezahlen: bar oder bargeldlos? Begründe deine Entscheidung.
2. Diskutiert in der Klasse weitere Situationen, bei denen ihr mal lieber mit Bargeld, mal bargeldlos einkaufen würdet: Bäckerei, Supermarkt, Eisdiele, Kino, ...

M27 Wofür können Jugendliche ein Girokonto nutzen?

Heutzutage werden viele Geldgeschäfte über Girokonten getätigt. Das Geld bei diesen bargeldlosen Zahlungen heißt Buchgeld. Es kann von einem Konto auf ein anderes übertragen werden. Das passiert zum Beispiel, wenn im Supermarkt „mit Karte" gezahlt wird. Meist ist damit die EC-Karte gemeint, die zu jedem Girokonto gehört. Diese Karte wird an der Kasse in ein Gerät gesteckt, um die Zahlung per Unterschrift oder Geheimzahl zu legitimieren. Im Anschluss wird der Betrag vom eigenen Konto abgezogen und auf das des Supermarktes transferiert.

Wie viele Jugendliche haben ein Girokonto?

Jugendliche Girokontoinhaberinnen und -inhaber in Prozent, Stand: 2018

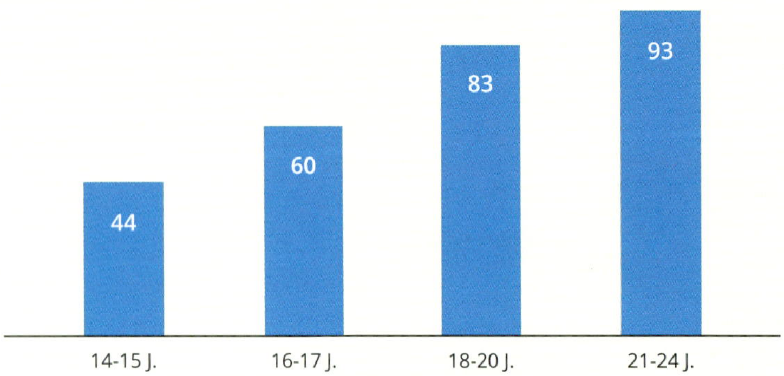

Daten nach: © Bankenverband/ GfK, Jugendstudie 2018, www.bankendverband.de, Abruf am 26.04.2020, S. 34

Neuerdings funktioniert diese Art des Bezahlens häufig sogar kontaktlos, d. h. es reicht aus, die Karte nur noch an das Gerät zu halten. Kleinere Beträge können sogar ohne Unterschrift oder Geheimzahl bezahlt werden, wenn diese Funktion bei der Bank freigeschaltet wurde. Das geht schneller, deswegen nutzen zunehmend mehr Menschen diese Funktion. Viele Banken bieten mittlerweile sogar Apps an, mit denen ganz ohne Karte und nur mit dem Smartphone kontaktlos bezahlt wird.

Kartenzahlungen können aber auch über eine Kreditkarte abgewickelt werden, die Kontoinhaberinnen und -inhaber zum Girokonto erhalten können.

Dabei wird der zu zahlende Betrag meist nicht direkt vom Konto abgebucht, sondern alle Zahlungen über einen gewissen Zeitraum (meist ein Monat) gesammelt und dann gemeinsam abgebucht. Die Bank gewährt einem für diesen Zeitraum einen Kredit in Höhe der zu zahlenden Beträge, denn diejenigen, die mit dem Geld bezahlt werden, erhalten ihre Zahlung sofort.

In der Regel bekommen Arbeitnehmer ihren Lohn auf ihr Girokonto per Überweisung. Auch dies ist nichts anderes, als eine Geld-Bewegung vom einen auf das andere Konto. Ferner können alle Girokontoinhaberinnen und -inhaber Überweisungen tätigen, zum Beispiel um Rechnungen zu bezahlen. Fallen regelmäßige Kosten an, z. B. Mietzahlungen oder Telefon- und Internetkosten, so ist dies per „Lastschrift" oder „Dauerauftrag" möglich. Bei einem Dauerauftrag erhält die Bank vom Kontoinhaber die Anweisung, regelmäßig eine bestimmte Summe an jemanden zu überweisen. Bei einer Lastschrift erteilt der Kontoinhaber der Bank die Erlaubnis, dass jemand vom Konto eine bestimmte Summe – regelmäßig oder einmalig – einziehen kann.

Auch für viele Online-Bezahlverfahren wie etwa PayPal werden Girokonten benötigt, die mit den jeweiligen PayPal-Konten verknüpft sind. PayPal-Bezahlungen werden entweder vom Girokonto abgebucht oder von einem vorher auf das PayPal-Konto überwiesenen Guthaben bezahlt.

Bearbeiterin

M28 Chancen und Gefahren eines Girokontos

1 **Ayleen (45)** findet es praktisch, dass ihre Kinder jetzt ein Girokonto haben. Sie hat einen Dauerauftrag für das Taschengeld eingerichtet. Ihre zwei Jungs freuen sich auch, jetzt kann Ayleen nicht mehr vergessen, das Taschengeld zu zahlen.

2 **Kira (19)** dachte, sie hätte noch Geld für die Jeans auf dem Konto, die sie online bestellt hat. Jetzt stellt sich heraus, dass sie die Abbuchung für den Fitnessstudio-Beitrag vollkommen vergessen hat.

3 **Finn (14)** hat gerade ein neues Girokonto. Weil er sich die PIN noch nicht so gut merken kann, hat er ein Post-It auf seine EC-Karte geklebt. Heute hat er seinen Rucksack (mit EC-Karte) im Bus vergessen ...

4 **Emre** hat einen neuen Nebenjob, er trägt jetzt das Wochenblatt aus. Der Chef fragt ihn, wohin er das Gehalt auszahlen kann ...

5 **Emma und Julius (beide 25)** haben im Möbelhaus ordentlich zugeschlagen, schließlich soll ihre erste gemeinsame Wohnung richtig schön werden. Beim Blick auf den Kontoauszug am Ende des Monats merken sie, dass die Möbel teurer sind als gedacht: Es war nicht genug Geld auf dem Konto, sie sind im Minus. Die Bank verlangt ganz schön viele Zinsen dafür ...

6 **Lisa (36):** Huch, kein Geld mehr da? Lisa wundert sich, das kann nicht sein. Nach Monaten guckt sie mal wieder auf ihren Kontoauszug und erschrickt: 3000 € nach Russland? Da hat jemand ihr Konto gehackt!

7 **Tim (17)** ist stolz auf sein neues Girokonto. Bargeld nimmt er kaum noch mit, er kann ja alles mit Karte bezahlen. In der Bahn macht sich plötzlich jemand an seinem Rucksack zu schaffen. Er kann gar nicht so schnell reagieren, wie der Geldbeutel geklaut ist. Schnell ruft er die Sperrnotrufnummer an und lässt seine EC-Karte sperren.

Bearbeiterin

AUFGABEN

1. Erstellt aus den Informationen aus **M27** eine Concept Map (→ Methodenglossar) zum Thema „Nutzen eines Girokontos".
2. Überlegt gemeinsam, ob der Besitz eines Girokontos die Bezahlsituationen der Einstiegsbeispiele (**M26**) vereinfacht. Haltet fest, in welchen Situationen besser mit oder ohne Bargeld bezahlt werden kann.
3. Analysiert die Grafik in **M27**. Nennt mögliche Gründe für die Zunahme der Girokonten mit dem Alter der Befragten.
4. Erstellt aus den Fallbeispielen in **M28** eine Pro- und Kontraliste zur Nutzung von Girokonten. Ergänzt eigene Argumente.
5. Entwerft einen Flyer mit Tipps, wie Gefahren bei der Nutzung eines Girokontos minimiert werden können (**M26-M28**).

F Aufgaben 1-5
Recherchiert im Internet bei verschiedenen Banken nach ihren Konditionen für Girokonten für Kinder und Jugendliche. Vergleicht die Angebote und entscheidet, welches Konto für euch persönlich das beste wäre. Begründet eure Entscheidung.

3.3.2 Bitcoins und Co. – die Zahlungsweise der Zukunft?

Zum Thema: E-Euro, Bitcoins, Libra, ... diese Begriffe begegnen einem im Zusammenhang mit Geld immer häufiger. Sie symbolisieren die Digitalisierung des Geldes, stehen aber auch in der Kritik. Was diese sogenannten Krypto-Währungen eigentliche bedeuten und wie sie vielleicht unseren Alltag verändern werden, damit beschäftigt sich dieses Kapitel.

M29 Ein merkwürdiges Preisschild ...

Mia und Jakob sind in der Stadt, sie entdecken vor einem Restaurant ein merkwürdiges Schild am Schaufenster ...

EINSTIEGSAUFGABE

Vervollständigt Jakobs Sprechblase, indem ihr notiert, was ihr schon über Bitcoins gehört habt.

M30 Digitale Währungen und Funktionen von Geld im Allgemeinen

a) Was sind „Krypto-Assets"?

Bereits vor einigen Jahren kam eine scheinbar neue Kategorie von Geld auf: die Krypto-Assets, die missverständlicherweise häufig als „Krypto-Währungen" oder auch als „Krypto-Geld" bezeichnet werden. Krypto-Assets sind privat erzeugte digitale „Wertmarken" (auf Englisch „Token"), die in Computernetzwerken geschaffen und genutzt werden. Diese sind rein digital verfügbar und basieren auf Verschlüsselungstechniken (Kryptografie). Die ursprüngliche Idee war, ein Zahlungsmittel zu schaffen, das von staatlichen Institutionen und Geschäftsbanken unabhängig ist. [...] Die staatliche Einflussnahme auf das Geldwesen sollte zurückgedrängt und grenzüberschreitende Bezahlvorgänge schneller und günstiger durchgeführt werden können. Das bekannteste und am weitesten verbreitete Krypto-Asset ist der Bitcoin, dessen Konzept 2008 zum ersten Mal veröffentlicht wurde.

Deutsche Bundesbank, Geld und Geldpolitik, Frankfurt am Main 2019, S. 17

b) Die Funktionen von Geld im Allgemeinen

Tausch- und Zahlungsmittel	Recheneinheit	Wertaufbewahrungsmittel
Geld erleichtert den Warentausch.	Güterwerte lassen sich in einer Bezugsgröße ausdrücken und vergleichen.	Gelderwerb und Geldausgabe können zeitlich auseinanderfallen.
Auch Finanztransaktionen wie die Vergabe von Krediten sind möglich.	Geld fungiert als Wertmaßstab.	Sparen ist möglich.

Um diese Funktionen erfüllen zu können, muss der Gegenstand, der als Geld verwendet wird, gut teilbar, wertbeständig und allgemein akzeptiert sein.

Deutsche Bundesbank, Geld und Geldpolitik, Frankfurt am Main 2019, S. 19

M31 Bitcoins – eine neue Währung?

Der häufig verwendete Begriff Krypto-Währung klingt nach offiziellem Geld. Dem ist aber nicht so: Hinter den Krypto-Assets steht keine staatliche Zentralbank, es gibt keine gesetzliche Grundlage und keine staatliche Regulierung, die die Stabilität und Akzeptanz gewährleistet. Somit besteht kein Anspruch darauf, dass jemand eine Zahlung mit einem Krypto-Asset akzeptieren muss. Ebenso wenig besteht ein Anspruch darauf, Krypto-Assets in eine offizielle Währung tauschen zu können. Sie erfüllen die Geldfunktionen zudem nur sehr eingeschränkt und eignen sich wegen starker Kursschwankungen kaum als Wertaufbewahrungsmittel.

Deutsche Bundesbank, Geld und Geldpolitik, 2019, S. 17

Krypto-Assets als Zahlungsmittel
Die Akzeptanz als Zahlungsmittel ist bei Krypto-Assets äußerst gering. Es gibt kaum Verkaufsstellen, an denen tatsächlich damit bezahlt werden kann. Auch werden Preise nur selten in Krypto-Assets ausgedrückt.

AUFGABEN

1. Erklärt in eigenen Worten, was „Krypto-Assets" sind und welche Vorteile sie mit sich bringen (**M30a**).
2. Erläutert die Geldfunktionen (**M30b**) anhand konkreter Beispiele.
3. Ermittelt mit Hilfe der Operatorenkarte auf S. 26, warum Krypto-Assets die Geldfunktionen nicht erfüllen (**M30b**, **M31**).
4. Überprüft eure Ergebnisse aus der Einstiegsaufgabe zu **M29**. Was muss korrigiert werden, was habt ihr neu gelernt? Bestehen noch offene Fragen?
5. Diskutiert in Kleingruppen, welche der in Aufgabe 3 erarbeiteten Gründe prinzipiell geändert werden könnten und welche nicht (**M30 a-b**, **M31**).

3.3.3 Schweden schafft das Bargeld ab – ein Schritt in die Zukunft oder eine riskante Fehlentwicklung?

Zum Thema: Dass täglich Hunderttausende in Deutschland mit EC-Karte oder mit dem Handy bezahlen, ist mittlerweile eine Selbstverständlichkeit. Warum dann nicht gleich auf das Bargeld ganz verzichten und den schwedischen Weg gehen? Inwiefern dieser Weg eine Chance oder ein hohes Risiko bedeuten kann, ist Thema dieses Kapitels.

M32 Schweden – bis 2030 ohne Bargeld!

Schweden wird das erste bargeldlose Land der Welt

Vielerorts in Schweden wird bereits heute kein Bargeld mehr angenommen. An den Ladentüren hängen Hinweise mit der Aufschrift „Vi hanterar ej kontanter", übersetzt, „Wir akzeptieren kein Bargeld". Sogar Kleinstbeträge auf Märkten oder für Zeitschriften werden mittels mobiler Kartenlesegeräte abgerechnet. Mittlerweile werden über 80 Prozent der Käufe nur noch digital getätigt. Der Umsatz im Einzelhandel läuft bis zu 95 Prozent bargeldlos. [...] Von 2010 bis 2012 haben über 500 Bankfilialen ihre Dienstleistungen auf bargeldlosen Betrieb umgestellt. In demselben Zeitraum wurden 900 Geldautomaten abgebaut. Mittlerweile hat Schweden die zweitschlechteste Bankautomatenabdeckung in Europa. Bargeld ist nur noch im Supermarkt üblich, was allerdings auf 500 schwedische Kronen pro Einkauf beschränkt ist. Bis 2030 plant Schweden komplett bargeldlos zu sein.

© 2013 – 2020 Worldtimes-Online, Schweden wird das erste bargeldlose Land der Welt, www.worldtimes-online.com, Abruf am 27.04.2020

EINSTIEGSAUFGABEN

1. Lest den Zeitungsausschnitt und bildet spontan eine Positionslinie: Befürwortet ihr die Entwicklung in Schweden oder nicht? Begründet eure Position.
2. Sammelt an der Tafel mögliche Vorteile, Nachteile und offene Fragen eines bargeldlosen Zahlungsverkehrs.

M33 Wie kommt es dazu, dass in Schweden kaum noch Bargeld genutzt wird?

Ich wohne seit Ende August in Göteborg, der zweitgrößten Stadt Schwedens. [...] Vor meinem Umzug, habe ich deswegen extra Bargeld bei meiner Bank in Deutschland getauscht – unnötigerweise, wie sich herausgestellt hat. Denn in Schweden zahlt kaum jemand in bar. [...]

Ich habe mit Jonas Hedman über dieses Phänomen gesprochen. Der Schwede ist Professor an der Copenhagen Business School und Experte für die bargeldlose Gesellschaft. [...] Professor Hedman nennt eine Reihe von Gründen. Erstens: In den Jahren 2000 bis 2010 wurden in Schweden unzählige Bank- und Postfilialen überfallen. Die Räuber erbeuteten jede Menge Bargeld. [...] Die Gewerkschaften haben deswegen gefordert, dass es in Banken weniger Bargeld gibt, damit die Arbeit für Mitarbeiter sicherer wird. Außerdem haben bargeldlose Banken den Vorteil, dass man sie günstiger betreiben kann.

Als Konsequenz aus den Überfällen führen immer weniger Banken Bargeld [...]. [E]s ist fast unmöglich, an irgendeiner Bank Scheine und Münzen einzuzahlen. [...] Deswegen wollen die meisten Geschäftsleute lieber elektronische Bezahlungen in ihren Geschäften [...].

Auch im Nahverkehr gibt es seit einigen Jahren keine Möglichkeit mehr, mit Bargeld zu bezahlen. Grund dafür ist der Schutz der Bus- und Tramfahrer, denn ohne Bargeld ist es unwahrscheinlich, dass diese überfallen werden. [...] Hedman erklärt mir, dass Schweden generell denken, es sei gefährlich, Bargeld zu besitzen. Sowohl für Geschäfte, Banken, aber auch für Privatpersonen ist es sicherer, kein Bargeld dabei zu haben, da man so nicht zum Ziel von spontanen Überfällen werden kann.

Für Privatpersonen ist es außerdem bequemer, alles elektronisch zu bezahlen, weil man nicht zum Bankautomaten gehen muss [...]. Als ich Hedman frage, ob man beim Bezahlen mit Karte oder online zu viel von seinem Kaufverhalten preisgibt und damit seine Privatsphäre gefährdet, muss er lachen [...]. Er erklärt, dass die Schweden weitaus entspannter mit ihrer Privatsphäre seien, weil sie der Gesellschaft und der Regierung vertrauen, nichts Schlimmes mit ihren Daten anzustellen.

Die letzten Bezahlungen, die Schweden bis vor Kurzem noch mit Bargeld gemacht haben, waren Kleinbeträge. Also wenn man zum Beispiel einem Freund Geld für das Bier vom Wochenende zurückgibt, sich auf dem Flohmarkt ein Second-Hand Buch zulegt oder beim Gemüsestand einkauft.

Diese „micro-payments" werden in Schweden mittlerweile aber ziemlich oft mit der Bezahl-App „Swish" getätigt, die jeder mit einem schwedischen Bankkonto auf sein Smartphone laden kann. [...] Sogar viele Obdachlose haben eine „Swish"-Nummer, an die man ihnen bequem per Smartphone Geld überweisen kann. [...] Alles mit Karte oder App zu bezahlen ist super praktisch – aber auch gefährlich. Nicht nur aus Datenschutzgründen. Manchmal gebe ich auch mehr aus, als mir bewusst ist, weil ich das Geld nie wirklich in den Händen halte.

© 2020 Orange by Handelsblatt, Schweden schafft das Bargeld ab. Und alles begann mit Bankräubern, www.orange.handelsblatt.de, 17.01.2018

Bargeldloses Wirtschaftsgeschehen in der Karikatur

Karikatur: Markus Grolik, dieKleinert.de, 2019

M34 Kaum noch Bargeld in Schweden – ein Zukunftsmodell auch für Deutschland? Fünf Fallbeispiele

1 Antonius Schulte (71): Eigentlich ist Antonius für sein Alter noch ganz fit im Umgang mit Smartphone und Co, nur ab und an braucht er mal Hilfe von seinen Enkeln. Aber Banking-Apps oder Ähnliches kommen ihm nicht drauf. Das hat er versucht, viel zu kompliziert. Er hat zudem Bedenken, dass das auch gar nicht so sicher ist – was, wenn das Handy gehackt oder sogar geklaut wird?

2 Laura Steiermann (42): Laura ist Mutter von zwei Söhnen (5 und 8 Jahre alt) und findet, dass Kinder den Umgang mit Geld besser mit Bargeld lernen können. Dem älteren gibt sie schon mal ein paar Euro mit und lässt ihn Brötchen holen. Bei einer Abschaffung von Bargeld hat sie Sorge, den Überblick zu verlieren. Außerdem hat sie Bedenken, dass beim digitalen Bezahlen private Daten preisgegeben werden.

3 Martin Thomas (54): Martin betreibt ein Hotel am Bodensee. Der ganze Ort ist vom Tourismus abhängig, ein Großteil kommt aus dem Ausland. Wenn die nicht mehr wie gewohnt mit Bargeld zahlen können, werden sie evtl. andere Orte für ihren Urlaub wählen. Das würde große Einbußen bedeuten.

4 Justus Clingen (26): Justus studiert BWL und fände die Abschaffung von Bargeld super. Schon jetzt bezahlt er wo es geht mit Karte. Er freut sich, nicht mehr die ganze Geldbörse schleppen zu müssen. Und sicherer ist es auch, wenn die Karte oder das Smartphone weg sind, können sie gleich gesperrt werden.

5 Christel Bühnemann (29): Als Bankangestellte hat sie täglich mit Geld zu tun. Eine Abschaffung des Bargeldes hält sie für riskant. Was, wenn mal ein Stromausfall, ein IT-Fehler oder gar ein Cyber-Angriff den Zahlungsverkehr lahmlegt? Nur Bares ist Wahres!

Bearbeiterin

AUFGABEN

1. Erarbeitet den Text in **M33** in Vierergruppen, jeder von euch macht dabei Stichpunkte zu einer der folgenden Fragestellungen. Anschließend tauscht ihr eure Ergebnisse aus.
   a) Wie wird in Schweden bezahlt?
   b) Welche Gründe gibt es dort für die Abschaffung des Bargeldes?
   c) Welche Vorteile hat die Abschaffung des Bargeldes?
   d) Welche Nachteile hat die Abschaffung des Bargeldes?
2. Analysiert gemeinsam die Karikatur in **M33** daraufhin, welche Aussagen des Textes in **M33** sie stützt und welche nicht.
3. Überprüft eure Überlegungen aus der zweiten Einstiegsaufgabe auf S. 106. Bestätigen sich die Vor- und Nachteile?
4. Führt eine Pro-Kontra-Debatte zum Thema „Kaum noch Bargeld in Schweden – ein Zukunftsmodell auch für Deutschland?", bei der die Positionen aus **M34** vertreten werden. Berücksichtigt dabei, ob die Abschaffung des Bargelds in allen Bereichen des Wirtschaftslebens machbar ist, ob die Maßnahme den Zahlungsverkehr vereinfacht und welche Risiken mit der Umstellung verbunden sind.

F Aufgabe 3
Haben sich alle offenen Fragen aus der Einstiegsaufgabe geklärt? Recherchiert ggf. im Internet nach Antworten und stellt sie der Klasse vor.

Eine „Wirtschafts-Zeitreise" ins Jahr 2040 simulieren

I. Worum geht es?

Um heute richtige wirtschaftspolitische Entscheidungen treffen zu können, wäre ein Blick in die Zukunft sehr hilfreich. Dies geht leider nicht.
Aber mit Hilfe einer „gespielten" Zeitreise ist es trotzdem ein Stück weit möglich, in das Wirtschaftsgeschehen der Zukunft zu schauen und wichtige Erkenntnisse für heutige Entscheidungen zu erlangen. Hierfür ist es nötig, gegenwärtige wirtschaftliche Verhältnisse der 2020er Jahre dahingehend auf den Prüfstand zu stellen, welche einzelnen wirtschaftlichen Bestandteile zukünftig überleben, ersetzt oder erneuert werden könnten.

II. Geht dabei so vor:

1. Schritt: Vorbereitung

1. Bildet Gruppen mit 3-4 Personen.
2. Jede Gruppe bearbeitet ein Unterkapitel 3.1, 3.2 oder 3.3.

↓ ↓ ↓

2. Schritt: Reise in die Zukunft

Analysiert die Inhalte eurer Unterkapitel dahingehend, was eurer Meinung nach im Jahr 2040 anders, gleich oder neu sein wird. Folgende Fragen können dabei helfen:

- Welche Bestandteile des heutigen Wirtschaftsgeschehens werden bis 2040 überleben?
- Welche Bestandteile werden gar nicht mehr nötig sein?
- Welche Bestandteile müssen verbessert werden, damit sie „überleben" können?
- Welche Bestandteile eines Wirtschaftsgeschehens könnten dazukommen?

↓ ↓ ↓

3. Schritt: Reflexion

1. Fasst eure Ergebnisse auf einem Plakat übersichtlich zusammen.
2. Stellt eure Ergebnisse in der Klasse vor.
3. Diskutiert die Ergebnisse aller Gruppen:
   Gibt es Unterschiede, gibt es Gemeinsamkeiten?

Bearbeiterin

Jugendliche in der Diskussion mit Erwachsenen

Eine Schülerin freut sich über Nachrichten und Likes auf dem Smartphone.

Schülerinnen auf einem Pausenhof

Jugendliche sammeln Müll.

Junge im Gespräch mit einem Erwachsenen

Jugendliche verbringen Freizeit an einem See.

Junge beim Sprayen an einer Wand

Jugendliche sitzt traurig auf der Treppe ihrer Schule.

Lebensgestaltung von Jugendlichen in der Gesellschaft: selbstbestimmt oder konfliktreich und vorgegeben?

4

Die Jugendzeit ist prägend für die Persönlichkeitsentwicklung und die Herausbildung des „Ich“. Darüber hinaus ist diese Zeit auch von einem starken Freiheitswunsch, der Ablösung von der Familie und Stärkung von Freundschaften bestimmt. Da sich diese Entwicklung im Zusammenspiel mit den Erwartungen anderer und den Vorgaben der Gesellschaft vollzieht, kommt es dabei immer auch zu Konflikten. In diesem Kapitel könnt ihr zum einen herausfinden, wie sich diese Prozesse in einer (digitalisierten) Gesellschaft möglichst selbstbestimmt gestalten lassen. Zum anderen erfahrt ihr, wie und warum Gesetze auf die besonderen Bedingungen der Jugendlichen angepasst worden sind.

Am Ende des Kapitels solltet ihr Folgendes können:

- die eigene Identitätsbildung als Rollenübernahme in vielfältigen sozialen Situationen beschreiben
- Rollenkonflikte erklären
- Gemeinsamkeiten und Unterschiede von Werten und Normen beschreiben
- das Jugendschutzgesetz auf Fälle anwenden und seine Zweckmäßigkeit beurteilen
- verschiedene Formen und Ursachen von Jugendkriminalität erläutern
- Gesetze auf Fälle von Jugendkriminalität (auch mittels Internet) anwenden und Möglichkeiten der Bekämpfung und Vorbeugung diskutieren
- die Prinzipien des Jugendstrafrechts erklären
- eine Konflikt- und Rechtsberatung für Jugendliche simulieren und dabei Möglichkeiten und Strategien eines selbstbestimmten Umgangs entwickeln

WAS WISST UND KÖNNT IHR SCHON?

1. Betrachtet zunächst alleine die Bilder auf der linken Seite und wählt eins aus, das für euch persönlich am besten zur Jugendphase passt. Tauscht euch anschließend zu zweit darüber aus, warum ihr so gewählt habt.
2. Ordnet die Bilder in der Klasse entweder der Überschrift „selbstbestimmt“ oder „konfliktreich und vorgegeben“ zu und begründet eure Zuordnungen.

Einen Podcast aufnehmen MK

I. Worum geht es?

Ein Podcast – *Pod* von *iPod* (MP3-Player von Apple) und *cast* von *broadcast* – ist eine Radiosendung im Internet, die als Serie produziert wird. Die einzelnen Folgen (Episoden genannt) werden nach und nach ohne feste Sendezeiten veröffentlicht. Podcasts sind kostenfrei, können über eine App abonniert und über das Smartphone, Tablet oder den Computer jederzeit angehört werden. Podcasts gibt es zu einer großen Anzahl unterschiedlicher Themen. Mehr noch: Jeder kann mit einer einfach zu bedienenden kostenlosen Tonaufnahme-Software einen eigenen Podcast produzieren und anderen zugänglich machen.

II. Geht dabei so vor:

1. Schritt: Vorbereitung

Audacity

Mediencode: 71077-28

a) Bildet Gruppen von 3-4 Personen.
b) Hört euch einen Beispiel-Podcast daraufhin an, welche Elemente er enthält (Intro, Jingle, Hauptteil – z. B. im Talk-Format).
c) Informiert euch über das „Mini-Tonstudio" *Audacity* mit Hilfe des links stehenden QR-Codes und findet heraus, wie ihr damit einen Podcast aufnehmen könnt.

2. Schritt: Thema für eine Episode festlegen und Hintergründe recherchieren

a) Legt in der Gruppe ein Thema für eine Episode fest, die ihr produzieren wollt. Wählt dabei aus den folgenden Themen des Kapitels aus:
   - Rollenerwartungen und -konflikte (**M1-M5**)
   - Selbstdarstellung in sozialen Medien (**M6-M9**)
   - Werte, Normen und soziales Engagement (**M10-M15**)
   - Jugendschutzgesetz und Alkoholkonsum (**M16-M21 + Methode auf S. 130**)
   - Verbreitung und Ursachen von Jugendkriminalität (**M22-M25**)
   - Vandalismus an der Schule (**M26-M30**)
   - Das Jugendstrafrecht in der Diskussion (**M31-M36**)
   - Cyberkriminalität unter Jugendlichen (**M37-M43**)
b) Informiert euch zum Thema, indem ihr die in a) angegebenen Materialien auswertet und eure Informationen durch eigene Recherchen ergänzt.

3. Schritt: Podcast-Titel und Inhalt für die Podcast-Episoden erstellen

a) Legt in der Klasse einen gemeinsamen Titel für euren Podcast fest und wählt einen *Jingle*.
b) Entwerft in den Gruppen den jeweiligen Inhalt eurer Episode in Stichworten auf Notizpapier, Tablet o. ä.
c) Erstellt ein Skript, d. h. formuliert das, was ihr aufnehmen wollt, aus.
d) Nehmt euren Podcast auf und schneidet ihn.
e) Stellt eure Podcast-Episoden den anderen Gruppen vor.

Bearbeiterin

4.1 Der Einfluss sozialer Erwartungen auf dem Weg zum Ich

4.1.1 Wer bin ich und wenn ja, wie viele?

Zum Thema: Wer bin ich und wenn ja, wie viele? Dieser Buchtitel des Philosophen Richard David Precht klingt nach einem Scherz, ist aber gar nicht unberechtigt. Bin ich Schülerin, Tochter, Sohn, Leistungssportler, Deutscher, Deutsch-Türkin, Kölnerin oder Veganer? Ob in der Schule, zu Hause, im Sportverein, im Internet – niemand ist immer derselbe Mensch. Wie lässt sich diese Vielfalt erklären und wie lässt sich reagieren, wenn es dadurch zu Konflikten kommt?

M1 SV-Projekt, Latein, Englischhilfe ... wie soll das gehen?

Emre ist stark in der SV engagiert und organisiert ein Projekt nach dem anderen. Aktuell soll ein Workshop zum Umgang mit „Hate Speech" in sozialen Medien angeboten werden. Heute stehen einige wichtige Entscheidungen und eine lange SV-Sitzung dazu an. Auf dem Weg zum SV-Raum kommt es zu folgender Szene:

Hate Speech („Hass-Sprache"): Äußerungen, die abwerten, angreifen oder zu Hass oder Gewalt gegen jemanden aufrufen.

Bearbeiterin

EINSTIEGSAUFGABEN

1. Formuliert, in welcher Problemsituation sich Emre hier befindet.
2. Entwickelt Lösungsansätze, die ihr Emre vorschlagen würdet.

M2 Rollenerwartungen: eigene und fremde Ansprüche vereinbaren

Soziale Rolle
Eine soziale Rolle (z. B. Schüler/in), Lehrer/in, Arzt, Mutter) besteht aus allgemeinen Erwartungen, die der Rollenträger erfüllen muss. Es ist aber längst nicht jedes Verhalten festgelegt, so dass die Rolle auch individuell ausgestaltet werden kann und muss. Eine Klassensprecherin oder ein Klassensprecher zum Beispiel kann in der Rolle persönlich großen Wert auf viele Klassenfeste legen oder sich unterschiedlich stark in der SV einbringen. In jedem Fall wird erwartet, dass er/sie die Interessen der Klasse vertritt.

Jeder Mensch ist ein unverwechselbares Individuum mit Besonderheiten, das sich von anderen unterscheidet und abgrenzt. Er hat eine personale Identität. Es gibt aber auch eine „soziale Identität": Durch die Zugehörigkeit zur Gesellschaft ist jeder auch Mitglied verschiedener Gruppen, die das „Ich" mitbestimmen, z. B. Altersgruppe, Klasse, Sportverein, Familie, Fangemeinschaft etc. Ähnlich wie Schauspielerinnen und Schauspieler lernt jeder im Laufe des Lebens, darin verschiedene Rollen zu spielen. Je nach Gruppe und Situation verhalten wir uns dann (häufig unbewusst) anders. Denn mit den unterschiedlichen Rollen sind immer bestimmte Erwartungen an das Verhalten verbunden: Beispielsweise beinhaltet die Rolle der Schülerin, pünktlich zum Unterricht zu erscheinen und mit anderen zusammenzuarbeiten. Mit der Rolle des Lehrers verbinden sich Erwartungen an eine faire Benotung und eine zuverlässige Vorbereitung des Unterrichts. Die Mitmenschen (z. B. in der Schule) erwarten jedoch nicht alle das Gleiche. Das liegt daran, dass es in jeder sozialen Rolle und ihrer Umgebung unterschiedliche Personengruppen gibt: Der Lehrer hat zum Beispiel nicht nur eine Verbindung zu den Schülerinnen und Schülern, sondern auch zu den Kollegen, der Schulleitung, den Eltern, der Schulbehörde usw. Es passiert nicht selten, dass die Erwartungen dieser Personengruppen so unterschiedlich sind, dass sie sich nicht vereinbaren lassen. So entstehen Rollenkonflikte. Darüber hinaus spielt jeder Mensch immer mehrere Rollen (z. B. Mutter, Ärztin, Stadträtin). Wenn zwei oder mehrere Rollen jeweils unterschiedliche Verhaltensweisen fordern, entstehen auch Konflikte. Rollenkonflikte gehören zum Leben in der Gesellschaft dazu und sind nicht zu vermeiden. Jeder ist daher gezwungen mit ihnen umzugehen.

Bearbeiterin

M3 Strategien im Umgang mit Rollenkonflikten

Rollenkonflikte können besonders belastend sein, weil häufig nicht erfüllte Erwartungen der anderen zu Bestrafungen (sogenannten Sanktionen) führen. Wer als Mitglied einer Fußballmannschaft selten zum Training kommt, wird z. B. beim Turnier nicht aufgestellt. Manchmal sind die Erwartungen, die an eine Rolle geknüpft sind, sehr verbindlich. Dies gilt besonders dann, wenn mit der Rolle auch Gesetze verbunden sind. Eine Schülerin oder ein Schüler muss gemäß Schulgesetz zum Unterricht erscheinen. Kommt er/sie dieser Erwartung nicht nach, drohen im schlimmsten Fall Bußgelder. Andere nicht erfüllte Erwartungen (z. B. jemanden abschreiben zu lassen) führen zwar nicht zu solchen strengen Sanktionen, die Bestrafungen der anderen können aber ebenso hart empfunden werden, wie etwa das Aufkündigen einer Freundschaft oder der Ausschluss aus der Clique. Zur Bewältigung der schwierigen Situation, werden häufig die folgenden Strategien angewandt:

A **An die Erwartungen der „stärksten" Person oder Gruppe anpassen:** Das bedeutet die Erwartungen derjenigen zu erfüllen, von der die gefühlt schwerwiegendsten Sanktionen ausgehen: Die für den Betroffenen schlimmsten Folgen (z. B. schlechte Noten, Ausschluss aus einer Clique...) werden so abgewendet.

B **Bewusstes Entscheiden für oder gegen Erwartungen:** Das bedeutet, zu überlegen, wessen Erwartungen in der speziellen Situation Vorrang haben sollen und was uns selbst am wichtigsten ist. Die Entscheidung kann zur Folge haben, dass wir „bestraft" werden (z. B. durch Ausschluss) oder dass die anderen ihre Erwartungen an uns ändern (z. B. uns nicht mehr fragen). Es kann aber auch zu mehr Respekt durch die anderen führen.

C **Das tatsächliche Verhalten verdecken:** Das bedeutet z. B. anderen über seine Aktivitäten nichts zu erzählen oder falsche Gründe für etwas anzugeben.

D **Mit den anderen über die verschiedenen Rollenerwartungen sprechen:** Dies setzt voraus, dass wir uns in die anderen hineinversetzen können. Wir verdeutlichen ihnen, dass wir ihre Erwartungen kennen und selbst verschiedene Rollen innehaben.

Bearbeiterin

M4 Fallbeispiel für Rollenkonflikte

Sanjay freut sich, nach seinem Klassenwechsel schon zur wichtigsten Clique Anschluss gefunden zu haben. Anders als in der alten Klasse ist er hier sehr beliebt. Seit zwei Jahren ist er Mitglied der Umwelt-AG und hat ein sehr gutes Verhältnis zum Biologielehrer. Eines Abends sieht er wie einer seiner neuen Freunde das gerade errichtete Insektenhotel auf dem Schulhof voller Wut umstößt. Er sieht wie ein anderer die neuen Pflanzen aus dem Biotop reißt und Farbe hineinkippt. Als Sanjay auftaucht, schimpfen sie laut über den „unfairen" Biologielehrer und drohen Sanjay, dass er sie nicht verraten dürfe. Am nächsten Tag fragt der Biologielehrer, ob irgendjemand eine Idee hat, wer hinter dem Vorfall stecken könnte. Sanjay ist hin und her gerissen ...

Bearbeiterin

Weiteres Fallbeispiel
Alina geht nach einem langen Tag durch das Schultor wo ihre Freundin Lea schon wartet. Sie hat vergessen, dass sie zusammen ein Abschiedsgeschenk für die Austauschschülerin ...

Mediencode: 71077-29

M5 Die Schülerrolle im Wandel der Zeit

A **Auszug aus einer Schulordnung um 1900**

§1 Alle Schüler haben anständig, gerade, mit dem Rücken angelehnt und in Reihen hintereinanderzusitzen.

§2 Die Füße stehen parallel nebeneinander auf dem Boden, damit das Übereinanderschlagen der Beine und das Hin- und Herscharren mit den Füßen nicht stattfinden kann.

§3 Sämtliche Schüler schauen dem Lehrer fest ins Auge, damit alles Sprechen, Plaudern, Lachen, Hin- und Herrücken, neugieriges Umhergaffen, träumerisches Hinstarren usw. hintangehalten wird.

Ernst Müller-Marschhausen, in: „Bergwinkel-Bote. Heimatkalender 2018", 69. Jahrgang (2017), in: Kreisausschuss des Main-Kinzig-Kreises (Hg), Schlüchtern, S. 96-106, in. www.schluechtern.de, Abruf am 08.07.2020

B **Auszug aus dem Schulgesetz NRW**

§2 (4) Die Schule vermittelt die zur Erfüllung ihres Bildungs- und Erziehungsauftrags erforderlichen Kenntnisse, Fähigkeiten, Fertigkeiten und Werthaltungen und berücksichtigt dabei die individuellen Voraussetzungen der Schülerinnen und Schüler. Sie fördert die Entfaltung der Person, die Selbstständigkeit ihrer Entscheidungen und Handlungen und das Verantwortungsbewusstsein für das Gemeinwohl, die Natur und die Umwelt. Schülerinnen und Schüler werden befähigt, verantwortlich am sozialen, gesellschaftlichen, wirtschaftlichen, beruflichen, kulturellen und politischen Leben teilzunehmen und ihr eigenes Leben zu gestalten.

(6) Die Schülerinnen und Schüler sollen insbesondere lernen

1. selbstständig und eigenverantwortlich zu handeln,
2. für sich und gemeinsam mit anderen zu lernen und Leistungen zu erbringen,
3. die eigene Meinung zu vertreten und die Meinung anderer zu achten,
4. in religiösen und weltanschaulichen Fragen persönliche Entscheidungen zu treffen und Verständnis und Toleranz gegenüber den Entscheidungen anderer zu entwickeln, […].

SchulG NRW vom 15.02.2005

AUFGABEN

1. Lest **M2** und
   a) beschreibt den Unterschied zwischen personaler und sozialer Identität,
   b) erläutert wie es zu einem Rollenkonflikt kommen kann,
   c) entwerft eine Grafik zur Rolle des Schülers/der Schülerin, indem ihr die verschiedenen mit ihr in einer Beziehung stehenden Personengruppen sowie ihre Erwartungen festlegt.
2. Verschafft euch einen Überblick über die Strategien zum Umgang mit Rollenkonflikten in **M3**. Begründet im Anschluss, welche Stratgien ihr für geeignet und welche ihr für weniger geeignet haltet.
3. Arbeitet zu zweit oder in Kleingruppen. Bearbeitet die Fälle in **M4** sowie Emres Situation in **M1**, indem ihr
   a) mit Hilfe der Erklärungen in **M2** ermittelt, inwiefern es sich um einen Rollenkonflikt handelt,
   b) mit Hilfe von **M3** eine mögliche Lösung für die Situation vorschlagt,
   c) einen Dialog zwischen Emre und einer Person formuliert, deren Erwartungen er nicht erfüllt.
4. Vergleicht die Auszüge aus der Schulordnung aus dem Jahr 1900 mit dem aktuellen Schulgesetz für NRW (**M5**).
   a) Formuliert die damit jeweils verbundenen Erwartungen an die Rolle der Schülerin/des Schülers.
   b) Stellt Vermutungen darüber an, wie es zu einem solchen Wandel der Rollenerwartungen kommen kann.
5. Beantwortet für euch persönlich die Frage „Wer bin ich und wenn ja wie viele?“, indem ihr eine Übersicht über eure aktuellen sozialen Rollen erstellt.

H Aufgabe 1c
→ S. 301

F Aufgabe 3
Entwickelt eigene Rollenkonflikte, die im Zusammenhang mit der Schüler/innenrolle entstehen können. Stellt sie anschließend in der Klasse vor und diskutiert geeignete Lösungsstrategien.

H Aufgabe 4
→ S. 301

F Aufgabe 5
Ergänzt eure Rollen, die ihr in der Zukunft übernehmen wollt oder übernehmen müsst.

4.1.2 „Likes und Follower" in sozialen Netzwerken: Suchtauslöser oder brauchbares persönliches Feedback?

Zum Thema: „Tolles Instagram-Profil, Kompliment!", „Mist, bisher keine Likes ..." Die Mehrheit der Jugendlichen nutzt soziale Netzwerke nicht nur zur Unterhaltung und Kommunikation, sondern auch zur Präsentation ihrer Person. Funktioniert diese Art der Selbstdarstellung anders als im Leben außerhalb des Internets? Können soziale Medien sogar bei der Selbstfindung helfen oder machen sie vor allem süchtig? Diese Fragen könnt ihr im Folgenden klären.

M6 Sollten „Likes" in sozialen Netzwerken unkenntlich gemacht werden?

Das soziale Netzwerk Instagram testet in mehreren Ländern eine Version, in der die Nutzer keine Like-Anzahl mehr unter den Beiträgen angezeigt bekommen. Unter den Posts bleibt aber die typische Angabe „Gefällt User XY und weiteren Personen" erhalten. Klickt man darauf, so öffnet sich eine Liste aller Personen, die den Beitrag „geliked" haben. Es wird überlegt, nach der Testphase die Like-Anzahl dauerhaft in allen Ländern zu verbergen.
Bearbeiterin

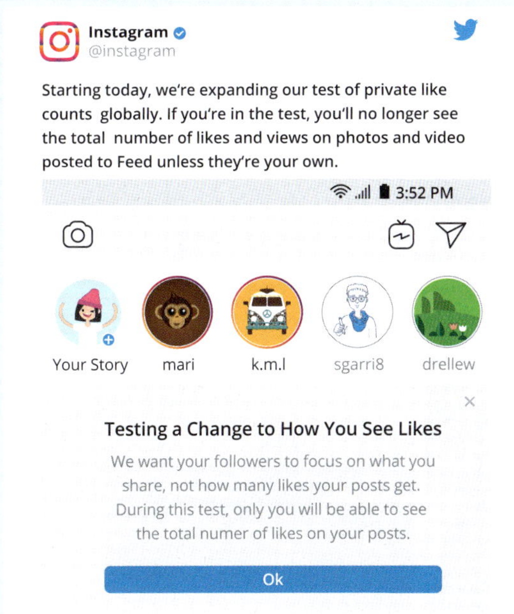

EINSTIEGSAUFGABE
Sollte die Anzahl der „Likes" dauerhaft unkenntlich gemacht werden? Führt dazu eine Ampelabfrage durch und sammelt die Gründe für eure jeweilige Entscheidung schriftlich. (Ihr könnt zur Abfrage auch *Mentimeter* oder *Plickers* nutzen.)

M7 Wir alle spielen Theater

Nicht nur die verschiedenen Rollen, die jede/r in der Gesellschaft spielt, erinnern an Theater. Erving Goffman war einer der ersten Soziologen, der sich mit der Selbstpräsentation von Personen beschäftigt hat. In seinem Buch „Wir alle

Impression-Management
Management des Eindrucks, den andere von uns haben sollen

Erving Goffmann
kanadischer Soziologe (1922-1982)

spielen Theater" vergleicht er das Verhalten von Menschen mit Schauspielern. Jeder möchte den Menschen um sich herum ein bestimmtes Bild von sich vermitteln. Dabei werden verschiedene Strategien benutzt, sogenannte „Impression-Management-Strategien", mit Hilfe derer sich Menschen ins „rechte Licht" rücken und ihr eigenes Image schaffen. Manche legen in ihrer Wohnung bestimmte Bücher gut sichtbar aus, damit sie belesen und gebildet wirken, andere kaufen ein teures Auto auf Kredit oder lassen sich in einer bestimmten Situation anrufen, so dass sie beliebt erscheinen. So liefern sie ihrem „Publikum", dem sozialen Umfeld, gezielte Informationen und arbeiten an dem Bild, das die Mitmenschen von ihnen erhalten sollen.

Bearbeiterin

M8 Soziale Netzwerke: Impression Management 2.0?

Das Internet ist ideal, um das Bild, das andere von uns haben sollen, zu manipulieren. Mit Hilfe von Apps ist es leicht bestimmte Eigenschaften zu verändern oder zu verhüllen. Menschen spielen in sozialen Netzwerken mit ihrer Identität und für Jugendliche gehören Identitätsexperimente zum Heranwachsen. Bekomme ich mehr „Likes", wenn ich ein Bild von mir bei einer wilden Partynacht poste, oder aber für ein Bild, das mich verträumt am Ufer eines Sees zeigt? Einer kanadischen Studie zufolge nutzen Jugendliche soziale Netzwerke bewusst dafür, Informationen über sich selbst zu bekommen.

Da sie dort positiv von vielen anderen wahrgenommen werden, können sie viel Feedback erhalten, das ihr Selbstwertgefühl steigert. Sie profitieren auch noch dadurch, dass sie häufiger mit Leuten unterschiedlichen Alters und verschiedener kultureller Hintergründe kommunizieren.

Dies wirkt sich besonders bei einsamen Jugendlichen positiv auf die sozialen Kompetenzen aus. Wichtig ist hierbei, wie sie soziale Netzwerke nutzen. Sind sie eher passive Konsumenten, die nur Profile und Beiträge anderer ansehen, führt dies zu einem Gefühl der Einsamkeit. Werden soziale Netzwerkseiten hingegen aktiv genutzt, können sich durchaus positive Effekte ergeben.

Bearbeiterin, basierend auf: © Stichting In-Mind Foundation, Wer bin ich? Wie sich Facebook und Co. auf unsere Selbstwahrnehmung auswirken, www.de.in-mind.org, Abruf am 08.07.2020

Selbstdarstellung online
Bilder und Geschichten, die in den sozialen Medien veröffentlicht werden, sind häufig mit Hilfe von Bearbeitungssoftware verändert und die dargestellten Szenen für die Präsentation im Netz inszeniert. Dies ist vielen Menschen bewusst und es gibt bereits ein großes Angebot an „Enthüllungen" in den Medien. Hier ist ein Beispiel.

Junger Mann aus Düsseldorf inszeniert sich für ein „Fake-Foto".

M9 Süchtig nach „Likes“: Machen soziale Medien abhängig?

Was haben „Likes" und Drogen gemeinsam? Das Belohnungssystem im Gehirn wird aktiv. So wird bei jedem Herz bei Instagram auch ein wenig Dopamin ausgeschüttet. Und dann: Wollen wir mehr davon. Wie sich Anerkennung anfühlt, wissen wir alle – aber wieso streben wir im Netz so viel mehr danach als offline? „Vielleicht wünschen sich auch im realen Leben viele Menschen noch mehr Bestätigung und würden sich über häufigere Komplimente freuen –aber ein digitaler Like ist eben die bequemere Form", so eine Expertin. Und weiter: „Meiner Einschätzung nach ist Bestätigungssucht etwas, das man überall finden kann, aber über Social Media kann man Bestätigung zu einem gewissen Grad systematisch einfordern, allein schon durch die hohe Reichweite. Ein paar meiner vielen Kontakte werden meinen Beitrag schon liken. Aber irgendwann brauche ich immer mehr Likes, um mich gut zu fühlen. Allerdings muss ich mir deshalb auch immer mehr einfallen lassen, um Likes zu bekommen. Die Freunde hingegen sind vielleicht irgendwann genervt und werden geiziger mit dem Like. Das ist eine Art Teufelskreis."

Bearbeiterin, basierend auf: Edith Löhle, Süchtig nach Likes: Macht Social-Media-Fame abhängig?, www.refinery29.com, 24.05.2018

Dopamin
Botenstoff im Gehirn, der bei der Entstehung von Glücksempfindungen eine Rolle spielt.

AUFGABEN

1. Lest **M7** und sammelt weitere Beispiele für Strategien, die ihr oder andere im sozialen Leben benutzen, um damit einen positiven Eindruck zu machen oder gesellschaftliche Erwartungen zu erfüllen.
2. Analysiert das Beispiel in **M8** (gelber Kasten)
   a) im Hinblick auf die eingesetzten Mittel für die Bildveränderung,
   b) im Hinblick auf seine Wirkungsabsicht,
   c) indem ihr das Beispiel mit Strategien aus dem „analogen" Leben vergleicht.
3. Diskutiert, ob bearbeitete Bilder in sozialen Netzwerken als solche verpflichtend gekennzeichnet werden sollten (**M7**, **M8**).
4. Arbeitet zu zweit und lest entweder **M8** oder **M9**.
   a) Erläutert euch gegenseitig die Inhalte eurer Texte.
   b) Legt die nachfolgende Tabelle an und füllt sie mit Hilfe von **M8** und **M9** aus. Ergänzt eigene Erfahrungen und Überlegungen.

DIE MÖGLICHEN AUSWIRKUNGEN SOZIALER MEDIEN AUF DIE IDENTITÄTS-ENTWICKLUNG JUGENDLICHER	
Chancen	**Risiken**

5. Nehmt noch einmal Stellung zu dem Vorschlag, die Anzahl der „Likes" unter Beiträgen in sozialen Medien unkenntlich zu machen. Beantwortet dabei auch die Fragestellung des Unterkapitels.

F Aufgabe 2
Recherchiert nach weiteren Beispielen und analysiert sie nach dem gleichen Vorgehen.

4.1.3 Werte und Normen – selbst wählbar oder vorgegeben?

Zum Thema: „Den heutigen Jugendlichen sind Werte nicht mehr wichtig“, sagen die einen. Die anderen meinen: „An den Jugendlichen und ihrem Engagement für das Klima sollte sich die ältere Generation mal ein Beispiel nehmen.“ Was ist richtig und woher kommen Werte und Normen? Im Folgenden könnt ihr euch mit der Bedeutung von Werten für die Persönlichkeitsentwicklung und das gesellschaftliche Zusammenleben auseinandersetzen.

M10 Was ist euch wichtig?

	Wert	wichtig	teils, teils	nicht wichtig
1	Gute Freunde haben			
2	Von anderen Menschen unabhängig sein			
3	Ein gutes Familienleben			
4	Sich politisch engagieren			
5	Einen hohen Lebensstandard haben			
6	Sozial Benachteiligten helfen			
7	Viele Kontakte haben			
8	Sich umweltbewusst verhalten			
9	Die Meinungen Andersdenkender tolerieren			
10	Fleißig und ehrgeizig sein			
11	Die eigene Kreativität entwickeln			
12	Nach Sicherheit streben			
13	Das Leben in vollen Zügen genießen			
14	Gesundheitsbewusst leben			
15	Gesetze und Ordnung respektieren			

Bearbeiterin

Ergebnisse der Shell Jugendstudie

Mediencode: 71077-30

EINSTIEGSAUFGABEN

1. Entscheidet euch zunächst alleine für jeweils eine Antwortvorgabe in der oben stehenden Tabelle, indem ihr die Tabelle übertragt (oder die App *Mentimeter* nutzt).
2. Ermittelt im Anschluss das Ergebnis der gesamten Klasse.
3. Gruppiert die einzelnen Werte und findet Überschriften für die Gruppen.
4. Vergleicht eure Ergebnisse mit denen der Shell Jugendstudie (→ QR-Code links).
5. Tauscht euch darüber aus, ob eure Wertentscheidungen eher selbst gewählt oder eher durch andere vorgegeben sind.

M11 Welche Bedeutung haben Werte und Normen für das gesellschaftliche Leben?

Das gesellschaftliche Miteinander läuft nach bestimmten Regeln ab, die eine gewisse Beständigkeit haben. Dabei sind Werte die Maßstäbe und Einstellungen, nach denen Menschen ihr Handeln, Denken und Fühlen ausrichten. Sie funktionieren so ähnlich wie ein Kompass. Es gibt zum einen persönliche Werte, die sich von Mensch zu Mensch unterscheiden können: dem einen sind viele Kontakte viel wert, dem anderen ist Naturverbundenheit wichtiger. Diese individuellen Wertvorstellungen verändern sich häufig im Laufe des Lebens. Werte sind aber auch Orientierungspunkte für die Gesellschaft als Ganzes. So sind zum Beispiel die Menschenrechte, die Grundrechte, Umweltschutz und die demokratische Ordnung Werte, die sowohl für die Einzelnen als auch für ganze Gesellschaften von unterschiedlicher Bedeutung sind. Neben diesen immateriellen Werten, gibt es auch materielle Werte wie Geld, Eigentum an Unternehmen und Immobilien, Autos, Fahrräder etc. Während also Werte bestimmte Ziele oder Ideale darstellen, handelt es sich bei gesellschaftlichen Normen um konkrete Regeln oder Verhaltensvorschriften für die Mitglieder einer Gesellschaft. Dabei setzen Normen dahinterstehende Werte um, zum Beispiel der Wert „Ehrlichkeit" wird in der Norm „Du sollst nicht lügen" umgesetzt. Normen können ungeschrieben sein oder in Gesetzen allgemein verbindlich gemacht werden. Der Wert „Demokratie" beispielsweise wird durch die Verfassung und das Wahlgesetz verbindlich umgesetzt. „Gesetzliche Normen" haben die höchste Verbindlichkeit und ihre Nichteinhaltung führt in vielen Fällen zu Bestrafung. Aber auch die Missachtung ungeschriebener Normen führt zu negativen Reaktionen bis hin zu Bestrafung, etwa, wenn jemand den üblichen Gruß verweigert, unangemessen gekleidet bei der Arbeit erscheint oder sich während einer Theatervorstellung laut unterhält.

Bearbeiterin

Werte
→ allgemeine Ziele und Ideale

↓

Normen
→ konkrete Verhaltensregel

↙ ↘

ungeschrieben (Sitte, Brauch, Gepflogenheit)

gesetzlich vorgeschrieben (Gesetzesnorm)

Wertewandel

Wenn sich die Einstellungen und Ansichten der Menschen über die Wichtigkeit und Gültigkeit von Werten ändern, dann spricht man von einem Wertewandel. Dieses hat oft auch Auswirkungen auf die Politik. So ist der Wert "Gesundheit" heute wichtiger als früher, was z. B. zu einem Rauchverbot in Gaststätten geführt hat.

M12 Wird hier gegen eine Norm verstoßen?

Streit im Büro

Schüler während des Unterrichts

Jugendliche im Park in Essen

M13 Welche Werte und Normen gelten im Umgang mit WhatsApp?

Die Kommunikation mit WhatsApp ist spontan und unkompliziert. Formale Regeln gibt es nicht. Gleichwohl haben sich bestimmte Gepflogenheiten verbreitet, die auch viele Jugendliche befolgen. Mit dem Begriff der „Netiquette" (engl. net (Netz) und franz. Etiquette (Verhaltensregel)ist das als gut oder angemessen verstandene Benehmen in der technischen Kommunikation (Internet, Messenger etc.) gemeint. Es gibt keine einheitliche Netiquette, sondern eine Vielzahl von Empfehlungen und Verständnissen. Hier sind Beispiele für die Kommunikation über WhatsApp:

1 „Es sollte schon innerhalb von ein paar Stunden geantwortet werden, zumindest noch am selben Tag. Wenn ich länger warte, dann will ich damit zeigen, dass mir die Nachricht und der Absender nicht so wichtig sind."
Maja, 15 Jahre

2 „Es gibt Anstandsregeln. Niemand wird beleidigt."
Daniel, 22 Jahre

3 „Bei Treffen mit Freunden wird das Smartphone nicht so oft benutzt. Instagram zum Beispiel ist ja nichts Wichtiges und kann warten. Aber bei WhatsApp ist es etwas Anderes, das ist meistens wichtiger und sollte zügig beantwortet werden. Dafür haben alle Verständnis."
Nele, 16 Jahre

4 „Eine Begrüßung ist überflüssig. Die kostet nur Zeit."
Liem,17 Jahre

Zitate nach: 18. Shell Jugendstudie, S. 274 ff., 2019

M14 Entwicklung der „sozialen" Wertorientierung und des sozialen Engagements unter Jugendlichen

1

Wie wichtig sind die folgenden Dinge für dich persönlich? (in %)

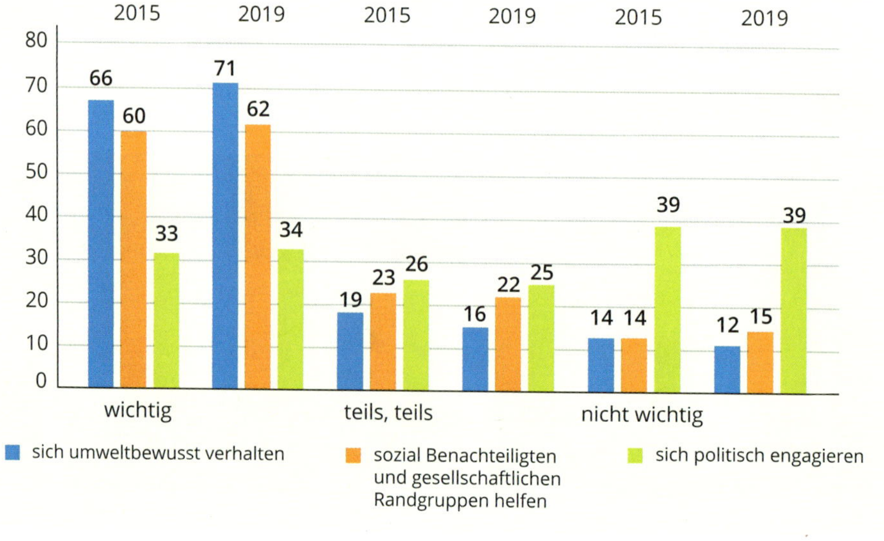

2 **Bist du in deiner Freizeit für soziale oder politische Ziele oder ganz einfach für andere Menschen aktiv?** (Angaben in %)

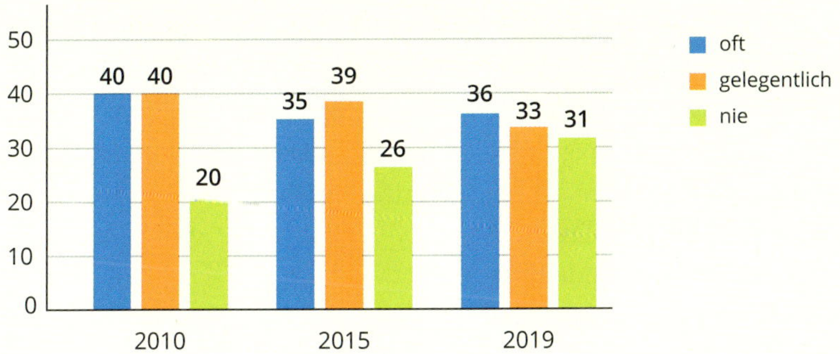

3 **Wie und wo seid ihr gelegentlich oder oft aktiv?**
(in % in den jeweiligen Bereichen)

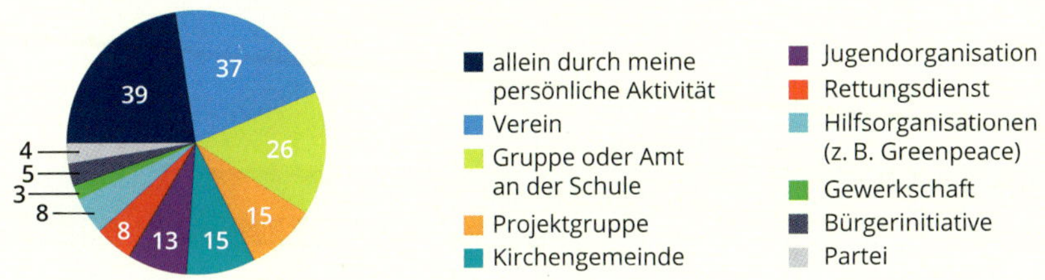

Bearbeiterin nach: Shell Jugendstudie 2019, befragt wurden Jugendliche im Alter von 12 bis 15 Jahren

M15 Sollte das „Freiwillige Soziale Jahr" oder das „Freiwillige Ökologische Jahr" verpflichtend gemacht werden?

Durch die Teilnahme an sogenannten „Freiwilligendiensten" können Jugendliche zwischen 16 und 27 Jahren sich 6-18 Monate lang im sozialen oder ökologischen Bereich engagieren. Die Tätigkeit bietet viele Einblicke in das berufliche und gesellschaftliche Leben und wird meistens direkt nach dem Schulabschluss durchgeführt. Es gibt kein Gehalt, aber ein „Taschengeld" (z. B. 150 € monatlich), Verpflegungsgeld und Fahrtkostenzuschüssen. Hier ist ein Interview mit Elena, die ein Freiwilliges Ökologisches Jahr in einem Naturschutzzentrum im Kreis Kleve gemacht hat:

Was bedeutet es für dich, „freiwillig" zu arbeiten? Meinst du, du kannst damit etwas verändern?

Freiwillig zu arbeiten bedeutet für mich, etwas zu leisten, von dem ich überzeugt bin, auch wenn ich dafür auf etwas verzichten oder Nachteile in Kauf nehmen muss, zum Beispiel eine geringe Bezahlung. Aber wenn ich merke, dass ich etwas Gutes tun kann und gebraucht werde, lohnt es sich auf jeden Fall und stellt mich zufrieden. Ich denke, dass ich im Rahmen meiner Arbeit einen guten Beitrag zum Naturschutz in unserer Region leiste.

Wozu braucht man denn im ökologischen Bereich einen Freiwilligendienst?

Vor allem im ökologischen Bereich gibt es so viele unterschiedliche Aufgaben, die kaum zu bewältigen sind. Außerdem bietet es die Möglichkeit, sich mit

Erklärfilm über den Freiwilligendienst

Mediencode: 71077-31

ökologischen Themen auseinanderzusetzen und Beschäftigungen in diesem Bereich kennenzulernen.

Was, meinst du, sind die Herausforderungen deiner Generation?

Ich bin der Meinung, jeder Einzelne sollte seinen eigenen Beitrag zum Schutz unserer Natur leisten, auch wenn es nur kleine Dinge sind. Das FÖJ ist eine Möglichkeit, sich besonders zu engagieren und dabei auch viel über die Zusammenhänge im Ökosystem zu lernen.

Denkst du, dass Freiwilligkeit ausreicht, um die großen ökologischen Probleme allen voran die Klimakrise, zu bewältigen?

Nein, eigentlich nicht. Dafür gibt es leider nicht genug engagierte Menschen. Ich denke, wir brauchen Gesetze, die zum Beispiel Technologien vorschreiben, mit denen sich der CO_2-Ausstoß verringern lässt.

Interview mit Elena, Naturschutzzentrum im Kreis Kleve, Rees-Bienen, in: © Ministerium für Familie, Kinder, Jugend, Kultur und Sport des Landes Nordrhein-Westfalen, Freiwillig und dann noch ökologisch?, www.mkffi.nrw, S. 5 f., Abruf am 08.07.2020

AUFGABEN

H Aufgabe 1
→ S. 302

F Aufgabe 5
Bereitet ein Kurzreferat (→ Methodenglossar) zu den Freiwilligendiensten in NRW vor. Informationen findet ihr hier:

Mediencode: 71077-32

1. Lest **M11** und erklärt die Unterschiede zwischen „Werten", „Normen" und Gesetzen". Nennt auch eigene Beispiele.
2. Analysiert (ggf. arbeitsteilig) die auf den Bildern in **M12** dargestellten Situationen. Entscheidet jeweils a) ob gegen eine Norm verstoßen wird und wenn ja gegen welche b) welche Reaktionen und Sanktionen die Folge sein könnten.
3. Verschafft euch einen Überblick über die in **M13** genannten ungeschriebenen Normen bei der Nutzung von WhatsApp.
   a) Prüft, ob sie auch für euch bei der Nutzung von WhatsApp gelten.
   b) Formuliert zu zweit andere oder weitere ungeschriebene Normen bei der WhatsApp-Nutzung.
   c) Ordnet den Beispielen in **M13** sowie euren selbst formulierten Normen passende Werte zu.
4. Vergleicht die Entwicklungen der „sozialen Wertorientierungen" und die des „sozialen Engagements" unter Jugendlichen in **M14** mit Hilfe der Methodenkarte auf S. 264. Sammelt mögliche Gründe für die Unterschiede.
5. Informiert euch in **M15** über den „Freiwilligendienst."
   a) Ermittelt, welchen der in der Shell-Jugendstudie abgefragten Werte (**M10**) durch ein Engagement in einem Freiwilligendienst entsprochen werden kann.
   b) Diskutiert, ob das FSJ oder FÖJ für alle Jugendlichen verpflichtend gemacht werden sollte. Nehmt dabei auch Bezug auf die Daten in **M14**.
6. Führt ein Blitzlicht durch, bei dem ihr kurz begründet, ob Werte eher von außen vorgegeben oder selbstgewählt und beeinflussbar sind.

4.1.4 Gesetze im Alltag Jugendlicher: zu viele Einschränkungen oder nötiger Schutz?

Zum Thema: „Ist eigentlich alles, was Spaß macht, verboten?, habt ihr vielleicht schon einmal gedacht, wenn eure älteren Geschwister länger unterwegs sein durften oder Sekt bei der Feier im Sportverein bekamen und ihr nicht? Aber was wäre, wenn Kindern und Jugendlichen alles uneingeschränkt erlaubt wäre, was Erwachsene dürfen? Im Folgenden Abschnitt könnt ihr die Regelungen des Jugendschutzgesetzes kennenlernen und ihre Zweckmäßigkeit beurteilen.

M16 Einkauf am Eckkiosk ...

Seit einiger Zeit treffen sich Jakob und seine Freunde am Wochenende häufig im Park auf einem Hügel. Jeder bringt dazu etwas zu trinken oder zu essen mit. Heute möchte Matteo (15), der neu in der Clique ist und in ein paar Tagen Geburtstag hat, für alle eine Flasche Bier spendieren. Er geht zum Eckkiosk, wo er schon einmal ein „Sixpack" gekauft hat.

EINSTIEGSAUFGABEN

1. Tauscht euch darüber aus, was ihr über die rechtliche Lage in Bezug auf die dargestellte Situation wisst.
2. Erstellt in der Klasse ein Meinungsbild zu den Fragen:
   a) Sollten statt des Kioskbesitzers die Jugendlichen bestraft werden?
   b) Sollte Alkohol erst an Personen ab 18 verkauft werden dürfen?

M17 Wie und warum werden Kinder und Jugendliche durch Gesetze besonders geschützt?

Staatlicher Jugendschutz hat die Aufgabe, die Rechte von Kindern und Jugendlichen auf eine gesunde Entwicklung zu sichern und ihre Erziehung zu einer eigenverantwortlichen und gemeinschaftsfähigen Persönlichkeit zu fördern. Ihr Schutz ist im Grundgesetz (Artikel 1 und 2) verankert. Die einzelnen Regelungen des Gesetzes richten sich ausschließlich an volljährige Personen, insbesondere an Gewerbetreibende, Veranstalter und deren Beschäftigte. Eltern erhalten durch sie Orientierung und Unterstützung bei ihren erzieherischen Aufgaben. Sie richten sich nicht an Kinder und Jugendliche, denn sie sind hier diejenigen, die es zu schützen gilt. Das Jugendschutzgesetz hat drei Schwerpunkte:

1 Jugendschutz in der Öffentlichkeit

Das Jugendschutzgesetz gilt in der Öffentlichkeit, also an Orten, die der Allgemeinheit zugänglich sind; zum Beispiel Geschäfte, Gaststätten, Kinos, Diskotheken, Spielhallen, Straßen und öffentliche Plätze. Als öffentlich gelten auch Räume und Orte, wenn dort Eintrittsgeld zu zahlen ist oder, wenn vorher nicht klar ist, wer dabei sein wird. Für nicht-öffentliche, private Veranstaltungen oder Vereinsfeiern gilt das Gesetz nicht.

2 Jugendschutz im Hinblick auf Tabak und Alkohol

Weil der Konsum von Tabakwaren und alkoholhaltigen Getränken und Lebensmitteln gesundheitsgefährdend ist, enthält das Jugendschutzgesetz Regelungen zur Altersfreigabe dieser Waren.

3 Jugendschutz im Bereich der Medien

Das Jugendschutzgesetz legt fest, ab welchem Alter Jugendliche Zugang zu bestimmten Medien erhalten dürfen. Das betrifft Kinofilme, darüber hinaus auch Videos sowie Computer- und Videospiele, soweit diese in Form so genannter Trägermedien vorliegen (also auf CD, DVD, Videokassette).
Dabei schränkt das Gesetz den Zugang solcher Medien ein, die die Entwicklung von Kindern und Jugendlichen gefährden können (z. B. durch Gewaltdarstellungen und Pornographie).
Für den Bereich von Rundfunk (Radio und Fernsehen) und Online-Medien (z. B. Internet) macht der Jugendmedienschutz-Staatsvertrag der Länder (JMStV) entsprechende Vorgaben für Anbieter durch Alterskennzeichnungen und zeitliche Zugangsbegrenzungen. Das Gesetz ist nur auf Anbieter in Deutschland anwendbar.

Bundesarbeitsgemeinschaft Kinder- und Jugendschutz e.V. (BAJ), Was bedeutet Jugendschutz?, www.jugendschutz-aktiv.de, Abruf am 10.07.2020

M18 Was kennzeichnet die Lebensphase Jugend?

Die Jugend ist die Lebensphase zwischen der Kindheit und dem Erwachsensein. Die Soziologie versteht den Lebensabschnitt Jugend als fließenden Übergang von der Rolle des Kindes zur Rolle des Erwachsenen. In dieser Phase spielen sich nicht nur biologische Veränderungen ab, sondern sie ist auch ein besonders wichtiger Abschnitt bei der Sozialisation. In der Kindheit stellen vor allem die Eltern die Bezugspersonen dar, die Einstellungen und Verhalten der Kinder maßgeblich beeinflussen. In der Jugendphase nimmt dieser Einfluss mit fortschreitendem Alter ab und andere Bezugspersonen gewinnen an Bedeutung, vor allem gleichaltrige andere Jugendliche, die sogenannte Peergroup. Innerhalb einer Peergroup werden häufig Interessen geteilt, es gibt Musikvorlieben und oft die gleiche Sprache. Gemeinsam mit der Gruppe können Unternehmungen gewagt werden, die alleine zu riskant wären. Der biologische Umbauprozess im Gehirn verstärkt zudem die Bereitschaft ein Risiko einzugehen. Während der Findung der eigenen Identität und Bildung der Persönlichkeit sind die Meinungen und Akzeptanz anderer Jugendlicher oft bedeutsamer als die Bindung zur eigenen Familie. Die Peergroup unterstützt den Ablösungsprozess von der Familie, indem sie eine neue Zugehörigkeit ermöglicht. Es entsteht häufig aber auch ein Gruppendruck, durch den sich einzelne Mitglieder gezwungen fühlen bestimmte Aktivitäten mitzumachen (z. B. Mutproben, Drogen nehmen) um Ausschluss oder Respektverlust zu vermeiden.

Bearbeiterin

Soziologie
Wissenschaft vom gesellschaftliche Zusammenleben

Sozialisation
Einübung bestimmter Verhaltensweisen und Rollen durch Anpassung an gesellschaftliche Regeln

M19 Ist das erlaubt? Fallbeispiele aus dem Alltag

1 Selma (16) geht mit ihrer zwei Jahre älteren Schwester und deren Freundinnen samstags häufiger aus. Meistens treffen sie sich mit anderen auf einem großen Platz in der Stadt und trinken Alster (Bier gemischt mit Limonade). Vor 12 Uhr kommen sie selten nach Hause.

2 Janusz (18) hat sein Abitur mit einem Notendurchschnitt von 1,5 bestanden. Der Abiball wird ein ausgelassenes Fest, bei dem um 21:00 seine beiden jüngeren Geschwister Dana (15) und Tim (14) überraschend auftauchen. Janusz stellt sie seinen Freunden vor und spendiert jedem eine Apfelschorle.

3 Jakobs Freund Dorian (15) hat seit einiger Zeit einen neuen Freundeskreis, indem es angesagt ist bei Treffen in einer Freiluft-Bar eine E-Shisha zu rauchen. Da sie immer nikotinfrei rauchen und auch keinen Alkohol trinken, haben Dorians Eltern nichts dagegen.

4 Leon und sein Freund Umut (beide 15) gehen abends nach dem Fußballtraining um 7 Uhr oft noch in eine Kneipe und essen dort etwas. Manchmal wird auch ein Spiel übertragen und dann kann es 9 Uhr werden, bevor sie nach Hause gehen.

Bearbeiterin

M20 Entwicklung des Alkoholkonsums von heutigen Jugendlichen in Deutschland

Anteil der Jugendlichen in Deutschland zwischen 12 und 17 Jahren, die mindestens wöchentlich Alkohol konsumiert haben, in den Jahren 2004 bis 2018

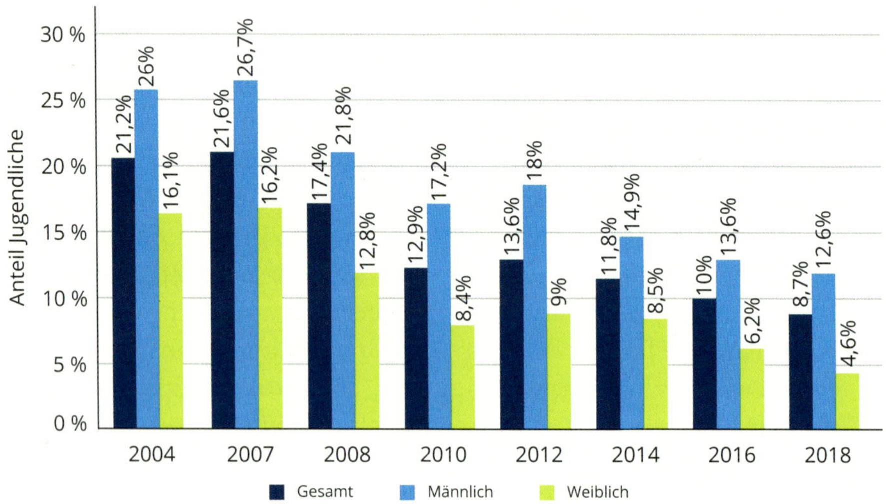

Quelle: BZgA, Statista 2019

M21 Sollte das Jugendschutzgesetz im Hinblick auf Alkohol geändert werden?

Wie andere Gesetze auch, wird das Jugendschutzgesetz verändert und ergänzt, zum Beispiel, wenn sich neue Bedingungen ergeben. Die letzte Änderung des JSchG war das Verbot von E-Zigaretten und E-Shishas im Jahr 2016. Schon länger wird diskutiert, ob auch der Schutz vor Alkohol durch ein generelles Verbot bis 18 erweitert werden sollte.
Hier sind ein paar Argumente dafür und dagegen:

1 „Besser als Verbote wirken Aufklärung und Informationen über die Gefahren des Alkohols. So würden Jugendliche ernst genommen, weil sie einen eigenverantwortlichen Umgang mit Alkohol frühzeitig lernen können."

2 „Häufiges Rauschtrinken und regelmäßiger Alkoholkonsum in der Jugendphase hat häufig zur Folge, dass im Erwachsenenalter Alkohol auch in riskanten Mengen getrunken wird."

3 „Alkohol ist ein Zellgift und schädlich für den Körper – in jedem Alter. Bei Jugendlichen kann Alkohol besonders viel Schaden anrichten. Das Gehirn verändert sich in der Jugendzeit stark. Laufend werden Nervenzellen neu verknüpft, man spricht auch von einem „Umbau" des Gehirns. Alkohol kann diese Prozesse stören."

4 „Etwas Verbotenes ist oftmals noch interessanter und einige würde es vielleicht reizen, unter 18 Alkohol zu trinken, gerade weil es verboten ist. Und wer sich etwas traut, was verboten ist, gilt als besonders mutig."

5 „Die Unterscheidung von Altersgrenzen nach Getränketypen macht eine strikte Umsetzung des Gesetzes schwierig. Viele Ladenbesitzer und Verkäufer halten die Bestimmungen des Jugendschutzes nicht ein. Es ist auch aus gesundheitlicher Sicht nicht nachvollziehbar, dass Bier, Wein und Sekt weniger riskant sein sollen."

6 „Das Austesten – und zuweilen das Überschreiten – von Grenzen ist fester Bestandteil der persönlichen Entwicklung in der Jugendphase. Daran wird auch ein verschärftes Jugendschutzgesetz nichts ändern."

Bearbeiterin

AUFGABEN

1. Lest **M17** und erläutert, warum der Kioskbesitzer und nicht die Jugendlichen in dem Fall von **M16** zur Verantwortung gezogen werden.
2. Erklärt mit Hilfe der Informationen zur Jugendphase (**M18**), warum Kinder und Jugendliche durch Gesetze besonders geschützt werden.
3. Lest alle die Fallbeispiele in **M19** und übertragt die untenstehende Tabelle.
   a) Entscheidet spontan, ob ihr in den Fällen einen Verstoß gegen das Jugendschutzgesetz vermutet oder nicht.
   b) Bildet Kleingruppen und verteilt die Fälle auf die Gruppen. Löst sie mit Hilfe der Methodenkarte und der Auszüge aus dem Jugendschutzgesetz auf den Seiten 130 f.

Fallbeispiel	Verstoß gegen das JuSchG ja/nein		Begründung (Paragraf/Absatz)
	vermutet	geprüft	

   c) Vergleicht eure Vermutungen mit den Lösungen.
   d) Beurteilt die Regelungen des JuSchG daraufhin, ob sie die Handelnden eher zu stark einschränken oder nötigen Schutz bieten.
4. Analysiert die Grafik (**M20**) zur Entwicklung des Alkoholkonsums mit Hilfe der Methodenkarte auf S. 264.
5. Sollte das Jugendschutzgesetz im Hinblick auf Alkohol verschärft werden?
   a) Sortiert die Aussagen in **M21** nach Pro- und Kontra-Argumenten.
   b) Diskutiert die Frage in der Klasse. Bezieht euch dabei auch auf die Daten in **M20**.
6. Versetzt euch in die Rolle von Matteo (**M16**) und formuliert eine Antwort für den Kioskbesitzer.

F Aufgabe 3
Löst weitere Fälle.

Mediencode. 71077-33

H Aufgabe 3b
→ S. 302

H Aufgabe 3d
→ S. 302

Gesetze auf Fälle anwenden

I. Worum geht es?

Gesetze regeln als verbindliche Normen das Zusammenleben der Menschen in einem Staat. Sie sind das Ergebnis eines demokratischen Prozesses und können nur durch die Parlamente verabschiedet und geändert werden. Damit Gesetze auf möglichst viele Fälle anwendbar sind, werden sie in einer sehr technischen und abstrakten Sprache verfasst. Um entscheiden zu können, ob in einem Fall eine „Gesetzesnorm" verletzt wurde oder nicht, ist ein systematisches Vorgehen wichtig.

II. Geht dabei so vor:

1. Schritt: Überblick über das Gesetz gewinnen

Seht euch zunächst das gesamte Gesetz (oder den passenden Ausschnitt) vorab an. Es ist nicht nötig, jedes Detail zu lesen. So gewinnt ihr eine Orientierung über den Inhalt des Gesetzes. Die Titel der Paragrafen (z. B. „Tanzveranstaltungen") geben Hinweise darauf, welche Bereiche durch das Gesetz geregelt werden. Die Paragrafen (§) sind durch Absätze gegliedert. Diese sind an den Ziffern in runden Klammern zu erkennen. Manchmal sind auch die einzelnen Sätze innerhalb der Absätze noch nummeriert.

2. Schritt: Fall analysieren

Stellt konkrete Fragen an den Fall und beantwortet sie. Mögliche Fragen können sein:

- Wer handelt? Wer ist von den Handlungen betroffen?
- Welche Handlung(en) werden von den genannten Personen ausgeführt?
- Sind bestimmte Umstände genannt (Ort, Zeit, Alter der Beteiligten, Anwesenheit weiterer Personen u. a.)?

3. Schritt: Gesetzestexte systematisch auswerten

- Ordnet den Fällen passende Paragrafen (§) bzw. Regelungsbereiche zu (z. B. „Gaststätten" und „Alkoholische Getränke").
- Klärt unbekannte Begriffe.
- Ermittelt, an wen sich die Regelung richtet. Unterscheidet dabei zwischen Handelnden (z. B. Verkäufer) und den Adressaten der Handlung (z. B. Jugendliche).
- Unterscheidet zwischen Rechten und Pflichten, die in der Regelung genannt werden.
- Zu fast allen Gesetzen werden Erläuterungen und Kommentare veröffentlicht. Informiert euch ggf. im Internet unter www.ratgeberrecht.de.

4. Schritt: Lösung formulieren

Formuliert eure Lösung mit Bezug zu den entsprechenden Abschnitten der Gesetzestexte.

Formulierungsbeispiele:

- *Der Fall verstößt (nicht) gegen Paragraf x Absatz y, weil ...*
- *Gemäß Paragraf y, Absatz x, 2. Satz... liegt hier (k) ein Verstoß vor ...*
- *Aus Paragraf x, Absatz y geht hervor, dass ... Daher ...*

Bearbeiterin

Auszüge aus dem Jugendschutzgesetz

§ 1 Begriffsbestimmungen

(1) Im Sinne dieses Gesetzes
1. sind Kinder Personen, die noch nicht 14 Jahre alt sind,
2. sind Jugendliche Personen, die 14, aber noch nicht 18 Jahre alt sind,
4. ist erziehungsbeauftragte Person, jede Person über 18 Jahren, soweit sie auf Dauer oder zeitweise aufgrund einer Vereinbarung mit der personensorgeberechtigten Person Erziehungsaufgaben wahrnimmt oder ... im Rahmen der Ausbildung oder der Jugendhilfe betreut.

§ 4 Gaststätten

(1) Der Aufenthalt in Gaststätten darf Kindern und Jugendlichen unter 16 Jahren nur gestattet werden, wenn eine erziehungsbeauftragte Person sic begleitet oder wenn sie in der Zeit zwischen 5 Uhr und 23 Uhr eine Mahlzeit oder ein Getränk einnehmen. Jugendlichen ab 16 Jahren darf der Aufenthalt in Gaststätten ohne Begleitung einer personensorgeberechtigten oder erziehungsbeauftragten Person in der Zeit von 24 Uhr und 5 Uhr morgens nicht gestattet werden.
(2) Absatz 1 gilt nicht, wenn Kinder oder Jugendliche an einer Veranstaltung eines anerkannten Trägers der Jugendhilfe teilnehmen oder sich auf Reisen befinden.

§ 5 Tanzveranstaltungen

(1) Die Anwesenheit bei öffentlichen Tanzveranstaltungen ohne Begleitung einer erziehungsbeauftragten Person darf Kindern und Jugendlichen unter 16 Jahren nicht und Jugendlichen ab 16 Jahren längstens bis 24 Uhr gestattet werden.
(2) Abweichend von Absatz 1 darf die Anwesenheit Kindern bis 22 Uhr und Jugendlichen unter 16 Jahren bis 24 Uhr gestattet werden, wenn die Tanzveranstaltung von einem anerkannten Träger der Jugendhilfe durchgeführt wird oder der künstlerischen Betätigung oder der Brauchtumspflege dient.

§ 9 Alkoholische Getränke

(1) In Gaststätten, Verkaufsstellen oder sonst in der Öffentlichkeit dürfen
1. Bier, Wein, weinähnliche Getränke oder Schaumwein oder Mischungen von Bier, Wein, weinähnlichen Getränken oder Schaumwein mit nichtalkoholischen Getränken an Kinder und Jugendliche unter 16 Jahren,
2. andere alkoholische Getränke oder Lebensmittel, die andere alkoholische Getränke in nicht nur geringfügiger Menge enthalten, an Kinder und Jugendliche weder abgegeben noch darf ihnen der Verzehr gestattet werden.

§ 10 Rauchen in der Öffentlichkeit, Tabakwaren

(1) In Gaststätten, Verkaufsstellen oder sonst in der Öffentlichkeit dürfen Tabakwaren und andere nikotinhaltige Erzeugnisse und deren Behältnisse an Kinder oder Jugendliche weder abgegeben noch darf ihnen das Rauchen oder der Konsum nikotinhaltiger Produkte gestattet werden.
(4) Die Absätze 1 bis 3 gelten auch für nikotinfreie Erzeugnisse, wie elektronische Zigaretten oder elektronische Shishas.

§ 11 Filmveranstaltungen

(1) Die Anwesenheit bei öffentlichen Filmveranstaltungen darf Kindern und Jugendlichen nur gestattet werden, wenn die Filme von der obersten Landesbehörde oder einer Organisation der freiwilligen Selbstkontrolle freigegeben worden sind ...
(3) Unbeschadet der Voraussetzungen des Absatzes 1 darf die Anwesenheit bei öffentlichen Filmveranstaltungen nur mit Begleitung einer personensorgeberechtigten oder erziehungsbeauftragten Person gestattet werden
1. Kindern unter sechs Jahren, 2. Kindern ab sechs Jahren, wenn die Vorführung nach 20 Uhr beendet ist, 3. Jugendlichen unter 16 Jahren, wenn die Vorführung nach 22 Uhr beendet ist, 4. Jugendlichen ab 16 Jahren, wenn die Vorführung nach 24 Uhr beendet ist.

4.2 Jugendkriminalität und Jugendstrafrecht

4.2.1 Jugendkriminalität: weit verbreitet oder Problem einer Minderheit?

Zum Thema: Immer wieder sorgen spektakuläre Fälle von Kindern und Jugendlichen, die Straftaten begehen, für öffentliche Empörung. Stimmt der Eindruck, dass jugendliche Täter immer jünger und immer skrupelloser werden? Im folgenden Abschnitt könnt ihr klären, wie verbreitet Jugendkriminalität tatsächlich ist und wie es dazu kommen kann, dass Jugendliche straffällig werden.

M22 Kriminell aus Langeweile?

EINSTIEGSAUFGABEN

1. Analysiert die Karikatur mit Hilfe der Methodenkarte auf S. 308.
2. Stellt Vermutungen darüber an, warum Jugendliche überhaupt Straftaten begehen.

Karikatur: Thomas Plassmann, 2015

M23 Verbreitung und Risikofaktoren von Jugendkriminalität

A Wie verbreitet ist Kriminalität unter Jugendlichen?

Jugendkriminalität ist ein verbreitetes Phänomen, denn Jugendliche sind aufgrund ihrer Entwicklungsphase risikobereiter als Erwachsene. Im Alter zwischen 12 und 17 drängt es viele danach, Grenzen auszutesten. In einer deutschlandweiten Schülerbefragung unter Neuntklässlern gaben 44 Prozent der männlichen und 24 Prozent der weiblichen Befragten an, in den letzten 12 Monaten gegen das Gesetz verstoßen zu haben. Die Mehrzahl begeht jugendtypische Delikte wie Ladendiebstahl, Schwarzfahren, Drogenbesitz oder verkauft Raubkopien. Diese Delikte werden nur zum Teil bekannt, es gibt also ein großes „Dunkelfeld". Einige wenige Täter, vorwiegend männliche Jugendliche, werden (mehrfach) kriminell und schrecken auch vor schwerer Gewalt und Körperverletzung nicht zurück. Bei diesen Wiederholungstätern verfestigt sich das kriminelle Verhalten in einigen Fällen in das Erwachsenenalter hinein. Gewalt, die von Jugendlichen begangen wird, ist dabei meist Gewalt gegen andere junge Menschen.

Delikt
Verstoß gegen das geltende Strafrecht

B Welche Risikofaktoren gibt es?

Schwereres kriminelles Verhalten in der Jugend ist oft eine hilflose Reaktion auf gescheiterte Entwicklungsprozesse. Häufig sind dies Konflikte bei der Ablösung von den Eltern, deutlich sichtbare Misserfolge in der Schule und missglückte oder fehlende Beziehungen im Freundeskreis. Hauptrisikofaktor ist die Frustration über schulisches Versagen und damit das Gefühl den für die Gesellschaft so wichtigen Werten „Leistung" und „Erfolg" nicht gerecht werden zu können. Der Gebrauch von Gewalt und die Regelmissachtung können dann ein Versuch sein, auf diesem Weg soziale Anerkennung zu erlangen. Dazu gehört auch häufiges Schulschwänzen. Auch ein insgesamt geringes Vertrauen in die eigenen Fähigkeiten, eine geringe Selbstkontrolle und eine mangelnde Fähigkeit mit Misserfolgen umzugehen, stellen ein erhöhtes Risiko dar. Darüber hinaus begünstigen Alkohol- und Drogenmissbrauch, Umgang mit straffälligen Gleichaltrigen sowie Elternhäuser mit Problemen wie Gewalterfahrungen kriminelles Verhalten. Bei jugendlichen Mehrfachtätern, die auch schwere Gewaltverbrechen begehen, kommen häufig mehrere Faktoren zusammen.

C Nimmt die Kriminalität unter Jugendlichen zu?

In Deutschland ist die Zahl der tatverdächtigen Jugendlichen seit dem Jahr 2000 stetig gesunken. Eine aktuelle Studie hat mehrere mögliche Ursachen gefunden, die sich international beobachten lassen: An erster Stelle steht ein verändertes Freizeitverhalten durch Smartphones und Onlinespiele. Wenn Jugendliche statt sich mit Gleichaltrigen zu treffen und auf der Straße unterwegs zu sein vor dem Bildschirm sitzen, haben sie weniger Gelegenheit „offline" straffällig zu werden. Dies ist jedoch nicht nur positiv zu bewerten. Durch die Möglichkeit auch mittels Internet und Smartphone kriminelle Handlungen zu begehen, verlagert sich ein Teil der Kriminalität „von der Straße ins Netz". Ein niedrigerer Alkoholkonsum unter Jugendlichen sowie höhere Sicherheitsvorkehrungen etwa zum Schutz vor Laden- und Autodiebstahl könnten auch ein Einflussfaktor sein. Zu berücksichtigen ist auch, dass aufgrund der demografischen Entwicklung die Zahl der Kinder und Jugendlichen sinkt.

Bearbeiterin, basierend auf: Max-Planck-Gesellschaft, Faktencheck Jugendkriminalität, www.mpg.de, 27.03.2017 und Hurrelmann, Klaus/Quenzel, Gudrun, Lebensphase Jugend, Weinheim 2016, S. 234 f.

Sanktion
Gesetzlich verordnete Strafmaßnahme, durch die Fehlverhalten unterbunden und damit Normen durchgesetzt werden sollen.

Unterschlagen
Anvertraute Gelder, Werte und Ähnliches unrechtmäßig an sich nehmen.

Veruntreuen
Vermögen, das man für andere verwaltet, vorsätzlich missbrauchen.

M24 Verurteilte Jugendstraftäter in Deutschland: Anzahl und Delikte

A **Nach dem Jugendstrafrecht verurteilte Jugendliche und junge Erwachsene im Alter von 14 bis 20 Jahren* in Deutschland** (Stand: 2017)

** Alter zum Zeitpunkt der Tat*

B **Verurteilte Jugendstraftäter 2017 nach Delikt**

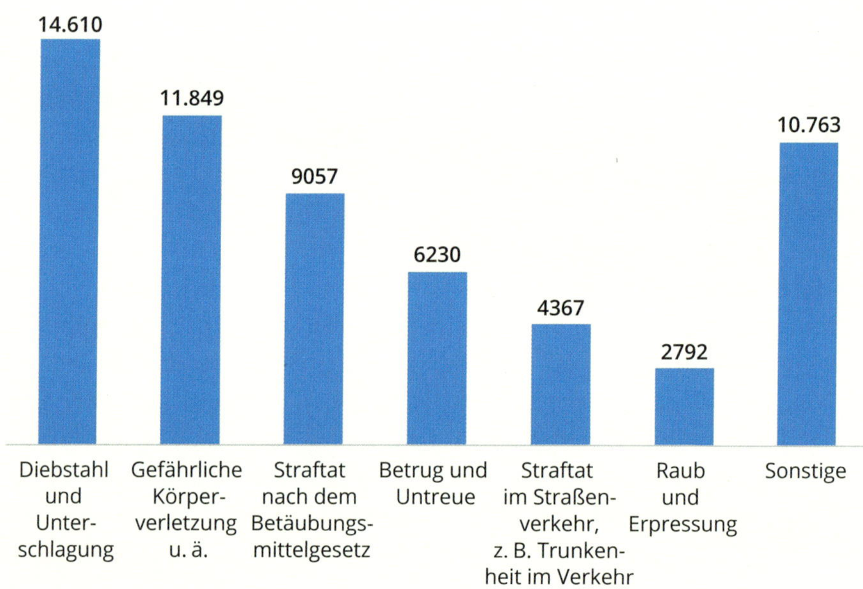

Quelle: Statistisches Bundesamt, 2018

M25 Werden Kinder und Jugendliche immer krimineller und gewalttätiger?

1 Polizeieinsatz in Bochum Jugendliche überfallen Party, randalieren und stehlen

2 15-JÄHRIGER HAT IN SCHWERTER TIEFGARAGE FÜNF CABRIO-DÄCHER AUFGESCHLITZT

3 *14-Jährige aus Münster klaut Kosmetikartikel im Wert von 30.500 €*

4 *12-Jähriger von 5 Jugendlichen zusammengeschlagen und mit Alkohol übergossen*

5 **Jugendliche überfallen in Paderborn 87-Jährige Rentnerin und stehlen ihr Handy sowie eine Brille im Wert von 1.500 €**

6 Drei Jugendliche in Herne stürmen in einen Klassenraum und verprügeln mit Schlagstöcken einen Mitschüler

7 EIN 13JÄHRIGER JUNGE RASTE MIT 140 KM/H ALKOHOLISIERT DURCH DIE STADT ESSEN

8 *„Gucci-Gang": 13- und 14-Jährige begehen Hunderte Straftaten – jetzt liegt ein 70-Jähriger im Koma*

Bearbeiterin

AUFGABEN

1. Führt ein Gruppen-Puzzle zu **M23** durch.
   a) In den Stammgruppen im 1. Schritt: Lest euren Abschnitt (A, B oder C) und macht euch Notizen zu den wichtigsten Informationen und zu Fragen, die ihr klären möchtet.
   b) In den Expertengruppen im 2. Schritt: Tauscht euch über die Ergebnisse und Fragen aus und formuliert gemeinsam eine Antwort (in höchstens 3 Sätzen) auf die Frage in der Abschnittsüberschrift.
   c) In den Stammgruppen im 3. Schritt: Vermittelt euch gegenseitig eure Arbeitsergebnisse und erstellt gemeinsam eine Concept Map (→ Methodenglossar) zur Überschrift „Verbreitung und Risikofaktoren von Jugendkriminalität".
2. Analysiert die Grafiken in **M24** mit Hilfe der Methodenkarte auf S. 264. Prüft im Anschluss, inwiefern die Daten die Informationen aus **M23** bestätigen.
3. Verschafft euch einen Überblick über die Meldungen in den Medien (**M25**).
   a) Ordnet den Schlagzeilen Delikte aus **M24b** zu.
   b) Formuliert Vermutungen, wodurch der Eindruck entstehen könnte, dass die Jugendkriminalität ansteigt. (Hört euch, wenn möglich, dazu auch den rechts angegebenen Podcast an.)
4. Entwerft einen eigenen kurzen Artikel (für eine Zeitung oder einen Blog) einschließlich einer aussagekräftigen Schlagzeile, der die Frage des Unterkapitels beantwortet.

Podcast „Weniger Jugendkriminalität"

Mediencode. 71077-34

4.2.2 Wie sollten Kinder und Jugendliche für vorsätzlichen Schaden zur Verantwortung gezogen werden?

Zum Thema: „Wegen eines lustigen Graffitis kann dir doch nichts passieren, außerdem bist du noch Jugendliche!“ Stimmt das wirklich? Wie genau ist die Rechtslage, wenn Kinder und Jugendliche zum Beispiel mutwillig öffentliches Eigentum beschädigen? Im folgenden Abschnitt könnt ihr diese Frage klären und beurteilen, wie die Täter zur Verantwortung gezogen werden sollten und solchen Taten vorgebeugt werden könnte.

M26 Zeitungsmeldung: Vandalismus an der Schule

Vandalismus an der Schule

An der Willy-Brandt-Gesamtschule haben vier Jugendliche in der Nacht zum Freitag einige Fensterscheiben eingeschlagen, Bienenstöcke im Schulgarten verwüstet, zwei Feuerlöscher entleert und einen Eimer Farbe vor der Eingangstür ausgeschüttet. Dabei ist ein Sachschaden von ca. 8.000 Euro entstanden. Anwohner waren durch den Lärm aufmerksam geworden, hatten die Jugendlichen mit dem Handy gefilmt und die Polizei benachrichtigt. Es handelte sich um zwei Schüler der Schule (14 und 15 Jahre) sowie zwei jüngere Geschwister (6 und 9 Jahre). Das Motiv war offenbar ein „Racheakt“ für als ungerecht empfundene Zeugnisnoten.

Bearbeiterin

EINSTIEGSAUFGABE

Lest die Zeitungsmeldung und beratet in der Klasse: Sollten die Kinder und Jugendlichen in dem Fall für den Schaden zur Verantwortung gezogen werden? Wenn ja, auf welche Weise? Notiert eure Begründungen und Vorschläge.

M27 Ab wann sind Jugendliche verantwortlich? Deliktsfähigkeit und Strafmündigkeit

Zivilrecht
Die Auseinandersetzung über Schadensersatz findet in einem Zivilprozess zwischen dem Geschädigten und dem Beschuldigten statt. Rechtsgrundlage ist das BGB.

Grundsätzlich sind Kinder und Jugendliche genauso rechtsfähig wie Erwachsene und unterliegen den gleichen Gesetzen. Schon ein Kleinkind hat zum Beispiel das Recht auf körperliche Unversehrtheit oder das Recht, etwas zu erben. Man geht aber davon aus, dass ein Kind erst ab einem gewissen Alter ein ausgeprägtes Unrechtsbewusstsein hat. Daher sind einige Rechte und Pflichten zum Schutz von Kindern und Jugendlichen bis zu einem bestimmten Alter eingeschränkt. Sowohl im Fall von Schadensverursachung als auch bei

Ausübung einer strafbaren Handlung, tritt die volle Verantwortlichkeit erst mit dem 18. Lebensjahr ein. Als deliktsfähig wird eine Person bezeichnet, die nach dem Zivilrecht (Bürgerliches Gesetzbuch) für einen Schaden, den sie (vorsätzlich oder fahrlässig) verursacht hat, haften muss. Vom 7. bis zum 18. Lebensjahr sind Jugendliche „bedingt deliktsfähig". Es ist im Schadensfall von einem Richter zu beurteilen, ob die nötige Verantwortungsreife zum Tatzeitpunkt vorlag.

Verstoßen Jugendliche gegen das Strafrecht (z. B., wenn sie Diebstahl begehen, bei Sachbeschädigung oder Körperverletzung), sind sie bis zur Vollendung des 14. Lebensjahres schuldunfähig und daher strafunmündig. Ab dem 14. Lebensjahr gilt dann das Jugendstrafrecht nach dem Jugendgerichtsgesetz. Jugendliche können danach zu Geldstrafen, gemeinnützigen Arbeiten, Jugendarrest u. a. verurteilt werden. Die volle Strafmündigkeit gilt ab dem 18. Lebensjahr, doch kann das Jugendstrafrecht auch noch auf Heranwachsende bis zur Vollendung des 21. Lebensjahres angewendet werden.

Bearbeiterin

Strafrecht
Wenn eine strafbare Handlung vorliegt, erhebt der Staat Anklage und es folgt ein Strafprozess. Rechtsgrundlage ist das StGB.

Hinweis zum Jugendstrafrecht
Weitere Informationen zum Jugendstrafrecht findet ihr auf S. 140 ff.

M28 Welche Gesetze sind entscheidend?

Strafgesetzbuch (StGB)

§ 303 *Sachbeschädigung*

(1) Wer rechtswidrig eine fremde Sache beschädigt oder zerstört, wird mit Freiheitsstrafe bis zu zwei Jahren oder mit Geldstrafe bestraft.

Bürgerliches Gesetzbuch (BGB)

§ 823 *Schadensersatzpflicht*

(1) Wer vorsätzlich oder fahrlässig das Leben, den Körper, die Gesundheit, die Freiheit, das Eigentum oder ein sonstiges Recht eines anderen widerrechtlich verletzt, ist dem anderen zum Ersatz des daraus entstehenden Schadens verpflichtet.

§ 828 *Minderjährige*

(1) Wer nicht das siebente Lebensjahr vollendet hat, ist für einen Schaden, den er einem anderen zufügt, nicht verantwortlich.

(2) Wer das siebente, aber nicht das zehnte Lebensjahr vollendet hat, ist für den Schaden, den er bei einem Unfall mit einem Kraftfahrzeug, einer Schienenbahn oder einer Schwebebahn einem anderen zufügt, nicht verantwortlich. Dies gilt nicht, wenn er die Verletzung vorsätzlich herbeigeführt hat.

(3) Wer das 18. Lebensjahr noch nicht vollendet hat, ist, sofern seine Verantwortlichkeit nicht nach Absatz 1 oder 2 ausgeschlossen ist, für den Schaden, den er einem anderen zufügt, nicht verantwortlich, wenn er bei der Begehung der schädigenden Handlung nicht die zur Erkenntnis der Verantwortlichkeit erforderliche Einsicht hat.

Vorsätzlich
Vorsätzlich bedeutet „absichtlich"; fahrlässig handelt jemand, der die nötige Sorgfaltspflicht außer Acht lässt, z. B. im Straßenverkehr nicht auf die Fahrbahn schaut und dadurch einen Unfall verursacht.

Jugendgerichtsgesetz (JGG)

§ 1 *Persönlicher und sachlicher Anwendungsbereich*

(1) Dieses Gesetz gilt, wenn ein Jugendlicher oder ein Heranwachsender eine Verfehlung begeht, die nach den allgemeinen Vorschriften mit Strafe bedroht ist.

(2) Jugendlicher ist, wer zur Zeit der Tat vierzehn, aber noch nicht achtzehn, Heranwachsender, wer zur Zeit der Tat achtzehn, aber noch nicht einundzwanzig Jahre alt ist.

§ 3 *Verantwortlichkeit*

Ein Jugendlicher ist strafrechtlich verantwortlich, wenn er zur Zeit der Tat nach seiner sittlichen und geistigen Entwicklung reif genug ist, das Unrecht der Tat einzusehen und nach dieser Einsicht zu handeln. [...]

M29 Vandalismus an Schulen: Zerstörungswut ohne Motiv?

Vandalismus
Der Begriff „Vandalismus" kommt ursprünglich vom ostgermanischen Stamm der Vandalen. Diese Gruppierung ist im fünften Jahrhundert quer durch Europa gezogen und hat im Jahr 455 Rom geplündert. Die sinnlose Zerstörung war Teil ihres Beutezuges.

Im Fall von Vandalismus handelt es sich meistens um reine Zerstörung, ohne dass dadurch ein Vorteil für die Täter entsteht, wie etwa bei einem Diebstahl oder Einbruch. Bei Befragungen unter Jugendlichen wurden vor allem die folgenden Gründe und Motive für Vandalismus herausgestellt:

- Unzufriedenheit, Unausgeglichenheit
- Gruppendruck, Angst vor der Isolation (Ausgrenzung aus der Gruppe)
- Langeweile
- Profilierungswunsch
- Wut über Unverständnis durch Eltern, Lehrer oder Mitschülern
- Leistungsdruck
- Rache (gegen Einzelpersonen und die Schule als Institution)
- Lust und Spaß
- Weitere Emotionen wie Liebeskummer oder schlechte Noten

© Das macht Schule gGmbH, Vandalismus besser verstehen, www.das-macht-schule.net., 05.09.2018

M30 Vorbeugen statt strafen? Mögliche Maßnahmen gegen Vandalismus an Schulen

In der Willy-Brandt-Gesamtschule wird nach dem Vandalismus-Vorfall heftig diskutiert, welche Reaktionen angemessen sind und wie man weiterem Vandalismus vorbeugen kann. An einem runden Tisch mit der Schulleitung, 3 Lehrinnen und Lehrern sowie 3 Schülerinnen und Schülern werden folgende Maßnahmen diskutiert:

1 **Schülerinnen und Schüler, die vorsätzlich Sachbeschädigungen begehen (z. B. Toiletten und Tische bekritzeln und einritzen) regelmäßig zum Schadensersatz verpflichten – auch bei kleineren Schäden**

2 Regelmäßige Infoabende für Schülerinnen, Schüler und Eltern, an denen über das Thema Vandalismus und rechtliche Konsequenzen aufgeklärt wird

3 Ausschluss der an Vandalismus Beteiligten von allen Klassenfahrten und Tagesausflügen für ein Schuljahr

4 Installation von Videokameras und Alarmanlagen mit Fernüberwachung

5 Beratungsangebot durch Sozialpädagogen für Schülerinnen und Schüler, die Probleme mit Lehrern, Noten, dem Lernen, ihren Eltern etc. haben

6 Einen Aktionsplan entwickeln, der Schülerinnen und Schüler in die Gestaltung der Schule einbezieht, (denn wer etwas selbst gemacht hat, macht es nicht kaputt)

Bearbeiterin

AUFGABEN

1. Informiert euch in **M27** über die Verantwortlichkeit Jugendlicher bei Schäden und Straftaten.
   a) Erstellt einen Zeitstrahl beginnend mit der Geburt und markiert und beschriftet ihn mit den genannten Regelungen und Altersgrenzen.
   b) Ordnet die Kinder und Jugendlichen aus der Zeitungsmeldung (**M26**) dort ein.
2. Ermittelt mit Hilfe der Informationen in **M27** und der Gesetzesparagrafen (**M28**), welche Vergehen im Fall aus **M26** vorliegen und welche rechtlichen Konsequenzen für die Täter entstehen können. Nutzt dabei auch die Methodenkarte auf S. 130 f.
3. Lest **M29** über die Motive für Vandalismus bei Jugendlichen. Erstellt eine Liste mit Vorschlägen, wie die Ursachen bekämpft werden könnten.
4. Versetzt euch in die Rolle der Teilnehmer des „runden Tisches“ in **M30**.
   a) Bereitet euch in Kleingruppen auf die Diskussion vor, indem ihr die vorgeschlagenen Maßnahmen in (**M30**) prüft. Entwickelt ggf. auch noch eigene Maßnahmen. Wählt zwei Maßnahmen aus, für die ihr euch am „runden Tisch“ einsetzen wollt. Begründet sie auch mit Bezug zu **M29**.
   b) Wählt per Zufallsprinzip die Teilnehmer des runden Tisches aus und simuliert die Diskussionsrunde. Die Gesprächsführung übernimmt die Schulleitung.
5. Nehmt abschließend Stellung zur Frage, wie Kinder und Jugendliche für vorsätzlichen Schaden zur Verantwortung gezogen werden sollten.

4.2.3 Sollte das Jugendstrafrecht verschärft werden?

Zum Thema: Kinder und Jugendliche werden strafrechtlich besonders behandelt. Das gilt auch bei schwerwiegenden Straftaten und Gewaltverbrechen. Aber wie genau ist das begründet? Welchen Sinn und Zweck haben Strafen? Wäre es nicht besser, wenn in bestimmten Fällen das Erwachsenenstrafrecht angewendet werden könnte oder Kinder früher strafmündig wären? In diesem Unterkapitel könnt ihr euch darüber ein Urteil bilden.

M31 Welche Strafe ist angemessen?

Fall 1 Der gerade 18jährige Pascal T. hatte im Juni in Köln einen 43jährigen Mann an einer U-Bahnstation in Köln ins Gleisbett geschubst. Nachdem er sich zuvor laut mit einer jungen Frau gestritten hatte, versetzte der 17jährige dem zufällig entgegenkommenden Mann in Wut einen so kräftigen Stoß mit der Schulter, dass er das Gleichgewicht nicht mehr halten konnte und auf die Gleise fiel. Danach war der Täter wortlos geflüchtet. Der Mann, der einige Sturzverletzungen erlitt, wurde von einem 21jährigen aus dem Gleisbett gezogen, bevor die nächste Bahn einfuhr. Eine Überwachungskamera der Verkehrsbetriebe hatte die Tat gefilmt und der Film wurde ins Netz gestellt. Der Täter stellte sich zwei Wochen später mit einem Anwalt.

Fall 2 Der 12jährige Niklas und sein 13jähriger Freund Pedram sind als Anführer einer Bande im Viertel gefürchtet. Immer wenn sie Geld brauchen, fangen sie andere Schüler ab, z. B. mit den Worten: „Gib uns dein Handy, deine Jacke oder 20 Euro sonst gibt es Schläge, die du nicht haben willst!" Manchmal haben sie auch ein Messer dabei. Aus Angst vor Prügel und Messerstichen geben ihnen die Abgefangenen das geforderte Geld oder die Gegenstände. Niklas und Pedram nennen das „Abziehen".

Bearbeiterin

EINSTIEGSAUFGABEN

1. Lest die Fälle und benennt die dort dargestellten Straftaten in eigenen Worten.
2. Entscheidet spontan, welche Art der Bestrafung ihr für angemessen halten würdet.
3. Formuliert, welche Zielsetzungen sich mit den vorgeschlagenen Strafen verfolgen ließen.

M32 Erziehen vor Strafe: Ziele und Sanktionsmöglichkeiten des Jugendstrafrechts

Bei strafmündigen Jugendlichen zwischen 14 und 17 (und häufig auch bei 18-20-jährigen Heranwachsenden) wird nicht direkt das Strafrecht, sondern das mildere Jugendstrafrecht, das im Jugendgerichtsgesetz (JGG) verankert ist, angewandt. Das wichtigste Ziel des Jugendstrafrechts ist es zu erziehen. Das heißt den straffällig gewordenen Jugendlichen klarzumachen, dass sie ein Unrecht begangen haben und in der Zukunft straffrei bleiben. Daher be-

Verurteilte 14- bis 20-Jährige
2015 nach schwerster Sanktion, in Prozent

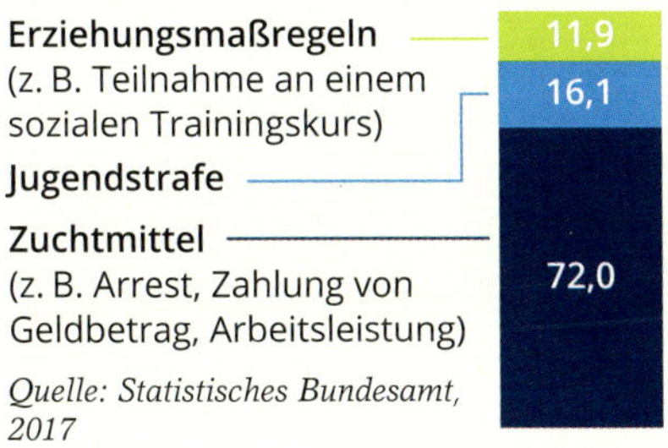

Quelle: Statistisches Bundesamt, 2017

steht ein wichtiger Unterschied zum Erwachsenenstrafrecht darin, dass beispielsweise Gefängnisstrafen (genannt Jugendstrafe) nur in schweren Fällen wiederholter Straffälligkeit angeordnet werden. Stattdessen sieht das Gesetz vielfältige „Erziehungsmaßregeln" vor. Dazu gehören die Erteilung von Weisungen, zum Beispiel dass der/die Verurteilte eine Ausbildungs- oder Arbeitsstelle aufnehmen, bestimmte Orte meiden oder an einem Anti-Aggressionstraining teilnehmen muss. Reichen die Erziehungsmaßregeln nicht aus, dem Täter das Unrecht bewusst zu machen, kommen sogenannte „Zuchtmittel" zum Einsatz. Damit wird der Täter verpflichtet den verursachten Schaden wiedergutzumachen, sich bei seinem Opfer zu entschuldigen oder Arbeitsleistungen (sogenannte „Sozialstunden") für eine gemeinnützige Organisation zu verrichten. Das härteste Zuchtmittel ist der „Jugendarrest", bei dem der Täter für die Dauer eines Wochenendes bis zu vier Wochen eingesperrt wird. Dieser Arrest soll die allerletzte Warnung sein, um den Jugendlichen bewusst zu machen, was es bedeutet eingesperrt zu sein. Mehrere Zuchtmittel und Erziehungsmaßnahmen können auch nebeneinander angeordnet werden. Wenn aufgrund wiederholter Straftaten und/oder der Schwere des Vergehens Erziehungsmaßregeln und Zuchtmittel nicht mehr ausreichen, kann eine Jugendstrafe verhängt werden, diese bedeutet einen Gefängnisaufenthalt zwischen 6 Monaten und zehn Jahren. Jugendstrafen können zur Bewährung ausgesetzt werden.

Bearbeiterin

Bewährung
Bewährung bezeichnet einen bestimmten Zeitraum, in dem der Verurteilte straffrei bleiben muss. Die angesetzte Strafe muss nur verbüßt werden, wenn er sich in diesem Zeitraum erneut schuldig macht.

JGG § 2
Ziel des Jugendstrafrechts
(1) Die Anwendung des Jugendstrafrechts soll vor allem erneuten Straftaten eines Jugendlichen oder Heranwachsenden entgegenwirken. [...]

M33 Auszüge aus dem Strafgesetzbuch (StGB)

§ 223 Körperverletzung
(1) Wer eine andere Person körperlich misshandelt oder an der Gesundheit schädigt, wird mit Freiheitsstrafe bis zu fünf Jahren oder mit Geldstrafe bestraft.

§ 242 Diebstahl
(1) Wer eine fremde bewegliche Sache einem anderen in der Absicht wegnimmt, die Sache sich oder einem Dritten rechtswidrig zuzueignen, wird mit Freiheitsstrafe bis zu fünf Jahren oder mit Geldstrafe bestraft.

§ 253 Erpressung
(1) Wer einen Menschen rechtswidrig mit Gewalt oder durch Drohung mit einem empfindlichen Übel zu einer Handlung, Duldung oder Unterlassung nötigt und dadurch dem Vermögen des Genötigten oder einen anderen Nachteil zufügt, um sich oder einen Dritten zu Unrecht zu bereichern, wird mit Freiheitsstrafe bis zu fünf Jahren oder mit Geldstrafe bestraft.

§ 224 Gefährliche Körperverletzung
(1) Wer die Körperverletzung
1. durch Beibringung von Gift oder anderen gesundheitsschädlichen Stoffen, 2. mittels einer Waffe oder eines anderen gefährlichen Werkzeugs (...)
begeht, wird mit Freiheitsstrafe von sechs Monaten bis zu zehn Jahren, in minder schweren Fällen mit Freiheitsstrafe von drei Monaten bis zu fünf Jahren bestraft.

§ 249 Raub

(1) Wer mit Gewalt gegen eine Person oder unter Anwendung von Drohungen mit gegenwärtiger Gefahr für Leib oder Leben eine fremde bewegliche Sache einem anderen in der Absicht wegnimmt, die Sache sich oder einem Dritten rechtswidrig zuzueignen, wird mit Freiheitsstrafe nicht unter einem Jahr bestraft.

§ 315b Gefährliche Eingriffe in den Straßenverkehr

(1) Wer die Sicherheit des Straßenverkehrs dadurch beeinträchtigt, dass er

1. Anlagen oder Fahrzeuge zerstört, beschädigt oder beseitigt,
2. Hindernisse bereitet oder
3. einen ähnlichen, ebenso gefährlichen Eingriff vornimmt,

und dadurch Leib oder Leben eines anderen Menschen oder fremde Sachen von bedeutendem Wert gefährdet, wird mit Freiheitsstrafe bis zu fünf Jahren oder mit Geldstrafe bestraft.

M34 Welchen Sinn haben Strafen bei Jugendlichen? Eine Jugendrichterin und ein Jugendrichter geben Auskunft

A „Die Gefängnisstrafe ist das allerletzte Mittel. Mein Ziel es nie, jemanden einzusperren, sondern dafür zu sorgen, dass es soweit gar nicht kommt. Wir müssen ganz früh die jungen Leute, die gefährdet sind, erkennen, und ihnen die Möglichkeit geben, durch geeignete Maßnahmen aus dem Teufelskreis auszubrechen. Oft können die Gerichtsverhandlung, wenige Sozialstunden oder eine Bewährungsjugendstrafe ausreichen, um auf ihn einzuwirken. Auch Bewährung ist kein Freispruch. Vielen sage ich: Wenn du jetzt rausgehst, habe ich an deinem Pullover eine Schnur befestigt. Das andere Ende habe ich in der Hand. Ich weiß immer was du tust. Und wenn es mir nicht gefällt, was du machst, dann gehst du in die Justizvollzugsanstalt. Während der Bewährung gibt es viel berufliche Unterstützung mit dem Ziel am Ende der Bewährungsfrist auf eigenen Füßen zu stehen. Im Gefängnis dagegen treffen Jugendliche auf andere kriminelle Jugendliche, was nicht selten zum Ausbau einer kriminellen Karriere beiträgt."

Nach: Joachim Schmitz-Knierim im Interview mit Manuel Böhnke, Jugendrichter: Junge Täter treten vermehrt in Gruppen auf, www.solinger-tageblatt.de, 22.10.2018

B „Als Richterin überlegt man sich natürlich ein Urteil sehr gründlich. Man muss das Vorleben des Täters berücksichtigen, wie eine Tat zustande kam und wie sich eine Strafe auf diesen Täter auswirken kann. Bei Erwachsenen sollte durch das Urteil eine Sühne des begangenen Unrechts erfolgen. So hat die Gesellschaft insgesamt das Gefühl, dass eine Straftat nicht ohne Folgen für den Täter bleibt. Andererseits sollte auch eine Abschreckung möglicher künftiger Täter durch Bestrafung erreicht werden. Schließlich sollte der Täter die Möglichkeit haben, sich in die Gesellschaft irgendwann wieder einzuordnen, so dass von ihm künftig keine solchen Taten mehr verübt werden. Im Jugendstrafrecht findet das Ziel der Abschreckung keine Berücksichtigung. Hier steht der Täter im Vordergrund, denn ein großer Teil der Straftaten von Jugendlichen und Heranwachsenden hat mit der Persönlichkeitsentwicklung der jungen Menschen zu tun".

Nach: Stefan Herz, n. u., Recht, in: Politik und Wirtschaft verstehen, Braunschweig 2009, S. 127 ff.

M35 Täter erhält Strafe zur Bewährung ...

Köln – Im Falle U-Bahn-Schubsers Pascal T. ist das Urteil gesprochen. Die Anklage wegen Körperverletzung und gefährlichen Eingriffs in den Straßenverkehr wurde am Donnerstag vor dem Jugendschöffengericht verhandelt. „Bisher ist er völlig unbescholten und weiß „um seine Aggression", formulierte der Anwalt. Am Tattag habe er sich unmittelbar zuvor mit seiner Freundin gestritten, der Ärger darüber habe ihn zu dem gewalttätigen Geschehen veranlasst. Er hat im Prozess per Handschlag um Verzeihung gebeten, die das Opfer unter Tränen annahm. Während der Staatsanwalt eine Jugendstrafe forderte, hielt der Verteidiger eine Verwarnung für ausreichend. Dem entsprach das Gericht jedoch nicht: „Wer aus Frust so etwas tut, hat hohes Aggressionspotenzial und Kontrollverlust", hieß es im Urteil. Darin wurde der Azubi zu einer Jugendstrafe auf Bewährung verurteilt. Zusätzlich muss der 18-Jährige innerhalb von vier Monaten 80 Sozialstunden ableisten und regelmäßigen Kontakt zum Bewährungshelfer halten. Ebenfalls angeordnet wurde die Teilnahme an einem Anti-Aggressionstraining. Kommt der 18-Jährige allen Forderungen nach und verhält sich straffrei, wird das Urteil am Ende des Bewährungsjahres im Register gelöscht.

Harlett Drack, Kölner U-Bahn-Schubser Täter erhält Strafe zur Bewährung, www.ksta.de, 16.05.2019

Jugendschöffengericht
Das Jugendschöffengericht (bestehend aus dem Jugendrichter, dem Vorsitzenden und zwei Schöffen) ist ein Jugendgericht, das über Verfehlungen Jugendlicher und Heranwachsender entscheidet. Ein Schöffe ist eine Person, die den Richter bei der Urteilsfindung unterstützt, selbst aber kein Jurist ist.

M36 Petition im Internet: Sollte das Jugendstrafrecht früher angewendet werden?

Auf der Internet-Plattform „Open Petition" können Bürgerinnen und Bürger von ihrem Petitionsrecht online Gebrauch machen. Sie können ihre Petition dort formulieren und direkt über E-Mail und soziale Medien verbreiten, um Unterschriften zu sammeln. Jeder kann außerdem zur Petition in einer Pro- und Kontra-Rubrik Stellung nehmen.

a) Petition: Strafmündigkeit auf 12 Jahre absenken

PETITION

Strafmündigkeit auf 12 Jahre absenken

Begründung: 70.000 strafunmündige Tatverdächtige wurden 2018 in Deutschland erfasst. Delikte Minderjähriger sind nicht selten schwere Körperverletzungsdelikte, Rentner werden verprügelt oder das sogenannte „Abziehen" auf Schulhöfen. Zurück bleiben Opfer, die für den Rest ihres Lebens unter dem Geschehenen leiden. Wir dürfen den Minderjährigen diese schweren Taten nicht ohne deutliche Sanktionen durchgehen lassen. Zum Schutz der Bürger brauchen wir einen starken Rechtsstaat, der sich wehrt.

Vor- und Nachname, vollständige Adresse	Unterschrift

Bearbeiterin

Art. 17 GG
Jedermann hat das Recht, sich einzeln oder in Gemeinschaft mit anderen schriftlich mit Bitten oder Beschwerden an die zuständigen Stellen und an die Volksvertretung zu wenden.

b) Pro und Kontra-Argumente für die Petition

Pro: Junge 12 oder 13 Jahre alte Intensivtäter wissen oftmals genau was sie tun. Sie kennen die Rechtslage und nutzen bewusst aus, dass sie vor Gericht nicht zur Rechenschaft gezogen werden können. Teilweise werden Kinder aus diesem Grund von Erwachsenen zu Straftaten angestiftet.

Kontra: Um eine kleine Problemgruppe strafrechtlich belangen zu können, soll das Jugendstrafrecht auf alle Kinder ausgeweitet werden? So könnte nach jeder Schulhofschlägerei der Unterlegene Strafanzeige stellen.

Bearbeiterin

AUFGABEN

1. Lest **M32** und stellt die Ziele und Sanktionsmöglichkeiten des Jugendstrafrechts dar. Nutzt dabei die nebenstehende Operatoren-Karte auf S. 145.
2. Ermittelt mit Hilfe der Auszüge aus dem Strafgesetzbuch in **M33**
   a) welche Tatbestände in den Fällen in **M31** vorliegen (Hilfestellung gibt euch die Methodenkarte auf S. 130 f.).
   b) welche rechtlichen Konsequenzen zu erwarten sind, indem ihr auch berücksichtigt, ob es sich um Kinder, Jugendliche, Heranwachsende oder Erwachsene handelt.
   c) und vergleicht die Zuordnungen mit euren Überlegungen aus der Einstiegsaufgabe.
3. Informiert euch durch die Interview-Ausschnitte mit den Jugendrichtern (**M34**) über die Zielsetzungen von Strafe und stellt sie in Form einer Mindmap dar. Kennzeichnet darin, welche Ziele der Gesetzgeber bei Jugendlichen verfolgt und welche nicht.
4. Setzt euch mit dem Urteil in **M35** auseinander, indem ihr
   a) die Fragen beantwortet:
      1) Welcher Straftatbestand wurde festgestellt?
      2) Nach welchem Gesetz wurde das Urteil gesprochen?
      3) Welche Strafen (Sanktionen) wurden verhängt?
   b) die Wirksamkeit der gewählten Sanktionen beurteilt.
5. Lest die Petition und deren Pro- und Kontra-Argumente in **M36a-b** und
   a) formuliert einen eigenen Beitrag für die Pro- oder die Kontra-Rubrik (**M36b**),
   b) veröffentlicht eure Beiträge (z. B. über ein Padlet),
   c) entscheidet durch Abstimmung, ob ihr euch der Petition in **M36a** anschließen würdet oder nicht.
6. Führt eine Exkursion zum Amtsgericht mit Hilfe der Methodenkarte auf Seite 146 durch.

F Aufgabe 5
Formuliert eine Begründung sowie Pro- und Kontra-Positionen zur Petition „Ab 18 kein Jugendstrafrecht mehr".

Beschreiben/darstellen

I. Was ist zu tun?

1. Du gibst wesentliche Aspekte eines Sachverhalts (z. B. einer Regelung, eines Systems, einer Problemsituation) im logischen Zusammenhang wieder.

↓

2. Dabei gilt es, die Fachbegriffe und die Fachsprache zu verwenden.

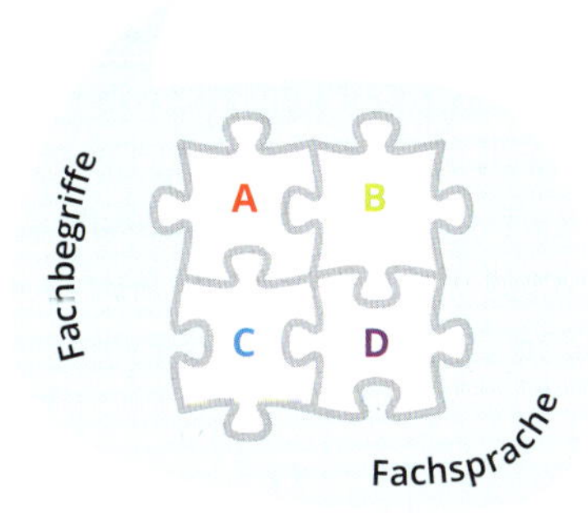

II. Hilfen zur Strukturierung und Formulierung

Den Sachverhalt benennen

Es geht im Wesentlichen um ... Der Ausgangspunkt für ... ist ...

Wesentliche Aspekte im logischen Zusammenhang wiedergeben

Zu ... gehören .../... bezieht sich vor allem auf .../... beinhaltet ...
... steht im Zusammenhang mit .../... ergibt sich aus ...
Dies bedeutet, dass .../ Das heißt, dass ...
Daraus lässt sich ableiten, dass ...
... führt dazu, dass ...
... liegt darin begründet ...
Wenn ..., dann ...

Zusammenfassung

Zusammenfassend lässt sich festhalten/feststellen ...

III. Formulierungsbeispiele

Für die Aufgabe 1 auf S. 144 findet ihr im nebenstehenden QR- bzw. Mediencode Formulierungsbeispiele. Ihr könnt sie als "Starthilfe" nutzen, weiter ausbauen, verändern oder eure eigene Lösung mit den Beispielen vergleichen und prüfen.

Formulierungs-beispiele

Mediencode: 71077-35

METHODE

Eine Gerichtsverhandlung beobachten

I. Worum geht es?

Viele Gerichtsverhandlungen sind öffentlich, das heißt Unbeteiligte können als Zuschauer daran teilnehmen. Bei einer Jugendgerichtsverhandlung gilt jedoch: Ist der Angeklagte zum Tatzeitpunkt unter 18 Jahre alt gewesen, findet die Verhandlung zum Schutze des Angeklagten unter Ausschluss der Öffentlichkeit statt.

Eine Gerichtsverhandlung zu beobachten kann spannender als ein Film sein. Darüber hinaus könnt ihr durch eine solche direkte Erfahrung viel über das Verfahren, die Prozessbeteiligten, die Urteilsbegründung usw. herausfinden.

In jedem Fall gilt: Je besser ihr euch auf die Beobachtung vorbereitet, desto mehr Erkenntnisse könnt ihr daraus gewinnen.

II. Geht dabei so vor:

1. Schritt: Vorbereitung

a) Bildet Kleingruppen und tauscht euch darüber aus, was ihr über die Abläufe und Beteiligten einer Gerichtsverhandlung bereits wisst.
b) Recherchiert welche Rollen es in einer Gerichtsverhandlung gibt und wie der Ablauf im Gerichtssaal geregelt ist.
c) Formuliert Fragen, die ihr durch die Beobachtung klären möchtet.
d) Bereitet euch darauf vor mit Stift und Papier Notizen zu machen, Ton- und Bildaufnahmen sind im Gerichtssaal nicht erlaubt.

2. Schritt: Beobachtung der Verhandlung

a) Es gibt im Gericht keine formale Kleiderordnung. Mützen und Kappen solltet ihr aber abnehmen und auf Kaugummis verzichten. Darauf reagieren Richter häufig „allergisch".
b) Verhaltet euch während der Verhandlung ruhig und respektvoll. Jeder hat das Recht auf einen fairen Prozess und für die Angeklagten kann das Urteil ein schwerwiegender Einschnitt im Leben sein.
c) Macht euch Notizen zu euren Fragen und weiteren Beobachtungen.

3. Schritt: Auswertung und Reflexion

a) Beantwortet in den Gruppen eure vorab gestellten Fragen auf der Grundlage eurer Notizen.
b) Tragt zusammen, was euch bei der Beobachtung erstaunt, überrascht oder irritiert hat.
c) Haltet einen Vortrag (→ Methodenglossar) über eure Gruppenergebnisse vor der Klasse und vergleicht eure Wahrnehmungen.

Beobachtungsbogen für einen Gerichtsbesuch

Mediencode. 71077-36

Bearbeiterin

4.2.4 Sollte es strengere Gesetze gegen Cyberkriminalität geben?

Zum Thema: Im Internet sind Hassparolen und sogenanntes Cybermobbing ein verbreitetes Problem. Welche Folgen diese Form der Internetkriminalität für Täter und Opfer haben kann und inwiefern die bestehenden Gesetze ausreichen, um dagegen vorzugehen, ist Thema im letzten Unterkapitel.

M37 Das neue Bild des Straftäters?

Karikatur: Ralf Bohne (RABE), 2019

EINSTIEGSAUFGABEN

1. Analysiert die Karikatur mit Hilfe der Methodenkarte auf S. 308.
2. Tauscht euch darüber aus, inwiefern ihr selbst schon mit Kriminalität im Internet in Berührung gekommen seid.

M38 Cyberkriminalität: Kinder und Jugendliche als Opfer und Täter

Unter Cyberkriminalität oder Computerkriminalität werden alle Straftaten zusammengefasst, die mit dem Computer, dem Internet oder dem Smartphone begangen werden. Sowohl bei Erwachsenen als auch bei Jugendlichen ist eine Zunahme der Cyberkriminalität feststellbar. Bei Jugendlichen kommen besonders häufig „Cybermobbing" und Urheberrechtsverletzungen vor. Ein weiteres Problem stellen zunehmende Angriffe auf persönliche Daten dar, zum Beispiel das Ausspähen und der Missbrauch von persönlichen Bildern, Finanzdaten etc. Das Problem wird dadurch verstärkt, dass Jugendliche oft leichtsinnig und unvorsichtig mit ihren eigenen persönlichen Daten umgehen. In den meisten Fällen sind die Opfer der jugendlichen „Cyberkriminellen" selbst Jugendliche.

Bearbeiterin

M39 Was kennzeichnet Cybermobbing?

Mit den aus dem Englischen kommenden Begriffen Cyber-Mobbing (auch: Cyber-Bullying) werden verschiedene Formen der wiederholten und systematischen Beleidigung, Belästigung und Nötigung anderer Menschen über das Internet, in Chatrooms, beim Instant Messaging (z. B. WhatsApp) oder auch mittels Mobiltelefonen bezeichnet. (Cyber-) Mobbing ist eine Form der Gewalt, die in der Hauptsache nicht auf den Körper, sondern auf die Psyche gerichtet ist. In den meisten Schulklassen wurden bereits Cybermobbing-Vorfälle registriert und viele Schülerinnen und Schüler sind zumindest als Beobachter beteiligt. Cybermobbing und direktes Mobbing treten an Schulen oftmals im Zusammenspiel auf. Teils wird das Mobbing online weitergeführt, teils beginnt Mobbing online und setzt sich dann im Schulalltag fort. Beim Mobbing sucht sich der Täter ein Opfer, das sich nicht oder nur schwer zur Wehr setzen kann. Beim Cyber-Mobbing handelt der Täter meistens anonym, jedoch kennen Täter und Opfer sich meistens aus dem persönlichen Umfeld (z. B. Schule). Weil Cybermobber rund um die Uhr über das Internet angreifen können, wird man sogar zu Hause von ihnen verfolgt. Das Publikum ist unüberschaubar groß; Inhalte verbreiten sich extrem schnell: Posts, die elektronisch verschickt werden, sind – sobald sie online sind – nur schwer zu kontrollieren. Cybermobbing nimmt bei Mädchen und Jungen gleichermaßen zu. Mobbingopfer erstatten selten eine Anzeige.

Bearbeiterin, basierend auf: Thomas Görgen, u. a., Jugendkriminalität und Jugendgewalt Empirische Befunde und Perspektiven für die Prävention, www.hamburg.de, Abruf am 10.07.2013

Was ist Mobbing?
Von Mobbing wird gesprochen, wenn eine Person über einen längeren Zeitraum von mehreren anderen immer wieder schikaniert wird. Wer also ein- oder zweimal geärgert oder geschubst oder ausgeschlossen wird, wird noch nicht gemobbt. Erst wenn erkennbar wird, dass sich andere auf ihn eingeschossen haben und dass diese Gemeinheiten systematisch passieren, spricht man von Mobbing.

Wie wird gemobbt?
Schikane: Wiederholtes Senden von beleidigenden und verletzenden Nachrichten über E-Mail, SMS, Instant-Messenger oder in Chats. **Verleumdung/Gerüchteverbreiten:** Verbreiten von Gerüchten über Internet- und Mobiltelefondienste an einen großen Personenkreis. **Bloßstellen:** Informationen, die ursprünglich im Vertrauen einer bestimmten Person zugänglich gemacht wurden, werden an weitere Personen gesandt. **Ausschluss/Ignorieren:** Bewusster Ausschluss von sozialen Aktivitäten, Gruppen, Chats etc.

M40 Jugendliche Opfer von Cybermobbing

Anteil der Befragten, über die im Internet oder per Handy falsche/beleidigende Dinge vebreitet wurden (Stand: 2016)

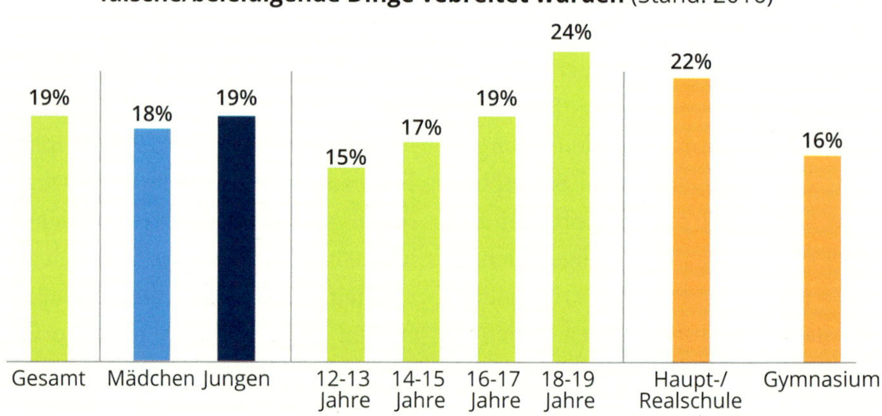

Basis: 1200 Befragte zwischen 12 und 19 Jahren, November 2016

Quelle: © statista.de, Abruf am 10.05.2020

M41 Welche Gesetze gelten im Fall von Cybermobbing?

Es gibt bisher kein eigenständiges Gesetz, das (Cyber-)Mobbing direkt als Straftatbestand darstellt. Aber einzelne Handlungen, die im Zusammenhang mit (Cyber-)Mobbing vorkommen, sind strafbar. Hier sind die häufigsten:

Beleidigung (§ 185 Strafgesetzbuch)	Wer eine andere Person beschimpft, beleidigt oder anderweitig durch Äußerungen oder Handlungen in ihrer Ehre verletzt oder demütigt, macht sich strafbar.
Üble Nachrede und Verleumdung (§§ 186 & 187 Strafgesetzbuch)	Wer z. B. in Foren, sozialen Netzwerken oder Blogs Unwahrheiten über eine Person verbreitet oder Beleidigungen ausspricht, die dazu dienen, dem Ansehen der Person zu schaden, macht sich strafbar.
Nötigung (§ 240 Strafgesetzbuch)	Wer einer anderen Person Gewalt oder anderweitigen Schaden androht, sofern diese einer Forderung nicht nachkommt, etwas zu tun, zu dulden oder etwas zu unterlassen, macht sich strafbar.
Bedrohung (§ 241 Strafgesetzbuch)	Wer einer anderen Person mit einem Verbrechen droht, das sich gegen die Person selbst oder gegen eine dieser nahestehenden Person richtet, macht sich strafbar.
Erpressung (§ 253 Strafgesetzbuch)	Wer einer anderen Person Gewalt antut oder Schäden androht, um sich selbst oder einen Dritten zu bereichern, macht sich der Erpressung strafbar.
Recht am eigenen Bild (§§ 22 & 23 Kunsturheberrechtsgesetz)	Bilder und Videos dürfen nur verbreitet und veröffentlicht werden, wenn die abgebildete Person eingewilligt hat.
Verletzung der Vertraulichkeit des Wortes (§ 201 Strafgesetzbuch)	Wer von einer anderen Person unerlaubt Tonaufnahmen herstellt, z. B. von einem Vortrag, der nur für einen kleinen Personenkreis gedacht war, macht sich strafbar. Das gilt umso mehr, wenn diese Aufnahmen weitergegeben und veröffentlicht werden.
Verletzung des höchstpersönlichen Lebensbereichs (§ 201a Strafgesetzbuch)	Wer eine andere Person in deren Wohnung oder in einer intimen Umgebung, etwa in der Dusche, in der Toilette oder der Umkleide, heimlich fotografiert oder filmt, macht sich strafbar. Das gilt umso mehr, wenn solche Aufnahmen weitergegeben und veröffentlicht werden.

M42 Fallbeispiele Cyberkriminalität: Welche (nicht nur) rechtlichen Folgen können für die Beteiligten entstehen?

1 Hannah (16) wird zu einer Party eingeladen, auf der auch einiges an Alkohol im Angebot ist. Nach der Party stellt sie fest, dass sie ihr Smartphone nicht mehr hat. Am Folgetag tauchen unter einem gefälschten Profil in den sozialen Medien Bilder von ihr in Unterwäsche auf, die sie zum Spaß mit einer Freundin gemacht hat. Hannah ist verzweifelt und traut sich nicht mehr in die Schule.

2 Onur (15) hat ein glänzendes Zeugnis, im Durchschnitt 1,2. Tom (15) ist schon lange genervt, dass Onur nicht nur dauernd gute Noten hat, sondern auch noch mit Linda befreundet ist. Er meint Onur müsse auch mal Pech haben und postet, dass er ihn mehrfach auf der Schultoilette mit Spickzetteln während Klassenarbeiten gesehen hat. Nach der Schule hält er mit ein paar Freunden die Tür auf der Schultoilette so lange zu, bis Onur den Bus verpasst hat. Onurs Fluchen und Bitten nimmt er mit dem Handy auf und schickt sie im Klassen-Chat herum.

Bearbeiterin

M43 Sollte es ein eigenes Gesetz gegen Cybermobbing geben?

In Österreich ist Cybermobbing seit 2016 ein eigener Straftatbestand. In Deutschland und der Schweiz gibt es die Forderung nach einem solchen Gesetz auch, sie ist aber umstritten:

JA Nordrhein-Westfalens Justizminister fordert einen eigenen Cybermobbing-Paragrafen im deutschen Strafrecht, um Opfern schneller helfen zu können: »Jeden Tag werden Menschen Opfer von Beleidigungen, Diffamierungen und Bloßstellungen ...Der seelische Schaden dieser Taten ist immens.« In einigen Fällen endet das Drama mit dem Selbstmord der Opfer. Experten stufen Cybermobbing als eines der größten Risiken für Jugendliche in der heutigen Internetwelt ein. Ein eigener Straftatbestand für Cybermobbing sei nötig, damit Opfer die Straftat schneller anzeigen könnten. Ein Straftatbestand Cybermobbing wäre für Jugendliche auch besser verständlich und könnte sie zum Handeln anregen. Ein Gesetz führt zu einer gesellschaftlichen Diskussion und zu einem größeren Bewusstsein für das Problem.

Nach: © Heise online, NRW-Justizminister fordert Paragraf gegen Cybermobbing, www.heise.de, Abruf am 10.07.2020

NEIN Beim Cybermobbing stehen lauter Delikte zur Diskussion, die durch die aktuelle Gesetzgebung abgedeckt sind. Es gibt keine Gesetzeslücke. Ein eigenes Gesetz hätte höchstens symbolischen Wert. Eine stärkere Abschreckung ist nicht wirkungsvoll und passt auch nicht zum Jugendstrafrecht. Dort steht der erzieherische Aspekt im Vordergrund. Besser geeignet als ein Gesetz und härtere Bestrafung wären Aufklärungskampagnen in Schulen und Freizeiteinrichtungen um besser vorbeugen zu können. Dazu zählen die Ausbildung von Medien-Scouts in Schulen und mehr Information über die rechtlichen Folgen von Cybermobbing. Auf der anderen Seite braucht es eine bewusste Auseinandersetzung mit den Folgen für die Opfer, da die Täter ihre Reaktionen und Leiden nicht direkt erleben.

Nach: Simone Herrmann, Zwei Experten – zwei Meinungen: Braucht es ein Gesetz gegen Cyber-Mobbing?, www.srf.ch, 25.02.2020

AUFGABEN

1. Lest **M38** und ordnet eure in der Einstiegsaufgabe ausgetauschten Erfahrungen den genannten Formen von Cyberkriminalität zu.
2. Wertet **M39** aus, indem ihr Mobbing und Cybermobbing mit Hilfe der Operatoren-Karte auf Seite 37 vergleicht.
3. Analysiert die Grafik in **M40** (→ Methodenkarte auf S. 264).
   a) Führt im Anschluss zur gleichen Frage eine anonyme Erhebung (z. B. mit Hilfe der App „Mentimeter") in der Klasse durch.
   b) Formuliert Vermutungen, woraus ggf. Unterschiede resultieren.
4. Prüft für die Fälle in **M42** mit Hilfe von **M39** und **M41**,
   a) ob es sich um einen Fall von Cybermobbing handelt,
   b) welcher Gesetzesverstoß oder Straftatbestand ggf. vorliegt,
   c) welche (nicht nur rechtlichen) Folgen für Opfer und Täter entstehen können.
5. Lest **M43** und diskutiert, ob es ein eigenes Gesetz gegen Cybermobbing geben sollte. Bezieht euch dabei auch auf die Fälle in **M42**.
6. Bildet Kleingruppen und gestaltet einen Flyer, in dem ihr über Cybermobbing, die gesetzlichen Regelungen und Hinweise für Betroffene informiert.

H Aufgabe 2
Berücksichtigt dabei besonders die jeweiligen Folgen.

F Aufgabe 4
Ermittelt mit Hilfe der Informationen hinter dem QR-Code, ob in den Fällen (weitere) Urheberrechtsverletzungen vorliegen.

Tipp
Hinweise für Betroffene von Cybermobbing findet ihr hier:

Mediencode. 71077-37

Eine Konflikt- und Rechtsberatung für Jugendliche simulieren

Die Situation

Im Jugendzentrum gibt es eine neue Mitarbeiterin und einen neuen Mitarbeiter, die eine Konflikt- und Rechtsberatung anbieten. Beide sind sehr kompetent, sowohl in rechtlichen Fragen als auch bei der Lösung von Konflikten und persönlichen Problemlagen. Die Beratung kann entweder in einem persönlichen Gespräch oder (auf Wunsch auch anonym) über eine Chat-Funktion erfolgen. Aaron, Emma, Yanis und Tom möchten sich wegen folgender Problemsituationen beraten lassen:

1 **Aaron (15)** ist seit Beginn des Schuljahres Klassensprecher der 9c. Die Mehrheit der Klasse möchte, dass er sich in der Schülerratssitzung für eine gemeinsame Stufenfahrt einsetzt. Sein Freund Daniel bittet ihn, dagegen zu stimmen, weil er mit einigen Leuten aus der Parallelklasse immer Ärger hat. Jetzt hat er auch noch erfahren, dass sein Basketball-Team in der Fahrtenwoche ein wichtiges Turnier spielt und er aufgestellt wurde. Seine Freundin Sina ist sowieso schon sauer, weil er meistens nachmittags ‚verplant' ist. Er fühlt sich nur noch gestresst.

2 **Emma (14)** hat sich mit zwei Freundinnen nach der Tanz-AG zwischen 18 und 20 Uhr in einem Biergarten getroffen. Sie selbst hat eine Apfelschorle, ihre Freundinnen (beide 15) ein Bier getrunken. Um 20 Uhr kam ein junger Kellner an ihren Tisch und drohte, dass er sie alle anzeigen wolle, weil sie gegen das Jugendschutzgesetz verstoßen hätten. Sie ist sehr beunruhigt, was jetzt auf sie zukommt.

3 **Yanis (16)** hatte bisher viele Follower und ausschließlich positives Feedback auf seinem Instagram-Profil. Nachdem er ein kurzes Video mit einem selbst komponierten Song eingestellt hat, kommt seit zwei Wochen eine Flut gehässiger Kommentare. Auf seinen Tisch im Klassenraum hat jemand mit wasserfestem Filzstift „Gitarren-Schwuchtel" geschrieben. Yanis hat jeden Morgen heftige Magenschmerzen.

4 **Tom (15)** ist neu in der Stadt, hat aber schnell Freunde gefunden. Am letzten Wochenende haben sie nach dem Tischtennisspielen auf dem Schulhof der benachbarten Realschule ein paar Sprüche auf die Platte gesprüht. Nächstes Wochenende soll Tom ihnen „seine Freundschaft" beweisen und an seiner eigenen Schule zwei Sprüche an die Turnhallenwand sprühen. Sie meinen das sei „freie Meinungsäußerung" und ihm könne unter 16 sowieso nicht viel passieren.

Bearbeiterin

Aufgaben

1. Bildet Gruppen und übernehmt darin jeweils einen der Fälle. Bereitet euch auf eine Beratungssituation vor, indem ihr a) prüft, ob in dem Fall rechtliche Regelungen und/ oder Konfliktlösungsstrategien von Bedeutung sind und diese ggf. im Detail klärt und b) eine konkrete Lösungsstrategie für den Fall entwickelt.
2. Legt im Anschluss die Rollen der Ratsuchenden fest.
3. Führt die Beratungen in einem persönlichen Gespräch oder im Chat durch.
4. Holt euch im Anschluss an jede Beratung ein Feedback aus der Klasse:
War die Beratung sachlich korrekt? Ist die vorgeschlagene Lösung zielführend?

Junger Mann mit Einkaufswagen vor einem Kaufhaus in Duisburg

Online-Shop

Mann im Supermarkt in Bochum

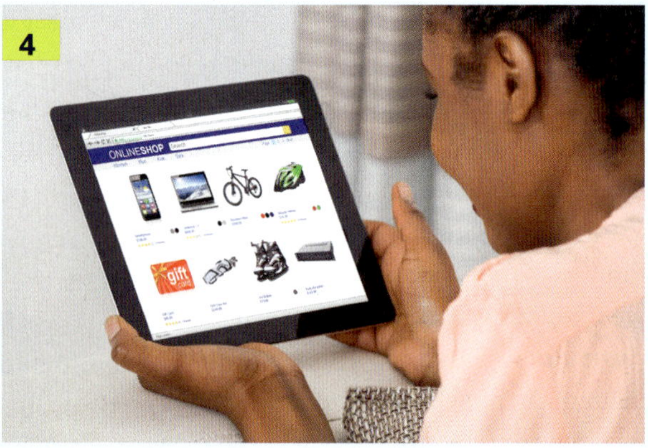

Eine Frau sucht im Online-Shop nach bestimmten Produkten.

Jugendliche als (digitale) Verbraucher: ausgetrickst und abgezockt oder mächtig und frei?

5

Inzwischen habt ihr sicher schon festgestellt, dass die Möglichkeiten für das Einkaufen im digitalen Zeitalter durch das Internet enorm gewachsen sind. Das Angebot ist riesig bis unübersichtlich. Dies birgt leider auch Gefahren und Risiken, weshalb es für Verbraucherinnen und Verbraucher (auch im Internet) Rechte gibt, die geltend gemacht werden können.
Wie Jugendliche in der wirklichen und virtuellen Wirtschaftswelt sicher einkaufen können und welche Vor- und Nachteile das virtuelle und das traditionelle Einkaufen jeweils mit sich bringen, sind die Themen dieses Kapitels.

Am Ende des Kapitels solltet ihr Folgendes können:

- eure Rechte und Pflichten beim Internet-Shopping aktiv wahrnehmen
- sogenannte Fake-Shops als solche erkennen
- die Aufgaben und Funktionen der Verbraucherzentralen kennen
- die Garantie und Gewährleistung als Verbraucherrechte wahrnehmen
- die verschiedenen Dimensionen des Begriffs der Nachhaltigkeit unterscheiden und anwenden
- beurteilen, ob das Kaufen in Läden dem Onlinekauf vorzuziehen ist
- die Rolle von Cookies, Filtern und Algorithmen für die Online-Werbung kennen und beurteilen

WAS WISST UND KÖNNT IHR SCHON?

1. Beschreibt den Unterschied zwischen den Bildern **1** + **2** und **3** + **4** auf der linken Seite.
2. Analysiert euer eigenes Einkaufsverhalten: Welche Möglichkeiten habt ihr in der letzten Zeit mehr genutzt? Wertet die Ergebnisse der ganzen Klasse zu dieser Frage aus.
3. Sollte es in Zukunft nur noch die Möglichkeit des Online-Shoppings geben? Bildet Vierergruppen und formuliert eine Antwort auf die Frage mit Hilfe der Placemat-Methode (→ Methodenglossar).

„FAQs“ für eine Online-Verbraucherberatung entwickeln MK

I. Worum geht es?

Auf fast allen Websites - egal ob von Online-Shops, Dienstleistungsanbietern oder dem Deutschen Bundestag - findet sich die Abkürzung FAQ bzw. FAQs.
Die Abkürzung steht für „Frequently Asked Questions“ (deutsch: „häufig gestellte Fragen“). Wie der Name nahelegt, sind dort solche Fragen einschließlich zugehöriger Antworten zusammengestellt, die erfahrungsgemäß viele Besucherinnen und Besucher bzw. Kundinnen und Kunden stellen möchten. Durch eine gut angelegte „FAQ“-Rubrik müssen sie nicht individuell beantwortet werden. Dadurch sparen die Anbieter Zeit und die Fragesteller haben sofort eine Antwort.
Angenommen, ihr seid beauftragt worden, für eine Online-Verbraucherberatung, die neben allgemeinen Fragen auch eine Beratung zu „nachhaltigem Konsum“ anbietet, FAQs zu entwickeln.

II. Geht dabei so vor:

1. Schritt: Vorbereitung

a) Bildet Paare oder Gruppen von ca. drei Personen.
b) Seht euch Beispiele für FAQ-Rubriken im Internet an, so dass ihr euch das Ergebnis vorstellen könnt.
c) Entscheidet in der Klasse, wie ihr eure FAQs als Entwürfe darstellen wollt: z. B. in Form von Plakaten, Folien oder digital als Padlet, Website o. ä.

2. Schritt: Themenbereiche festlegen und Informationen recherchieren

a) Verteilt die Unterkapitel (5.1,1, 5.1.2, 5.1.3, 5.2.1, 5.2.2, 5.2.3, 5.2.4, 5.3.1, 5.3.2) auf die Paare bzw. Gruppen.
b) Informiert euch zum Thema, indem ihr die angegebenen Materialien auswertet. Die zugehörigen Aufgaben können euch dabei helfen.
c) Ergänzt die Informationen bei Bedarf durch eigene Recherchen.

3. Schritt: FAQs formulieren und dokumentieren

a) Entwerft in den Gruppen ca. 3-4 Frage-Antwort-Kombinationen zu eurem Thema.
b) Dokumentiert eure Ergebnisse zunächst vorläufig und holt euch Feedback von mindestens einer weiteren Gruppe ein.
c) Veröffentlicht eure gesammelten FAQs in der Klasse und informiert euch so über die Themen, die ihr selbst nicht bearbeitet habt.

Bearbeiterin

5.1 Jugendliche Konsumenten auf (Internet)Märkten

5.1.1 Allgemeine Geschäftsbedingungen (AGB): Häkchen dran und fertig?

Zum Thema: Beim Shopping im Internet, beim Herunterladen von Apps oder anderen digitalen Produkten, schnell sind die Häkchen bestätigt und der Kauf kann abgewickelt werden. Aber was, wenn das Produkt dann doch nicht gefällt? In diesem Unterkapitel lernt ihr wichtige Regelungen dazu kennen.

M1 Emre und die neuen Schuhe

Emre hat gespart und sich zum Geburtstag Geld gewünscht. Er weiß nämlich genau, was er will: das neuste Modell einer bestimmten Schuh-Marke für 200 Euro. Er ist begeistert, als er aus der Schule kommt: Das Paket mit den neuen Schuhen ist da und das nur zwei Tage nach der Bestellung im Internet. Schnell reißt Emre die Kiste auf – und bekommt einen Schrecken.
So hatte er sich die Farbe nicht vorgestellt, die sah für ihn im Internet viel dunkler aus. In echt sind die Schuhe aber hellgrau und damit schnell anfällig für Schmutz und Grasflecken. Emre ist enttäuscht und frustriert. Sofort schreibt er seinem Freund Aaron, dem er beim letzten Treffen von den neuen Schuhen vorgeschwärmt hat:

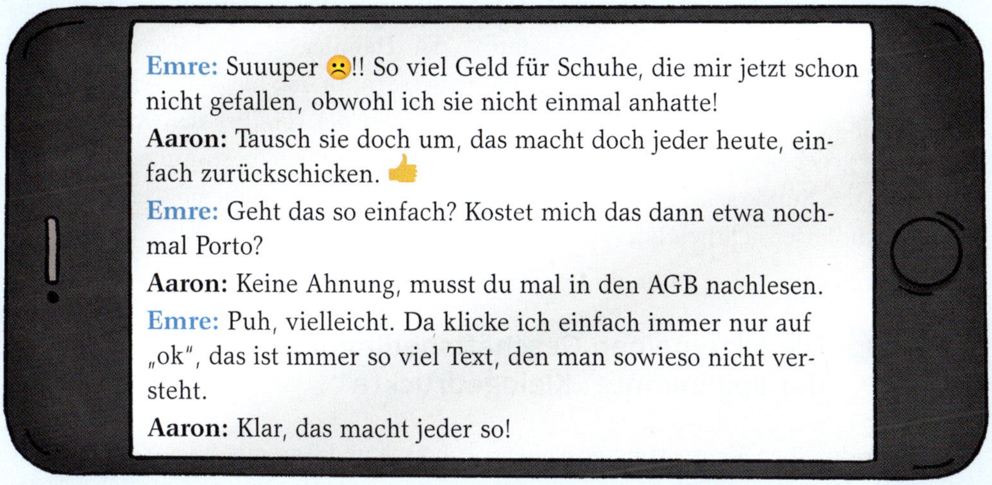

Bearbeiterin

EINSTIEGSAUFGABE

„Klar, das macht jeder so!" Stimmt das, was Aaron über den Umgang mit den AGB sagt? Holt ein Meinungsbild dazu in der Klasse ein und diskutiert das Ergebnis. Warum gehen viele so mit den AGB um?

M2 Rechte und Pflichten beim Einkauf

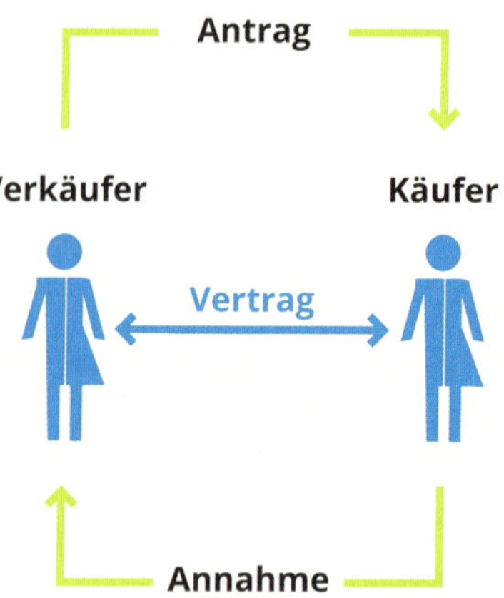

Sind sich Verkäufer und Käufer über die Sache, deren Eigenschaften und den Preis einig, so schließen sie einen Kaufvertrag. Der Verkäufer verpflichtet sich, dem Käufer die Sache ohne Mängel zu übergeben und der Käufer verpflichtet sich, dem Verkäufer den vereinbarten Kaufpreis zu zahlen und die gekaufte Sache abzunehmen. Der Kaufvertrag kommt zustande, wenn beide Seiten ihren Willen zum Kaufgeschäft eindeutig zum Ausdruck bringen. Das nennt man auch übereinstimmende Willenserklärungen: der eine bietet das Geschäft an (Antrag), der andere nimmt es an (Annahme). Willenserklärungen können mündlich oder schriftlich abgegeben werden. Auch durch „schlüssiges Handeln", bei dem der Vertragspartner erkennen kann, dass jemand einen Vertrag schließen möchte, werden Willenserklärungen abgegeben. Dies gilt zum Beispiel, wenn der Kunde sein Obst an die Kasse legt und offensichtlich bezahlen möchte. Käufer, die über den Versandhandel (auch im Internet) eingekauft haben, haben das Recht, von Ihrem Kauf zurückzutreten. Das nennt man **Widerrufsrecht**, d.h., wenn sie die Ware erhalten haben, können sie 14 Tage lang das bestellte Produkt zurückschicken und den Kaufvertrag widerrufen.
Beim Widerruf muss der Käufer keine Gründe angeben. Käufer dürfen das Produkt allerdings nicht benutzen, sondern es nur anschauen und prüfen. Bei Downloads und Streaming erlischt das Widerrufsrecht mit Beginn des Herunterladens. Auch muss der Kunde die Kosten für die Rücksendung tragen, sofern nichts anderes vereinbart wurde. Manche Online-Shops räumen aber immer noch freiwillig das Recht zur kostenlosen Rückgabe oder einem Umtausch ein. Beim Kauf im Laden haben Kunden kein 14-tägiges Rückgaberecht wie beim Versandhandel. Nur wenn die gekaufte Ware Mängel aufweist, ist der Händler verpflichtet, dies auszubessern. In den meisten Geschäften gewähren die Händler den Kunden aber innerhalb einer bestimmten Frist freiwillig eine Rückgabemöglichkeit.

Bearbeiterin

M3 Die allgemeinen Geschäftsbedingungen (AGB) – das sogenannte „Kleingedruckte"

Wenn du einen Kaufvertrag abschließt, dann akzeptierst du gleichzeitig die allgemeinen Geschäftsbedingungen (AGB) des Verkäufers, sofern die dort genannten Rechte und Pflichten im gesetzlichen Rahmen liegen. Dort erfährst du zum Beispiel etwas über mögliche Versandkosten, Zahlungsbedingungen, Umtausch und Garantie. Viele setzen online sofort ein Häkchen unter das „Kleingedruckte", wie die AGB auch genannt werden. Das ist riskant, denn genau hier steht, welche Rechte und Pflichten du beim Kauf eingehst.

Bearbeiterin

Tipp zum Umgang mit Kaufbelegen
Bewahre die Kaufbelege von teuren Einkäufen auf oder scanne sie ein. Benenne diese sauber mit Datum und Produktname und lege sie sinnvoll in einem PC-Ordner ab. Dann kannst du deine Rechte, etwa bei mangelhafter Ware, am besten einfordern.

M4 Auszug aus den AGB eines großen Online-Händlers

1 Zustandekommen des Vertrages: Die Darstellung der Produkte auf [der Homepage] stellt kein rechtlich bindendes Angebot, sondern einen unverbindlichen Online-Katalog dar. Durch Anklicken des Buttons „Jetzt zum genannten Preis bestellen" geben Sie eine verbindliche Bestellung der im Warenkorb enthaltenen Waren ab. [...] Der Kaufvertrag kommt erst durch ausdrückliche Erklärung oder den Versand der Ware zustande.

2 Widerrufsrecht: Sie haben das Recht, binnen vierzehn Tagen ohne Angabe von Gründen den Vertrag mit uns [...] zu widerrufen. Die Widerrufsfrist beträgt vierzehn Tage ab dem Tag an dem Sie oder ein von Ihnen benannter Dritter, der nicht der Beförderer ist, die letzte Ware in Besitz genommen haben bzw. hat. [...]
Wenn Sie den Vertrag widerrufen, werden Ihnen alle erhaltenen Zahlungen einschließlich der Lieferkosten [...], unverzüglich und spätestens binnen vierzehn Tagen ab dem Tag zurückgezahlt, an dem die Mitteilung über Ihren Widerruf des Vertrags eingegangen ist. [...] Sie tragen keine Kosten für die Rücksendung der Ware. Lieferungen sind grundsätzlich nur innerhalb Deutschlands möglich. Von uns verkaufte Artikel werden grundsätzlich durch Hermes angeliefert. Unsere Partner verwenden unter Umständen andere Transportunternehmen. Die Abgabe von Artikeln erfolgt nur in haushaltsüblichen Mengen.

3 Gültigkeit der Preise: Die auf [der Homepage] genannten Preise sind Euro-Preise (einschl. der gesetzlichen Mehrwertsteuer).

4 Zahlung: Sie können bei allen Verkäufern grundsätzlich per Vorkasse, Kreditkarte, Lastschrift, auf Rechnung oder per Ratenzahlung bezahlen. Für Käufe, bei denen ausschließlich wir [...] Verkäufer sind, können Sie zusätzlich per PayPal und paydirekt zahlen. Die Möglichkeit zum Skontoabzug besteht nicht. [...]

5 Eigentumsvorbehalt: Bis zur vollständigen Bezahlung bleibt die Ware Eigentum des jeweiligen Verkäufers.

6 Elektronische Kommunikation: Sie stimmen zu, dass die vertragsbezogene Kommunikation in elektronischer Form erfolgen kann.

Nach: © Otto GmbH & Co KG, Allgemeine Geschäftsbedingungen, www.otto.de, Abruf am 14.05.2020

AUFGABEN

1. Überprüft anhand von **M2**, welche Rechte und Pflichten Verbraucher haben und ob Emre seine Schuhe so problemlos umtauschen kann, wie Aaron behauptet.
2. Erklärt, was die Allgemeinen Geschäftsbedingungen (AGB) für Informationen enthalten (**M3**).
3. Analysiert den Auszug aus den AGB des Online-Händlers in **M4**.
   a) Arbeitet heraus, welcher Aspekt aus den AGB für Emres Problem relevant ist.
   b) Erklärt, was Emre tun müsste, um seine Schuhe zurückzugeben, wenn er seine Schuhe beim Online-Händler in **M4** bestellt hätte.
4. Sollte Emre seinen Umgang mit den AGB in Zukunft überdenken? Formuliert eine begründete Empfehlung.

F Aufgaben 1-4
Recherchiert bei einem Produkt, das ihr in letzter Zeit gekauft habt, was eigentlich in den AGB steht und ob die Kriterien, die in **M2** aufgeführt werden, auch eingehalten sind.

5.1.2 Umgang mit Fake-Shops im Internet: schutzlos ausgeliefert?

Zum Thema: Die meisten Jugendlichen haben Wünsche. Aber das eigene Geld reicht in der Regel nicht für alles. Da ist es schon verlockend, wenn es die langersehnten Dinge im Internet plötzlich zu einem Spottpreis gibt. Was passiert aber, wenn dann das böse Erwachen kommt und Betrüger am Werk waren? Wie Verbraucherinnen und Verbraucher sich davor schützen und Opfer darauf reagieren können, darum geht es in diesem Kapitel.

M5 Es geht noch günstiger – im Fake-Shop!

Emre sitzt am PC und macht Hausaufgaben, dabei schaut er ein paar unbekannte Wörter im Online-Lexikon nach. Im Augenwinkel sieht er plötzlich seine heißgeliebten Schuhe in der Werbung aufleuchten. Er schaut hin und staunt: Die Schuhe gibt es auch für 69 Euro, neu!!! Er klickt auf die Werbung von „Toller Shop" und wird zum Onlineshop weitergeleitet. Es sind tatsächlich genau seine Schuhe und dazu noch in anderen Farben.

Er ist begeistert! Inzwischen hat Emre sich schlau gemacht, man kann die Schuhe in der falschen Farbe einfach zurückschicken und bekommt das Geld zurück. Dann kann er sie in dem anderen Shop für den günstigen Preis neu bestellen und jede Menge Geld sparen. Aber er hat noch eine gute Idee. Er bestellt die Schuhe in drei Farben, dann kann er zuhause ganz in Ruhe auswählen.

„Klick" in den Warenkorb, Häkchen an die AGB, damit kennt er sich inzwischen ja aus. Und schon sind die Schuhe bestellt und unterwegs zu ihm ... Nur, sind sie wirklich unterwegs? Nach zwei Wochen sind immer noch keine Schuhe da. Nach drei Wochen auch nicht. Emre wird langsam misstrauisch. Was ist da los?

Genervt fragt Emre alle Familienmitglieder, ob sie vielleicht ein Paket entgegengenommen oder einen Abholzettel bei den Nachbarn übersehen haben. Nichts. Aber Karsten, Emres Stiefvater, wird hellhörig. „Du weißt doch Emre, da sind jede Menge unseriöser Anbieter im Netz unterwegs. Sollen wir uns die Sache mal zusammen anschauen?" Eigentlich ist Emre in letzter Zeit immer ziemlich genervt, wenn Karsten mit seinem Juristen-Gerede daherkommt. Aber jetzt ist er doch ganz dankbar für die Hilfe. Und tatsächlich, Karsten sollte recht behalten: Emre ist einem sogenannten Fake-Shop auf den Leim gegangen. Was nun?

Karsten hat wie immer eine schlaue Antwort: „Das ist ein klarer Fall für die Verbraucherberatung!" Emre verdreht die Augen ...

Aber innerlich ist er Karsten dankbar für seine Hilfe.

Bearbeiterin

EINSTIEGSAUFGABE

Tausche dich mit deiner Nachbarin bzw. mit deinem Nachbarn aus. Ist dir so etwas wie Emre auch schon einmal passiert? Hätte er merken müssen, dass das Angebot nicht seriös war?

M6 Was Opfer eines Fake-Shops tun können

- Wer schon Geld überwiesen hat, sollte umgehend seine Bank auffordern, die Zahlung rückgängig zu machen. Wenige Stunden nach einer Onlinebestellung ist dies meist noch möglich. Bei anderen Zahlungsarten wie dem Lastschriftverfahren kann die Zahlung noch bis zu acht Wochen nach Einzug rückgängig gemacht werden. Auch hierzu muss man sich an seine Bank wenden.
- Alle Belege für die Online-Bestellung sollten gesammelt und gesichert werden. Dazu gehören Kaufvertrag, Bestellbestätigung, E-Mails und ein Screenshot des Angebots.
- Rechtlich handelt es sich bei einer solchen Vorgehensweise um Betrug. Betroffene können die ausgedruckten Unterlagen von der nächstgelegenen Beratungsstelle ihrer Verbraucherzentrale prüfen lassen und Strafanzeige bei der Polizei stellen. Dies ist auch online möglich.

© Verbraucherzentrale, Abzocke online: Wie erkenne ich Fake-Shops im Internet?, www.verbraucherzentrale.de, 01.04.2020

M7 Woran lässt sich ein Fake-Shop erkennen?

1 **Kundenbewertungen:** Generell macht es beim Online-Shopping Sinn, sich als Kunde nicht nur auf Bewertungen innerhalb eines Shops zu verlassen. Sollten sich aber die Lobeshymnen häufen, kann dies ein zusätzliches Indiz für einen Fake-Shop sein – vor allem, wenn anderweitige Bewertungen stark davon abweichen und vermehrt auf betrügerische Machenschaften hinweisen.

2 **(Un)Sichere Zahlungsweise:** Oft werden Kunden bis zum letzten Bestellschritt mehrere Zahlungsweisen angeboten. Doch bei der eigentlichen Bestellung wird dann nur noch Vorkasse, z. B. in Form einer Überweisung, verlangt. Es sollte aber umgekehrt sein: erst die Ware, dann das Geld. Ohne kundenfreundliche Zahlungsweise sollten Sie besser nichts bestellen.

3 **Auffällige Internetadresse:** Wenn eine eigentlich bekannte Adresse Ungereimtheiten aufweist, kann dies ein Warnzeichen sein. Dies wäre etwa eine Erweiterung der Adresse um weitere Domainendungen, wo eigentlich nur ein „.de" stehen müsste – wie beispielsweise .de.com. Dies lässt sich natürlich nur erkennen, wenn man die korrekte Adresse kennt. Auch wenn die Adresse überhaupt nicht zum Inhalt der Seite passt, sollte man skeptisch sein – also, wenn z. B. bei einer URL zum Thema Pflanzen plötzlich Schuhe angeboten werden.

4 **Auffallend günstiger Preis:** Nicht jeder besonders günstige Shop ist ein Fake-Shop, und nicht jeder Fake-Shop muss zwingend extrem billig sein. Doch wenn sich in einem Shop auffallend niedrige Angebote häufen, sollte man zumindest genauer hinsehen, denn nicht wenige Abzocker arbeiten mit dieser Lockmethode.

5 **Falsche Gütesiegel:** Fake-Shops schmücken sich gerne mit erfundenen Gütesiegeln, die aber keinerlei wirkliche Aussagekraft haben. Oder sie nutzen echte Gütesiegel wie etwa „Trusted Shops", ohne dieses Zertifikat zu besitzen. Durch einen Klick auf das Siegel kann man prüfen, ob das Siegel mit einem Zertifikat des Siegel-Betreibers verlinkt ist. Denn ohne entsprechenden Link dürfte es sich um eine Fälschung handeln.

6 **AGB:** Fake-Shops können frei erfundene oder von anderen Seiten kopierte AGB (das steht für Allgemeine Geschäftsbedingungen) aufweisen. Leicht zu erkennen ist das aber nicht immer. Ein deutliches Erkennungszeichen für Fake-AGB ist es, wenn sie in schlechtem Deutsch aus einem Übersetzungsprogramm daher kommen. Ist das der Fall oder fehlen die AGB sogar ganz, sollte man lieber nichts bestellen.

7 **Impressum:** Ein nicht vorhandenes Impressum ist immer ein No-Go! Doch so leicht machen es einem längst nicht alle Fake-Shops. Wenn ein Impressum zu finden ist, muss es u.a. die Adresse, einen Vertretungsberechtigten und eine E-Mail-Adresse enthalten. Außerdem einen Verweis auf das Handelsregister* mit entsprechender Nummer. Letzteres kann im Zweifel genauer überprüft werden.

© Verbraucherzentrale, Abzocke online: Wie erkenne ich Fake-Shops im Internet?, www.verbraucherzentrale.de, 01.04.2020

** Als Handelsregister bezeichnet man ein öffentliches Verzeichnis, das im Rahmen des Registerrechts Eintragungen über die angemeldeten Kaufleute in einem bestimmten geografischen Raum führt.*

M8 Hilfe und Informationen bei den Verbraucherzentralen

Die Verbraucherzentralen sind unabhängige Einrichtungen. Sie haben das Ziel, die Interessen von Bürgerinnen und Bürgern als Verbraucherinnen und Verbraucher zu vertreten. Sie nehmen u.a. Einfluss auf die Politik, z.B., wenn ein neues Gesetz entsteht, dann vertreten sie das Recht der Verbraucherinnen und Verbraucher und beraten die Gesetzgeber.

Verbraucherzentralen setzen die Interessen der Verbraucher auch gegenüber Unternehmen durch und verklagen diese z.B. auch, wenn sie Verbraucherrechte durchsetzen wollen. In allen 16 Bundesländern gibt es Verbraucherzentralen mit Beratungsstellen, in denen sich Bürgerinnen und Bürger bei Problemen beraten lassen können. Ebenso gibt es ein breites Angebot im Internet.

Finanziert werden die Verbraucherzentralen größtenteils aus staatlichen Fördermitteln, einige Angebote müssen auch von den Ratsuchenden bezahlt werden.

Bearbeiterin

M9 Fallbeispiel Fake-Shop

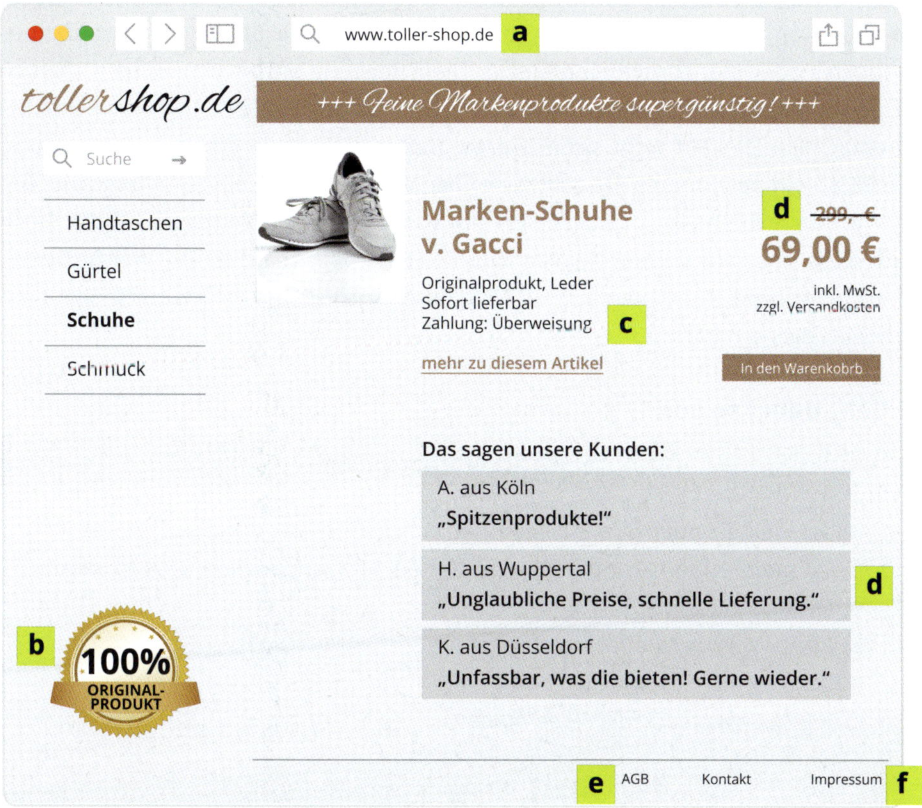

Bearbeiterin

AUFGABEN

1. Erstellt ein Cluster zu den Handlungsmöglichkeiten, wenn man Opfer eines Fake-Shops geworden ist (**M6**).
2. Arbeitet aus **M7** heraus, woran man einen Fake-Shop erkennen kann.
3. Informiert euch mit Hilfe von **M8** und der nachfolgenden Methodenkarte über die Aufgaben und Möglichkeiten der Verbraucherzentralen und anderen Hilfsangeboten im Internet.
4. a) Bestimmt mit Hilfe von **M7**, woran sich erkennen lässt, ob es sich beim Fallbeispiel in **M9** um einen Fake-Shop handelt.
   b) Ordnet dazu die einzelnen Buchstaben in **M9** den Nummern in **M7** zu und erläutere die einzelnen Aspekte.
5. In der Einstiegsaufgabe zu **M5** hat Karsten Hansen von der Verbraucherzentrale gesprochen. Da er selbst sich auch nicht ganz so gut mit dem Thema Fake-Shops auskennt, beschließt er, mit Emre dort einen Beratungstermin zu machen. Führt dieses Gespräch in verteilten Rollen.

F Aufgabe 5
Berücksichtigt bei der Beraterrolle, dass von den sieben Punkten in **M7** mindestens vier Punkte im Gespräch genannt werden.

Verbraucherzentralen & Co.: Online-Hilfsangebote analysieren

I. Worum geht es?

Im Alltag kommt es immer wieder vor, dass ihr entweder bei einem Einkauf eines Produktes oder Inanspruchnahme einer Dienstleistung offene Fragen habt. Den allermeisten Menschen ist es schon einmal passiert, dass sie sich z. B. ihrer Rechte bei einem (Online)Einkauf nicht sicher waren. Daher recherchieren viele vorher im Internet, ob ein bestimmtes Produkt, eine Dienstleistung oder ein zu unterschreibender Vertrag rechtens ist. Diesbezüglich gibt es im Internet viele Hilfsangebote. Doch auch diese sind sehr unterschiedlich: Welche Homepages sind seriös? Welche helfen wirklich und sind zu empfehlen? Mit Hilfe einer Analyse von Online-Hilfsangeboten könnt ihr dies ermitteln.

II. Geht dabei so vor:

1. Schritt: Vorbereitung

1. Bildet Kleingruppen von 3-4 Personen.
2. Einigt euch in der Gruppe auf eine der nachfolgenden Homepages, die ihr untersuchen wollt:
   a) *https://www.verbraucherzentrale.nrw/*
   b) *https://www.marktwaechter.de/*
   c) *https://www.checked4you.de/home*

2. Schritt: Analyse der Hilfsangebote

1. Analysiert „eure" Homepage mit Hilfe nachfolgender Fragen.
   a) Wer steckt hinter dieser Seite? (Wer erstellt sie, wer ist verantwortlich?)
   b) Welche Beratungsmöglichkeiten werden angeboten?
   c) Um welche Themen geht es inhaltlich?
   d) Welche Arten von Beratung kann man in Anspruch nehmen?
   e) Sucht zwei Themen oder Beispiele heraus, zu denen sich auf der Seite geäußert wird, die euch besonders interessieren und informiert euch darüber.

3. Schritt: Vorstellung der Ergebnisse

1. Warum würdet ihr die von euch untersuchte Homepage euren Freundinnen und Freunden (nicht) empfehlen?
2. Stellt eure Ergebnisse in Form eines Referates (→ Methodenglossar) in der Klasse vor.

Bearbeiterin

5.1.3 Gewährleistung und Garantie – ist der Kunde immer König?

Zum Thema: „Der Kunde ist König!“, heißt es in einem Sprichwort. Dennoch erhalten Kunden manchmal defekte Waren oder Dinge gehen schneller kaputt als sie es erwartet hätten. Welche Rechte Kunden dann haben und ob sie wirklich „König“ sind, darum geht es in diesem Kapitel.

M10 Der Schuhkauf mit Pech und Pannen ...

Emre bestellt die gewünschten Schuhe nun doch zu einem angemessenen Preis im ersten, seriösen Shop. Die Schuhe kommen zügig, sie passen und die Farbe gefällt ihm. Er trägt die Schuhe in der Freizeit und in der Schule. Insgesamt ist Emre sehr zufrieden mit seinem Einkauf. Nach zwei Monaten ändert sich seine Zufriedenheit, an der Seite eines Schuhs löst sich auf einmal eine Naht auf. Emre ist verzweifelt: „Das kann doch nicht wahr sein! So viel Geld für Schuhe, die dann kaum halten!?“

Bearbeiterin

EINSTIEGSAUFGABE

Urteilt spontan: Hat Emre noch das Recht, die Schuhe wieder zurückzugeben? Schließlich hat er sie schon zwei Monate getragen!

M11 Gewährleistung und Garantie

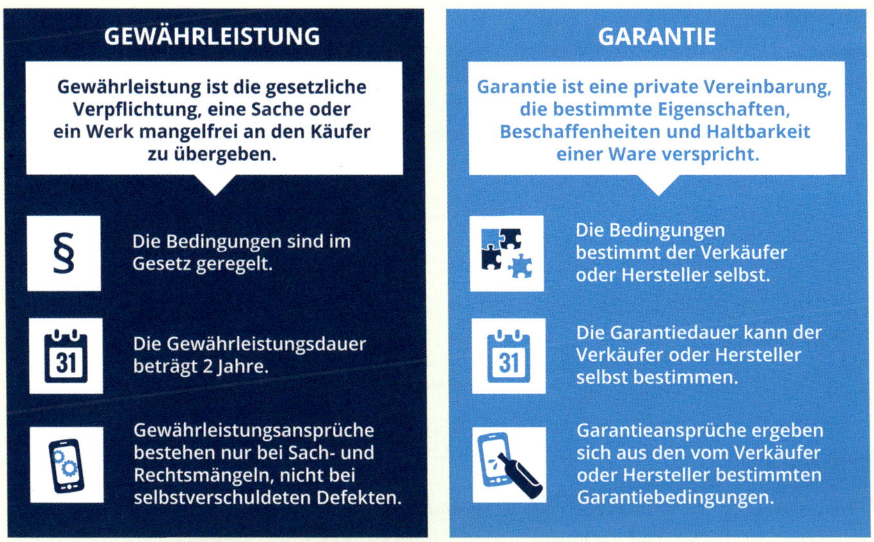

© 2020 Bundesministerium der Justiz und für Verbraucherschutz, Verbraucherschutz: Garantie und Gewährleistung, www.bmjv.de, Abruf am 15.05.2020

Erklärfilm über Garantie und Gewährleistung

Mediencode: 71077-38

M12 Fallbeispiel: Gewährleistung und Garantie bei einem Online-Händler

1 Gewährleistung

Bei allen Artikeln gilt selbstverständlich die **gesetzliche Gewährleistungsfrist** von zwei Jahren ab Erhalt der Ware. Für alle während der gesetzlichen Gewährleistungsfrist auftretenden Mängel an den Artikeln gelten die gesetzlichen Ansprüche auf Nacherfüllung, d.h. auf Mangelbeseitigung/Neulieferung, sowie – bei Vorliegen der gesetzlichen Voraussetzungen – die weitergehenden Ansprüche auf Minderung oder Rücktritt sowie daneben auf Schadensersatz, einschließlich des Ersatzes des Schadens statt der Erfüllung sowie des Ersatzes deiner vergeblichen Aufwendungen. Sollte im Rahmen der gesetzlichen Gewährleistung eine **Reparatur** erforderlich sein, beachte bitte, dass wir diese **nicht selbst durchführen**. Gemeldete Reklamation müssen wir daher erst an den jeweiligen Hersteller weiterleiten. Wir empfehlen daher bei einer **Reklamation innerhalb der gesetzlichen Gewährleistungsfrist** für die direkte und schnelle Abwicklung **den in deinen Artikelunterlagen genannten Kundendienst des Herstellers** zu kontaktieren.

2 Garantie

Neben der gesetzlichen Gewährleistung bietet dir [...] der Hersteller für viele Artikel gegen Aufpreis eine zusätzliche Garantie. Für welche Artikel das gilt, erfährst du direkt bei den jeweiligen Artikeln. **Die zusätzliche Garantie schränkt die gesetzliche Gewährleistung nicht ein**. Bewahre bitte deine Garantieunterlagen sorgfältig auf. **Unsere Langzeitgarantie umfasst die folgenden Leistungen**:

- Großgeräte werden nach Möglichkeit an Ort und Stelle instandgesetzt.
- Kleingeräte werden meistens in der zuständigen Werkstatt repariert. Über die Art der Abwicklung, wie z. B. Abholung, Zusendung oder Abgabe, informieren wir dich bei der Anmeldung deiner Langzeitgarantie-Reparatur.
- Die Langzeitgarantie bezieht sich auf Herstellungs- und Materialfehler des gelieferten Produkts.

Nach: © Otto GmbH & Co KG, Garantie & Reparatur, www.otto.de, Abruf am 15.05.2020

F Aufgaben 1-5
„Wie fit bist du im Online-Shopping? Löst dazu ein Quiz.

Mediencode: 71077-39

AUFGABEN

1. Vergleicht Gewährleistung und Garantie in **M11** miteinander und erklärt die Unterschiede.
2. Analysiert, welche Ansprüche Emre in **M10** für sich geltend machen kann.
3. Beurteilt, ob Emre nun seine Schuhe zum Schuster bringen muss, oder ob er noch Ansprüche gegenüber dem Händler und dem Hersteller geltend machen kann.
4. Analysiert die Regelungen zu Gewährleistung und Garantie in **M12** und entscheidet, welche Rechte Emre in Anspruch nehmen könnte, wenn er seine Schuhe bei dem Händler bestellt hätte.
5. Es gibt eine alte Redewendung: „Der Kunde ist König." Diskutiert unter Berücksichtigung eurer Erkenntnisse aus **M11**, **M12**, ob dieser Spruch heute in Zeiten des Online-Shoppings noch Gültigkeit hat.

5.2 Ökologische, soziale und ökonomische Aspekte bei Internetkäufen

5.2.1 Alles aus dem Internet! Inwiefern ist nachhaltiges Online-Shopping möglich?

Zum Thema: Digitalisierung und Klimawandel: Das scheinen die großen Themen unserer Tage zu sein. Dass die Digitalisierung unabdingbar ist, haben wir in der Corona-Krise an vielen Stellen erleben können, auch, dass in Deutschland noch vieles in diesem Bereich in den Kinderschuhen steckt. Und gleichzeitig gilt es, die Menschheitsaufgabe, den Klimawandel, zu bewältigen. Sind beide Bereiche gleichzeitig zu fördern oder stehen sie im Konflikt miteinander? Dieser Frage geht dieses Kapitel am Beispiel des Online-Shoppings nach.

M13 Wie entwickelt sich das Online-Shopping?

Immer mehr Menschen scheinen aus den verschiedensten Gründen online einzukaufen. Gleichzeitig werden Stimmen laut, die Online-Käufe aus Gründen der Nachhaltigkeit ablehnen. Folgende Grafik klärt auf, wie sich das Online-Shopping entwickelt.

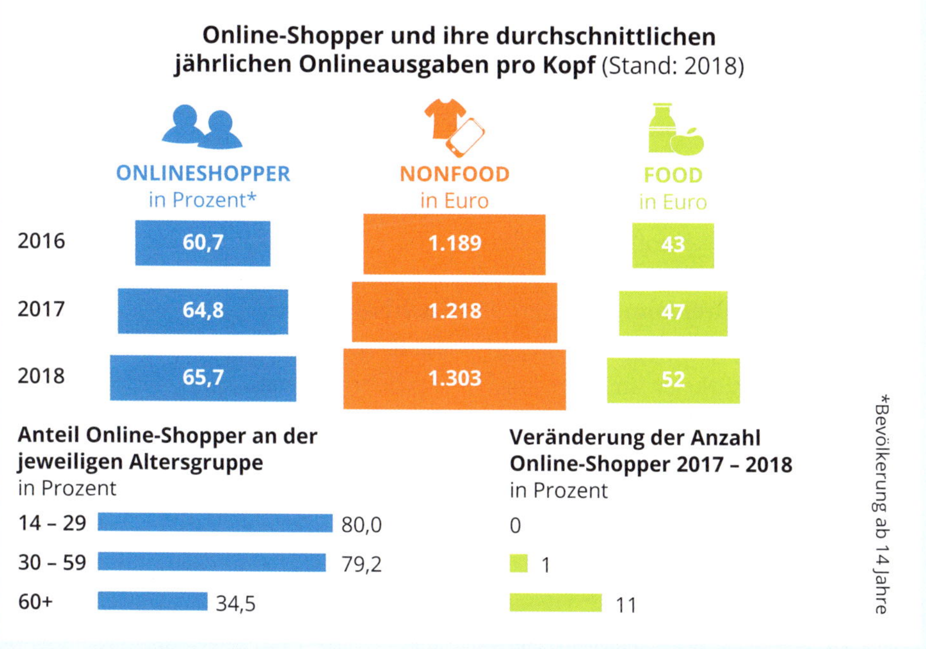

© *HDE-Online-Monitor, 2019*

EINSTIEGSAUFGABE

Analysiert **M13** und formuliert mögliche Folgewirkungen der dargestellten Entwicklung beim Online-Shopping.

Erklärfilm über Nachhaltigkeit

Mediencode: 71077-40

M14 Nachhaltigkeit – ein Begriff mit drei Dimensionen

a) Woher stammt der Begriff „Nachhaltigkeit“ und was bedeutet er heute?

Der Begriff „Nachhaltigkeit“ stammt ursprünglich aus der Forstwirtschaft des 17. Jahrhunderts. Danach soll nicht mehr geerntet werden, als in der Natur nachwachsen kann. So sind beispielsweise ganze Regionen am Mittelmeer ohne Wald, da in den letzten 2000 Jahren dessen Holz zum intensiven Schiffsbau und zum Heizen völlig verbraucht wurde. Die ungeschützten Böden sind in der Folge des Abholzens vom Regen weggeschwemmt worden, sodass heute vielerorts Felslandschaften übriggeblieben sind. Das Konzept der Nachhaltigkeit erfordert also eine Rücksichtnahme auf nachkommende Generationen. Auch sie benötigen die Rohstoffe und Bodenschätze wie zum Beispiel Holz, Wasser, Erdöl, Kohle, ...

Nachhaltigkeitsdreieck

Darüber hinaus muss dafür gesorgt werden, dass die Umwelt nicht durch Fabrikabgase, Schmutzwasser oder Gifte geschädigt wird.

Zudem erfordert der Nachhaltigkeitsbegriff, dass sich die Wirtschaft und die Gesellschaft „nachhaltig“ entwickeln können. Immer mehr Politikerinnen und Politiker, Wissenschaftlerinnen und Wissenschaftler aus der ganzen Welt halten die Idee der Nachhaltigkeit für so dringlich, dass sie auf unterschiedlichsten Wegen versuchen, die Lebensgrundlage für die derzeitigen und zukünftigen Bewohnerinnen und Bewohner des Planeten zu erhalten. Aber nicht nur die Politikerinnen und Politiker, sondern jeder Mensch ist aufgefordert, seinen Beitrag zu leisten.

Bearbeiterin, basierend auf: Gerd Schneider, Christiane Toyka-Seid, Nachhaltigkeit, www.hanisauland.de, Abruf am 15.05.2020

b) Was sind die drei Dimensionen der Nachhaltigkeit?

Ökologische Nachhaltigkeit: Sie orientiert sich am stärksten am ursprünglichen Gedanken, keinen Raubbau an der Natur zu betreiben. Ökologisch nachhaltig wäre eine Lebensweise, die die natürlichen Lebensgrundlagen nur in dem Maße beansprucht, wie diese sich regenerieren.

Ökonomische Nachhaltigkeit: Eine Gesellschaft sollte wirtschaftlich nicht über ihre Verhältnisse leben, da dies zwangsläufig zu Einbußen der nachkommenden Generationen führen würde. Allgemein gilt eine Wirtschaftsweise dann als nachhaltig, wenn sie dauerhaft betrieben werden kann.

Soziale Nachhaltigkeit: Ein Staat oder eine Gesellschaft sollte so organisiert sein, dass sich die sozialen Spannungen in Grenzen halten und Konflikte nicht eskalieren, sondern auf friedlichem und zivilem Wege ausgetragen werden können.

© 2020 The Sustainable People, Das drei Säulen Modell der Nachhaltigkeit, www.thesustainablepeople.com, Abruf am 16.05.2020

M15 Tipps für nachhaltiges Online-Shopping

Eine aktuelle Bitkom-Studie hat ergeben, dass 80 Prozent der unter dreißigjährigen Deutschen inzwischen online einkaufen. Aber wie nachhaltig und fair ist der stark wachsende Onlinehandel? Anlässlich des Tags des „Fairen Handels" am 11. Mai hat der Einkaufsratgeber des Rates für Nachhaltige Entwicklung Tipps für einen möglichst nachhaltigen Einkauf bei Onlineshops zusammengestellt.

1 Nachhaltige Onlineshops wählen: Die Mehrzahl der Produkte auf solchen Plattformen trägt anerkannte Siegel und Produktkennzeichen wie das sozial nachhaltige Fairtrade-Siegel oder das Umweltlabel Blauer Engel. Der Versand sollte klimaneutral sein, die Verpackung möglichst umweltfreundlich und platzsparend. Auch die Firma hinter dem Onlineshop sollte sich für nachhaltige Projekte engagieren.

2 Viele Einzelbestellungen vermeiden: Wer mehrere Kleider online ordern will, nutzt eine Sammelbestellung. Viele Einzelbestellungen machen besonders viel Müll.

3 Keine Expresslieferungen: Kurze Lieferfristen und Wunschuhrzeiten führen durch immensen Druck und Stress zu schlechten Arbeitsbedingungen für die Zustellenden.

4 Für die Paketannahme zu Hause sein: Mehrfache Zustellversuche verursachen zusätzlich CO_2 und belasten die Paketzusteller. Wer nicht da ist, bittet die Nachbarn einzuspringen und informiert die Lieferfirma. Oder lässt gleich an einen Paketshop liefern.

5 Retouren vermeiden: Bestellt werden sollte nur, was wirklich gebraucht wird. Erfüllt der Fernseher alle gewünschten technischen Anforderungen? Könnte einem das gewählte Kleidungsstück passen? Käuferbewertungen sind ebenso hilfreich wie das Vermessen eigener Kleidung, der Figur sowie Händlerangaben zu Produktmaßen. Bei größeren Anschaffungen geben Testergebnisse Orientierung, zum Beispiel von Ökotest oder der Stiftung Warentest. Viele Onlineshops mit stationären Geschäften zeigen zudem per Klick, ob es ein Produkt auch vor Ort zu kaufen gibt.

AUFGABEN

1. a) Arbeitet zu dritt aus **M14a** die zentralen Merkmale des Begriffs „Nachhaltigkeit" heraus.
   b) Teilt euch die drei Dimensionen der Nachhaltigkeit aus **M14b** auf und erklärt sie euch gegenseitig mit eigenen Worten.
2. Untersucht die in **M15** genannten Tipps daraufhin, ob sie realisierbar und tatsächlich nachhaltig sind.
3. Beurteilt, inwiefern nachhaltiges Online-Shopping möglich ist, indem ihr eine Ampelabfrage (→ Methodenglossar) durchführt.

H Aufgabe 2
Schaut euch den Erklärfilm zu **M14** über Nachhaltigkeit an.

F Aufgabe 3
Nennt weitere Tipps zum nachhaltigen Online-Shopping.

METHODE

„Online-Shopping" mit Hilfe eines Gruppenpuzzles auf Nachhaltigkeit analysieren

I. Worum geht es?

Das Thema „Nachhaltigkeit" ist das Thema der Zukunft, auch bzw. insbesondere wenn es um „neue" Konsumgewohnheiten im Internet geht. Die Frage, ob „Online-Shopping" nachhaltig ist, wird dabei im Zuge der zunehmenden Onlinekäufe immer wichtiger.

Mit Hilfe eines Gruppenpuzzles lassen sich die im vorangegangen Kapitel vorgestellten Dimensionen von Nachhaltigkeit „Ökologie", „Ökonomie" und „Soziales" beim „Online-Shopping" an Fallbeispielen analysieren.

II. Geht dabei so vor:

1. Schritt: Vorbereitung in Stammgruppen

Stammgruppen

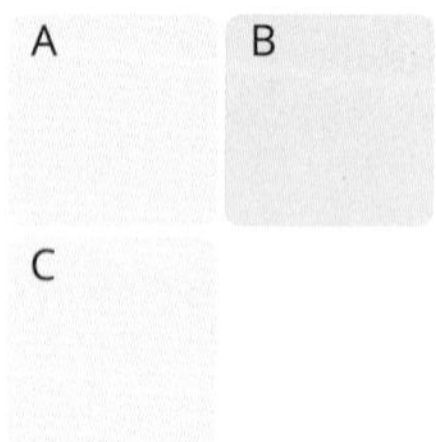

In den Kapiteln 5.2.2 – 5.2.4 werden die drei Dimensionen von Nachhaltigkeit „Ökologie, Soziales und Ökonomie" jeweils an Fällen behandelt.

1. Bildet jeweils Stammgruppen von drei Personen.
2. Teilt in eurer Stammgruppe die drei Unterkapitel 5.2.2, 5.2.3 und 5.2.4 unter euch auf.
3. Jedes Gruppenmitglied wird nun zum „Experten" eines Unterkapitels.

2. Schritt: Arbeit in Expertengruppen

Expertengruppen

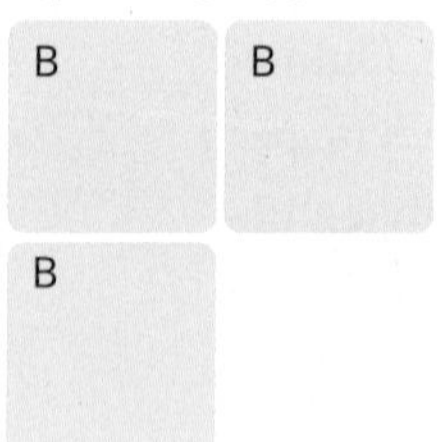

1. Trefft eich nun mit den anderen „Experten", die ebenfalls euer Unterkapitel bearbeitet haben.
2. Besprecht in euren „Expertengruppen" eure Aufgabenergebnisse.
3. Löst zusammen ausstehende Fragen und formuliert ein Ergebnis, mit dem alle einverstanden sind.

3. Schritt: Rückkehr in die Stammgruppen

Stammgruppen

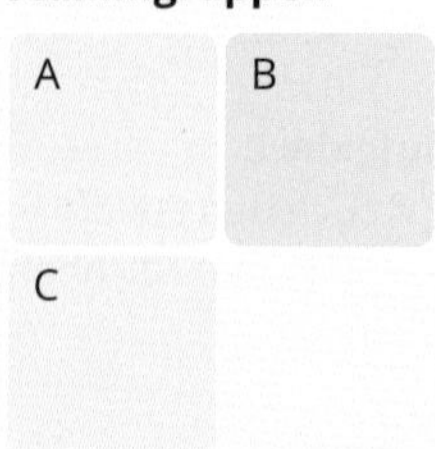

Kehrt in eure Stammgruppen zurück

1. Präsentiert euch gegenseitig die Arbeitsergebnisse aus den Expertengruppen.
2. Hört den jeweils anderen Experten zu und stellt Verständnisfragen.
3. Welche Ergebnisse sind vergleichbar bzw. unterschiedlich?
4. Formuliert ein Stammgruppenergebnis zur Frage: Sollten wir aus Gründen der Nachhaltigkeit auf Online-Shopping verzichten? Stellt euer Ergebnis abschließend in der Klasse vor.

Bearbeiterin

5.2.2 Die ökologische Dimension: Sollten wir aus ökologischen Gründen auf Online-Shopping verzichten?

Zum Thema: Berge an Verpackungen, Zustellfahrzeuge überall ... Einkäufe im Internet gelten als wenig nachhaltig. Inwiefern das tatsächlich zutrifft, könnt ihr mit Hilfe dieses Kapitels beurteilen.

M16 Internetbestellungen karikiert

Karikatur: © Cloud-science.de, 2020

EINSTIEGSAUFGABEN

1. Analysiert die Karikatur unter Berücksichtigung der Kapitelüberschrift.
2. Tauscht euch darüber aus, ob ihr schon einmal Ähnliches erlebt habt.
3. Beurteilt spontan die Aussage: „Internetkäufe sind eine ökologische Katastrophe!"

M17 Kann „Online-Shopping" ökologischer als der Einkauf vor Ort sein?

„Wenn man Schuhe im Internet bestellt, verbraucht das weniger CO_2, als wenn man sie in der Stadt mit dem Fahrrad einkauft", beschreibt Thomas Bergmann vom Öko-Institut. Der Grund: Kaufhäuser und Geschäfte verbrauchen Unmengen an Energie, die beim Onlinehandel wegfallen. […]

„Diese Rechnung klingt plausibel", bestätigt Ulrich Gromke vom Umweltbundesamt. Sie könne allerdings nicht pauschalisiert werden. „Würde man die CO_2-Bilanz von Fernsehern oder USB-Sticks ausrechnen, sähe das Ergebnis ganz anders aus. Elektronikgeschäfte haben beispielsweise einen höheren Energieverbrauch als Brillenläden. Und Fernseher brauchen mehr Platz im Transporter als Kleidungsstücke", erklärt Gromke. Wie viel CO_2 ein Einkauf im Laden oder per Lieferung kostet, hängt also immer vom Produkt ab, das man kauft. Und wie oft man es zurückschickt.

Doch die CO_2-Bilanz ist natürlich nicht alles. Knapp 1,5 Millionen Tonnen Verpackungsmaterial wurden allein im Jahr 2015 durch Paketsendungen verbraucht, zeigt eine Untersuchung der Gesellschaft für Verpackungsmarktforschung mbH (GVM). Allerdings könne man hier nicht von Müllmengen sprechen, sagt Kurt Schüler, Geschäftsführer der GVM: „Müll ist laut Definition nur das, was am Ende nicht mehr zu gebrauchen ist. Die Paketverpackungen werden jedoch fast vollständig wiederverwertet." Trotzdem: Ohne Versandhandel könnte man sich tonnenweise Kartons sparen – und damit auch Rohstoffe und Energie, die bei der Herstellung und beim Recycling verbraucht werden. „Jede Verpackung, die ich nicht herstellen muss, schont die Umwelt", sagt Gromke vom Umweltbundesamt. […]

Was die reine Klimafreundlichkeit angeht kann Onlineshopping in vielen Fällen tatsächlich besser sein als ein Shoppingtrip in die Stadt. Je nach Produkt ist die Klimabilanz aber unterschiedlich, weil viele Faktoren wie Paketgröße, Lieferweg oder Energieverbrauch im Geschäft in die Rechnung einfließen.

Wer umweltfreundlich einkaufen möchte, sollte bewusster werden. Im Modebereich werden mehr als die Hälfte der Pakete zurückgeschickt, je nach Händler. „Im Endeffekt geht es um das Einkaufsverhalten. Je weniger ich kaufe, beziehungsweise bestelle, desto besser ist es für die Umwelt", sagt Gromke.

© Quarks 2020, Klimabilanz im Versandhandel: Wie klimafreundlich ist Online-Shopping?, www.quarks.de, 13.12.2018

M18 Wie groß ist der CO_2-Ausstoß beim Online-Shopping im Vergleich zum Einkaufen beim lokalen Händler?

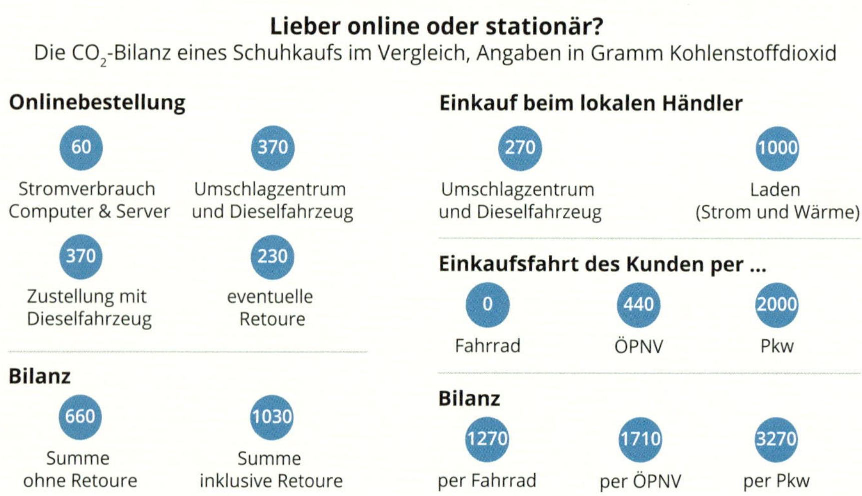

© SZ-Grafik, Quelle: Öko-Institut, 04.05.2019

M19 Debatte um die Nachhaltigkeit von Retouren im wachsenden Online-Handel

1 Retouren im Internethandel werden meistens vernichtet

Laut Greenpeace-Recherchen wird jeder zweite im Netz bestellte Modeartikel zurückgesandt, bei Schuhen sind es sogar bis zu 80 Prozent. Was die Verbraucher nicht wissen oder lieber verdrängen: Rund 30 Prozent der per Klick georderten und zurückgeschickten Waren werden nicht wieder zum Verkauf angeboten. Laut einer Studie des Kölner EHI Retail Institutes gaben 55 Prozent der befragten Onlinehändler an, zurückgeschickte Ware, die sie nicht wieder verkaufen können, zu entsorgen.

Dass Onlinehändler auf Bergen von Produkten sitzen bleiben, ist eigentlich nicht neu. Was damit häufig geschieht, war aber bislang ein gut gehütetes Geheimnis der Branche, nun bringt es die TV-Dokumentation ans Licht. Erstmals haben Mitarbeiter von Amazon ausgepackt: „Ich vernichte jeden Tag neuwertige Waren im Wert von 23.000 Euro", sagt eine Frau offen in die Fernsehkamera. Im hauseigenen Schredder landen Ladenhüter, erklärt sie, nicht verkaufte Saisonware, Produkte mit kleinen Schönheitsfehlern.

© Greenpeace e. V., Konsum. Rücksendungen vernichten ist billiger, www.gpn.greenpeace.de, Abruf am 16.05.2020

2 Reaktionen aus der Politik: Sollte die Vernichtung von Retouren verboten werden?

Online-Versandhändlern wie Amazon, Otto und Co. sollte nach Ansicht der Grünen verboten werden, von Kunden zurückgeschickte neuwertige Waren zu vernichten. „Wir erleben eine Perversion der Wegwerfgesellschaft", sagte Fraktionschefin Katrin Göring-Eckardt den Zeitungen der Funke-Mediengruppe.

Hier sei der Staat gefordert. Bei den Retouren handele es sich oftmals um neuwertige Produkte, die voll funktionsfähig seien und höchstens einen Kratzer hätten. „Viele von ihnen werden nach der Rücksendung komplett vernichtet", kritisierte Göring-Eckardt. [...]

FDP-Fraktionsvize Michael Theurer warnte im „Handelsblatt" ebenfalls davor, „gleich die Verbotskeule zu schwingen". Das diene weniger dem Umweltschutz, sondern führe vor allem zu mehr Bürokratie. Onlinehändler müssten aber mehr Verantwortung übernehmen, etwa mit einer transparenten Selbstverpflichtung. Außerdem müssten die Kunden ihr Kaufverhalten hinterfragen. „Retournierte Waren einfach zu vernichten, widerspricht dem gesunden Menschenverstand", betonte Theurer.

© ARD-aktuell / tagesschau.de, Online-Versandhändler: Grüne wollen Retouren-Vernichtung verbieten, www.tagesschau.de, 10.06.2019

AUFGABEN

1. Arbeitet aus **M17** und **M18** heraus, welche Belastungen sich für das Klima beim Kauf von Schuhen ergeben. Stellt dabei den Online-Handel und den Kauf im Laden in einer Tabelle gegenüber.
2. Analysiert, welche Probleme sich durch Retouren im Online-Handel ergeben (**M19**).
3. Zieht nun den Begriff der Nachhaltigkeit heran (**M14a-b**) und problematisiert, welches das aus ökologischer Sicht richtige Kaufverhalten ist: Online-Shopping oder Einkaufen bei lokalen Händlern in der Stadt?

F Aufgaben 1-3
Nehmt Stellung zu der Aussage in **M17**: „Im Endeffekt geht es um das Einkaufsverhalten. Je weniger ich kaufe, beziehungsweise bestelle, desto besser ist es für die Umwelt."

5.2.3 Die soziale Dimension: Soll der Staat die Beschäftigten der Logistikbranche im Online-Shopping-Markt schützen?

Zum Thema: Es klingt paradox: Je mehr das Geschäft der Paketbranche in Zeiten des Online-Shoppings boomt, desto mehr scheinen viele Paketzusteller darunter zu leiden. Inwiefern dieser Widerspruch aufgelöst werden kann, erfahrt ihr in diesem Kapitel.

M20 Fallbeispiel: Ein Paketzusteller berichtet ...

Die 34 Jahre alte Bulgarin Desi hat ein Jahr in der Logistikbranche gearbeitet – als Kurierfahrerin für rund 1000 Euro im Monat. Ihr Arbeitspensum, das der Subunternehmer ihr aufdrückte, wurde immer größer. „Die letzten beiden Monate habe ich täglich mehr als 150 Pakete bekommen, und das konnte ich gar nicht an einem Tag schaffen. Man musste sehr schnell sein, damit man nicht sogar 16 Stunden am Tag arbeiten musste." Egal wie lange Desi arbeitete, der Lohn blieb der gleiche. Überstunden wurden nicht bezahlt. Dabei boomt die Logistikbranche: 2017 wurden in Deutschland 3,3 Milliarden Pakete ausgeliefert – von Kurierfahrerinnen wie Desi: „Wenn wir zehn Prozent oder mehr von den Paketen wieder zurückgebracht haben, dann gab es Druck. Wir wurden angeschrien und uns wurde gedroht, dass sie den Lohn einbehalten."

Pakete für ein Mehrfamilienhaus in Aachen

Michael Hollenbach, Tag der Arbeit: flexibel, arm, ausgebeutet, www.deutschlandfunk.de, 30.04.2018

EINSTIEGSAUFGABEN

1. Lest das Fallbeispiel und formuliert eine vorläufige Antwort auf die Frage in der Kapitelüberschrift.
2. Beurteilt spontan die Aussage: „Internetkäufe sind eine soziale Katastrophe für die Paketzusteller!"

M21 Das Problem der Paketzusteller: Zweiklassengesellschaft

Mafiöse Strukturen
Hier: kriminelle Strukturen

Tarifverträge
Hier: Vertrag zwischen Arbeitnehmern und Arbeitgebern

Die Gewerkschaft Verdi beobachtet, dass Postdienste seit einiger Zeit vermehrt private Subunternehmer beauftragen. Und spricht dabei von teilweise mafiösen Strukturen. Im Gegensatz zu den Mutterkonzernen sind die Subunternehmen nicht an Tarifverträge gebunden und können die Löhne frei festlegen. Laut Verdi hört das Problem hier aber nicht auf: Denn einzelne Subunternehmen würden wiederum andere Subunternehmen beauftragen, um die

Kosten erneut zu senken und Löhne zu drücken. So gehe das teilweise weiter bis zum dritten Subunternehmen, erklärt David Merck, bei Verdi Bayern zuständig für die Postdienste. Er berichtet etwa von Postzustellern, die in ihren LKW schlafen müssen, weil sie sich die Miete nicht leisten können. [...] Bei den Paketzustellern entsteht so eine Zweiklassengesellschaft: Diejenigen, die bei Unternehmen wie der Deutschen Post AG, der Tochter DHL Delivery oder UPS angestellt sind, werden nach ausgehandelten Tarifverträgen bezahlt. [...] In den Subunternehmen könne es laut Verdi-Mann Merck hingegen vorkommen, dass Beschäftigte Beträge unter dem Mindestlohn bekämen.

© Bayerischer Rundfunk, Faktenfuchs: Wie viel Geld verdienen Paketzusteller?, www.br.de, Abruf am 28.05.2020

Mindestlohn
Der Mindestlohn beträgt im Jahr 2020 9,35 € und steigt bis Ende 2022 auf 10,45 €.

M22 Prekäre Arbeitsverhältnisse in der Paketbranche: Ist ein Gesetz die Lösung?

Dem Arbeitsminister reicht es: Dumpinglöhne für Paketzusteller soll es in Deutschland künftig nicht mehr geben. Er will die Dienstleister in die Pflicht nehmen. Schon bis Jahresende soll eine Lösung her. „Ich bin nicht bereit, die Entwicklung in Teilen der Paketbranche länger zu akzeptieren", sagte Bundesarbeitsminister Hubertus Heil dem Redaktionsnetzwerk Deutschland. Es sei „beschämend, unter welchen Bedingungen Arbeitnehmerinnen und Arbeitnehmer dort teilweise arbeiten müssen". Daher will er per Gesetz dagegen vorgehen. Heil will in der Paketbranche die sogenannte Nachunternehmerhaftung einführen. Der eigentliche Auftraggeber wäre dann für die korrekten Arbeitsbedingungen bei allen Subunternehmern verantwortlich. Die großen Zustelldienste müssten bei Verstößen ihrer Subunternehmer gegen die Sozialversicherungspflicht also selbst einstehen und die Beiträge zahlen. Mit dieser Nachunternehmerhaftung habe man in der Baubranche bereits gute Erfahrungen gemacht, so Heil.

© 2020 Deutsche Welle, Arbeitsmarkt: Heil geht gegen Ausbeutung von Paketboten vor, www.dw.com, 02.03.2019

Prekäre Arbeit bzw. Beschäftigung
Unter „prekärer Arbeit" oder „prekärer Beschäftigung" werden in der Regel Beschäftigungsverhältnisse verstanden, die besonders geringen Lohn, keine soziale Absicherung und eine ungewisse Zukunft für die Beschäftigten mit sich bringen.

Dumpinglöhne
Hier: Niedriglöhne

AUFGABEN

1. a) Erstellt ein Schaubild über das Konzept der „Subunternehmerschaft" mit Hilfe von **M21**.
   b) Beschreibt das Problem aus Sicht der Gewerkschaft ver.di, mit dem Paketzusteller im Zuge der Subunternehmerschaft zurecht kommen müssen.
2. „Nicht das Online-Shopping lässt Paketboten in prekäre Verhältnisse rutschen, sondern die schlechten Arbeitsverträge!" heißt es von Befürwortern des Online-Shoppings. Nehmt mit Hilfe von **M22** Stellung zu dieser Aussage.
3. Zieht nun den Begriff der Nachhaltigkeit heran (**M14a-b**) und problematisiert, welches das aus sozialer Sicht richtige Kaufverhalten ist: Online-Shopping oder Einkaufen bei lokalen Händlern in der Stadt?

5.2.4 Die wirtschaftliche Dimension: Ersetzt Online-Shopping den Kauf beim Einzelhändler in der Stadt?

Zum Thema: Das „Shopping-Erlebnis“ gilt vielen als wichtige Freizeitbeschäftigung. Gleichzeitig wird von „aussterbenden Innenstädten“ gesprochen. In diesem Abschnitt geht es um die Folgen des Online-Shoppings für die Einzelhändler.

M23 Offline beraten lassen und online shoppen?

Karikatur: Christian Möller, 2020

EINSTIEGSAUFGABEN

1. Analysiert die Karikatur unter Berücksichtigung der Kapitelüberschrift.
2. Tauscht euch darüber aus, wer schon einmal Ähnliches erlebt hat.
3. Beurteilt spontan die Aussage: „Internetkäufe sind eine wirtschaftliche Katastrophe für die Geschäfte.“

M24 Die Situation des Einzelhandels im digitalen Zeitalter

Geschäftedichte im Jahr 2025
Der Handelsverband Deutschland (HDE) schätzt, dass bis 2025 jeder zehnte Laden für immer schließen muss. Dies wäre das Aus für fast 50.000 Geschäfte.

Der Handelsverband hat 1.000 Betriebe befragt. Und das Ergebnis ist sehr deutlich: „Die Innenstadtlagen sind stärker unter Druck und das wird hier bei dieser Umfrage wirklich sehr deutlich, dass 49 Prozent unserer Händler in den Innenstädten sagen, dass sich die Geschäftslage verschlechtert hat.“ 49 Prozent – fast jeder zweite Laden in den Fußgängerzonen ist unzufrieden, sagt Stefan Genth vom Handelsverband Deutschland.

Während das Geschäft bei den Onlinehändlern boomt und auch große Filialketten recht zufrieden sind, machen sich immer mehr kleine Fachgeschäfte, Läden und Boutiquen Sorgen. Denn im Moment lautet der Trend: Groß gewinnt, klein verliert. „Diese Schere, das muss man schon sehr ernst nehmen, geht im Einzelhandel hier auseinander. Fast 90 Prozent der Betriebe im Einzelhandel sind solche kleinen Betriebe mit weniger als fünf Beschäftigten, die natürlich davon dann eher betroffen sind.“ Genau die, sagen viele Kunden, machen aber das Flair einer Innenstadt aus. „Vor allen Dingen die ‚guten‘, alten Geschäfte.“ „Ich glaube, das ist wichtig, dass man den Menschen auch originelle Läden bietet, weil wir brauchen nicht den 23. Drogeriemarkt." – „Also wenn man sich das hier anguckt, finde ich das schon, dieses Aussterben von einigen Traditionsläden."

Betroffen sind vor allem Elektrogeschäfte, Modeläden und Anbieter von Deko-Artikeln, Schuhen und Spielwaren. Zufall oder nicht: Gerade bei diesen Artikeln ist der Onlinehandel besonders stark. Zwar haben, zumindest laut Umfrage, inzwischen 40 Prozent der Geschäfte auch Online-Shops oder verkaufen über Marktplätze – 60 Prozent tun dies aber nicht. Sie sind auf Besucher in den Läden angewiesen.

Jörg Markstein, Onlinehandel versus Einzelhandel: Mehr Sofa statt City, www.deutschlandfunk.de, 20.09.2018

M25 Online-Shopping aus Sicht der Konsumenten

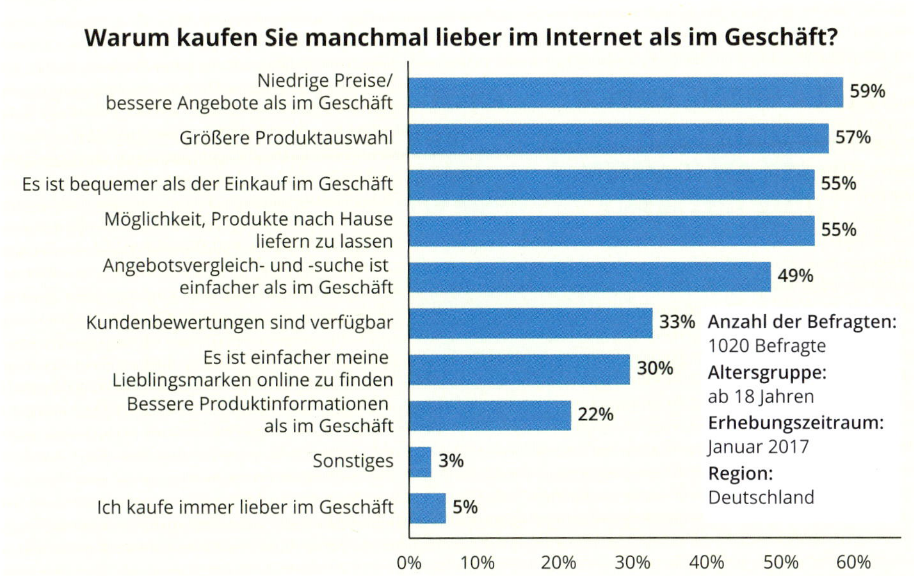

© Statista.de, Gründe für Online-Shopping, www.destatis.de, Januar 2017, Abruf am 16.05.2020

AUFGABEN

1. Analysiert die Situation der Betreiber kleiner Läden in den Innenstädten (**M24**).
2. Analysiert die Haltung der Konsumenten zum Online-Shopping (**M25**).
3. Beurteilt die Aussage in **M24**: „Ich glaube, das ist wichtig, dass man den Menschen auch originelle Läden bietet, weil wir brauchen nicht den 23. Drogeriemarkt."
4. Zieht nun den Begriff der Nachhaltigkeit heran (**M14a-b**) und problematisiert, welches das aus wirtschaftlicher Sicht richtige Kaufverhalten ist: Online-Shopping oder Einkaufen bei lokalen Händlern in der Stadt?

5.3 Alte und neue Einflüsse bei Kaufentscheidungen

5.3.1 Braucht es immer und überall Werbung?

Zum Thema: Viele Menschen sind durch Werbung genervt und haben keine Lust, sich damit zu beschäftigen. Doch kann Werbung auch einen positiven Nutzen haben? Inwiefern Werbung „nervt“ oder „nützen kann“, ist Thema dieses Kapitels.

M26 Welche Werbeslogans kennt ihr?

JUST DO IT.
NICHTS IST UNMÖGLICH.
HAVE A BREAK, HAVE A ...
... SONST NICHTS.
BESSER ANKOMMEN.
THINK DIFFERENT.

... MACHT KINDER FROH UND ERWACHSENE EBENSO.
NICHT IMMER, ABER IMMER ÖFTER.
VORSPRUNG DURCH TECHNIK.
QUADRATISCH, PRAKTISCH, GUT.
DIE SCHÖNSTEN PAUSEN SIND LILA.
... UND DER HUNGER IST GEGESSEN.

EINSTIEGSAUFGABEN

1. Wer kennt welchen Slogan? Ordnet jedem Werbeslogan ein bekanntes Produkt zu.
2. Sammelt Ideen, welche Ziele die Werbemacher mit solchen Slogans verfolgen könnten.
3. Überprüft, ob die Werbemacher diese Ziele mit den Slogans bei euch erreicht haben.

M27 Warum gibt es Werbung?

Erklärfilm über Werbestrategien

Mediencode: 71077-41

Wir begegnen Werbung überall: Auf Bahnhöfen, in Einkaufszentren, an Bushaltestellen und Plakatwänden, in Schaufenstern und als bunte Inszenierungen auf den Straßen. Aber nicht nur draußen, auch zu Hause in den Familien begegnen wir ihr, denn Zeitungen und Zeitschriften, Radio, Fernsehen und das Internet sind ihre wichtigsten Träger. Warum gibt es Werbung? Ganz allgemein dient Werbung dazu, die Verkaufszahlen eines Produktes zu steigern. Der Kunde soll über neue Produkte und deren Eigenschaften informiert und motiviert werden, sich näher mit dem Produkt auseinanderzusetzen und es schließlich zu kaufen. Dazu muss die Werbung den Kunden zunächst auf das Produkt aufmerksam machen, d. h. der Beworbene muss die Werbung zunächst hören oder sehen. Die Werbebotschaft, also die Grundaussage der Werbung, soll dem Beworbenen im Gedächtnis bleiben. Aufgrund der Werbung soll ein Kaufwunsch entstehen, weil der Beworbene mit der Ware positive Gefühle verbindet, die durch die Werbung vermittelt werden. Gute Werbung ist deshalb in der Regel nicht langweilig. Nicht zu vergessen ist, dass Werbung ein wichtiger Wirtschaftszweig ist, in dem deutschlandweit rund 350.000 Menschen arbeiten und der viele attraktive Berufsfelder bietet. Außerdem finanzieren sich die Medien zu einem nicht geringen Teil durch Werbeeinnahmen.

Bearbeiterin

M28 Werbeformen im Internet

Das Internet und die sozialen Medien bieten vielfältige Möglichkeiten für Werbung. Ständig drängen neue Formen der Werbekommunikation auf den Markt. Hier ist ein Überblick.

1 Bannerwerbung: Bannerwerbung stellt die gängigste Form der Online-Werbung dar. Banner sind auf Webseiten eingebaute Grafiken, die grundsätzlich klassischen Werbeanzeigen in Printmedien ähneln. Durch das Anklicken der Banner findet meist eine Weiterleitung auf die Internetpräsenz der Werbetreibenden statt. Banner tauchen in verschiedenen Ausführungen auf: So wird beispielsweise unterschieden zwischen statischen (gleichbleibendes Bild) und animierten Bannern (im Bild bewegen sich Objekte). [...]

2 Unterbrecherwerbung: Die Besonderheit der Unterbrecherwerbung wird durch den Namen bereits angedeutet: Das Surfen auf einer Webseite wird dadurch unterbrochen, dass sich ein Fenster mit einer Werbeanzeige (z. B. ein Banner oder Video) über die eigentliche Internetseite legt. Erst manuell durch Anklicken des „Schließen"-Buttons kann das Surfen auf der eigentlichen Webeseite fortgesetzt werden. Unterbrecherwerbung erzeugt vor allem durch das plötzliche Erscheinen und das Pausieren der eigentlichen Online-Tätigkeit eine hohe Aufmerksamkeit. [...]

3 In-Stream-Video-Ads: In-Stream-Video-Ads sind Werbespots, die vor, während oder nach dem Streaming eines Videos gezeigt werden. Zum Einsatz kommen diese Werbespots beispielsweise auf dem Videoportal Youtube.

6 In-Game-Werbung: Eine Werbeform, die [...] enorm an Bedeutung gewonnen hat, ist die sogenannte In-Game-Werbung. Der Begriff bezieht sich auf alle werberelevanten Inhalte, die in Computerspiele integriert sind.

4 In-Text-Werbung: Diese Werbeform bezieht sich auf Werbeanzeigen in Textform. Ein typisches Beispiel für deren Anwendung ist das Anzeigen von gesponserten Suchergebnissen bei Google.

5 Product Placement: Sind Werbeanzeigen nicht explizit als solche zu erkennen, sondern in inhaltliche Beiträge eingebettet, so spricht man von Product Placement. Jene Form der impliziten und getarnten Werbung ist insbesondere aus TV-Sendungen bekannt. Aktuell spielt diese Form der Werbung auch online eine wichtige Rolle: Bekannte Youtube-Künstler/-innen greifen Produkte in ihren Videos auf und preisen diese unterschwellig oder auch offensichtlich an. Werbetreibende Unternehmen kooperieren hierfür mit den entsprechenden Protagonisten der Videos.

© Landesmedienzentrum Baden-Württemberg, Standort Karlsruhe, Online-Werbung, www.lmz-bw.de, Abruf am 19.05.2020

M29 Fallbeispiele: Jugendliche geben Auskunft über die Frage, ob es Werbung braucht

1 „Werbung informiert einen darüber, was gerade „hip" und „cool" ist. Damit können wir uns einen guten Überblick über das Marktangebot verschaffen. Werbung fördert den Wettbewerb der Anbieter. Sie ist oft schön und originell gemacht und die Sprüche sind manchmal sehr lustig, sodass wir gut unterhalten werden. Die Werbebranche bietet zahlreiche interessante Arbeitsplätze und durch die Einnahmen aus Werbung finanzieren sich zahlreiche Medien. Viele Arbeitsplätze können deshalb erhalten oder neu geschaffen werden."

Lea, 13 Jahre

2 „Werbung setzt mich unter Druck, weil sie mir das Gefühl gibt, blöd zu sein, wenn ich ihr nicht folge. Werbung will uns vorschreiben, was schön oder gut für einen ist. Werbung wurde erfunden, um Menschen Dinge anzudrehen, die sie eigentlich nicht brauchen oder wollen.

Werbung versucht also, uns zu manipulieren. Die Werbung gaukelt uns eine heile Welt vor und weckt bei uns Illusionen, die nie Wirklichkeit werden können. Unternehmen schlagen die Kosten für Werbung auf die Produktpreise drauf, sodass die Produkte teurer werden."

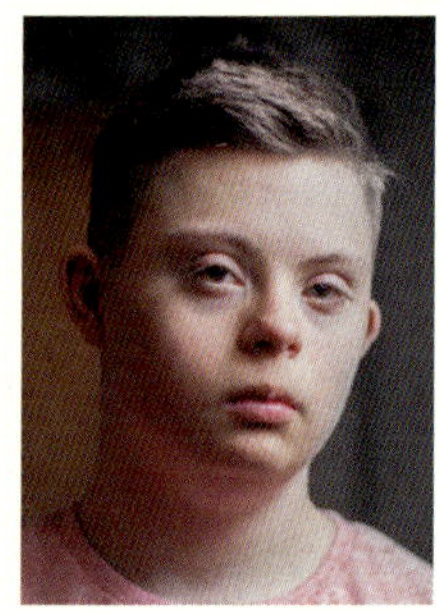

Tom, 14 Jahre

Bearbeiterin

AUFGABEN

1. a) Wertet **M27** aus und erstellt eine Mindmap zu den unterschiedlichen Gründen, warum Werbung existiert.
   b) Schaut euch den Erklärfilm zu **M27** an und arbeitet die dort genannten Werbestrategien heraus.
   c) Vergleicht eure Ergebnisse in der Klasse.
2. a) Erklärt euch in Kleingruppen mit Hilfe von **M28** gegenseitig jeweils unterschiedliche Werbeformen.
   b) Sammelt zu jeder Werbeform Beispiele aus eurem Alltag und stellt sie der Klasse vor.
3. Dokumentiert über ein paar Tage alle Werbung, die ihr beim Surfen im Netz wahrnehmt. Ordnet sie den verschiedenen Werbestrategien (**QR-Code in M27**) und Werbeformen (**M28**) zu.
4. Diskutiert mit Hilfe von **M29** in der Klasse, ob Werbung eher „nützt" oder eher „stört".

5.3.2 Algorithmen und Cookies: Können wir noch selbstständig unsere (Kauf)Entscheidungen bestimmen?

Zum Thema: Manchmal scheint es, das Internet könnte Gedanken lesen und weiß vorher schon, was für ein Produkt gesucht wird. Praktisch? Oder gibt es einen Haken bei der Sache? Gedanken lesen kann „das Internet" natürlich nicht und ob die dafür verantwortliche Software wirklich so praktisch ist, soll in diesem Kapitel beurteilt werden.

M30 Die verflixten Cookies ...

Emre bekommt immer wieder Werbebotschaften von Schuhherstellern und weiteren Bekleidungsfirmen. Es fängt an, zu nerven ...

Jakob, du kennst dich doch aus! Seitdem ich mir im Netz die Schuhe gekauft habe, tauchen immer wieder blöde Werbeanzeigen auf, die sich nur ganz schwer wegdrücken lassen. Was kann ich da machen? Und überhaupt, warum weiß mein Handy, dass ich jetzt noch ne Hose benötige ...

Oh Emre, ich will es dir mal so erklären ...

EINSTIEGSAUFGABEN

1. Berichtet in der Klasse von ähnlichen Situationen wie Emre sie erlebt hat.
2. Beendet Jakobs Satz. Was wisst ihr darüber, warum Emre immer wieder Werbenachrichten auf sein Handy bekommt, von Sachen, die mit dem Produkt „Schuh" in Verbindung zu bringen sind?
3. Emre kommt es komisch vor, dass sein Handy offensichtlich genau Bescheid weiß, was er noch benötigt. Stimmt in der Klasse ab: Sind wir es, die entscheiden, was wir kaufen, oder die Computer?

M31 Cookies im Internet

1 Was sind Cookies? Cookies sind kleine Textdateien, die das Internet funktionstüchtig machen. Wenn ein Nutzer im Internet unterwegs ist und eine Webseite aufruft, wird das Cookie zusammen mit der angefragten Webseite an den Browser gesendet – meist vom Betreiber der Webseite. Der Browser ist ein Zugangsprogramm für den heimischen Rechner, mit dem sich das World Wide Web nutzen lässt.

2 Was können Cookies? Cookies machen es zum Beispiel möglich, dass man beim Onlineeinkauf seinen Warenkorb bestücken kann, ohne dass man sich auf jeder Unterseite eines Händlers neu als ein und derselbe Kunde zu erkennen geben muss. [...]
Mit Hilfe mancher Cookies ist es allerdings auch möglich, das Surfverhalten des Internetnutzers nachzuvollziehen, also zu analysieren, welche Webseiten er besucht hat.

3 Wer setzt Cookies? Cookies werden von den Anbietern der Webseiten gesetzt - aber auch von Dritten, zum Beispiel von Werbefirmen. Diese setzen mit Vorliebe sogenannte Tracking Cookies, auf Deutsch etwa „Verfolgungs-Cookies", die oft über Jahre hinweg im Browser verbleiben und dazu dienen, einem Nutzer die verschiedenen besuchten Webseiten zuzuordnen. Werbefirmen können aus diesen Informationen weitreichende Profile erstellen: Was schaut sich der Nutzer im Internet an? Was sind seine Interessen? Wonach sucht er? [...]
Ziel ist es, die im Browser eingeblendete Werbung auf die Vorlieben des Nutzers abzustimmen. Was vielen Internetnutzern nicht klar ist: Die Werbung, die sie sehen, ist nicht für alle Webseitenbesucher die gleiche.

© Stiftung Warentest, Internet: Cookies – die wichtigsten Fragen, www.test.de, Abruf am 20.05.2020

M32 Cookies als Tracker bei Google

Google trackt laut einer Studie des Browser-Herstellers Cliqz mehr als 6 von 10 Seitenaufrufen. „Die Entwickler haben 200.000 deutsche Nutzer des Internet-Browsers Firefox darauf untersucht, ob Daten über ihr Surfverhalten mittels sogenannten „Tracker" nach außen geleitet werden", so die F.A.Z. in ihrem exklusiven Bericht zu der bisher noch unveröffentlichten Erhebung. Insgesamt sollen auf 95 Prozent aller untersuchten Webseiten Tracker – zum Beispiel Cookies oder unsichtbar nachgeladene Grafiken – eingebunden sein.

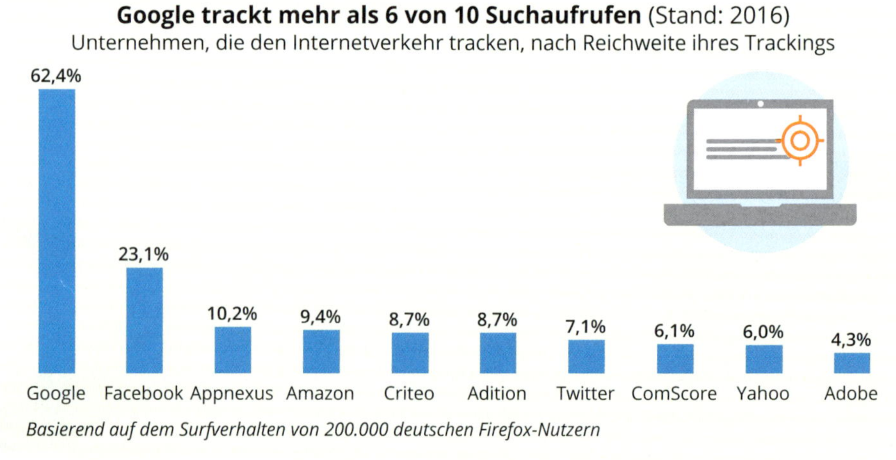

© Statista.de, Abruf am 12.07.2020

M33 Was sind Algorithmen und Filter?

Algorithmen sind Schritt-für-Schritt-Anleitungen zur Lösung von Aufgaben oder Problemen. Sie spielen in der Computerwelt eine wichtige Rolle. Computer und Maschinen haben nämlich keine angeborene Intelligenz wie wir Menschen. Damit sie zu nützlichen Helfern werden, muss man ihnen Schritt für Schritt sagen, was sie tun sollen. Vielleicht habt ihr ja schon einmal [...] ein Möbelstück nach einer Schritt-für-Schritt-Anleitung zusammengebaut? Dann habt ihr vielleicht festgestellt, wie wichtig es ist, dass sie eindeutig formuliert ist. Das gilt auch – und ganz besonders – für Algorithmen, die dafür sorgen, dass Computer oder Maschinen Dinge für uns erledigen. [...] Wenn wir uns im Internet bewegen, geben wir mit jedem Klick eine Menge Informationen preis, auch darüber, was uns interessiert und gefällt. Mit Hilfe dieser Daten und bestimmter Algorithmen können soziale Netzwerke oder Shoppingportale ihr Angebot auf einzelne Nutzer anpassen: [...] [W]enn wir im Online-Shop auf ein Produkt klicken, werden uns automatisch weitere Produkte vorgeschlagen, die ähnlich sind oder dazu passen. Das bedeutet gleichzeitig: Dinge, die nicht dazu passen, werden ausgefiltert. Experten sprechen auch von einer Filterblase. Rausgefiltert werden dann zum Beispiel Musikvorschläge, die nicht unserer Lieblingsmusikrichtung entsprechen. Oder [...] Nachrichten zu Themen, für die wir uns bisher weniger interessiert haben, werden erst gar nicht angezeigt.

Kleines Internetlexikon

Browser: Um Internetseiten anzuschauen, wird ein sogenannter „Browser" (engl.: to browse = stöbern, schmökern, umsehen) benötigt. Der Browser ist ein Computer-Programm, das die Seiten entsprechend anzeigt. Bekannte Browser sind: Firefox, Chrome, Internet Explorer, Safari, ... Die Browser sind meistens auf den PCs schon vorinstalliert oder kostenfrei im Internet abrufbar.

Homepage: Beim Aufrufen einer Internetadresse wird zuerst die Homepage angezeigt. Die Homepage, also die Heimatseite, ist „nur" die erste Seite eines Internetangebots, das meistens aus mehreren Seiten besteht.

Tracker: Tracker (engl.: to track = jemanden verfolgen, beobachten oder aufspüren) werden von Webseitenbetreibern oftmals für Marketingzwecke eingesetzt.

Webseite: Webseite oder Internetseite sind „Seiten" im World Wide Web.

© WDR 2020, Algorithmen, www.kinder.wdr.de, 16.01.2018

M34 Sind Ad Blocker eine Lösung?

Als Ad Blocker (Werbeblocker) wird ein im Hintergrund ablaufendes Programm bezeichnet, welches dafür sorgt, dass auf Webseiten enthaltene Werbung dem Betrachter nicht dargestellt wird. Der Einsatz von Ad Blockern wirkt sich unmittelbar auf den Erfolg von Online-Werbung aus und ruft insofern unterschiedliche Reaktionen auf Seiten der Werbeindustrie hervor. Einerseits wird Ad Blockern technisch begegnet, indem Webseitenbetreiber Nutzer mit Ad Blockern ausschließen. Andererseits kann der vermehrte Einsatz von Ad Blockern aber auch die Werbetreibenden zur Vermeidung besonders störender Werbung und Entwicklung von Werbeformen führen, welche die Nutzer eher hinnehmen. Dies würde den Anreiz, Ad Blocker zu nutzen, reduzieren.

© Bundeskartellamt, Online-Werbung Schriftenreihe „Wettbewerb und Verbraucherschutz in der digitalen Wirtschaft", www.bundeskartellamt.de, Abruf am 20.05.2020

M35 Vielleicht ist es besser, Cookies und Algorithmen die Entscheidungen zu überlassen?

Was wir unter „Internet" verstehen, ist nur eine der Oberflächen der unsichtbaren Welt, in der Abermilliarden Maschinen miteinander kommunizieren. Eine einzige Google-Abfrage beschäftigt mehrere tausend Server, die sich untereinander verständigen. [...] Im Jahr 2017 kam es zu einem Aufstand großer Werbekunden gegen die Google-Tochter Youtube. Denn zu oft waren teure Markenbotschaften neben menschenfeindlichen oder extremistischen Inhalten zu sehen gewesen. Man kann nicht sagen, dass Google das aktiv entschieden hätte. Es ist eher so, dass Google die Entscheidung über die Anzeige der Werbung den Maschinen überließ, und zwar nach zuvor sinnvoll erscheinenden Kriterien. Daraus ergibt sich die unterschätzte Wucht der unsichtbaren Welt: Sie füllt die Entscheidungsräume, die der Mensch absichtlich oder unabsichtlich freilässt. [...] Welches Buch man auf Amazon kauft, welchen Film man bei Netflix sieht, welche Route man auf seinem Weg zum Ziel wählt - das ergibt sich aus dem Informationsaustausch unter Maschinen. Wir wählen einen von fünf Filmen, die in der unsichtbaren Welt als für uns passend berechnet worden sind, und bilden uns ein, die freie Wahl gehabt zu haben. Die Frage ist, ob die tatsächlich freie Wahl wirklich sinnvoller gewesen wäre. Ob nicht schon die Zeit, die man zu einer tatsächlich freien Wahl aus ungezählten Filmen hätte aufwenden müssen, zu wertvoll ist. [...]. Die Welt ist so komplex, dass man inzwischen dutzende, hunderte Male am Tag entscheiden muss, ob man sich eigens entscheiden sollte - oder aus Gründen des Energieaufwands die Entscheidung die unsichtbare Welt treffen lässt. Spotify zum Beispiel oder Facebook oder Alexa. [...] Man muss es so hart sagen: [...] Es gibt bei immer mehr Prozessen - ökonomischen, kreativen - schlicht keinen Moment mehr, in dem menschlicher Eingriff noch einen Vorteil darstellen würde. Außer vielleicht, um dem Menschen vorzugaukeln, er sei Herr der Lage. Gefangenschaft fühlt sich an wie Freiheit, wenn die Mauern weit genug auseinanderstehen.

Sascha Lobo, Mensch und Maschine: Glauben Sie doch dem Algorithmus!, www.faz.net, 01.08.2018

AUFGABEN

1. Erklärt euch gegenseitig in Dreiergruppen die Kästen in **M31**.
2. Analysiert in eurer Gruppe die Grafik in **M32** dahingehend, warum gerade Google so viele Cookies als Tracker einsetzt.
3. Stellt die Vor- und Nachteile von Algorithmen mit Hilfe von **M33** dar. Berücksichtigt auch die in **M34** genannten Lösungsmöglichkeiten.
4. Diskutiert die Sicht des Autors in **M35**, inwiefern es auch Vorteile haben kann, die Cookies und Algorithmen bestimmen zu lassen, was wir entscheiden.
5. Stimmt erneut in der Klasse ab: Sind wir es, die entscheiden, was wir kaufen, oder die Computer?

Ein Lapbook über „Einfluss und Rechte von Jugendlichen als Verbraucherinnen und Verbraucher" erstellen

I. Worum geht es?

Ein Lapbook ist ein Falt- oder Klappbuch. Mit ihm können Inhalte und Themen gestalterisch erarbeitet und präsentiert werden. Das Gute an Lapbooks ist seine Vielfältigkeit: Ihr könnt kreativ eure Ergebnisse und Erkenntnisse aus dem vorangegangen Kapitel nach euren eigenen Vorlieben und Stärken umsetzen. Ziel ist es, die wichtigsten Erkenntnisse in kurzer Zeit übersichtlich erfassen zu können.

II. Geht dabei so vor:

1. Schritt: Gruppenbildung und Themenverteilung

1. Bildet Gruppen mit 4-6 Personen.
2. Teilt die Unterkapitel auf einzelne Gruppenmitglieder auf.

↓ ↓ ↓

2. Schritt: Recherche für die Erstellung des Lapbooks

1. Jedes Gruppenmitglied untersucht sein Unterkapitel und schreibt sich die wichtigsten Punkte heraus.
2. Die herausgearbeiteten Punkte werden zusammengefasst und mit Grafiken, Bildern, Pfeilen, etc. übersichtlich dargestellt.
3. Besprecht eure Ergebnisse untereinander: Sind sie verständlich? Fehlt etwas? Wie könnten sie grafisch dargestellt werden?

↓ ↓ ↓

3. Schritt: Erstellung des Lapbooks

1. Tragt die Ergebnisse aus Schritt 2 auf einem DIN-A3- oder DIN-A4-Blatt zusammen.
2. Faltet dabei das Blatt beidseitig zur Mitte und teilt den Platz für eure Teilergebnisse auf. Klebt oder heftet am Ende alles übersichtlich zusammen.
3. Stellt euer Lapbook in der Klasse aus und vergleicht eure Ergebnisse untereinander.

Bearbeiterin

1

Kleidershop in Dortmund

2

Sparschwein

3

?

Angenommen, deine Großeltern schenken dir 50 Euro. Was machst du mit dem Geld?

4

Café in Bochum

5

Eine junge Frau in einer Buchhandlung in Düsseldorf

6

Gaming Ausrüstung

6 Umgang mit Geld und Schulden: grenzenloser Konsum oder strategisches Handeln?

Mit Geld umgehen können – das klingt nach einem Thema für Erwachsene. Allerdings verfügen Jugendliche im Durchschnitt über gar nicht wenig eigenes Geld und stellen für die Geschäftsinhaber eine wichtige Zielgruppe dar.
In diesem Kapitel könnt ihr euch damit auseinandersetzen, wie bereits Jugendliche planvoll mit ihrem Geld handeln, welche Fallen im Zusammenhang mit Geld auftauchen können und wie es möglich ist, auch aus einer schwerwiegenden Schuldensituation wieder herauszukommen.

Am Ende des Kapitels solltet ihr Folgendes können:

- mit Hilfe eines Haushaltsplanes ermitteln und abwägen, welche Ausgaben getätigt werden können
- entscheiden, ob das Mieten eines gewünschten Gutes eine sinnvolle Alternative zum Kauf ist
- verschiedene Arten des Sparens voneinander unterscheiden und beurteilen, wann Sparen sinnvoll sein kann
- darstellen, wann das Aufnehmen von Schulden sinnvoll ist, welche Arten der Kreditaufnahme es gibt und ob die Null-Prozentfinanzierung eine zweckmäßige Alternative zu einem Kredit bei der Bank sein kann
- Verschuldung von Überschuldung unterscheiden

WAS WISST UND KÖNNT IHR SCHON?

1. Angenommen, deine Großeltern schenken dir 50 Euro. Was würdest du damit machen? Lass dich von den Bildern auf der linken Seite leiten und beschreibe, warum du was (nicht) machen würdest.
2. Vergleicht zu zweit eure Verwendung der 50 Euro.
3. Tauscht euch über eure Verwendung der 50 Euro in der Klasse aus. Ordnet eure Ergebnisse mit Hilfe passender Oberbegriffe für die verschiedenen Verwendungsformen und haltet fest, welche ihr wie häufig gewählt habt.

Einen Finanzblog erstellen MK

I. Worum geht es?

„Blog" ist eine Wortkreuzung aus den englischen Wörtern „Web" (gemeint ist das Internet) und „Log" (Tagebuch). Das von allen einsehbare „Online-Tagebuch" dient vielen Menschen, ihre Meinungen, Erfahrungen, Hinweise oder Tipps zu bestimmten Themen einer Öffentlichkeit kundzutun. Ihr könnt mit Hilfe eines Finanzblogs eure eigenen Tipps, Erfahrungen oder Hinweise ebenfalls veröffentlichen.

II. Geht dabei so vor:

1. Schritt: Blog-Plattform aussuchen

Im Internet führen dich Suchanbieter-Homepages sehr schnell zu verschiedenen Blog-Plattformen, einige davon sind kostenlos, andere kostenpflichtig. Bei den kostenfreien Plattformen verwenden die Anbieter oftmals deine Daten, weshalb hier Vorsicht geboten ist. Alternativ gibt es freie Software, mit der du deinen Blog selbst erstellen kannst (z. B.: *Wordpress.org*).

Blog-Plattform WordPress.org

Mediencode:
71077-42

2. Schritt: Finanzthema bestimmen

1. Bildet Gruppen von 4-5 Personen und bestimmt mit Hilfe der angeführten Begriffe und der zugehörigen Materialien im Kapitel ein Thema, das euch besonders liegt, euch am meisten interessiert, über das ihr gerne regelmäßig im Blog berichten möchtet:
   - Haushaltspläne: → **M2**, **M3**
   - Sparen: → **M5-M6**
   - Kredite: → **M8-M9**
   - Finanzierungsmöglichkeiten: → **M11**, **M12**
   - Überschuldungssituationen: → **M14**, **M15**, **M18**, **M19**
2. Alternativ könnt ihr auch über alle Themen überblicksartig berichten.

3. Schritt: Konzept für den Blog erstellen

1. Findet einen Namen für euren Blog.
2. Erstellt ein Konzept, wie ihr euren Blog strukturieren möchtet (chronologisch, thematisch, ...)
2. Erklärt euren Leserinnen und Lesern zunächst mit eigenen Worten, warum euer Blog für sie interessant sein könnte.
3. Klärt eure Leser über die wesentlichen Begriffe eures Blogthemas auf. Bsp.: Was genau ist ein Haushaltsplan? Welche Finanzierungsmöglichkeiten gibt es? Was bringt Sparen? Was genau sind Kredite? ...
4. Berichtet regelmäßig in den nächsten zwei Wochen in eurem Finanzblog über Erfahrungen und Neuigkeiten, die ihr im Laufe dieses Kapitels sammelt.
5. Möchtet ihr mit eurem Finanzblog online gehen, wird es oft kostenpflichtig. Besprecht dies mit euren Lehrkräften und Eltern. Hinweise dazu findet ihr im nebenstehenden QR-Code.

H **Schritt 3, 1-3**
Hilfen bei der Erstellung von Blogs

Mediencode:
71077-43

H **Schritt 3, 5**
Hinweis zu kostenpflichtigen Dienstleistern von Blogs

Mediencode:
71077-44

Bearbeiterin

6.1 Umgang mit Geld

6.1.1 Können Einnahmen und Ausgaben so geplant werden, dass Wünsche erfüllbar sind?

Zum Thema: Das Taschengeld ist schon wieder komplett ausgegeben und es ist erst Mitte des Monats! Solche Situationen gibt es bei vielen Jugendlichen immer wieder. Grund genug, sich eingehender mit dem Thema Ausgaben und Einnahmen zu beschäftigen. In diesem Kapitel lernt ihr, wie ihr mit eurem Geld planvoller umgehen könnt.

M1 Mia braucht einen Plan …

Mia, 13 Jahre, hat in den letzten Monaten angefangen, Mathe-Nachhilfe für zwei jüngere Schüler aus der Schule zu geben. Das klappt so gut, dass sie darüber nachdenkt, Erklärvideos auf YouTube zu veröffentlichen. Damit ihre Videos auch professionell wirken, braucht sie eine gute technische Ausstattung: Sie möchte sich als erstes für 300 € eine gute Kamera kaufen. Das ist eine ganz schöne Summe für Mia, sie ist sich nicht sicher, ob und wie sie das Geld zusammen bekommen soll. Kann sie sich das überhaupt leisten? Sie hat nicht so recht den Überblick. Immerhin hat sie eine Liste mit ihren Einnahmen und Ausgaben zusammengestellt:

Lohnt sich die teure Kamera nur für YouTube? Gibt es nicht noch andere Lösungen?

Mias Einnahmen und Ausgaben

- 25 Euro Taschengeld pro Monat
- Eine Stunde pro Woche Mathenachhilfe: 10 Euro die Stunde
- Freibaddauerkarte: 15 Euro pro Monat von Mai bis Oktober
- Süßigkeiten und Snacks: 15 Euro pro Monat
- Handykosten: 10 Euro pro Monat
- Geldgeschenke von Eltern und Großeltern: 120 Euro pro Jahr
- Abo der Lieblingszeitschrift: 8 Euro pro Monat
- Weggehen (Kino, Schwimmbad, ...): 20 Euro im Monat
- Shopping und Kosmetik: 20 Euro im Monat
- Jeden Samstag Oma beim Einkaufen helfen: 20 Euro im Monat

Bearbeiterin

EINSTIEGSAUFGABE

Mia möchte herausfinden, ob sie sich die Ausrüstung für ihre Erklärvideos leisten kann. Erkläre, wie sie vorgehen kann.

M2 Was ist ein Haushaltsplan?

Mit einem Haushaltsbuch bzw. Haushaltsplan kann eine Familie, ein Paar oder eine einzelne Person einen detaillierten Überblick über ihre Finanzen erhalten. In einem solchen Plan werden sämtliche Einnahmen und Ausgaben notiert. Am Ende eines Monats kann so ermittelt werden, ob der Haushalt über seine Verhältnisse lebt.

Nach einiger Zeit lassen sich auch weitere Beobachtungen machen. So kann etwa ermittelt werden, welche Ausgaben unnötig sind und wo ein Einsparpotenzial besteht. Gerade für einen Haushalt, der mit Schulden bzw. Überschuldung zu kämpfen hat, kann ein Haushaltsplan ein wichtiger Schritt auf dem Weg zu einem schuldenfreien Leben sein. In der Regel entstehen Schulden, wenn dauerhaft ein Ungleichgewicht zwischen Einnahmen und Ausgaben besteht. Ein Haushaltsplan kann Schuldnern dabei helfen, dieses Ungleichgewicht aufzudecken. Des Weiteren werden Sparmöglichkeiten offensichtlich. Das an die Seite gelegte Geld sollte dazu verwendet werden, um die bestehenden Schulden abzubauen und nicht noch weiter in die Schuldenfalle zu rutschen.

© 2020 Schuldnerberatung.de, Das Wichtigste zur Haushaltsplanung, www.schuldnerberatung.de, Abruf am 28.04.2020

Muster-Haushaltsplan – ein Beispiel für eine Einnahmen-Ausgaben-Rechnung

Zeitraum (Woche, Monat)			
Einnahmen (Einnahmequellen)		**Ausgaben** (Ausgabeposten)	
Taschengeld		Süßigkeiten / Snacks	
Schülerjob		Handy	
Geldgeschenke		Weggehen	
		Kleidung	
…		…	
Gesamtsumme		Gesamtsumme	
Saldo (Einnahmen – Ausgaben)			

M3 Mieten als Alternative zum Kauf?

Mia recherchiert noch einmal im Netz, ob es nicht doch noch eine andere Lösung gibt und stößt auf eine interessante Idee: Es gibt Anbieter, die Kameras verleihen!

a) Angebote von Verleihkameras

Angebot 1:
Hochmoderne digitale Filmkamera inklusive Stativ, allen benötigen Kabeln und SD-Karte für 119 Euro im Monat.
Kaution: 200 Euro

Angebot 2:
Moderne digitale Filmkamera mit allen nötigen Materialien für 39 Euro am Tag.
Kaution: 250 Euro

Bearbeiterin

Kaution
Geldsumme, die z. B. bei einem Mietverhältnis vom Mieter als Sicherheit zu hinterlegen ist. Für den Fall, dass der gemietete Gegenstand beschädigt wird, darf der Vermieter die Kaution behalten.

b) Rechtliche Grundlage von Mietverträgen

Wenn sich eine Person etwas zur Nutzung ausleiht und dafür bezahlt, handelt es sich rechtlich um ein Mietverhältnis und es muss ein Mietvertrag geschlossen werden, ähnlich wie beim Mieten einer Wohnung. Dieses ist im Bürgerlichen Gesetzbuch (BGB) in §535 geregelt.
Ein Mietvertrag beinhaltet die Bedingungen, unter denen etwas gemietet wird: Was genau gemietet wird, für welche Dauer und wie mit eventuellen Schäden umgegangen wird oder was der Mieter unternehmen kann, wenn der gemietete Gegenstand zum Beispiel nicht funktioniert.
Die Personen, die einen solchen Vertrag abschließen, nennen sich Vertragspartner. Hierbei ist zu beachten, dass Kinder und Jugendliche noch nicht voll geschäftsfähig sind. Das heißt in Bezug auf Mietverträge laut §108 BGB, dass ein Vertrag nur mit Zustimmung der gesetzlichen Vertreter, also in der Regel der Eltern, gültig ist.

Bearbeiterin

Bürgerliches Gesetzbuch (BGB)

§ 108 Vertragsschluss ohne Einwilligung

(1) Schließt der Minderjährige einen Vertrag ohne die erforderliche Einwilligung des gesetzlichen Vertreters, so hängt die Wirksamkeit des Vertrags von der Genehmigung des Vertreters ab. [...]

§ 535 Inhalt und Hauptpflichten des Mietvertrags

(1) Durch den Mietvertrag wird der Vermieter verpflichtet, dem Mieter den Gebrauch der Mietsache während der Mietzeit zu gewähren. Der Vermieter hat die Mietsache dem Mieter in einem zum vertragsgemäßen Gebrauch geeigneten Zustand zu überlassen und sie während der Mietzeit in diesem Zustand zu erhalten. Er hat die auf der Mietsache ruhenden Lasten zu tragen.
(2) Der Mieter ist verpflichtet, dem Vermieter die vereinbarte Miete zu entrichten.

AUFGABEN

1. a) Stellt Mias monatliche Einnahmen und Ausgaben (**M1**) in einem Haushaltsplan (**M2**) dar.
   b) Beurteilt anhand von Mias Saldo und ihrer Ausgabenstruktur ihre finanzielle Situation. Überprüft dabei auch, ob Mia sich ihren Wunsch von einer Ausrüstung zum Filmen erfüllen kann.
2. a) Analysiert in Kleingruppen die Angebote in **M3a** und beratet, ob Mia eine Kamera mieten sollte.
   b) Begründet, welches Angebot für Mia besser wäre.
   c) Prüft eure Ergebnisse, ob sie mit geltendem Recht (**M3b**) vereinbar sind. Ändert sich etwas an eurem Vorschlag?
3. Vielleicht hast du auch Wünsche, die zu kostspielig sind. Überlege, welche Wünsche dieser Art du hast. Erstelle einen Haushaltsplan für dich selbst nach der Vorlage in **M2**.

H Aufgabe 1
→ S. 302

F Aufgabe 3
Tauscht eure Ergebnisse zu zweit aus und recherchiert, welche Anschaffungswünsche ihr euch durch Leihen oder Mieten erfüllen könntet. Berücksichtigt dabei die möglichen Kosten.

6.1.2 Ist Sparen auch schon im jugendlichen Alter sinnvoll?

Zum Thema: Sparsamkeit gilt gemeinhin als positive Eigenschaft. Trifft das auch auf junge Menschen zu? Oder sollten sie ihr Geld einfach ausgeben – schließlich sind sie nur einmal jung! In diesem Kapitel findet ihr Antworten auf diese Fragen.

M4 Unverhofftes Geld

Die Jugendlichen haben unverhofft große Geldbeträge von ihren Großeltern geschenkt bekommen. Alle können sich über 1.500 Euro freuen. Nun fängt eine Diskussion darüber an, was sie mit dem Geld machen wollen …

Mehmet, 15 Jahre

„Ich investiere einen Teil des Geldes in meinen Insta-Channel, da habe ich Großes vor. Und wenn es da mal nicht so gut läuft, ist es gut, Rücklagen zu haben."

Mia, 13 Jahre

„Das kommt gerade recht! Damit kann ich mir eine richtig gute Kamera leisten und ein Schnittprogramm, ein Stativ und neue Kleidung, damit ich in meinen Erklärvideos gut wirke, die ich demnächst drehen will. Und vielleicht können wir mein Zimmer neu streichen, dann sieht das auf den Videos viel cooler aus."

„Ich weiß nicht, ich möchte das Geld lieber zur Seite legen. Wenn ich 18 bin, möchte ich den Führerschein machen, das kostet eine Menge Geld. Ich spare es lieber. Außerdem habe ich durch die Zinsen am Ende mehr Geld."

Elias, 14 Jahre

Lisa, 14 Jahre

„Ich würde mir das Geld einteilen und mir vier Jahre lang jeden Monat ungefähr 50 Euro Taschengeld mehr gönnen."

EINSTIEGSAUFGABE

Entscheidet, welche der Positionen in der Diskussion der Jugendlichen ihr am ehesten nachvollziehen könnt. Begründet euren Standpunkt.

M5 Welche Formen von Sparen gibt es?

Sparen heißt zunächst einmal, auf gegenwärtigen Konsum zu verzichten, um in Zukunft über einen größeren Geldbetrag verfügen zu können. Das Sparen kann unterschiedlichen Zielen dienen. Spart man für unvorhergesehene

Ausgaben (wie z. B. eine überraschende Fahrrad- oder Autoreparatur) oder plötzliche Einnahmeausfälle (z. B. durch Arbeitslosigkeit), so nennen Wissenschaftler es „Vorsorgesparen". Vorsorgesparen gibt allgemein mehr Sicherheit bei der Lebensplanung. Spart man für eine Urlaubsreise, ein Auto oder den Führerschein, so wird vom „Zwecksparen" gesprochen. Hierbei wird für eine größere Anschaffung, also einen konkreten Konsumwunsch in der Zukunft, gespart. „Vermögenssparen" hat das Ziel, Rendite, d. h. Ertrag, zu erzielen und das Vermögen zu vermehren. Sparen hat nämlich den Vorteil, dass Geld dafür bezahlt wird, sobald es zum Beispiel bei einer Bank angelegt wird. Auf diesen Anlagebetrag gibt es dann Zinsen. In den meisten Fällen ist es aber nicht möglich, zwischen den Sparzielen eindeutige Grenzen zu ziehen.

Bearbeiterin

Zinsen und Zinseszins

Zinsen: Zinsen sind ein Art „Miete" für Geld. Leihst du der Bank oder einem Unternehmen dein gespartes Geld, bekommst du Zinsen. Leiht die Bank dir Geld, bekommt sie von dir Zinsen.

Zinseszins: Geld für sich arbeiten lassen? Der Zinseszins-Effekt entsteht, wenn gutgeschriebene Zinsen nicht jedes Jahr vom Konto geholt, sondern dort belassen und jedes Jahr aufs Neue mitverzinst werden. Im Internet gibt es Zinseszinsrechner.

M6 Was bringen Sparpläne?

Elias (aus M4) möchte die von den Großeltern geschenkten 1.500 Euro anlegen und im Rahmen eines Sparplans (Geldanlage über einen längeren Zeitraum mit regelmäßigen Einzahlungen) zusätzlich jeden Monat 20 Euro drei Jahre lang sparen. Er hat bei einer Bank ein Zinsangebot von 1% gesehen. Im Internet hat er die folgenden Berechnungsformeln entdeckt:

1 Anfangskapitalberechnung:
Formel für die Berechnung von Zinsen und Zinseszinsen mit Anfangskapital

$$K = \frac{K_{neu}}{\left(1 + \frac{p}{100}\right)^n}$$

↔

Variablen
- „K_{neu}" ist das Kapital nach der Verzinsung (Endkapital)
- „K" ist das Kapital vor der Verzinsung (Anfangskapital)
- „p" ist die Zinszahl
- „n" ist die Anzahl der Jahre

↔

2 Endkapitalberechnung:
Formel für die Berechnung von Zinsen und Zinseszinsen für ein Endkapital

$$K = K \cdot \left(1 + \frac{p}{100}\right)^n$$

Bearbeiterin

AUFGABEN

1. Erstelle ein Schaubild zu den verschiedenen Sparformen (**M5**).
2. Ordnet die Vorstellungen vom Sparen in **M4** den verschiedenen Arten des Sparens in **M5** zu.
3. Berechnet zu zweit, a) welches Endkapital Elias am Ende seines Sparplans herausbekäme, b) wie lange ihr für ein eigenes Sparziel bei Zinsen von 1 % sparen müsstet. c) Beurteilt abschließend ob Sparen ein effektives, also wirksames Vorgehen sein kann.
4. Nehmt zu folgender Aussage Stellung: „Junge Leute sollten nicht sparen, es gibt so viel Schönes, was Geld alles möglich machen kann!"

H Aufgabe 1
→ S. 302

F Aufgabe 1
Recherchiert online
a) aktuelle Zinssätze für Sparkonten.
b) Berechne den Zinseszinseffekt für dein Erspartes.

6.2 Umgang mit Schulden

6.2.1 Sind Schulden ein sinnvoller Umgang mit Geld oder unbedingt zu vermeiden?

Zum Thema: Schulden sollten vermieden werden, das kann nur schlimm enden! Oder ist es doch manchmal sinnvoll, sich zu verschulden? Um diese Frage geht es in diesem Kapitel.

M7 Soll Jakob seinem Freund Luka Geld leihen?

MMORPG
Rollenspiele, die in großen Gruppen (Massen) gespielt werden, z. B. World of Warcraft.

Jakobs Freund Luka macht gerade eine Ausbildung zum Fachinformatiker. In seiner Freizeit spielt er für sein Leben gerne MMORPG Computerspiele. Dafür braucht er aber dringend einen leistungsfähigeren Gaming-PC. Das Modell, was er gerne hätte, kostet mindestens 2.000 Euro. Seine Eltern sind nicht in der Lage, ihm Geld zu leihen. Leider hat er auch nicht wie sein Freund Jakob Geld von seinen Großeltern geschenkt bekommen. Auch auf ein Zusatzeinkommen, wie Jakob es durch seine App-Entwicklung hat, kann er nicht zurückgreifen. Daher bittet er Jakob, ihm die 2.000 Euro zu leihen.

Luka hat sich einen Haushaltsplan gemacht und könnte jeden Monat 100 Euro zurückzahlen. Außerdem wäre er bereit, in seiner Gaming-Community Werbung für Jakobs Spiele-App zu machen.

Bearbeiterin

EINSTIEGSAUFGABEN

1. „Jakob hat genug Geld und könnte seinem Freund Luka doch einfach das Geld für den PC leihen." Arbeitet die Probleme heraus, die dem entgegenstehen könnten. Seht ihr auch Chancen für Luka und Jakob?
2. Tausche dich mit einem Partner aus: Habt ihr schon einmal Schulden gemacht? Wofür und bei wem? Würdet ihr euch wieder Geld leihen? Welche Probleme dabei entstehen könnten für den Leihenden und für den Verleiher?

M8 Was heißt es genau, einen Kredit aufzunehmen?

a) Das Kredit-ABC

Bei einem **Kredit- oder Darlehensvertrag** gibt es zwei Partner: den Geldgeber (auch **Gläubiger** genannt, z. B. eine Bank) und den Kreditnehmer (auch **Schuldner** genannt, z. B. deine Eltern). Der Geldgeber stellt den Kredit zur Verfügung. Er überlässt dem Kreditnehmer sein Geld und berechnet dafür **Zinsen**.

Der Zins ist der Preis für die Überlassung des Geldes und ist abhängig von der Bonität. Das ist der „gute Ruf" einer Person in Sachen Zahlungsfähigkeit und Zahlungswilligkeit. Diese entscheidet über die **Kreditwürdigkeit** des Kreditnehmers, denn die Geldverleiher versuchen das Risiko eines **Kreditausfalles** (Rückzahlung bleibt aus) einzuschätzen: Jemand mit hohem, regelmäßigem und sicherem Einkommen bekommt bessere Zinssätze als jemand mit unregelmäßigem, unsicherem Einkommen, bei dem der Geldgeber ein höheres Risiko eingeht.

Zum Nominalzins (der Prozentsatz, mit dem der Kredit verzinst wird) kommen oft einmalige Abschlusskosten oder Provisionen für Kreditberater. Diesen dann höheren Zinssatz nennt man Effektivzins. Vor der Kreditvergabe macht die Bank eine **Bonitätsabfrage** bei einer Auskunftei, z. B. bei der Schutzgemeinschaft für allgemeine Kreditsicherung (SCHUFA). Wer bei der SCHUFA bekannt dafür ist, seine Kredite oder Rechnungen nicht pünktlich zurückzubezahlen, der bekommt keinen neuen Kredit. Dann hilft nur noch der Weg zu dubiosen Kreditverleihern, die oft sehr hohe Zinsen für Kredite ohne SCHUFA verlangen. Manchmal verlangt die Bank aber auch weitere **Sicherheiten**, etwa Lohn- und Gehaltsabtretung, das eigene Haus oder den Kfz-Brief des Autos. Der Kreditnehmer zahlt das geliehene Geld und die angefallenen Zinsen später durch Abtretung eines Teils des monatlichen Einkommens in Raten zurück, das nennt man **Tilgung**. Der Kauf auf Kredit wird also grundsätzlich teurer als ein Kauf mit angespartem Vermögen, denn die Rückzahlungssumme erhöht sich um Kosten und Zinsen (und Zinseszinsen) und ist dann deutlich höher. Dieser „Aufschlag" auf den Kaufpreis ist der Preis für die sofortige Nutzung des Gutes. Das sollte man sich vorher mit einer ausführlichen **Kosten-Nutzen-Analyse** (manchmal auch Nutzwertanalyse genannt) genau überlegen und kritisch prüfen. Auch ein Blick in den eigenen Haushaltsplan ist sehr wichtig, um zu prüfen, in welcher Höhe man sich einen Kredit überhaupt leisten kann.

Bearbeiterin

dubios
Zweifelhaft, fragwürdig

b) Kreditformen im Überblick

Kreditform	Höhe	Laufzeit	Verwendung	Rückzahlung
Dispositionskredit (Überziehungskredit) des Girokontos	1 bis 3 Monatsgehälter (erst ab 18 und bei regelmäßigem Einkommen)	unbestimmt	z. B. kurzfristiger Geldbedarf zur Überbrückung	Ausgleich über Geldeingänge auf dem Konto Vorsicht: meist sehr hohe Zinsen (um oder mehr als 10 %)
Ratenkredit (Verbraucherkredit)	2.000 € bis ca. 30.000 €	meist 6 Monate bis zu 6 Jahren	z. B. Finanzierung eines Autos oder von Möbeln	Gehaltsabtretung und feste monatliche Raten oder Sondertilgung nach Möglichkeit
Immobilienkredit (Hypothekendarlehen)	ab 50.000 € bis 1.000.000 €	meist 10 Jahre	z. B. Kauf einer Wohnung, eines Grundstückes oder eines Hauses	Gehaltsabtretung, Haus etc. gehört der Bank (Grundbucheintragung)

Bearbeiterin

M9 Schulden können sinnvoll sein ...?!

Es gibt Situationen, in denen es durchaus sinnvoll sein kann, Schulden zu machen. Zum Beispiel, um ein Studium zu absolvieren oder eine Wohnung zu kaufen, wenn die Zinsen gerade günstig stehen und Wertsteigerungen zu erwarten sind. Entsprechend ist es auch für Staaten sinnvoll, Geld zu leihen, um zu investieren: in die Bildung, in Gebäude oder Verkehrswege, um bessere Rahmenbedingungen für die Wirtschaft zu schaffen oder das Leben seiner Bürger zu erleichtern.

Auch wenn etwas kaputtgeht, dass man dringend benötigt, ist es sinnvoll, es auf Kredit zu reparieren oder neu zu kaufen: ein Laptop fürs Studium oder – im Falle des Staates – die Reparatur von Brücken oder Straßen.

Kann ich private Schulden mit Krediten tilgen?

Das Blöde dabei: Geld leihen kann man meist nur gegen Zinsen. [...] Die vermeintlich günstigen Kredite, die vielen Verbrauchern angeboten werden, erhalten hingegen meist nur diejenigen, die ohnehin keine finanziellen Probleme haben und auf die Kredite nicht wirklich angewiesen sind.

Das Problem: Ist die Verschuldung so stark und der Kredit so groß, ergeben sich schon allein aus den dafür zu zahlenden Zinsen gewaltige Summen. [...]

Warum Staatsschulden kein Vorbild für Privatpersonen sind.

Denn wenn eine Privatperson überschuldet und nicht mehr in der Lage ist, ihre Verbindlichkeiten aus eigener Kraft zu begleichen, gibt es selten einen Rettungsschirm. Die Folge der Überschuldung ist dann möglicherweise die Privatinsolvenz.

Rettungsschirm
Als Rettungsschirm werden Maßnahmen bezeichnet, die die Zahlungsfähigkeit von Staaten oder Unternehmen sichern sollen, wenn diese geliehenes Geld und Zinsen nicht wie vereinbart zurückzahlen können.

Privatinsolvenz
→ M19 auf S. 202

AUFGABEN

1. Nennt mit Hilfe von **M8a** weitere Möglichkeit für Luka (**M7**), an das Geld für den Computer zu kommen.
2. Erstellt ein Kredit-ABC anhand von **M8a**, indem ihr die fettgedruckten Begriffe alphabetisch ordnet und sie mit eigenen Worten erklärt.
3. Überprüft anhand von **M8b**, welche Kredite für Luka (**M7**) möglich wären.
4. Erklärt mit Hilfe von **M9**, inwiefern Schulden sinnvoll sein können.
5. Um einen Kredit zu erhalten, muss man bei einem Kreditgeber, z. B. einer Bank, ein Beratungsgespräch führen. Bereitet dieses Beratungsgespräch vor, indem ihr Kosten und Nutzen eines möglichen Kredites auflistet und begründet, inwiefern dies sinnvolle Schulden sind oder nicht.
6. Luka ist auch nach dem Beratungsgespräch unsicher, ob er wirklich einen Kredit aufnehmen soll. Was würdet ihr ihm als Freundin oder Freund raten, wenn er euch fragen würde?

6.2.2 Die Null-Prozent-Finanzierung – sind Schulden kostenfrei zu haben?

Zum Thema: Schulden – das klingt abschreckend für viele Menschen. Allerdings haben manchmal sogar die Geschäfte, bei denen wir kaufen, ein Interesse daran, dass wir uns verschulden. Warum daran Interesse besteht und inwiefern Verbraucherinnen und Verbraucher zum Schuldenmachen verführt werden, erfahrt ihr in diesem Teilkapitel.

M10 0,0 % Finanzierung – ein super Angebot?

Luka hat sich über verschiedene Möglichkeiten der Kreditaufnahme informiert und ist noch etwas unentschlossen, wie und wo er sich Geld leihen soll. In der Innenstadt sieht er auf einmal ein verlockendes Angebot: In einem Elektronik-Markt gibt es die Möglichkeit, den so dringend gewünschten Computer in Raten zu bezahlen! Und das Ganze mit einer sogenannten Null-Prozent-Finanzierung! Er muss also auf die Raten keine Zinsen zahlen. Das klingt doch großartig, oder?

Finanzierungsangebot in einem Schaufenster in einer Innenstadt

Bearbeiterin

EINSTIEGSAUFGABEN

1. Angenommen, ihr trefft Luka in der Innenstadt: Tauscht euch darüber aus, ob ihr ihm zu einer solchen 0,0 % Finanzierung raten würdet.
2. Keine Zinsen bei Aufnahme eines Kredits! Klingt das für euch auch verlockend? Stimmt spontan in der Klasse ab: Wer würde an Lukas Stelle das Angebot annehmen?
3. Äußert Vermutungen für die Gründe, warum Läden solche Angebote machen.

M11 Was bedeutet Null-Prozent-Finanzierung?

Wer ein Produkt über eine Null-Prozent-Finanzierung kauft, schließt tatsächlich einen Kredit bei einem Kreditinstitut ab, mit dem der Händler kooperiert. Es handelt sich dabei meist um einen klassischen Ratenkredit mit fester Laufzeit und Ratenhöhe, jedoch ohne Zinsbelastung für den Kreditnehmer. Der Kaufpreis für die Ware wird über die Kreditauszahlung direkt an den Händler beglichen, der Kunde zahlt in der Folge die Raten an das Kreditinstitut.

Händler nutzen die Finanzierungsmöglichkeit zur Umsatzsteigerung. Selbst wenn sie anstelle des Kunden ein Entgelt für die Finanzierung an die Bank zahlen müssen, lohnt sich das Geschäft. Ein Geschenk an den Kunden ist damit nicht verbunden, denn auch versteckte Kosten werden in der Preiskalkulation des Händlers berücksichtigt. [...] Und für die Kreditinstitute rechnen sich solche Finanzierungen trotz fehlender Zinseinnahme ebenfalls: Sie gewinnen neue Kunden mit wertvollen Kundendaten, ohne selbst in andere, teure Werbemaßnahmen investieren zu müssen. Kennt das Kreditinstitut den neuen Kunden aufgrund des Kreditgeschäftes genauer, fällt es viel leichter, durch passgenaue Angebote lukrative Folgeverträge zu bewerben.

© Verbraucherzentrale NRW e.V., Null-Prozent-Finanzierung: Hintergründe, Vor- und Nachteile, www.verbraucherzentrale.de, 12.08.2019

M12 0 %-Finanzierung: Vor- und Nachteile für Verbraucherinnen und Verbraucher

1 „Null-Prozent-Finanzierung" bedeutet nicht automatisch, dass die Ware selbst günstig erworben wird. Sie kann vielmehr deutlich teurer sein als bei anderen Anbietern.

2 Bei fehlendem Eigenkapital (also, wenn man kein eigenes Geld zur Finanzierung eines Wunsches hat) sind Anschaffungen ohne Zusatzkosten möglich.

3 Vorübergehende finanzielle Engpässe können überbrückt werden.

4 Der Verhandlungsspielraum über den Kaufpreis ist häufig eingeschränkt. Barzahlungsrabatte sind nicht möglich.

6 Die aggressive Werbung suggeriert dem Verbraucher, er könne sich das Produkt problemlos leisten.

5 Es sind keine Ansparungen nötig und gewinnbringend angelegtes Kapital (Geld) muss nicht angegriffen werden.

© Verbraucherzentrale NRW e.V., Null-Prozent-Finanzierung: Hintergründe, Vor- und Nachteile, www.verbraucherzentrale.de, 12.08.2019

AUFGABEN

1. Arbeitet aus **M11** heraus, wie genau die Nullprozent-Finanzierung funktioniert.
2. Erstellt eine Tabelle der Vor- und Nachteile dieser Art der Finanzierung, indem ihr die Argumente in **M12** jeweils einer der beiden Spalten zuordnet.
3. Versetzt euch nun in die Situation eines gut informierten Freundes. Luka ist ganz erfreut über das Angebot des Elektronikmarktes (**M10**), will sich aber noch mit euch beraten. Er hat herausgefunden, dass er den Kredit in 36 Monatsraten abbezahlen könnte. Verfasst einen Chat, in welchem ihr euch mit Luka darüber austauscht, ob er seinen Rechner so finanzieren soll oder nicht.

F Aufgabe 2
Sucht weitere Argumente für oder gegen 0 % Kreditfinanzierung.

6.2.3 Verschuldung und Überschuldung – wann werden Schulden zum Problem?

Zum Thema: Viele Menschen haben Schulden, den meisten gelingt es aber, diese regelmäßig abzuzahlen. Doch ab wann werden Schulden eigentlich zu einem Problem? Hier bearbeitet ihr Fragen wie diese und erfahrt, wie Schulden in Deutschland verteilt sind.

M13 Fallbeispiele: Umgang mit Schulden

1 Kerstin und Stephan Richter leben zusammen mit ihrem Sohn in einem Reihenhaus. Noch gehört es ihnen nicht richtig, denn sie haben dafür einen Kredit bei der Bank aufgenommen und zahlen diesen nun in Raten, die mit der Höhe ihrer Einkommen vereinbar sind, über 30 Jahre, Monat für Monat ab. Wenn sie dann in Rente gehen, wird ihnen das Haus ganz gehören.

2 Familie Müller lebt vom Arbeitslosengeld, weil beide Eltern im Zuge der Corona-Pandemie ihre Jobs verloren haben. Die Familie hatte vorher einen Kredit für ein Auto abgeschlossen, muss also hier Raten abbezahlen. Auch der Fernseher der Familie und die Waschmaschine sind auf Raten gekauft worden. All diese Verträge sind einmal abgeschlossen worden, als die Familie noch in einer anderen finanziellen Situation war. Nun belasten die Schulden die Familie so, dass sie durch die hohen Raten, ihre Miete nicht mehr zahlen kann.

Bearbeiterin

EINSTIEGSAUFGABEN

1. Beschreibt den Unterschied zwischen den beiden in **M13** dargestellten Verschuldungssituationen.
2. Diskutiert in der Klasse, wie die Fallbeispiele sich in den nächsten Jahren weiterentwickeln könnten.

M14 Was genau bedeuten Verschuldung und Überschuldung?

a) Was genau sind Schulden?

Beim Thema „Schulden" werden unterschiedliche Begriffe verwendet, deren genaue Bedeutung vielen Laien nicht sofort klar ist. Probleme bereitet häufig der Unterschied zwischen Verschuldung und Überschuldung. Schulden zu machen, ist in vielen Situationen für „Otto-Normalverbraucher" unumgänglich. Sei es nun der Kredit für das neue Auto oder die Immobilienfinanzierung: In diesen und vielen anderen Fällen nehmen Personen einen Kredit auf und schulden dem Kreditgeber dann Geld. Jede Person, die irgendwo Schulden hat, und seien es nur wenige Euro, ist verschuldet. Können diese Schulden fristgemäß abgezahlt werden, ist eine Verschuldung nicht negativ zu bewerten.

© 2020 Schuldnerberatung.de, Überschuldung: Wie kommt es dazu und was können Sie unternehmen?, www.schuldnerberatung.de, Abruf am 04.05.2020

b) Überschuldung und Insolvenz

1 Überschuldung:
Überschuldung liegt vor, wenn das Vermögen des Schuldners die bestehenden Verbindlichkeiten nicht mehr deckt, es sei denn, die Fortführung des Unternehmens ist nach den Umständen überwiegend wahrscheinlich. [...]

Nach: § 19 Überschuldung, Insolvenzordnung (InsO)

2 Insolvenz:
Insolvenz bezeichnet eine Situation, in der ein Schuldner seine Zahlungsverpflichtungen gegenüber einem Gläubiger nicht mehr erfüllen kann. Seine Einnahmen sind also deutlich geringer als seine Ausgaben und Verpflichtungen. Wenn eine Privatperson zahlungsunfähig ist, eine solche Zahlungsunfähigkeit droht oder sie überschuldet ist, dann wird von „Privatinsolvenz" gesprochen.

Bearbeiterin, basierend auf: © 2020 Schuldnerberatung.de, Überschuldung: Wie kommt es dazu und was könnten Sie unternehmen?, www.schuldnerberatung.de, Abruf am 04.05.2020

M15 So verschulden sich die Menschen in Deutschland

a) Überschuldung nach Altersgruppen

Überschuldungsquoten nach Altersgruppen (Stand: 2019)

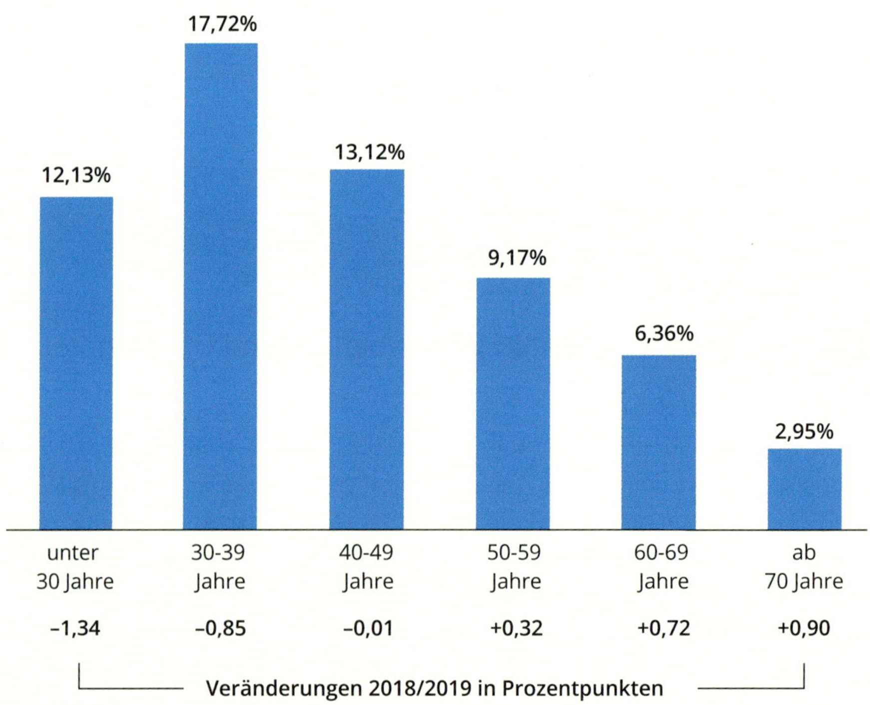

Quelle: © 2020 Verband der Vereine Creditreform e.V., Creditreform, Boniversum, microm, Schuldner Atlas 2019, www.creditreform.de, 14.11.2019

b) Wofür sich junge Menschen verschulden

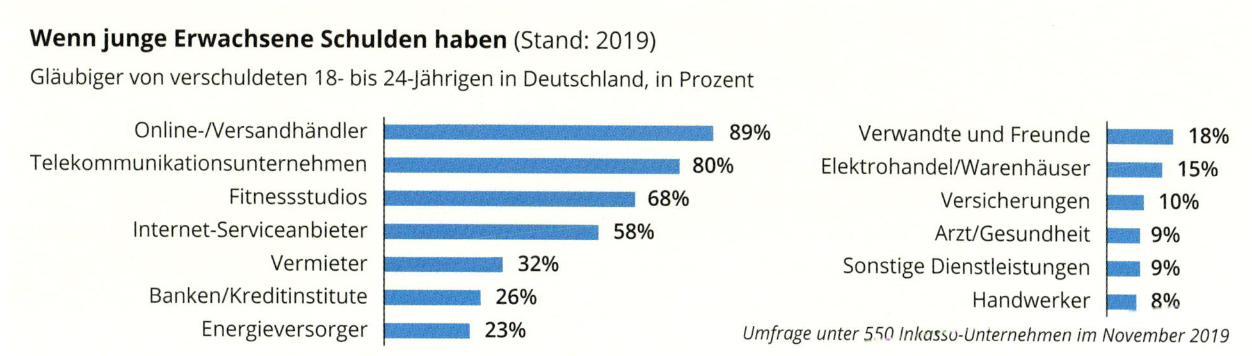

Quelle: © dpa-Infografik, nach: Bundesverband Deutscher Inkasso-Unternehmen, 2019

c) Bei wem sich Jugendliche Geld leihen

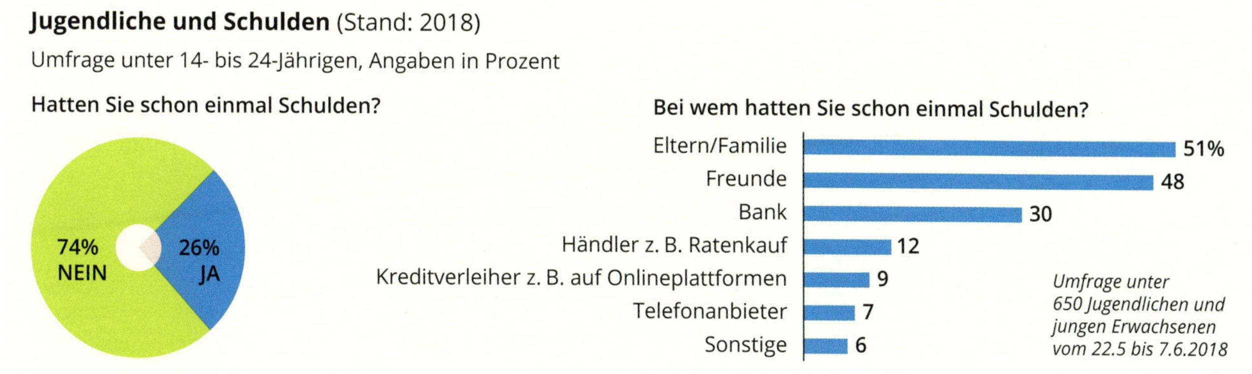

Quelle: © dpa-Infografik, nach: Bankenverband, 2019

d) Private Überschuldung: Unterschiede zwischen Jung und Alt

Hauptauslöser	Schuldner unter 25 Jahren	Schuldner ab 65 Jahren	Alle beratenen Schuldner
	Anteil an beratenen Personen in %		
Arbeitslosigkeit	19,1	8,6	20,0
Trennung, Scheidung, Tod des Partners / der Partnerin	4,1	14,4	13,1
Erkrankung, Sucht oder Unfall	10,9	15,3	15,8
Unwirtschaftliche Haushaltsführung	26,8	8,4	12,9
Gescheiterte Selbstständigkeit	1,6	12,9	8,5
Längerfristiges Niedrigeinkommen	11,7	11,7	8,3
Sonstiges	25,8	28,7	21,4

© Destatis, Private Überschuldung: Starke Unterschiede zwischen Jung und Alt, www.destatis.de, 28.05.2019

M16 Der Blick in die Jugendforschung: Der Jugendalltag ist kostenpflichtig geworden

Der Jugendalltag ist kostenpflichtig geworden. Das heißt, fast alles, was zu einem typischen Jugendalltag gehört, kostet etwas: Die meisten Freizeitaktivitäten, die Jugendliche miteinander oder alleine machen, die für Jugendliche normale Kommunikation über elektronische Medien und auch die Möglichkeit, mobil zu sein und sich vom Elternhaus zu lösen, alles kostet Geld.

Geld ist also das notwendige Mittel zur Bewältigung der Jugendphase. Studien zu den Geldausgaben junger Menschen zeigen, dass die größten Kosten nicht für Handys und Markenkleidung entstehen, sondern eher für Essen und Mobilität, also z. B. ein eigenes Auto ausgegeben werden.

Damit zeigt sich, es geht beim Konsum Jugendlicher nicht nur um Statussymbole, wie häufig angenommen wird. Wenn man sich dies vor Augen führt, wird deutlich, wie schwierig es für Jugendliche ist, nicht zu konsumieren.

Gerade Jugendliche, die finanziell nicht so gut ausgestattet sind, werden somit häufig von den Aktivitäten Gleichaltriger ausgeschlossen.

Es geht häufig darum nicht „blöd dazustehen". Die Folge ist dann, an gemeinsamen Aktivitäten nicht teilzunehmen. Dies kann mit Gefühlen von Scham oder Angst einhergehen. […]

Insgesamt können Schulden neue Möglichkeiten eröffnen und dazu beitragen, „mithalten zu können" und Ausgrenzung zu vermeiden.

Andrea Braun, Vera Lanzen, Cornelia Schweppe, Junge Menschen, Geld, Schulden, www.bpb.de, 04.01.2016

AUFGABEN

1. Erklärt mit eigenen Worten den Unterschied zwischen den Begriffen „Schulden" und „Überschuldung (**M14a-b**).
2. Analysiert in Kleingruppen mit Hilfe der Methodenkarte auf S. 264 die Statistiken in **M15a-d** arbeitsteilig im Hinblick auf die Situation der Verschuldung der Menschen in Deutschland.
3. Stellt mit Hilfe von **M15b-c** Vermutungen dazu an, warum sich Jugendliche verschulden.
4. Analysiert **M16** im Hinblick auf die Ursachen für die Verschuldung von Jugendlichen.
5. Nehmt in Form eines Blitzlichtes Stellung zu der These: „Der Jugendalltag ist kostenpflichtig geworden, Schulden sind da ein Mittel, um mithalten zu können."
6. a) Erstellt eine Liste mit Tipps für Jugendliche: Wie können Schulden und Überschuldung vermieden werden?
   b) Präsentiert eure Ergebnisse in Form eines Referates (→ Methodenglossar) vor der Klasse.

6.2.4 Von der Verschuldung in die Überschuldung: Was tun, wenn die Schulden über den Kopf wachsen?

Zum Thema: Manchmal passiert es, dass Schulden so stark anwachsen, dass sie nicht mehr abgebaut werden können. Droht dann der finanzielle Ruin? Ob und welchen Ausweg es aus einer solchen Situation geben kann, erfahrt ihr in diesem Kapitel.

M17 Luka in finanzieller Not ...

Luka (18) hat ein Problem. Er hat bei einer Bank einen Kredit aufgenommen, um sich einen Gaming-PC zu kaufen, ohne seine finanziellen Möglichkeiten zu analysieren. Die Verlockung war einfach zu groß.

Bei einer LAN-Party zwei Wochen später ist ihm sein neuer PC heruntergefallen und wurde so stark beschädigt, dass er nicht mehr repariert werden konnte. Zu allem Unglück läuft sein teures Premium-Abo für das Online-Spiel auch noch ganze fünf Monate weiter. Eine Versicherung wollte er sich von seinem schmalen Ausbildungsgehalt nicht leisten.

Er kann sich aber auch nicht vorstellen, sein Hobby, das Gamen, so einfach fallen zu lassen. Deshalb ist er doch wieder in den Elektronikmarkt gegangen und hat dort mit einer „Null-Prozent-Finanzierung" einen neuen PC gekauft. Nun sitzen ihm Strom- und Telefonanbieter im Nacken, weil er die Rechnungen nicht mehr bezahlen konnte. Diese verlangen nun hohe Mahngebühren und drohen mit Rechtsanwälten. Und auch vor seinen Kollegen will er sich nichts anmerken lassen, geht wie immer mit ihnen mittags in das Restaurant um die Ecke. Er merkt aber, dass seine Situation langsam aber sicher immer auswegloser wird ...

Bearbeiterin

Lukas Finanzen	
Einnahmen	
Gehalt, 1. Ausbildungsjahr	870 €
Ausgaben	
Miete	500 €
Strom	30 €
Benzin	50 €
Lebensmittel	100 €
Bank-Rate für den ersten PC	85,80 €
Elektromarkt-Rate für den 2. PC	55 €
Handy-Vertrag	20 €
Spiele-Abo	20 €
Kleidung, Kino, Party, ...	150 €

EINSTIEGSAUFGABE

Luka ist verzweifelt. Eines Abends erzählt er Jakob alles, was bisher passiert ist. „Was soll ich denn jetzt tun?", ruft er verzweifelt. Was würde euch an Jakobs Stelle als spontane Antwort einfallen?

M18 Was bringen Schuldnerberatungen?

Sehen Menschen keinen Ausweg mehr aus den finanziellen Problemen, so sollten sie sich so früh wie möglich beraten lassen. Kompetente Berater sind z. B. die Schuldnerberatungsstellen der Landratsämter. Auch Wohlfahrtseinrichtungen wie Caritas oder Diakonie beraten kostenlos.

Zur Beratung sollten sie eine Aufstellung der eigenen Einnahmen und Ausgaben mitbringen sowie eine ehrliche Auflistung aller Schulden und der Personen, denen sie etwas schulden (Gläubiger). Die Beraterinnen und Berater helfen dabei, den Notfall zu meistern und den finanziellen Überblick zu bekommen – und zu behalten. Wichtig ist, Menschen in finanziellen Notsituationen Vorschläge zur Ausgabenkürzung oder Einnahmenverbesserung gegenüber aufgeschlossen sind, denn nun gilt es, einen Rückzahlungsplan (Tilgungsplan) aufzustellen und mit den Gläubigern zu verhandeln.

Bearbeiterin

M19 Privatinsolvenz: ein Weg aus der finanziellen Krise?

Wer überschuldet ist, d.h. seine Schulden nicht mehr bezahlen kann und sich mit seinen Gläubigern, etwa im Rahmen einer Schuldnerberatung, nicht außergerichtlich einigen konnte, der kann „Privat- oder Verbraucherinsolvenz" beim Amtsgericht anmelden.

Das gesetzlich geregelte Verfahren ist mühsam und mit viel Papierkram verbunden, weshalb auch hier ein Termin bei der Schuldnerberatung sinnvoll ist. Im vereinfachten Insolvenzverfahren muss der Insolvenzantragsteller nun zustimmen, dass seine Wertgegenstände und sein pfändbares Vermögen von einem eingesetzten Treuhänder an die Gläubiger verteilt werden. Er muss sich dann sechs Jahre lang „wohl verhalten". Während dieser „Wohlverhaltenszeit" verwaltet eine vom Gericht bestimmte Person das Vermögen des Schuldners. Das bedeutet, er muss jede zumutbare Arbeit annehmen und vom Einkommen alles, was er nicht direkt zum Leben braucht, für die Schuldentilgung an die Gläubiger abgeben. Hier ist äußerste Haushaltsdisziplin gefragt. Bewährt sich der Schuldner, d.h. erfüllt er alle Auflagen, wird ihm am Ende das Gericht die Restschuld erlassen. Der Betroffene kann einen wirtschaftlichen Neuanfang starten. Die Gläubiger hingegen bleiben auf ihren Restforderungen sitzen. Vergehen wie Schwarzarbeit, Steuerhinterziehung oder falsche Angaben über Geld und Vermögen können diese Restschuldbefreiung gefährden.

Bearbeiterin

Schwarzarbeit
Einkommen muss in Deutschland und in den allermeisten Ländern der Welt versteuert werden. Verdient jemand sein Geld, ohne es zu versteuern, dann arbeitet er „schwarz". Schwarzarbeit ist illegal und führt zu hohen Strafen.

AUFGABEN

1. Ermittelt anhand von **M17**, welches Problem sich in Lukas Fall ergibt.
2. Erstellt ein Flussdiagramm, mit dem ihr einen möglichen Weg aus den Schulden mittels Schuldnerberatung und Privatinsolvenz visualisierst (**M18**, **M19**).
3. Luka geht zur Schuldnerberatung. Hier sucht er Hilfe, wie er sich in Zukunft anders verhalten kann, um nicht mehr in die Schuldenfalle zu geraten. Führt das Gespräch bei der Schuldnerberatung in Form eines Rollenspiels durch.
4. Beurteilt das Instrument der Verbraucherinsolvenz in Bezug auf die Folgen für Gläubiger und Schuldner (**M19**).

H Aufgabe 3a
→ S. 303

Sprüche, Redewendungen und Zitate zum Thema Umgang mit Geldausgaben

Schon immer haben Menschen Sprichwörter, Kalendersprüche, Sinnsprüche gemocht. Auch heute gibt es sie auf Tassen, Postkarten oder Postern. Die Menschen scheinen sich solche in sprachliche Bilder verpackten allgemeinen Aussagen besonders gerne anzunehmen und erhoffen sich daraus eine Orientierung für ihr eigenes Verhalten. Auch zum Thema Umgang mit Geld gibt es sehr viele solcher Weisheiten. Bei näherem Hinsehen lässt sich jedoch durchaus darüber streiten, ob alle diese Aussagen empfehlenswert sind.

1 „Sparsamkeit ist die Lieblingsregel halblebendiger Menschen."
Henry Ford

2 „Wie kommt es, dass am Ende des Geldes noch so viel Monat übrig ist?"
Unbekannt

3 „Die Menschen verstehen nicht, welch große Einnahmequelle in der Sparsamkeit liegt."
Cicero, ca. 106-43 v. Chr.

4 „Erbitte dir zuerst Gesundheit, dann Wohlergehen, drittens ein frohes Herz und zuletzt, niemandes Schuldner zu sein."
Philemon, etwa 361-263 v.Chr.

5 „ERST GEÖLT UND DANN VERBRATEN, KAUFT DER MENSCH ZU VIEL AUF RATEN."
Waltraud Puzicha, 1997

6 „Ist der Schuldenberg erklommen, ist die Aussicht dir genommen."
Erhard Horst Bellermann, 2006

Bearbeiterin

Aufgabe

Wähle einen Spruch aus, der dich überzeugt und einen, den du für nicht empfehlenswert hältst. Begründe jeweils deine Entscheidung anhand des in diesem Kapitel erworbenen Fachwissens.

Fabrikhalle in Wolfsburg

Gestapelte Getränkekisten

Pakete auf einem Rollband

Eine Frau beim Haare stylen

Ein Mann beim Fliesenlegen

Putzutensilien in einem Krankenhaus

Zwei Männer beim Brotbacken

Mähdrescher auf einem Weizenfeld

Unternehmen in Deutschland: Geht es ihnen nur um den Profit?

7

In Deutschland gab es im Jahr 2020 ca. 3,5 Millionen Unternehmen. Eine Welt ohne Unternehmen ist nicht vorstellbar. Sie versorgen uns oder andere Unternehmen täglich mit Waren und Dienstleistungen und helfen, unsere Bedürfnisse nach Lebensmitteln oder gar Luxusgütern zu befriedigen.
Gleichzeitig wird Unternehmen mitunter vorgeworfen, alle ihre Entscheidungen nur an ihrem Profit (Gewinn) auszurichten. In diesem Kapitel geht es um die Aufgaben, Ziele und Entscheidungen von Unternehmen. Es geht auch darum, was es heißt, ein selbstständiger Unternehmer zu sein und um die Bedeutung mittelständischer Unternehmen für die deutsche Wirtschaft.

Am Ende des Kapitels solltet ihr Folgendes können:

- Unternehmen nach Wirtschaftssektoren unterscheiden und die Wertschöpfungskette anhand eines Beispiels erläutern
- ausgewählte unternehmerische Entscheidungen treffen und reflektieren (z. B. Preisgestaltung, Personaleinstellung, Umweltschutzmaßnahmen)
- den Einfluss der Digitalisierung auf Einzelhandelsunternehmen beurteilen
- die Unterschiede zwischen Angestellten und Selbstständigen erläutern und die Chancen und Risiken des Unternehmertums abwägen
- Unternehmen nach sozial verantwortlichem Handeln zu bewerten

WAS WISST UND KÖNNT IHR SCHON?

1. Analysiert die Bilder auf der linken Seite und notiert euch zu jedem Bild konkrete Merkmale, um welches Unternehmen es sich handeln könnte. Erstellt anschließend eine Tabelle mit passenden Oberpunkten, denen ihr die Unternehmensmerkmale zuordnet und sie so sortiert.
2. Sammelt zu zweit Beispiele, mit welchen Unternehmen ihr in einer normalen Woche direkt oder indirekt zu tun habt und ordnet sie den Kategorien aus Aufgabe 1 zu.
3. Bildet in der Klasse eine Positionslinie zu der Frage „Unternehmen in Deutschland: Geht es ihnen nur um den Profit?“ und positioniert euch spontan. Hört euch an, wie einzelne Mitschülerinnen und Mitschüler ihre Position begründen. Haltet anschließend eure eigenen Spontanurteile schriftlich fest.

Einen Unternehmenssteckbrief erstellen

I. Worum geht es?

Die Welt der Unternehmen ist größer und abwechslungsreicher, als man häufig denkt. Wie viele Unternehmen aus deinem Heimatort kennst du genauer? Gibt es in deiner Stadt vielleicht sogar ein international tätiges Unternehmen? Ist einer deiner Familienmitglieder selbst Unternehmer? Mit Hilfe von Unternehmenssteckbriefen lernt deine Klasse die Unternehmenslandschaft eurer Stadt besser kennen.

II. Geht dabei so vor:

1. Schritt: Vorbereitung des Unternehmenssteckbriefs

a) Lest **M2-M6**, **M34-M36** sowie **M38a-b** und **M39**. Bearbeitet im Anschluss die entsprechenden Aufgaben.
b) Sammelt in eurer Klasse, was ihr über die Unternehmen herausfinden wollt. Mögliche Merkmale wären z. B. Anzahl der Beschäftigten, Branche, Gründungsjahr, Hauptkunden, Umsatz, Gewinn, Anzahl der Auszubildenden, ...
c) Einigt euch in der Klasse auf maximal zehn Merkmale.
d) Formuliert dazu passende Fragen, die ihr den Unternehmerinnen und Unternehmern stellen könnt, wenn ihr sie persönlich ansprecht.

2. Schritt: Auswahl eines Unternehmens

a) Führt in einer Kleingruppe (zum Beispiel zu Dritt) ein Brainstorming zur Frage „Welche Unternehmen gibt es in unserer Umgebung?" durch. Tipp: Denkt beispielsweise an die Unternehmen, an denen ihr auf eurem Schulweg vorbeikommt oder sprecht mit euren erwachsenen Bekannten darüber, wo sie arbeiten. Auch könnt ihr im Internet mit den Stichworten „Firmenverzeichnis *Meine Stadt*" euer Brainstormingergebnis ergänzen.
b) Einigt euch anschließend auf das Unternehmen, das euch am meisten interessiert.

3. Schritt: Sammeln der Informationen und Aufbereitung des Unternehmenssteckbriefs

a) Ihr könnt versuchen, die Informationen über das Unternehmen im Internet zu finden. Meistens ist es jedoch viel interessanter, ein persönliches Gespräch zu führen. Möglich ist zum Beispiel ein Telefonat mit einem Mitarbeiter oder sogar der Geschäftsführung, bzw. ein Besuch des Unternehmens. In jedem Fall solltet ihr vorher per Email oder Telefon anfragen, ob das Unternehmen mit einer Kontaktaufnahme einverstanden ist.
b) Nicht alle Unternehmen geben gerne genau Auskunft, z. B. über ihren Gewinn. Wenn das in eurem Fall so ist, dann müsst ihr das akzeptieren. Manchmal hilft es, nach einer „ungefähren Größenordnung" zu fragen.
c) Fasst eure Ergebnisse wie in der Klasse besprochen zu einem Steckbrief (→ Methodenkarte auf S. 228 f.) zusammen und präsentiert ihn in der Klasse oder auf einer Stellwand in der Schule.

Bearbeiter

7.1 Unternehmerisch handeln

7.1.1 Handelsunternehmen – Entscheidungen wie in jedem anderen Unternehmen auch?

Zum Thema: Der Begriff „Handelsunternehmen" klingt zunächst einmal recht sperrig. Doch jeder von uns hat nahezu täglich mit ihnen zu tun. Welche Bedeutung Handelsunternehmen tatsächlich in unserem Leben einnehmen und welche Gemeinsamkeiten und Unterschiede diese zueinander haben, wird in diesem Kapitel anschaulich dargestellt.

M1 Können Getränkemärkte Beispiele für „normale" Unternehmen sein?

Emre hat für den Differenzierungskurs „Wirtschaft" an seiner Schule die Aufgabe bekommen, ein Unternehmen aus der eigenen Stadt genauer zu erkunden. Er soll zum Beispiel im Gespräch mit den Geschäftsführern herausfinden, was es bedeutet, Unternehmer zu sein und welche Entscheidungen Unternehmer treffen müssen. Weil Emre ziemlich spät dran ist, schlägt ihm sein Freund Benedikt Meinerz vor, die Erkundung im Getränkemarkt seines Vaters zu machen.

EINSTIEGSAUFGABEN

1. Würdet ihr an Emres Stelle das Angebot von Benedikt annehmen?
2. Sammelt Ideen, welche Entscheidungen der Geschäftsführer eines Getränkemarktes regelmäßig treffen muss und worauf er bei seinen Entscheidungen achten sollte.

M2 Wirtschaftssektoren: Wie lassen sich Unternehmen unterscheiden?

1 Primärer Sektor: Unternehmen, die Rohstoffe abbauen: *Landwirtschaft, Fischerei, Forstwirtschaft, Bergbau, Erdölförderung*

Kohleförderturm in Bochum

2 Sekundärer Sektor: Unternehmen, die die Rohstoffe weiterverarbeiten: *Industrie (z. B. Autos, Lebensmittel), Handwerk (z. B. Tischler, Bäcker)*

Pralinen-Herstellung

3 Tertiärer Sektor: Unternehmen, die Dienstleistungen und keine physischen Waren anbieten: *z. B. Banken, Handel, Versicherungen, Verkehr, öffentlicher Dienst und bestimmte Handwerke (z. B. Friseur)*

Beratungsgespräch zwischen einer Beraterin und einem Kunden

4 Quartärer Sektor: Unternehmen, die "höherwertige" Dienstleistungen anbieten: *z. B. Informationstechnologie, Softwareprogrammierung, Datenverarbeitung*

Eine Softwareentwicklerin bei der Arbeit

M3 Was sind die zentralen Aufgaben und Entscheidungen in einem Unternehmen?

Es gibt sehr viele unterschiedliche Unternehmen, die Produkte und Dienstleistungen anbieten. Drei Hauptfunktionen gibt es aber in allen Unternehmen: die Beschaffung, die Produktion und den Vertrieb (Absatz).

1 Bei der **Beschaffung** geht es vor allem um den Einkauf von Materialien, Rohstoffen oder Maschinen und Werkzeug sowie das Einstellen von Personal. Das Ziel der Beschaffung ist es, dass das Material in erforderlicher Menge zum für den Produktionsprozess richtigen Zeitpunkt vorhanden ist. Hier wird auf niedrige Kosten, aber auch auf die Qualität geachtet.

→

2 In der **Produktion** werden die Produkte hergestellt oder Dienstleistungen erbracht. Wichtige Entscheidungen sind hier z. B. die Frage, welche Produkte man in welchen Mengen herstellt oder welche Ausstattungen und in welcher Vielfalt sie hergestellt werden sollen.

→

3 Der **Vertrieb** (**Absatz**) hat die Aufgabe, die Produkte oder Dienstleistungen an die Kunden oder Händler zu verkaufen. Der Vertrieb kalkuliert auch, wie teuer die Produkte sein werden und wie für ein Produkt geworben wird. Ein Unternehmen ist langfristig nur dann „überlebensfähig", wenn es Gewinne macht. Ein Gewinn entsteht, wenn es durch den Verkauf eines Produktes mehr Geld einnimmt, als die gesamte Herstellung gekostet hat. In jedem Bereich eines Unternehmens müssen also täglich wichtige Entscheidungen getroffen werden, damit ein Unternehmen erfolgreich sein kann.

Bearbeiter

M4 Erweiterte Wertschöpfungskette

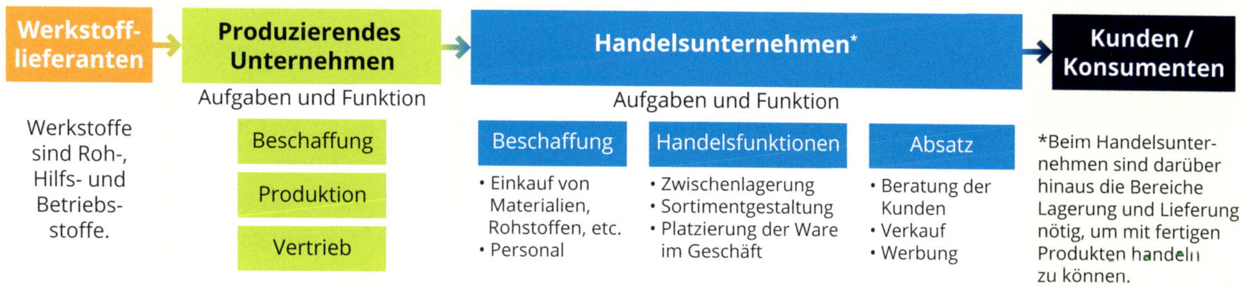

Bearbeiter

M5 Sind Handelsunternehmen im Vergleich zu anderen Unternehmen „unproduktiv"?

Handelsunternehmen spielen eine wichtige Rolle auf dem Weg einer Ware vom Produzenten zum Konsumenten und übernehmen zentrale Funktionen: Im Alltag kaufen die Konsumenten den größten Teil aller Waren bei Handelsunternehmen. Handelsunternehmen übernehmen z. B. den Transport von Waren vom Hersteller zum Konsumenten, lagern fertige Waren, beraten die Kunden oder beeinflussen den Absatz eines Produkts, indem sie es gemeinsam mit anderen Produkten anbieten (z. B. stehen Nudeln und Nudelsaucen im Regal des Supermarkts nebeneinander). Damit wird deutlich, dass auch Unternehmen, die nur mit fertigen Produkten handeln, wichtige Aufgaben erfüllen und einen zentralen Beitrag zur gesamtwirtschaftlichen Wertschöpfungskette leisten.

Bearbeiter

M6 Nach welchen Prinzipien kann ein Unternehmer wirtschaftlich entscheiden?

Sowohl produzierende Unternehmen als auch Handelsunternehmen müssen täglich wichtige Entscheidungen treffen. Dabei geht es ihnen im Grunde ähnlich wie einer Familie: Der Familie steht pro Monat nur eine begrenzte Geldmenge zur Verfügung. Weil die Geldmenge nicht unendlich ist, hat das einen Einfluss auf die Entscheidungen, wofür das Geld ausgegeben wird. So geht es auch den Unternehmen: auch hier sind die Mittel, z. B. Geld, Rohstoffe oder Arbeitskraft nicht unendlich vorhanden. Das Unternehmen versucht daher entweder, ein vorgegebenes Ziel mit möglichst geringem Mitteleinsatz zu erfüllen (**Minimalprinzip**), oder es versucht, mit den vorhandenen Mitteln ein möglichst großes Ziel, z. B. eine hohe Produktionsmenge, zu erreichen (**Maximalprinzip**). Auch wenn die Entscheidungen in der Realität häufig noch komplizierter sind, können diese beiden Prinzipien dem Unternehmer helfen, eine wirtschaftlich sinnvolle Entscheidung zu treffen.

Bearbeiter

Ökonomisches Prinzip
(Auch Wirtschaftlichkeitsprinzip genannt): Aufwand (Kosten) und Nutzen sollen in einem guten Verhältnis stehen. Es wird nach dem Minimal- oder Maximalprinzip entschieden.

Geldfunktionen
→ Kapitel 3.3.2, S. 104

M7 Das ökonomische Prinzip: die unternehmerischen Entscheidungen von Herrn Meinerz

1 Die vorhandene Verkaufsfläche des Getränkemarkts Meinerz wird neugestaltet. Die Kisten sollen nun so gestapelt und platziert werden, dass mehr Ware in den Verkaufsraum passt und die Regale seltener nachgefüllt werden müssen.

2 Der Getränkemarkt Meinerz will neue Kunden gewinnen. Herr Meinerz möchte dafür Werbeanzeigen in Zeitungen und im Internet schalten. Sein Budget liegt bei 1.500 €. Er erkundigt sich bei verschiedenen Zeitungsverlagen, in welcher Zeitung er möglichst viele Kunden mit einer Werbeanzeige erreichen kann.

3 Herr Meinerz benötigt einen neuen Gabelstapler zum Transport von Getränkepaletten. Er erkundigt sich bei verschiedenen Händlern nach den günstigsten Angeboten.

4 Die Konkurrenz von Getränkemarkt Meinerz hat ihre Öffnungszeiten verlängert. Herr Meinerz prüft nun, ob er seinen Getränkemarkt am Abend auch bis 21 Uhr statt bisher 19 Uhr geöffnet lassen kann. Er versucht, die Arbeitsstunden seiner jetzigen Angestellten über den Tag neu zu verteilen, um länger öffnen zu können.

Bearbeiter

F Aufgabe 1
Recherchiert im Internet, in welchem Sektor in Deutschland die meisten Menschen beschäftigt sind.

AUFGABEN

1. Ordnet die Unternehmen von der Auftaktseite (S. 204) jeweils einem Wirtschaftssektor zu (**M2**).
2. a) Erläutert die Wertschöpfungskette und damit den Weg des Produkts „Apfelschorle" vom Rohstoff-Lieferanten bis zum Konsumenten mit Hilfe von **M3** und **M4**.
   b) Erklärt in eigenen Worten die einzelnen Schritte der Wertschöpfungskette.
3. In **M5** wird dargestellt, was Handelsunternehmen von produzierenden Unternehmen unterscheidet. Lest den Text und beantwortet die Frage, ob Handelsunternehmen „unproduktiv" sind. Findet Beispiele aus eurem Alltag.
4. a) Analysiert die Beispiele aus **M7** und entscheidet mit Hilfe von **M6**, nach welchem Prinzip Herr Meinerz jeweils handelt.
   b) Begründet und vergleicht eure Ergebnisse miteinander.
5. Kommt nochmal auf eure Ideensammlung aus der Einstiegsaufgabe 2 zurück und prüft, welche Entscheidungen sich mit dem ökonomischen Prinzip lösen lassen.
6. Nach einer Woche fragt Benedikt Emre per WhatsApp: „Na, hast du es dir überlegt?" Formuliert Emres begründete Antwort.

7.1.2 Sollten Unternehmen ihre Preise (nur) an der Konkurrenz ausrichten?

Zum Thema: Die Festlegung von Preisen gehört zu einer der wichtigsten Entscheidungen eines Unternehmers. Welche Informationen muss er dabei berücksichtigen? Und welchen Einfluss haben die Preise anderer Unternehmer auf diese Entscheidung? Darum geht es in diesem Kapitel.

M8 Preisfindung: eine einfache Entscheidung?

Bei seiner Betriebserkundung im Getränkemarkt gerät Emre ein Formular in die Hände. Herr Meinerz erklärt ihm: „Damit bestelle ich die Waren für meinen Markt. In der Tabelle ist der Einstandspreis das wichtigste für mich. Das sind die Preise, die ich beim Großhändler bezahle, wenn ich dort für meinen Getränkemarkt einkaufe. Die Einstandspreise helfen mir festzulegen, was die Getränke bei mir kosten. Was meinst du, wie teuer sollten wir eine Kiste hier im Markt verkaufen?"

Getränkegroßhandel Hofmann – Bestellformular Softdrinks

Artikelbezeichnung	Inhalt d. Kiste	Einstandspreis	Bestellmenge
Cola light	12 x 1 Liter	7,58 €	
Orangenlimonade	12 x 1 Liter	7,58 €	
Zitronenlimonade	12 x 1 Liter	7,58 €	
Cola Cherry	12 x 1 Liter	7,58 €	

EINSTIEGSAUFGABEN

1. Lest euch durch, was Emre erfährt und schaut euch die Tabelle an.
2. Diskutiert, welchen Verkaufspreis ihr Herrn Meinerz vorschlagen würdet. Einigt euch in einer Dreiergruppe auf einen Preis und begründet schriftlich, wie ihr zu dem Vorschlag kommt.
3. Präsentiert euren Preisvorschlag mit Begründung in der Klasse.

M9 Welche Kosten müssen Unternehmen berücksichtigen?

Unternehmen, die etwas verkaufen, müssen festlegen, welchen Preis ihre Produkte haben sollen. Damit sich der Verkauf lohnt, sollte der Preis höher sein als das, was die Produktion des Produkts gekostet hat. Zum Beispiel hat ein Getränkehersteller Kosten für die Zutaten des Getränks, die Produktionsanlagen, die Löhne der Mitarbeiter oder die Miete der Fabrikräume. All diese Kosten muss der Unternehmer berücksichtigen, wenn er die Preise festlegt. Außerdem möchten alle Unternehmer einen **Gewinn** machen, den sie auch bei der Preisfindung einplanen müssen. Ein Handelsunternehmen stellt selbst keine Produkte her, sondern verkauft Produkte, die es eingekauft hat. Es hat also nur **Warenkosten** (Einstandspreis) für den Einkauf der Produkte sowie **Personalkosten** für die Beschäftigung seiner Mitarbeiter und sogenannte **Betriebskosten**, worunter alle weiteren Gegenstände und Kosten fallen, die das Handelsunternehmen für den Verkauf benötigt, wie z. B. die Anschaffung einer Kasse oder die Miete von Verkaufsräumen. Kennt der Händler alle Kosten, kann er diese **Einzelkosten** und **Gemeinkosten** anteilig auf die zu verkaufenden Waren verteilen, um den Verkaufspreis zu bestimmen. Wie in jedem Unternehmen haben in Handelsunternehmen die Kosten Einfluss auf die Höhe des Gewinns.

Bearbeiter

M10 Die Rolle von Steuern und die Berechnung des Gewinns bei der Preiskalkulation

A Welche Rolle spielen Steuern bei der Preiskalkulation?

Immer wenn etwas verkauft wird, wird die **Umsatzsteuer**, meist in Höhe von 19 Prozent, fällig. Für einige Waren, die zum alltäglichen Leben gehören, gibt es einen ermäßigten Steuersatz von sieben Prozent. Die Umsatzsteuer wird auf den Nettoverkaufspreis aufgeschlagen. Ein Beispiel: Möchte ein Schreiner für einen Stuhl 100 € (Nettoverkaufspreis) haben, so kostet der Stuhl für den Kunden insgesamt 119 € (Bruttoverkaufspreis). Die 19 € Umsatzsteuer muss der Tischler an das Finanzamt überweisen. Bei den meisten Getränken fällt der Steuersatz von 19 % an.

B Wie wird der Gewinn berechnet?

Bei der Berechnung des Gewinns muss man zwischen dem Nettoverkaufspreis (ohne Umsatzsteuer) und dem Bruttoverkaufspreis (inklusive Umsatzsteuer) unterscheiden. Für den Kunden ist der Bruttoverkaufspreis relevant. Dieser steht auf den Preisschildern im Geschäft. Den Unternehmer interessiert vor allem der Nettoverkaufspreis. Um festzustellen, ob ein Händler beim Verkauf eines Produktes zu einem bestimmten Preis einen Gewinn macht, zieht man vom Bruttoverkaufspreis zunächst die Umsatzsteuer ab. Damit erhält man den Nettoverkaufspreis. Vom Nettoverkaufspreis werden abschließend die Kosten abgezogen. Das Ergebnis zeigt an, wie hoch der Gewinn des Händlers ausfällt (Umsatz – Kosten = Gewinn).

Bearbeiter

M11 Entscheiden die Kunden nur nach dem Preis?

Da es im Handel einen großen Wettbewerb gibt, sollte ein Händler auch immer die Preise der Konkurrenten im Blick behalten. Setzt er seine Preise zu hoch, kann es sein, dass die Kunden bei einem anderen Händler kaufen. Auf der anderen Seite verfügen die Kunden selten über das Wissen, wieviel ein Produkt wo kostet. Auch sind für manche Kunden andere Dinge wichtiger als der Preis, z. B. die Nähe des Geschäfts zum eigenen Wohnort, der Service des Händlers oder die Öffnungszeiten. Manchmal versuchen Händler, Kunden mit einem sehr niedrigen Preis in das Geschäft zu locken. Der Händler hofft dann, dass der Kunde zusätzlich noch andere Produkte kauft, bei denen er mehr Gewinn macht.

Bearbeiter

M12 Kosten und Preise im Getränkemarkt Meinerz

a) Die Kosten des Getränkemarkts Meinerz

Personalkosten: Die Löhne aller Mitarbeiter betragen zusammen 12,8 % des Umsatzes.

Mietkosten: Das Gebäude des Getränkemarktes ist nur gemietet. Die Mietkosten betragen ca. 4,6 % des Umsatzes.

Nebenkosten: Es entstehen Kosten für Strom, Heizung, Wasser und weitere Abgaben, die unter Nebenkosten zusammengefasst werden. Diese betragen 1,3 % gemessen am Umsatz.

Sonstige Kosten: Der Getränkemarkt lässt Werbeprospekte drucken, benötigt Gasflaschen für den Betrieb des Gabelstaplers und kauft zum Beispiel einheitliche Kleidung für die Mitarbeiter. Diese und weitere sonstige Kosten machen insgesamt 1,8 % des Umsatzes aus.

Bearbeiter, Quelle der Zahlen: Ibisworld Branchenreport, 2019. Hinweis: Alle Anteile sind am Umsatz vor Steuern (Nettoumsatz) gemessen.

b) Preiskalkulation im Getränkemarkt Meinerz

	Bruttoverkaufspreis inkl. Umsatzsteuer	**Unser Preisvorschlag:**	**_____ €**
Einzelkosten	Nettoverkaufspreis ohne Umsatzsteuer (= Bruttoverkaufspreis : 1,19)		
Gemeinkosten	– anteilige Personalkosten am Netto-VK	12,8 %	
	– anteilige Mietkosten am Netto-VK	4,6 %	
	– anteilige Nebenkosten am Netto-VK	1,3 %	
	– anteilige Sonstige Kosten am Netto-VK	1,8 %	
	– Einstandspreis		**7,58 €**
	= **Gewinn**		

Bearbeiter

Beispielrechnung
Bruttoverkaufspreis: 50 €
Nettoverkaufspreis:
50 € : 1,19 = 42,02 €

Beispiel Kostenberechnung
Anteilige Personalkosten:
42,02 € : 100 · 12,8 = 5,38 €

Hinweis zur Rechnung
Rundet eure Ergebnisse kaufmännisch auf zwei Nachkommastellen, d. h. bis 4 wird ab-, ab 5 wird aufgerundet.

AUFGABEN

1. Arbeitet in Form einer Liste heraus, was Herr Meinerz bei der Festlegung seiner Preise alles berücksichtigen muss (**M9-M11**).
2. a) Berechnet mit Hilfe der Tabelle in **M12b**, ob Herr Meinerz beim Verkauf einer Kiste Cola zu dem von euch in der Einstiegsaufgabe 2 zu **M8** auf S. 211 vorgeschlagenen Preis einen Gewinn erzielen würde. Bezieht dabei die Informationen aus **M10a-b** und **M12** mit ein.
   b) Präsentiert und vergleicht eure Ergebnisse in der Klasse.
3. Der Getränkemarkt im Nachbarort bietet die Kiste Limonade für 10,99 € an. Erörtert in eurer Gruppe, ob Herr Meinerz sich an der Konkurrenz orientieren sollte und seinen Preis angleichen oder sogar noch weiter reduzieren sollte. Berücksichtigt dabei **M11**.
4. Erläutert was Herr Meinerz tun könnte, um auch bei einem niedrigeren Preis noch einen Gewinn zu machen (**M9-M12a-b**).

F Aufgaben 2-4
Welche Möglichkeiten könnte Herr Meinerz nutzen, um einen höheren Verkaufspreis zu erzielen?

7.1.3 Personalentscheidungen und Beschäftigungsformen: Wen soll der Unternehmer Meinerz einstellen?

Zum Thema: Unternehmen brauchen Arbeitskräfte, um zu funktionieren. Doch wie kommen Arbeitskräfte und Unternehmer zusammen? Dieses Kapitel beantwortet die Fragen, wie Arbeitskräfte in Deutschland eingestellt werden, welche Unterschiede es dabei gibt und welche Rolle die Lohnkosten bei der Entscheidung des Arbeitgebers spielen.

M13 Unternehmer Meinerz braucht Personal

Seit der Getränkemarkt im Nachbarort vor einigen Wochen geschlossen wurde, ist im Markt von Herrn Meinerz spürbar mehr los. Darüber freut sich der Chef. Allerdings fällt ihm auf, dass zu Stoßzeiten immer längere Warteschlangen an der Leergutannahme und an der Kasse entstehen, weil seine Mitarbeiter die große Anzahl an Kunden nicht mehr gut bedienen können. Aktuell hat Herr Meinerz zwei Vollzeitangestellte und zwei Minijobber angestellt. Die Minijobber kommen jeweils nur wenige Stunden pro Woche, er bestellt sie immer dann, wenn viel Arbeit anfällt, meistens am frühen Abend. Nun überlegt Herr Meinerz, ob er zwei zusätzliche Minijobber einstellen oder stattdessen die beiden Minijobber entlassen und einen weiteren Mitarbeiter in Vollzeit einstellen soll.

Wir bieten eine Vollzeitstelle

Verkäufer*in in Vollzeit (40 Stunden pro Woche) gesucht.
Stundenlohn 11 €, Monatslohn 1.760 € (Brutto).

Wir bieten Beschäftigung im Minijob

Minijobber*in gesucht.
Stundenlohn 11,00 € (40 Stunden pro Monat),
Monatslohn 440 €.

EINSTIEGSAUFGABEN

1. Analysiert die Situation von Herrn Meinerz und überlegt, welche Aspekte bei der Entscheidung wichtig sein könnten.
2. Tauscht euch darüber aus, welche Stellenanzeige er veröffentlichen sollte.

M14 Beschäftigungsformen im Vergleich

Mindestlohn im Jahr 2020
9,35 € (Brutto) pro Stunde

A Vollzeitbeschäftigung

Dieses Arbeitsverhältnis wird auch „Normalarbeitsverhältnis" genannt. Die Angestellten sind dauerhaft und unbefristet beschäftigt. Sie arbeiten in der Regel 40 Stunden pro Woche, sind also normalerweise jeden Tag im Unternehmen.

Vollzeitangestellte kennen sich nach kurzer Zeit meist gut im Unternehmen aus und sind für die Kunden dauerhafte Ansprechpartner. Von den meisten Vollzeitbeschäftigungen verlangen die Arbeitgeber eine abgeschlossene Ausbildung.
Vollzeitbeschäftigte sind sozial abgesichert, d.h. sie bekommen im Fall des Falles Leistungen aus der Kranken-, Arbeitslosen-, Pflege-, Unfall- oder Rentenversicherung. Gleiches gilt auch für Teilzeitbeschäftigte, die sozialversicherungspflichtig beschäftigt sind. Dafür zahlen der Angestellte und der Arbeitgeber einen Teil des Bruttolohns in die Sozialversicherungen ein. Außerdem muss der Angestellte Steuern zahlen. Der Nettolohn des Angestellten ist deshalb deutlich geringer als der Bruttolohn.

Maximale Arbeitszeit laut Arbeitszeitgesetz
Maximal acht Stunden pro Tag an bis zu sechs Tagen in der Woche

B Geringfügige Beschäftigung („Minijob")

Angestellte, die im Monat nicht mehr als 450 € verdienen, sind sogenannte Minijobber. Minijobber arbeiten nur wenige Stunden pro Woche und werden oft flexibel eingesetzt. Das heißt, sie werden nur dann eingesetzt, wenn gerade besonders viel Arbeit anfällt. Meistens erledigen sie wechselnde Tätigkeiten, je nachdem, wo Unterstützung gebraucht wird. Minijobber benötigen häufig keine für die Tätigkeit relevante Ausbildung, sondern übernehmen eher einfache Arbeiten.
Minijobber müssen von ihrem Lohn keine Steuern und keine Abgaben für die Sozialversicherungen bezahlen. Deshalb entspricht der Nettolohn meistens dem Bruttolohn. Der Arbeitgeber muss aber für den Minijobber pauschale Steuern und Abgaben zahlen. Trotzdem erhalten Minijobber keine vollwertigen Leistungen aus der Rentenversicherung. Ebenfalls erhalten sie durch die Minijobs zur Krankenversicherung nur einen Pauschalvertrag von 13 % und erhalten auch kein Geld, wenn sie ihren Job verlieren und arbeitslos werden. Minijobs werden häufig als Nebenjobs genutzt, z. B. auch von Schülerinnen und Schülern ab 15 Jahre oder Studierenden.

Bearbeiter

M15 Was ist der Unterschied zwischen Brutto- und Nettolohn?

Gesetzliche Sozialversicherung
→ Kapitel 8.1, S. 243 ff.

Bei einer Gehaltsverhandlung spricht man über den **Bruttolohn**. Das ist aber nicht der Lohn, der beim Arbeitnehmer auf dem Konto landet. Vom Bruttolohn muss der Arbeitnehmer, je nach Beschäftigungsform, Beiträge für die **gesetzliche Sozialversicherung** und auch **Lohnsteuern** zahlen. Nach Abzug dieser Beträge verbleibt der **Nettolohn**, also das Geld, das auf das Konto des Arbeitnehmers überwiesen wird.
Der Bruttolohn stellt aber auch nicht die gesamten Lohnkosten für den Arbeitgeber dar. Denn dieser muss sich ebenfalls an der Finanzierung der gesetzlichen Sozialversicherung beteiligen und weitere Abgaben zahlen. Addiert man diese sogenannten **Lohnnebenkosten** zum Bruttolohn (aus Arbeitgebersicht), erhält man das **Arbeitgeberbrutto**, also den „wahren" Preis der Arbeit aus Sicht des Arbeitgebers.

= Arbeitgeberbrutto
\+ Lohnnebenkosten
Bruttolohn
– Sozialabgaben
– Lohnsteuer
= Nettolohn

Bearbeiter

M16 Lohnkostenvergleich

Was kostet eine Vollzeitarbeitsstelle? Lohnnebenkosten und Sozialabgaben für den Arbeitgeber (Stand: 2020)		
Bruttolohn pro Monat (Beispiel)		**1.760 €**
Lohnnebenkosten, Anteile in % vom Bruttolohn		
Beitrag zur Krankenversicherung	7,3 %	?
Beitrag zur Arbeitslosenversicherung	1,2 %	?
Beitrag zur Rentenversicherung	9,3 %	?
Beitrag zur Pflegeversicherung	1,525 %	?
Beitrag zur Unfallversicherung	1,6 %	?
Weitere Umlagen*	3 %	?
Arbeitgeberbrutto (= Summe Bruttolohn + Lohnnebenkosten)		?
Lohnkosten pro Stunde (=Arbeitgeberbrutto : 160)		?

Was kostet ein Minijob? Lohnnebenkosten und pauschale Sozialabgaben für den Arbeitgeber (Stand: 2020)		
Bruttolohn pro Monat		**440 €**
Lohnnebenkosten, Anteile in % vom Bruttolohn		
Beitrag zur Krankenversicherung	13 %	?
Beitrag zur Rentenversicherung	15 %	?
Weitere Umlagen	1,15 %	?
Beitrag zur Unfallversicherung	1,6 %	?
Steuer	2 %	?
Arbeitgeberbrutto (= Summe Bruttolohn + Lohnnebenkosten)		?
Lohnkosten pro Stunde (=Arbeitgeberbrutto : 40)		?

Bearbeiter, Daten zum Minijob nach: Minijob Zentrale, 2020
** Umlagen: Beiträge zur Finanzierung von Insolvenzgeld, Lohnfortzahlung im Krankheitsfall und Mutterschaftsaufwendungen. Die genauen Werte sind abhängig von der Betriebsgröße und Branche.*

M17 Die Entwicklung von Minijobs und sozialversicherungspflichtiger Beschäftigung in Deutschland im Vergleich

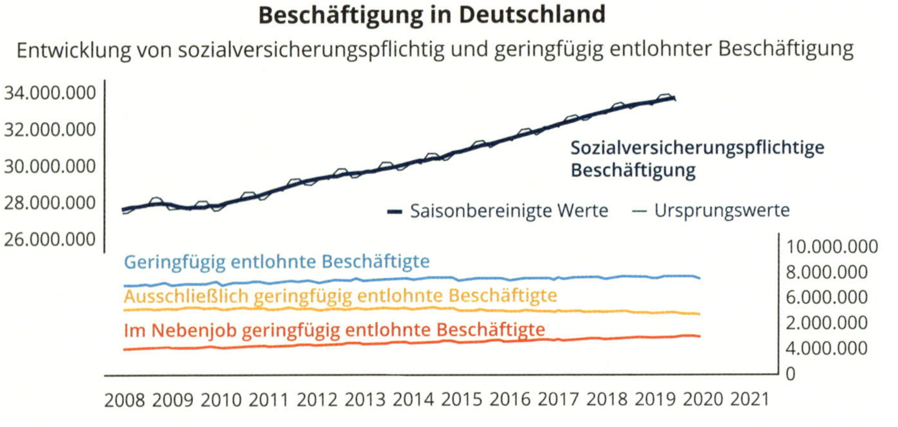

Quelle: © Statistik der Bundesagentur für Arbeit, März 2020

M18 Bewerberinnen und Bewerber für die Stelle im Getränkemarkt

1 Bewerberin für die Vollzeitstelle
Saskia Günse (22 Jahre), hat eine abgeschlossene Ausbildung zur Verkäuferin und zwei Jahre Berufserfahrung im Lebensmitteleinzelhandel. Von ihrem vorherigen Arbeitgeber hat sie ein sehr gutes Zeugnis erhalten. Sie hat ein gemeinsames Kind mit ihrem Lebenspartner, der zurzeit arbeitslos ist.

2 Bewerber für den Minijob / Vollzeitstelle
Stefan Brock (45 Jahre) hat viele Jahre als freiberuflicher Reporter gearbeitet und ist mittlerweile seit fünf Jahren arbeitslos. Er erhofft sich eine Möglichkeit, in Zukunft vielleicht auch wieder eine Vollzeitstelle zu bekommen.

3 Bewerber für den Minijob
Timo Lusinski (19 Jahre) hat vor kurzem sein Abitur bestanden und studiert jetzt Betriebswirtschaftslehre. Er muss nebenbei Geld verdienen, da er von seinen Eltern keine finanzielle Unterstützung erhalten kann.

4 Bewerberin für den Minijob
Hanna Müllenbach (26 Jahre) hat eine abgeschlossene Ausbildung zur Bürokauffrau, arbeitet aber nicht mehr in dem Beruf, seit sie einen Sohn hat. Ihr Mann arbeitet in Vollzeit, und sie würde gerne mit einem Minijob etwas hinzuverdienen.

Bearbeiter

AUFGABEN

1. Vergleicht mit **M14** Vollzeitbeschäftigung und Minijobs. Tragt eure Erkenntnisse in eine wie folgt aufgebaute Tabelle ein:

Vor- und Nachteile für den Arbeitgeber und Arbeitnehmer	Vollzeitbeschäftigung	Minijob
Vorteile für Arbeitgeber		
Vorteile für Arbeitnehmer		
Nachteile für Arbeitgeber		
Nachteile für Arbeitnehmer		

2. Lest **M15** und prüft, ob es aus finanzieller Sicht für Herrn Meinerz vorteilhafter ist, eine Vollzeitbeschäftigte oder vier Minijobber anzustellen. Berechnet und vergleicht dazu mit Hilfe von **M16** jeweils das Arbeitgeberbrutto und die Lohnkosten pro Stunde und formuliert eine Antwort.
3. Analysiert das Diagramm in **M17** und setzt euch mit den folgenden beiden Aussagen auseinander: a) Unternehmen stellen lieber Minijobber ein.
b) Immer mehr Menschen sind finanziell darauf angewiesen, einen Zweitjob (Minijob) anzunehmen.
4. Herr Meinerz hat auf seine Stellenanzeigen mehrere Bewerbungen erhalten (**M18**). Diskutiert unter Berücksichtigung eurer Ergebnisse aus den Aufgaben 1-3 zu dritt, welche Person(en) er einstellen soll.
5. Was würde sich für Herrn Meinerz ändern, wenn er den Minijobbern nur den Mindestlohn bezahlen würde? Würdet ihr ihm dazu raten? Berücksichtigt dabei neben finanziellen Aspekten auch die Perspektive der Arbeitnehmer.

F Aufgaben 1-5
Berechnet den Nettolohn von Frau Günse pro Monat (Bruttolohn: 1.760 €). Benutzt dafür einen Brutto-Netto-Rechner mit Hilfe des QR-Codes.

Mediencode: 71077-46

H Aufgabe 5
→ S. 303

7.1.4 Sollten Unternehmer nachhaltiger wirtschaften?

Zum Thema: Unternehmer verfolgen neben wirtschaftlichen immer öfter auch andere Ziele, zum Beispiel das Ziel, nachhaltiger zu wirtschaften. Doch kommt dieses Ziel auch gut bei den Kunden an und, können Unternehmen mögliche Kosten stemmen? Diese Fragen werden in diesem Kapitel diskutiert.

M19 Facebook-Post eines schwäbischen Getränkemarktes

Getränkemarkt Schwaben
2 Std.

Sehr geehrte Kunden,
in den letzten 12 Wochen haben wir 10.400 Einwegpfandflaschen von unseren Kunden zurückgenommen. Das sind 52 Säcke. Das macht für uns ziemlich viel Arbeit, oft auch Sauerei und kostet Geld. Noch schlimmer finden wir aber, dass heute, wo alle von Umweltschutz und Nachhaltigkeit reden, soviel Plastikmüll verursacht wird! Wo der Müll letztendlich landet, wissen wir auch nicht genau. Deshalb haben wir beschlossen, ab sofort keine Getränke mehr zu verkaufen, die in Einwegverpackungen angeboten werden."

Müllsäcke mit vielen Plastikflaschen in Stuttgart

53 Gefällt mir Kommentieren

Bearbeiter, basierend auf: dpa, Getränkehändler verkauft kein Plastik mehr: Ich habe die Schnauze voll von Plastik, www.wiwo.de, 01.07.2019

EINSTIEGSAUFGABE

Emre zeigt Herrn Meinerz den Facebook-Post: „Ist das nicht auch für Ihren Getränkemarkt eine gute Idee?". Versetzt euch in die Situation von Herrn Meinerz: Welche Vor- und Nachteile könnte Emres Vorschlag für ihn haben?

M20 Mehrweg, Einweg und das Pfandsystem

Mehrwegflaschen aus Glas werden bis zu 50 Mal, PET-Plastikflaschen bis zu 25 Mal wiederverwendet. Beim Kauf einer Mehrwegflasche fällt Pfandgebühr an, meistens acht oder 15 Cent, die bei der Rückgabe erstattet werden.

Einwegflaschen aus dünnerem PET-Plastik und Getränkedosen aus Aluminium werden nach der einmaligen Verwendung nicht wiederverwendet. Stattdessen werden sie zum Teil z. B. in Asien zu Fleece-Pullovern verarbeitet oder anders recycelt. Die Pfandgebühr beträgt 25 Cent.

Der Getränkehändler zahlt dem Kunden pro Einwegpfandflasche 25 Cent zurück. Er bekommt aber selbst nicht 25 Cent vom Hersteller erstattet. Die Flaschen werden von einer Clearingstelle abgeholt und gezählt. Pro Flasche zahlt der Händler einen Cent für das Zählen. Einzelne Händler geben an, dass die gesamten Kosten für die Sortierung, Aufbewahrung und Zählung bis zu fünf Cent pro Flasche betragen.

Bearbeiter

Pfandflaschen unterscheiden

Mehrweg-Flaschen	Einweg-Flaschen
MEHRWEG – Für die Umwelt	
• Logo **kann** drauf sein* • Meist **8 oder 15 Cent Pfand**	• Logo **muss** drauf sein • Immer **25 Cent Pfand**

**2020 benutzen rund 200 Unternehmen das Mehrweg-Logo.*

Quelle: Deutsche Umwelthilfe e. V., Glasflaschen, www.mehrweg-mach-mit.de, Abruf am 14.04.2020

Mehr- und Einweg: Vor- und Nachteile aus Sicht eines Händlers im Video (2:38 Min)

Mediencode: 71077-47

M21 Entwicklung des Mehrweganteils

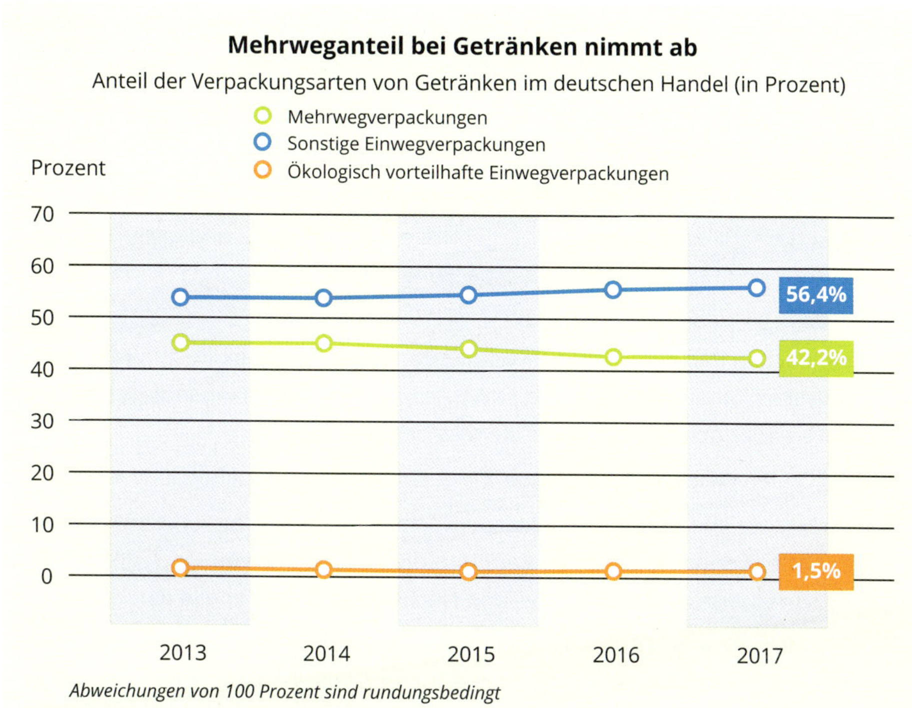

Quelle: Umweltbundesamt, © Statista, 2019

Einwegpfand in Deutschland

Laut der Deutschen Umwelthilfe werden in Deutschland stündlich 1,9 Millionen Einweg-Plastikflaschen verbraucht, im Jahr also 16,4 Milliarden Stück. Pro Kopf bedeutet das einen Verbrauch von 200 Flaschen pro Jahr. Im Jahr 2018 wurden zusätzlich 3,5 Milliarden Getränkedosen verkauft. Es könnten jährlich 420.000 Tonnen Plastikmüll vermieden werden, wenn eine Mehrwegquote von 80 Prozent erreicht würde.

M22 Neues Verpackungsgesetz tritt am 01. Januar 2019 in Kraft

Das neue Verpackungsgesetz zielt darauf ab, mehr Verpackungen einzusammeln und zu recyceln. Ab 2019 sollen 70 Prozent aller Getränke in Mehrwegverpackungen verkauft werden. Auf den Verpackungen und in den Verkaufsregalen muss jetzt klar erkennbar sein, wenn es sich um Einwegpfand handelt. Allerdings sind keine Strafen vorgesehen, wenn die Zielquote bis Ende 2021 nicht erreicht wird. Bis 2019 galt sogar eine Mehrwegquote von 80 Prozent, die aber nur bei Biergetränken erreicht wurde. Die Quotenvorgabe wurde nun also reduziert.

Bearbeiter

M23 Kommentare unter dem Facebook-Post aus M19

1 Matthias Henzel: Bravo! Super Aktion! Ich werde demnächst wohl öfters mal bei Ihnen einkaufen kommen!

2 Helge Wasserpfennig: Sorry, aber das Wasser aus Mehrwegflaschen ist leider viel zu teuer. Bei einem Preis von 2,49 € pro Kiste Mehrwegflaschen kostet ein Liter 0,30 €. Beim Discounter kostet ein Liter aus der Einwegpfandflasche nur 0,13 €.

3 Tanja Kastner: Meinen Lieblings-Energydrink gibt's nur in der Dose – da muss ich in Zukunft wohl woanders einkaufen gehen!!

4 Getränkehändler Meier: Hallo Herr Kollege! Starker Standpunkt! Wir haben Sorge, denselben Schritt zu tun. Von 500 Kunden kaufen 350 bei uns neben Mehrweg auch Einwegprodukte. Wenn die dann nicht mehr kommen, kann ich zumachen!

Bearbeiter

AUFGABEN

1. Arbeitet mit Hilfe von **M20** heraus, worin die Unterschiede zwischen dem Mehrweg- und Einwegpfandsystem bestehen.
2. Analysiert das Diagramm in **M21** und fasst die Aussagen zusammen.
3. Diskutiert auf Grundlage eurer Ergebnisse aus Aufgabe 2 und unter Zuhilfenahme von **M22**, ob das neue Verpackungsgesetz dafür sorgen kann, dass weniger Einwegpfandflaschen gekauft werden.
4. Teilt euch in Partnerarbeit die Kommentare zum Facebook-Post in **M23** auf. Analysiert, ob die Verfasser die Entscheidung des Getränkehändlers befürworten oder ablehnen und wie sie dies begründen.
5. Begründet, welchem Kommentar ihr euch persönlich anschließend würdet.
6. Erörtert, welche Vorteile und welche Nachteile es aus Sicht von Herrn Meinerz hätte, wenn er auf den Verkauf und die Rücknahme von Einwegpfand verzichten würde. Stellt die Vor- und Nachteile in einer Tabelle dar.
7. Herr Meinerz möchte mit seinen Mitarbeiterinnen und Mitarbeitern darüber diskutieren, ob er auf Einwegpfand verzichten soll. Trefft eine Entscheidung. Gewichtet dafür die Vor- und Nachteile aus Aufgabe 6.

F Aufgabe 1
Berechnet, wie hoch die Kosten für die Rücknahme der Einwegpfandflaschen für den Getränkehändler aus der Einstiegsaufgabe sein können.

F Aufgaben 4, 5
Weitere Kommentare unter dem Facebook-Post

Mediencode: 71077-48

7.1.5 Digitalisierung in Handelsunternehmen: Sollten Kunden ihre Einkäufe selbst einscannen können?

Zum Thema: Digitale Geräte verändern nicht nur das private Leben, sondern auch die Unternehmenswelt. Computer übernehmen immer mehr Aufgaben in Unternehmen. Doch geschieht dies immer zum Vorteil aller? In diesem Kapitel geht es darum, welchen Nutzen die Digitalisierung haben kann und welche Probleme auftreten können.

M24 Selber kassieren im Supermarkt?

Karikatur: © 2019 PwC-Stiftung im Stifterverband für die Deutsche Wissenschaft e. V., www.pwc-stiftung.de/eigenprogramme/wirtschaftsforscher

EINSTIEGSAUFGABEN

1. Berichtet euch gegenseitig, ob und welche Erfahrungen ihr bereits mit Selbstbedienungskassen gemacht habt.
2. Analysiert die Karikatur und erörtert, wie der Zeichner den Einsatz von Selbstbedienungskassen („Self Checkout") bewertet.
3. Tauscht euch kurz darüber aus, ob ihr dem Unternehmer Herrn Meinerz empfehlen würdet, Selbstbedienungskassen in seinem Getränkemarkt zu installieren.

M25 Wie funktionieren Selbstbedienungskassen?

Die Kunden scannen die Artikel in ihrem Einkaufskorb selbst ein. Bei einigen Kassen muss der Einkaufskorb auf eine Waage gestellt werden. Die Kasse überprüft dann anhand des Gewichts des gesamten Einkaufs, ob auch alle Artikel eingescannt wurden. Im Anschluss wird an den meisten Kassen mit einer EC- oder Kreditkarte bezahlt. Manche Kassen nehmen auch Bargeld an. Die Mitarbeiterinnen und Mitarbeiter des Geschäfts stehen in der Regel bereit und helfen, falls es Probleme gibt. Sie achten ferner darauf, dass die Kundinnen und Kunden ihre Einkäufe korrekt einscannen.

Bearbeiter

M26 Welche Kunden nutzen die Selbstbedienungskassen?

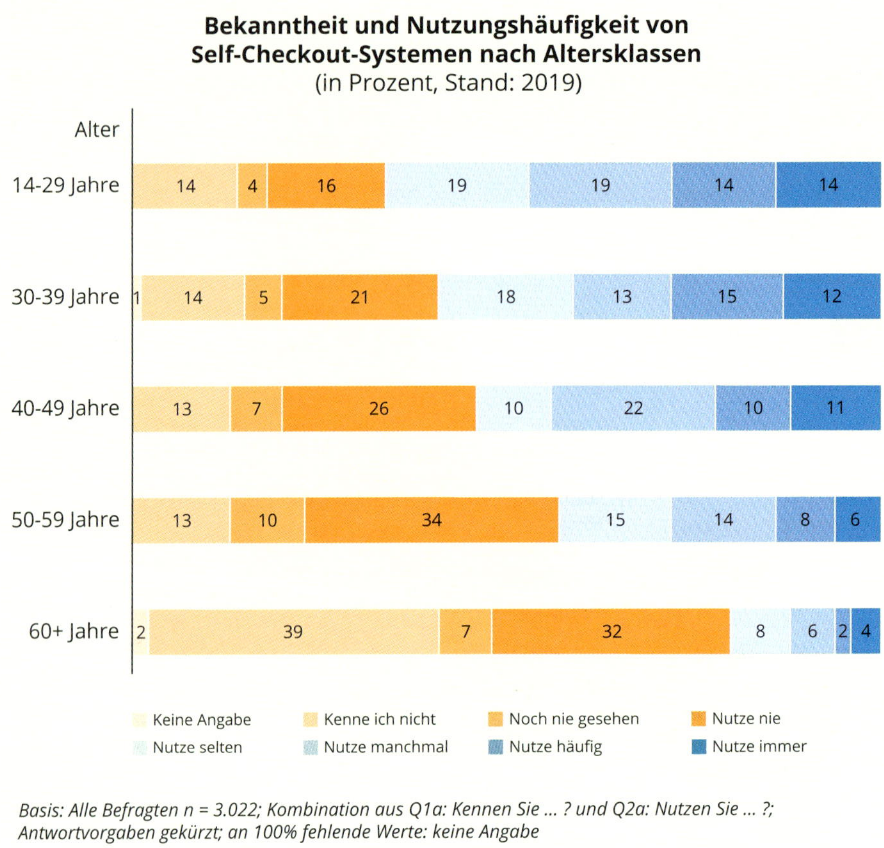

Quelle: © EHI Retail Institute GmbH, Whitepaper: Self-Checkout Systeme 2019, www.self-checkout-initiative.de, Abruf am 14.04.2020

M27 Werden in der Zukunft noch Kassiererinnen und Kassierer benötigt?

Kosten von Selbstbedienungskassen
Anschaffungskosten einer Selbstbedienungskasse sind mit ca. 30.000 € deutlich höher als bei normalen Kassen, die man z. B. schon für 5.500 € bekommt. Hinzu kommen Kosten für Mitarbeiterschulungen, um Kunden zu beaufsichtigen.

Die bisherige Praxis hat gezeigt, dass Märkte trotz der neuen Technik oft kein Personal abbauen, wie Befragungen im Handel ergaben. Ein Grund ist der schwankende Bedarf: Wenn ein größerer Supermarkt mittags acht Kassen geöffnet haben muss, weil so viele Kunden kommen, können SB-Kassen für Entlastung sorgen, ohne dass zusätzliches Personal eingesetzt werden muss. Wenn aber später, zum Beispiel nach 20 Uhr, weniger Kunden im Laden sind und nur alle drei Minuten einer zu den Kassen kommt, muss der Markt dennoch einen Mitarbeiter an die gewöhnliche und einen an die SB-Kasse stellen. Denn auch an SB-Kassen ist Personal nötig – zur Kontrolle und um Kunden bei Bedarf zu helfen. Gleichwohl gibt es durch den Einsatz von SB-Kassen durchaus „frei werdende Kapazitäten“, wie einige Händler zugeben – die Kassierer werden dann an anderen Stellen im Laden eingesetzt.

Sven Lüüs, Selbstbedienungskassen: Wisch und weg, www.sueddeutsche.de 03.07.2019

M28 Lohnen sich SB-Kassen?

Die Anschaffung von Selbstbedienungskassen bedeutet zunächst eine große Investition für den Händler. Der Lebensmittelhändler Paschmann aus Düsseldorf berichtet: „Nach der Installation der SB-Geräte hat sich der Umsatz im Markt deutlich erhöht, weil wir keine Warteschlangen mehr haben, nicht mal samstags, nicht mal vor Weihnachten. Die gefühlte Wartezeit hat sich verkürzt. Früher hatte ich fünf Mitarbeiter an fünf Kassen sitzen. Jetzt habe ich mit den gleichen Leuten zwölf Kassen geöffnet. Und mit denen mache ich auch noch mehr Umsatz."

Dass an den SB-Kassen mehr gestohlen wird, will Paschmann so pauschal nicht sagen: „Wer klauen will, klaut vorher schon im Laden. [...]" Aber natürlich gebe es immer Kund[innen und Kunden], die „vergessen" würden, Artikel zu scannen. Pro Woche würden zwei Diebe ertappt.

Peer Schader, SB-Kassen zwischen Kundensegen und Händlerfluch: Wie lässt sich Diebstahl beim Selbstscannen vermeiden?, www.supermarktblog.de, 22.10.2019

Anzahl von Selbstbedienungskassen

- SB-Kassen in Deutschland: 907
- SB-Kassen weltweit: 325.000

Quelle: Schätzungen nach EHI Retail Institute GmbH und RBR London, 2019

AUFGABEN

1. Beschreibt in eigenen Worten, wie eine Selbstbedienungskasse funktioniert und wie man versucht, Diebstähle zu verhindern (**M25**).
2. Untersucht das Diagramm in **M26** mit Hilfe der Methodenkarte auf S. 264:
   a) Arbeitet heraus, welche Altersklassen die Selbstbedienungskassen wie oft nutzen.
   b) Vergleicht die verschiedenen Altersklassen miteinander und stellt Vermutungen an, wie sich die Unterschiede begründen lassen.
   c) Diskutiert, ob und wie sich die Nutzung der Selbstbedienungskassen in der Zukunft entwickeln könnte.
3. a) Führt eine Umfrage wie in **M26** zur Nutzung von Selbstbedienungskassen durch.
   b) Vergleicht eure Ergebnisse mit denen aus Aufgabe 2a-c.
4. Teilt in Partnerarbeit die folgenden Aufgaben auf und erläutert euch gegenseitig eure Ergebnisse:
   a) Arbeitet in eigenen Worten heraus, ob der Einsatz von Selbstbedienungskassen dazu führt, dass Kassiererinnen und Kassierer ihre Arbeit verlieren (**M27**).
   b) Arbeitet in eigenen Worten heraus, ob sich der Einsatz von Selbstbedienungskassen positiv oder negativ auf den Erfolg des Unternehmens auswirkt (**M28**).
5. Verfasst eine Empfehlung für den Unternehmer Meinerz für oder gegen die Einführung von Selbstbedienungskassen in seinem Getränkemarkt. Bezieht euch dabei auf die Ergebnisse aus den Aufgaben 2 bis 4 und macht deutlich, welche Aspekte aus eurer Sicht besonders wichtig sind, z. B. Auswirkungen auf den Umsatz, Kundenfreundlichkeit oder Auswirkungen auf die Angestellten.

H Aufgabe 3a
→ S. 303

F Aufgaben 1-5
a) Lest das Material im QR- bzw. Mediencode.
b) Recherchiert im Internet Informationen über Läden, in denen es gar keine Kassen mehr gibt.
c) Arbeitet heraus, welche Vorteile und Nachteile diese Systeme jeweils für den Händler, die Kunden und die Angestellten haben könnten.

Mediencode: 71077-49

Eine Berufsfelderkundung durchführen

I. Worum geht es?

Viele Schülerinnen und Schüler haben noch keine konkrete Vorstellung davon, in welchem Beruf sie später einmal arbeiten möchten. Trotzdem können sie sich auch jetzt schon orientieren, zum Beispiel durch eine Berufsfelderkundung vor Ort. Alle Schulen in NRW ermöglichen deshalb einen solchen Tag im Rahmen des Programms „Kein Abschluss ohne Anschluss". Eine Berufsfelderkundung kann dann hilfreich sein und gelingen, wenn sie gut vorbereitet ist.

H **Schritt 1,3**
Informationen zur Anmeldung einer Berufsfelderkundung bekommt ihr von eurer Schule. Ihr könnt aber schon vorher anfragen, ob ihr die Erkundung in einem bestimmten Unternehmen machen dürft.

II. Geht dabei so vor:

1. Schritt: Auswahl eines Berufs und eines Unternehmens

1. Überlegt, welche Berufe euch interessieren.
2. Informiert euch über mögliche Berufe auf *www.planet-beruf.de* und druckt die für euch interessanten Berufssteckbriefe aus.
3. Recherchiert, welche Unternehmen in eurer Gegend ansässig sind.

2. Schritt: Vorbereitung der Erkundung

Wenn ihr die Zusage von einem Unternehmen habt, solltet ihr euch auf die Berufsfelderkundung vorbereiten. Stellt zu den folgenden Fragen Überlegungen an und haltet sie schriftlich fest:

- Welche Tätigkeiten sind typisch in dem Beruf?
- Wo genau werden diese Tätigkeiten ausgeführt? (Lager, Baustelle, Büro, Ladengeschäft, Labor, ...)
- Mit welchen Gegenständen, Materialien oder Maschinen wird gearbeitet?
- Wird in dem Beruf viel im Team gearbeitet oder eher allein?
- Welche Fähigkeiten und Eigenschaften sollte man für den Beruf mitbringen?
- Welche Rolle spielen das Internet, Computer oder Roboter in dem Beruf?
- Welche Fragen habe ich an die Mitarbeiterinnen und Mitarbeiter in dem Unternehmen?

3. Schritt: Durchführung

Bevor ihr den Tag im Unternehmen verbringt, solltet ihr euch erkundigen, was der Betrieb von euch erwartet, z.B. ob ihr eine bestimmte Kleidung tragen sollt. Nutzt den Tag im Unternehmen, um möglichst viel selbst zu tun. Fragt nach, ob ihr Fotos machen dürft. Kommt mit den Mitarbeiterinnen und Mitarbeitern ins Gespräch und versucht, möglichst viel über den Beruf in Erfahrung zu bringen.

4. Schritt: Auswertung

1. Macht euch Notizen über eure Erfahrungen in der Berufsfelderkundung. Beantwortet die Fragen aus der Vorbereitung nun erneut und vergleicht eure Vermutungen mit den tatsächlichen Erfahrungen.
2. Bereitet euch darauf vor, im Unterricht von eurer Erkundung zu berichten. Bereitet dafür eine Präsentation, ein Plakat oder ein anderes Medienprodukt vor, in dem ihr eure Erkenntnisse anschaulich darstellt.
3. Zieht am Ende ein Fazit, ob ihr euch vorstellen könnt, später in dem Berufsfeld zu arbeiten.

Bearbeiter

7.2 Selbstständigkeit und Unternehmertum in Deutschland

7.2.1 Geht es Selbstständigen (wirtschaftlich) besser als Angestellten?

Zum Thema: Im Berufsleben stehen Menschen immer wieder vor der Wahl, bei einem Unternehmen als Angestellter zu arbeiten, oder ein eigenes Unternehmen zu gründen, also selbstständig zu werden. Bei so einer Entscheidung stellen sich viele Fragen: Verdient ein Selbstständiger mehr Geld und haben Selbstständige mehr Zeit? Sind Angestellte besser abgesichert? Darum geht es in diesem Kapitel.

M29 Austausch über die Betriebserkundung

Die Klasse von Emre bekommt im Wirtschaft-Politik-Unterricht die Aufgabe, sich über ihre Erfahrungen in der Betriebserkundung auszutauschen. Marie, Benedikt und Emre bilden eine Gruppe ...

„Also ich würde gerne später selbstständig sein! Ich habe gemerkt, dass man da richtig viel Verantwortung hat. Alles selbst entscheiden, das ist genau mein Ding. Die Angestellten müssen ja doch nur machen, was der Chef sagt."

„Naja, ich bin mir da nicht so sicher. Dein Vater hatte in seinem Getränkemarkt echt viel Arbeit und ich hatte nicht den Eindruck, dass er im Geld schwimmt. Vielleicht werde ich lieber Angestellter. Ist das nicht auch viel sicherer?

„Ich hab' den Eindruck, der Chef in meiner Betriebserkundung hat richtig gut verdient. Das würde mir auch gefallen!"

EINSTIEGSAUFGABEN

1. Tauscht euch in Kleingruppen aus: Welcher Aussage würdet ihr euch eher anschließen? Begründet eure Antworten.
2. Erkundigt euch in eurer Familie oder im Freundeskreis, welche Berufe häufig von Angestellten ausgeübt werden und welche Berufe typische selbstständige Berufe sind.

M30 Selbstständig sein: „Ich bin mein eigener Chef!“

Erwerbstätige
Personen, die arbeiten gehen und damit Geld verdienen (erwerben).

Im Jahr 2017 waren 11,8 % aller Erwerbstätigen in Deutschland selbstständig. Selbstständige sind bei keinem Unternehmen angestellt, sondern besitzen ihr eigenes Unternehmen. Dadurch verfügen sie über eine große Entscheidungsfreiheit. Sie bestimmen selbst, was sie und gegebenenfalls ihre Angestellten tun. Selbstständige Unternehmerinnen und Unternehmer tragen die Verantwortung für das gesamte Unternehmen und sind somit für die Erfolge und Misserfolge ihrer Unternehmen persönlich verantwortlich. Sie spüren die Auswirkungen von Konkurrenten deutlich und haben häufiger schwankende Einkommen, wenn sie z. B. aufgrund einer wirtschaftlichen Krise einige Kunden verlieren.

Selbstständige können frei darüber entscheiden, wie viele Stunden pro Tag oder Woche sie arbeiten. Im Jahr 2016 arbeiteten Selbstständige durchschnittlich 51 Stunden pro Woche. Auch den Arbeitsort können sie selbst aussuchen. Sie können zudem selbst darüber entscheiden, ob und wie viele Urlaubstage sie nehmen. Verdienen sie in der Zeit, in der sie nicht arbeiten, kein Geld, müssen sie dafür vorsorgen. Das gilt auch, wenn sie krank sein sollten.

Selbstständige müssen schließlich nicht in die gesetzlichen Renten- und Arbeitslosenversicherungen einzahlen. Dadurch ist ihr Einkommen höher, aber sie erhalten im Falle von Arbeitslosigkeit oder im Rentenalter auch nicht dieselben staatlichen Hilfen wie Angestellte.

Bearbeiter, Daten nach: Statista.de, 2020

M31 Angestellt sein: gesetzlicher Schutz garantiert

Angestellte
Angestellte werden auch „abhängig Beschäftigte“ genannt, da ihre Arbeit von einem Arbeitgeber abhängig ist.

Der Großteil der Erwerbstätigen in Deutschland (2017: 88,2 %) arbeitet als Angestellte. Angestellte haben Arbeitgeber, die ein Unternehmen führen. Für Angestellte gibt es u. a. folgende gesetzliche Regelungen:

- Angestellte dürfen maximal 48 Stunden pro Woche arbeiten. Typisch sind 40 Stunden pro Woche.
- Angestellte bekommen pro Jahr zwischen 20 und 30 Tagen bezahlten Urlaub.
- Angestellte verdienen laut Mindestlohngesetz im Jahr 2020 mindestens 9,35 € brutto pro Stunde.
- Für Angestellte gilt ein gesetzlicher Schutz vor Kündigungen nach einem halben Jahr Arbeitszeit.
- Angestellte und ihre Arbeitgeber zahlen in die gesetzlichen Sozialversicherungen ein und erhalten z. B. bei Arbeitslosigkeit das Arbeitslosengeld I und im Rentenalter eine gesetzliche Rente. Wenn sie krank sind, erhalten sie bis zu sechs Wochen Lohnfortzahlung.

Je nach Unternehmen haben Angestellte große Freiheiten bei der Ausübung ihrer Arbeit (z. B. Grafikdesigner bei einer Werbeagentur) oder müssen sehr genaue Anweisungen des Arbeitgebers befolgen (z. B. in der Produktion von Maschinen). Je nach Beruf und Unternehmen gibt es gute oder nur geringe Chancen, Karriere zu machen.

Auch der Staat beschäftigt Angestellte, die aber oft verbeamtet sind.

Bearbeiter, Daten nach: Statista.de, 2020

M32 Einkommensvergleich von Selbstständigen mit und ohne Beschäftigte und von Angestellten in Deutschland

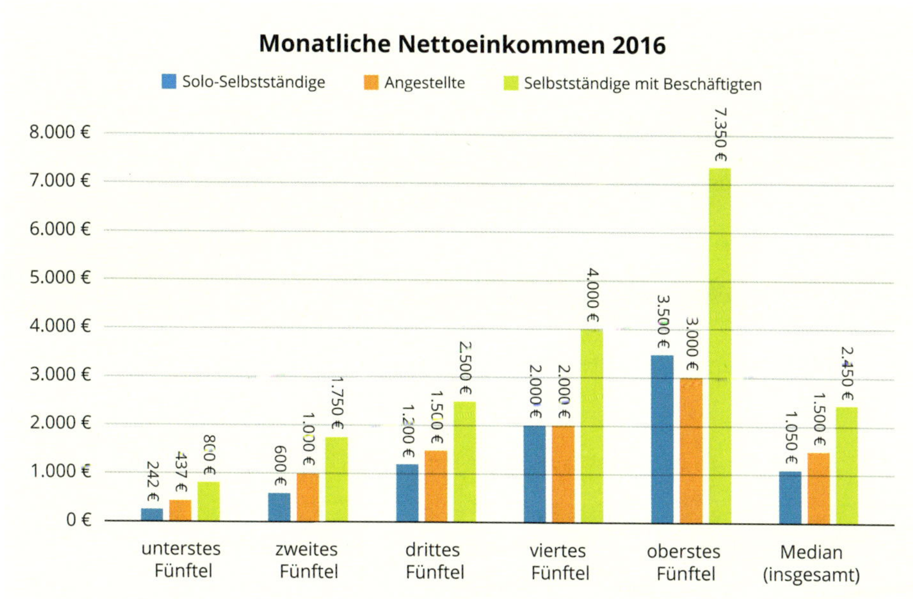

Bearbeiter

Alle Werte sind Mediane des jeweiligen Quintils.
Quelle der Daten: © Bundesministerium für Arbeit und Soziales, FORSCHUNGSBERICHT 514, Selbstständige Erwerbstätigkeit in Deutschland, www.bmas.de, MAS 2018, Abruf am 14.04.2020

Median und Durchschnitt
Die Einkommen aller Personen werden von niedrig bis hoch sortiert. Der Median ist das Einkommen der Person, die genau in der Mitte der Sortierung steht.
Der Median ist beim Vergleich von Einkommen meistens aussagekräftiger als der Durchschnitt („arithmetisches Mittel“).

Median im Erklärvideo

Mediencode: 71077-50

AUFGABEN

1. Arbeitet zu zweit heraus, welche Vor- und Nachteile es jeweils hat, angestellt oder selbstständig zu sein (**M30** und **M31**). Legt dazu eine Tabelle an.
2. Prüft zu zweit anhand von **M32**, ob Selbstständige mehr Geld verdienen als Angestellte. Fasst die Ergebnisse in eigenen Worten zusammen.
3. a) Analysiert in Kleingruppen mit Hilfe der nachfolgenden Methodenkarte unterschiedliche Berufe durch die dort dargestellten Berufs-Steckbriefe.
   b) Diskutiert, ob Selbstständige gegenüber Angestellten über mehr Vor- oder Nachteile verfügen.
   c) Erstellt selbstständig eigene Berufs-Steckbriefe eurer Wunschberufe.
   d) Stellt eure Ergebnisse in der Klasse vor.
4. a) Vervollständigt in Einzelarbeit die beiden Sätze:
   - „Selbstständigen geht es besser als Angestellten, wenn …“
   - „Angestellten geht es besser als Selbstständigen, wenn …“

   b) Sammelt und sortiert die Sätze der ganzen Klasse z. B. in einem Padlet mit Hilfe des nebenstehenden QR- und Mediencodes. MK
5. Verfasst in Einzelarbeit in Form eines Blog-Eintrages, ob ihr in Zukunft lieber selbstständig oder angestellt sein wollt. Begründet eure Position mit den Ergebnissen aus den anderen Aufgaben.

H Aufgabe 1
→ S. 303

H Aufgabe 3b
→ S. 303

Padlet gestalten

Mediencode: 71077-51

METHODE

Berufe mit Hilfe von Berufs-Steckbriefen analysieren

I. Worum geht es?

Wenn zwei Menschen über einen Beruf sprechen, meinen sie zwar das gleiche, haben oftmals aber unterschiedliche Vorstellungen davon.

Erst das Sichtbarmachen von geeigneten Untersuchungsmerkmalen (Kriterien) lässt unterschiedliche Berufe im Vergleich zu anderen Berufen besser analysieren.

Auch die Frage nach dem Berufsverhältnis (Selbstständigkeit oder Angestelltenverhältnis) lässt interessante Rückschlüsse auf die Berufe zu.

II. Geht dabei so vor:

1. Schritt: Vorbereitung

Bildet Kleingruppen und teilt die nachfolgenden Steckbriefe untereinander auf.

Name: Xiaolong
Alter: 32

„Ich muss mir überhaupt keine Sorgen um Geld machen!"

Angestellte Führungskraft in der Automobilbranche

Beruf: Ich organisiere die Produktion von Autos. Ich entscheide z. B., wann wir was bestellen und in welchem Land wir produzieren, damit Steuern und Zölle möglichst günstig ausfallen. Zu meinem Job gehört auch, mein Team zu motivieren und Feedbackgespräche zu führen.

Ausbildung: Studium Maschinenbau an der RWTH Aachen

Arbeitszeit: Laut Vertrag 40 Stunden pro Woche, manchmal aber auch mehr. Dafür bekomme ich dann aber mehr Urlaubstage.

Einkommen pro Monat :

Brutto	Netto	Extras
7.600 €	3.900 €	jährliche Bonuszahlung ca. 5.000 €

Freizeit: Insgesamt gebe ich gut 10.000 Euro im Jahr für Urlaub aus.

Was bleibt übrig? Zwischen 1.000 und 1.500 Euro am Monatsende. Ein paar Tausend Euro liegen immer auf meinem Girokonto, falls wir mal eine neue Waschmaschine oder Möbel brauchen.

Name: Kerstin
Alter: 49

„Ich genieße mein Leben!"

Selbstständige Immobilienmaklerin

Beruf: Ich bin Geschäftsführerin und Immobilienmaklerin in Berlin. Ich leite ein Team aus 22 Mitarbeiterinnen und Mitarbeitern. Mehrmals pro Woche sprechen wir über die zu verkaufenden Objekte, kalkulieren ihren Preis und inserieren sie. Darüber hinaus bin ich Dozentin für Immobilienwirtschaft an Berliner Hochschulen.

Ausbildung: BWL-Studium in Berlin, Maklerin-Praktikum in den USA

Arbeitszeit: Ich arbeite sehr gerne und kann beim besten Willen nicht sagen, wie viele Stunden ich arbeite. Ich denke auch am Wochenende über meine Arbeit nach. Mit meinem Handy kann ich auch unterwegs und spontan arbeiten. Das stresst mich nicht.

Einkommen pro Monat :

Brutto	Netto	Extras
10.000 €	6.636 €	/

Freizeit: Ich esse mehrmals im Monat mit Freunden in Restaurants. Ich mache pro Jahr zwei bis drei Urlaube mit meiner Frau.

Was bleibt übrig? Ungefähr 2.500 Euro pro Monat. Ich spare nicht bewusst, sondern lasse das Geld einfach auf dem Girokonto liegen. Ich finde es schön, dass ich Freunde zum Essen einladen kann, ohne mir Gedanken machen zu müssen.

Name: Tom
Alter: 36

„Ohne meine Frau könnte ich mir nicht mal die Miete leisten."

Selbstständiger Florist

Beruf: Ich habe vor kurzem das Café „Floral Bistro" in Berlin-Neukölln gegründet. Neben Kaffee und Kuchen verkaufe ich dort auch Blumen. Außerdem gehe ich zu den Leuten nach Hause und entwickle mit ihnen ein individuelles Pflanzenkonzept für ihre Wohnung oder ihren Garten. Mit diesem Unternehmen kann ich meine Hobbies perfekt verbinden.

Ausbildung: Mit 16 Jahren habe ich eine Ausbildung zum Zierpflanzenbaugärtner gemacht. Mit 26 übernahm ich zum ersten Mal die Leitung eines Cafés.

Arbeitszeit: Ich arbeite sechs bis sieben Tage die Woche, insgesamt ca. 80 Stunden. Da ich meine Hobbys zum Beruf gemacht habe, ist das viele Arbeiten für mich in Ordnung. Hart ist es dennoch: Seit sieben Wochen habe ich einen Hexenschuss und müsste eigentlich zur Physiotherapie. Dafür habe ich jedoch keine Zeit.

Einkommen pro Monat:

Brutto	Netto	Extras
500 €	399,12 €	Trinkgeld ca. 50 €

Was bleibt übrig? Ohne die Unterstützung meiner Frau würde ich jeden Monat im Minus sein. So komme ich am Monatsende etwa bei null raus. Sparen kann ich also nicht.

Freizeit: Da ich die meiste Zeit meines Tages in das Café stecke, gebe ich für Freizeit zurzeit gar nichts aus. Meine Frau und ich sparen auf einen Wanderurlaub in Bayern und Italien. Übernachtet wird dann in Klöstern.

Name: Denise
Alter: 38

„Ich versuche, mir einen Tag pro Woche freizunehmen!"

Selbstständige Grafikdesignerin

Beruf: Ich bin Grafikdesignerin und Unternehmerin. Vor viereinhalb Jahren habe ich gemeinsam mit meinem Geschäftspartner eine Agentur gegründet. Wir machen Grafikdesign, erstellen Webseiten und entwickeln Marketingstrategien. Unser Unternehmen hat sieben Angestellte.

Ausbildung: Ich habe eine Ausbildung zur Mediendesignerin gemacht. Obwohl ich in meinem Ausbildungsunternehmen zum Schluss grafische Leiterin war, hat die Festanstellung mir nicht gut gefallen. Kaum Eigenverantwortung, wenig Kreativität – das war für mich als Grafikdesignerin einfach nicht das Richtige. Deshalb habe ich mich selbstständig gemacht

Arbeitszeit: Durchschnittlich 60 Stunden. Ich versuche, mir einen Tag pro Woche freizunehmen, aber das klappt nicht immer. Sobald ich mich für Freizeit entscheide, verdiene ich schließlich weniger Geld.

Einkommen pro Monat:

Brutto	Netto	Extras
3.800 €	2.300 €	/

Was bleibt übrig? Nichts.

Freizeit: Richtigen Urlaub mache ich so gut wie nie, aber ich reise gerne und nehme meinen Laptop dann einfach mit. Dieses Jahr fliege ich nach Italien und Irland.

→

Name: Sabine
Alter: 23

„Ich habe seit Januar zweihundert Überstunden gesammelt."

Angestellte Pflegedienstleiterin

Beruf: Ich arbeite als Pflegedienstleiterin und Wundheilexpertin in einem Alten- und Pflegeheim. Ich bin dort vor allem mit Organisieren beschäftigt – also Personalführung, Dienstpläne erstellen, Fortbildungen für meine Mitarbeiterinnen und Mitarbeiter koordinieren.

Ausbildung: dreijährige Ausbildung zur examinierten Altenpflegerin, verschiedene Fortbildungen

Arbeitszeit: Offiziell sind es 40 Stunden pro Woche, aber die schaffe ich nie. Ich muss häufiger mal einspringen, wenn Kollegen krank sind und ich keinen Ersatz bekomme. Zusatzschichten, Nachtdienste und Rufbereitschaften kommen dann noch oben drauf. Im Schnitt arbeite ich zwischen 60 und 70 Stunden pro Woche.

Einkommen pro Monat :

Brutto	Netto	Extras
3.100 €	2.000 €	/

Freizeit: Mein letzter Urlaub ist drei Jahre her, Reisen ist für mich kein Thema. Außerdem fehlt mir dafür das Geld.

Was bleibt übrig? Fast nichts, höchstens mal 30 Euro. Das ist schon traurig. Ich weiß, dass ich mehr verdienen könnte, wenn ich in einem graößeren Heim oder in einer anderen Stadt arbeiten würde. Vielleicht ist es da mal Zeit für einen Wechsel.

Nach: © Zeit Online, Serie „Kontoauszug", 2018-2019, www.zeit.de, Abruf am 14.04.2020, vom Bearbeiter gekürzt und sprachlich angepasst.

2. Schritt: Analyse

Analysiert die Berufs-Steckbriefe, indem ihr die folgenden Fragen beantwortet:

1. Welche Vor- und Nachteile des Berufs bzw. der Arbeit sind für Selbstständige oder Angestellte erkennbar?
2. Wie sieht die finanzielle Situation der Personen aus?
3. Welche Aspekte aus **M30** und **M31** der Selbstständigkeit oder des Angestelltenverhältnisses werden erkennbar?

Hinweis zu Schritt 2
Mit Hilfe von Schritt 2 könnt ihr auch eure eigenen Berufs-Steckbriefe aus Aufgabe 3c auf Seite 227 analysieren.

3. Schritt: Reflexion

Stellt euch in eurer Gruppe und/oder in eurer Klasse gegenseitig eure Fallbeispiele vor.

Bearbeiter

7.2.2 Mittelständische Unternehmen in Deutschland: Haben kleinere Unternehmen nur geringe Bedeutung?

Zum Thema: Große Unternehmen sind immer überall sichtbar und präsent. Jede und jeder kennt sie und kann in den meisten Fällen sogar deren Produkte nennen. Doch sind sie ihrer Größe wegen auch wichtiger für die Gesellschaft? In diesem Kapitel geht es um die Rolle von kleinen und mittleren Unternehmen.

M33 Zwei Unternehmen im Vergleich

Nach der Betriebserkundung tauscht Emre sich mit seinen Mitschülern aus. Manche von ihnen waren bei richtig großen Unternehmen in der Region und erzählen stolz von ihrem Besuch beim Geschäftsführer. Emre fragt sich, ob er mit dem Getränkemarkt vielleicht doch die falsche Wahl getroffen hat, weil das im Vergleich ja doch nur ein unbedeutendes Unternehmen ist.

Getränkemarkt Meinerz		**Bayerische Motoren Werke (BMW)**	
Rechtsform	Einzelunternehmen	Rechtsform	Aktiengesellschaft
Branche	Lebensmittel-Einzelhandel, Vertrieb von Getränken	Branche	Automobilindustrie, Entwicklung und Produktion von Automobilen und Motorrädern
Jahresumsatz	900.000 €	Jahresumsatz	97,5 Mrd. €
Beschäftigte	5	Beschäftigte	134.682

EINSTIEGSAUFGABE

Vergleicht die beiden Unternehmen miteinander und diskutiert anschließend die These „Kleine Unternehmen haben für die deutsche Wirtschaft und Gesellschaft nur eine geringe Bedeutung."

M34 Was sind mittelständische Unternehmen?

Der Begriff „Mittelstand" bezeichnet heute in der Regel kleinere und mittlere Unternehmen (KMU) aus den Wirtschaftsbereichen Industrie, Handwerk, Handel, dem Dienstleistungsbereich sowie den freien Berufen (z. B. Architekten, Steuerberater). Das Institut für Mittelstandsforschung in Bonn (IfM) unterscheidet Unternehmen anhand der Anzahl der Beschäftigten und dem Jahresumsatz in Euro. Viele mittelständische Unternehmen sind gleichzeitig Familienunternehmen (ca. 94 %, 2014). In einem Familienunternehmen gehört das Unternehmen mindestens zur Hälfte einer Familie und mindestens ein Mitglied der Familie ist an der Leitung des Unternehmens beteiligt. In Deutschland sind ca. 90 % aller Unternehmen Familienunternehmen (Stand 2017). Großunternehmen gehören laut Definition nicht mehr zum Mittelstand, sind aber manchmal auch Familienunternehmen (z. B. die Volkswagen AG: 235,8 Milliarden € Umsatz und 664.496 Beschäftigte in 2018, Familie Porsche/Piëch).

KMUs nach Definition des IfM Bonn		
Zahl der Beschäftigten	**Umsatz in € / Jahr**	**Unternehmensgröße**
bis 9	bis 2 Millionen	Kleinste Unternehmen
10 bis 49	bis 10 Millionen	Kleine Unternehmen
50 bis 499	bis 50 Millionen	Mittlere Unternehmen
ab 500	über 50 Millionen	Großunternehmen

Bearbeiter, Daten nach: IfM Bonn, 2019

M35 Wirtschaftliche Kennzahlen von KMUs im Vergleich zu Großunternehmen

Wirtschaftliche Kennzahlen nach Unternehmensgröße

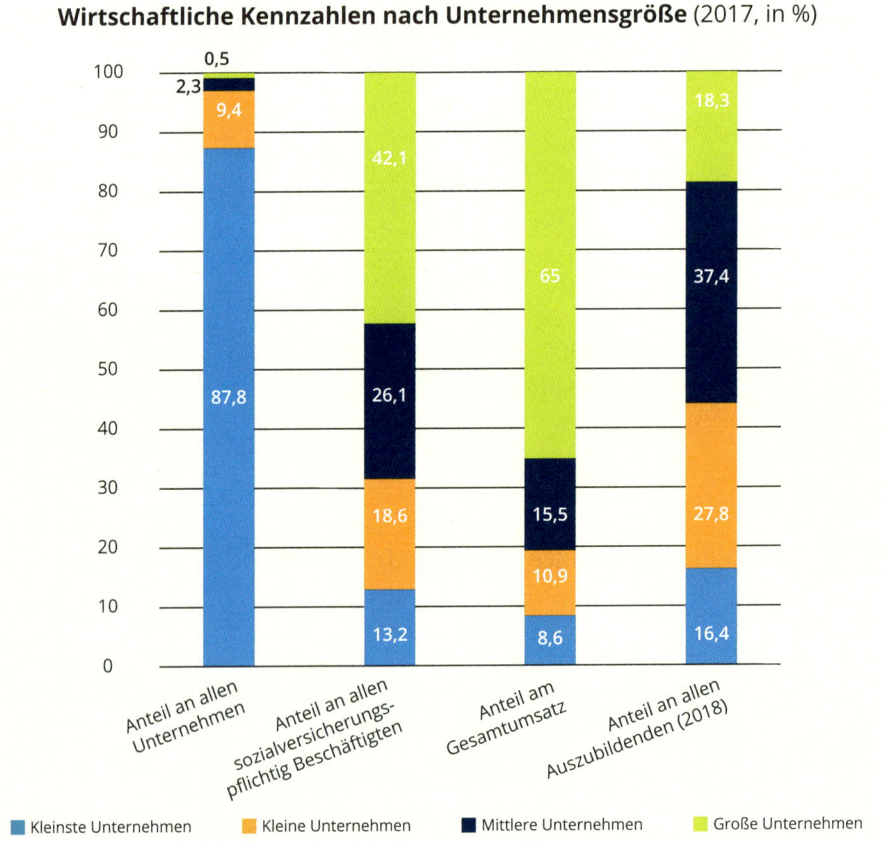

Bearbeiter, basierend auf: IfM Bonn, 2019

M36 KMU und Großunternehmen nach Wirtschaftszweigen im Vergleich

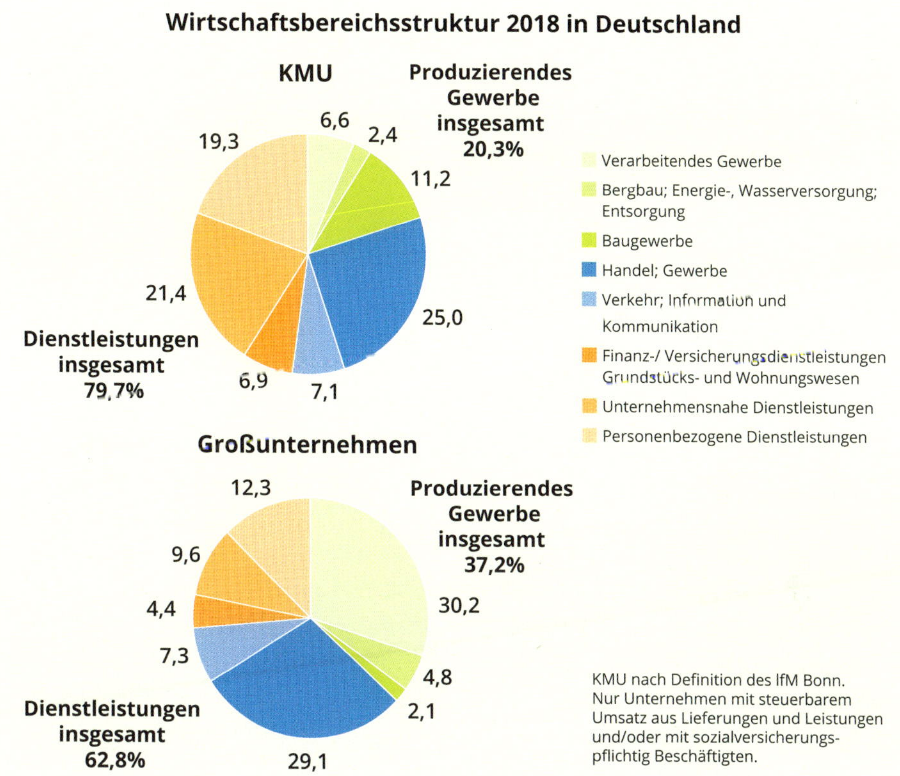

Quelle: Statistisches Bundesamt: Unternehmensregister, Wiesbaden 2019; Berechnungen des IfM Bonn

AUFGABEN

1. Lest **M34** und ordnet die beiden Unternehmen aus **M33** der passenden Unternehmensgröße zu.
2. Arbeitet mithilfe der Diagramme in **M35** und **M36** heraus, welche Bedeutung KMU (kleine und mittlere Unternehmen) im Vergleich zu Großunternehmen in Deutschland haben. Geht dabei wie folgt vor:
   a) Analysiert die Diagramme mit Hilfe der Methodenkarte auf S. 264.
   b) Erläutert, in welchen Bereichen sich die KMU deutlich von den Großunternehmen unterscheiden.
   c) Formuliert Vermutungen, worin diese Unterschiede begründet sein könnten.
   d) Diskutiert die Frage, wie wichtig KMU im Vergleich zu Großunternehmen für Deutschland sind.
3. Formuliert einen Blogbeitrag für die digitale Schülerzeitung, in der ihr darüber informiert, welche Bedeutung KMU haben. Bezieht dabei möglichst Beispiele von Unternehmen aus eurer Stadt / Region mit ein. MK

7.2.3 Sollten Unternehmen soziale Verantwortung übernehmen?

Zum Thema: „Unternehmen sind zweifelsohne ein wichtiger Teil der Gesellschaft!“. Dieser Aussage würden sehr viele Menschen sofort zustimmen. Wenn dies allgemein anerkannt wird, sollten Unternehmen dann nicht auch mehr soziale Verantwortung übernehmen? Wie und ob dies geschehen soll, erfahrt ihr in diesem Kapitel.

M37 Welche Ziele verfolgen Unternehmen?

Amazon: „Ziel von Amazon ist von jeher, das kundenzentrierteste Unternehmen der Welt zu sein, bei dem Kunden praktisch alles finden, was sie online kaufen wollen. Indem Amazon.com Kunden mehr von dem gibt, was sie wollen – attraktive Preise, eine große Auswahl und Kundenfreundlichkeit – wächst das Unternehmen immer weiter und entwickelt sich zu einer der führenden e-Commerce-Plattformen."

© amazon.de, Über Amazon, www. Amazon-presse.de, Abruf am 14.04.2020

Daimler: „In unseren Geschäften streben wir die Spitzenposition an. Wir wollen die Maßstäbe bei Technologien und Innovationen setzen und unsere Kunden begeistern. Wir wollen, dass unsere Mitarbeiter stolz darauf sind, bei Daimler zu arbeiten. Und mit all dem wollen wir weiter profitabel wachsen."

© 2017 Daimler AG, Ziele und Strategie, www.damiler.com, Abruf am 14.04.2018

EINSTIEGSAUFGABEN

1. Arbeitet aus den zwei Beispielen heraus, welche Ziele die Unternehmen erreichen wollen.
2. Diskutiert, ob es aus eurer Sicht „bessere“ und „schlechtere“ Unternehmensziele gibt. Begründet eure Standpunkte.
3. Stellt euch vor, ihr hättet ein eigenes Unternehmen. Nennt die Ziele, die euch am wichtigsten wären.

M38 Interessensgruppen in Unternehmen – wer hat welche Interessen?

a) Profitmaximierung – das Interesse der Shareholder?

„Die soziale Verantwortung eines Unternehmens ist es, seine Gewinne zu erhöhen." Mit dieser Aussage forderte der Ökonom Milton Friedman 1970, dass die Profitmaximierung [Gewinnmaximierung] das höchste und einzige Ziel für den Unternehmer sein sollte, solange sich die Aktivitäten eines Unternehmens mit den gesetzlichen Vorgaben vereinbaren lassen. Andere Ziele sollte ein Unternehmen nach Friedmans Ansicht nicht verfolgen, denn diese ent-

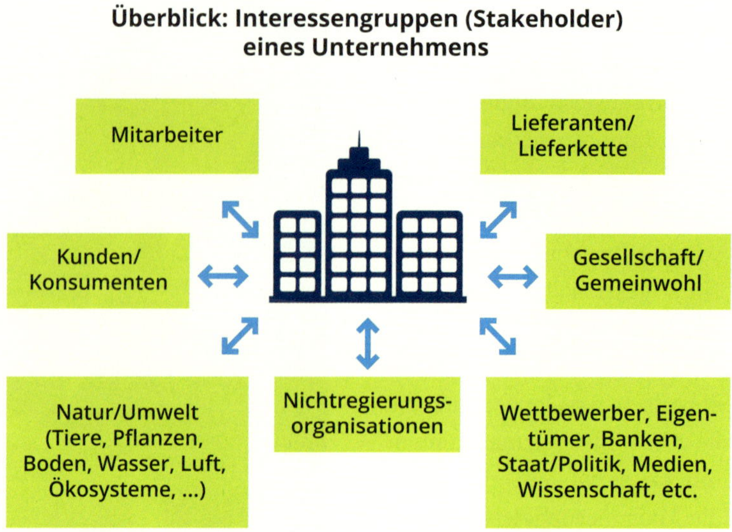

sprechen nicht dem Interesse der Shareholder. Wenn ein Unternehmen die Armut in seinem Land reduzieren möchte und deshalb Arbeitslose ohne Ausbildung einstellt, dann verschwendet das Unternehmen laut Friedman Geld, weil besser qualifizierte Arbeitnehmer produktiver wären. Investiert ein Unternehmen ohne gesetzlichen Zwang in Umweltschutzmaßnahmen, könnten dadurch die Preise für die Produkte steigen. Das führe dazu, dass letztendlich die Kunden die Umweltschutzmaßnahmen bezahlen, ob sie es wollen oder nicht. Daher ist die Maximierung des Gewinns laut Friedmann das einzig sinnvolle Ziel. Nach Friedman sind viele soziale Aktivitäten von Unternehmen sowieso nur ein Mittel zum Zweck: wenn sich ein Unternehmen sozial engagiert, dann will es damit häufig nur erreichen, dass seine Produkte bekannt werden oder neue Mitarbeiter angelockt werden. Also handele es sich eigentlich gar nicht um echte soziale Verantwortung, sondern um Marketing.

Auch deshalb sieht Friedman die soziale Verantwortung als zentrale Aufgabe des Staates an. Nicht die Unternehmen sollten darüber entscheiden, wie die Probleme einer Gesellschaft gelöst werden, sondern die Politik.

Bearbeiter

Der Wirtschaftswissenschaftler Milton Friedman (1912-2006, USA) vertrat die Auffassung, dass eine möglichst große Freiheit von Märkten, Unternehmen und Individuen zu den besten gesellschaftlichen Ergebnissen führt. Der Staat sollte möglichst wenig eingreifen. 1970 äußerte er sich in einem Zeitungsartikel zu der Frage, ob Unternehmen soziale Ziele verfolgen sollten.

Shareholder
Shareholder sind die Personen, denen ein Unternehmen oder ein Teil („Share") des Unternehmens gehört, z. B. durch Aktienbesitz.

b) Gesellschaftliche Verantwortung – Stakeholder statt Shareholder?

Corporate Social Responsibility meint die gesellschaftliche Verantwortung, die ein Unternehmen für seine Auswirkungen auf die Gesellschaft und die Umwelt übernehmen soll.

Viele Unternehmen erkennen, dass von ihnen erwartet wird, soziale Verantwortung zu übernehmen, egal welche Güter oder Dienstleistungen sie herstellen. Viele Menschen verlangen, dass sich die Unternehmen für den Umweltschutz oder die Bekämpfung von Armut einsetzen. Ein Unternehmen sollte deshalb nicht nur auf das Erzielen von Gewinnen ausgerichtet sein, fordern die Vertreter

Interessen der Stakeholder
Stakeholder sind Personen oder Gruppen, die von den Handlungen und Auswirkungen eines Unternehmens direkt oder indirekt betroffen sind. Sie haben sehr unterschiedliche Erwartungen an das Unternehmen, die sich teilweise nur schwer mit einer reinen Gewinnorientierung vereinbaren lassen. Daher führen Unternehmen, die soziale Verantwortung übernehmen wollen, verschiedene Maßnahmen ein: sie reduzieren ihren Energieverbrauch, vermeiden Abfälle, stellen ihren Mitarbeitern kostenlose Kinderbetreuung zur Verfügung, oder spenden für wohltätige Zwecke etc. Sie verfolgen weiterhin das Ziel, Gewinne zu erwirtschaften, achten aber auch auf wirtschaftliche, gesellschaftliche und ökologische Nachhaltigkeit.

Überblick: Interessengruppen (Stakeholder) eines Unternehmens

der sogenannten „**Stakeholder**"-Theorie. Die Stakeholder eines Unternehmens sind neben den Eigentümern z. B. auch die Mitarbeiter, Kunden, Lieferanten und Konkurrenten oder der Staat, die politischen Parteien und die Vertreter von Umweltverbänden.

Bearbeiter

M39 „Social Entrepreneurship" – Sozialunternehmen wollen die Welt verbessern

Sozialunternehmen werden gegründet, um soziale oder gesellschaftliche Probleme zu lösen. Sie möchten mit ihrer unternehmerischen Tätigkeit zum Wohl und zur Verbesserung der Gesellschaft beitragen. Sie entstehen also nicht aus der Idee heraus, Geld zu verdienen. Das Erwirtschaften von Gewinnen ist hier nur das Mittel zum Zweck. Ein Social Entrepreneur setzt seine Kenntnisse als Unternehmer ein, um gesellschaftliche Missstände zu verbessern. Er möchte ein gesellschaftliches Problem lösen, indem er Produkte oder Dienstleistungen anbietet, für die andere Menschen bereit sind, Geld zu bezahlen. Das eigentliche Ziel der Unternehmen ist dann aber, mit diesem Geld oder dem Unternehmen selbst z. B. benachteiligten Menschen zu helfen, mehr Bildungsgerechtigkeit herzustellen oder den Klimaschutz zu verbessern.

Sozialunternehmer setzen ihre Gewinne meistens direkt wieder im Unternehmen ein und zahlen sich selbst keine hohen Löhne aus. Oft gehört das Unternehmen auch allen Mitarbeitern gemeinsam und nicht einer einzelnen Person. Bei Sozialunternehmen handelt es sich meistens um relativ junge und kleine Unternehmen (sogenannte Start-Ups), die mit ihrer Geschäftsidee neue Wege beschreiten. Einige dieser Sozialunternehmen haben allerdings Probleme, sich zu finanzieren, weil viele Kunden nicht bereit sind, ihre im Vergleich zu „normalen Unternehmen" teureren Produkte zu kaufen.

Bearbeiter

Entrepreneur (frz.)
Unternehmer, Firmengründer

M40 Unternehmensbeispiel für soziale Verantwortung?

a) Fallbeispiel HEYHO

HEYHO! – Frühstück mit Sinn

Das Unternehmen hat nicht nur einen hohen Anspruch an Qualität und Geschmack, sondern auch an den Herstellungsprozess und die Konditionen für seine Mitarbeiter. [...] „Viele Menschen werden aufgrund Ihrer Lebensgeschichte in unserer Gesellschaft ausgegrenzt. Dagegen setzen wir ein Zeichen und schaffen neue Perspektiven. In unserer Müsli-Rösterei finden Menschen einen Platz, die keine Chancen haben, eine Anstellung im ersten Arbeitsmarkt zu finden. HEYHO! ist offen für alle: egal, ob Menschen ohne festen Wohnsitz, ehemals Inhaftierte, Menschen mit Suchterkrankungen oder seelisch Erkrankte. Wo andere die Türen zuschlagen, macht HEYHO! sie auf. Aus der tiefen Überzeugung, dass jeder Mensch seinen Teil zum großen Ganzen beitragen kann.

© vegconomist, HEYHO! Granola: „Wo andere die Türen zuschlagen, machen wir bei HEYHO! sie auf.", www.vegconomist.de, 22.08.2018

Viva con agua– ein Beispiel für soziale Verantwortung von Unternehmen?

Mediencode: 71077-52

b) Social Entrepreneurs in der Kritik

Unternehmerkritiker
#Unternehmerkritik

Folgen

Hey soziale Unternehmer! Mal ne Frage: Wenn es euch wirklich ernst ist und ihr Gesellschaft, Natur, Gerechtigkeit usw. nach vorne bringen wollt, wofür braucht ihr dann eure ganzen Unternehmen überhaupt? Macht sie doch dicht und arbeitet ohne Gewinnstreben! 🫤

Bearbeiter

AUFGABEN

1. Teilt die Texte in **M38a-b** gleichmäßig in der Klasse auf. Arbeitet jeweils heraus, was sie hinsichtlich der Ziele eines Unternehmens aussagen und fertigt dazu eine Concept Map (→ Methodenglossar) an.
2. Stellt euch in einer Dreiergruppe alle drei Texte (**M38a-b-M39**) mit Hilfe eurer Concept Map aus Aufgabe 1 gegenseitig vor. Ordnet anschließend die beiden Zitate aus **M37** einem passenden Typ von Unternehmenszielen zu.
3. Untersucht das Unternehmen in **M40a** und diskutiert, welchem Unternehmenstyp aus Aufgabe 1 es zuzuordnen ist.
4. Erläutert, was der Unternehmerkritiker in **M40b** sagen will. Diskutiert, ob ihr ihm zustimmen würdet und verfasst einen Antwort-Tweet.
5. Sammelt Ideen für ein eigenes Unternehmen mit sozialer Verantwortung und diskutiert mit Hilfe nachfolgender Operatorenkarte Chancen und mögliche Probleme eurer Unternehmensideen in der Klasse.

F Aufgabe 3
Untersucht das Fallbeispiel im oben stehenden QR-Code.

OPERATOREN-TRAINING

Diskutieren/sich auseinandersetzen

I. Was ist zu tun?

1. Du bereitest dich vor, indem du zu einer Frage oder einem Sachverhalt Pro- und Kontra-Argumente formulierst. Gute Argumente bestehen aus einer Behauptung, Begründung, Beispielen und Belegen.

↓

2. Du tauschst dich mit deinen Gesprächspartnern zu der Frage oder der Problemstellung aus.

↓

3. Dabei wägt ihr Argumente ab, die für oder gegen einen Standpunkt sprechen.

↓

4. Am Ende kommt ihr zu einer gut begründeten Bewertung, indem ihr die Argumente gewichtet und zusammenfasst.

Argumente

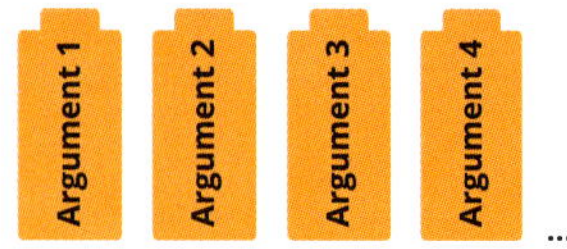

Bestandteile eines Arguments

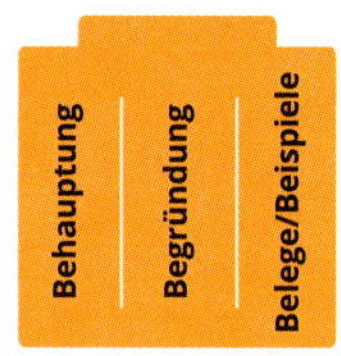

Argumente abwägen

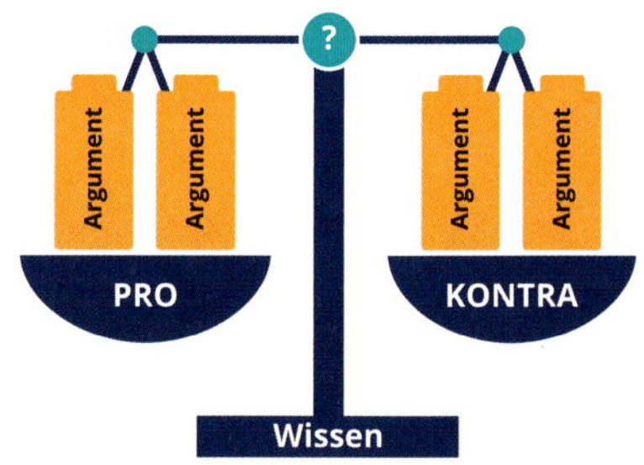

II. Hilfen zur Strukturierung und Formulierung

Einleitung
Zur Frage ... gibt es ...

Abwägen von Pro- und Kontra-Argumenten
Auf der einen Seite ..., auf der anderen Seite ...
Eine Begründung dafür ist ...
Als Pro-Argument kann angeführt werden, dass ...
Als Kontra-Argument kann angeführt werden, dass ...

Gewichtende Zusammenfassung
Besonderes Gewicht hat das Argument ...
Weniger gewichtig erscheint ...
Abschließend lässt sich sagen, dass ...

III. Formulierungsbeispiele

Für die Bearbeitung der Aufgabe 5 auf S. 237 findet ihr im nebenstehenden QR- bzw. Mediencode Formulierungsbeispiele. Ihr könnt sie als „Starthilfe" eurer Diskussion nutzen, weiter ausbauen, verändern oder mit eurer eigenen Lösung im Hinblick auf die Diskussion eurer Unternehmensideen vergleichen und prüfen.

Formulierungsbeispiele

Mediencode: 71077-53

Bearbeiterin

Ein eigenes Unternehmen mit Hilfe eines Businessplans gründen

I. Worum geht es?

Im vorliegenden Kapitel 7 habt ihr sehr viel über Unternehmen in Deutschland gelernt, sodass ihr nun fit seid, selbst eines zu gründen. Hierfür braucht es zu Beginn einen Businessplan. Dieser stellt die Idee eines Unternehmens genau und anschaulich dar und kann dafür verwendet werden, andere Menschen von der Idee zu überzeugen, Kredite bei Banken zu bekommen oder Partnerunternehmen zu gewinnen.

II. Geht dabei so vor:

1. Schritt: Ideen eines Unternehmens sammeln

1. Bildet Teams (4-5 Personen) und frischt mit Hilfe von **M2**, **M9**, **M15**, **M26**, **M28**, **M31**, **M35**, **M39** und **M40** eurer Gelerntes über Unternehmen in Deutschland auf.
2. Sammelt zunächst ganz frei alle Ideen und Gedanken auf einem großen Plakat.
3. Einigt euch dann auf ein (soziales) Ziel und eine Produkt- oder Dienstleistungsidee.

H Schritt 1
Ihr könnt hier auch eure Ergebnisse aus Aufgabe 5 von S. 237 verwenden

2. Schritt: Erstellung eines Businessplans anhand bestimmter Leitfragen

Erstellt mit Hilfe der untenstehenden Fragen einen Businessplan.

Unternehmensidee: Welches Ziel verfolgt euer Unternehmen?

Produktidee: Welche Produkte oder Dienstleistungen wollt ihr anbieten? Was sind die wichtigsten Merkmale eures Produkts/eurer Dienstleistung? Wie sollen euer Unternehmen und das Produkt/die Dienstleistung heißen?

Zielgruppe und mögliche Konkurrenzprodukte: Wer ist die Zielgruppe für euer Produkt / eure Dienstleistung? Welche Vorteile bringt das Produkt / die Dienstleistung dieser Zielgruppe? Was unterscheidet euch von ähnlichen Produkten oder Dienstleistungen?

Zentrale Absatzentscheidungen: Wie teuer könnte das Produkt/die Dienstleistung ungefähr sein? Wie kommen die Produkte/Dienstleistungen zu den Kunden? Welche Werbemaßnahmen plant ihr?

Personalentscheidungen: Wer soll in eurem Unternehmen arbeiten? Wie ist euer Unternehmen strukturiert? Gibt es eine Person, die das Unternehmen leitet, oder mehrere?

3. Schritt: Präsentation und Auswertung

1. Präsentiert eure Geschäftsidee in eurer Klasse. Steht nach den Präsentationen für Nachfragen eurer Mitschülerinnen und Mitschüler bereit. Alle dürfen am Ende drei Unternehmen auswählen, deren Ideen sie/er für besonders aussichtsreich hält. Haltet diese z. B. mit Punkten an der Tafel fest.
2. Tauscht euch abschließend in der Klasse darüber aus, was in eurem Team bei der Planung eures Unternehmens gut funktioniert hat und was euch die größten Schwierigkeiten bereitet hat.

Bearbeiter

A „Ein Sozialstaat ist gerecht, wenn er möglichst alle gleich behandelt und alle das Gleiche dazu beitragen müssen."
Anna (14)

B „Ein Sozialstaat ist gerecht, wenn diejenigen, die mehr haben, auch mehr dazu beitragen müssen. Dann kann Schwächeren besser geholfen werden."
Hamza (14)

Wann ist ein Sozialstaat gerecht?

D „Ein Sozialstaat ist gerecht, wenn er alle Menschen unterstützt, die in einer Notlage sind und sich nicht selbst helfen können. Besonders Kinder tragen keine Schuld, wenn sie z. B. in einer armen Familie aufwachsen."
Mia (13)

C „Ein Sozialstaat ist gerecht, wenn er zwar Bedürftigen hilft, aber nicht dazu beiträgt, dass sich Menschen keine Mühe mehr geben, ihre Dinge selbst zu regeln."
Leonard (16)

Soziale Sicherung für Familien in Deutschland: Sollte der Sozialstaat für mehr Gerechtigkeit sorgen?

8

Die Bundesrepublik Deutschland ist laut Grundgesetz ein Sozialstaat. Ein wichtiges Ziel der Politik ist es daher, Hilfe gegen Not und Armut bereitzustellen, Lebensrisiken wie Alter, Krankheit, Arbeitslosigkeit oder Unfälle abzusichern und für soziale Gerechtigkeit zu sorgen. Darüber hinaus ist der Staat auch durch das Grundgesetz verpflichtet, Familien besonders zu schützen, also aktiv Familienpolitik zu betreiben. Was aber ist gerechte Sozial- und Familienpolitik? Wie umfangreich soll die Unterstützung ausfallen? Wird Armut wirkungsvoll bekämpft? Auf diese Fragen gibt das Grundgesetz keine Antwort, sie müssen politisch beantwortet werden. In diesem Kapitel lernt ihr, Kernbereiche des Sozialstaates und der Familienpolitik zu beurteilen.

Am Ende des Kapitels solltet ihr Folgendes können:
- das Sozialversicherungssystem erklären und seine Prinzipien beurteilen
- erläutern und beurteilen, welche Rolle Kinder bei der Finanzierung des sozialen Sicherungssystems spielen
- sozialpolitische Leistungen für Familien auf Fälle anwenden und ihre Zweckmäßigkeit diskutieren
- die Grundsicherung als wesentliche Säule des Sozialstaats erläutern und ihre Wirkung vor allem für Kinder und Jugendliche einschätzen
- das Ausmaß und die Entwicklung von (Kinder-)Armut in Deutschland beschreiben
- den Einfluss von Armut auf die Entwicklung von Kindern darlegen
- vor dem Hintergrund verschiedener Gerechtigkeitsvorstellungen Maßnahmen zur Bekämpfung von Kinderarmut diskutieren

WAS WISST UND KÖNNT IHR SCHON?

1. Hängt die vier links stehenden Aussagen (oder die zugehörigen Buchstaben) an je einer Wand des Klassenraums auf.
   a) Positioniert euch bei der Aussage, der ihr am ehesten zustimmt. Ihr könnt euch auch zwischen den Aussagen aufstellen.
   b) Erklärt, warum ihr euch einer oder mehrerer Aussagen zugeordnet habt.
2. Formuliert eigene Aussagen beginnend mit „Ein Sozialstaat ist gerecht, wenn …". Hängt sie anschließend auf.

Ein Quizlet erstellen MK

I. Worum geht es?

„Quizlet" ist eine digitale Lernkartei, die ihr kostenfrei nutzen könnt. Mit Quizlet könnt ihr zentrale Begriffe und Lerninhalte auf Karteikarten definieren und erläutern. Anschließend stehen euch eure Karteikarten zum Lernen zur Verfügung. Ihr könnt die digitalen Karten selbst nutzen und/ oder anderen zur Verfügung stellen.

II. Geht dabei so vor:

1. Schritt: Vorbereitung

a) Bildet Gruppen von 4-5 Personen.
b) Ruft die Seite *https://quizlet.com* auf und seht euch an, wie „Quizlet" funktioniert und wie ihr es anwenden könnt.

2. Schritt: Wissen zum Thema „Soziale Sicherung für Familien in Deutschland" aneignen

a) Wählt pro Gruppe ein Unterkapitel (8.1.1, 8.1.2, 8.1.3, 8.2.1, 8.2.2, 8.2.3) aus und informiert euch über die Materialien und Aufgaben soweit, dass ihr eine erste (mündliche) Antwort auf die Fragestellung des jeweiligen Unterkapitels geben könnt.
b) Wählt mindestens fünf für euer Unterkapitel wichtige Begriffe oder Regelungen aus und formuliert zu diesen gut verständliche Definitionen und Erklärungen.
c) Bereitet auch eine (schriftliche) Antwort auf die Fragestellung des Unterkapitels vor.

3. Schritt: Quizlet zum Thema „Soziale Sicherung für Familien in Deutschland" erstellen

a) Erstellt für eure vorbereiteten Begriffe, Fragen und Antworten unter *https://quizlet.com* pro Gruppe jeweils ein Lernset.
b) Tauscht eure Lernsets untereinander aus. Probiert die Lernsets der anderen Gruppen aus und gebt euch gegenseitig eine Rückmeldung darüber, ob ihr alles gut nachvollziehbar dargestellt habt.

Bearbeiterin

Leitfaden zur Bearbeitung

Mediencode: 71077-53

8.1 Soziale Sicherung (nicht nur) für Familien

8.1.1 Sollten die Sozialversicherungen freiwillig oder verpflichtend sein?

Zum Thema: Behandlungen beim Arzt, Rente im Alter, Arbeitslosengeld bei Arbeitslosigkeit ... Alles ganz normal, oder? Wie solche Sozialversicherungen finanziert werden, was sie genau absichern und welche Vor- und Nachteile ihre Verpflichtung haben, ist Thema in diesem Unterkapitel.

M1 Hat Luka einen Grund, sich über sein Gehalt zu ärgern?

Jakobs Freund Luka (18) hat eine Ausbildung als Fachinformatiker begonnen. Bisher hat Jakob ihn um die Aussicht auf ein regelmäßiges Gehalt ziemlich beneidet. Heute besucht er ihn, es geht um Lukas erstes Gehalt, doch anstatt sich zu freuen, ärgert sich Luka über seine erste Gehaltsabrechnung:

Jakob: „Hi Luka, wie läuft es bei dir? Weißt du schon was du mit dem ganzen Geld machst, das du jetzt verdienst?"

Luka: „Mit dem ganzen Geld? Wenn du wüsstest, was die mir alles abziehen, bevor es überhaupt auf dem Konto ankommt. Warum kann ich nicht selbst entscheiden, ob ich all diese Versicherungen überhaupt haben will? Sieh dir das an!

Gehaltsabrechnung

Vergütung brutto (monatlich)	720,00 €
– Lohnsteuer	0,00 €
– Kirchensteuer	0,00 €
– Krankenversicherung (7,3 % allgemeiner Beitragssatz + 0,55 % Zusatzbeitrag)	
– Rentenversicherung (9,3 %)	
– Arbeitslosenversicherung (1,5 %)	
– Pflegeversicherung (1,52 %)	
Vergütung netto:	

Bearbeiterin, Stand: 2020

Bruttolohn
Der Bruttolohn/das Bruttogehalt ist die Lohnsumme vor dem Abzug von Steuern und Sozialabgaben. Das Ergebnis, der Nettolohn, landet auf dem Konto des Arbeitnehmers. (→ Kapitel 7.1, S. 207 ff.)

Hinweis zur Lohn- und Kirchensteuer
Lohn- und Kirchensteuer werden erst bei einem höheren Einkommen erhoben. Ab ca. 1.100 Euro Bruttoeinkommen fallen dann ca. 2 Euro Lohnsteuer an. Die Steuern steigen mit jedem zusätzlichen Euro Einkommen schrittweise an.

EINSTIEGSAUFGABEN

1. Berechnet, wie viel Gehalt Luka netto erhält, indem ihr die Beträge für die Sozialversicherungen ermittelt und vom Bruttogehalt abzieht.
2. Sollten Auszubildende und Arbeitnehmer selbst entscheiden können, ob sie Mitglied der Sozialversicherungen sein wollen? Formuliert ein Spontanurteil.

M2 Pflichtprogramm für alle Arbeitnehmerinnen und Arbeitnehmer: das System der gesetzlichen Sozialversicherungen in Deutschland

Arbeitnehmerinnen und Arbeitnehmer (oder Angestellte)
Arbeitnehmerinnen und Arbeitnehmer (oder Angestellte) sind abhängig Beschäftigte, die von einem Arbeitgeber abhängig sind, anders als Selbstständige (vgl. auch Kapitel 7.2.1, S. 226) .

A Das System der gesetzlichen Sozialversicherungen schützt vor allgemeinen Lebensrisiken, z. B. Arbeitslosigkeit, Krankheit, Alter und Pflegebedürftigkeit. Es umfasst in Deutschland

- die gesetzliche Krankenversicherung,
- die gesetzliche Pflegeversicherung,
- die gesetzliche Rentenversicherung,
- die gesetzliche Arbeitslosenversicherung,
- die gesetzliche Unfallversicherung.

Für Arbeitnehmerinnen und Arbeitnehmer besteht eine Versicherungspflicht. Anders als bei privaten Versicherungen wird dafür kein individueller Vertrag geschlossen, sondern jeder, der als Arbeitnehmer arbeitet, ist automatisch versichert und ihm wird monatlich ein bestimmter Betrag, der von der Höhe seines Bruttoeinkommens abhängig ist, vom Gehalt abgezogen und in diese Versicherungen eingezahlt. Einen weiteren Anteil zahlen die Arbeitgeber. Ein Sonderfall ist die Unfallversicherung, in die die Arbeitgeber für ihre Beschäftigten alleine einzahlen. In Deutschland sind ca. 90 % der Bevölkerung gesetzlich sozialversichert.

Bearbeiterin

Minijobber sind nicht sozialversicherungspflichtig
Eine Ausnahme bilden „Minijobber“. Die sogenannten „geringfügig Beschäftigten“ sind zwar Arbeitnehmer, aber nicht sozialversicherungspflichtig, das heißt, sie zahlen keine Beiträge und erhalten keine Leistungen. Die Arbeitgeber zahlen einen pauschalen Beitrag von 30,75 % des Bruttolohns, der die monatliche Höchstgrenze von 450 € hat. Wenn Minijobber freiwillig 3,6 % des Bruttolohns in die Rentenversicherung einzahlen, dann erwerben sie geringfügige Rentenansprüche sowie zukünftige Rechte z. B. auf eine vorzeitige Altersrente. Ihre Krankenversicherungspflicht müssen sie anders erfüllen, z. B. durch die Mitversicherung über einen Ehepartner oder die Eltern.

B Selbstständige sind nicht pflichtversichert – sie müssen sich selbst um ihre Absicherung kümmern. Soldaten, Richter und Beamte sind per Gesetz versichert. Sie zahlen keine eigenen Beiträge und erhalten Leistungen aus Steuergeldern. Für die Krankenversicherung besteht aber eine allgemeine Versicherungspflicht, das heißt, alle Bürgerinnen und Bürger müssen entweder in einer gesetzlichen oder privaten Krankenversicherung Mitglied sein. In der gesetzlichen Krankenversicherung sind nicht erwerbstätige Familienmitglieder beitragsfrei mitversichert, bei privaten Versicherungen muss jeder Einzelne versichert werden. Bei Arbeitslosen werden die Krankenversicherungsbeiträge von der Arbeitslosenversicherung übernommen. Schülerinnen und Schüler sind auch in die gesetzliche Unfallversicherung einbezogen. Der Versicherungsschutz gilt während des Unterrichts und sonstiger schulischer Veranstaltungen (z.B. Ausflüge) sowie auf den Schulwegen.

Bearbeiterin

C Leistungen und Finanzierung der Sozialversicherungen im Überblick

	Wichtige Leistungen	Beitragshöhe	Finanziert durch ...
Krankenversicherung	ärztliche Behandlung, Krankenhaus, Arzneimittel, Krankengeld (70 % des Nettolohns bei Arbeitsunfähigkeit, die länger als 6 Wochen dauert) ...	fester Prozentsatz des Bruttoeinkommens	Arbeitgeber und Arbeitnehmer jeweils zur Hälfte (allgemeiner Beitragssatz u. Zusatzbeitrag)
Rentenversicherung	Rente im Alter, Rente bei Erwerbsunfähigkeit, Hinterbliebenenrente ...	fester Prozentsatz des Bruttoeinkommens	Arbeitgeber und Arbeitnehmer jeweils zur Hälfte (bis zu einer bestimmten Einkommenshöhe „Beitragsbemessungsgrenze“)
Arbeitslosenversicherung	Arbeitslosengeld I (ca. 60 % des Nettolohns, in der Regel für 1 Jahr) Umschulungen ...	fester Prozentsatz des Bruttoeinkommens	Arbeitgeber und Arbeitnehmer jeweils zur Hälfte.
Pflegeversicherung	Geldleistungen für Pflege zu Hause und in Heimen Ambulante Dienste ...	fester Prozentsatz des Bruttoeinkommens	Arbeitgeber und Arbeitnehmer jeweils zur Hälfte inkl. Zuschlag für kinderlose ab 23 Jahre
Unfallversicherung	Unfallverhütung, Bei Arbeitsunfällen und Berufskrankheiten, Behandlungskosten, Umschulung, Erwerbsunfähigkeitsrente ...	hängt von der Gefahrenklasse ab	Arbeitgeber alleine

Bearbeiterin

M3 Fallbeispiele: Sozialversicherungen in verschiedenen Lebenslagen

1 Ayse Deniz (69) Witwe, Ehrenamtliche

Als ihr Mann 2001 an einer Kohlelunge verstarb, bekam sie eine Hinterbliebenenrente. So konnte sie ihren Haushalt weiterführen und ihre Kinder regelmäßig einladen und besuchen. Um sich weiterhin nützlich zu fühlen, hilft sie seit dem Tod ihres Mannes bei einer Essensausgabe für Bedürftige. Dafür bekommt sie zwar kein Geld, aber Anerkennung und Dankbarkeit. Sorgen macht sie sich derzeit um ihren Sohn Aydin, der als selbstständiger Architekt längerfristig erkrankt ist. Ihre Schwiegertochter ist Angestellte bei einer Versicherung. Wenn sie zusammen mit ihren zwei Kindern und nur einem Einkommen für längere Zeit auskommen müssen, wird es schwierig.

2 Saskia Günse (22), Einzelhandelskauffrau

Saskia hat sich vergeblich um eine Vollzeitstelle im Getränkehandel beworben und arbeitet seit einem Monat als geringfügig Beschäftigte in einer Bäckerei. Ihr Mann Lars (26) ist gelernter Drucktechniker und seit einem halben Jahr arbeitslos. Er kümmert sich viel um ihre gemeinsame Tochter, die aufgrund von Komplikationen bei der Geburt immer wieder für einige Tage ins Krankenhaus muss.

3 Antonia Beckmann (16) Schülerin

Mit 13 Jahren bekam Antonia die Diagnose „Diabetes". Seitdem braucht sie jeden Tag Insulin. Vor zwei Wochen hatte sie auf dem Nachhauseweg von der Schule einen Fahrradunfall und hat sich einen Bänderriss geholt. Sie musste kurz ins Krankenhaus und braucht jetzt eine Gehhilfe - zum Glück nur vorübergehend.

4 Peer Sander (32) Grafiker

Als Folge der Corona-Pandemie musste die Kölner Veranstaltungsagentur, bei der Peer seit fünf Jahren angestellt war, ihn und mehr als die Hälfte ihrer Mitarbeiter entlassen. Er war mit seiner Familie gerade in eine neue Wohnung umgezogen und seine Tochter brauchte dringend einen Computer für ihre Hausaufgaben. Gleichzeitig ist auch noch seine Mutter beim Fensterputzen schwer gestürzt. Zum Glück kam sie mit einer ambulanten Behandlung beim Hausarzt und Physiotherapie davon.

Bearbeiterin

M4 Jeder für sich oder alle für einen?

Das soziale Sicherungssystem in Deutschland beruht auf dem Grundsatz der Solidarität. Solidarität kommt aus dem Lateinischen und bedeutet „Zusammengehörigkeit" oder „wechselseitige Verantwortung".

Wer krank ist, wird im Bedarfsfall durch die Einzahlungen aller unterstützt und kann zum Arzt oder in ein Krankenhaus gehen. Wer vorübergehend arbeitslos wird, erhält Arbeitslosengeld aus der Arbeitslosenversicherung.

Die jüngere Generation finanziert die Renten der älteren und wird dann selbst im Alter von den Einzahlungen der nächsten Generation unterstützt. Zur Solidarität gehört auch, dass die Beiträge an das jeweilige Einkommen angepasst werden. Wer wenig verdient, zahlt auch weniger ein.

Nach dem Prinzip der Eigenverantwortung hingegen ist es die Entscheidung jedes Einzelnen selbst, ob er sich gegen die Lebensrisiken absichert, z. B. durch eine (zusätzliche) private Krankenversicherung und eine Lebensversicherung. Dieses Prinzip gilt beispielsweise in den USA.

Bearbeiterin

M5 Sozialversicherungspflicht: Überwiegen die Vor- oder die Nachteile?

Lukas Gehaltsabrechnung hat zwischen den beiden Freunden eine Diskussion ausgelöst:

Jakob: Das ist zwar schon viel Geld, aber dafür fängst du an, für's Alter vorzusorgen. Und eine private Krankenversicherung ist auch nicht billig.

Luka: Für's Alter?? Darüber denkst du jetzt schon nach? Ich würde eigentlich lieber den Betrag selbst sparen oder irgendwie anlegen. Dann könnte ich mir vielleicht später eine Wohnung kaufen. Außerdem war ich bisher nie krank… und wenn mal etwas passiert, kann ich ja an mein Erspartes gehen. Dann müsste ich nicht jeden Monat zahlen, sondern nur wenn es nötig ist…

Jakob: Und was wäre, wenn du einen schweren Unfall hast oder eine Blinddarmentzündung? Das kann jeden jederzeit treffen … Ob du bis dahin genug gespart hast?

Luka: Ich finde es aber nicht gerecht, dass zum Beispiel Selbständige dabei nicht bevormundet werden …

Bearbeiterin

Erklärfilm über die Sozialversicherung

Mediencode: 71077-54

AUFGABEN

1. Arbeitet zu zweit und lest entweder **M2 A** oder **M2 B**.
   a) Erläutert euch gegenseitig den Inhalt der Texte.
   b) Erklärt mit Hilfe der Informationen aus **M2 A + B** die Übersichtstabelle in **M2 C**.
   c) Beschreibt, inwiefern die gesetzlichen Sozialversicherungen auch Schülerinnen und Schüler betreffen.
2. Entscheidet für die Fallbeispiele in **M3** (gegebenenfalls arbeitsteilig), welche Sozialversicherung(en) jeweils zum Einsatz kommen.

Fallbeispiel	Welche Sozialversicherung kommt zum Einsatz?
Antonia Beckmann	

3. Lest **M4** und formuliert für die beiden darin genannten Prinzipien jeweils eine Definition in einem Satz.
4. Ordnet zu, wer im Dialog (**M5**) mit welchem Prinzip aus **M4** argumentiert.
5. Mischt euch in die Diskussion zwischen Jakob und Luka ein. Formuliert euren Beitrag schriftlich und lest einige Beiträge anschließend in der Klasse vor.
6. Sollten die Sozialversicherungen für Auszubildende und Arbeitnehmer freiwillig oder verpflichtend sein? Nehmt mit Hilfe der nachfolgenden Operatorenkarte Stellung und begründet eure Position, indem ihr auch auf die in **M4** genannten Prinzipien Bezug nehmt.

F Aufgaben 1-6
Welche Zusatzinformationen und Probleme werden im oben stehenden Erklärfilm genannt?

H Aufgabe 5
→ S. 304

Bewerten/Stellung nehmen

I. Welche Schritte gehören dazu?

1. Du beurteilst Sachverhalte oder Prozesse (z. B. ein neues Gesetz oder einen Vorschlag) mit Hilfe fachlicher Kenntnisse.

↓

2. Dabei verwendest du verschiedene Prüf-Kriterien, die dir dabei helfen, zu einer gut begründeten eigenen Bewertung bzw. Stellungnahme zu gelangen.

Prüf-Kriterien

Prüf-Kriterien können sein:

- Nutzen
- Folgewirkungen
- Gerechtigkeit
- ...

II. Wie kann ich es ausdrücken?

Einleitung

Die Frage / das Thema steht im Zusammenhang mit ...
Bei der Fragestellung ... geht es um ...

Hauptteil

Auf Grundlage der Fakten (Materialien) lässt sich sagen ...
Wenn man aber bedenkt, dass ... / Einschränkend kann man sagen ...
Wenn ich das Prüf-Kriterium xy ... verwende, dann ...
Ein besonders wichtiger Prüfstein ist für mich ...

Zusammenfassung

Vor dem Hintergrund (z. B. der Nachhaltigkeit) ... / Aus einer anderen Perspektive ...
Zusammenfassend bin ich der Auffassung ...

III. Formulierungsbeispiele

Für die Aufgabe 6 auf S. 247 findet ihr im nebenstehenden QR- bzw. Mediencode Formulierungsbeispiele. Ihr könnt sie als „Starthilfe" nutzen, weiter ausbauen, verändern oder eure eigene Lösung mit den Beispielen vergleichen und prüfen.

Formulierungsbeispiele

Mediencode: 71077-55

8.1.2 Sollten die Sozialversicherungsbeiträge für Familien gesenkt werden?

Zum Thema: Sozialversicherungen sollen Sicherheit gegen Lebensrisiken bieten. Aber sind sie selbst auch „gesichert“? Im Folgenden geht es um Entwicklungen, die eine Gefahr für das Funktionieren wesentlicher Sozialversicherungen darstellen und um die Rolle, die Familien bei der Lösung des Problems spielen könnten.

M6 Stabilisieren Kinder das soziale Sicherungssystem?

Karikatur: Thomas Plaßmann, 2010

EINSTIEGSAUFGABEN

1. Analysiert die Karikatur mit Hilfe der Methodenkarte auf S. 308.
2. Formuliert vorläufige Antworten auf die Frage, ob Kinder das soziale Sicherungssystem stabilisieren oder belasten. Notiert eure vermuteten Gründe.

M7 Auswirkungen der Bevölkerungsentwicklung auf das soziale Sicherungssystem

In Deutschland nimmt die Zahl derjenigen, die im erwerbstätigen Alter sind, ab. Die Zahl der Personen im Rentenalter hingegen steigt. Das liegt zum einen daran, dass weniger Kinder geboren werden und zum anderen, dass die Menschen im Durchschnitt länger leben. Man schätzt, dass ein Groß-

Erklärfilm über die demografische Entwicklung und das Umlageverfahren

Mediencode: 71077-56

teil der heute geborenen Kinder einmal 90 bis 100 Jahre alt werden wird. Etwa 20 Millionen Bürgerinnen und Bürger sind älter als 65 Jahre. Die Veränderungen in der Alterszusammensetzung der deutschen Gesellschaft haben enorme Auswirkungen auf die sozialen Sicherungssysteme. Die Sozialversicherungen sind nämlich größtenteils nach dem sogenannten „Umlageverfahren" finanziert: Das bedeutet, dass immer der jeweils erwerbstätige Teil der Bevölkerung durch seine Beiträge einen Großteil der Leistungen nicht erwerbstätiger Personen finanziert. Sie zahlen z. B. für die aktuellen Rentner beziehungsweise Leistungsbezieher der Kranken- und Pflegeversicherung. Wenn weniger Beitragszahler mehr Leistungsempfängern gegenüberstehen, dann gerät das Umlageverfahren aus dem Gleichgewicht.

Bearbeiterin

M8 Statistiken zur Bevölkerungsentwicklung in Deutschland

a) Bevölkerungsentwicklung in Deutschland

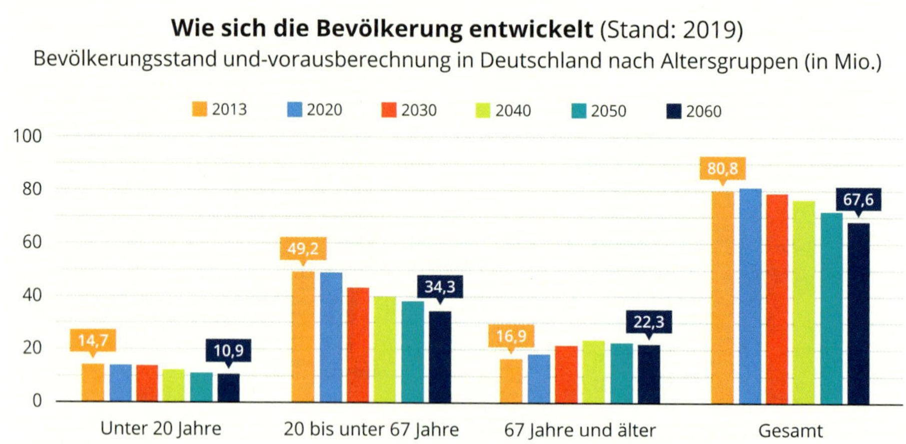

Quelle: © statista.de, Statistisches Bundesamt, 2020

b) Entwicklung des Generationenvertrags

Generationenvertrag im Wandel (Stand: 2019)

	2010	2020	2030	2040	2050	2060
Rentner (67-Jährige und älter)	16,83 Mio.	16,2 Mio.	19,0 Mio.	21,4 Mio.	21,0 Mio.	21,0 Mio.
potentielle Beitragszahler (Personen im erwerbsfähigen Alter zwischen 20 und unter 67 Jahren)	50,16 Mio.	51,8 Mio.	48,4 Mio.	44,8 Mio.	43,2 Mio.	40,0 Mio.
Verhältnis	1:2,5	1:3,2	1:2,5	1:2,1	1:2,1	1:1,9

Quelle: © statista.de, Statistisches Bundesamt, 14. koordinierte Bevölkerungsvorausberechnung 2019, Variante 1-W2, Obergrenze der „mittleren" Bevölkerung

M9 Werden Familien mit Kindern in den Sozialversicherungen ungerecht behandelt?

Familienverbände fordern, dass Eltern mit minderjährigen Kindern in den Sozialversicherungen entlastet werden sollten. Mehrere Hundert Familien haben sogar eine Verfassungsbeschwerde eingelegt. Sie nehmen Bezug auf die Grundgesetzartikel 3 (1) und 6 (1). Die Entscheidung des Bundeverfassungsgerichts steht noch aus. Im Internetforum eines Verbandes gibt es Stimmen für und gegen die Forderung:

Art. 3 GG
(1) Alle Menschen sind vor dem Gesetz gleich.

Art. 6 GG
(1) Ehe und Familie stehen unter dem besonderen Schutze der staatlichen Ordnung.

1 „Ein Lediger ohne Kinder zahlt dieselben Beitragssätze in die Rentenversicherung, wie eine Familien mit Kindern. Dabei sind es gerade die Eltern, die mit der Erziehung ihrer Kinder das Generationensystem Rente überhaupt erst ermöglichen. Die späteren Rentenzahler sind die Kinder von heute. Das ist ungerecht und unsolidarisch. Starke Schultern können mehr tragen als schwache!"

2 „Um die Sozialversicherungen in Zukunft stabil finanzieren zu können, sollten nicht auch noch die Beiträge gesenkt werden. Wäre es nicht gerechter, wenn die Kinderlosen auch für die Rentenversicherung Zusatzbeiträge zahlen müssten?"

3 „Familien werden z. B. in der gesetzlichen Krankenversicherung schon stark entlastet. Obwohl nur ein Familienmitglied Beiträge zahlt, sind alle anderen kostenlos mitversichert. Ich finde, das ist eine ausreichende Anerkennung für Familien."

4 „Kinderlosigkeit durch Zusatzbeiträge zu bestrafen ist der falsche Weg. Es hilft den Familien nicht, die durch die Sozialabgaben aktuell stark belastet sind und kaum auskommen."

5 „In der Pflegeversicherung müssen Kinderlose einen Zuschlag von 0,25 % zahlen. Das halte ich für gerecht. Kinderlose sollten die Verantwortung übernehmen und die Sozialversicherungen stärker mitfinanzieren."

Bearbeiterin

AUFGABEN

1. Lest **M7** und stellt das dort beschriebene „Umlageverfahren" grafisch dar.
2. Wertet die Grafiken in **M8** mit Hilfe der Methodenkarte auf S. 264 aus.
   a) Erläutert, was die Daten in **M8** für das in **M7** beschriebene Umlageverfahren bedeuten.
   b) Sammelt Ideen, wie man auf die Bevölkerungsentwicklung politisch Einfluss nehmen könnte.
3. Lest die Aussagen zur Forderung nach Beitragssenkungen für Familien mit minderjährigen Kindern in **M9**.
   a) Ermittelt inwiefern sich die Forderungen auf die Verletzung von Verfassungsgrundsätzen beziehen.
   b) Sortiert die Aussagen nach Pro und Kontra-Argumenten.
   c) Sollten die Sozialversicherungsbeiträge für Familien gesenkt werden? Formuliert eine eigene Stellungnahme für ein Internetforum.

H Aufgabe 1
→ S. 304

F Aufgabe 1
Kennzeichnet in eurer Grafik auch, wodurch das Umfrageverfahren instabil wird und inwiefern Kinder es stabilisieren könnten.

H Aufgabe 3a
→ S. 304

F Aufgabe 3c
Nehmt auch Bezug auf die Gerechtigkeitsbegriffe auf Seite 269.

8.1.3 Staatliche Unterstützung für Familien: mehr Geldleistungen oder mehr Betreuungsmöglichkeiten?

Zum Thema: „Ohne Familien ist kein Staat zu machen!“ Und auch die Sozialversicherungen sind darauf angewiesen, dass es genug Familien mit Kindern gibt. Zwar wünschen sich viele Menschen Kinder und Familie, andererseits fürchten auch nicht wenige die damit verbundenen Kosten und Auswirkungen auf die eigene Berufstätigkeit. Im Folgenden geht es um die Frage, wie der Staat Familien am besten unterstützen sollte.

M10 Eine Statistik: Was geben Eltern für ihre Kinder aus?

Monatliche Ausgaben für Kinder (Stand: 2019)

Die Beträge sind jeweils Durchschnittswerte.

	Alter 0 bis 6 Gesamt **42.264 €**	**Alter 6 bis 12** Gesamt **49.392 €**	**Alter 12 bis 18** Gesamt **56.448 €**
	Monatlich	**Monatlich**	**Monatlich**
Nahrungsmittel	94 €	113 €	175 €
Bekleidung	53 €	62€	69 €
Wohnen, Energie	116 €	163 €	210 €
Einrichtung	35 €	33 €	32 €
Gesundheitspflege	29 €	29 €	34 €
Verkehr	46 €	51 €	52 €
Telekommunikation, Post	26 €	25 €	28 €
Freizeit, Unterhaltung, Kultur	80 €	112 €	98 €
Bildung, Kinderbetreuung	48 €	16 €	10 €
Gaststätten, Hotels	18 €	41 €	53 €
Andere	42 €	40 €	24 €
	587 €	**686 €**	**784 €**

Quelle: © cabable.capital, Statistisches Bundesamt, Stand: 2020

EINSTIEGSAUFGABEN

1. Analysiert die Statistik mit Hilfe der Methodenkarte auf S. 264.
2. Berechnet die durchschnittlichen Gesamtkosten eines Kindes bis zu seinem 18. Geburtstag.
3. Nennt zusätzliche Ausgaben und Aufwendungen, die Eltern mit Kindern haben und die nicht in der Statistik erfasst sind.
4. Sollte der Staat Familien finanziell und anderweitig unterstützen? Wenn ja, warum und wie? Erstellt ein Meinungsbild und notiert eure Begründungen und Vorschläge.

M11 Wie und warum unterstützt der Staat Familien?

In Deutschland wird der Familie durch das Grundgesetz eine bedeutende Rolle zugesprochen. Da es wie in vielen anderen europäischen Ländern eine älter werdende Bevölkerung gibt, ist die Bedeutung der Familienpolitik noch gestiegen. Familien leisten viel für die Gesellschaft: zum einen durch die Kindererziehung sowie die Betreuung alter und kranker Menschen, zum anderen durch die Versorgung des Staates mit Kindern. Im Gegenzug unterstützt der Staat Familien durch die Verbesserung ihrer finanziellen und sozialen Lebensbedingungen. Eine besondere Bedeutung hat dabei das Ziel, dass Eltern Beruf und Familie besser vereinbaren können. Andere Ziele sind die Geburtenförderung, Bekämpfung von Kinderarmut und der Ausgleich von Familienlasten.

Bearbeiterin

Art. 6 GG
(1) Ehe und Familie stehen unter dem besonderen Schutz der staatlichen Ordnung. (2) Pflege und Erziehung der Kinder sind das natürliche Recht der Eltern und die zuvörderst ihnen obliegende Pflicht. Über ihre Betätigung wacht die staatliche Gemeinschaft. (4) Jede Mutter hat Anspruch auf den Schutz und die Fürsorge der Gemeinschaft.

M12 Wichtige Maßnahmen zur Familienförderung in Deutschland

1 Mutterschutz und Mutterschaftsgeld: Durch das „Mutterschutzgesetz" wird eine berufstätige Frau (Angestellte oder Beamtin) vor und nach der Geburt geschützt. In den letzten sechs Wochen vor der Geburt darf, in den acht Wochen nach der Geburt muss sie zu Hause bleiben. In dieser Mutterschutzfrist bekommt sie Mutterschaftsgeld aus der Gesetzlichen Krankenversicherung sowie einen Zuschuss vom Arbeitgeber – insgesamt entspricht das dem letzten durchschnittlichen Nettogehalt. Von Beginn der Schwangerschaft bis zum Ablauf von vier Monaten nach der Entbindung darf ihr Arbeitgeber grundsätzlich nicht kündigen. Auch Schülerinnen und Studentinnen sind durch die Mutterschutzfrist geschützt, erhalten aber kein Mutterschaftsgeld.

2 Elterngeld: Nach der Geburt werden Eltern, die ihre Kinder zu Hause betreuen, nach dem Bundeselterngeldgesetz unterstützt. Das Elterngeld wird jeweils nur einem Elternteil gezahlt (außer, wenn beide Elternteile ihre Arbeitszeit reduziert haben) und richtet sich in seiner Höhe nach dem vorherigen Nettoeinkommen (ca. 65 % davon). Es beträgt mindestens 300 Euro und höchstens 1.800 Euro. Insgesamt können Eltern 14 Monate Elterngeld beziehen und sich die Zeit untereinander aufteilen. Elterngeld gibt es für Arbeitnehmer, Beamte, Selbständige, erwerbslose Elternteile, Studierende und Auszubildende.

3 Elternzeit: Elternzeit ist eine Auszeit vom Berufsleben für Eltern, die ihr Kind selbst betreuen. Arbeitnehmerinnen und Arbeitnehmer sowie Beamte, Studierende und Auszubildende können pro Kind bis zu drei Jahre Elternzeit von ihrem Arbeitgeber verlangen. Während der Elternzeit gibt es keinen Lohn, Eltern können aber Elterngeld beantragen. Während der Elternzeit gilt besonderer Kündigungsschutz. Nach der Elternzeit können Eltern an den alten Arbeitsplatz zurückkehren. Beide Eltern habe gleichermaßen Anspruch auf Elternzeit.

4 Kinderbetreuung: Eltern haben in Deutschland laut „Kinder- und Jugendhilfegesetz" einen Anspruch auf eine öffentlich organisierte Kinderbetreuung in einem Kindergarten oder einer Kita ab dem 3. Geburtstag. Seit dem Jahr 2013 haben Eltern auch das Recht auf eine Kinderbetreuung (Kita oder Tagespflege durch eine Person) für Kinder zwischen einem und drei Jahren. Für die Sicherstellung der Kindertagesbetreuung sind die Städte und Gemeinden zuständig. In NRW und vielen anderen Bundesländern sind die Kinderbetreuungsplätze kostenpflichtig.

5 Kindergeld: Für jedes Kind erhalten Eltern eine monatliche Geldleistung nach dem „Bundeskindergeldgesetz". Für das erste und zweite Kind bekommen alle Eltern im Monat je 204 Euro, für das dritte Kind 210 und für jedes weitere Kind 235 Euro (Stand: 2020). Das Kindergeld wird bis zur Vollendung des 18. Lebensjahres unabhängig vom Einkommen gezahlt. Für Kinder, die sich in einer Ausbildung bzw. einem Studium befinden, endet die Zahlung mit Vollendung des 25. Lebensjahres, bei arbeitslosen Kindern mit Vollendung des 21.Lebensjahres. Familien mit Kindern, die ein relativ hohes Einkommen haben, können statt des Kindergeldes Steuererleichterungen erhalten. Diese sind dann höher als das Kindergeld.

6 Kinderzuschlag: Familien mit Kindern, deren Einkommen so gering ist, dass sie Anspruch auf Arbeitslosengeld II („Hartz IV") hätten, bekommen einen Kinderzuschlag von 185€ pro Monat und Kind. So wird verhindert, dass sie in den „Hartz IV"-Bezug abrutschen.

Bearbeiterin

M13 Fallbeispiele: Auf welche staatlichen Unterstützungsmaßnahmen besteht ein Anspruch?

A In einer Kita sind drei Erzieherinnen für längere Zeit erkrankt. Gerade jetzt sind aber viele neue Kinder angemeldet worden. Das übrig gebliebene Personal schafft die anfallende Arbeit kaum noch. Dazu kommen sehr viele Anfragen von Eltern, die verzweifelt nach einem wohnortnahen Betreuungsplatz suchen und die alle leider abgewiesen werden müssen. Eine langjährige Mitarbeiterin, Theresa Sönken, erwartet gerade ein Kind. Sie wurde von der Kita-Leitung gefragt, ob sie nicht einen Monat nach der Geburt zur Arbeit zurückkehren könnte. Sie selbst hätte durchaus Interesse daran, denn sie vermisst den Kontakt zu ihren Kolleginnen und Kollegen jetzt schon. Darüber hinaus macht sie sich Sorgen, wie sie finanziell über die Runden kommen werden. Vorher hat sie 1.800 Euro netto verdient. Ihr Lebenspartner ist gerade neu in seinem Betrieb und fürchtet, dass er nach einer Phase der Kinderbetreuung nicht wieder an seinen alten Arbeitsplatz zurückkehren kann.

B Carina Bender und Murat Yilmaz können sich nicht entscheiden, wer nach der Geburt des zweiten Kindes zu Hause bleibt und das Kind betreut, bis es in die Kita gehen kann. Carina würde gerne schnell wieder arbeiten, weil sie in ihrer Firma gerade an einem wichtigen Projekt mitarbeitet. Yilmaz möchte höchstens ein Vierteljahr aussetzen, denn danach beginnt in seinem Betrieb die Zeit mit der höchsten Auftragslage. Da wird jeder gebraucht. Sie fragen sich auch, wie es finanziell aussehen wird. Derzeit verdient Carina in Teilzeitarbeit 1.800€ netto und Murat ebenfalls in Teilzeit 2.050€. Die Großeltern wohnen in anderen Städten.

Bearbeiterin

M14 Aus welchen Gründen verzichten Paare auf Kinder?

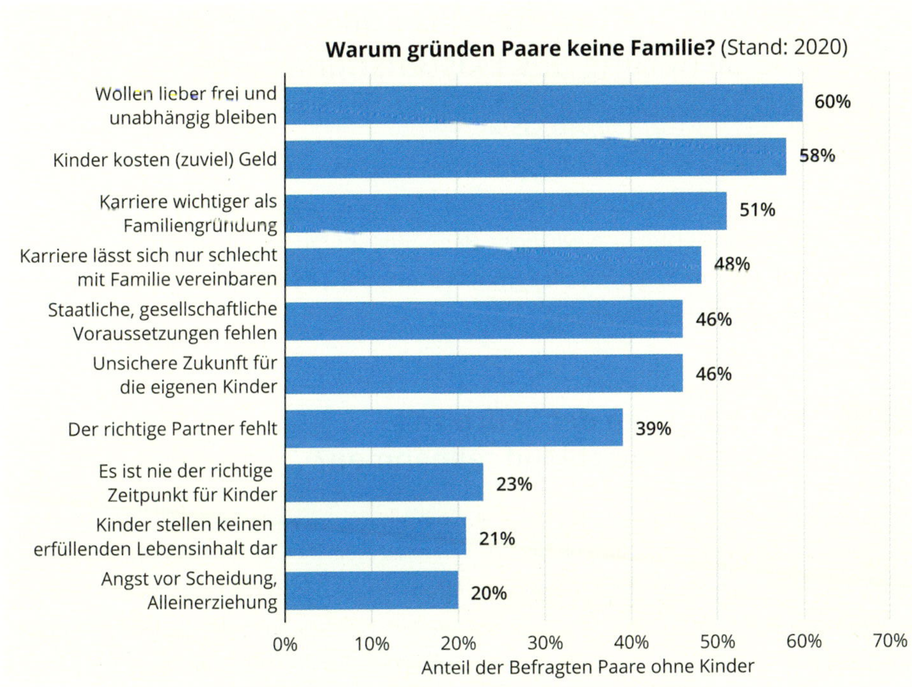

Quelle: © statista.de, Statistisches Bundesamt, 2020

AUFGABEN

1. Lest **M11** und vergleicht die dort genannten Gründe für eine Unterstützung von Familien durch den Staat mit euren eigenen aus der Einstiegsaufgabe.
2. Verschafft euch einen Überblick über die Maßnahmen zur Familienförderung (**M12**). Erstellt (in Kleingruppen) eine Übersicht über die Maßnahmen, indem ihr die untenstehende Tabelle übertragt und ausfüllt.

Name der Maßnahme	Worin besteht die Leistung? (Geld oder etwas anderes?)	Wer hat Anspruch?	Dauer

3. Arbeitet zu zweit und übernehmt jeweils einen Fall aus **M13**.
   a) Prüft für euren Fall, auf welche Unterstützungsmaßnahmen aus **M12** ein Anspruch besteht.
   b) Beurteilt, ob die Maßnahmen für euren Fall zweckmäßig sind.
   c) Präsentiert und diskutiert eure Ergebnisse.
4. Analysiert die Grafik in **M14** mit Hilfe der Methodenkarte auf S. 264.
5. Mehr Geldleistungen oder mehr Betreuungsmöglichkeiten: Wie soll der Staat Familien unterstützen? Diskutiert die Frage in der Klasse. Bezieht dabei auch eure Ergebnisse aus den Fallanalysen sowie die Daten aus **M14** mit ein.

F Aufgabe 2
Ordnet die Maßnahmen den Kategorien „Geldleistungen“, „Zeitpolitik“ und „Infrastruktur“ zu.

H Aufgabe 2
→ S. 304

8.2 Kinderarmut im reichen Deutschland

8.2.1 „Hartz IV" – abwertendes Etikett oder einfach eine Sicherung des Existenzminimums?

Zum Thema: „Hartz IV und der Tag gehört dir!" Solche Sprüche kennt jeder. Die Realität eines Lebens mit Hartz IV kennen fast 15 % aller unter 18-Jährigen. Aber reicht Hartz IV auch zum Leben und wird der Bedarf auch von Kindern und Jugendlichen damit ausreichend gedeckt? In diesem Abschnitt geht es um die Auswirkungen von Hartz IV auf die Lebensgestaltung.

M15 Wird Emma an der Skifreizeit nach Süddeutschland teilnehmen?

In Mias Klasse wurde nach langer Diskussion entschieden, dass es eine Skifreizeit nach Süddeutschland geben soll. Mehrere Eltern hatten wegen der Kosten Bedenken, auch Emmas Eltern stecken in finanziellen Schwierigkeiten und erhalten seit einigen Monat Arbeitslosengeld II („Hartz IV"). Bei einem Treffen der Freundinnen kommt es zu folgender Situation:

„Ich habe mal eine Liste gemacht, was wir auf keinen Fall für unsere Abende auf der Skifreizeit vergessen dürfen …"

„Ich habe keine Lust mitzufahren, weil mir mein Fuß seit zwei Wochen ständig weh tut."

„Ach, Emma! Der ist bis dahin bestimmt wieder in Ordnung. Und falls du dir Sorgen wegen des Geldes machst: Die Arbeitsagentur übernimmt die Kosten für eine Klassenfahrt. Das ist bei meiner Cousine auch immer so. Du musst dafür einen Antrag stellen und im Sekretariat der Schule abgeben."

Bearbeiterin

EINSTIEGSAUFGABE

Versetzt euch in die Situation von Emma. Stellt in Kleingruppen Vermutungen darüber an, ob sie an der Skifreizeit teilnehmen wird oder nicht. Trefft eine Entscheidung und begründet sie kurz.

M16 Eine Grundsicherung für das Leben in Deutschland

Grundsicherung für Arbeitssuchende (umgangssprachlich „Hartz IV") erhalten hilfebedürftige Menschen, die erwerbsfähig sind. Als hilfebedürftig gilt, wessen Einkommen und Vermögen nicht ausreicht, um den Lebensunterhalt zu sichern. Wer mit (Ehe-)Partnern und Kindern in einem Haushalt lebt, bildet eine sogenannte Bedarfsgemeinschaft. Die zuständige Behörde, die Arbeitsagentur, berechnet dann die Leistungen der Grundsicherung für alle Mitglieder der Gemeinschaft zusammen. Die Leistungen sollen den persönlichen Mindestbedarf decken, der für ein menschenwürdiges Leben in unserer Gesellschaft notwendig ist (soziokulturelles Existenzminimum). Dazu gehört neben Essen und Unterkunft auch eine angemessene Teilhabe am sozialen und kulturellen Leben. Die Grundsicherung umfasst den Regelbedarf (siehe M17), die Kosten für eine angemessene Wohnung und die Heizkosten. Die Miete wird direkt von der Arbeitsagentur an den Vermieter überwiesen. In besonderen Lebenslagen kann es zusätzliche Leistungen geben. Für Kinder oder Jugendliche und junge Erwachsene gibt es bei Bedarf zusätzlich Bildungs- und Teilhabeleistungen. Das Kindergeld wird in der Regel als Einkommen angerechnet und nicht ausgezahlt.

Auch Erwerbstätige, deren Lohn oder Einkommen so niedrig ist, dass sie daraus ihr Existenzminimum nicht decken können, können Leistungen erhalten. Die Leistungen zur Grundsicherung für Arbeitsuchende werden aus Steuermitteln finanziert. Eine Grundsicherung in ähnlicher Höhe gibt es auch für Rentner und erwerbsunfähige Personen, deren Einkommen und Vermögen nicht für den Lebensunterhalt reicht.

Warum heißt Hartz IV eigentlich Hartz IV?
Hartz IV wurde benannt nach dem damaligen VW-Manager Peter Hartz, der im Auftrag des damaligen Bundeskanzlers Gerhard Schröder (1989-2005) eine Kommission zur Reform des Arbeitsmarktes leitete.

© Arbeitsgemeinschaft Jugend und Bildung e.V. in Zusammenarbeit mit dem Bundesministerium für Arbeit und Soziales, Arbeitsblatt Sicherheit: Grundsicherung für Arbeitssuchende („Hartz IV"), in: © Bundesministerium für Arbeit und Soziales, Sozialpolitik, www.sozialpolitik.com, Abruf am 16.05.2020

M17 Grundsicherung für Arbeitssuchende (und deren Familienangehörige): Regelsätze

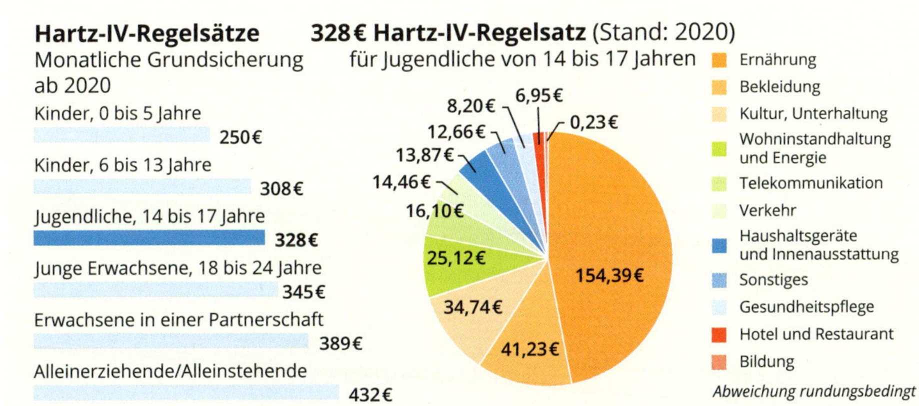

Quelle: Bearbeiterin, basierend auf: Bundeswirtschaftministerium, 2020

Beispiel für ein Antragsformular für Klassenfahrten

Mediencode: 71077-57

M18 Bildungs- und Teilhabepaket

Seit 2011 gibt es als Ergänzung zu den Regelsätzen für Kinder und Jugendliche Leistungen aus dem sogenannten „Bildungs- und Teilhabepaket. Das Paket beinhaltet:

- Kostenübernahme von Schulausflügen und mehrtägigen Klassenfahrten,
- Ausstattung mit persönlichem Schulbedarf (150 € pro Schuljahr),
- Kostenübernahme der Schülerbeförderung (z. B. Schulbus),
- schulische Angebote ergänzende Lernförderung (Nachhilfe),
- Kostenübernahme der gemeinschaftlichen Mittagsverpflegung,
- Bedarfe zur Teilhabe am sozialen und kulturellen Leben in der Gemeinschaft, z. B. Vereinsmitgliedschaften (15 € pro Monat).

Die Leistungen müssen beantragt werden.

Bearbeiterin

M19 Kassensturz bei Familie Büttner

Jens Büttner sucht seit 15 Monaten vergeblich eine neue Anstellung als Zeitungsredakteur. Seine Frau Johanna ist chronisch krank. Seit drei Monaten leben sie und ihre Tochter Emma (14) von der Grundsicherung für Arbeitsuchende (Hartz IV). Ihre Wohnung kostet 620 Euro warm. Die Familie sitzt zusammen und überlegt, ob sie Emmas Klassenfahrt aus der Grundsicherung finanzieren kann. Die Antragsprozedur würden alle eigentlich gerne vermeiden. Zusätzlich zu den Fahrtkosten von 180 € braucht Emma noch eine Skijacke. Den Rest der Ausrüstung könnte sie sich leihen.

Einnahmen Februar		**Ausgaben Februar**	
Regelsatz:	?	Miete, inkl. Heizkosten	620 €
		Strom	80 €
Regelsatz:	?	Telefon/Internet/Handy	69 €
		Mobilität	80 €
Regelsatz:	?	Lebensmittel und Haushalt	500 €
		Körperpflege/Medikamente	60 €
		Freizeit u. Kultur	60 €
		Taschengeld	15 €
		Kleidung und Schuhe	60 €
		Geschenke für Großeltern	30 €
		Versicherungen	30 €
		Gitarrenunterricht	30 €
		Restaurants	0 €
Summe der Regelsätze:	**?**	**Summe der Ausgaben:**	**?**

Bearbeiterin

M20 Erfahrungen mit „Hartz IV“: Fallbeispiele

1 Jakob Licina: „Als Jugendlicher in einem Hartz-IV-Haushalt sitzt man oft allein zu Hause. Die Freunde fangen an, ins Kino zu gehen, auf Partys und shoppen. Die fragen dich, ob du mitkommst, und wenn du immer Nein sagst, fragen sie irgendwann nicht mehr. Ich saß dann oft vor meinem Computer. Ich hatte einen 300-Euro-Schrott-PC, auf dem habe ich Counter-Strike gezockt. [...] Ich war 14, als ich meine erste App für das iPhone programmiert habe. Die hat einem je nach Temperatur und Wetter morgens gesagt, was man anziehen soll. Bin damit kein Millionär geworden. Aber vielleicht liegt es auch an Hartz IV, dass ich mich heute ganz gut mit IT auskenne. Mein Vater und ich hatten eine echte Männer-Hartz-IV-WG. Auf dem Frühstückstisch gab es nicht mehr den Käse für 2,49 Euro, sondern den für 1,99 Euro. Mein Vater selbst gönnte sich nichts. Im tiefsten Schnee ging er mit seiner Sommerjacke raus. Wenn meine Klasse in den Freizeitpark fuhr, mussten wir sechs Wochen vorher einen Antrag beim Jobcenter stellen. Ich musste früh lernen, dass mir nicht so viel peinlich sein darf.“

2 Emily Grabow: Ich glaube, weil ich mit Hartz IV aufgewachsen bin, kann ich gut mit Geld umgehen. Ich finde Hartz IV nicht schlimm, ich hasse es nur, dass der Begriff so eine Beleidigung ist. Wegen Sendungen wie „Hartz und herzlich“ auf RTL 2 glauben die Leute, Hartz-IV-Empfänger seien schmutzig und faul. Das stimmt einfach nicht. In der achten Klasse sagte ein Mitschüler, Hartz-IV-Empfänger seien Schmarotzer. Da habe ich ihm meine Federmappe an den Kopf geworfen. Die Lehrerin hat ein Auge zugedrückt. Meine Mutter sagt, sie sei dankbar dafür, dass es in Deutschland so etwas wie Hartz IV gibt. Mir ist das Thema egal. Ich fühle mich nicht schlechter, nur weil meine Mutter Hartz IV bezieht. Arm sind Leute, die keine Wohnung haben und nichts zu essen. Ich bin nicht arm.

Dialika Neufeld, Max Polonyi und Cathrin Schmiegel, Hartz-IV-Kinder „Möchte der Staat, dass ich arm bleibe?“, www.spiegel.de, 07.02.2020

AUFGABEN

1. Bearbeitet die Informationen in **M16-M18**, indem ihr
   a) kurz folgende Begriffe definiert: „Bedarfsgemeinschaft“, „soziokulturelles Existenzminimum“, „Regelsatz“, „zusätzliche Leistungen“,
   b) den Regelsatz für Jugendliche zwischen 14 und 17 Jahren mit euren eigenen Ausgaben vergleicht,
   c) eine eigene Einschätzung vornehmt, ob ihr die Leistungen für Kinder und Jugendliche für ausreichend haltet.
2. Versetzt euch in die Situation von Familie Büttner (**M19**) und berechnet, ob Emmas Klassenfahrt für sie finanzierbar ist. Trefft am Ende eine begründete Entscheidung für ein Vorgehen.
3. Ermittelt in **M20** zu zweit, wie die Betroffenen die Grundsicherung beurteilen. Sammelt „Plus-“- und „Minus-Punkte“.
4. Beurteilt mittels einer Ampelabfrage (→ Methodenglossar), ob ihr „Hartz IV“ eher für ein „abwertendes Etikett“ oder für die „Sicherung des Existenzminimums“ haltet.

F Aufgabe 3
Wertet einen weiteren Fall aus.

Mediencode: 71077-58

F Aufgabe 4
Formuliert im Anschluss Änderungsvorschläge für Regelungsdetails.

8.2.2 Sollte der Sozialstaat besser vor Armut schützen?

Zum Thema: Deutschland gilt als eines der reichsten Länder der Welt und es heißt häufig: „Echte Armut gibt es bei uns nicht – wir haben doch einen Sozialstaat"! Andererseits sagen Statistiken, dass jedes fünfte Kind in Deutschland armutsgefährdet ist. Wie passt das zusammen? In diesem Kapitel könnt ihr klären, was Armut in Deutschland bedeuten kann und wer besonders gefährdet ist.

M21 Situationen aus dem Alltag: Ist das Armut?

1 Lina (13) hat kein eigenes Zimmer. Sie schläft zusammen mit ihrer Mutter und ihrer Schwester Karla (5) im Wohnzimmer auf einem Klappsofa. Ihr Vater ist vor zwei Jahren plötzlich ausgezogen. Seitdem leben sie von dem geringen Einkommen ihrer Mutter (1.200 € monatlich). Geld für eine größere Wohnung haben sie nicht. Lina würde gerne Gitarrenunterricht nehmen, aber selbst die Kita-Gebühren für Karla sind nicht finanzierbar. In der zweiten Monatshälfte gehen sie häufig zu einer „Tafel".

2 Paula (20), die Schwester von Mias Freundin Selim studiert seit einem Jahr an der Uni in Bochum. Sie arbeitet an den Wochenenden als Kellnerin, weil sie sich sonst ihr WG-Zimmer nicht leisten könnte. So kommt sie einschließlich der Zuschüsse ihrer Eltern auf 900 € monatlich. An Urlaub und neue Kleidung ist gerade gar nicht zu denken, aber das Studium läuft gut und macht ihr Spaß.

3 Emma (14) wünscht sich zum Geburtstag ein bestimmtes Smartphone. Sie bekommt aber nur das alte normale Handy ihrer Mutter, die selbst auf ein neues Handy verzichtet. Dafür gehen ihre Eltern, seit sie Hartz IV beziehen (1.106 € + 620 € für die Miete), mit ihr häufig ins Museum zu einem kostenfreien Malkurs und unterstützen sie beim Englischlernen.

4 Emre ist auf dem Weg durch den Park ein junger Mann aufgefallen, der regungslos neben einer Parkbank lag. Er berichtet davon zu Hause und seine Eltern rufen den Notarzt an. Der Mann, ein Obdachloser, konnte vor dem Erfrieren gerettet werden.

Bearbeiterin

EINSTIEGSAUFGABEN

1. Lest die Situationen und ordnet sie zu zweit auf der Linie ein.
   Ja, das ist Armut! ⟷ **Nein, das ist keine Armut!**
2. Tauscht eure Einordnungen in der Klasse aus. Gibt es Abweichungen? Begründet diese gegenseitig.
3. Überlegt, wodurch sich die Situationen voneinander unterscheiden und einigt euch auf Unterscheidungsmerkmale.

M22 Armut – ein Begriff, viele Bedeutungen

A Absolute Armut

Absolute Armut bedeutet ein Leben am äußersten Rand der Existenz. Sie ist gekennzeichnet durch eine unzureichende Ausstattung mit Geld, Kleidung, Wohnraum und Nahrung, um lebenswichtige Grundbedürfnisse zufrieden stellen zu können. Absolut arme Menschen leiden unter schwerwiegenden Entbehrungen und müssen dauernd um ihr Überleben kämpfen.

B Relative Armut

Unter relativer Armut versteht man eine Unterversorgung an materiellen Gütern und eine Beschränkung der Lebenschancen, und zwar im Vergleich zum Wohlstand der jeweiligen Gesellschaft. Wer relativ arm ist, hat deutlich weniger als die meisten anderen. So gilt zum Beispiel in Deutschland und in der Europäischen Union als armutsgefährdet, wer weniger als 60 % des mittleren Einkommens einer Bevölkerungsgruppe zur Verfügung hat.

C Armut der Lebenslagen

Das Einkommen ist nicht immer aussagekräftig genug, um die tatsächlichen Möglichkeiten der Bedürfnisbefriedigung anzugeben. Ausschlaggebend sind außerdem Faktoren wie Vermögen, Schulden, Gesundheit, Bildung, Arbeitslosigkeit, Vernachlässigung u. a. Daher wird zwischen „Einkommensarmut" und „Armut der Lebenslagen" unterschieden. Letztere führt zu gesellschaftlicher Ausgrenzung und wirkt sich negativ auf die sozialen Beziehungen, die Gesundheit, Bildung und Teilhabe an Kultur (z. B. Konzerte, Theater) und Freizeit (z. B. Hobbys, Sport), das Wohnumfeld u. a. aus.

Bearbeiterin

Mittleres Einkommen (Median)
→ Kapitel 7.2.1, S. 227

Relative Armut einer Kleinfamilie und eines Singles im Jahr 2020

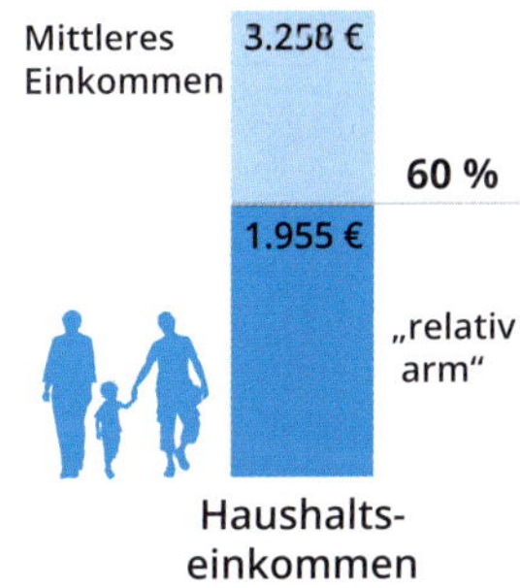

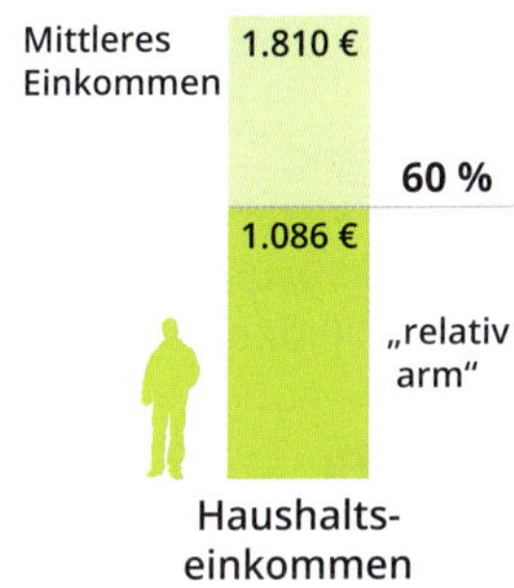

M23 Zahlen und Statistiken zur Armutsgefährdung

a) Kinderarmut in Deutschland

Kinderarmut in Deutschland mit und ohne Migrationshintergrund
(Anteil von Personen unter 18 mit einem bedarfsgewichteten Einkommen* unterhalb der Armutsgrenze, Angaben in Prozent der Gesamtbevölkerung in der Altersgruppe)

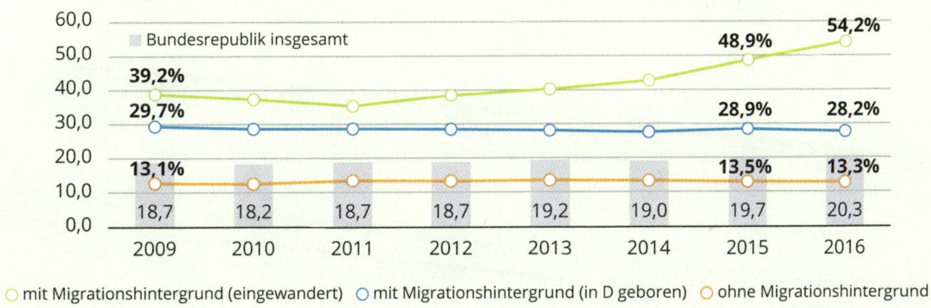

Quelle: Hans-Böckler-Stiftung, Daten: Mikrozensus, 2018

Das „bedarfsgewichtete Einkommen" geht davon aus, dass in einer Gemeinschaft (Familie) bestimmte Kosten geteilt werden (z. B. Strom, Telefon etc.) und der Bedarf des Einzelnen etwas niedriger als bei Singles ist. Das Einkommen wird dann nicht einfach durch die Zahl der Personen geteilt, sondern mit einem Faktor gewichtet.

b) Welche Gruppen sind besonders häufig von Einkommensarmut betroffen?

Armutsgefährdungsquoten in Deutschland (Stand: 2018, in %)

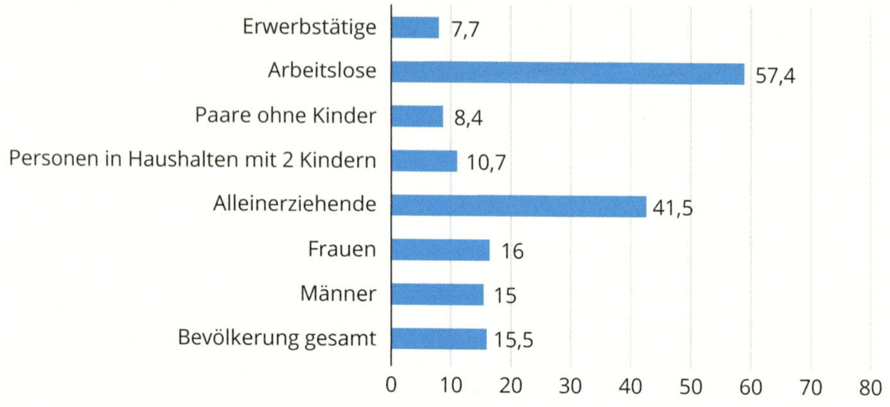

Bearbeiterin, basierend auf: Destatis, 2020

M24 Der Boom der Tafeln: Versagt der Sozialstaat?

Das Projekt „Power Kiste" – Tafeln in Deutschland für Schülerinnen und Schüler

Mediencode: 71077-59

a) Was sind „Tafeln"?

Tafel ist die Bezeichnung für eine gemeinnützige Organisation, die Lebensmittel, welche im Wirtschaftskreislauf nicht mehr verwendet und ansonsten vernichtet werden würden, an Bedürftige verteilt oder gegen einen symbolischen Betrag (1-2 €) abgibt. Bundesweit werden 1,56 Mio. Personen im Schnitt einmal pro Woche mit 3,4 kg Lebensmitteln versorgt. Ein Drittel davon sind Kinder und Jugendliche. Die Abgabe erfolgt ausschließlich an Bedürftige, die ihre Bedürftigkeit z. B. über einen Hartz IV-Bescheid nachweisen können. Viele Tafeln organisieren auch spezielle Kinder- und Jugendprojekte, z. B. Schulfrühstück oder Weihnachtsfeiern. Die Helfer arbeiten ehrenamtlich, das heißt sie bekommen kein Geld dafür.

Bearbeiterin

Eine Frau erhält Nahrungsmittel in einer Tafel.

b) Meinungen über die Tafeln in Deutschland

Ulrich Schneider vom paritätischen Wohlfahrtsverband

A „Die Regelsätze der Grundsicherung schützen seit langem nicht mehr vor Armut. Sie decken definitiv nicht mehr das Existenz- und Teilhabeminimum, denn die Menschen, die von Hartz IV leben müssen, leben unterhalb der Armutsgrenze. 5,14 € werden einem Jugendlichen zwischen 14 und 18 für Ernährung pro Tag zugestanden. Die Regelsätze berücksichtigen nicht, was Menschen – und Kinder und Jugendliche im Besonderen – tatsächlich brauchen. Es kann nicht sein, dass Menschen zur Tafel gehen müssen, weil sie darauf angewiesen sind. Die Sicherung des Existenzminimums ist und kann nur die Aufgabe des Staates sein."

B „Natürlich ist es schwierig, mit so einem kleinen Einkommen umgehen zu müssen, wie es Hartz IV bedeutet. Aber unser Sozialsystem sieht für jeden ein Dach über dem Kopf und das Nötigste vor, wenn es ums Essen geht. Das deckt die Grundbedürfnisse ab und nicht mehr. Aber auch ohne Tafeln müsste niemand hungern. Deutschland hat eines der besten Sozialsysteme der Welt und Hartz IV ist die Antwort der Solidargemeinschaft auf Armut."

Jens Spahn im Bundestag

© Spiegel, Spahn zu seiner Hartz-IV-Äußerung: „Da gibt es nichts zu diskutieren", www.spiegel.de, 13.03.2018

AUFGABEN

1. Lest **M22** und fertigt eine Mindmap zu den Armutsdefinitionen an.
2. Erschließt mit Hilfe der Definitionen in **M22**, ob und wenn ja welche Formen von Armut in den Situationen in **M21** vorliegen.
3. Bildet Kleingruppen und analysiert die Statistiken in **M23** mit Hilfe der Methodenkarte auf S. 264.
   a) Erstellt eine Rangliste der Personengruppen mit der höchsten Armutsgefährdung. b) Sammelt Erklärungsansätze, warum diese Gruppen besonders armutsgefährdet sind.
4. Informiert euch in **M24a** über die Tafeln und das Projekt „Powerkiste".
   a) Tauscht euch darüber aus, was ihr über die Arbeit von Tafeln wisst.
   b) Lest die Beiträge in **M24b** und formuliert einen Kommentar als Antwort auf die Frage, ob der Boom der Tafeln ein Zeichen dafür ist, dass der Sozialstaat versagt.
5. Beurteilt abschließend, ob der Sozialstaat in Deutschland besser vor Armut schützen sollte, indem ihr auch auf die Armutsdefinitionen und Risikogruppen Bezug nehmt.

F Aufgabe 3
Inwiefern können die Daten aus **M24b** dazu beitragen, das Schaubild hinter dem QR- und Mediencode zu erklären?

Mediencode: 71077-60

F Aufgabe 5
Stellt eure Ergebnisse in einem Kurzreferat (→ Methodenglossar) vor.

METHODE

Auswertung von Statistiken, Diagrammen und Schaubildern

I. Worum geht es?

Statistiken, Diagramme und Schaubilder liefern Informationen in Form von Zahlen. Es gibt kaum einen Lebensbereich, der nicht statistisch erfasst wird. Dabei werden die Zahlen entweder in Tabellen ausgewertet oder in Form von Diagrammen und Schaubildern optisch aufbereitet. Diese sehen oft auf den ersten Blick gut nachvollziehbar aus, erfordern aber ein genaueres Hinsehen.

a)

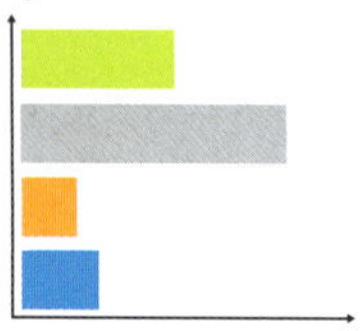

Balkendiagramm

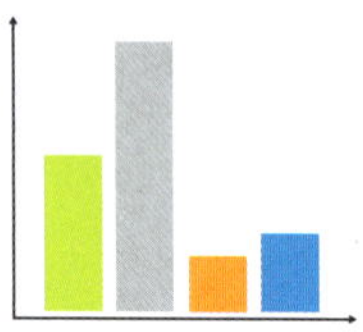

Säulendiagramm

b)

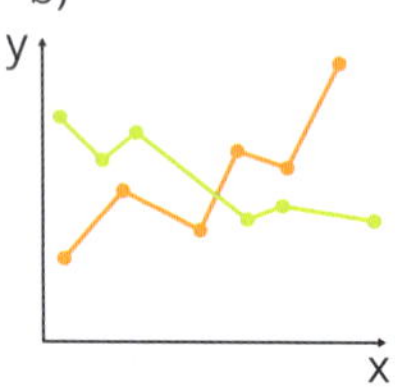

Liniendiagramm

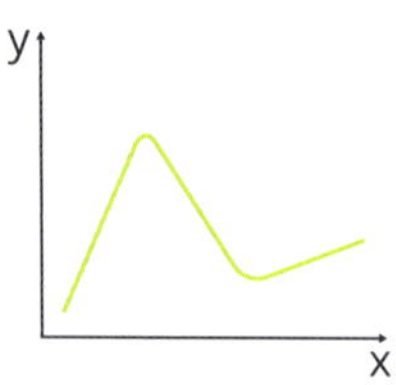

Kurvendiagramm

c)

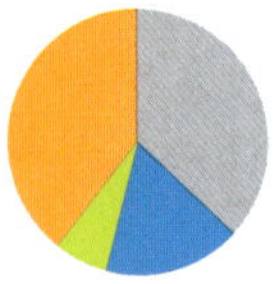

Kreis-/Kuchen-/
Tortendiagramm

II. Geht dabei so vor:

1. Schritt: Thema und Quelle benennen

Wie lautet (anhand der Überschrift) das Thema der Statistik?
Woher stammt sie? Wer hat sie veröffentlicht? Wann wurde sie veröffentlicht?

2. Schritt: Darstellungsform bestimmen

Es gibt verschiedene Arten von Diagrammen und Schaubildern:

a) in Balken- und Säulendiagrammen lassen sich verschiedene Zahlenwerte gut miteinander vergleichen,
b) durch Linien- und Kurvendiagramme können zeitliche Entwicklungen gut dargestellt werden,
c) Kreis-/Kuchen-/Tortendiagramme lassen die jeweiligen Anteile an der Gesamtmenge gut erkennen.

3. Schritt: Das Wesentliche der Statistik beschreiben

Meistens wird anhand von Spaltenüberschriften, Säulen- oder Zeilenbezeichnungen angegeben, worauf sich die die Angaben beziehen: *z. B. Es wird jeweils angegeben, welche Personengruppen... (in Prozent, in absoluten Zahlen ...) besonders durch Armut gefährdet werden.*

4. Schritt: Die Statistik genauer analysieren, beurteilen und in das Thema einordnen

1. Eine Statistik genauer zu analysieren bedeutet, Details, Auffälligkeiten, Ausnahmen etc. zu erläutern. *Z. B: Einen besonders hohen/niedrigen Wert haben ...*
2. Zum Schluss wird kritisch gefragt, wie die Aussage einzuordnen ist. *Z. B.: Es gibt keine Angaben zu ... Würden weitere Personengruppen hinzugezogen ..., Z. B. Familien mit mehreren Kindern ...*

Bearbeiterin

8.2.3 Armut in Deutschland: Dauerzustand oder Ausweg möglich?

Zum Thema: „Einmal arm, immer arm". Stimmt dieser Satz für Kinder und Jugendliche, die in Deutschland in relativer Armut leben? In diesem Kapitel geht es um mögliche Folgen von Armut für die Entwicklung Betroffener und um die Frage, ob bzw. unter welchen Bedingungen sich Armut überwinden lässt.

M25 Der Fall Jeremias Thiel: eine Ausnahme?

Jeremias Thiel war elf Jahre alt, als er zum Jugendamt ging, an einer Bürotür klopfte, und dem zuständigen Beamten sagte: „Ich möchte weg von zu Hause, weg von meinen Eltern." Seine Eltern, beide langzeitarbeitslos und psychisch erkrankt, leben von „Hartz IV". Die darauffolgenden Jahre verbrachte er im Jugendhaus des SOS-Kinderdorfs in Kaiserslautern. Danach machte er Abitur, studierte in den USA und schrieb ein Buch über Kinderarmut. Hier ist er im Interview mit der Online-Zeitschrift bento:

Armut verbinden viele allein mit einem Mangel an Geld.

Das ist auch richtig. Es gibt aber auch soziokulturelle Armut. Das bemerkt man, wenn man keine Eltern hat, die einem gewisse Weichen stellen können. Die Potenziale fördern. Man ist arm, wenn Krisen in psychosoziale Gewalt umschlagen. Wenn man in der Schule und in der Öffentlichkeit diskriminiert wird.

Wie hast du als Elfjähriger gemerkt, dass in deiner Familie etwas schiefläuft?

Ich hatte schon als Kind Bezugspersonen, bei denen ich gesehen habe, wie ein halbwegs geordnetes Leben aussieht. Zum Beispiel meine Mitschülerinnen und Mitschüler, die ein Pausenbrot dabeihatten. Ich war zu ihren Geburtstagen eingeladen, ich habe gesehen, dass das Leben nicht immer so monoton verlaufen muss, wie bei uns zuhause. Die einzige Unterhaltung, die wir dort hatten, war das Fernsehen. Am wichtigsten war aber meine Tagesgruppe*, die ich von der zweiten bis zur fünften Klasse täglich nach der Schule besucht habe.

Jeremias Thiel in einer TV-Sendung Ende 2018

Was hast du dort gelernt?

Ich habe gesehen, wie Struktur geht. Wir haben uns Ziele gesteckt und darauf hingearbeitet. Wenn wir unsere Aufgaben gelöst hatten, bekamen wir Sterne. Hatten wir als Gruppe genügend Sterne gesammelt, gingen wir zusammen ins Schwimmbad oder ins Kino. Ich habe gelernt, dass es erstrebenswert ist, auf ein Ziel hinzuarbeiten.

Jeremias Thiel im Interview mit Carolina Torres, Gerechtigkeit: Als ein Elfjähriger das Jugendamt bat, ihn aus seiner Familie zu holen, www.bento.de, 07.04.2020

** Eine Tagesgruppe ist eine Form der staatlichen Erziehungshilfe. Sie wird an Wochentagen angeboten (nach Beendigung der Schule), möglichst wohnortnah und mit einem begleitenden Freizeitprogramm.*

EINSTIEGSAUFGABE

Lest das Interview mit Jeremias Thiel. Urteilt anschließend spontan: Haltet ihr es, wie im Fall von Jeremias, für gut möglich, aus relativer Armut auszubrechen oder ist er eher eine Ausnahme?

M26 Im Kreislauf der Armut gefangen?

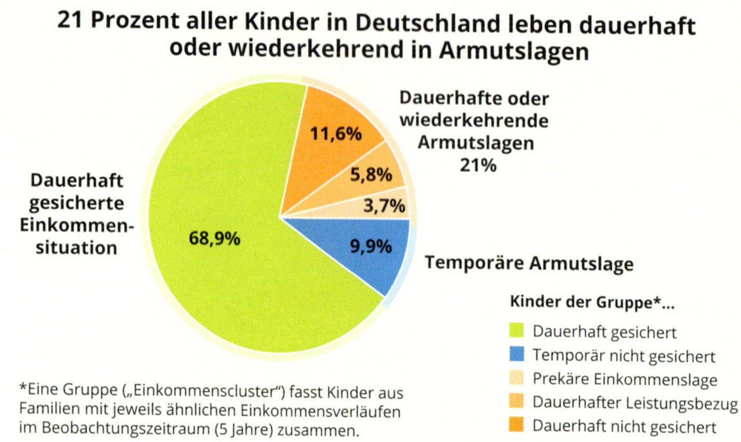

Quelle: Bertelsmann Stiftung 2017. Berechnung von S. Tochoven, T. Lietzmann, S. Reiter, C. Wenzig. Institut für Arbeitsmarkt- und Berufsforschung auf Grundlage der PASS-Daten.

Was für andere junge Menschen ganz normal ist – Freunde nach Hause einzuladen, ein Rückzugsort für Hausaufgaben, ins Kino zu gehen oder neue Winterschuhe zu kaufen – darauf müssen vor allem Kinder, deren Familien dauerhaft Grundsicherung beziehen, häufig verzichten. Armutserfahrungen führen dazu, dass die betroffenen jungen Menschen im Durchschnitt mit diesen für andere „ganz normalen" Gütern und Teilhabemöglichkeiten schlechter versorgt sind als Kinder und Jugendliche in gesicherten Einkommensverhältnissen. Besonders schwer wiegt, dass es auch um die Zukunftschancen armer Kinder nicht gutsteht: Schlechte Ernährung, wenig Raum, mangelnde Unterstützung und psychischer Druck können dazu führen, dass Kinder und Jugendliche Konzentrationsprobleme haben oder der Schule fernbleiben. Ihre Bildungsbiografien sind z.B. durch häufigere Klassenwiederholungen, schlechtere Noten und niedrigere Schulabschlüsse belasteter als die anderer Kinder und sie leiden häufiger an gesundheitlichen Beeinträchtigungen. In der Folge haben sie schlechtere Chancen auf eine qualifizierte Berufsausbildung und arbeiten zu niedrigen Löhnen oder werden arbeitslos und beziehen später selbst Hartz IV. Die Kette negativer Erfahrungen führt häufig zu dem Gefühl, dass es nichts bringe, etwas zu unternehmen und sein Leben selbst in die Hand zu nehmen.

Nach: Silke Tophoven, Torsten Lietzmann, Sabrina Reiter, Claudia Wenzig, Armutsmuster in Kindheit und Jugend Längsschnittbetrachtungen von Kinderarmut, www.bertelsmann-stiftung.de, 10/2017

M27 Mögliche Folgen von Kinder- und Jugendarmut

A Erlebnis von Mangel und Verzicht

Arme Familien gehen unterschiedlich mit materiellen Einschränkungen um. Grundsätzlich beschreiben jedoch alle permanentes Sparen, Nein-Sagen und das Üben von Verzicht als notwendige Strategie, um mit dem geringen Budget auszukommen. Der Erwerb von Konsumgütern und Besitz von Statussymbolen (z.B. Markenkleidung, Flachbild-TV) ist als Versuch zu werten, die eigene Armut nach außen „unsichtbar" zu machen und damit dem Grundbedürfnis nach Anerkennung nachzugehen. Zudem erleben bereits Jugendliche vielfach die Abhängigkeit von der Unterstützung Dritter (z.B. Ämtern) als Bestandteil des alltäglichen Lebens und machen hier häufig auch negative Erfahrungen.

B **Risiko sozialer Isolation**

Eine pauschale Aussage, dass Armut sich negativ auf die sozialen Beziehungen der Kinder und Jugendlichen zu Gleichaltrigen auswirken würde, kann nicht getroffen werden. Die meisten armen Kinder haben zumindest ein kleines Freundschafts-Netzwerk. Darüber hinaus existiert aber auch eine Gruppe armer Kinder, die sozial isoliert und mit weiteren Problemen in Schule oder Familie konfrontiert ist. […]

C **Geringere Bildungserfolge**

Kinder aus Armutsverhältnissen werden häufig frühzeitig als „leistungsschwach" abgestempelt. Auch wenn sie gute Leistungen zeigen, erhalten sie seltener eine Empfehlung für das Gymnasium und sie schaffen seltener den Übergang von der Sekundarstufe I in die Sekundarstufe II als Kinder aus gesicherten Einkommenssituationen. Positive schulische Erfahrungen gibt es zwar auch, aber vor allem bei denjenigen, die außer materieller Armut keine weiteren Belastungen erleben. […] Auch die Teilnahme an Kultur-, Bildungs- und Freizeitangeboten für Kinder und Jugendliche hängt eng mit dem Familieneinkommen zusammen.

Claudia Laubstein, Gerda Holz und Nadine Seddig, Armutsfolgen für Kinder und Jugendliche Erkenntnisse aus empirischen Studien in Deutschland, www.bertelsmann-stiftung.de, Abruf am 25.05.2020

M28 Vorüberlegungen für eine Expertendiskussion

Die Jugendorganisation der Grünen, in der Emre aktiv ist, hat sich einem parteiübergreifenden Aktionsbündnis „Wege aus der Kinderarmut" angeschlossen. Eine der nächsten geplanten Aktionen ist eine Expertendiskussion zum Thema. Derzeit überlegen sie, wen sie dazu einladen könnten:

Emre: „Was haltet ihr von Jeremias Thiel? Er ist sehr tief im Thema und kann viel aus der Perspektive eines Betroffenen sagen …"

Daniel: „Gute Idee!" Er beweist, dass jeder Einzelne sich da selbst herausziehen kann und Armut kein Schicksal ist …"

Leonie: „Ich denke nicht, dass er es ganz alleine geschafft hätte – ohne Hilfe von außen! Da muss sich politisch etwas ändern …"

Bearbeiterin

AUFGABEN

1. Arbeitet zu zweit oder in einer Kleingruppe, lest **M26** und
   a) entwerft eine Grafik, die den „Armutskreislauf" darstellt,
   b) wertet die Grafik in **M26** mit Hilfe der Methodenkarte auf S. 264 aus,
   c) erläutert, unter welchen Bedingungen der Einzelne aus dem Kreislauf ausbrechen könnte.
2. Informiert euch in **M27** über die Folgen von Kinderarmut.
   a) Legt eine Tabelle an, in die ihr „soziokulturelle" und „psychologische" Armutsfolgen eintragt.
   b) Ergänzt eure Grafik zum „Armutskreislauf" mit Hilfe von **M27**.
3. Haltet ihr Armut in Deutschland eher für einen Dauerzustand oder ist ein Ausbruch gut möglich? Lest die Aussagen der Organisatoren der Podiumsdiskussion (**M28**) und nehmt Stellung, indem ihr entweder Daniels, Leonies oder eine ganz eigene Position ausführt und begründet.

H **Aufgabe 1**
→ S. 305

F **Aufgabe 2a**
Bezieht auch die Fälle in **M20** auf S. 259 mit ein.

8.2.4 Wie sollte Kinderarmut bekämpft werden?

Zum Thema: Die Statistiken zeigen eine Zunahme an Kinderarmut in Deutschland an. Es wird kritisiert, dass der Sozialstaat hier sein Ziel verfehlt. Aber welche Maßnahme wäre gerecht, welche wirksam? Hier könnt ihr euch mit Maßnahmen zur Kinderarmutsbekämpfung aus mehreren Perspektiven auseinandersetzen und ein eigenes Urteil fällen.

M29 Was heißt gerecht? Vorbereitung einer Expertendiskussion

Die Planungen für eine Expertendiskussion des Aktionsbündnisses „Wege aus der Kinderarmut" der Jugendorganisation der Grünen laufen auf Hochtouren. Heute trifft sich die Arbeitsgruppe, zu der auch Emre gehört, um sich inhaltlich vorzubereiten. Sie haben eine Medienrecherche gemacht und dabei ist Leonie aufgefallen, dass fast überall von „Gerechtigkeit" die Rede ist, obwohl sich die Forderungen doch sehr unterscheiden:

„Wir brauchen ein gerechtes Kindergeld nach Einkommen gestaffelt und bis zu 600 Euro pro Kind!"

„Kampf gegen Kinderarmut und für mehr Gerechtigkeit: Spenden Sie jetzt Essen für die Tafeln!"

„Mit flächendeckend kostenfreien Kitas allen Kindern eine gerechte Chance geben!"

„Runter von der Bremse beim Ausbau von Ganztagsschulen: Gute Infrastruktur ist gerecht und bekämpft Kinderarmut am besten!"

„Mehr Gerechtigkeit durch Freizeit- und Bildungsgutscheine für Kinder einkommensschwacher Eltern – damit das Geld dort ankommt, wo es wirkt!"

Bearbeiterin

EINSTIEGSAUFGABEN

1. Versetzt euch (jeweils zu dritt) in die Situation der Arbeitsgruppe und wertet die Schlagzeilen aus, indem ihr
   a) eine genannte Maßnahme auswählt, die ihr für besonders wirksam haltet und dies kurz begründet,
   b) eine Maßnahme auswählt, die ihr für besonders gerecht haltet und dies auch kurz begründet.
2. Vergleicht eure Ergebnisse in der Klasse und haltet fest, welche Maßnahmen jeweils am häufigsten genannt wurden.

M30 Verschiedene Vorstellungen von Gerechtigkeit

„(Soziale) Gerechtigkeit" ist ein viel verwendeter Begriff, der mit unterschiedlichen Bedeutungen gefüllt werden kann. Häufig werden die Folgenden unterschieden:

Soziale Gerechtigkeit

Teilhabegerechtigkeit
Verhinderung von Benachteiligung, eine gesellschaftliche Teilhabe muss für alle garantiert sein.

Chancengerechtigkeit
Gerechte Bedingungen und Voraussetzungen für alle bei der Bildung/Ausbildung und in der persönlichen Entwicklung.

Bedarfsgerechtigkeit
Die Grundbedürfnisse aller Gesellschaftsmitglieder müssen angemessen gesichert sein.

Steuergerechtigkeit
Jeder Einzelne sollte soviel zum gesellschaftlichen Wohlstand beitragen, wie es seiner wirtschaftlichen Leistungsfähigkeit entspricht.

Leistungsgerechtigkeit
Jeder Einzelne sollte in dem Maß vom gesellschaftlichen Wohlstand profitieren, wie er selbst dazu beigetragen hat.

Bearbeiterin

M31 Maßnahmen gegen Kinderarmut karikiert

Karikatur: Thomas Plaßmann, 2012

AUFGABEN

1. Ordnet eure Vorstellungen von Gerechtigkeit aus der Einstiegsaufgabe den Definitionen in **M30** zu. Prüft im Anschluss alle Maßnahmen in **M29** daraufhin, welche Vorstellungen von Gerechtigkeit ihnen zugrunde liegen könnten.
2. Analysiert die Karikatur (→ Methodenglossar) in **M31**. Stellt dabei auch einen Bezug zu den Gerechtigkeitsvorstellungen in **M30** her.
3. Wie sollte Kinderarmut gerecht und wirksam bekämpft werden? Führt eine Expertendiskussion mit Hilfe der nachfolgenden Methodenkarte durch.

F Aufgabe 1
Ordnet die Aussagen auf der Auftaktseite (→ S. 240) den Vorstellungen von Gerechtigkeit zu.

Eine Expertendiskussion durchführen: Wie sollte Kinderarmut bekämpft werden?

I. Worum geht es?

Das Aktionsbündnis „Wege aus der Kinderarmut“ hat zu seiner Podiumsdiskussion Experten aus Parteien und Verbänden eingeladen. Anlässlich der aktuell wieder steigenden Fallzahlen von Kinderarmut in Deutschland sollen Gegenmaßnahmen diskutiert werden. Im Mittelpunkt der Diskussion steht die Forderung nach einem „Kindergrundeinkommen“. Hierzu gibt es verschiedene Ideen. Ein Konzept sieht vor, dass jedes Kind 250 € als Basisbetrag erhält. Bei niedrigem Einkommen der Eltern soll der Betrag bis auf 500 € anwachsen. Das bisherige Kindergeld sowie die Hartz IV-Regelsätze für Kinder würden dafür abgeschafft.
Die Diskussion wird ohne Publikum durchgeführt und im Internet live gestreamt. Über eine Chat-Funktion können Zuschauer Kommentare abgeben und Fragen stellen.

Vorbereitungsbogen

Mediencode: 71077-61

II. Geht dabei so vor:

1. Schritt: Rollenaufteilung und Rollenvorbereitung

a) Teilt die Klasse in fünf Gruppen auf.
b) Jede Gruppe übernimmt eine der untenstehenden Rollen und bereitet diese vor: Klärt zunächst die Position für euch und baut sie dann noch weiter aus. Nutzt dazu all euer Wissen aus dem Kapitel.
c) Notiert eure Position und die Argumente mit Hilfe des im QR- bzw. Mediencode hinterlegten Vorbereitungsbogens.
d) Trainiert euer „Eingangsstatement“.
e) Bereitet mindestens zwei Fragen für die Chat-Funktion vor.

1 **Leonie Marks und Daniel Karic (Schüler/in, Mitglieder der Grünen Jugend)**

Ihr übernehmt bei der Podiumsdiskussion die Moderation. Geht dabei so vor:

1. Begrüßt die Anwesenden und erklärt worum es geht. Erläutert kurz den Vorschlag zur Kindergrundsicherung.
2. Bittet dann alle Teilnehmer nacheinander, ihren Standpunkt kurz darzustellen.
3. Stellt den einzelnen Teilnehmern Fragen und fordert sie dazu auf, ihre Position genauer zu erläutern.
4. Leitet die Diskussion, indem ihr darauf achtet, dass alle zu Wort kommen, beim Thema bleiben und aufeinander eingehen.
5. Stellt die Fragen aus der Chat-Funktion an die Experten und lest auch die Kommentare vor.
6. Beobachtet, ob sich ein gemeinsamer Standpunkt oder ein Kompromiss finden lässt. Fordert die Teilnehmer auch dazu auf, selbst nach Kompromissen zu suchen.
7. Fasst am Ende das Ergebnis zusammen und bedankt euch für die Teilnahme.

Rollenkarten

2 Jeremias Schiel (Student, Mitglied der SPD)

Du hältst die Kindergrundsicherung für sehr wichtig im Kampf gegen Kinderarmut. Kinderarmut in Deutschland ist relative Armut. Diese verhindert deiner Meinung nach zu häufig die Chance auf eine förderliche Entwicklung und die Aussicht auf ein Entkommen aus dem Teufelskreis der Armut. Allerdings müsste die Kindergrundsicherung klar nach Einkommen gestaffelt sein, damit sie gerecht wäre. Ein zu hoher Basisbetrag auch für reiche Familien würde zudem verhindern, dass der Staat genug Geld für Tagesbetreuung und Ganztagsbetreuung übrig hätte. Diese könnte aber armen Kindern am besten und sichersten nützen, denn was vielen mangelt ist neben einem gesunden Pausenbrot ein Umfeld, in dem sie ihre Talente entfalten können und psychische Stabilität und Selbstvertrauen aufbauen.

3 Seda Weinmann (Physiotherapeutin, Mitglied der CDU)

Du hältst eine Kindergrundsicherung für nicht geeignet um Kinderarmut wirkungsvoll zu bekämpfen. Die Kinderarmut ist ja vor allem auch eine Familienarmut. Und die lässt sich deiner Meinung nach am ehesten durch Hilfe zur Erwerbstätigkeit der Eltern bekämpfen. Schließlich ist es vor allem die Verantwortung der Eltern, das Wohl der Kinder zu sichern. Durch eine so komfortable Grundsicherung würden Kinder lernen, sich auf den Staat zu verlassen. Außerdem besteht für dich das Risiko, dass die Kindergrundsicherung gar nicht bei den Kindern ankommt, sondern im Haushalt anderweitig ausgegeben wird. Da wäre das Geld besser eingesetzt, wenn es beispielsweise höhere Hartz IV-Zuschüsse für Bildung, Schulbedarf und soziale Teilhabe (z. B. Sportverein) geben würde – möglichst in Form von Gutscheinen oder einer Chip-Karte.

4 Farnaz Sander (Berufsschullehrerin, Mitglied im Jugendwerk der Arbeiterwohlfahrt)

Für dich ist die Kindergrundsicherung entscheidend, um Kinderarmut mit ihren Folgen abzumildern. Die Hartz IV-Regelsätze für Kinder decken deiner Meinung nach den eigentlichen Bedarf bei weitem nicht. Außerdem gibt es einen viel zu hohen Anteil an Leistungsberechtigten, die entweder aus Scham oder wegen Überforderung durch die Bürokratie das Geld gar nicht abrufen. Die Familien sollten das Geld selbstbestimmt verwalten können. Dass arme Eltern ihr Geld für Schnaps und Zigaretten ausgeben, statt ihren Kindern davon Schulbücher zu kaufen, hältst du für ein Vorurteil. Die meisten geben ihr „letztes Hemd“ für die Kinder. Außerdem wäre durch die Maßnahme auch Kindern von Geringverdienern geholfen, die kein Hartz IV erhalten, bei denen es aber hinten und vorne nicht reicht. Zu einem gerechten Maßnahmenpaket gehört für dich auch eine kostenlose Kinderbetreuung in Kitas – wie sollen denn z. B. Alleinerziehende sonst etwas mehr verdienen können, wenn sie ihre Kinder selbst betreuen müssen?

5 Matteo Dorsten (Biologe, Mitglied des Bundes der Deutschen Katholischen Jugend)

Du bist gegen die Einführung einer Kindergrundsicherung, weil sie sehr teuer wäre und viele Probleme aus deiner Sicht nicht lösen würde. Sicherlich ist es wichtig, dass bedürftige Familien ausreichend Geld für Kleidung, Bildung, Schulessen etc. überhaupt zur Verfügung haben. Dafür wäre eine Erhöhung der Kinderregelsätze aber eine bessere Maßnahme, weil nur wirklich Bedürftige mehr Geld bekommen und die Familien selbstbestimmt mit ihrem Geld umgehen können. Mit mehr Geld allein wird aber den Kindern überhaupt nicht geholfen, die unter Vernachlässigung und psychischem Stress zu Hause leiden. Hier müssten Schule und Jugendamt mehr Möglichkeiten haben, gefährdete Kinder zu stützen und nötigenfalls auch aus den Familien heraus zu holen. Vor allem brauchen sie Hilfe zur Selbsthilfe, Personen, die sich um sie kümmern und ihnen auch ihre Rechte zeigen.

F Aufgabe 2b
Notiert zusätzliche Kriterien, auf die sich die Experten beziehen.

2. Schritt: Durchführung der Expertendiskussion

a) Bestimmt in euren Gruppen, wer die Rollen in der Expertendiskussion übernehmen soll.
b) Die Beobachter wählen jeweils einen der anderen Experten aus. Sie bereiten sich darauf vor, zu notieren, welche der folgenden Kriterien zu ihrer/seiner Argumentation passen:
- Leistungsgerechtigkeit,
- Chancengerechtigkeit,
- Bedarfsgerechtigkeit,
- Teilhabegerechtigkeit,
- Wirksamkeit.

c) Die Rollenträger kommen zusammen und führen die Expertendiskussion durch (ca. 10-15 Minuten).
d) Die Beobachter formulieren bei Bedarf weitere Kommentare und Fragen, die sie über die Chat-Funktion (oder mit Hilfe eines Zettels) einreichen.

3. Schritt: Auswertung und Formulierung eines „Pressestatements"

a) Die Beobachter tauschen ihre Ergebnisse aus und stellen sie zur Diskussion.
b) Falls die Diskussion einen Kompromiss als Ergebnis hatte: Beurteilt ihn daraufhin, ob er „wirksam", „leistungsgerecht", „bedarfsgerecht" etc. ist.
c) Formuliert einzeln ein kurzes „Pressestatement", das den Anlass, den Verlauf und das Ergebnis der Expertendiskussion zusammenfasst.

Bearbeiterin

Die Strukturlegetechnik zum Thema „Soziale Sicherung für Familien in Deutschland“ anwenden

I. Worum geht es?

Mit Hilfe der Strukturlegetechnik könnt ihr zentrales Wissen, Begriffe und Regelungen zu einem Thema in eine logische Struktur bringen und euch so die Zusammenhänge des Gelernten nochmals klar vor Augen führen. Die Strukturen können von Person zu Person oder von Gruppe zu Gruppe unterschiedlich aussehen. Wichtig ist, dass ihr gut begründen könnt, warum ihr die Struktur so gelegt habt.

II. Geht dabei so vor:

1. Schritt: Vorbereitung

1. Entscheidet, ob ihr die Struktur in Einzel-, Partner- oder Gruppenarbeit legen wollt.

2. Schritt: Strukturlegetechnik anwenden

2. Übertragt die unten stehenden Begriffe auf Karten.
3. Legt die Karten auf einem großen Poster (z. B. Flipchart) so, dass sie eine für euch sinnvolle Struktur ergeben. Klebt sie erst fest, wenn ihr euch sicher seid.
4. Ergänzt anschließend Pfeile, Symbole oder Bilder.

Chancengerechtigkeit – Sozialstaat – Kindergeld – Umlageverfahren

Grundsicherung – Armutsgefährdung – absolute Armut – Tafeln

Bedarfsgerechtigkeit – Solidaritätsprinzip – Krankenversicherung – Kindergeld

Sozialversicherungen – relative Armut – Rentenversicherung – Regelsatz

Arbeitslosenversicherung – Hartz IV – Nettolohn – Armut der Lebenslagen

Soziale Teilhabe – Bruttolohn – Arbeitnehmer – Bildungs- und Teilhabepaket

Pflegeversicherung – Leistungsgerechtigkeit – Kindergrundsicherung – Mutterschutz

Kinderbetreuung – Steuergerechtigkeit – ?

3. Schritt: Auswertung und Reflexion

Stellt euch eure Strukturen gegenseitig vor, indem ihr sie jeweils einer anderen Gruppe oder einer Partnerin bzw. einem Partner erkärt.

Bearbeiterin

1

„Die EU ist überall, ich kann sie jeden Tag mehrmals erleben, wenn ich genauer hinschaue! Doch wie lange gibt es sie noch?“

2

„Europa braucht einen neuen Deal!“

3

„Die EU soll sich mal schön aus allem raushalten. Das bringt eh nichts, nur Bürokratiemonster …“

Was fällt euch ein, wenn ihr an die Europäische Union (EU) denkt?

4

„Ich mag die EU nicht. Das Schüleraustauschprogramm hat mal so gar nicht geklappt. Es war alles viel teurer als ich mir gedacht habe …“

5

„Ohne die EU könnte ich nicht hier im wunderschönen Frankreich studieren“

6

„Die EU ermöglicht meiner Mutter, einen Job in Spanien anzunehmen. Und ich muss mit und dort zur Schule gehen. Das ist schon spannend, aber ich kann dann nicht mehr bei meinen Freundinnen sein!“

Jugendliche in der Europäischen Union: Können sie die EU weiter zusammenführen?

9

Die Europäische Union (EU) ist ein Gebilde, das manchmal sehr weit weg scheint, manchmal aber auch sehr nah ist. Für die allermeisten Menschen und vor allem für Jugendliche sind die Errungenschaften der EU (freies Reisen, Euro, das Wählen eines Parlamentes der EU, etc.), selbstverständlich geworden.
In diesem Kapitel geht es zum einen darum, einen Teil dieser Selbstverständlichkeiten zu beleuchten. Zum anderen fragen die Unterkapitel danach, inwiefern diese Errungenschaften von Dauer sind und ob Jugendliche mithelfen können, die EU weiter zusammenwachsen zu lassen.

Am Ende des Kapitels solltet ihr Folgendes können:

- beschreiben, welche Errungenschaften die EU auf den Weg gebracht hat
- erklären, was die EU eigentlich genau ist
- darstellen, welche Werte, Ziele und Symbole die EU repräsentieren
- diskutieren, welche Maßnahmen die Jugendlichen in der EU mehr zusammenwachsen lassen
- beurteilen, inwiefern Schüleraustausche und Auslandssemester eine Chance für mehr Integration innerhalb der EU bedeuten können
- den Europäischen Binnenmarkt mit seinen vier Freiheiten beschreiben

WAS WISST UND KÖNNT IHR SCHON?

1. Beantwortet die Frage im mittleren Kasten zunächst alleine mit einem Satz: „Was fällt euch ein, wenn ihr an die EU denkt?“ Haltet eure Antwortsätze schriftlich fest.
2. Vergleicht eure Antworten mit eurer Nachbarin bzw. eurem Nachbarn.
3. Analysiert zu zweit die Antworten 1-6 auf der linken Seite zur Frage im mittleren Kasten: Gibt es Ähnlichkeiten zu euren Antworten?
4. Diskutiert in der Klasse, wie Jugendliche auf die EU Einfluss nehmen können bzw. ob die EU Einfluss auf die Jugendlichen nimmt.
5. Stimmt spontan mit Hilfe einer Positionslinie ab: „Können Jugendliche die EU weiter zusammenführen?“

Einen Pecha Kucha Vortrag über Jugendliche in der EU halten.

I. Worum geht es?

Pecha Kucha ist eine Vortragstechnik aus dem Japanischen. Es bedeutet übersetzt: „andauernd reden" oder „dauernd quatschen". Bei der Pecha Kucha Technik werden zum mündlichen Vortrag eine bestimmte Anzahl von Bildern (in der Regel 20) an die Wand projiziert. Dabei gibt es eine festgelegte Einblendzeit der einzelnen Bilder von jeweils 20 Sekunden pro Bild. Mit anderen Worten: Während des Pecha Kucha Vortrags können die Rednerinnen und Redner „nur" 20 Sekunden pro Bild sprechen. In dieser Zeit muss alles Wesentliche zu jedem Bild gesagt werden.

II. Geht dabei so vor:

Vorteile der Pecha Kucha Technik
Pecha Kucha sorgt für kurzweilige, spannende Präsentationen mit strikten Zeitvorgaben. Zuhörerinnen und Zuhörer ermüden nicht und wissen genau, wann der Vortrag enden wird.

1. Schritt: Gruppen- und Themenfindung

1. Bildet Kleingruppen von 4-6 Personen.
2. Einigt euch in der Gruppe auf ein Thema dieses Kapitels, über das ihr mit Hilfe der Pecha Kucha Technik berichten wollt:

- Kapitel 9.1.1: Beeinflusst die EU auch unseren Alltag?
- Kapitel 9.1.2: Werte und Ziele der EU: Reichen sie für heutige Jugendliche aus, um die EU zusammenzuhalten?
- Kapitel 9.1.3: Europäische Jugendliche und ihre Einstellung zu EU: Eint sie mehr als sie spaltet?
- Kapitel 9.2.1: Schüleraustausch und Studium in der EU: Sollte ein Aufenthalt im EU-Ausland verpflichtend sein?
- Kapitel 9.2.2: Arbeiten in einem anderen EU-Land: Überwiegen die Vor- oder die Nachteile?
- Kapitel 9.2.3: Treibt die Jugendarbeitslosigkeit die EU weiter auseinander?

2. Schritt: Bildersuche

Auswahl von Bildern zu den Unterkapiteln 9.1.1-9.2.3

Mediencode: 71077-62

Für euren Pecha Kucha Vortrag braucht ihr passende Bilder zu eurem Thema. Im nebenstehenden QR-Code findet ihr für jedes Unterkapitel eine Auswahl an Bildern, die ihr für eure Vorträge nehmen könnt. Alternativ könnt ihr auch eigene Bilder recherchieren und zusammenstellen.

3. Schritt: Vortrag halten und besprechen

Für jedes Bild, das ihr zeigt, habt ihr 20 Sekunden Vortragszeit.

1. Bereitet euch zunächst auf euer Thema vor. Lest hierfür das entsprechende Unterkapitel und bearbeitet die jeweiligen Aufgaben in eurer Gruppe.
2. Betrachtet nun eure „Themen-Bilder" und verfasst zu jedem Bild einen Vortrag von 20 Sekunden mit den wichtigsten Punkten eures Unterkapitels.
3. Bestimmt, wer von euch den Pecha Kucha Vortrag übernimmt.
4. Tauscht euch am Ende über die Vorträge aus: Was hat euch gefallen, welcher Vortrag konnte warum überzeugen? Gab es Gemeinsamkeiten oder Unterschiede?

Bearbeiter

9.1 Jugendliche in der Europäischen Union

9.1.1 Beeinflusst die Europäische Union auch unseren Alltag?

Zum Thema: „Die Europäische Union (EU) ist so weit weg, das geht mich nichts an!“ Stimmt diese Feststellung wirklich oder haben wir viel mehr mit EU-Entscheidungen zu tun als wir denken? In diesem Kapitel erfahrt ihr am Beispiel von Mia, Emre und Jakob, inwiefern uns die EU von morgens bis abends umgibt.

M1 Durch den Tag mit Mia, Jakob und Emre

Alle Mitglieder der Familie Deniz-Hansen haben täglich mehrere Berührungspunkte mit Entscheidungen der EU. Einige sind hier aufgeführt ...

6.35 Uhr

Mias Kosmetikartikel

Während Karsten Hansen den Frühstückstisch deckt, eilt Mia ins Bad. Das Leitungswasser, mit dem Mia sich jeden Morgen die Zähne putzt, muss selbstverständlich gesund und sauber sein. Europa legt daher Qualitätsnormen fest, denen das Trinkwasser entsprechen muss. Kosmetikprodukte finden erst nach strengen Kontrollen ihren Weg in das Badezimmer der Familie Deniz-Hansen. Die EU-Rechtsvorschriften garantieren, dass Mias Pflegeprodukte keine schädlichen Stoffe enthalten, und verpflichten den Hersteller, die Zusammensetzung des Produkts deutlich anzugeben. Mia ist allergisch gegen bestimmte Geruchsstoffe. Da auf dem Etikett die Inhaltsstoffe von parfümierten Kosmetikprodukten detailliert aufgeführt werden müssen, kann Mia im Supermarkt eine wohlüberlegte Wahl treffen und so unangenehme allergische Reaktionen vermeiden. Als Tierfreundin findet Mia es übrigens gut, dass Europa Tierversuche für Kosmetik seit 2009 vollständig verbietet.

6:50 Uhr

Karsten rührt in seinem Kaffee. Über die Reduzierung oder Abschaffung von Einfuhrzöllen, beispielsweise für Kaffeebohnen, versucht die Europäische Union, die Entwicklung von armen Ländern zu fördern. Sie tut dies auch, indem sie faire Handelspraktiken unterstützt und Produkten mit einem „Fair Trade“-Label den Zugang zum europäischen Markt erleichtert.

FAIRTRADE
Das Siegel für fairen Handel

Fairtrade-Logo

7:40 Uhr

Jakob absolviert zur Zeit ein Praktikum bei einem Startup in Essen. Morgens muss er sich daher immer beeilen. Keuchend kommt er am Bahnhof an und rennt die Treppen zum Bahnsteig hoch. Der Zug steht noch nicht auf dem Gleis, denn er „...wird voraussichtlich fünf Minuten später eintreffen", wie eine nasale Stimme bekannt gibt. Die EU will Zugreisenden mehr Rechte geben. So setzen sich zahlreiche Abgeordnete des Europäischen Parlaments für eine Entschädigungszahlung ein, wenn ein Zug viel Verspätung hat oder „heute ausnahmsweise nicht verkehrt". Die Belgische Eisenbahngesellschaft hat bereits eine solche Entschädigungsregelung. Wenn die Dienstleistungen der Bahn sich verbessern, benutzen auch wieder mehr Menschen den Zug, was dann wiederum zu weniger Verkehrsbelastung und Luftverschmutzung führt.

9:00 Uhr

Jakob kommt endlich an und trifft gleich einen Kollegen: „Hey Jakob, schönes Wochenende gehabt?", ruft sein dänischer Kollege Ole ihm zu.

„Ja, wir waren gestern seit der Corona-Pandemie zu viert mal wieder im Kino, voll cool"

„Welchen Film habt ihr euch angeschaut?"

„Den neusten von Almodóvar ..."

Die EU unterstützt die Verbreitung von europäischen Filmen außerhalb des Herstellungslandes. Durch die vielen Sprachen in der EU gelangen Filme aus dem eigenen Land häufig nur schwer in ausländische Kinos. Mit Beihilfen will die EU auch etwas gegen die vorherrschende Stellung von importierten Filmen unternehmen.

12.00 Uhr

Ungebratenes Steak

Mittags isst Mia immer in der Schulkantine mit ihren Freundinnen. Heute Mittag steht Steak auf der Speisekarte. Mia ist zwar selbst Vegetarierin, freut sich aber sehr darüber, dass dank der EU dieses Steak völlig hormonfrei ist, denn der Einsatz von Wachstumshormonen in der Viehzucht ist in Europa verboten. Außerdem darf mit Hormonen behandeltes Fleisch nicht eingeführt werden.

17.30 Uhr

Emres Hund Cäsar

Vor einigen Wochen hat Emre seinen Cäsar im Wald verloren. Nach stundenlangem Suchen wurde Cäsar schließlich vom Förster gefunden. Anhand des Identifikationschips in Cäsars Nacken konnte der Tierarzt seine „Heimatadresse" lesen. Cäsar trägt diesen Chip seit letztem Jahr, als seine Eltern Melek und Karsten im Urlaub nach Südfrankreich gefahren sind. Haustiere, die innerhalb der EU mit verreisen, müssen laut EU-Vorschrift – in Form eines Mikrochips oder einer Tätowierung – gekennzeichnet sein. So können auch Fälle von Tierquälerei leichter aufgeklärt oder Eigentümer bissiger Hunde ermittelt werden.

19:15 Uhr

Nachdem Jakob und Mia ihre Aufgaben im Haushalt erledigt haben, lassen sie sich aufs Sofa vor dem Fernseher fallen. Ende der achtziger Jahre wurde der Fernsehmarkt in Europa liberalisiert, und das merken die Geschwister sofort, wenn sie per Fernbedienung das breite Angebot erkunden. Die Liberalisierung brachte auch den Beginn des kommerziellen Fernsehens.
Das Aufkommen so vieler neuer Fernsehsender sorgte wiederum für neue europäische Rechtsvorschriften, unter anderem, um Kinder vor erotischen oder extrem gewalttätigen Programmen zu schützen. Diese dürfen nur spät am Abend mit einer deutlichen Warnung vorab gesendet werden. Jakob will lieber streamen als fernsehen, denn ihn nervt die hohe Anzahl von Werbeunterbrechungen. Die EU versucht, die Zahl der Werbeunterbrechungen einzuschränken. So darf ein Sender höchstens zwölf Minuten Werbung pro Stunde ausstrahlen.

20:15 Uhr

Mia und Jakob haben eine Doku-Sendung über das Auseinanderdriften der EU durch den Brexit und das Aufkommen europafeindlicher Parteien in den Parlamenten der europäischen Mitgliedstaaten im Fernsehen geschaut. Dies interessiert Mia so sehr, dass sie später mit ihren Freundinnen einen Chat darüber beginnt.

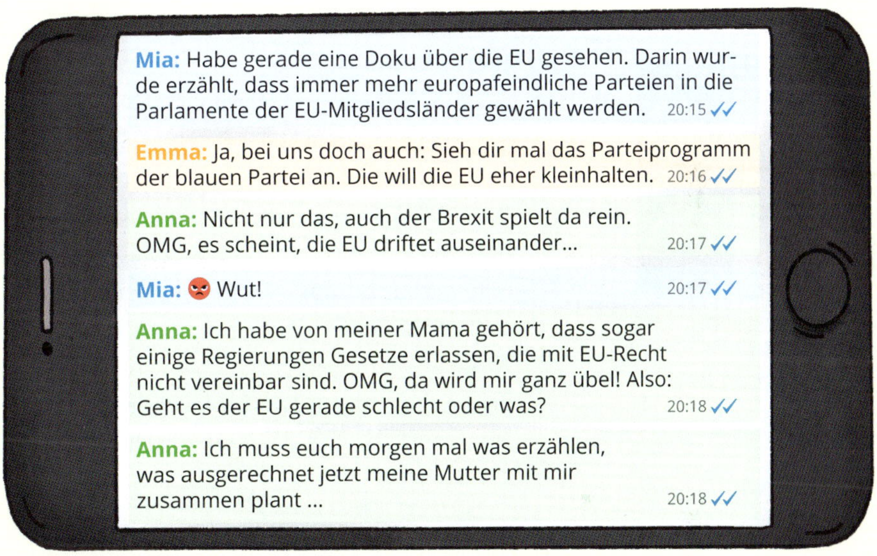

Bearbeiter, basierend auf: Davy Geens, Europa – Spuren im Alltag, www.dglive.be, Abruf am 15.05.2020

AUFGABEN

1. Arbeitet zu zweit: Informiert euch über den Alltag der Familie Deniz-Hansen in **M1**. Zählt auf, wo sie überall mit der EU in Kontakt kommt.
2. Untersucht euren eigenen Alltag: Beschreibt, wo es bei euch Bezüge zur EU gibt. Schaut euch dazu Produkte, die ihr benutzt, genauer an, ob dort irgendwelche Hinweise auf die EU zu finden sind und recherchiert dann, was es damit genau auf sich hat. Interessant könnte hierbei auch ein Besuch im Supermarkt sein. Wo gibt es hier überall Zusammenhänge mit der EU?
3. a) Sammelt in der Klasse Hintergrundwissen über Mias, Lauras und Annas Befürchtungen in **M1** im letzten Kasten in Bezug auf das vermeintliche Auseinanderdriften der EU.
   b) Nehmt spontan Stellung, inwiefern ihr die Sorgen der Freundinnen teilt.

9.1.2 Werte und Ziele der EU: Reichen sie für heutige Jugendliche aus, um die EU zusammenzuhalten?

Zum Thema: Nicht wenige meinen heute, dass die EU keine Werte mehr habe und nur an einer Wirtschaftsgemeinschaft interessiert sei. EU-feindliche Parteien fangen an, sich immer weiter zu etablieren, Großbritannien ist sogar schon aus der EU getreten. Steht die EU also vor dem Scheitern? Gegenstand dieses Kapitels ist die Frage, ob der (alte) Kitt der EU noch ausreicht, die EU zukunftssicher zu machen.

M2 Zitat über den Sinn der Europäischen Union

Jean-Claude-Juncker, EU-Kommissionspräsident von 2014-2019, im Jahr 2019

Jean-Claude-Juncker

„Und deshalb wiederhole ich hier den Satz, den ich an dem Tag [04.06.2005] den Menschen auf dem Soldatenfriedhof in Luxemburg zurief: »Wer an Europa zweifelt, wer an Europa verzweifelt, der sollte Soldatenfriedhöfe besuchen!« Nirgendwo besser, nirgendwo eindringlicher, nirgendwo bewegender ist zu spüren, was das europäische Gegeneinander an Schlimmstem bewirken kann. Das Nicht-Zusammenleben-Wollen und das Nicht-Zusammenleben-Können haben im 20. Jahrhundert 80 Millionen Menschen das Leben gekostet. Jede Stunde des Zweiten Weltkrieges hat 1.045 Tote gebracht."

Jean-Claude Juncker bei einer Rede im Deutschen Bundestag zum Volkstrauertag am 16. November 2008

EINSTIEGSAUFGABEN

1. Tauscht euch in Kleingruppen über die Inhalte dieses Zitates aus. Gebt ihr Jean-Claude Juncker Recht?
2. Formuliert in eurer Gruppe Ideen, warum die EU (k) einen Nutzen hat.
3. Stimmt mit Hilfe einer Positionslinie ab, ob ihr folgender Aussage zustimmt: „Frieden und Menschenrechte sind doch selbstverständlich, da muss von Europa schon mehr kommen!"

M3 Was genau ist eigentlich die Europäische Union?

EU-Binnenmarkt
→ Kap. 9.2.2, S. 293

Die Europäische Union ist eine einzigartige wirtschaftliche und politische Vereinigung von 27 europäischen Ländern, die zusammen einen großen Teil des europäischen Kontinents ausmachen. Die Vorläuferorganisation der EU hat ihren Ursprung in der Zeit nach dem Zweiten Weltkrieg. Alles begann mit der Förderung der wirtschaftlichen Zusammenarbeit. Dahinter stand die Idee, dass Länder, die Handel miteinander treiben, sich wirtschaftlich verflechten und daher kriegerische Auseinandersetzungen eher vermeiden. Das Ergebnis war 1958 die Gründung der Europäischen Wirtschaftsgemeinschaft (EWG) und eine wachsende wirtschaftliche Zusammenarbeit, ursprünglich zwischen sechs Ländern, nämlich Belgien, Deutschland, Frankreich, Italien, Luxemburg und den Niederlanden.

Seit diesen Anfängen haben sich 22 weitere Länder dieser Gruppe angeschlossen und einen großen Binnenmarkt gegründet, dessen Potenzial laufend weiterentwickelt wird. Am 31. Januar 2020 hat das Vereinigte Königreich die Europäische Union verlassen. Was als reine Wirtschaftsgemeinschaft begonnen hatte, ist nun zu einer Organisation geworden, die vom Klimawandel über Umweltschutz und Gesundheit bis hin zu Außenbeziehungen und Sicherheit, Justiz und Migration zahlreiche Politikfelder abdeckt. Diesem Wandel wurde 1993 durch Umbenennung der EWG in Europäische Union (EU) Rechnung getragen.

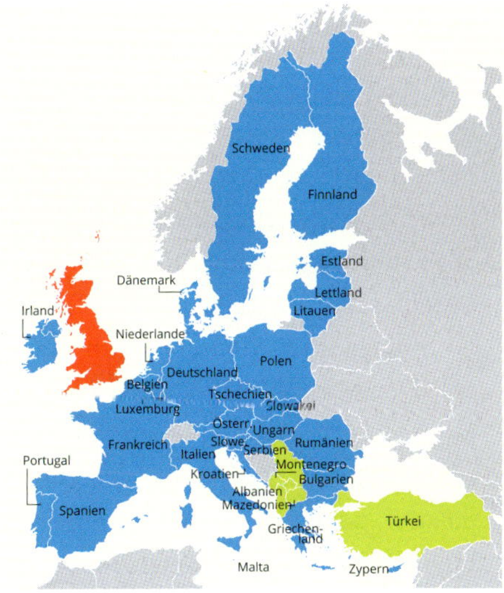

Die Europäischen Union, Stand: 2020

EU: Gründerstaaten, Beitritte, Beitrittskandidaten und -Austritte

Gründerstaaten
1958: Belgien, Deutschland, Frankreich, Italien, Luxemburg, Niederlande

Beitritte
1973: Dänemark, Großbritannien, Irland
1981: Griechenland
1986: Portugal, Spanien
1995: Finnland, Österreich, Schweden
2004: Estland, Lettland, Litauen, Malta, Polen, Slowakei, Slowenien, Tschechien, Ungarn, Zypern
2007: Bulgarien, Rumänien
2013: Kroatien

Beitrittskandidaten
Albanien, Montenegro, Nordmazedonien, Serbien, Türkei

Austritt
2020: Großbritannien

© Europäische Union, 1995-2020, Die EU – kurz gefasst, www.europa.eu, Abruf am 05.07.2020

M4 Symbole, Werte und Ziele der Europäischen Union – Kitt der alles zusammenhält?

A Symbole der EU

Die Flagge der Europäischen Union gilt als eines der wichtigsten Symbole der EU.

Die zwölf kreisförmig angeordneten Sterne der europäischen Flagge symbolisieren Vollkommenheit, Vollständigkeit und Einheit. Die Sterne auf der Flagge stehen daher für die Harmonie der europäischen Völker. Die Zahl der Sterne hat nichts mit der Anzahl der Mitgliedstaaten zu tun.

Seit 1972 ist der letzte Satz von Ludwig van Beethovens 9. Symphonie die Hymne des Europarats. Bei der Komposition ließ sich Beethoven von Schillers Gedicht „Ode an die Freude" inspirieren.

Offizielle Hymne der Europäischen Union ist die „Ode an die Freude" seit 1986. Die Hymne hat bisher keinen offiziellen Text und kann daher nicht gesungen, sondern nur instrumental gespielt werden.

Europatag
Am 9. Mai 1950 unterbreitete Robert Schuman, damaliger französischer Außenminister, seinen Vorschlag für ein Vereintes Europa als unerlässliche Voraussetzung für die Aufrechterhaltung friedlicher Beziehungen (Schuman-Erklärung). Dieser Tag gilt als Grundstein der heutigen Europäischen Union.

Motto der EU
„In Vielfalt geeint" – dies ist das offizielle Motto bzw. der offizielle Slogan der Europäischen Union. Der Vertrag über eine Verfassung für Europa enthält erstmals einen offiziellen Leitspruch für die Europäische Union.

B Werte und Ziele der EU

Was hält Europa zusammen? Die Europäer haben aus der durch Krieg und Feindschaft geprägten europäischen Geschichte gelernt, dass Frieden und Wohlstand auf Dauer nur durch ein Miteinander möglich sind. Auf der Grundlage der Menschenrechte und der Demokratie soll Europa in Vielfalt geeint das Wohlergehen der Menschen fördern. Einig sind sich die 27 Staaten nämlich in ihren gemeinsamen Zielen. Sie wollen erreichen, dass es allen EU-Ländern wirtschaftlich gut geht und die Menschen in Wohlstand leben können. Sie kümmern sich darum, dass in Europa und der Welt Frieden und Sicherheit herrschen. Sie haben sich vorgenommen, allen in der EU lebenden Menschen die gleichen demokratischen Grundrechte und Grundfreiheiten zu garantieren, ein Leben ohne Diskriminierungen und mit Chancengleichheit für alle. Nach dem Motto „in Vielfalt geeint" sollen die Kulturen und Traditionen der unterschiedlichen Staaten respektiert werden. Im Vertrag von Lissabon sind die zentralen Werte der EU festgehalten: „Die Werte, auf die sich die Union gründet, sind die Achtung der Menschenwürde, Freiheit, Demokratie, Gleichheit, Rechtsstaatlichkeit und die Wahrung der Menschenrechte einschließlich der Rechte der Personen, die Minderheiten angehören. Diese Werte sind allen Mitgliedstaaten in einer Gesellschaft gemeinsam, die sich durch Pluralismus, Nichtdiskriminierung, Toleranz, Gerechtigkeit, Solidarität und die Gleichheit von Frauen und Männern auszeichnet." Als Ziele der Europäischen Union nennt der Vertrag unter anderen die Förderung des Friedens, die Schaffung eines Binnenmarkts mit freiem und unverfälschtem Wettbewerb, Wirtschaftswachstum, Preisstabilität, Soziale Marktwirtschaft, Umweltschutz, soziale Gerechtigkeit, kulturelle Vielfalt, weltweite Beseitigung der Armut und die Förderung des Völkerrechts.

M5 Europa braucht neue Werte und Ziele – ein Historiker im Interview

Der britische Historiker Ian Kershaw ist überzeugt: Man muss neue Begeisterung für Europa wecken und neue, gemeinsame Werte erzeugen. Die Parole, dass Europa Frieden bedeute, reiche heute nicht mehr. Für die jüngere Generation sei Frieden heute selbstverständlich.

Welty: Nach zwei Weltkriegen sind ja damals die europäischen Länder gemeinsam zu einem Ziel aufgebrochen. Was genau hat diese Kraft ausgemacht und ist diese Kraft womöglich inzwischen aufgebraucht?

Kershaw: [D]ie Europäische Union war die Antwort auf die Frage, wie können wir Frieden in Europa für alle Zeit sichern. Insofern hat Europa viel Erfolg damit gehabt, viele Leistungen vollbracht, aber inzwischen sieht man, dass diese Parole, wir haben den Frieden Europas gerettet, nicht ausreicht. Für die jüngere Generation ist es selbstverständlich, dass man Frieden in Europa hat, man braucht jetzt ein, wenn man beim heutigen Jargon bleibt, dann braucht man ein neues Narrativ* für Europa, um neue Initiativen hervorzubringen, um neue Begeisterung für Europa zu erwecken. [...] Wir sprechen immer weiter von einer Wertegemeinschaft in Europa, aber wir haben höchstens eine halbe Wertegemeinschaft. Einige Länder, sagen wir Polen, Ungarn, Italien, lehnen diese Werte mehr oder weniger ab. Und in allen anderen Ländern gibt es einen beträchtlichen [Teil] der Bevölkerung, [der] solche Werte ablehn[t].

Insofern muss man neue Möglichkeiten finden, gemeinsame Werte zu erzeugen. [...] Das heißt, man muss Wege finden [...], um klarzustellen, dass Europa eigentlich die beste Lösung [...], sozusagen einen Mehrwert-Effekt hat gegenüber den Nationalstaaten. [...] Und man kann [es] zeigen, zum Beispiel in Bezug auf Umweltschutz.

Umweltschutz ist eine Sache, die die Jugend von heute insbesondere sehr begeistert momentan. Man kann da zeigen, dass Umweltschutz etwas ist, das Europa jetzt auf das Banner setzen sollte. Umweltschutz ist etwas, was kein Nationalstaat wettmachen kann mit Europa. Oder Menschenrechte oder Sicherheit gegenüber Cyberangriffen, Cyberterrorismus, oder Verteidigung.

Ian Kershaw im Interview mit Ute Welty, Ian Kershaw über die EU. Europa braucht neue Werte und Ziele, www. Deutschlandfunkkultur.de, 22.05.2019

** Narrativ: Erzählung, Form der Darstellung*

AUFGABEN

1. Beschreibt mit Hilfe von **M3** mit eigenen Worten, was genau die EU eigentlich ist.
2. Stellt mit Hilfe einer Internet-Recherche und der Karte in **M3** die wichtigsten Erweiterungsschritte der EU dar.
3. Arbeitet in Gruppen aus **M4a-b** die Symbole, grundlegenden Ziele und Werte der EU heraus.
4. Bearbeitet die nachfolgenden Aufgaben zu zweit:
   a) Sammelt nationale Symbole und Rituale, die ihr aus Deutschland oder anderen Ländern kennt. Welche Funktion haben solche Symbole?
   b) Vergleicht diese mit den europäischen Symbolen in **M4a**.
   c) Nehmt Stellung zu der Frage, ob wir in der EU mehr Symbole und Rituale brauchen, um den Zusammenhalt der Menschen in der EU zu stärken und überlegt, welche dies sein könnten. Entwickelt z. B. Ideen für einen Text der europäischen Hymne.
5. a) Arbeitet aus dem Interview in **M5** die Hauptaussagen des Historikers Ian Kershaw in Bezug auf den Kitt der Europäischen Union heraus.
   b) Stimmt in der Klasse über die Kapitelfrage ab: Funktionieren die Werte, Ziele und Symbole der EU heute noch als Kitt, um die EU zusammenzuhalten? Berücksichtigt bei eurer Stimmabgabe Ian Kershaws Meinung darüber (**M5**).

H Aufgabe 2
Die Homepage der EU *„www.europa.eu“* informiert über die einzelnen EU-Erweiterungsschritte.

F Aufgabe 4a-c
Stellt euch vor, es wird ein europaweiter EU-Feiertag eingeführt und eure Stadt plant, diesen groß zu feiern. Die Idee dahinter ist, den Bürgerinnen und Bürgern Europas die Vielfalt und Einheit der EU näher zu bringen. Entwickelt ein Konzept, wie der Tag in eurer Stadt gestaltet werden könnte und stellt es eurer Klasse in einem Kurzreferat (→ Methodenglossar) vor.

9.1.3 Europäische Jugendliche und ihre Einstellung zu EU: Eint sie mehr als sie spaltet?

Zum Thema: „In Vielfalt geeint!" ist das Motto der EU. Doch sind die Menschen in der EU wirklich so vielfältig in ihren Einstellungen zur EU? Anhand der jugendlichen Europäerinnen und Europäer erfahrt ihr in diesem Kapitel, ob sie mehr eint als trennt und welche Maßnahmen die Jugendlichen näher zusammenbringen könnten.

M6 Jugendliche über einen möglichen Austritt ihres Heimatlandes aus der Europäischen Union

Seit dem Jahr 2017 führt die TUI Stiftung die Studie Junges Europa durch, um die Lebenswelt, Identität und politischen Einstellungen junger Menschen in Europa besser verstehen zu können. Insgesamt wurden in diesem Jahr [2019] von dem Meinungsforschungsinstitut YouGov 8.220 junge Menschen im Alter von 16 bis 26 Jahren per Onlinebefragung befragt.

Referendum
Bei einem Referendum stimmen alle Wahlberechtigten über einen bestimmten (von Parlamenten oder Regierungen ausgearbeiteten) Sachverhalt oder über eine Vorlage jenseits von Wahlen ab.

Wenn morgen ein Referendum über die EU-Mitgliedschaft Ihres Landes stattfinden würde: Wie würden Sie sich entscheiden?

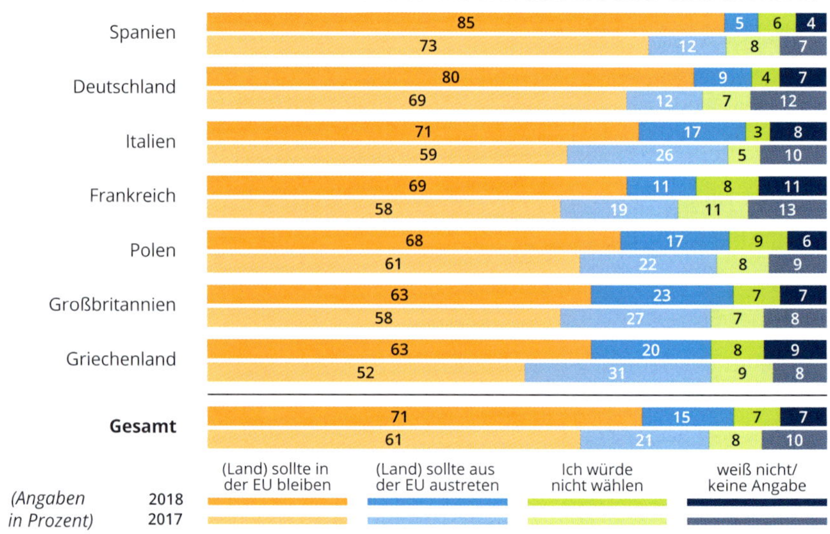

© TUI Stiftung, BEZIEHUNG ZUR EU, in: Junges Europa 2019. So denken Menschen zwischen 16 und 26 Jahren, www.tui-stiftung.de, 2019, S. 15

EINSTIEGSAUFGABEN

1. Analysiert die Statistik in **M6**. Was fällt auf? Welche Gemeinsamkeiten und Unterschiede könnt ihr feststellen?
2. Beantwortet die Frage (der Umfrage) auch in der Klasse und fügt der Grafik einen weiteren Balken „*Klasse* ..." mit euren Ergebnissen hinzu. Diskutiert mögliche Ähnlichkeiten oder Unterschiede.

M7 Europäische Jugendliche: Was eint sie, was trennt sie in politischen Fragen?

Junge Europäer sehen sich im Europäischen Parlament nicht ausreichend repräsentiert, betrachten die Europawahl als Wahl zweiter Klasse – und fühlen sich Europa trotzdem sehr verbunden. Das ist das Ergebnis der Jugendstudie 2019, für die das Meinungsforschungsinstitut YouGov 8.220 junge Menschen befragt hat.

Die Zustimmung zur EU ist seit 2017 insgesamt stetig gewachsen und bleibt auch in diesem Jahr hoch. Sie reicht 2019 von 61 Prozent in Italien und Schweden bis 79 Prozent in Spanien. In Großbritannien, Griechenland und Polen ist die Präferenz für die EU-Mitgliedschaft seit 2017 kontinuierlich gestiegen. In Frankreich, Spanien und Italien ist die Zustimmungsquote nach einem Hoch im Jahr 2018 hingegen rückläufig. Dies gilt auch für Deutschland: So waren 69 Prozent der jungen Befragten im Jahr 2017 für den Verbleib des Landes in der EU, im Jahr 2018 sogar 80 Prozent und 74 Prozent im Jahr 2019. Jeder fünfte junge Europäer hat in den vergangenen zwölf Monaten an einer Demonstration teilgenommen (22 Prozent, in Deutschland 18 Prozent). In etwa genauso hoch ist der Anteil junger Menschen, der auf Produkte aus politischen oder ethischen Gründen verzichtet beziehungsweise sie gerade deswegen konsumiert hat (28 Prozent, in Deutschland 33 Prozent).

Das Thema Umweltschutz treibt die Jugendlichen am meisten an: 43 Prozent von ihnen waren dazu in den letzten zwölf Monaten politisch aktiv (in Deutschland 41 Prozent). Auch die Diskussionen um Lohngleichheit und Geschlechtergerechtigkeit hat die politische Aktivität junger Menschen offenbar befördert: Auf Platz zwei der Themenbereiche, in denen sie politisch aktiv waren, gehört die Gleichberechtigung (40 Prozent, in Deutschland 32 Prozent).

© Zeit Online, Jugendstudie 2019: Europas Jugend fordert mehr Mitsprache, www.zeit.de, 03.05.2019

Thema Einwanderung und Migration
Gespalten sind junge Europäer bei dem Thema Einwanderung und Migration. Rund ein Drittel sieht es als Chance für ihr eigenes Leben, ein Drittel als Bedrohung, ein Drittel weiß es nicht genau. Asyl und Migration wird zudem von der Hälfte der Befragten als das gegenwärtig wichtigste Problem in der EU genannt. Dennoch halten 43 Prozent der Befragten, die Asyl und Migration als wichtigstes Problem nennen, offene Grenzen innerhalb der EU als Chance, nur 27 Prozent als Bedrohung.
Ebd.

M8 Mögliche Maßnahmen zur Integration der Jugendlichen in der EU: Vorschlag „Interrail-Ticket"

Alle 18-Jährigen sollen mit einem Interrail-Ticket durch Europa fahren können. Die EU-Kommission denkt über eine Lotterie für junge Europäerinnen und Europäer nach, über die solche Tickets verlost werden könnten. Es würden entsprechende Möglichkeiten zur Finanzierung erkundet, versprach EU-Verkehrskommissarin Violeta Bulc im Straßburger Europaparlament. Eventuell könnten diese dann per Los vergeben werden.
Der Vorsitzende der konservativen EVP-Fraktion, Manfred Weber (CSU), hatte im September [2016] vorgeschlagen, jeder EU-Bürgerin und jedem EU-Bürger zum 18. Geburtstag ein Interrail-Ticket zum Zugfahren in Europa zu schenken. Bulc sagte, grundsätzlich gefalle ihr die Idee. Sie wolle nun aber Kosten, Finanzierungsmöglichkeiten und Verwaltungsaufwand prüfen. Möglicherweise könne es neben der Bahn auch für andere Verkehrsmittel gelten.

Interrail-Ticket Programm der EU-Kommission
Ab 2018 werden jährlich bis zu 30.000 kostenfreie Interrail-Tickets für 30 Tage durch vier EU-Staaten an 18-Jährige EU-Bürgerinnen und Bürger per Los vergeben. Um bei der Verlosung teilzunehmen, müssen sich Reisewillige bei der EU-Kommission melden.

A **Pro Gratis-Interrailticket:** „Warum eigentlich nicht? Zugegeben, auf den ersten Blick erscheint der Vorschlag ein bisschen verrückt. 'Steuerverschwendung' werden die Gegner rufen. Aber die Idee ist gut. Denn: Europa und die EU haben ein massives Imageproblem. Bei den EU-Bürgern gilt Brüssel als ein gigantisches Bürokratiemonster, von dem nichts als Vorgaben und Verbote kommen. [...] Das Votum der Briten für einen Ausstieg aus der EU hat gezeigt: Die Grundwerte der Staatengemeinschaft geraten zunehmend in Vergessenheit und werden nur noch von einer Minderheit richtig wahrgenommen. Ein grenzenloses Europa, das der Völkerverständigung dient, um in Frieden und Freiheit zu leben – wie bringt man diesen Wertekanon der Europäischen Gemeinschaft jungen Menschen am besten nahe? Wie erfüllt man die Idee mit neuem Leben? Ein Gratis-Interrail-Ticket ist die vielleicht beste und unmittelbarste Werbung für Europa. Mit der Bahn grenzenlos bis zu 30 Länder besuchen, andere Menschen, Kulturen und Denkweisen kennen lernen, die europäische Wirklichkeit hautnah erleben, sich auszutauschen, Gegensätze zu erfahren und zu akzeptieren – das geht am besten auf Reisen. Das Geld für die Tickets wäre so gesehen bestens investiert – in die Zukunft und die Akzeptanz der Europäischen Union und damit raus aus der Krise."

B **Kontra Gratis-Interrailticket:** „Die Idee ist nett, aber auf der europäischen Agenda stehen größere Herausforderungen. Von daher wird der Vorstoß, allen 18-Jährigen in der EU ein Interrail-Ticket zu schenken, um auf Reisen ein Gefühl für Europa zu entwickeln, wohl nie das Ziel erreichen. Ganz oben auf der Prioritätenliste sollte stehen, allen Jugendlichen und jungen Erwachsenen eine Chance auf einen eigenen Job zu ermöglichen. Sie müssen auf eigenen Beinen stehen. Das würde ihnen helfen. Und somit auch Europa und dem europäischen Gemeinschaftsgefühl. Das geht aber nicht bei einer Jugendarbeitslosigkeit in Spanien von über 40 Prozent oder in Griechenland von fast 50 Prozent. Für diese jungen Menschen ist der Vorschlag sogar zynisch. Eine Reise durch Europa könnten sie sich auch mit einem kostenlosen Zugticket nicht leisten. Wenn nur Menschen aus den reichen Ländern von einem kostenfreien Zugticket profitieren, ist der Sinn verfehlt. [...] Die exorbitanten Kosten stehen in keinem Verhältnis zum Nutzen. [...] Die jungen Menschen brauchen keine kostenfreie Europareise, sondern eine Zukunftsperspektive. Das hilft Europa."

Bernd Ahlert, Stefan Beuke, EU-Vorschlag : Pro und Contra: Interrail-Ticket für jeden 18-Jährigen?, www.shz.de, 06.10.2016

AUFGABEN

1. Arbeitet zu zweit Antworten zu folgende Fragen aus dem Text in **M7** heraus:
   a) Wie hoch ist die Zustimmung der Jugendlichen in der EU und in einzelnen dargestellten Mitgliedsländern?
   b) Wie viele Jugendliche haben in der EU (in Deutschland) in den letzten 12 Monaten an einer Demonstration teilgenommen?
   c) Welche Themen treiben die Jugendlichen in Europa am meisten an?
   d) Bei welchen Themen sind die Jugendlichen in der EU eher gespalten?
2. Beurteilt die vorgestellten Ergebnisse der Jugendstudie 2019 in **M7** im Hinblick auf die Kapitelüberschriften auf S. 275 und S. 284.
3. Mehrere Politikerinnen und Politiker machen sich Gedanken darüber, wie die Jugendlichen der EU stärker zusammenwachsen können. Diskutiert in der Klasse die Idee des kostenlosen Interrail-Tickets, indem ihr die Argumente in **M8** analysiert und erweitert.

9.2 Lernen und Arbeiten in der Europäischen Union

9.2.1 Schüleraustausch und Studium in der EU: Sollte ein Aufenthalt im EU-Ausland verpflichtend sein?"

Zum Thema: „Reisen bildet!", heißt es immer wieder. Gilt dies auch für einen Aufenthalt über einen sehr langen Zeitraum, etwa im Rahmen eines Austauschprogrammes in der Schule oder im Studium? In diesem Kapitel lernt ihr, welche Institutionen der EU einen Austausch fördern und ob eine Austausch-Teilnahme euch eher Chancen oder Probleme bieten könnte.

M9 Erfahrungsbericht einer Austauschschülerin in Frankreich

Frankreich, ein Land das ich nur aus meinem Hassfach Französisch kannte, mit diesen schlechtgekleideten Kindern in meinem Französischbuch. Ich konnte mir nichts unter Frankreich vorstellen, außer dem Eifelturm, Baguette und Käse. Zudem war ich eine absolute Null in dem Fach, [...]. Jetzt, am Ende meines Auslandsjahres hat Frankreich eine Bedeutung für mich. Es ist nicht nur „das Land unten links von Deutschland". Wenn ich jetzt an Frankreich denke, denke ich an meine Freunde, an die Erinnerungen, die wir zusammen gesammelt haben, an die Höhen und Tiefen, die ich hatte, und an das unfassbar gute Essen dieses Landes. Ich denke an meine Gastschwester und all die Momente, in denen wir uns vor Lachen nicht mehr halten konnten. Ich denke an meine Heimat.
Meine zwei Leben die ich jetzt besitze könnten nicht unterschiedlicher sein. In Deutschland stehe ich in unserem kleinen Haus auf, frühstücke, fahre um 7.20 Uhr mit meinem Fahrrad los, komme um 14 Uhr nach Hause und esse, den Rest des Tages gestalte ich mit Training und Freunden. In Frankreich wohne ich in einem großen Haus, mitten in den Bergen, werde mit dem Auto zur 30 Minuten entfernten Schule gebracht und esse mittags in der Kantine, um dann nochmal bis 18 Uhr in der Schule zu sitzen. In Frankreich gibt es drei große Dinge: Schule, Familie und Essen. Die Schule nimmt so ziemlich deinen ganzen Tag ein in Frankreich, für die meisten eine Horrorvorstellung. Ich finde es aber super cool. Ich bin auf einer öffentlichen Schule und habe auch viele Freiräume zwischen den Stunden, wie zum Beispiel freitags von 11 bis 14 Uhr. Das bietet einem Austauschschüler die perfekte Möglichkeit, einfach Zeit mit vielen seiner Freunde zu verbringen. Ich find das besser als um 14 Uhr nach Hause zu kommen und dann alleine zu sein oder nur mit einzelnen Leuten abzuhängen. [...] 12 Tage bleiben mir noch in Frankreich und ich möchte nicht mehr weg.

© Deutsches Youth For Understanding Komitee e.V. (YFU), Drei Wichtige Dinge: Erfahrungsbericht von Annahita, Austauschjahr in Frankreich, www.yfu.de, Abruf am 02.07.2020

EINSTIEGSAUFGABEN

1. Lest den Erfahrungsbericht in **M9**: Was hat euch beeindruckt? Wer kennt jemanden, der schon einmal ein Auslandsjahr absolviert hat?
2. Meinungsumfrage: Wer kann sich vorstellen, ein Jahr ins Ausland zu gehen?

EU-Programm Erasmus+
Unter dem Dach Erasmus+ werden die unterschiedlichen Aus- und Weiterbildungsprogramme der EU gebündelt und fortgeführt, zum Beispiel die Programme Erasmus, Erasmus Mundus, Leonardo da Vinci, Comenius, Grundtvig, Jugend in Aktion.

M10 Lernen im EU-Ausland: Förderprogramme der EU

Die EU lebt von ihren Bürgerinnen und Bürgern. Deshalb fördert Sie deren Bildung und gegenseitigen Austausch auf vielfältige Weise. Das Programm Erasmus+ wird es von 2014 bis 2020 mehr als 5 Millionen jungen EuropäerInnen ermöglichen, im Ausland zu lernen und zu leben. Dafür steht ein Budget von 14,7 Milliarden Euro zur Verfügung. Das Programm soll auch zur Bekämpfung der Jugendarbeitslosigkeit beitragen, indem junge Menschen von 13 bis 30 Jahren ihre Fähigkeiten durch Auslandserfahrungen erweitern können. [...] Das neue Programm ist ein Rahmen für alle Trainingsprogramme für Bildung, Training, Jugend und Sport. Stipendien für Studenten, Lehrer, Ausbilder und Auszubildende werden vergeben; junge Führungskräfte, ehrenamtlich Tätige und Nachwuchssportler werden gefördert. Außerdem können Masterstudenten durch eine neue Garantie günstigere Kredite für ein Auslandsstudium erhalten.

© Europäisches Parlament, Verbindungsbüro in Deutschland, Bildung und Austausch, Mit Erasmus+ europaweit lernen, lehren und arbeiten, www.europarl.europa.eu, Abruf am 02.07.2020

M11 Beispiele für Förderprogramme der EU: Comenius und Erasmus

A Comenius Austauschprogramme für Schülerinnen und Schüler: Comenius [...] soll helfen, europaweite Partnerschaften zwischen Schulen aufzubauen. Ziele des Programms: Interesse für Fremdsprachen zu wecken, Kenntnisse europäischer Probleme zu vermitteln und den Schülern Einblick in europäische Kulturen zu gewähren. [...] Wer nach Frankreich gehen möchte, findet Unterstützung beim Deutsch-Französischen Jugendwerk. Zusammen mit seinem Lehrer und der Schule nimmt man mit einer französischen Partnerschule Kontakt auf und sucht einen Schüler oder eine Schülerin für einen Austausch. Der deutsche Schüler oder die deutsche Schülerin verbringt dann drei Monate in Frankreich, anschließend kommt der französische Schüler oder die Schülerin für drei Monate nach Deutschland. Die Unterkunft in der Gastfamilie ist kostenlos. Teilnehmen können Schülerinnen und Schüler der Klassen 8 bis 11. [...] Schließlich können oft die Kultusministerien der Länder bei der Vermittlung von Partnerschulen helfen. Ein wichtiger Ansprechpartner ist auch die Stadtverwaltung: Vielleicht bestehen Städtepartnerschaften, in deren Rahmen sich ein Austausch organisieren ließe. „Eurodesk" bietet Informationen für Jugendliche und Jugendorganisationen zu länderübergreifenden Austausch- und Förderprogrammen im Internet.

© 2020 Presse- und Informationsamt der Bundesregierung, Jugendbegegnungen in der EU, www.bundesregierung.de, Abruf am 02.07.2020

B EU-Erasmus Austauschprogramm für Studierende: Wer Sprachen lernen und in einem EU-Land leben möchte, kann dies während seines Studiums mit Hilfe des Erasmus-Programms der EU tun. Es existiert seit über 30 Jahren und vermittelt jährlich alleine in Deutschland über 30.000 Studierende in ein EU-Mitgliedsland. Der Austausch findet über die Universitäten statt und wird von der EU mit einem Stipendium gefördert. Das Prinzip ist einfach: Die Universität X in Deutschland tauscht mit der Universität Y im anderen EU-Land eine bestimmte Anzahl von Studienplätzen. Die Studierende lernen sich dabei nicht kennen, sondern organisieren sich über ihre Heimatuniversitäten, die die Studienplätze an der Gastuniversität vergibt. Es entstehen weder an der Heim-Universität noch an der Gastuniversität Kosten.

Bearbeiter

M12 Schüleraustausch: mögliche Probleme und Schwierigkeiten

Monika Schreiber von AFS Interkulturelle Begegnungen e.V. betreut in ihrer Organisation deutsche Schülerinnen und Schüler während des Schüleraustausches. Im Interview berichtet sie von den größten Problemen und Schwierigkeiten.

Was rätst du Austauschschülerinnen und Austauschschülern, die negative Erfahrungen machen? Wie sollen sie am besten vorgehen?

Zunächst einmal sollten sie sich klarmachen, dass es sehr normal ist, wenn man im Austausch diese oder jene Schwierigkeiten hat und dass die Lösung der Probleme oft eine gute Lernmöglichkeit darstellen. Wichtig ist aber, rechtzeitig das Gespräch zu suchen und sich Unterstützung zu holen. [...] Auf keinen Fall sollte man seinen Unmut über die Gastfamilie o.ä. bei Facebook oder in anderen sozialen Netzwerken öffentlich thematisieren, das würde die Schwierigkeiten nur noch verstärken. [...]

Welche Probleme treten im Schüleraustausch am häufigsten auf und wie werden diese gelöst?

Fast alle Austauschschülerinnen und Austauschschüler leiden gelegentlich unter Heimweh und/oder kämpfen mit den kulturell andersartigen Erwartungen, Gewohnheiten und Regeln im Gastland, die dann häufig noch durch die vorherrschende indirekte Kommunikation schwer verständlich sind. Durch Gespräche mit allen Beteiligten vor Ort und geduldiges Aufeinander-Zugehen lassen sich viele Probleme bessern. Erst wenn diese Möglichkeiten erschöpft sind, wird an einen Gastfamilienwechsel gedacht. [...]

Was kannst du (angehenden) Austauschschülerinnen und Austauschschülern mit auf den Weg geben?

Das wichtigste ist, Geduld mit sich selbst und den Menschen in der Umgebung zu haben. Für alle Beteiligten ist es ein großer Lernprozess, der seine Zeit braucht.

© Austauschjahr.de, Was tun bei negativen Erfahrungen im Schüleraustausch?, www.austauschjahr.de, 02.10.2019

AUFGABEN

1. a) Stellt zu zweit mit Hilfe von **M10** dar, welche Personen und Gruppen die EU mit ihren Austauschprogrammen fördern möchte, eine gewisse Zeit im Ausland zu leben, lernen, arbeiten und studieren.
   b) Diskutiert in der Klasse, die in **M10** aufgezählten Gründe der EU, ihre Bürgerinnen und Bürger bei Austauschen zu fördern.
2. Bildet Kleingruppen und arbeitet die Eckpunkte der EU-Austauschprogramme „Comenius" (**M11 A**) und „Erasmus" (**M11 B**) heraus.
3. Ermittelt mit Hilfe von **M12** und der nachfolgenden Methodenkarte, welche Probleme während eines Austauschaufenthaltes aufkommen können.
4. Beurteilt mit Hilfe der Operatorenkarte auf S. 291 den Vorschlag, einen Aufenthalt im EU-Ausland verpflichtend zu machen, um den Zusammenhalt der EU zu stärken.

H Aufgabe 2a
→ S. 305

F Aufgabe 3
Nennt weitere mögliche schlechte Erfahrungen, die auftauchen könnten.

Eine Expertenbefragung über Schüleraustausche führen

I. Worum geht es?

Bei neuen Themen oder Aufgaben ist gute Recherche sehr wichtig. Doch nichts geht über ein Treffen mit lebenden Experten. Nur diese können Fragen beantworten, die nicht im Internet stehen oder in wissenschaftlichen Artikeln verarbeitet wurden. Experten geben häufig Tipps und Ratschläge, motivieren oder bremsen und geben direkt auf alle (auch scheinbar dumme) Fragen Antworten, die ihr versteht. Mehr noch: Experten befinden sich oft in der Nähe, ohne es zu merken. So können zum Beispiel Schülerinnen und Schüler eurer Schule Experten für Schüleraustausche sein, immer vorausgesetzt, sie haben schon Erfahrungen damit gemacht. Eine Expertenbefragung kann aber nicht beliebig oft wiederholt werden, weshalb ihr euch gut vorbereiten solltet.

II. Geht dabei so vor:

1. Schritt: Experten über das Thema Schüleraustausch einladen

1. Einigt euch in der Gruppe, wer euer Experte für einen Schüleraustausch sein könnte. Folgende Gruppen kämen dafür zum Beispiel in Frage:
   - Fremdsprachenlehrkräfte eurer Schule, die Austausche organisieren,
   - Schülerinnen und Schüler der Oberstufe, die schon ein Auslandsjahr hinter sich haben,
   - Beauftragte der Gemeinden für Städtepartnerschaften,
   - Politikerinnen und Politiker, die Austausche betreuen und vermitteln,
   - ...
2. Ladet die Expertin oder den Experten in eure Klasse ein, vereinbart einen Termin.

2. Schritt: Befragung vorbereiten

1. Formuliert in der Gruppe Fragen, die ihr der Expertin bzw. dem Experten stellen wollt.
2. Strukturiert die Fragen nach Themenkomplexen, sodass es eine strukturierte Befragung gibt.
3. Einigt euch in eurer Gruppe auf verschiedene Rollen:
   - Wer interviewt die Expertin bzw. den Experten und stellt die vorbereiteten Fragen?
   - Wer führt Protokoll?
   - Wer begleitet die Expertin, den Experten? (Abholung vom Eingang der Schule, Hilfe bei der Garderobe, Versorgung mit einem Getränk, ...)
   - Wer stellt die Experten bzw. den Experten vor?

3. Schritt: Reflexion

Diskutiert in der Klasse nach der Befragung folgende Punkte:
- War die Expertin bzw. der Experte glaubhaft?
- Waren die Antworten verständlich?
- Konnten die Experten euch motivieren, Ähnliches zu planen oder weitere Informationen einzuholen?

Bearbeiter

Beurteilen

I. Was ist zu tun?

1. Du bestimmst die Bedeutung von Sachverhalten oder Prozessen im logischen Zusammenhang. Sachverhalte und Prozesse können sein: Regelungen, Problemsituationen, Vorschläge, gesellschaftliche Entwicklungen ...

↓

2. Du verwendest dabei Prüf-Kriterien, z. B. Umsetzbarkeit, Nutzen, Problemlösungsfähigkeit, Finanzierbarkeit, Folgewirkungen, etc. für Betroffene, Wirtschaft u. a., um zu einem möglichst umfassenden Sachurteil zu gelangen.

Prüf-Kriterien

Prüf-Kriterien für ein Sachurteil können sein:

- Umsetzbarkeit
- Nutzen
- Finanzierbarkeit
- ...

Sachverhalte/Prozesse

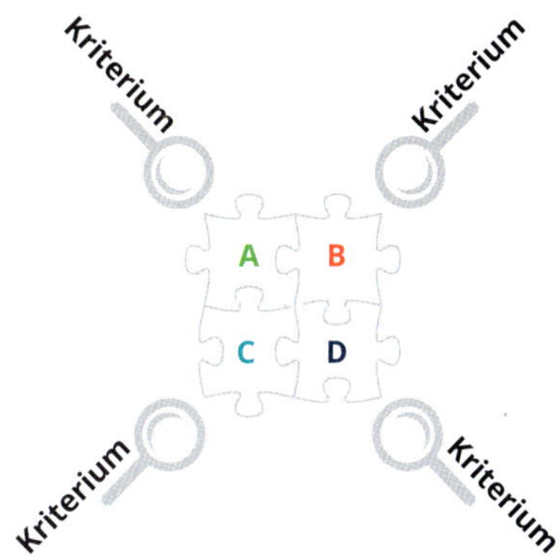

II. Hilfen zur Strukturierung und Formulierung

Den Sachverhalt/Prozess in einen (logischen) Zusammenhang einordnen

Bei ... geht es um ...
Dies steht im Zusammenhang mit der Frage ...
Das ... führt dazu, dass ...

Prüf-Kriterien verwenden

Hinsichtlich der Umsetzbarkeit/ des Nutzens ergibt sich ...
Fragt man, inwiefern ... das Problem ... lösen könnte, zeigt sich ...
Aus der Perspektive eines/einer Betroffenen ... ergibt sich/wäre ...

Zusammenfassend ein Sachurteil formulieren

Unter Berücksichtigung von ... sowie ... lässt sich zusammenfassend feststellen, dass ...

III. Formulierungsbeispiele

Für die Aufgabe 4 auf S. 289 findet ihr im nebenstehenden QR- bzw. Mediencode Formulierungsbeispiele. Ihr könnt sie als „Starthilfe" nutzen, weiter ausbauen, verändern oder eure eigene Lösung mit den Beispielen vergleichen und prüfen.

Formulierungsbeispiele

Mediencode: 71077-63

9.2.2 Arbeiten in einem anderen EU-Land: Überwiegen die Vor- oder die Nachteile?

Zum Thema: Weit weg von zuhause arbeiten und leben? Das lehnen die meisten Menschen erst einmal spontan ab. Für ein Jahr woanders lernen oder studieren ist ja noch in Ordnung, doch gleich mehrere Jahre woanders arbeiten, überschreitet für viele eine Grenze. Inwieweit EU-Bürger dies überhaupt dürfen und welche Probleme oder Chancen sich dabei ergeben, erfahrt ihr in diesem Kapitel.

M13 Annas Mutter arbeitet demnächst in Salamanca ...

Mias beste Freundin Anna ist unglücklich, sie muss ihre Freundinnen zurücklassen, da ihre Mutter im Herbst einen neuen Job in Salamanca in Spanien für die nächsten drei Jahre annehmen wird. Die ganze Familie soll mitziehen. Mia und Emma sind nicht nur traurig, Anna dann nicht mehr regelmäßig sehen zu können, sondern auch höchst neugierig, wie das eigentlich klappen kann, so einfach nach Spanien zu ziehen ...

Anna, kann Deine Mama einfach nach Spanien ziehen und dort arbeiten? Das stelle ich mir recht kompliziert vor. Darf sie das überhaupt, da müsst ihr doch die spanische Staatsbürgerschaft annehmen? Das dauert doch Jahre, oder etwa nicht?

Verdammt, ich habe gehört, dass das voll schwierig ist, dass ihr dort viel weniger verdient und ihr keine Versicherungen mehr habt. Darfst du denn dort auch zur Schule gehen? Die kostet dort doch bestimmt viel Geld.

Ich weiß auch noch nicht alles, nur, dass es möglich und erlaubt ist, Mama hat mir irgendwas mit Binnenmarkt, EU-Bürger erklärt, genau kann ich das aber nicht wiedergeben. Kommt, wir fragen mal unsere Wirtschaft-Politik-Lehrerin, die muss das doch wissen!

EINSTIEGSAUFGABEN

1. Tauscht euch in der Klasse aus: Kennt ihr jemanden, dem Gleiches widerfahren ist wie Anna?
2. Nennt mögliche Vor- und Nachteile für Anna und Annas Mutter, nach Spanien zu ziehen, um dort zu arbeiten und zu leben.
3. Formuliert in der Klasse mögliche Antworten auf die offenen Fragen von Mia, Emma und Anna.
4. Welche Schwierigkeiten könnten auf Anna und ihre Mutter zukommen? Sammelt in der Klasse Stichpunkte und haltet sie schriftlich fest.

M14 Rechtliche Grundlagen für das Arbeiten in der EU

a) Freizügigkeit von Arbeitnehmerinnen und Arbeitnehmern

Die Freizügigkeit von Arbeitnehmern ist ein in Artikel 45 des Vertrags über die Arbeitsweise der Europäischen Union verankerter Grundsatz, dessen Umsetzung durch abgeleitetes EU-Recht und die Rechtsprechung des Europäischen Gerichtshofs gewährleistet wird. EU-Bürgerinnen und Bürgern steht es demnach zu,

- in einem anderen EU-Land Arbeit zu suchen,
- dort zu arbeiten, ohne eine Arbeitserlaubnis beantragen zu müssen,
- zu diesem Zweck dort zu wohnen,
- selbst nach Beendigung des Beschäftigungsverhältnisses dort zu bleiben,
- hinsichtlich Zugang zu Beschäftigung, Arbeitsbedingungen und aller anderen Sozialleistungen und Steuervorteile genauso behandelt zu werden wie die Staatsangehörigen des Aufnahmelandes.

Bei EU-Bürgern können bestimmte Ansprüche des Kranken- und Sozialversicherungsschutzes auf die Systeme des Landes übertragen werden, in dem sie Arbeit suchen. [...]

In bestimmten Berufen können die in einem EU-Land erworbenen beruflichen Qualifikationen auch in den anderen Ländern anerkannt werden.

© Europäische Union, 1995-2020, Freizügigkeit EU-Bürger, www.ec.europa.eu, Abruf am 01.07.2020

Wer kann diese Freiheiten des EU-Binnenmarktes in Anspruch nehmen?

- Arbeitssuchende, also EU-Bürger/innen, die zwecks Stellensuche in ein anderes EU-Land ziehen, wenn bestimmte Bedingungen erfüllt sind.
- EU-Bürger/innen, die in einem anderen EU-Land arbeiten.
- EU-Bürger/innen, die in ihr Herkunftsland zurückkehren, nachdem sie im Ausland gearbeitet haben.
- Familienangehörige der oben genannten Personen.

Für Personen, die sich selbstständig machen möchten, für Studierende, Rentner und andere Nichterwerbstätige können leicht abweichende Regelungen gelten.

b) Europäischer Binnenmarkt: die vier Freiheiten als Bedingung für die Arbeitnehmerfreizügigkeit

Der Europäische Binnenmarkt ist der gemeinsame Binnenmarkt der EU. Seit dem 01.01.1993 umfasst dieser die sogenannten vier Freiheiten: Freier Warenverkehr, freier Personenverkehr, freier Dienstleistungsverkehr und freier Kapitelverkehr. Mit seinen 27 Mitgliedstaaten ist er damit der größte gemeinsame Markt auf der Welt.

Freier Warenverkehr
Waren können ohne Grenzkontrollen und Zölle innerhalb der EU ausgetauscht werden.

Freier Personenverkehr
EU-Bürger können innerhalb der EU frei reisen, leben, arbeiten und studieren.

Freier Dienstleistungsverkehr
Alle Dienste können innerhalb der EU frei angeboten werden, jeder kann sich das günstigste Angebot heraussuchen.

Freier Kapitalverkehr
Geld kann in jedem EU-Land angelegt oder geliehen werden, Banken dürfen ihre Leistungen EU-weit anbieten.

EU-Binnenmarkt im Erklärfilm

Mediencode: 71077-64

M15 Vor- und Nachteile einer Arbeit im EU-Ausland

1 Sich beruflich weiterentwickeln, Karriere machen

2 Berufliche Auslandserfahrung, Geschäftskompetenz im Ausland erlangen

3 Finanzielle Besserstellung, da in vielen Ländern die Lebenshaltungskosten niedriger sind als in Deutschland.

4 Neue Kulturen und Lebensweisen kennenlernen

5 Einen höheren Lebensstandard erlangen

6 Die finanzielle Versorgung bezüglich Rente und Versicherungen (Kranken- und Pflegeversicherung) ist oft nicht mit Deutschland zu vergleichen.

7 Das Leben im ausgewählten Land kann ganz anders aussehen als gedacht, die Vorbereitungen auf die anderen Lebensumstände haben nicht ausgereicht.

8 Das Gesundheitswesen in der neuen Heimat kann möglicherweise nicht an deutsche Standards heranreichen.

9 Der Umzug ins Ausland ist aufwendiger und kostenintensiver als innerhalb Deutschlands.

10 Freunde und Familie sind weit entfernt.

Carolin Schäufele, Arbeiten im Ausland – Was muss man beachten?, www.she-works.de, Abruf am 01.07.2020

AUFGABEN

1. a) Ermittelt mit Hilfe von **M14a**, welche Bedingungen erfüllt sein müssen, um in einem anderen EU-Mitgliedsland zu arbeiten (und zu leben).
   b) Arbeitet aus **M14a** heraus, für wen die dargestellten Regeln gelten?
2. a) Erklärt die vier Freiheiten des europäischen Binnenmarktes (**M14b**) an geeigneten Beispielen.
   b) Ordnet die Beispiele den vier Freiheiten zu:
   - Annas Mutter beginnt im Herbst dieses Jahres ein neues Arbeitsverhältnis in Salamanca in Spanien.
   - Herr Meinerz hat im Internet eine italienische Versicherung für seinen Getränkehandel gefunden, die zum einen sehr günstig ist und zum anderen viel besser zu ihm und seinem kleinen Getränkemarkt passen.
   - Jakob bringt sich von seiner Interrail-Tour des letzten Sommers ein neues Handy mit, das viel besser und günstiger ist als sein eigenes.
   - Karsten Hansen benötigt für seine Rechtsanwaltskanzlei einen Kredit. Über seine Bank schließt er einen Vertrag mit einem belgischen Unternehmen ab.
3. Im EU-Ausland zu arbeiten, bringt viele Vorteile, aber auch Nachteile mit sich. Diskutiert in der Klasse mit Hilfe von **M15**, ob ihr euch vorstellen könnt, einmal in einem anderen EU-Land zu leben und zu arbeiten.

9.2.3 Treibt die Jugendarbeitslosigkeit die Europäische Union weiter auseinander?

Zum Thema: Sich frei in der EU bewegen, studieren und arbeiten zu können, ist sicherlich eine Errungenschaft. Aber gilt das auch, wenn der Wechsel ins Ausland die einzige Lösung ist, die noch bleibt? Im letzten Kapitel geht es um die Gründe einer anhaltend hohen Jugendarbeitslosigkeit in einigen EU-Ländern und die sich daraus ergebenden Folgen für die Betroffenen und die EU als Ganzes.

M16 Jung, motiviert und ohne Zukunft?

Pablo Garcia bewacht zusammen mit seiner Kollegin Laura Moreno täglich von 9 bis 15 Uhr einen zwei Kilometer langen Strandabschnitt in der Provinz Málaga. Sie passen auf, dass alle Badegäste die neuen Hygienemaßnahmen einhalten. [...] Beide hatten Glück, denn von fast 90.000 Bewerbern wurden sie für zwei der 3.000 neuen befristeten Stellen als „Strand-Sheriffs" ausgewählt. Wie es nach dem Sommer weitergehen soll, wissen sie noch nicht. Pablo hat Wirtschaftswissenschaften studiert und fand trotz monatelanger Suche keinen Job, denn die Konkurrenz um die wenigen Stellen war riesig. In seinem Freundeskreis sind die meisten arbeitslos oder haben sogenannte „Müllverträge" wie sie es nennen: kurze Laufzeiten, kaum soziale Absicherung, niedriges Gehalt. Das Durchschnittseinkommen der unter 30-jährigen Berufstätigen in Spanien lag im Jahr 2019 bei 930 Euro netto. Pablo nahm letztlich einen Job als Barkeeper an, denn die gab es in der Touristenregion Malága zuhauf – bis mit dem Ausbrauch der Corona-Krise alles zusammenbrach. Mit 26 Jahren wohnt er noch bei seinen Eltern. An eine eigene Wohnung, geschweige denn an eine eigene Familie ist nicht zu denken. Einige seiner Freunde haben ihr Glück in den letzten Jahren in Deutschland versucht, nur wenige konnten richtig Fuß fassen und einen gut bezahlten Job finden.

© 2020 Deutsche Welle, Corona-Krise: Spaniens junge Verlierer, www.dw.com , 05.07.2020

EINSTIEGSAUFGABEN

1. Ermittelt aus **M16** mögliche Ursachen für Pablos Schwierigkeiten bei der Arbeitssuche.
2. Versetzt euch in die Situation von Pablo. Tauscht euch darüber aus, welche Auswirkungen sich ergeben können a) für die persönliche Gestaltung des Alltagslebens und die Zukunftsplanung, b) für die gesamte Gesellschaft eines Landes, c) für die EU.

M17 EU: durch Jugendarbeitslosigkeit gespalten?

Jugendarbeits-losenquote
Die Jugendarbeitslosenquote setzt die Zahl der arbeitslosen 15-24-Jährigen ins Verhältnis zu allen Erwerbsfähigen derselben Altersgruppe.

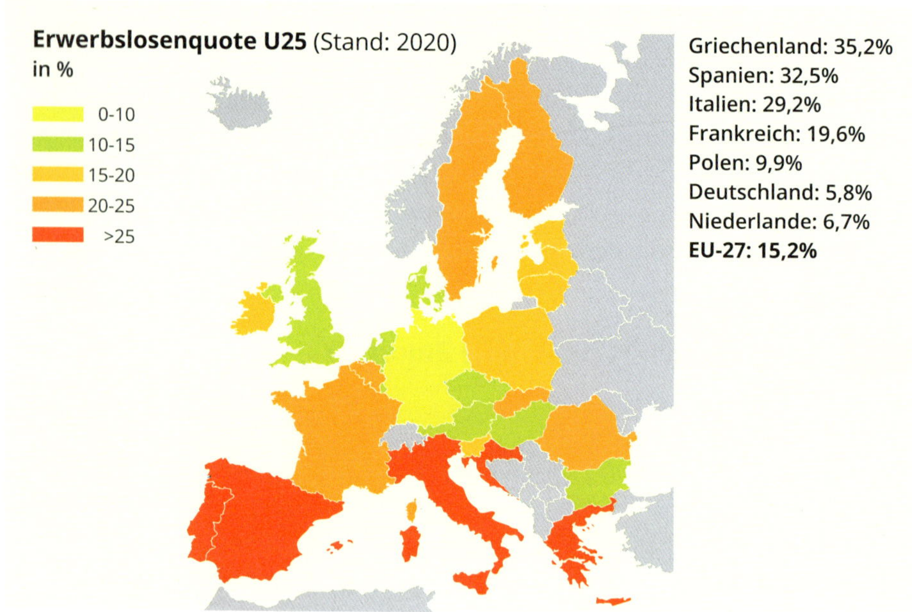

Zahlen nach: statista.de, 2020

M18 Gründe für die Jugendarbeitslosigkeit in den Ländern der EU

In wirtschaftlichen Krisenzeiten steigt in der Regel die Arbeitslosigkeit an. Das liegt daran, dass die Unternehmen aufgrund schlechter Zukunftsaussichten und sinkender Nachfrage weniger produzieren. In der Folge werden Beschäftigte entlassen oder gar nicht erst eingestellt. Sowohl die Finanzkrise (Beginn 2008) als auch die Corona-Krise (Beginn 2020) haben die Arbeitslosigkeit in der EU erhöht. Besonders betroffen sind davon die Jugendlichen, vor allem in den südeuropäischen Ländern. Ein Grund ist, dass sich junge Leute nach ihrer Ausbildung erst einmal orientieren müssen. Ein nahtloser Übergang in den Beruf gelingt eher selten. Viele der unter 25-Jährigen sind schon seit Jahren auf der Suche nach einem Job. Da Arbeitgeber fast immer Berufserfahrung voraussetzen und ungerne Langzeitarbeitslose einstellen, entsteht ein Teufelskreis. Junge Menschen haben im Vergleich zu Älteren auch weniger Erfahrung, geringen Kündigungsschutz und oft nur eine befristete Stelle. Sie gehören daher zu den Ersten, die entlassen werden, wenn Unternehmen Personal abbauen. In Ländern mit besonders hoher Jugendarbeitslosigkeit gibt es außerdem strukturelle wirtschaftliche Prob-

Deutschland: Das sogenannte duale Ausbildungssystem in Deutschland gilt als ein entscheidender Faktor, warum die Jugendarbeitslosigkeit hierzulande im Vergleich zu anderen EU-Staaten sehr gering ist. In der dualen Ausbildung eignen sich die Auszubildenden nicht nur theoretisches Wissen an der Berufsschule an, sondern sie können dieses auch durch die praktische Ausbildung im Betrieb direkt umsetzen. Während ihrer Ausbildungszeit im Betrieb haben die Auszubildenden zudem betriebsspezifische Kenntnisse erworben, sodass viele Arbeitgeber darum bemüht sind, auch in schwierigen Zeiten ihre Nachwuchskräfte zu übernehmen und weitere Ausbildungsplätze anzubieten.

lem (z. B. Zusammenbruch ganzer Branchen) sowie ungünstige Bedingungen im Bildungs- und Ausbildungssystem, das häufig sehr theoretisch ausgerichtet ist. Beispiel Spanien: Viele junge Leute, die in Spanien einen der raren Arbeitsplätze haben, sind oft nur befristet eingestellt. Ältere Arbeitnehmer haben dagegen meist unbefristete Verträge und sind nahezu unkündbar. Auch im spanischen Bildungssystem liegen Gründe für die Jugendarbeitslosigkeit: Zwar hat fast die Hälfte aller jungen Spanier einen Hochschulabschluss, aber die Studiengänge sind zu theoretisch ausgerichtet. Die Absolventen bringen nicht die praktischen Kompetenzen mit, die sich die Arbeitgeber wünschen, und finden deshalb keine Stelle. Außerdem haben viele junge Leute im Baugewerbe und in der Tourismusbranche gearbeitet. Als in der Wirtschaftskrise niemand mehr die Häuser kaufen konnte, wurden Hunderttausende von ihnen arbeitslos. In der Corona-Krise bleiben auch die Touristen fern.

Bearbeiterin, basierend auf: Lutz Bergmann, Arbeitslosigkeit in Deutschland, Warum trifft Arbeitslosigkeit vor allem die Jugend?, www.brandeins.de, Abruf am 12.07.2020

M19 Bleiben oder ins EU-Ausland gehen? Maßnahmen der Europäischen Union gegen Jugendarbeitslosigkeit

Ein wichtiges Ziel der EU ist es, die wirtschaftlichen Bedingungen in den Mitgliedsländern zu verbessern und einander anzugleichen. Daher gibt es auch gegen die Jugendarbeitslosigkeit verschiedene Maßnahmen der EU. Hier sind zwei Beispiele:

A **Die Jugendgarantie:** Das Konzept wurde 2013 entwickelt. Es hat zum Ziel, dass jeder junge Mensch unter 25 innerhalb von 4 Monaten nach seinem Abschluss oder nachdem er arbeitslos geworden ist, ein Jobangebot bekommt. Die Umsetzung liegt allein in der Hand der einzelnen Mitgliedstaaten, sie werden dabei aber von einer EU-Behörde überwacht und bekommen finanzielle und organisatorische Unterstützung. Zu den Maßnahmen gehören Weiterbildungen, Berufsberatung, finanzielle Unterstützung bei der Unternehmensgründung und für Unternehmen, wenn sie junge Arbeitnehmer einstellen.

B **Mobilitätsprogramm „Dein erster Eures-Arbeitsplatz“:** Da im Norden der EU häufig Fachkräftemangel herrscht, sollen junge Menschen ermutigt werden, für einen Job ins EU-Ausland zu gehen. Das Programm hilft dabei einen Arbeitsplatz, eine Ausbildungsmöglichkeit oder ein Praktikum zu finden. Arbeitgeber erhalten Unterstützung dabei, qualifizierte Arbeitnehmer zu finden. Die Stellen müssen für eine Dauer von mindestens sechs Monaten (Beschäftigung oder Ausbildung) bzw. drei Monaten (Praktikum) vermittelt werden. Die Vermittlung ist kostenlos. Zusätzlich wird finanzielle Unterstützung für das Bewerbungsgespräch im Ausland, Sprachunterricht und den Umzug ins Zielland geboten.

M20 Europas verlorene Generation?

Pablo und Laura sind nach Beendigung ihrer Jobs als „Strand-Sheriffs" wieder arbeitslos. Sie sitzen mit ein paar Freundinnen und Freunden zusammen und tauschen sich über die Zukunft in der EU aus:

1 **Laura:** „Für mich ist die EU gescheitert. Und die ‚Jugendgarantie' ist doch ein Scherz! Die Jugendarbeitslosenzahlen steigen wieder und die Unternehmen z. B. in Deutschland nehmen das Geld von der EU für billige Arbeitskräfte, die sie dann wieder entlassen. Es ist zwar toll, dass jeder im EU-Ausland arbeiten darf, aber aus Not das eigene Land verlassen? Für mich wäre es undenkbar, alles hier aufzugeben".

2 **Pablo:** „Na ganz so düster sehe ich das nicht! Es sind auch viele Stellen geschaffen worden. Ich finde es aber schlimm, dass es in manchen Ländern für junge Leute super läuft und bei uns, in Italien und Griechenland herrscht Dauerkrise. Da kommt man sich schon vor wie Europäer 2. Klasse …

3 **David:** „Viele haben sich im Ausland fortgebildet und wertvolle berufliche Erfahrungen gesammelt. Damit steigen die Chancen hier auf dem Arbeitsmarkt doch auch. Ohne die EU-Projekte würde es das nicht geben. Mich nervt eher, dass es so viele junge Leute gibt, die EU-feindliche Parteien wählen! Ohne die EU, die Reisefreiheit und so möchte ich nicht leben. Und wie soll eigentlich das Klima gerettet werden, wenn die Staaten nicht zusammenarbeiten?

4 **Paula:** „Es ist aber nicht jeder sprachbegabt. Rául kellnert schon seit Monaten in Köln, sein Journalismus-Studium war wohl umsonst. Außerdem sind bald alle qualifizierten jungen Leute im Ausland. Was soll eigentlich aus Spanien werden, wenn das so weiter geht?

AUFGABEN

1. Analysiert die Karte in **M17**. Formuliert Vermutungen, weshalb die Jugendarbeitslosigkeit in den Ländern so unterschiedlich hoch ist.
2. Lest **M18** und vergleicht die dort genannten Gründe für die Jugendarbeitslosigkeit mit euren Vermutungen aus der Aufgabe 1 und der ersten Einstiegsaufgabe.
3. Informiert euch in **M19** über die Maßnahmen der EU zur Bekämpfung der Jugendarbeitslosigkeit. Diskutiert, welche der Maßnahmen ihr für besonders wirkungsvoll haltet. Unterscheidet dabei kurzfristige und langfristige Wirksamkeit.
4. Treibt die Jugendarbeitslosigkeit die EU weiter auseinander? Ordnet die Argumente der Aussagen in **M20** auf einer Linie zwischen „ja" und „nein an. Nehmt abschließend auch persönlich Stellung.

F Aufgabe 1
Vergleicht die Jugendarbeitslosenquoten mit den allgemeinen Arbeitslosenquoten zur gleichen Zeit:

Mediencode: 71077-65

Sammelt Ideen, wodurch es zu den Unterschieden kommt.

Eine Karika-Tour über Europa im Padlet durchführen MK

I. Worum geht es?

Karikaturen legen zeichnerisch den „Finger in die Wunde“ eines gesellschaftlichen Problems. Mehr noch: Karikaturisten positionieren sich kritisch zum dargestellten Sachverhalt. Daher ist es leichter, diese zu interpretieren, wenn schon Grundwissen zum jeweiligen Thema vorhanden ist. Sind es zudem noch mehrere Karikaturen, können deren Interpretationen ein ganzes Inhaltsfeld kritisch darstellen. Um sich ortsunabhängig zu machen, kann die Karika-Tour sehr einfach mit Hilfe eines Padlets durchgeführt werden.

II. Geht dabei so vor:

1. Schritt: Vorbereitung der Karika-Tour

1. Bildet Kleingruppen von 4-6 Personen und lest euch die Methodenkarte zur Karikaturanalyse auf S. 308 im Methodenglossar durch.
2. Geht eure Aufgabenergebnisse und Mitschriften der einzelnen Unterkapitel durch, um euch das nötige Hintergrundwissen zu folgenden Karikaturen in Erinnerung zu rufen:

1

Karikatur: Patrick Chappatte, 2008

2

Karikatur: Waldemar Mandzel, 2013

2. Schritt: Karika-Tour mit Hilfe des Padlets durchführen

1. Legt mit Hilfe des neben stehenden QR-Codes ein Padlet an.
2. Hängt dort die Karikaturen auf und interpretiert jede Karikatur, indem ihr jeweils kurz den Hintergrund und die Aussageabsicht der Karikaturen in eigenen Worten formuliert.
4. Bewertet in der Klasse oder im Padlet die Karika-Tour-Ergebnisse der anderen Gruppen.

Padlet gestalten

Mediencode: 71077-66

Bearbeiter

Hilfen H zu den Aufgaben

Kapitel 1

Seite 19

Hilfen zu den Aufgaben 2a-b

Folgende Tabelle kann euch bei der Bearbeitung von den Aufgaben 2a-b helfen:

Situation/ Entscheidungsgegenstand	Entscheidungsträger	Verfahren (1, 2, 3, 4)	Begründung
Wahl des Bürgermeisters in der Stadt/Gemeinde	alle wahlberechtigten Bürger/innen		
Änderung eines Grundgesetzparagrafen zum Tierschutz	alle Abgeordneten des Bundestages alle Mitglieder des Bundesrates		
Aufnahme eines Landes in die Europäische Union	alle Mitgliedsländer der EU		
Klassensprecherwahl	alle Schüler/innen der Klasse		
Familienumzug in eine andere Stadt	alle Familienmitglieder		
Auswahl eines Vereinslogos	alle Vereinsmitglieder		

Seite 30

Hilfe zu Aufgabe 1

Hinweise findet ihr in den Mystery-Karten auf S. 16 im QR- und Mediencode.

Kapitel 2

Seite 69

Hilfe zu Aufgabe 3

Folgende Tabelle kann euch helfen, die Aufgabe strukturiert zu bearbeiten

Fall	Welche Medienfunktion wird angesprochen?	Erfüllt/nicht erfüllt

Kapitel 3

Hilfe zu Aufgabe 2

Seite 85

Folgende Fragen können auch bei der Bearbeitung der Aufgabe helfen:

- Wo seht ihr Vorteile dieser Darstellung?
- Wo seht ihr Nachteile dieser Darstellung?

Haltet eure Ergebnisse tabellarisch fest.

Vorteile der Darstellung	Nachteile der Darstellung

Hilfe zu Aufgabe 6

Kapitel 1 bietet auf Seite 45 (Kapitelabschlussseite „Was wir können") in den Schritten 3 und 4 Hilfen an, wie ihr ein Erklärvideo erstellen könnt.

Hilfe zu Aufgabe 4

Seite 98

Geht bei der Karikaturanalyse strukturiert vor.

1. Beginnt mit der Beschreibung der dargestellten Situation (Aufbau, Personen, Zeichenstil, ...)
2. Deutet die Karikatur: Was wird kritisiert? Wer wird angesprochen? Welches Problem steht im Vordergrund? Welchen Standpunkt nimmt der Zeichner ein?
3. Bewertet die Karikaturaussage: Worin stimmt ihr dem Zeichner zu? Was seht ihr anders?

Kapitel 4

Hilfe zu Aufgabe 1c

Seite 116

Folgende Grafik kann euch helfen, die Aufgabe zu bearbeiten:

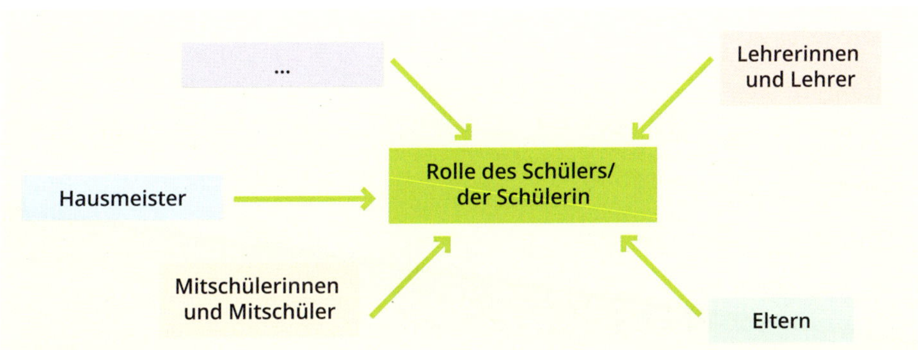

Hilfe zu Aufgabe 4

Benennt weitere gesellschaftliche Rollen, die sich im Laufe der Zeit verändert haben, um Rückschlüsse auf die Rollenerwartungen an die Schülerinnen und Schüler zu ziehen.

Seite 124

Hilfe zu Aufgabe 1

Nehmt als Startpunkt die Grafik in **M12** auf S. 121 und baut sie weiter aus.

Seite 129

Hilfe zu Aufgabe 3b

Kommentar zum Jugendschutzgesetz

§ 4 (1) Die Aufenthaltserlaubnis bezieht sich nur auf die Zeit der Esseneinnahme (ca.1 Stunde) oder des Trinkens (ca. ½ Stunde).
§ 5 (1) Ein Schulball (z. B. Abiball) gilt als öffentliche Tanzveranstaltung, da der Veranstalter bei der großen Anzahl der Teilnehmenden erwartungsgemäß nicht den Überblick über die Anwesenden hat. Führt ein Veranstalter hingegen eine Gästeliste oder feiert eine geschlossene Gesellschaft, handelt es sich nicht um eine öffentliche, sondern um eine private Feier.

Hilfe zu Aufgabe 3d

Folgende Tabelle kann euch bei der Bearbeitung der Aufgabe helfen:

Bereich des JSchG (Aufenthalt in Öffentlichkeit etc.)	Regelung	Beurteilung: - bietet ausreichend Schutz - schränkt zu stark ein	Begründung

Kapitel 6

Seite 189

Hilfe zu Aufgabe 1

Hinter nachfolgendem QR- bzw. Mediencode findest du eine digitale Hilfe zur Erstellung deines eigenen Haushaltsplans.

Digitale Tools für einen Haushaltsplan

Mediencode: 71077-67

Seite 191

Hilfe zu Aufgabe 1

Folgendes Schaubild könnte bei der Bearbeitung der Aufgabe helfen

Sparform →	Hintergrund →	Beispiele
Vorsorgesparen	Unvorhergesehene Ausgaben	Autoreparatur
Zwecksparen		

Hilfe zu Aufgabe 3a **Seite 202**

Bereitet das Rollenspiel für diese Beratung vor, indem ihr vorher die Rollen verteilt:

- Wer ist die oder der Schuldnerberaterin / Schuldnerberater? (Schuldnerberatung sollte Unterstützung von 3-4 weiteren Schuldnerberaterinnen und -beratern bekommen)
- Wer ist Luka? (Luka könnte eine Freundin bzw. einen Freund zur Unterstützung an die Seite gestellt bekommen)
- Alle anderen aus der Klasse machen sich während des Rollenspiels Notizen über
  a) die Richtigkeit der Beratung,
  b) die Umsetzbarkeit der empfohlenen Schritte,
  c) die Verständlichkeit der Erklärungen.

Kapitel 7

Hilfe zu Aufgabe 5 **Seite 217**

Berechnet, wie viele Stunden ein Minijobber bei 450 € im Monat arbeiten könnte, wenn er pro Stunde 9,35 € (Stand: 2020) erhält.

Hilfe zu Aufgabe 3a **Seite 223**

Erstellt gemeinsam in der Klasse einen kurzen Fragebogen. Ihr könnt dafür z. B. ein kostenloses digitales Tool zur Durchführung der Befragung, z. B. GrafStat oder Google Forms, nutzen.

Hilfe zu Aufgabe 1 **Seite 227**

Die Tabelle kann z. B. wie folgt erstellt werden:

Tabelle: Vor- und Nachteile von Selbstständigen und Angestellten

	Vorteile	Nachteile
Selbstständige		
Angestellte		

Hilfe zu Aufgabe 3b

Folgender QR- bzw. Mediencode bietet euch eine unausgefüllte Karte für Berufssteckbriefe zum Ausdrucken.

Berufssteckbrief-Karte zum Ausdrucken

Mediencode: 71077-68

Kapitel 8

Seite 247

Hilfe zu Aufgabe 5

Starthilfen für euren Diskussionsbeitrag können sein:

- Aber könnte nicht für Auszubildende ...
- Stell dir vor, sehr viele Menschen hätten keine Krankenversicherung ...
- Wenn jeder selbst verantwortlich wäre, dann ...

Seite 251

Hilfe zu Aufgabe 1

Folgende Grafik könnt ihr als Starthilfe verwenden:

Hilfe zu Aufgabe 3a

Artikel 3 GG

(1) „Alle Menschen sind vor dem Gesetz gleich." Der Artikel fordert, dass einzelne Personengruppen nicht durch gesetzliche Regelungen bevorzugt werden dürfen.

Artikel 6 GG

(1) „Ehe und Familie stehen unter dem besonderen Schutz der staatlichen Ordnung.": Der Artikel fordert, dass Familien nicht benachteiligt werden dürfen.

Seite 255

Hilfe zu Aufgabe 2

Die erste Zeile der Tabelle aus der Aufgabe 2 von Seite 255 ist hier ausgefüllt. Sie kann euch ein Beispiel dafür sein, wie ihr die weiteren Zeilen füllen könnt.

Name der Maßnahme	Worin besteht die Leistung? (Geld oder etwas anderes?)	Wer hat Anspruch?	Dauer
Mutterschutz	Schutz vor Arbeitsbelastung vor und nach der Geburt durch „Urlaub", Kündigungsschutz	Schwangere angestellte Arbeitnehmerinnen, Beamte, Schülerinnen	6 Wochen vor der Geburt, 8 Wochen nach der Geburt

Seite 267

Hilfe zu Aufgabe 1
Eure Grafik kann z. B. wie folgt ausschauen:

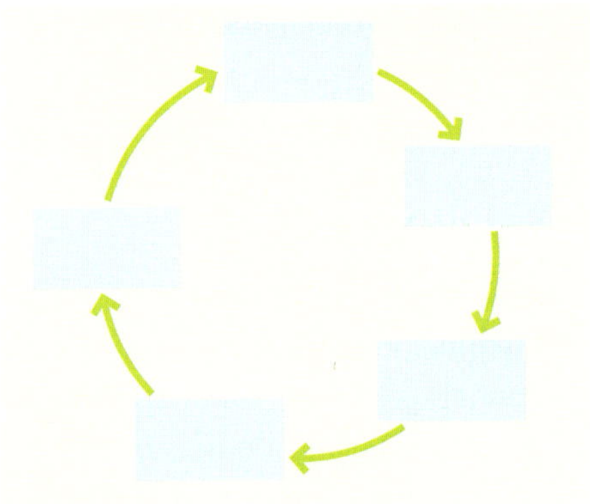

Starthilfe zum Einordnen:
- „Schlechte Versorgung mit Gütern, Raum und Teilhabemöglichkeiten"
- „Keine qualifizierte berufliche Ausbildung"
- ...

Kapitel 9

Seite 289

Hilfe zu Aufgabe 2
Konzentriert euch bei der Bearbeitung der Aufgabe auf folgende Fragen:
- Welche Ziele verfolgt das Förderprogramm?
- Wer wird im Rahmen des Förderprogramms gefördert?
- Wo gibt es Hilfen und Unterstützung zum Programm?
- Wie lange findet der Austausch im Rahmen des Förderprogrammes statt?
- Wie viel kostet das Förderprogramm?

Methoden zur Bearbeitung der Aufgaben

Zur Bearbeitung der Aufgaben werden an vielen Stellen nachfolgende Bearbeitungsmethoden angeboten. Diese sind hier ausführlich erklärt.

Eine Ampelabfrage durchführen

I. Worum geht es?

Mit einer Ampelabfrage lässt sich schnell ein Meinungsspektrum oder Stimmungsbild in der Lerngruppe sichtbar machen. Jede Schülerin und jeder Schüler kann durch eine von drei Farbkarten (rot, gelb, grün) zu erkennen geben, ob sie/er spontan einer bestimmten Aussage oder Frage zustimmt, unentschlossen ist oder sie ablehnt. Die Farbentscheidungen können im Anschluss begründet werden und nach einer vertieften Auseinandersetzung mit dem Thema nochmals reflektiert werden.

II. Geht dabei so vor:

1. Schritt: Vorbereitung der Karten und Präsentation der Frage oder Aussage

Abfrage digital organisieren
Wenn ihr eine schnelle Abfrage digital durchführen wollt, könnt ihr z. B. „mentimeter.com" nutzen.

1. Alle Schülerinnen und Schüler erhalten einen dreiteiligen Satz mit Karten oder Zetteln in den Farben rot, grün und gelb.
2. Eine oder mehrere zugespitzte Fragen bzw. Aussagen werden präsentiert. „Zugespitzt" bedeutet, dass mit „ja/nein" oder „stimme zu/stimme nicht zu" geantwortet werden kann.

2. Schritt: Durchführung der Abfrage

Die Teilnehmenden signalisieren nach jeder vorgetragenen Frage oder Aussage ihre Standpunkte:

- grün= Zustimmung,
- gelb= Enthaltung,
- rot = Ablehnung.

3. Schritt: Auswertung und Reflexion

1. Die Teilnehmenden begründen ihre Farbwahl und formulieren auf diese Weise ihr spontanes Urteil.
2. Es kann auch thematisiert werden, bei welcher Aussage das Positionieren leicht bzw. schwer fiel.
3. Wenn nur ein Stimmungsbild sichtbar gemacht werden soll, entfällt der 3. Schritt.

Bearbeiterin

Eine Concept Map erstellen

I. Worum geht es?

Mit einer Concept Map könnt ihr Ideen und Aspekte zu einem Thema gut gegliedert und übersichtlich in einem Netzwerk darstellen. Einzelne Begriffe, die zum Thema gehören, werden durch Linien oder Pfeile verbunden. Auf die Linien und Pfeile werden Kommentare und Hinweise geschrieben, die anzeigen, wie die Begriffe zusammengehören.

II. Geht dabei so vor:

1. Schritt: Text oder Material bearbeiten und das Thema bestimmen

1. Lest den Text-(teil) oder das Material, zu dem ihr eine Concept Map erstellen wollt.
2. Notiert die wichtigsten Begriffe.
3. Formuliert das Thema oder die zentrale Frage: Was soll die Concept Map beantworten?

2. Schritt: Die Concept Map erstellen

1. Schreibt das Thema in den oberen Teil eines Blattes Papier.
2. Verteilt die Begriffe auf dem Papier.
3. Stellt euch die Frage, wie die Begriffe zusammenhängen und verbindet sie mit Pfeilen und/ oder Linien.
4. Beschriftet die Pfeile/ Linien.

Eine Concept Map könnte wie folgt aussehen:

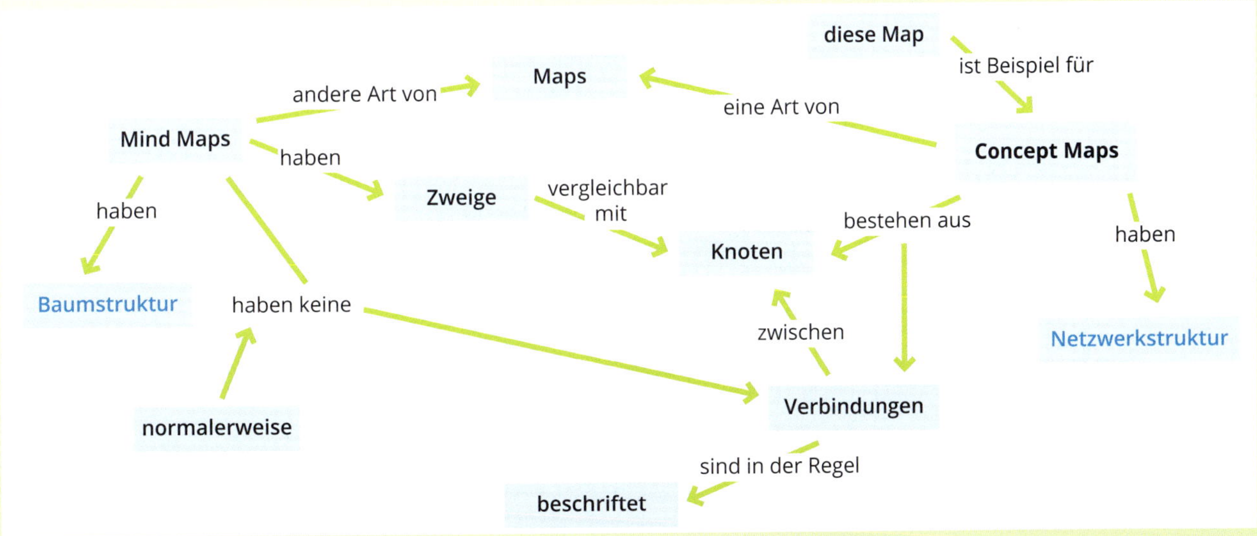

Bearbeiterin

Eine Karikatur analysieren

I. Worum geht es?

Karikaturen sind zeichnerische Kommentare zu aktuellen gesellschaftlich-politischen Problemen. Karikaturisten „überzeichnen“, übertreiben und verzerren Situationen, so dass Schwachstellen durch Humor und Witz entlarvt werden. Ihr Ziel ist es, Kritik zu üben, z. B. an politischen Programmen, Personen und Entscheidungen.
Karikaturen sind meistens nur verständlich, wenn der Hintergrund des momentanen politischen Geschehens bekannt ist.

II. Geht dabei so vor:

1. Schritt: Beschreibung

- Wie ist die Karikatur aufgebaut? (Bild-, Textelemente)
- Wen oder was zeigt die Karikatur?
- Welche Darstellungsmittel werden gewählt? (Zeichenstil, Ausdruck...)

2. Schritt: Deutung

- Auf welches (aktuelle) Problem nimmt der Zeichner Bezug?
- Was genau wird kritisiert?
- Für welche Position bzw. für wen wird Partei ergriffen?
- Wer ist der Adressat?
- Welchen Standpunkt nimmt der Karikaturist ein?

3. Schritt: Bewertung

- Worin ist dem Karikaturisten zuzustimmen?
- Was ist dem Karikaturisten entgegen zu halten?
- Wie ist die Qualität der Karikatur einzuschätzen?

Bearbeiter

Ein Placemat bearbeiten

I. Worum geht es?

Mit Hilfe eines Placemats („Platzdeckchen") könnt ihr in Kleingruppen eure Ideen, Meinungen und Lösungsvorschläge zu einem Thema mit grafischer Unterstützung zusammenführen. Das Placemat-Verfahren hilft dabei, zunächst eigene Ideen und Ergebnisse zu einem Gruppenergebnis zusammenzuführen.

II. Geht dabei so vor:

1. Schritt: Gruppen bilden und Placemat vorbereiten

1. Bildet Vierergruppen und versammelt euch an einem Gruppentisch.
2. Nehmt ein weißes Blatt Papier und zeichnet nebenstehende Grafik nach.
3. Legt die Grafik mitten auf den Gruppentisch.

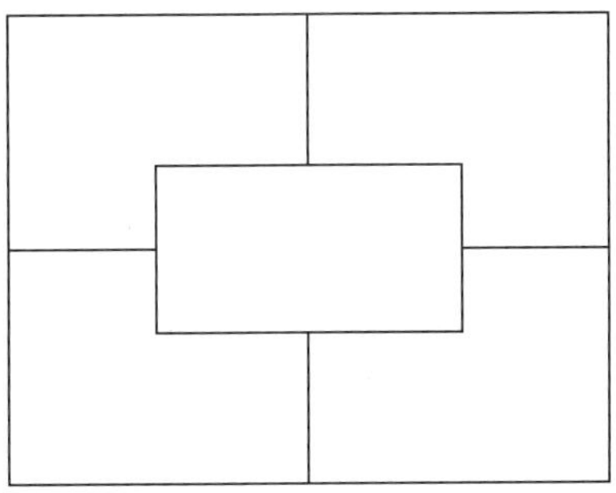

2. Schritt: Durchführung des Placemat-Verfahrens

1. Jede Schülerin und jeder Schüler hat einen Außenbereich in der Grafik für sich. In diesen Bereich könnt ihr eure Ideen zu einem bestimmten Thema stichpunktartig eintragen.
2. Wenn alle ihre Felder ausgefüllt haben, tauscht euch über eure Einträge aus. Dreht hierfür das Placemat einfach immer ein Stück weiter. So erfahrt ihr die Ideen der anderen.
3. Ihr könnt die Ideen der anderen auch mit eigenen Ideen ergänzen.
4. Wenn das Placemat wieder in der Ausgangsposition liegt, könnt ihr lesen, was eure Mitschülerinnen und Mitschüler in eure Felder hinzugefügt haben.
5. Nun werden die Einträge in der Gruppe diskutiert. Einigt euch auf 3 Ideen/ Punkte, die im leeren Feld in der Mitte notiert werden.

3. Schritt: Vorstellung

1. Stellt eure Ergebnisse in der Klasse vor.
2. Vergleicht eure Ergebnisse mit den Ergebnissen der anderen Gruppen. Gibt es Gemeinsamkeiten oder Unterschiede?

Bearbeiterin

Eine Positionslinie bilden

I. Worum geht es?

Mit Hilfe einer Positionslinie können sowohl Spontanurteile als auch differenzierte Urteile zu einer Problemstellung, Frage oder einem Sachverhalt zum Ausdruck gebracht werden. Dies geschieht durch körperliche Positionierung auf einer Linie und kann in jedem größeren Raum (z. B. Klassenraum) durchgeführt werden.

II. Geht dabei so vor:

1. Schritt: Vorbereitung

Auf einer gedachten oder durch einen Klebestreifen auf dem Boden markierten Linie positionieren sich die Schüler zu einer Frage oder zu einem Problem. Die Enden dieser Linie stellen alternative Pole (ja/nein; stimmt/stimmt nicht), der Abstand zwischen diesen Punkten entsprechend abgestufte Positionen dar.

2. Schritt: Durchführung

Die Schüler werden dann aufgefordert, ihre Positionen zu begründen und sich auch argumentativ aufeinander zu beziehen.

Lothar Scholz, Spielerisch Politik lernen. Methoden des Kompetenzerwerbs im Politik- und Sozialkundeunterricht, Schmalbach/Ts, 2003, S. 114

Eine Pro-Kontra-Diskussion führen

I. Worum geht es?

Bei der Pro-Kontra-Diskussion handelt es sich um eine Diskussionsform, die formal nach genau festgelegten Regeln abläuft. Die Pro- und Kontra-Gruppen diskutieren mit dem Ziel, die Mehrheitsverhältnisse jeweils zu ihren Gunsten zu verändern. Am Anfang und am Ende einer Pro-Kontra-Diskussion steht eine Abstimmung. Das Ziel der Pro-Kontra-Diskussion ist es, möglichst viele Begründungsmöglichkeiten zu einer Frage kennen zu lernen und so die eigene Urteilsgrundlage zu erweitern.

II. Geht dabei so vor:

1. Schritt: Stimmungsbild erheben und Vorbereitung

1. Führt zur Entscheidungsfrage eine erste Erhebung des Stimmungsbildes durch.
2. Teilt die Klasse in zwei etwa gleich große Gruppen ein. Eine Gruppe übernimmt die Pro-, die andere die Kontra-Position.
3. Bereitet euch in den Gruppen mit Hilfe der Materialien des Kapitels (ggf. auch mittels weiterer Recherchen) auf die Diskussion vor.
4. Wählt ca. 4-5 Personen aus beiden Gruppen, die an der Diskussion teilnehmen.
5. Wählt einen Moderator bzw. eine Moderatorin, die kurz in die Thematik einführt und für einen ordnungsgemäßen Ablauf sorgt.

Hinweis zu 1.
Haltet das Ergebnis an der Tafel, auf einer Folie o. ä. fest.

2. Schritt: Durchführung

1. Beide Gruppen sitzen sich (ähnlich wie im britischen Unterhaus) gegenüber.
2. Die Moderation eröffnet die Diskussion und fordert pro Gruppe eine Rednerin oder einen Redner auf, ihre/seine Position kurz zu verdeutlichen.
3. Im weiteren Verlauf wechseln sich die Rednerinnen und Redner der beiden Gruppen nach jedem Redebeitrag ab. Die Moderation führt eine Rednerliste, auf der Meldungen der Reihe nach notiert werden und ruft auf.

3. Schritt: Zweite Abstimmung und Auswertung

1. Am Ende der Diskussion erfolgt eine zweite Abstimmung bei der jeder seine eigene (nun vielleicht veränderte) Meinung vertreten kann.
2. Danach wird das Abstimmungsverhalten ausgewertet (Was hat euren Meinungswandel verursacht? Welche Argumente haben euch besonders überzeugt? Warum seid ihr (nicht) bei eurer Meinung geblieben?
3. Die Teilnehmer erhalten abschließend eine Rückmeldung zu ihrer Argumentationsleistung von den Beobachtern.

Bearbeiterin, basierend auf: Sabine Achour, u. a., Methodentraining für den Politikunterricht, Bonn 2020

Ein Referat/einen Vortrag halten

I. Worum geht es?

Ein Referat ist ein Vortrag über ein Thema, der in einer begrenzten Zeit (etwa 10–15 Minuten) gehalten wird. Die häufigsten Formen sind mündliche Berichte, Fachvorträge bei Tagungen, Kurzreferate bei Seminaren oder Übungsreferate in der Schule.

Der erste Eindruck ist entscheidend! ...

... Der letzte Eindruck bleibt!

II. Geht dabei so vor:

1. Schritt: Vorbereitung und Einleitung

Eine gelungene **Eröffnung** des Vortrags ist die beste Möglichkeit, um beim Publikum Interesse für die Darbietung zu wecken. Ihr könnt eurem Thema entsprechend verschiedene Einstiegsvarianten auswählen.
Sicher kennt ihr die schlechteste Variante aus eigener Erfahrung: „Wir wollen heute einen Vortrag zum Thema ... halten." Und schon habt ihr das Desinteresse der Zuhörer auf eurer Seite. Also solltet ihr einen Einstieg wählen, der das Publikum
• visuell einstimmt, • provoziert, • persönlich anspricht, • durch eine kluge Fragestellung einbezieht, • mit einem Vergleich konfrontiert, • spontan anspricht, • überrascht oder • erheitert.

2. Schritt: Durchführung

1. Interessiert sich euer Publikum erst einmal für euer Thema, könnt ihr Thema und Gliederung vorstellen. Damit beginnt ihr den **Hauptteil** des Referats.
2. Eure Gliederung als „Fahrplan" der Darbietung schreibt ihr am besten auf eine Folie oder bringt sie vor Beginn des Referates auf einer Flipchart oder Tafel an. So kann das Publikum dem Inhalt eures Referats gut folgen.
3. Plant den Hauptteil wie eine Regieanweisung. Plant die Übergänge zwischen den einzelnen Gliederungspunkten genau.

3. Schritt: Abschluss

1. Der **Schluss** fasst die wesentlichen Aspekte eures Referates zusammen.
2. Gut ist es, wenn Einstieg und Schluss einen gewissen Rahmen des Referates bilden.
3. Der Schluss ist auch dazu geeignet, offene Fragen zu formulieren und an das Publikum zur Diskussion weiterzugeben.

Nach: Elke Deparade: Planung und Durchführung der Präsentation, Methodenlernen in der gymnasialen Oberstufe, Bamberg 2013, S. 97 f.

Lexikon für Wirtschaft-Politik

A

Arbeit
Der Begriff umschreibt in erster Linie Erwerbsarbeit. Diese sichert die Lebensgrundlage der Arbeitnehmerinnen und Arbeitnehmer und ihrer Familien. Wurde sie in früheren Zeiten vor allem als Mühsal und Plage empfunden, so ist die Arbeit heute ein wichtiger Bestandteil der Identität, denn in der Arbeit kann der Mensch seine Fähigkeiten unter Beweis stellen. Arbeit verleiht dem Leben einen Sinn.

Arbeitslosengeld
Unterstützungsleistung für arbeitslose Arbeitssuchende. Zu unterscheiden ist zwischen Verscherungsleistungen aus der Arbeitslosenversicherung (das ist in Deutschland das Arbeitslosengeld I, das in der Regel für ein Jahr gezahlt wird) und aus Steuergeldern finanzierten Mindestsicherungssystemen (dazu gehört das Arbeitslosengeld II, Hartz IV).

Armut
Von absoluter Armut spricht man, wenn einer Person weniger als 1,25 US-Dollar (ca. 1 Euro) pro Tag zur Verfügung steht. Von relativer Armut spricht man, wenn das Einkommen weniger als 60 % des Durchschnittseinkommens in einem Land (Staat) beträgt.

B

Beruf
Tätigkeit, die ein Mensch in der Regel gegen Entgelt erbringt bzw. für die er ausgebildet, erzogen oder berufen ist. Im Allgemeinen dient die Ausübung eines Berufes der Sicherung des Lebensunterhaltes.

Binnenmarkt
Ein Wirtschaftsraum, in dem einheitliche Bedingungen für den Verkehr von Waren, Dienstleistungen und Kapital herrschen. Bürger können ihren Wohn- und Arbeitsort frei wählen. Der Binnenmarkt in der EU wurde zum 1. Januar 1993 verwirklicht.

Bürgerliches Gesetzbuch (BGB)
In ihm stehen die wichtigsten rechtlichen Regelungen, die das Zusammenleben der Bürger betreffen, z. B. zu den Rechten und Pflichten beim Kaufvertrag.

Bund (Bundesstaat)
Der Zusammenschluss mehrerer Staaten zu einem Gesamtstaat, zum Beispiel die Bundesrepublik Deutschland mit allen Bundesländern.

Bundeskanzler/Bundeskanzlerin
Der Chef der Bundesregierung. Er bestimmt die Richtlinien der Politik und trägt die Verantwortung dafür.

Bundespräsident
Das Staatsoberhaupt der Bundesrepublik. Er repräsentiert Deutschland nach außen. Außerdem gehören zu seinen Aufgaben die Ernennung und Entlassung der höchsten Staatsbeamten und die Unterzeichnung der vom Bundestag verabschiedeten Gesetze.

Bundesrat
Der Bundesrat ist ein Teil der Legislative. Über ihn wirken die Länder an der Gesetzgebung des Bundes mit. Der Bundesrat muss bei Gesetzen, die Länderinteressen berühren oder die Verfassung ändern, zustimmen, damit diese in Kraft treten können. Bei anderen Gesetzen kann er Einspruch erheben, der aber vom Bundestag überstimmt werden kann.

Bundestag
Name des deutschen Parlaments

Bundesverfassungsgericht
Höchstes deutsches Gericht mit Sitz in Karlsruhe. Das Bundesverfassungsgericht wacht darüber, dass Parlamente, Regierungen und Gerichte in Deutschland das Grundgesetz einhalten. Jeder Bürger kann eine Verfassungsbeschwerde beim Bundesverfassungsgericht einreichen.

D

Demografischer Wandel
So werden die Veränderungen in der Bevölkerungszusammensetzung hinsichtlich ihrer Größe und Struktur (z. B. Alterszusammensetzung) bezeichnet.

Demokratie
Das Wort stammt aus dem Griechischen und bedeutet Herrschaft des Volkes. Die Beteiligung aller Bürgerinnen und Bürger an allen Abstimmungen kann nur in sehr kleinen Staatsgesellschaften verwirklicht werden (direkte Demokratie). Wo dies nicht möglich ist, wählt das Volk Vertreter (Repräsentanten), die für das Volk abstimmen (repräsentative Demokratie).

E

Einkommen
Allgemein meint man damit das Arbeitseinkommen für Erwerbstätigkeit (Lohn, Gehalt, Gewinn). Darüber hinaus gibt es auch Einkommen als Entgelt für die Bodennutzung (Miete, Pacht) oder als Entgelt für die Nutzung von Kapital (Sparzinsen, Kreditzinsen). Einkommen, die der Staat ohne Gegenleistung bezahlt, nennt man Transfereinkommen.

Erziehung
Erziehung nennt man alles, was dazu beiträgt, die Persönlichkeit eines Menschen zu bilden und zu fördern.

Europäische Union
Die Gemeinschaft von heute (2009) 27 europäischen Staaten wurde 1957 als Wirtschaftsbündnis gegründet. Neben der gemeinsamen Politik in allen wirtschaftlichen Bereichen wurde im Vertrag von Maastricht (1992) auch eine Zusammenarbeit in der Außen- und Sicherheitspolitik sowie der Justiz- und Innenpolitik beschlossen.

F

Familie
Gemeinschaft, die in modernen Industriestaaten in der Regel aus den Eltern und ihren unmündigen Kindern besteht (Klein- oder Kernfamilie). Im weiteren Sinne gehört zur Familie auch die Verwandtschaft. Immer mehr Familien sind sogenannte Patchwork-Familien. Der Begriff Patchwork kommt aus der Textilgestaltung und bedeutet Flickenteppich: Im Zusammenleben heißt das, dass Menschen aus unterschiedlichen Ursprungsfamilien zu einer neuen Familie zusammenfinden.

G

Geld
Geld ist ein allgemein anerkanntes und gültiges Zahlungsmittel, mit dem man Waren oder Dienstleistungen erwerben kann. Geld ist Tauschmittel, Wertaufbewahrungsmittel, Wertübertragungsmittel und Recheneinheit.

Generationenvertrag
Bezeichnung für das Grundprinzip der gesetzlichen Rentenversicherung, nach dem der heute arbeitende Teil der Gesellschaft für die Rentenzahlungen an den nicht mehr arbeitenden Teil aufkommt.

Geschäftsfähigkeit
Die Fähigkeit, gültige Rechtsgeschäfte abzuschließen. Die beschränkte Geschäftsfähigkeit beginnt mit der Vollendung des 7. und endet mit der Vollendung des 18. Lebensjahres. Mit Vollendung des 18. Lebensjahres erhält man die volle Geschäftsfähigkeit.

Grundgesetz
Die Verfassung der Bundesrepublik; sie regelt den Aufbau, die Aufgaben und das Zusammenspiel der Staatsorgane. Im Grundgesetz werden auch die Grundrechte garantiert.

Gruppe/soziale Gruppe
Ein „sozialer Verband" von mindestens drei Menschen, die durch ein bestimmtes „Wir-Gefühl" miteinander verbunden sind. Dabei gibt es Gruppen, in die man hineingeboren wird (Familie) oder die man sich nicht aussuchen kann (z. B. Schulklasse). Diese Gruppen nennt man Zwangsgruppen. Und es gibt Gruppen, für die man sich freiwillig aufgrund von Freundschaften oder gemeinsamen Interessen (z. B. Sport, Politik, Religion) entscheidet.

H

Haushaltsplan
Die genaue Aufstellung der geplanten Einnahmen und Ausgaben für einen bestimmten Zeitraum (meist das kommende Jahr). Die Einnahmen werden nach den Quellen unterschieden, die Ausgaben nach dem Zweck der Verwendung.

I

Inflation
Prozess anhaltender Preisniveausteigerungen bzw. anhaltender Geldentwertung.

Integration
Im allgemeinen Sprachgebrauch versteht man darunter die Eingliederung oder Einbindung eines (fremden) Einzelnen oder einer Minderheit in eine größere Gruppe.

J

Jugendstrafrecht
Das Jugendstrafrecht ist ein besonderes Strafrecht für Jugendliche, das im Jugendgerichtsgesetz (JGG) geregelt ist. Es findet Anwendung auf Jugendliche zwischen 14 und 18 Jahren. Auf Heranwachsende zwischen 18 und 21 Jahren kann es angewendet werden. Kinder unter 14 Jahre sind strafunmündig. Während Erwachsene mit Haft- oder Geldstrafen bestraft werden, sieht das JGG einen breiten Katalog von Strafmöglichkeiten vor, der Strafzweck der Erziehung steht im Vordergrund.

K

Kabinett
Der Kanzler, die Minister und politischen Beamten (Staatssekretäre).

Klimawandel
Mit dem Begriff Klimawandel bezeichnen wir heute meist die von natürlichen Schwankungen unabhängige Erderwärmung. Sie hat schwerwiegende Folgen für Menschen, Tiere und Pflanzen: Teile der Erde werden zu Wüsten, die Gefahr von Hurrikanen und Sturmfluten steigt, Tierarten werden aussterben.

Koalition
Zusammenschluss zweier oder mehrerer Parteien, die gemeinsam eine Regierung bilden und Gesetzentwürfe ausarbeiten.

Kredit
Ein Gläubiger überlässt einem Schuldner Geld unter der Voraussetzung der Rückzahlung.

M

Markt
Der reale oder virtuelle Ort, an dem Angebot und Nachfrage nach Gütern und Leistungen aufeinandertreffen und Preise gebildet werden (z. B. Automarkt, Börse). Das Grundprinzip des Marktes ist der Tausch.

Marktwirtschaft
In der Marktwirtschaft steuern Angebot und Nachfrage, Wettbewerb und freie Preisbildung den Wirtschaftsprozess. Das Privateigentum an den Produktionsmitteln wird garantiert.

Massenmedien
Sammelbezeichnung für Presse, Rundfunk, Fernsehen und Internet. Allgemein Kommunikationsmittel, mit denen Informationen durch Schrift, Ton oder Bild einseitig an ein sehr breites Publikum übermittelt werden können.

Menschenrechte
Das sind die persönlichen Rechte, die jedem Menschen von Geburt an zustehen, z. B. das Recht auf Meinungsfreiheit.

Monopol
Unter einem Monopol versteht man eine Marktform, in der ein Unternehmen als alleiniger Anbieter auftritt oder einen so großen Marktanteil besitzt, dass er allein die Preise kontrollieren kann und damit über eine besondere Marktmacht gegenüber den Nachfragern bzw. Konsumenten erfügt.

N

Nachhaltigkeit
Der Begriff bedeutet, dass man nicht mehr von einem Rohstoff (der Natur) verbrauchen soll, als nachwachsen kann. In Bezug auf die Umwelt heißt das, dass man den Ausgangszustand für die folgenden Generationen bewahren soll und die Umwelt nicht durch Abgase und Müll irreparabel schädigen darf.

O

Ökologie
So bezeichnet man die Wissenschaft von den Wechselbeziehungen zwischen den Lebewesen und ihrer Umwelt.

Ökonomisches Prinzip
Das ökonomische Prinzip besagt, dass die vorhandenen Mittel (Geld, Zeit) optimal eingesetzt werden sollen, um ein bestimmtes Ergebnis zu erreichen. Bei vorgegebenen

Mitteln soll ein möglichst hoher Ertrag erzielt werden (Maximalprinzip). Bei einem vorgegebenen Ertrag sollen möglichst geringe Mittel eingesetzt werden (Minimalprinzip).

P

Parteien
Politische Gruppen, die über einen längeren Zeitraum Einfluss auf die politische Willensbildung nehmen. Sie sind bereit, in Parlamenten und Regierungen Verantwortung zu übernehmen.

Preisbildung
Prozess, in dem sich in einer Marktwirtschaft auf den Märkten die Preise bilden. Preisbildung ist abhängig von Marktform und Anzahl der Anbieter und Nachfrager. Sie vermittelt zwischen Produktion und der Befriedigung bestehender Bedürfnisse.

R

Rechtsfähigkeit
Mit der Geburt ist der Mensch Träger von Rechten und Pflichten.

Rechtsstaat
Ein Rechtsstaat ist ein Staat, in dem die öffentliche Gewalt an eine objektive Rechtsordnung gebunden ist. In einem Rechtsstaat ist die Macht des Staates begrenzt, um die Bürger vor gesetzloser Willkür zu schützen.

S

Soziale Marktwirtschaft
Die Soziale Marktwirtschaft ist eine Wirtschaftsordnung, die den Grundsatz der Freiheit auf dem Markt mit dem des sozialen Ausgleichs verbindet.

Soziales Netzwerk
Der Begriff soziales Netzwerk bezeichnet ein Beziehungsgeflecht, das Menschen mit anderen Menschen verbindet. Menschen sind untereinander zum Beispiel durch Beziehungen in der Familie und Verwandtschaft sowie im Freundeskreis, aber auch mit der Nachbarschaft und in der Arbeitswelt vernetzt. Soziale Netzwerke werden zunehmend im Internet gebildet.

Sozialisation/Sozialisationsprozess
Der lebenslange Erziehungs- und Entwicklungsprozess eines Menschen aufgrund von Einflüssen aus seiner Umwelt. Durch die Sozialisation wird ein Individuum zu einem vollwertigen Teil der Gesellschaft.

Sozialversicherungssystem
Bezeichnung für die Gesamtheit gesetzlicher Pflichtversicherungen in Deutschland (Arbeitslosen-, Renten-, Kranken-, Pflege- und Unfallversicherung). Die Sozialversicherung versichert den Einzelnen gegen Risiken für seine Existenz. Sie ist organisiert nach dem Solidarprinzip. Sozialversicherungspflichtig sind alle abhängig Beschäftigten. Die Versicherungsbeiträge teilen sich Arbeitgeber und Arbeitnehmer.

Staat
Mit dem Begriff bezeichnet man eine Vereinigung vieler Menschen (Staatsvolk) innerhalb eines durch Grenzen bestimmten geografischen Raumes (Staatsgebiet) unter einer unabhängigen (souveränen) Staatsgewalt, die von den Staatsorganen (Regierung, Parlamente, Gerichte, Polizei) ausgeübt wird.

U

Unternehmen
Dauerhafte organisatorische Einheit zur Produktion bzw. zur Erbringung von Dienstleistungen, die mehrere Betriebe umfassen kann. Je nach Träger werden private, öffentliche oder gemeinwirtschaftliche Unternehmen unterschieden, je nach Rechtsform Einzel-, Personen- und Kapitalgesellschaften.

V

Verbraucherpolitik
Alle Maßnahmen (Gesetze) des Staates zum Schutz der Verbraucher.

Vier Freiheiten
Wirtschaftliche Freiheiten des europäischen Binnenmarktes: Freiheit des Warenverkehrs, Personenfreizügigkeit, Dienstleistungsfreiheit, freier Kapital- und Zahlungsverkehr.

W

Werbung
Werbung wird zumeist (und hier) als Wirtschaftswerbung verstanden und ist dann die Bekanntmachung von Gütern oder Dienstleistungen mit der Absicht, beim Konsumenten eine Kaufhandlung auszulösen.

Register

Bildnachweis

© 2019 PwC-Stiftung im Stifterverband für die Deutsche Wissenschaft e.V. – S. 221; AdobeStock / anatoliycherkas – S. 110; - / contrastwerkstatt – S. 121; - / diego cervo – S. 121; - / janvier – S. 14; - / Photographee.eu – S. 110; - / PhotoPlus+ - S. 110; - / pixel8001 – S. 96 (4), 113 (2), 117; Baaske Cartoons / Thomas Plaßmann, Müllheim – S. 249; Bergmoser+Höller Verlag, Aachen – S. 32; Bildarchiv des Landtags Nordrhein-Westfalen / Bernd Schälte – Cover; BMU / Sascha Hilgers – S. 27; caro-images / Krass – Cover; Laurence Chaperon – S. 28; Deutscher Bundestag / Achim Melde – S. 263; dpa-Infografik / dpa-Grafik – S. 43; - / Globus-Grafik – S. 199, 281; dpa-infografik GmbH – S. 199; dpa Picture-Alliance / Jörg Carstensen – S. 72; - / dieKLEINERT.de, Markus Grolik – S. 107; - / EPA, David Maxwell – S. 56; - / Fotoreport, epa PA Humphreys – S. 101; - / Fotostand, Gelhot – S. 195; - / Horst Galuschka – S. 265; - / Christophe Gateau – Cover, 58, 237; - / Geisler-Fotopress, Christoph Hardt – S. 81; - / Sebastian Gollnow – S. 20; - / FRANK HOERMANN, SVEN SIMON – S. 20; - / imageBROKER, Michael Weber – S. 78; - / Rainer Jensen – S. 68; - / privat – S. 218; - / Boris Roessler – S. 262; - / Sven Simon, FrankHoermann – S. 204; - / Lennart Simonsson – S. 78; - / SZ-Photo, Jürgen Heinrich – S. 263; - / Themendienst, Mascha Brichta – S. 101; - / Themendienst, Florian Schuh – S. 104; - / Roland Weihrauch – S. 24; - / ZUMA Press, Daniel Dohlus – S. 28; Fotolia / Aleix Cortadellas – S. 14; Getty Images Plus / AlexRaths – S. 278; - / iStock Editorial, AdrianHancu – S. 172; - / iStock Editorial, ake1150sb – S. 69; - / iStock Editorial, Baloncici – S. 20; - / iStock Editorial, TBE – S. 204; - / iStockphoto, ajr-images – S. 274; - / iStockphoto, AndreyPopov – S. 81, 152; - / iStockphoto, boggy22 – S. 81; - / iStockphoto, burakkarademir – S. 190; - / iStockphoto, EKKAPHAN CHIMPALEE – S. 184; - / iStockphoto, Holly Cromer – S. 278; - / iStockphoto, DenKuvaiev – S. 274; - / iStockphoto, diego_cervo – S. 230; - / iStockphoto, djedzura – S. 228; - / iStockphoto, erikreis – S. 229; - / iStockphoto, Firn – S. 293; - / iStockphoto, FlamingoImages – S. 204; - / iStockphoto, FooTToo – S. 184; - / iStockphoto, gerduess – S. 204; - / iStockphoto, industryview – S. 204; - / iStockphoto, Inside Creative House – S. 110; - / iStockphoto, Julialine – S. 190; - / iStockphoto, kadmy – S. 204; - / iStockphoto, Kiuikson – S. 190; - / iStockphoto, monkeybusinessimages – S. 274 (2); - / iStockphoto, monstArrr_ – S. 208; - / iStockphoto, monzenmachi – S. 228; - / iStockphoto, Motortion – S. 110 (2); - / iStockphoto, Marat Musabirov – S. 184; - / iStockphoto, Rawpixel – S. 229; - / iStockphoto, reporter – S. 61; - / iStockphoto, Stuart_Shaw – S. 68; - / iStockphoto, Szepy – S. 208; - / iStockphoto, Prot Tachapanit – S. 204; - / iStockphoto, VanReel – S. 208; - / iStockphoto, vojtechvlk – S. 282; - / iStockphoto, Wavebreakmedia – S. 110, 121; - / iStockphoto, wwwebmeister – S. 152; - / iStockphoto, Zephyr18 – S. 110; Infratest dimap, Berlin – S. 27; iStockphoto / GoodLifeStudio – S. 152; - / mediaphotos – S. 184; - / oleg66 – S. 178; - / SolStock – S. 178, 184; - / South_agency – S. 152; - / yasinguneysu – S. 161; Mauritius Images / Alamy Stock Photo, Jasper Chamber – S. 24; - / dieKleinert, Christian Möller – S. 169, 174; npridik.de – S. 35; Pixabay – S. 96; Thomas Plaßmann, Essen – S. 132, 269; Schwarwel, Leipzig – S. 98; © shipyard nice media – S. 61; Shutterstock.com / Branchenansichten – S. 208; - / Drop of Light – S. 280; - / Frederic Legrand – COMEO – S. 204; - / Amalina Mohd Tuna – S. 277; Statista GmbH, Hamburg – S. 128, 148, 175, 180, 219, 250 (2), 255; Statistisches Bundesamt, Wiesbaden – S. 134 (2); SZ-Grafik; Quelle: Öko-Institut – S. 170; Daniela Tempert, Bamberg – 118 (2); toonpool.com / RABE – S. 43, 147; Transfair e.V., Wuppertal – S. 277; ullstein bild / Financial Times – S. 235; www.wikimedia.org / DesertEagle – S. 81.

Operatoren in den Aufgaben

Die meisten Aufgaben in „**Politik & Co. 7/8**" enthalten sogenannte Operatoren. Operatoren sind bestimmte Verben, die euch in den Aufgaben mitteilen, welche Tätigkeiten und welche Lösungsdarstellungen von euch erwartet werden.
Damit es zu keinen Missverständnissen kommt, was ihr genau machen sollt, wenn ihr in den Aufgaben unterschiedliche Operatoren lest, findet ihr in den nachfolgenden Tabellen genaue Beschreibungen aller in „**Politik & Co. 7/8**" verwendeten Operatoren.
Das vorliegende Lehrbuch „**Politik & Co. 7/8**" hat sich dabei an die Operatoren für die Fächer „Sozialwissenschaften" und „Sozialwissenschaften/Wirtschaft" in der Sekundarstufe II in Nordrhein-Westfalen orientiert – hier aber vereinfacht. Die Operatoren sind drei Gruppen von unterschiedlichen Anforderungsbereichen zugeordnet.

Operatoren im Anforderungsbereich I

Operator	Beschreibung
aufzählen nennen wiedergeben zusammenfassen	Fachbegriffe, Daten, Fakten und Aussagen in zusammengefasster Form darstellen
benennen bezeichnen	Sachverhalte, Prozesse und Strukturen mit richtigen Begriffen korrekt aufführen
beschreiben darlegen darstellen	wesentliche Sachverhalte im logischen Zusammenhang mit Hilfe von Fachsprache wiedergeben

Operatoren im Anforderungsbereich II

Operator	Beschreibung
analysieren	Materialien oder Sachverhalte systematisch auswerten. Es reicht nicht, alle Besonderheiten aufzuzählen, diese müssen auch geordnet, ausgewertet und in einen Zusammenhang gesetzt werden.
auswerten	verschiedene Daten oder Einzelergebnisse zu einer abschließenden Gesamtaussage zusammenführen
charakterisieren	Sachverhalte in ihren Eigenarten beschreiben und diese dann unter einem bestimmten Gesichtspunkt zusammenführen
einordnen	eine Position zuordnen oder einen Sachverhalt in einen Zusammenhang stellen
erklären	Sachverhalte durch Wissen und Einsichten in einen Zusammenhang (z. B. Regel, Gesetz) einordnen und deuten
erläutern	wie erklären, aber durch zusätzliche Informationen und Beispiele verdeutlichen